——每本书都是一座传送门

次元书馆

OVERLORD ⑨

# 破军的魔法吟唱者

（日）丸山黄金 著
刘晨 译

新星出版社 NEW STAR PRESS

目录

# Prologue

吉克尼夫·伦·法洛德·艾尔－尼克斯——帝国最尊贵的大君主——是被称为鲜血皇帝的青年，他正回想着自己的演技有没有什么瑕疵。

他自信自己的笑容和态度会带给对方好感，没有一点问题。

贵族最擅长口蜜腹剑，更不要说吉克尼夫是皇帝。从懂事开始就耳濡目染，他演戏的能力已经达到了没人能一眼看穿的水平。在客人们看来，他毫无疑问是个和悦的好青年。

消除对方的戒心是很重要的。

如果对方穿着猜疑的外衣，想要看透其内心将会很难。如果能用信赖和好意的提线对其进行操纵，使其一层层脱掉猜疑的外衣，内心就会变得不设防。当然，操纵和诱导都巧妙隐藏在欢迎客人的绅士笑容之下。

绅士吉克尼夫要应付的对手是——突然乘着龙闯进皇城的两名黑暗精灵。

这是他第一次遇到外表与力量差距如此悬殊的对手。

手持法杖的少女引起的地裂惨剧中，一百一十七人被夺走了生命。其中有四十名近卫兵、六十名骑士、八名魔力系魔法吟唱者、八名信仰系魔法吟唱者，除此之外还有一人——损失令人瞠目结舌。

牺牲的骑士都是负责守护皇城的最精锐的骑士，不过这点损失还承受得起。以冒险者的水平来说，他们大概算是银级。帝国培养骑士的教育系统十分完善，想必今后还会培养出水平和他们相当的骑士。

再说近卫兵，他们是帝国着眼未来，培养出的精锐中的精锐。一次损失掉一半匹敌金级冒险者的近卫兵，这是沉痛的损失。不仅损失了人员，他们穿在身上的魔法装备是动员帝国魔法省中众多魔法吟唱者，花费大量时间制造的。那些装备有超过等重黄金的价值。

而最令人痛心的，是最后一人。帝国最强骑士之一，“不动”纳扎米·艾内克牺牲了。尽管有人说他双手持盾，不过是在模仿以前见过的某位战士，但他的战斗风格就是重视防御，被称为帝国最强四骑士中最硬的骑士。

在这个英雄好汉一骑当千的世界上，失去强力的战士不仅仅是损失那么简单，搞不好整个帝国的军事实力都会随之大幅下降。

说实话，吉克尼夫想泼两个黑暗精灵一身冷水，把他们赶走，然而面对杀人如踩死蝼蚁的强者，他不可能表现出强硬的态度。虽然他不知道对方是不是有意来展示肌肉的，但也只能笑脸相迎。

不过，吉克尼夫也没有一味被动挨打，他专注地观察着眼前的两个小孩子，不放过他们的一举一动。

不值一提的细节中，能读出许多信息。

吉克尼夫的感觉非常敏锐，他曾经通过相同的香辛料气味，看穿表面忠于自己的贵族和敌对贵族串通一气。这次也一样，他为了寻找信息，放出犀利的目光。

服装——

仪容——

(不过话说回来……)

他觉得作为安兹·乌尔·恭的使者，闯进皇城的两个黑暗精灵小孩子长得十分标志，将来一定会成为异性追求的目标。

(那瘦小、纤细的身体，变化无常的表情，不管怎么看都是普通的小孩子。如果不知情，听说他们是使者，大概不管是谁都会露出苦笑吧。)

背负国命的使者——外交官需要具备多种资质，相貌也是很重要的。使者的相貌如果不合格，会给祖国带来损害。

安兹·乌尔·恭一定也明白这个道理，他却派来了难免受到轻辱的黑暗精灵。对手意图到底何在？

吉克尼夫绞尽脑汁思考着。

(有可能是……示威行为。他以使者会受到轻辱为前提，令使者行使武力展示肌肉。与第一印象之间的落差越大，对我们造成的冲击力就越大……如果是这个目的，乘龙闯进皇城不是会收到相反的效果吗，龙给人的第一印象太强烈了……莫非能出使的只有这两个孩子吗？还是说他有别的目的？可恶，我看不穿对手的企图，现在情报还太少了。)

几个想法浮现在他脑海中，又像泡沫一样消失掉。

(最该优先的，是收集对方的情报。没有情报就什么都谈不上。然后是在以不惹对方不快的前提下，试探他们的底线。惹火交涉对象，导致交涉决裂，那是蠢货的行为。)

首先要问问他们来找吉克尼夫的原因。

两个黑暗精灵说“皇帝派了一些无礼之徒侵入纳萨力克地下大坟墓”，在中庭制造了瞬间夺走一百多人生命的惨剧。他们是有证据确凿的情报，还是只是虚张声势，有必要先看穿这一点。

他们所说的一些无礼之徒，从时间上来考虑，应该是指工作者们吧。如果是，那么下令派工作者前往的，毫无疑问就是吉克尼夫。可是吉克尼夫在其中用了许多计谋，使了按说应该连吉字都调查不到的手段。

他们——安兹·乌尔·恭是怎么看穿他的计谋的？这将决定他该采取怎样的态度。

(既然他们说是作为使者来的，那么应该有机会引出情报才对。非得盯紧他们的一举一动，看穿他们的目的才行。)

这两人背后，是一个派使者闯进别国皇城、以武力威胁别国君王的对手。些许判断的失误搞不好会直接导致他的生命受到威胁。

他可不想在皇城里再次发生地震。

吉克尼夫把意识集中到隔壁的房间。

他本来应该让近卫兵集结在隔壁房间，会面用的房间中也安排众多近卫兵，不过现在他没有这样做。就算集结五十名近卫兵，在这两个孩子面前，想必也只能白白送命。因此，他只在会面的房间中安排了五人。

帝国四骑士之一，“雷光”巴杰伍德·佩什梅尔；吉克尼夫最信任，也是帝国最强大的魔法吟唱者弗鲁达·帕拉戴恩；还有三名吉克尼夫赏识的秘书官。

同时，吉克尼夫命令近卫兵们在中庭挖掘已经合上的大地裂缝。

他知道就算挖开，找到尸体也没有意义。

帝国没有会用复活魔法的人。帝国的精钢级冒险者没有那么强大的力量，神官们的力量也没有强大到会用复活魔法的地步。邻国中，大概只有王国和教国有会用复活魔法的人。

即使没法复活，也要回收尸体，目的很实际，单纯因为不想失去他们装备的魔法道具。而且回收部下的尸体并厚葬，对于维持士兵们的士气来说是很有效的。

“来吧，使者阁下，两位远道而来，先喝点东西解解渴如何？我已经吩咐下人略备小点，如果不介意，希望两位能吃一点儿。”

吉克尼夫摇响了手摇铃。候在房门外的女仆们安静地走进了房间。将近二十名女仆，个个手里托着擦得发亮的银盆。

女仆们经过反复训练练出的动作简洁而优美。

吉克尼夫一向为女仆们整齐划一的完美动作暗自得意，可是她们今天的动作有点不齐。

正是因为本来非常完美，一丝紊乱都会非常显眼。

（怎么回事？以前让她们招待过各种使者，从来没有出过这样的问题啊！她们莫非受到了什么魔法的影响吗？）

吉克尼夫以意志的力量控制自己，不去摸衣服下面挂在脖子上的徽章。这东西只有偷偷戴在身上才有效果，如果被人知道他装备着，只会有反效果。

看到女仆们的视线在两个黑暗精灵身上晃，吉克尼夫明白了她们失态的原因。

（啊啊，原来如此，是这么回事啊……她们是被那两人的仪容镇住了。我很理解……可是蠢货们，不要给我丢丑啊。）

看到那两人的容貌，却只有这么轻微的动摇，或许应该称赞女仆们才对。

女仆们把饮料和甜点放在所有人面前，行了一礼之后离开了房间。

“来，请吧。”

“哼。”

黑暗精灵中的男孩露出有点不屑的表情，举起了玻璃杯。

玻璃杯是用透亮的玻璃精雕细琢成的精品。

吉克尼夫并不喜欢做工华美的玻璃杯，然而他又不能没有。欢迎使者用的餐具代表着帝国的国威，可以证明帝国对使者有多么重视。

黑暗精灵男孩含了一口饮料。

（没有丝毫犹豫啊……不戒备毒药，是因为事先用魔法做好了防护，还是已经看穿我们这边不会有下毒的意图呢？……莫非有其他的原因？嗯，旁边的少女也没有多想就喝了。）

“好像不怎么好喝啊，似乎也没有什么特殊效果。”

有一瞬间，少年的发言给吉克尼夫带来了新奇的惊讶。

从未有人这样跟吉克尼夫说过话，从他还是孩子时开始。

惊讶过后，吉克尼夫感到一丝怒气和烦躁，心想：不懂礼貌的臭小鬼。不过，他不蠢，不会表现出分毫不快的表情。

“真是不好意思，”吉克尼夫对少年笑了笑，“如果能告诉我两位喜欢什么样的饮料，下次我会事先准备好的。”

（——特殊效果是指有毒吗？他预想里面下了毒吗？他这话到底是什么意思？）

“我觉得你们准备不出我喜欢的饮料。”

“姐、姐姐，太、太没礼貌了。”

“嗯？是吗？会吗？”

（姐姐？这个黑暗精灵不是男性而是女性吗？两人不是兄妹而是姐妹吗？）

确实，这样一说，这少年看起来也有点像是一位少女。

（她为什么……打扮成男孩子……不对，她应该是选择了方便运动的装束吧。毕竟这个年龄段的小孩子都有点中性。莫非，另外一个孩子是男……不，看她的服装，再怎么也不可能是男孩子吧。不过……妹妹似乎比较文静啊。）

吉克尼夫开始想能不能拉拢执法杖的少女，或者能不能使她成为中间人，设法为帝国谋求更大的利益。可是现在手中对方的情报不足，他想不出合适的手段。

再说，可不要忘了，刚才的大屠杀就是这位文静的少女制造的。自作聪明等于把手伸进睡龙的口中。

（一切都需要情报啊，得尽快想出办法看看对方的底牌。）

“那么，使者阁下，刚才我已经报过名了，请再容我自我介绍一下。我是巴哈斯帝国的吉克尼夫·伦·法洛德·艾尔－尼克斯。刚才听到菲欧拉阁下报上了尊姓大名，可以请你也告诉我你的名字吗？”

“那、那个，就是，马雷·贝罗·菲欧雷。”

“谢谢你，菲欧雷阁下。那么，刚才菲欧拉阁下说‘安兹大人很不高兴，如果不来谢罪，将会毁掉这个国家’，所谓‘来谢罪’，是指我要前往纳萨力克地下大坟墓吗？”

“这还用问吗？”

他得到的回答很简略，却包含着一股寒意。

本来名为亚乌菈的黑暗妖精眼睛里就没有暖意，他只能从中感觉到类似人看向蝼蚁的感情。

好了，问题来了。

对方说的虽然是事实，但是自己这边到底该承认到什么地步呢？对方是通过什么途径了解到事实的呢？如果是往常，他会用三寸不烂之舌先把使者劝回去，然后展开收集情报的行动，可是眼前的两位使者会吃这一套吗？说到底，不摸清楚对方的底线，做什么都绑手绑脚。

“请问，派两位来访的是安兹·乌尔·恭阁下本人，没错吧？”

亚乌菈、马雷都露出了不解的表情。

“是的……怎么了？”

“没什么，我只是想确认一下。”

吉克尼夫思考起来。

安兹·乌尔·恭到底是什么人？黑暗精灵、坟墓、龙，相互之间没有多大的联系，它们之间到底有什么共通之处？

会不会是原本居住在都武大森林的黑暗精灵，移居到了草原的坟墓里？而龙是身为黑暗精灵族长的安兹·乌尔·恭使役的魔物？

吉克尼夫从脑海中驱散自己的妄想。

（……编故事还是交给游吟诗人去做吧，我的工作是从收集到的情报中推导出正确的答案。）

现在所知的，是对手通过某种手段收集到了帝国内部的情报。对手拥有极其完备的情报网，或者——

（——安兹·乌尔·恭擅长分析情报吗？看来有必要确认一下啊。）

“也是他亲自命令你们乘龙闯进这里的？”

“是，是的，是安兹大人的命令。”

“原来如此……是这样啊。”

“你怎么一直在问奇怪的问题？你到底来不来道歉？如果你不来，我就回去报告安兹大人，然后再回来毁灭这个国家。”

有句话叫不入龙巢焉得龙卵，意思是不冒险就没法取得卓越的成功或功绩。

吉克尼夫相信这句话，他决定向前踏出一步。

“我当然会去谢罪。我虽然不记得曾派谁前往名为纳萨力克的地方，但是很可能是我的部下擅自做出的决定。下面的人做错的事，上面的人必须负责。”

他看到视野一角，三名文官瞪大了眼睛，弗鲁达则频频点头，仿佛在对他的回答表示赞同。

“是这样啊，好吧。那么，跟我们一起回去吧！”

“请等一等，我可以去，但我毕竟是帝国的一国之君，总不能马上丢下自己的国家。对了，两三天——”吉克尼夫观察着对方的表情，确认两三天还不要紧，“——之内处理完急务。加上进行出行的准备，再加上为恭阁下置办礼品，十天——”

“十天？太慢了吧？”

“十天时间能准备好相当上乘的礼品。不然送些粗陋的礼品给恭阁下就太失礼了。而且我们需要调查到底应该由谁来承担责任。帝国面积很大，如果要调查，需要相当长的时间。”

“礼品啊……”亚乌菈一边说，一边思考起来。她身边的马雷则开始惴惴不安。

（原来如此……听到我要准备送给恭的礼品，他们就开始拿不定主意了。看来他们对自己的主人十分尊敬，利用这一点能争取到更多的时间。）

吉克尼夫正想开口，亚乌菈先说话了。

亚乌菈满脸笑容，以打趣的口吻说道：

“这个嘛。本来安兹大人让我告诉你马上前来谢罪，并没有指定明确的时间。‘马上’代表几天之后，你们看着办吧。”

察觉到安兹·乌尔·恭已经看透了自己这边的小算盘，吉克尼夫想一口吐沫啐在他的脸上，同时也确信了对方是智者和强敌。

（看来他是通过“马上”一词来试探我会有多匆忙。唉，安兹·乌尔·恭，这家伙也很擅长讨价还价啊。居然料到了这场对话的走向，看来他是个足智多谋的聪明人。）

“我说啊，你怎么不说话了？”

听到亚乌菈冰冷的声音，吉克尼夫回过神来，发现自己不由得陷入了思考的迷宫。

“啊，哎呀，失礼了。毕竟时间很紧张，我在想能准备出什么样的礼品……”

“是这样啊。嗯，好吧。那么，能回答我的问题吗？你什么时候能到纳萨力克地下大坟墓——来拜谒？”

“这个嘛，”吉克尼夫没有理会亚乌菈显而易见的挑衅，“考虑到各种准备工作，大概五天后可以前去叨扰。”

“明白了，那我就把你的话报告安兹大人了。啊，对了。被活埋的那些人，需要我们帮你们挖起来吗？不过嘛——”

亚乌菈双手一拍，露出了令人不敢相信来自一个孩子脸上的邪恶嘲笑。

“——他们都成了煎饼，不对，肉泥，我觉得要回收比较难了。”

吉克尼夫微笑着，因为对手这几句话的目的太明显了。

人类一冲动就会暴露本性。对方看来打算惹火他来观察他的反应。这是吉克尼夫有时也会采用的一种交涉手段。应付这类挑衅的最好办法就是顺水推舟。

“那真是太好了。既然这样就劳烦两位吧。”

看到亚乌菈扫兴的表情，吉克尼夫心里第一次浮现出了笑脸。

# 1章 舌战

# 第一章｜舌战

# 1

六辆豪华马车在草原上疾驰。

马车跑在草原上，车厢却稳得令人惊讶。

首先说车轮部分，这是名为舒适车轮的魔法道具。然后是车体部分，这里也用上了名为负荷减重的魔法道具。

这是一辆听到造价能惊得人眼珠跳出来的马车，而牵引马车的生物也是与之相称的特别生物。它们是一种类似马的魔兽，名叫八足马。

准备六辆同样的马车需要的费用，数额大得让人不想去计算。

六辆普通的有钱人坐不起的马车周围，还围绕着一群骑着壮硕战马的人负责警卫。

警卫超过二十名，他们着装整齐：个个身穿链甲衫，腰佩长剑，背后挂着箭筒和长弓。

警卫大多是男性，只有行进在队列前头的，是万绿丛中的一点红。

唯独她和其他警卫人员不同，身着重装备。她装备着全身铠甲，没有佩骑士枪，而是拿着看似步兵才会佩的长矛。她的面甲打开着，露出里面遮住右半边脸的金色布片，显得有些异样。

他们看起来更像所谓佣兵，可是齐整的动作和言行举止都透出不同于佣兵的气质。他们眼神犀利，警惕地注意着周边的状况。

在开阔的草原上还不放松警惕的样子，或许会被当作胆小的表现。然而在存在魔法、魔物横行的这个世界上，就算排除了一切危险因素，也不能说绝对安全。

这个世界上有几个月不吃不喝，潜伏在地下等猎物经过的大蜘蛛；有保持雾状不定形姿态，游过空中发起袭击的不净怪物；还有拥有令人石化的眼睛，哪怕远远看到其身影也得全速逃跑才行的毒蜥蜴。

防备着拥有致命能力的魔物，他们时常紧绷着神经。然而，普通的佣兵不会做到这个地步。

而说他们不可能是普通佣兵的最大依据，在于那些身在上空却无法看到的人。有一些人发动了和不可视化魔法相同的效果，在空中与马车团并行。

有一种名叫骏鹰的魔物，它们是狮鹫和雌马交配后诞生的，前半身是鹫，后半身是马。或许是因为有马的血统，它们比狮鹫更容易驯养，是人气很高的飞行魔物。飞在空中的，就是骑着骏鹰的人们。

有飞行能力的骑乘动物——其实也是魔物——买卖价格非常高昂，普通佣兵团买不起这么多骏鹰。

没错，他们看似佣兵的打扮，其实是用来欺骗各种敌人的伪装。

跑在马车周围的其实是帝国近卫军。飞在空中的是皇家空卫兵团，他们裹着可以同时使装备者和骑兽不可视化的薄纱，装备着极其贵重的魔法道具。

当然，马车的主人就是巴哈斯帝国皇帝，吉克尼夫·伦·法洛德·艾尔－尼克斯本人。

近卫兵们打扮成佣兵有几个原因。其中最大的原因是，皇帝不可能大模大样地率领骑士走在王国——侵犯国境——领土上。因此马车的外部装饰比起内部显得朴素得多——说是朴素也比一般的马车豪华。

从马车团最前面的一辆开始数第三辆，是吉克尼夫的马车，警卫也比其他马车更森严。

马车的顶棚——用来装载货物的位置经过了改良，货物中还隐藏着两名弓兵。

马车内部就非常奢华了。其华美与其说是马车，倒不如说是能移动的高级旅店。马车设计得长时间乘坐也不会觉得痛，内壁和地板都贴着柔软的绒毯，前后座席也非常柔软。

有资格和吉克同乘的有三人。加上吉克尼夫一共四人坐在一辆马车中，或许有人觉得会很挤，不过那只是没有坐过真正的奢华马车的人的臆测而已。实际上四个大男人都有宽裕的空间，坐得很舒服。

"——陛下。陛下，您差不多该醒醒了。"

听到声音，吉克尼夫从小睡中睁开了眼睛。

他用拇指和食指擦着眼角，打了个大哈欠，然后一边发出"嗯"的声音，一边伸展着后背。僵硬的身体恢复了柔软，他觉得很舒服，随后又打了个大哈欠。

"陛下，您睡得很香，不过看起来还是有点困啊？"

把吉克尼夫从甜美的梦乡中唤醒的，是有资格和他同乘一辆马车的秘书官，罗内·梵米利恩。听到他的提问，吉克尼夫摇了摇头。

"没事，不会的。头脑还有点迷糊，不过我已经不困了。话说回来，我真的好久没有睡过午觉了，大概长大后就没有过吧？身在皇城的时候，需要做的工作总是堆积如山，舍不得浪费时间，不过这次旅行我倒是没有什么事可做了……这还是我第一次觉得应该感谢恭。"

"啊——陛下确实总是忙忙碌碌地做着什么，为什么呢？"

说话口气仿佛不把皇帝当皇帝的人，是帝国四骑士之首巴杰伍德。跟皇帝用这样的口吻说话，按说听者可能会想皱眉头，不过马车中的同乘者都没说什么。

吉克尼夫对不拘礼的优秀部下苦笑着回答道：

"都怪那个叫鲜血皇帝的家伙。改革的步子迈得太大，许多后续工作都跟不上。这家伙真是个脑瓜不灵光的男人。明明有许多省力的手段，比如等优秀的部下多一点再采取行动之类。

回头你们要好好批评他，啊，批评之前要先准备好替代方案哟。”

车厢里的人都露出了和吉克尼夫相似的苦笑。

本来，帝国的行政是贵族——特别是宫廷贵族——的工作。这是因为出于金钱等各方面的因素，只有继承贵族血统的人才能从小接受教育。当然也有维护自身既得利益的因素。

然而吉克尼夫肃清了贵族，文官的数量自然也就减少了，与此同时，工作却因为改革而增加了。结果自然就是每个文官分到的工作都大幅增加，吉克尼夫自己也不例外。

正如鲜血皇帝这一绰号，他处理掉了许多无能的贵族。然而处理完之后他才察觉到，他们虽然无能，但也发挥着一份无能的作用。

不过，即使如此，他也没有后悔。

当时是展开肃清的最好时机，如果继续等下去，恐怕骑士们的指挥权会被大贵族们分割，自己父皇的死就失去意义了。

正是肃清让帝国的未来一片光明。

女人为了生孩子会承受痛苦，那么每天繁重的工作，大概就是新生帝国带给他的产痛吧。如果是这样，跨越痛苦之后，他得到的将会是宝物。

想到这里，吉克尼夫联想起了自己的孩子。

吉克尼夫虽然没有结婚，但是有孩子。有一些女人为他生了孩子。他还没有皇妃，所以不能称她们为侧室，只能叫爱妾。

很遗憾，他对自己的孩子没有什么感情，不过他希望其中能有一个优秀的孩子。

万一将来成了皇妃的女人生下的孩子不够优秀，他打算从爱妾生的孩子中另立皇储。

“不过话说回来，一个正常的国家，皇帝不能总是忙忙碌碌地工作。希望能尽早培养出合格的文官，我也好回归历代皇帝只管发号施令的工作状态。再说了，我可不想让我的孩子，也就是下一任皇帝，也和现在的我一样操劳。免得他因为太忙，怨到我的头上。”

现在的帝国是一代优秀的皇帝建成的。不对，应该说是历代贤君打好了基础，吉克尼夫建起了宏伟的建筑。然而，谁也不能保证下一任皇帝、再下一任皇帝都是优秀的。

吉克尼夫虽然不会说出口，但他希望建立起只要皇帝不算太昏庸，就能将帝国正常运营下去的系统。

“这很难吧。对现在的帝国来说，陛下是绝对而不可或缺的，臣觉得您没法像历代先皇一样运营帝国。”

“梵米利恩，设法改变现状才是你们的工作。我拥有绝对的决定权是当然的，这是历代先皇努力施政的成果。可是，就算我是绝对不可或缺的，我也不该事必躬亲。如果什么事都得我亲自过问，那还要文官们干什么，他们把脑子落在哪儿了？”

“肯定没有落在帝国魔法学院，陛下。”

魔法学院的上级组织，帝国魔法省的最高负责人弗鲁达插话了。他的意思是自己没有培养出吉克尼夫所说的蠢货。

“哈哈，是啊。老爷子说得没错。”吉克尼夫干咳了一声，让气氛紧张起来，“在我这一代，经过除旧布新，帝国返老还童，变成了一个婴儿。梵米利恩说得没错，在帝国成长起来之前，我操劳也是应该的，但是帝国必须尽快成长起来。我们应该制订好将来的计划，到时我只是指示大方向，文官和武官负责实施。”

只有一个绝对不可或缺的皇帝，国家没法强大，吉克尼夫清楚这一点。

罗内说“明白了”，低下了头。以他的年龄来说，头发显得太稀薄了。

“下一代皇帝啊……这么说来，陛下不和那位大人生个孩子吗？”

吉克尼夫很快想到了巴杰伍德所谓的“那位大人”是指谁。他知道巴杰伍德对他的爱妾中的一人评价颇高。

吉克尼夫的爱妾都是按相貌和双亲的地位选拔的，不过其中只有一个女人和这些要素无关。她是唯一一个不凭长相出身，而是靠头脑成为吉克尼夫爱妾的女人。得到吉克尼夫允许，可以谈论政治——当然不是在公众场合，而是在床上之类的地方——的女人只有她一个。

吉克尼夫本来不打算让她做爱妾，不过实际上她还是成了爱妾之一，这是她自己要求的。

吉克尼夫觉得立她为正妃也未尝不可。

“不，她不想生。她明确说过：‘容貌是与生俱来的宝物。特别是对于统治者来说，容貌是非常重要的资质。脑瓜不好，可以通过努力和拥有优秀的部下来弥补，容貌不好就没办法了’。”

“继承陛下的血统，容貌就得到了保证。不过确实，受到相貌堂堂的皇帝命令，作为臣下心情也会更愉快。”

“果然是这样吗。”

没有比自己地位更高的人，吉克尼夫不明白臣下的心情。以他自己来说，不管多丑陋的臣子，只要有能力，他都会毫不在意地任用，也会给其位高权重的官职。

“帅哥总比长得像翻白肚的癞蛤蟆的人要好。陛下你想，在你身上扭腰的女人，当然也是越漂亮越好吧？”

“——当然。我现在好像有点明白了，可是真的是这样吗？”

吉克尼夫歪着头，觉得好像有什么不对。

“陛下打算从哪儿迎娶正妃呢？”

听到弗鲁达的提问，吉克尼夫皱起了眉头。

“要说国内还是国外，我还是想从国外找。现在从国内迎娶正妃没有一点好处。我确实打算从国外迎娶……不过那家伙好像推荐那个捉摸不透的女人做正妃啊。”

弗鲁达捋着胡子说道：

“拉娜公主吗？”

吉克尼夫苦着脸点了点头。

里·耶斯提杰王国的第三公主——拉娜·提耶儿·夏尔敦·莱儿·凡瑟夫。她是一位绰号“黄金”，貌美名高的公主。然而在吉克尼夫心目中最讨厌的女人排行榜中，她已经连续几年稳守头名了。相对地，他喜欢的是卡贝利亚都市长——她统治着都市国家群中的一个名叫贝巴德的都市。

“我猜不透那家伙到底在想什么。听到她的传闻，我总觉得别扭，好像她每次失败都是有意而为之。”

吉克尼夫倒希望自己是瞎想，不存在那样的人，然而他最清楚人类是多么复杂古怪。如果她是故意失败，那么目的到底是什么呢？每次他揣测那个名叫拉娜的女人的思想，总有种不快的感觉，觉得自己像在蛛网中一样，越挣扎就被缠得越紧。

“……那个阴森的女人，希望有人暗杀掉她才好。”

“如果这是命令，我可以马上叫伊加尼娅来。”

伊加尼娅是出没于帝国东北部和都市国家群等地的暗杀集团，名字借用自曾经的十三英雄之一，他们会用非常奇怪的技能。帝国想悄悄把他们收入麾下，一直在进行试探，不过还没有得到令人满意的答复。

“不要不要。我还指望那女人教我划时代的知识呢，比起杀掉，还是让她活着好处更大……那个女人，大概也明白这一点吧。”

“她连这都能料到吗？”

“谁知道呢。”吉克尼夫一边回答，一边觉得很有可能。

拉娜的言行，会通过安插在王国的间谍，传到吉克尼夫耳朵里。她提出的政策中，有许多点子连吉克尼夫都会瞠目结舌。吉克尼夫把听来的政策在帝国实施，得到了很好的成绩，证明了她的点子有多棒。

她如果遇到不测，对帝国来说也是损失。

拉娜在王国进行政策提案的时间点，让吉克尼夫觉得她或许是在配合帝国的动向。如果真的是这样，名为拉娜的女人相当于在没有眼睛和耳朵的状况下，感知着帝国的动向，并且操纵着帝国的政策。

吉克尼夫甚至想把王国战士长葛杰夫挖到麾下，而他却不想迎娶拉娜，也是因为拉娜实在令人捉摸不透。

“不过，就算拉娜公主死了，王国或许也没有什么损失，要是陛下驾崩，那帝国可就土崩瓦解了。如果是暗杀，我们（四骑士）倒是有信心保护你，可是暗杀之外我们就没办法了，你可不要为政务过于操劳。”

“当然了，在帝国建立起完善的行政组织之前，我无论如何也不能死。”

帝国如果现在失去组织绝对的顶点，长久以来的努力有可能毁于一旦。

将来帝国会成长为多么强大的国家，只要是能看穿这一点的敌人，一定不管牺牲什么，也想趁现在杀死皇帝。特别是王国和教国之类的临近诸国。

帝国想把伊加尼娅收入麾下，也是想以他们作为反暗杀的手段。

“是啊，现在可不能没有陛下。虽然为了防止中毒或负伤，平时就在身边安排着信仰系魔法吟唱者，但是问题是没有高手啊。要是我能教出几个就好了，可惜我会用的信仰系魔法也不值一提。”

“你是最强的魔法师，总不能什么都会啊。对了对了，我曾经向教国提出过援助的请求，对方没有给出令人满意的答复。让信仰四大神和小神的神殿们去竞争如何？取得了成果的神殿可以从帝国得到奖励。”

竞争有利于技术的发展。可是，听到这个提案，罗内拼命摇着头，摇得头发都乱了，贴在了额头上。

“太危险了。帝国内的神殿，都是靠捐助和贩卖通过独特技术制造的道具自主经营。如果国家在其中作威作福，一定会招致不满。”

“我想也是啊……如果能把各神殿招致麾下，帝国将会变得更强大，不过在这方面教国已经十分先进了。他们大概几百年前就完成了相关的工作吧，真希望知道他们用了什么手段。”

“毕竟信仰系魔法和人们的健康之类的事情也有关。现在把会用信仰系等魔法的人雇为骑士，或者进行教育，我觉得倒是个很好的办法。如果骑士只会用剑，那在同怪物的战斗中只会不停损失人员。”

巴杰伍德曾经去消灭魔物，在鬼门关上走了一遭，他一边低吟，一边说了下去：

“从我个人来说，还是希望有复活魔法。如果有复活魔法，优秀的人就算死了，也不必再唉声叹气……不过我听说，复活魔法会夺走对象的生命力。普通人承受复活魔法会变成灰，不知是不是真的？”

弗鲁达突然探出了身体。

这位老人不知是因为一直担任皇帝的老师，还是因为听到了和自己挚爱的魔法有关的话题，这种时候总会两眼放光地开始阐述。问题是他一开口就是长篇大论，吉克尼夫注意着不被弗鲁达看到，露出了疲惫的表情给巴杰伍德和罗内看。

“是这样的。复活魔法‘死者复活’，是第五位阶魔法中的信仰系魔法，会使对象丧失大量的生命力。据说更高阶的复活魔法能减少生命力的丧失……不过大家都认为没有能使用更高阶复活魔法的人。我还听说龙王们的古代魔法，可以在不使对象丧失生命力的情况下复活对象，不过——”

“那么龙王国的女王，应该会用吧？”

“问得好，梵米利恩。那位女王被认为会使用古代魔法——也有人称之为原始魔法或者灵魂魔法。龙王国公开宣布，这是因为她继承着七彩龙王的血统。不过没人知道她会不会使用复活魔法。原始魔法的体系与现代魔法完全不同，对于只会用现代魔法的我们来说是无法揣测的。”

弗鲁达话毕，用目光向吉克尼夫几人示意一下。吉克尼夫有点担心自己不耐烦的表情会不会被弗鲁达看到了，听到弗鲁达再次开了口，他才放下心来。

“古代魔法……我很想调查一下。继承七彩龙王血脉的人会用古代魔法，说明血统很重要。如果陛下要迎娶正妃，我认为那位女王的近亲应该是最合适的……”

“饶了我吧，老爷子……我可不想和那个装嫩的老太婆扯上干系。”

龙女王一直在他心目中最讨厌的女人排行榜中稳守第二位，他可不想和龙女王做夫妻。再说，就算他对自己的孩子没多少感情，被弗鲁达拿去当实验材料也太可怜了。

当然，如果和国利放在同一天平上，他会怎么想就另当别论了。

这时，马车的车门被敲响了。

考虑到需要应对情报系魔法的探测和适当的防御效果，几乎整个马车都被金属板包裹着。正因如此，车厢上没有能看到车外的窗户。巴杰伍德挪动屁股，把车门打开一个小缝看向外面——应该说是看向敲门者才准确。

周围被骑士护卫得严严实实，敲门者一定是自己人。他这样做是为了以防万一。

“陛下，是雷纳丝。”

"打开门。"

车门打开，草原清新的风吹了进来，拂动着车内乘客们的头发。按季节来考虑，外面的风应该还有些料峭，不过吹进马车中的却是让人觉得很舒适的暖风。不必说，这自然是因为施放在马车上的魔法。

和马车并行的，是刚才还跑在一行最前头的女性。

"失礼，陛下。刚才——"

吹过的风，让她说的话听不清楚。

"不要这样说了，进来，不用有顾虑。"

"是，那么打扰了。"

话毕，她从马上一纵身，优雅地落在了和马并行前进的马车入口处。看起来似乎轻而易举，实际上她穿着完全用金属制造的全身铠甲，考虑到她是从疾驰的马上跳到马车上，她的运动能力可见一斑。不过她拥有这样的运动能力是理所当然的，因为她就是帝国四骑士之一，以攻击力最为见长的"重爆"雷纳丝·洛克布鲁斯。

跳到马车上后，雷纳丝轻轻关上了车门，坐到了巴杰伍德身旁。车门即将关上的时候，能从最后小缝中看到，并行的某位近卫兵拉起了雷纳丝坐骑的缰绳。

施放在马车上的魔法，效果只是让空气维持舒适的温度，直接碰触到冰冷的东西还是会觉得冷。雷纳丝身上的金属铠甲一直暴露在外面冰冷的空气中。身边坐了一个冰冷的金属块，巴杰伍德发起抖来。

“刚才收到了先遣队通过‘讯息’发来的联络。”

施放在马车上的魔法之一，可以阻碍外界的情报系魔法。它可以防止被敌人发现，但也有一个问题：会挡住以“讯息”为代表的联络系魔法。因此人们事先说好，“讯息”会发送给在马车外负责警卫的雷纳丝。

“先遣队现在已经到达纳萨力克地下大坟墓，在木屋向女仆们告知陛下的预定到达时刻后，正在接受对方的款待。”

“女仆？那里不是地下坟墓吗……女仆？女仆啊……我听说有的国家为了让国王死后也不缺人侍奉，会让生前伺候国王的女仆殉葬，是这个意思吗？还是说真的是离开了森林的黑暗精灵，把大坟墓当成了新的据点呢？”

“很遗憾，‘讯息’中没有说得那么详细，陛下。”

“到底什么情况……森林不属于人的世界，也就没有历史……好吧，希望她们不要像闯进皇城的怪物那么可怕。告诉他们不要大意。”

“陛下所言极是。考虑到使者阁下的力量，接下来我们要前往的地方是未知的世界，陛下要千万小心。如果发现有什么不对劲，请马上向我身边跑。”

“你的意思是有什么万一，就用空间传送逃走吗？”

弗鲁达以微笑表示肯定。

“到时候我们会设法争取时间的。不管对手有多少兵力，我们也会争取到让陛下逃跑的时间。”

巴杰伍德微微一笑，而他的同事雷纳丝则一言不发。她的态度与其说是默许，更像是因不赞同而保持沉默，不过周围的人也不会说什么。

本来她成为帝国四骑士之一，并不是效忠吉克尼夫。只是追随吉克尼夫对她来说有好处。如果出现了更便于她实现愿望的人，她一定会马上抛弃现在的地位。

也就是说，她是忠诚度最低的骑士。

四骑士是以能力选出来的，并不重视性格或忠诚度。不过像她忠诚度这么低的部下也确实不好找。

尽管如此，还是把她带来作为警卫队的成员，是因为吉克尼夫不得不把四骑士之一，“激风”宁布尔·亚克·戴尔·亚诺克留在帝都，没有选择才带上了她。如果“不动”还在，想必他会代替她坐在这里。

“请恕我失礼。”

雷纳丝从怀里掏出手帕，举向了自己的右半边脸。盖着雷纳丝右半边脸，看上去像金黄色的布一样的东西，其实是她的头发。她把手帕伸到头发下面，开始擦了起来。

擦完之后，手帕已经变成了黄色。它吸满了脓水。

“对我来说最重要的是我自身，请不要怪我。”

“嗯，没关系。这是请你成为四骑士之一的时候我们做的约定——不对，应该说是交易才恰当吧。”

“原来如此，大家都各有打算啊，那我还是找个地方缩起来免得妨碍到大家好了。”

为了改变车厢里的气氛，罗内一本正经地宣布道，引得大家发出了微妙的笑声。

“那么，以现在的移动速度，几小时后能到达纳萨力克？”

听到吉克尼夫的提问，罗内从怀里掏出了怀表，开始确认时间。然后他把脸转向雷纳丝，看她点了点头，这才开口：

“看来一切都在按计划顺利推进，一个小时后应该就到了。”

“是吗，那真是令人期待。让我们看看安兹·乌尔·恭到底在打什么主意吧。”

## 2

吉克尼夫乘坐的马车慢慢降速，最后彻底停住了。停是停住了，他也不能马上下车。虽然麻烦，但是为了体面，还是要做好相应的准备。

本来应该由下人——一般来说是女仆——伺候皇帝做准备。他或许应该等到乘坐其他马车的女仆过来伺候，实际上时间并不那么充裕。他毕竟是以谢罪的名义来访，磨磨蹭蹭让对方的使者等待不是什么好主意。

吉克尼夫拽了拽衣服，整理好衣服的褶皱，披上大氅。这件大氅是用施好魔法的魔兽皮制作的，非常贵重。不管外面多么寒冷，穿着者也基本不会感到不适。

接下来只要把权杖佩在腰上，最基本的准备就做好了。

吉克尼夫瞥了一眼，确认自己的仪态是否有失体面。

接下来他就要开始和安兹·乌尔·恭进行舌战，万一衣服上还有褶皱，可就不是丢人那么简单的了。因为对手洞察力太低受到轻辱，那对他来说求之不得，然而因为自己衣冠不整受到轻辱是不能接受的。

仿佛正在等着吉克尼夫满意后点头，车门在这时被敲响了。

“那么，陛下，我先下去了。”

“拜托了。”

简短回答后，巴杰伍德打开了马车的车门。

那是与帝国最高统治者乘坐的马车相称的、威风的开门方式。以防万一，罗内插进车门与吉克尼夫连线中间位置，为皇帝做肉盾。

隔着巴杰伍德的背影，吉克尼夫看到了外面的光景。

最先映入眼帘的是草原，然后是面对面列好队的两列近卫兵，再向前，是丘陵状隆起的大地，还有仿佛埋在大地上的巨大铁栅栏门。

（莫非那前面就是纳萨力克地下大坟墓吗？和我听到的报告似乎有点不一样……应该在误差允许的范围内吧。）

巴杰伍德下了马车，并入近卫兵们的队列中。吉克尼夫也跟在他身后下了车。

吉克尼夫做了个大大的深呼吸。吸入吉克尼夫肺里的新鲜空气恐怕是冰冷的，不过在魔法衣服的力量保护下，他只感受到了怡人空气带来的舒适感。

他深深地把气呼出去，稍稍转头，确认部下们的身影。

弗鲁达的高徒们身着长袍，手执法杖。

骑士团麾下的信仰系魔法吟唱者们胸前佩戴着圣印。

近卫兵们保持着岿然不动的姿势，其中包括作为先遣队到纳萨力克地下大坟墓报信的近卫兵。

吉克尼夫个人来说挺想问问他们见到了什么人，说了些什么，可是这样的场合下实在不合适。

他的女仆们，还有某辆马车中的另外一些人，似乎还没有得到允许离开马车。

（嗯，毕竟是礼品嘛，理所当然的。那么，所谓木屋是在铁栅栏门前面……不对，是那里吧。）

吉克尼夫把视线转向左侧，那里突兀地建着一座一层的木屋。相对于草原和墓地等周围的地形，木屋显得格格不入，甚至令人想要苦笑。再说，这些木材是从哪儿运来的？远处能看到安杰利西亚山脉，他想起了山脉周围广阔的都武大森林。

（莫非是从都武大森林采伐来的吗？不知道到底有多少公里，他们还真是不嫌费事啊。）

吉克尼夫对木屋相关的知识，当然不可能知之甚详。眼前的木屋虽然不算是多宏伟的建筑，但是考虑到周围的状况，能建成这样的建筑，他觉得已经相当了不起了。

（……玄关的门大得出奇，是双开门，还有上面为什么这么高呢？有三层楼那么高吧，莫非本来是当成仓库使用的吗？）

就在吉克尼夫观察木屋的时候，巴杰伍德和雷纳丝站到了他的右侧，弗鲁达站到了左侧，罗内站在了他的身后。

“陛下，允许乘马车的人们下车吗？”

听到罗内贴到耳边询问指示，吉克尼夫的视线没动，回答道：

“不要，现在没有那个必要。现在需要的是——”

吉克尼夫说到一半又合上了嘴，并不是因为木屋的门打开了，而是因为看到了从里面走出的两位美女。

她们穿着正统的女仆装。女仆装做工应该算是十分精良，但也没有更值得赞叹的地方。吉克尼夫看过各种各样的美女，就连他看到女仆们——标致得异常的容貌，都无法掩饰自己的惊奇，他的心被紧紧抓住了。

（居然如此……美丽。不过……）

她们非常美丽，如果她们是帝国某贵族家的女儿，想必吉克尼夫会毫不吝惜溢美之词，说不定他还会考虑把她们纳入后宫。可这里是草原正中的坟墓，美貌的女仆和坟墓并不相称，甚至让人觉得格格不入。

吉克尼夫听到右边传来轻轻的“啧”的一声，不过他现在顾不上理会。

“呐，老爷子，那会不会是幻术呢？”

“不知道，我也不清楚，不过我觉得应该不是。”

“她们是人类吗？我觉得肯定不是黑暗精灵……”

“不知道，这我也不清楚……不过我觉得应该不是人类。”

弗鲁达的回答让吉克尼夫稍稍松了口气。既然不是人类，美丽的女仆出现在草原中的坟墓也就不奇怪了。

他的回答容易理解，而且非常合理。

两位女仆同时行了一礼，盘着头发的女仆先开了口。

“恭候多时了，吉克尼夫·伦·法洛德·艾尔－尼克斯皇帝陛下。我名叫由莉·阿尔法，奉命迎接诸位，后面这位是奉命辅助我完成使命的露普斯蕾琪娜·贝塔。我们不会相处太长时间，还请多多关照。”

得到一段从惊讶中恢复镇定的时间，吉克尼夫终于有了回答的余力。

“谢谢两位。我从心底感谢安兹·乌尔·恭阁下安排两位美丽的女性迎接我。还有皇帝作为称呼太死板了，不必这样叫我。在这里就当我是个普通人，叫我吉尔就好。哎呀，真希望两位女士能这样称呼我啊。”

吉克尼夫向由莉露出了和悦的笑容。

然而，面对女性应该会为之动心的笑容，由莉严肃的表情没什么变化。吉克尼夫凝视着由莉的眼睛，观察对方的反应，他发现由莉心中也没有泛起一丝涟漪。

我不是她喜好的类型吗，还是说她是个公私分明的人呢？莫非因为现在是她的工作时间吗？

（读不透。我本想尽可能给对方留下好印象，看来很难啊。我其实对讨好女人还是很有自信的……啊，要是老爷子说得没错，她们很可能不是人类。如果是人类以外种族的女性，我就没辙了……不过话说回来，她们是什么种族呢？从外观看起来，应该是人类的近亲种族才对啊……）

她们实在令人捉摸不透。

从那两个黑暗精灵来看也好，从这两个女仆来看也好，安兹·乌尔·恭似乎是个非常重视外表的人啊。

（如果是这样……容貌逊于这两人就没有价值了……）

吉克尼夫开始想马车中的那些女人。

乘坐在那辆马车中的，是贵族大小姐们。吉克尼夫对她们的美貌很有自信，他把她们带到这里，本来是打算视情况将她们送给安兹做礼品的。她们很清楚违抗吉克尼夫的命令，会给自己的家族带来什么样的后果，临行前已经做好了心理准备，是流着泪与双亲告别后才上了马车——

（白费力气了啊。不过话说回来，她们听说对方有更上等的美人，不需要她们，不知是会高兴呢，还是会作为女人怀有复杂的心情呢。如果是要送礼品，是不是找些森林精灵送来要更好点？）

他没有找国内的森林精灵奴隶带来，一是因为时间不够，二是因为想用他们作为今后交易的筹码。不是与安兹·乌尔·恭做交易，而是为了与马雷进行秘密交涉。

名为马雷的少女在他面前一直怯生生的。吉克尼夫认为只要彻底查清楚马雷的弱点，可以将她操纵起来，用来实现自己的目的。

（以释放马雷的近亲种奴隶为诱饵，让她瞒着恭为我做些简单的事。下一次再抓着她瞒着恭为我做过事的把柄，向她提一些小小的要求。我考虑的计划本来是一步一步，让她越陷越深……）

吉克尼夫正在思考怎么利用还没能策反的敌人部下，由莉向他开了口。

“皇帝陛下真会说笑。我的主人——安兹·乌尔·恭大人命令我们对皇帝陛下竭尽待客之礼。请原谅我们不能接受皇帝陛下的厚意。”

“是吗，那真是太遗憾了。”吉克尼夫风趣地耸了耸肩，“不过你们随时可以亲昵地称呼我。那么，恭阁下在哪儿？”

“是这样的。主人现在正在做准备，请在此稍候片刻。”

“原来如此，那么我在哪儿等才好呢？那座木屋吗？”

“不，请在这里稍候。”

吉克尼夫抬头看向天空。虽然看起来不像是要下雨，但是黑云笼罩着天空，绝对说不上是好天气。再说，就算吉克尼夫自身不觉得寒冷，但现在也是冬天。

让他等在荒郊野地里是什么意思呢？恐怕是要让他明白，主导权到底在谁手里。

从为了谢罪被叫到对手的住处时起，吉克尼夫已经失去了主导权。居然还要落井下石，可见安兹·乌尔·恭的性格非常阴险。

“是这样啊……”吉克尼夫好像想要试探什么一样眯起了眼睛，“明白了，那我们就回到马车里去等好了。”

吉克尼夫感到几个近卫兵听到这话，眼睛里燃起了近似愤怒的感情。

他们大概是觉得，就算并不在意邻国的——说不定还是敌对国的——人是否舒适，让一国之君等在荒郊野岭中也过于无礼。

然而，没人把自己的想法说出口。不知他们是觉得自己的皇帝已经同意，自己作为下人不该随便开口，还是——

（还是因为亲眼看到了黑暗精灵的暴虐呢？如果真的是这样，这个恭还真是不好对付。只用一次攻击，就在我们心里埋下了巨大的楔子。就算那是一辈子只能用一次的天生异能，又有谁能去验证呢。使用者是孩子，使威吓效果更显著了。现在见者心中肯定有了强烈的印象，觉得他们中的孩子也能做到那么难以置信的事。）

“请等一下。”

吉克尼夫正要迈步，由莉沉静的声音叫住了他。

“安兹大人已经命令过我，既然要皇帝陛下在此等待，就要好好招待，不能失礼。”

吉克尼夫惊得稍稍颤了一下。

（她把恭称呼为安兹……他允许女仆直呼其名吗？莫非她不是女仆……不对，原来如此，说明他们之间关系亲密。她是恭的女人啊。大家都是男人，我也懂。那么美貌的女人，怎么可能忍得住不下手。）

吉克尼夫对安兹产生了些许亲近感，以夸张的态度道起谢来。

“噢噢！那真是太感谢恭大人了。那么两位打算在什么地方，怎样款待我呢？”

“请允许我们准备一下，现在天气不太好，请允许我从天气开始。”

“此话怎……噢噢？！”

发出惊叹声的不止吉克尼夫：魔法吟唱者们、近卫兵们、巴杰伍德和雷纳丝，甚至包括见多识广的弗鲁达——在场的所有人都不由自主地发出了惊愕的声音。

黑云缓缓移动了起来。

就像被看不见的巨人用手拨开了一样，头上的黑云飘走了。从吉克尼夫他们的位置也能看到，飞在上空的骏鹰骑手们不知道发生了什么，开始惊慌失措。

“怎么回事……开始暖和起来了……”

“你也这样觉得吗？不是错觉吗？”

听到近卫们交头接耳，吉克尼夫脱掉了大氅，解除了使身体感受不到温差的魔法力量。然后——

“陛、陛下！”

罗内惊讶地唤着突然脱掉大氅的吉克尼夫，然而他顾不上回答。

“唔，唔哈，唔哈哈哈，这是什么……这是什么魔法？老爷子！这是怎么做到的？！”

吉克尼夫抛开了冷静的态度，一脸扭曲的表情瞪着弗鲁达。

环绕身边的是春天温暖的空气，充满寒意的冬日气息已经不见了踪影。吉克尼夫接受弗鲁达的魔法教育时，也没有听说过这样的招数。那么她们到底用了什么招数呢？

“这应该不是魔力系魔法……森林祭司的信仰系魔法中有可以操纵天气的。”说到这里，弗鲁达忍不住笑了起来，“操纵天气是第六位阶魔法，不过看陛下的状态，受到操纵的应该并不只是天气。她们似乎用了位阶更高的魔法，真是太厉害了。”

“这是那个黑暗精——使者阁下的魔法吗？”

如果是黑暗精灵的魔法，他觉得不算奇怪。以能制造地裂、吞没近卫兵等人的魔法吟唱者的能力，可以改变天气也很正常。不对，这是他的愿望，他不愿意相信还有很多人有同等的能力。眼前的事情对他来说像噩梦一样。

“或许吧……不过没有确凿证据。”

弗鲁达仿佛觉得很有趣的口气，让吉克尼夫生出一股邪火。

吉克尼夫的老师是一位非常优秀而值得尊敬的人物，不过一旦牵扯到魔法，有时他会变成不太可靠的人。每逢这样的时候，吉克尼夫就会觉得老师非常让他火大。

“这样应该就舒适多了，那么我们继续下一步准备。”

女仆根本不管吉克尼夫的邪火，对他说出了一句相当于追击的话。

吉克尼夫拼命抑制着自己想要求饶的心情：他希望女仆的下一步行动不要再给他进一步的精神打击。巴哈斯帝国皇帝的矜持不允许他这样做。

“好了，来吧。”

听从由莉的命令，木屋的门打开，有什么巨大的东西从里面走了出来。

“咕！！！”

不知是谁发出的叫声，很像鸡被拧死时发出的声音。

当人们发现叫声出自谁的时候，不光吉克尼夫，动摇传染了所有人。不对，所有人甚至都觉得自己是在做梦。

发出这声实在令人叫绝的声音的，正是帝国首席宫廷魔法师，“三重魔法吟唱者”弗鲁达·帕拉戴恩。被誉为与传说中的十三英雄比肩，甚至更胜一筹的男人。这样的一个男人，居然因为惊愕圆睁双目，凝视着从木屋中走出的东西。

紧随其后，许多声尖叫响了起来，发出叫声的都是弗鲁达的高徒。

“不可能！那是——”

“难、难以置信！这不可能！”

“危险！我们会被攻击的！防御魔法！请允许我们发动防御魔法！！”

看到高徒们打算进入战斗态势，弗鲁达大喝一声：

“吵死了！！安静点！！”

看到魔法吟唱者们的反应，大家都明白了从木屋中走出的是多么令人难以置信的存在，纷纷把目光集中到一点。

那毫无疑问是个异形，是个身穿黑色铠甲的怪物。

它的个头太大，样貌太邪恶。仿佛神抽出人类的暴虐性，包上一层皮肉制造出的产物。它腐烂的脸上没有表情，只有双眼因为对生者的憎恶而熠熠生辉。

它们一共有五只。

最前面的一只巨大的身躯上扛着大理石桌，后面的几只分别灵巧地拿着许多把椅子。

它们没有丝毫敌意，仿佛在嘲笑准备战斗的高徒们。

大家突然听到“扑通”一声。

站在弗鲁达附近的一位高徒，突然脸色苍白，软绵绵地跪倒在了地上。不光是他，随弗鲁达前来的四名高徒基本都处于同样的状态：苍白的脸仿佛保持着惊愕的表情冻住了一样，重复着喘息一样短促的呼吸。

“不可能。这怎么可能……不，这不可能。那是死亡骑士！以死亡骑士作为仆役？那么多死亡骑士都是仆役？”

吉克尼夫想起了什么，他忘了自己的身份和所处的场合，大吼起来。

他顾不上那么多了。

“死亡骑士？死亡骑士是什么！老爷子！回答我！以前我好像听到过这个名字，它们和据说束缚在魔法省深处的不死者是一回事吗？”

没错，死亡骑士。吉克尼夫记得有一种叫死亡骑士的怪物，仅仅一只就能让帝国陷入危机之中。

吉克尼夫的询问没有得到回答。

弗鲁达圆睁着眼睛，一脸欢喜地呆看着死亡骑士们。

吉克尼夫确认了自己不会从弗鲁达处得到答案，觉得再问也是白问，紧走几步来到高徒们面前，揪起了其中一人的衣领。

“你们说的死亡骑士到底是什么意思！回答我！”

“啊！陛、陛下，您说得没错，死亡骑士就是封印在魔法省深处的传说级不死者。就连老师都不能使役它。”

吉克尼夫只能笑了。刚才巴哈斯帝国皇帝的矜持没了，它龟裂破开，碎了一地。

“……哼，哼哼。哼哼哼哼。什么传说中的不死者，眼前就有五只。莫非死亡骑士是指一个群体，五只一个单位吗？你们在跟我说笑吧？”

“岂、岂敢，我们怎么敢跟陛下说笑！”

吉克尼夫感觉到有人站到了自己身旁，转眼去看，发现来者是帝国最强的战士之一巴杰伍德。他的脸颜色苍白，而且抽搐着。

“哎，哎呀，陛下，陛下。请冷静地听我说哟。那东西太厉害了。我们所有人一起上也不好说能不能挡住一只。我觉得是不是赶紧逃跑为好呢。不妙啊，真的不妙啊。你看我的手。”

吉克尼夫一看，发现巴杰伍德的手正在发抖。他那抽搐的表情告诉吉克尼夫，他不是因为兴奋才发抖。

“强得无法估量，那东西……应该比史托罗诺夫先生还强吧？”

另一位四骑士的成员，正从她刚才所在的位置缓缓向后退。她没有扭头就跑，大概是因为对方没有显露敌意，她也不想吸引对方的注意吧。

简直就像误入了噩梦之中。

噩梦就在眼前。

死亡骑士把家具放到草原上的样子，就和一帮小厮没有二致，怎么看也不像传说中的不死者。

高徒们说，吉克尼夫所知的，最出色的魔法吟唱者弗鲁达都无法支配这种不死者。他看过眼前所有人的反应后，觉得他们说的应该是真的。

也就是说，现在有五只战斗力或许凌驾弗鲁达之上的魔物在场。

作为评判标准的弗鲁达·帕拉戴恩，他的战斗力大概相当于帝国所有兵力的总和。当然，弗鲁达的魔力并非无穷无尽，如果正面冲突，他会被慢慢消磨得失去战斗力。然而，如果他使用传送魔法或者飞行魔法，就可以单枪匹马歼灭帝国全军。

这样看来，只算在场的死亡骑士——就有五倍于帝国全军的战斗力。

令人难以置信。

这不可能。

一个人怎么可能拥有这么强大的军队。不，就算是一个国家，也很难拥有战斗力如此强大的军队。一个小小坟墓的主人，居然拥有如此强大的军事力量，足以匹敌历史悠久的大国或评议国之类的极少数国家吗？

两个黑暗精灵出现的时候，他拼命逃避的可能性，现在变成了现实摆在他的面前。

“安兹·乌尔·恭……居然是不能下手，不对，碰都不该碰的怪物……”

就像惊涛骇浪中的小船，吉克尼夫的精神只能任凭风浪摆布。

不过钢铁般的意志帮助他冷静了下来。

近卫兵全军覆没的画面、巨龙的身形，幸亏有这些帮助他提前做好了心理准备。

如果不是有心理准备，想必他受到的冲击更大，会比现在还要失态。

（这座坟墓……安兹·乌尔·恭到底有多么强大的力量……五只死亡骑士加上那两个黑暗精灵，再加上龙就是全部了吗？他为什么潜伏在草原中的坟墓里？他是什么时候开始潜伏在这里的？莫非他刚刚做好准备吗？我听说不死者聚集在一起会产生更强大的不死者，会产生死亡骑士——不，等等，莫非比死亡骑士更强的不死者？糟糕。没时间了，得尽快想对策——）

吉克尼夫正在高速开动脑筋，由莉仿佛想要给他的混乱火上浇油一样，又对他开了口。

“请放心吧，它们都是安兹大人制造的死亡骑士，绝对服从安兹大人的命令。安兹大人把指挥权交给了我，它们也会服从我的命令，绝对不会做出伤害大家的事。”

由莉的一席话，把吉克尼夫拼命想要组织起来的思维吹散了架。

“你说制造的……”

安兹·乌尔·恭能主动制造如此强大的不死者，这简直是令人绝望的事实。制造的费用想必高得惊人，不过能制造出来就已经够可怕了。

（不，这是虚张声势。这种魔物怎么可能造出来。这一定是他为了彰显己方战斗力而谎报的。如果不是这样——）

吉克尼夫笑了起来。

他懒得再想了。

(——嗯，不想了。我不管了。这、这一趟，只要能看到对手的底细就足够了，嗯。)

“呵，呵哈哈哈哈哈哈。”

就在吉克尼夫放弃思考抛开问题的时候，身旁传来了发自内心最深处的、充满喜悦的笑声。

笑声来自弗鲁达。

从表情上看得出，近卫兵们、高徒们、神官们——除了吉克尼夫之外，都愣住了。

弗鲁达·帕拉戴恩是最高阶的魔法吟唱者，论教养论知识，他都是无人比肩的英雄。他是伟人，翻开帝国的史书，能找到许多他单枪匹马消灭魔物，保卫帝国安全的记载。他像圣人一样的仪态令许多人赞叹佩服。

实际上，在场的所有人都有相同的看法。

刚才弗鲁达发出的笑声，那是与他们心目中传说中的英雄形象并不相符的、饱含物欲的笑声。

笑声中渐渐充满了强大的力量。

英雄的气场。

弗鲁达释放的正是英雄的气场，其中已经没有了弗鲁达平时像父亲一样的温厚慈爱。

他有巨大的魔法力量，足以以一敌四对战帝国四骑士。这位英雄人物的疯狂，仿佛和他的笑声一起化为了风暴。

难怪近卫兵们会起鸡皮疙瘩。

在风暴中，只有纳萨力克方面的人与吉克尼夫保持着平静。

“……操纵死亡骑士。而且操纵这么多！伟大！伟大！！太伟大了！！！呵哈哈哈哈哈！”

弗鲁达的眼角流着眼泪，脸上是扭曲的笑容。

——不，不对。

那是抛弃了帝国主席宫廷魔法师的矜持，窥伺魔法深渊的男人不假修饰的表情。

那是弗鲁达一直藏在英雄然的表情下面的真容，不过是强大的魔法吟唱者使其显露了出来而已。

“陛下，那么，您看我们怎么办？要用传送魔法逃走吗？现在逃的话应该还来得及吧？不对不对，如果此地的各位大人足够宽容应该还来得及。”

看到弗鲁达仿佛带有嘲讽意味的表情，吉克尼夫对他笑了。

“我比较喜欢你现在的表情哟，老爷子。那么我问你，你觉得我会逃跑吗？”

弗鲁达的表情开始龟裂，他那带着几分疯狂的笑容，令见者感到恐惧。

“真不愧是陛下，不，我可爱的吉尔。我的弟子们啊，睁大你们的眼睛。心怀感激吧，你们接下来将见到站在这块大陆最顶点的大人，魔法吟唱者中的无上至尊。看看顶点多么高远，然后努力吧。”

弗鲁达的弟子们个个面色苍白，近卫兵们似乎也明白自己来到了什么样的存在的领地之中，脸色难看了起来。

他们知道自己的同伴遭到了屠杀，然而名垂帝国青史的英雄弗鲁达亲口断言对方是“魔法吟唱者中的无上至尊”，这仿佛一块大石头重重压在了他们的五脏六腑之上。

“陛下，不妙吧？”

“……我可以逃跑了吧？”

巴杰伍德不知所措地向他提问；雷纳丝可怜巴巴地向他哀求。

吉克尼夫看向四周。

先不管弗鲁达和他的弟子们，近卫兵们都越来越紧张，那根弦什么时候绷断都不奇怪。

这是因为他们看到英雄弗鲁达一反常态，听到死亡骑士的强大，再加上自己的皇帝对异常状况一筹莫展给他们带来的不安。

“我能有什么办法。还有你想逃就逃吧，不过如果你逃了，那你就是个与我们无关的战士了哟！希望先前来到这里的工作者的厄运不会在你身上重演。”

雷纳丝咧着嘴露出牙齿，扭曲了表情。

“这样可以吗？”

“巴杰伍德……对魔法最熟悉的老爷子——弗鲁达都变成那样了。我们只能听凭对方摆布了。”

“向神祈祷请求将我们的运气强化，然后再逃怎么样？”

“你真的觉得能逃得掉吗？”

巴杰伍德把目光投向了女仆们。听到这边正在谋划逃跑，她们却毫不在意地进行着准备。

“把她们抓作人质如何呢？”

“我不喜欢回答你自己明知不可能的问题。‘雷光’，你再说一遍试试。”

“……是我失礼了。说实话，死亡骑士的实力我还知道，可那两个女仆的实力都是未知数。说实话，就算告诉我女仆的实力更强，我也一点都不觉得奇怪……我们在说这么失礼的话，她们却毫不在意。好可怕好可怕。”

两个女仆像怪物一样强大。

想到这里，吉克尼夫仿佛疲惫万分般摇了摇头。他希望就算是这座坟墓的一员，也不至于个个都是强大的怪物。两个黑暗精灵在他头脑一角露出了冷酷的笑容，不过他选择无视。

“差不多该有请各位了……这边的准备做好了，如果各位不介意，请到这边来休息吧。”

草原上摆着许多张桌子和椅子，阳伞的影子投射在大理石桌洁白的桌布上。搬运桌椅的死亡骑士们为了不碍事，现在老老实实地排在木屋旁边。

“我们为各位准备好了饮料。”

桌上的玻璃酒器外壁附着着看起来冰凉的水滴，里面橙色的液体摇晃着。酒器旁边摆着透明的薄玻璃制成的酒杯，个个带着巧夺天工的装饰。

吉克尼夫是皇帝，他身边自然都是最高级的用品，然而现在眼前器物精巧得连他都觉得惊讶。

“如果有什么需要，请尽管告诉我们，大家出来吧——”

木屋的门再次打开，更多女仆从里面走了出来。甚至有一瞬间，吉克尼夫差点儿为女仆们惊为天人的美貌，忘了来到这里之后发生的一系列事情。

三位女仆一人盘着发髻、一人直发、一人一头卷发，三人的美貌各有千秋。

“简直是美女大展销啊。”

听到近卫兵中某人的赞叹，吉克尼夫觉得也有同感。他也在想，为什么这座坟墓中有这么多美女。

（莫非这座坟墓会长出美女吗？会接二连三地冒出来？）

他又听到了“啧”的一声，不过他选择无视。

“那么就请各位喝点饮料——”

“——稍等，请问什么时候能让我见到安兹·乌尔·恭大人？可以的话我希望尽快……哪怕只见我也可以，在和吉尔会谈前，希望能分出少许时间给我——”

“弗鲁达，你冷静一点！”吉克尼夫不能允许他做出更失礼的举动，“弗鲁达，你不要忘了，这次我们是代表帝国来访，不是来探求你想要的魔法知识。”

弗鲁达的眼睛中略微恢复了一丝冷静的光辉。虽然他还不能完全克制自己的欲望，但也能稍加控制了。

“……陛下，我失礼了。看来我是太兴奋了。诸位，请原谅我的失礼。”

“就是啊，老爷子。你先喝点东西，冷静一下。好了，我们来喝饮料吧。”

“遵命。”

吉克尼夫坐到桌边，由莉把橙色的液体倒进了他面前的玻璃杯中。周围泛起了柑橘系果实的香甜气息。

吉克尼夫含了一口果实水，然后不由自主地为其甘甜露出了笑容。他是在笑自己一直以来喝下的饮料到底是什么东西。身边的近卫兵们也都露出了惊讶的表情。吉克尼夫是皇帝，他都如此惊讶，近卫兵们的惊讶就更不用说了。实际上确实有不少人忘了礼仪，大口喝着自己的那份饮料。

然后纷纷发出赞叹的声音。

“真好喝。”

“这是什么饮料？酸味和甜味搭配得正合适。”

“它穿过喉咙的感觉太舒服了，嘴里不会留下甜味。”

听着近卫兵们赞叹的声音，吉克尼夫又喝了一口润润喉咙，喝完之后，他觉得好像一股力量涌了上来。

（因为饮料好喝，身体也兴奋起来了吗？纳萨力克的饮料也是最高级的啊。看来那天对那两个黑暗精灵确实招待不周。如果他们平时总喝这么可口的饮料，当时肯定觉得我们拿出的饮料难以下咽吧。）

吉克尼夫露出了苦笑。

他没想到对方会通过区区一杯饮料，给予自己如此强烈的失败感——

（啊——心情好多了。来到这里之后，还是第一次觉得心情这么舒畅。要不然……就这样回去好了。）

吉克尼夫也不知道自己在遮阳伞下，听了多久春日草原的风声。最后由莉还是说出了吉克尼夫并不太想听到的话。

“久等了。安兹大人准备好了，这边请。”

## 3

吉克尼夫来到一个半球状的圆顶房间中，看到眼前矗立着一扇巨大的门。门右边是女神的雕像，门左边是恶魔的雕像，两座雕像都雕刻得异常精细。他看向周围，发现四周有无数骇人的雕像。

要取个名字的话，叫它审判之门如何？

吉克尼夫一边打量着门，一边瞎想。

沉默统治着室内宽敞的空间，仿佛能听到名为寂静的声音。

没错，被带进房间的人没有一个说话，只能偶尔听到身体动弹带来的金属铠甲相互摩擦的声音。

并不是因为碍于礼仪不愿出声，所有人在被带到圆顶房间之前，已经被眼前过于美丽的景象摄走了魂魄。

在神话世界般的光景面前，要求人把持住心神太苛刻了。

实际上就连吉克尼夫，都没能抑制住自己的冲动，忍不住一边走一边四处张望。眼前的世界就是这么引人入胜。

吉克尼夫扭头看向身后随他来到这里的部下们——

巴杰伍德、精挑细选的十名近卫兵、弗鲁达和他的高徒、秘书官罗内、隶属骑士团的神官们。雷纳丝和其他近卫兵奉命守在马车周围了。

跟在吉克尼夫身后的所有人——弗鲁达除外——都觉得相形见绌。

走过集帝国艺术文化之精粹也造不出的走廊，他们感受到了自己的渺小。

纳萨力克地下大坟墓，所谓坟墓徒有其名，这里分明是诸神居住的天堂。他们对统治这里的魔法吟唱者安兹·乌尔·恭的想象开始膨胀，变成了无法形容的模样。

吉克尼夫露出了带有自嘲意味的笑容。对优秀的事物低头是人类的本能。如果面对如此极尽华美的建筑物和陈设品，有人不觉得感慨敬服，那只能说他和草木岩石一样没有一点感性。

（……真是发愁啊。）

等在门里面的安兹·乌尔·恭，是比弗鲁达还要强大的魔法吟唱者，在历史上恐怕也难找到与他比肩的存在。安兹·乌尔·恭居城的华美超乎人类的想象。他的部下拥有强大的力量。

可以说，他是集各种力量于一身的存在。

吉克尼夫不知道这等人物为什么一直隐居到了现在，不过答案应该很快就会揭晓了。

经过马上就要展开的会谈，应该能多少猜测到对方的目的。

(这么拼命地展示力量，肯定不会只让我谢罪就完事了。)

吉克尼夫本来打算看清安兹·乌尔·恭的欲望，对其进行刺激，使状况向对帝国有利的方向发展。来谢罪不过是个名头而已。

然而——

(对手有如此强大的力量，要怎样做才能刺激他的欲望呢。奉上我拥有的一切财产都做不到这一点啊。)

就和用一克拉的小钻石无法刺激吉克尼夫的欲望一样，安兹·乌尔·恭很可能不会对吉克尼夫能给出的东西产生丝毫欲望。

首先，金钱是不用考虑的。

军事力量与魔法技术的供给——谁会想要比自己还要弱的力量呢。

异性——他想起了由莉等女仆——也不会有效果。

拥有如此华美的居所，他更不可能想要地位和权力了。

那么他会想要什么呢?

吉克尼夫无法想象。就算能刺激人可能会有的欲望，大概也没法打动安兹·乌尔·恭的心吧。

"……难办啊。"

吉克尼夫为了对付名为安兹·乌尔·恭的人物，在脑海中探索着无数的手段。

结论是无计可施。

他得到的答案是：见机行事，不要发展到敌对状态，才是最聪明的做法。

（看来只要能在避免对帝国造成危害的同时活着回去，就算是在这里取得了胜利啊。）

吉克尼夫把自己的想法，以超过自己预想的大嗓音说了出来。然而没有人对此做出反应，人们已经彻底被周围的世界吸引住了。

"这里面就是王座大厅，安兹大人就等候在此处。"

由莉对吉克尼夫一行深深行了一礼，意思好像是她的工作到这里就完成了。

仿佛在等着由莉的话，分明没有人碰触，厚重的门却缓缓打开了。

吉克尼夫听到了倒抽冷气的声音。那不是一两个人发出的声音，大概有十几人同时倒抽了一口冷气，占在场者的大半。这是因为没有做好心理准备，是动摇的表现，表露出了他们想要逃跑的心情。说明一行人中有很多，曾经希望这扇门不要打开。

正因如此，应该感谢门自动打开了。要是等一行人做好心理准备，估计他们不管等到什么时候，都没法打开这扇门。

跃入眼帘的是一个宽敞、天花板很高的房间。墙壁的基调是白色，上面带着以金色为主的装饰。

吊在天花板上的多只豪华水晶吊灯是以七色宝石制成，放射着如梦似幻的光芒。墙壁上挂着许多从天花板下沿垂到地面的巨大旗帜。

王座大厅大概是最合适这个房间的名字吧。

感受到房间中喷薄而出的气息，吉克尼夫一行的脸色瞬间变得苍白。

房间中央铺着鲜红的地毯，排列左右的存在们，令人感受到难以形容的力量。

恶魔、龙、奇妙的人形生物、铠甲骑士、双足步行的昆虫、精灵。他们的个头和外形参差不齐，然而一律拥有超凡的力量。他们排列在红毯两侧，吉克尼夫甚至不想数一共有多少。

他们默默凝视着吉克尼夫一行人。人们认为权力和地位达到一定程度的人，眼神具有力量，然而吉克尼夫这还是第一次感觉到，眼神带着物理性的力量扑面而来。

吉克尼夫听到身后传来不成声的尖叫、颤抖造成的金属音。

这表明部下身陷恐惧之中。

不过，老实说吧……

吉克尼夫不打算呵斥自己的部下们把恐惧表现出来，他反倒很想夸奖部下们的自制力，因为他们中没有一人逃跑。

他想夸奖部下们，在如此恐怖的存在——作为人类会下意识地感觉到恐惧的高阶存在面前，居然没有逃跑。

吉克尼夫又把他对安兹·乌尔·恭的警戒评级提高了十几级。他现在知道自己虽然一直保持警惕，也一直在提高警戒评级，但还是想得太天真了。

他现在判断，安兹·乌尔·恭不仅威胁到帝国的存亡，甚至威胁到种族——不光人类，也包括亚人等种族——的存亡。

吉克尼夫的视线向红毯前方移动着。

红毯遥远的另一端是台阶，站在附近的，似乎都是安兹·乌尔·恭的心腹。银发美少女，淡蓝色的直立昆虫一样的怪物，看起来像青蛙又像人的、身穿礼服的男子，还有两个黑暗精灵——看到他们，吉克尼夫稍稍松了口气。如果秒杀大群近卫兵的两人只是小喽啰，恐怕他会很难维持正常的精神状态。

吉克尼夫把眼神向上移动，看到了一位生着翅膀的美女，而她的身后——

“那就是……”

死亡的化身手持奇形怪状的法杖，坐在水晶制成的王座之上。

那是个露着骷髅头的怪物。

那是仿佛黑暗聚集在一点，凝结而成的存在。

——那就是，那就是安兹·乌尔·恭。

他的头上戴着看似华美王冠般的东西，身着奢华的漆黑长袍，手指上戴着几枚光辉灿烂的戒指。哪怕距离这么远，吉克尼夫也能看得出，帝国最心灵手巧的工匠，也做不出他身上那些巧夺天工的装饰品。

安兹·乌尔·恭是骷髅，他那空洞的眼窝中，亮着鲜血般颜色的光芒。吉克尼夫能感觉到，那血色的灯火像舔舐猎物一般打量着自己一行人。

他丝毫不为安兹·乌尔·恭并非人类而感到惊讶，他甚至开始觉得幸亏安兹·乌尔·恭不是人类。

正因为安兹·乌尔·恭不是人类，吉克尼夫才能诚恳地承认他超乎寻常的力量。

“呼。”

吉克尼夫轻轻吐了口气。

这口气代表他下定了决心。

从门打开到现在，还没有过去多少时间，只是呆立着度过这段时间也一点都不会令人感到奇怪。不过，他也不能一直杵在入口，因此——他迈开了步子。

“我们走。”

他用部下们才能听到的声音向身后小声说道。旁观者可能会为吉克尼夫嘴唇没动却发出了声音而感到惊讶，然而这并不是魔法，只是他的特技而已。在类似的场合下，这一特技非常好用。

然而，吉克尼夫没有感觉到身后的部下们对他的话做出反应的气息。

走到安兹·乌尔·恭面前，就代表着要穿过排列左右的怪物。就算知道应该不会受到攻击，走过那么可怕的队列也需要勇气。

认为不会受到攻击，并不是过于乐观的判断。

使用王座大厅迎接宾客，大多数时候都有仪式性的意义，人人都知道其目的是展示国威。

也就是说，选择这里迎接宾客，本身就表明对方的目的是展示纳萨力克的力量，代表对方不打算在这里开杀戒。如果对方想下杀手，应该会把他们带到屠宰场才对。

这一点部下们应该也明白。即使知道，他们也迈不开步子，大概是本能在拒绝靠近那群怪物吧。

走过怪物的队列——等在前方的是纳萨力克地下大坟墓的重臣。他们拥有的力量处在无法估量的领域。

还有坐在王座之上的——安兹·乌尔·恭。

吉克尼夫终于从心底理解了。

那大概就是被称为“神”的存在吧。

就算装备着具有精神防御效果的道具，吉克尼夫依然能感受到难以置信的压力。一个不小心，恐怕就连这位人称鲜血皇帝的男人，都会控制不住自己屈膝。

然而，正因为如此，他才必须向前。

就像吉克尼夫在观察安兹·乌尔·恭，安兹·乌尔·恭想必也在观察他。如果现在被看扁了，今后等待帝国的将是什么样的命运可想而知。最起码要让安兹·乌尔·恭认可他的价值，为帝国求得一线生机。

吉克尼夫自嘲地笑了起来。

什么舌战啊。

(这就是所谓的后悔，再做什么也没意义了。现在该做的就是把损失控制到最小。)

“——我们走！”

吉克尼夫坚定地说道。他是在对部下下令，更是在呵斥自己的身心。这次他感到了身后部下们追随上来的气息。

地毯非常柔软，以吉克尼夫现在心情，他觉得这地毯实在令人不踏实。

无视扑向自己的无数巨大压力，吉克尼夫只看着前方——看着安兹·乌尔·恭，不停向前迈着步子。他的直觉告诉他，如果从目标人物身上移开视线，他的步伐恐怕会停住。

吉克尼夫并不是个优秀的战士。在近卫兵们都害怕的状态下，他能保持走在队列最前方，是靠着他在皇帝人生中培养出的精神力量。

他终于到了台阶之下，重臣们的面前。

“安兹大人，巴哈斯帝国皇帝，吉克尼夫·伦·法洛德·艾尔－尼克斯前来谒见。”

台阶上，侍奉在王座旁边的生有翅膀的美女声音十分悦耳，与她的美貌相得益彰。吉克尼夫不由自主地在内心赞叹起来。

听到她的声音，仿佛诸神以死亡为主题制造出的存在开了口。

“来得好，巴哈斯帝国皇帝。我就是纳萨力克地下大坟墓的主人，安兹·乌尔·恭。”

那声音比吉克尼夫想象得更正常——更近似于人类，他感到略微安心了一点。

“我诚挚地感谢您的欢迎，安兹·乌尔·恭阁下。”

从那骷髅脸上看不出丝毫表情，吉克尼夫开始思考，这样的场合下该怎么开腔才好。

打破沉默的不是吉克尼夫也不是安兹。

“安兹大人，区区下等种族人类，站着与安兹大人说话，实属不敬。”男子继续说了下去，“‘跪拜’。”

无数金属碰撞的声音从身后传了过来，吉克尼夫不用看也知道，一定是部下们遵从男子的话，跪拜在了地上。可能是有人拼命想站起来，他能听到呻吟般的声音。

这应该是强力的精神攻击造成的强制效果。

吉克尼夫心想，如果没有随时戴在身上的项链，想必自己已经跪伏在了地上。

无数的视线集中到唯一没有跪拜的吉克尼夫身上。那是些仿佛在观察小白鼠般的、冰冷的视线。

“——住手，迪米乌哥斯。”

“是！!”被称为迪米乌哥斯的、有点像青蛙的怪物恭敬地向主人鞠了一躬，“‘不必勉强’。”

看不到的重压消失了，吉克尼夫听到身后传来松了口气的声音。

“……吉克尼夫·伦·法洛德·艾尔－尼克斯阁下。你远道而来，我的部下却做出如此失礼的行为，这都怪我没有管好部下，能请你原谅我吗？如果你希望，我可以低头谢罪。”

身前身后的怪物们动摇起来，显出惊讶的样子。

许多感情同时在吉克尼夫心中呼啸着。

他警惕了起来，因为知道了安兹·乌尔·恭不是个只会依靠暴力的存在。

他松了一口气，因为知道了安兹·乌尔·恭不是个只会依靠暴力的存在。

而最强烈的感觉是恐惧，因为他现在知道安兹·乌尔·恭牢牢把握着在场的怪物们的心。

同时，吉克尼夫产生了不好的预感，似乎一切都在按照安兹的剧本发展。他觉得很不对劲，好像一切都是事先安排好的。

“恭阁下不必谢罪。部下理解错主人的意图，肆意妄为是常有的事。帝国的人也做出了类似的事，真是惭愧。”

从跪拜命令中解放的一名近卫兵急忙动了起来，把他抱在怀里的罐子放在了吉克尼夫脚旁。吉克尼夫本该马上做出下一步行动，不过他犹豫了一下。

（恭部下的行为会不会是为了引我做出这一步行动呢？如

果是这样，是不是脱离他们准备好的轨道为好……不行啊。这就像是用真剑舞剑，逆势而行恐怕会让自己受到重伤……不好啊。）

“这是一个愚蠢贵族的首级。就是他擅自派人闯入了阁下的坟墓——不知叫坟墓是否合适——闯入了阁下的领地。请您笑纳。”

罐子中装着弗梅尔伯爵的头颅。就是他受到了吉克尼夫的间接诱导，派工作者进入了纳萨力克地下大坟墓。

养着无用亦无害的贵族，就是为了用在这种时候。

死人不会说话，吉克尼夫虽然不知道安兹到底掌握了多少情报，但他还是提前除掉了祸患。

使者去找吉克尼夫，也可能是因为工作者闯进了安兹的居城，所以去威胁吉克尼夫让工作者们的主子付出代价。正因为如此，他必须装傻到底，死不承认。

侍候安兹身旁的美女轻轻抬了抬下巴，只见迪米乌哥斯拿起罐子走上了台阶。随后他在安兹面前单膝跪地，从罐子中取出了贵族的首级。

安兹把那颗头颅接了过去。

“我收下了。怎么处理呢——扔掉太可惜了。”

（……嗯？啊啊，是在讽刺我吧。原来如此，看来那家伙已经确信了，弗梅尔只是被操纵了而已……问题是情报是从哪走漏的。）

突然，安兹骨手中的伯爵头颅动了起来。

吉克尼夫开始还以为是安兹在摆弄它，不过他很快就发现自己错了。黏稠的液体包裹住头颅，从安兹的手中落了下去。

他目不转睛地看着令人难以置信的画面——只见地板猛地喷出黑色的黏稠液体。

黑色的液体流去之后，头颅掉落的位置站立着一副巨大的黑色铠甲。

那是死亡骑士。

仿佛窒息了一样的说话声一起在吉克尼夫身后响了起来。

“这、这怎么可能……”

女仆所谓的制造死亡骑士，真的是字面意思。吉克尼夫以意志力克制着，不让自己咬下嘴唇。一国皇帝不能做出那么丢人的行为。

“去吧，入列。”

伴随着仿佛从地底传来的低沉答话声，死亡骑士走下了台阶，消失在了吉克尼夫视野的尽头。

(安兹 · 乌尔 · 恭到底还能制造出多少只死亡骑士？该不会只要有人的尸体就能无限制造吧？不，那么荒谬的事情怎么可能——更重要的是他能制造出比死亡骑士更强的不死者吗？莫非……他能制造……)

“好了，吉克尼夫 · 伦 · 法洛德 · 艾尔 – 尼克斯阁下。”

听到沉静的声音，吉克尼夫回过神来，对安兹露出了爽朗的笑容。

“啊啊，恭阁下，叫我吉克尼夫就行了，我的名字太长了。”

“可以吗？那么恭敬不如从命，吉克尼夫阁下。首先请允许我道歉，让阁下看到了并不赏心悦目的一幕。还有刚才，我手下的人对阁下以及阁下的诸位部下失礼了，这件事和之前贵国的贵族来纳萨力克惹出的麻烦扯平了。那么就没有什么好道歉的了，辛苦阁下远道而来，现在可以回去了。”

“——啊？”吉克尼夫没有听懂他在说什么，“不，不好意思，我有点儿没听清楚，可以请阁下再说一次吗？”

“阁下没必要再谢罪，可以回国了。因为我们接下来也会比较忙。”

安兹诙谐地耸了耸肩。

吉克尼夫不明白这到底是怎么回事。

他不是为了让我们谢罪，然后趁机达成什么目的才把我们叫来的吗？大费周章把我叫来，这么容易就把我放回去，太可疑了。

安兹的行动缺乏一贯性。

（——等等！那家伙说什么？）

“不好意思，所谓的接下来会比较忙是什么意思？”

“多亏了阁下，我们现在明白了，就算想与世无争地过自己的日子，麻烦事也会找上门来。我们打算到地面去，主动把麻烦找出来解决掉。”

“此、此话怎讲……”

“首先让想要加害我们的家伙为他们的愚蠢付出代价，其次是搅扰别人的家伙，我会挨个儿清理下去，直到我心爱的安宁回到我身边。”

真是疯子的梦话。

不——不对，他不是疯子。考虑到安兹·乌尔·恭的能力、兵力、财力，他所说的并不是梦话。不过是吉克尼夫常识的范畴太小，无法理解而已。

安兹·乌尔·恭能实现他所说的话。

一股不安从吉克尼夫脚底升腾上来。

怪物们本来把自己关在纳萨力克地下大坟墓这个安静的地方过日子，现在他改变主意，打算打开门来到地面上作威作福了。

（莫非把我叫到这里来就是为了这个？对我下达宣战布告吗！怎么办才好？这相当于在说将来安兹·乌尔·恭要与帝国为敌。我应该提前宣布投降吗？）

老实说，吉克尼夫觉得投降是聪明的做法。

然而——置身怪物治下的国家不可能幸福，搞不好所有国民都会被变成死亡骑士。那样的下场应该比死更痛苦吧。

到目前为止的人生中，吉克尼夫从未如此认真地思考过。如果可能，他想把问题带回去，找几十位智者一起探讨。可是，那就太迟了。

吉克尼夫面带清澈的笑容，说道：

“怎么样，我们同盟吧。”

“你应该说臣服才对吧——哎呀！”

突然响起银铃般的嗓音，然后随着“咔”的一声，银发少女诡异地扭曲着表情，而她身旁的亚乌菈则露出了一脸嫌弃。

以吉克尼夫的动态视力，没有看清到底发生了什么。看来是黑暗精灵踹了银发少女一脚。

“……我说你啊。”

“……不要吵，安静。”

安兹以魔王应有的态度，威风凛凛地把手一挥。

那动作中带出的威风，给人感觉是作为统治者历经长久岁月培养出来的。

吉克尼夫的戒心突破了极限。

（看来他作为统治者，统治这座坟墓已经很久了。没想到竟然有如此帝王之风……）

两位少女齐声道歉，悔过自身的愚蠢。

亚乌菈身上丝毫没有闯进皇城时的傲慢。继刚才之后，吉克尼夫又一次看到了证明安兹牢牢掌握着部下的画面。他下定了决心，继续说了下去。

接下来才是最重要的。

他用舌头润了润干巴巴的嘴唇。

吉克尼夫从他在短短的时间里思考出的无数计划中，挑出了他认为最好的一个。

“恭阁下称王，在此地建国如何？我觉得这是非常好的主意，恭阁下应该有国王的地位。我们帝国会最大限度地支援阁下，帮助阁下建国。不知阁下意下如何？”

安兹没有皮肉的面部纹丝不动。不过，吉克尼夫感觉到他眼窝中的红色光芒似乎比刚才更明亮了。

“吉克尼夫阁下，这个提议对阁下来说似乎无利可图啊？”

会这样问理所当然，因此吉克尼夫早就预料到了。他拿出诚心诚意的腔调回答道：

“为了未来着想，我们帝国希望能和诸位阁下统治的国家建立友好同盟。”

“原来如此，既然这样，那就请多关照了。”

安兹爽快地同意了，让吉克尼夫有点始料未及。他觉得心理准备白做了，没想到事情会进展得这么顺利。

再说——

（为什么不要求帝国臣服？绝对的强者——占据压倒性优势的一方，为什么接受我的提议？）

吉克尼夫已经想好了无数的手段，只要安兹要求帝国臣服，这些手段都能用得上。然而安兹的回答不在他预测的范围之内。

安兹到底有什么目的。

吉克尼夫猜不透安兹的想法。

与强者战斗的时候，弱者往往需要乘虚而入，这可以说是利用了强者骄傲自大心态的战斗方式。可是，强者不骄傲自大，弱者就无法乘虚而入，就会失去唯一能与强者对抗的机会。

安兹就是这样，他的一言一行中丝毫感觉不到强者的骄傲自大。

不——

（看样子，我会提出这个建议也在对方的计划之内吗？有可能，他回答得太爽快了。看来我选择了他意料之中的行动啊。）

吉克尼夫强烈认识到，名为安兹的存在，可怕之处不仅在于他拥有的武力，还包括他的睿智。

“是，是这样啊。那太好了。那么，如果阁下有什么希望我们做的事，就请快告诉我们吧。”

“一时想不到啊。不过，我想确立能马上联系到阁下的方法，比如给我们的使者安排一个容身之处。”

如果这一切都在按照安兹的计划进行，他不可能想不到要求。这么想来，事情会这样发展只是偶然吗？

（不，他说想不到很可能只是做个样子。他大概是不想马上提出要求，以免被我看破自己的企图吧，这个怪物太聪明了。不，应该说正因为他是怪物，才聪明得超常吧。）

“啊啊，阁下说得有道理。我真是糊涂，居然没有马上想到这方面。真不愧是恭阁下。”

“……嗯。”

他不喜欢被奉承吗？

听到安兹冷淡的回答，吉克尼夫在心里的笔记本中记了下来。

“那么先告辞了，我把秘书官留下好了。由他负责相关的磋商事宜可以吗？罗内·梵米利恩！”

“在！愿意为帝国鞠躬尽瘁，不辱使命！”

吉克尼夫看不到身后罗内的表情，不过听声音能强烈感受到他的决心。实际上，他负责的磋商结果，很可能将会左右帝国将来的命运。如果不是有必要马上返回帝国，组建针对安兹·乌尔·恭的对策团队，吉克尼夫甚至想自己留下。

“回答得好，我能感受到你对皇帝阁下有多么忠诚。那么我方就派出迪米乌哥斯吧。刚才他冒犯了诸位，不过既然皇帝阁下愿意原谅他，就交给他好了。”

吉克尼夫视野一角看到蛙面怪物默默行了一礼，预感到自己可能会失去一位优秀的部下。因此，他不得不努力克制着自己，以免自己看向安兹的视线中带上憎恶的火焰。

（这么快就出招了啊！）

青蛙怪物（迪米乌哥斯）的话语有强制效果，他一定是想借此把罗内变成他们的提线木偶。看来他是打算趁机问出帝国内部的详细情报。

（这不是对待同盟国的行为，而且还当面告诉我，真是阴险。迪米乌哥斯……让这个看起来并不聪明的怪物负责需要动脑的工作，是为了在事情败露时好找借口说是部下自作主张刺探帝国的情报吗。安兹·乌尔·恭，你真是个不折不扣的恶棍啊！浑蛋！）

吉克尼夫一边在内心咒骂，一边又不得不佩服。

迪米乌哥斯刚才故意冒犯客人，大概是为了不让他（吉克尼夫）说出没想到他会自作主张吧。如果对安兹的安排不满意，只能趁现在说，错过这个机会，对方很可能会说是经过他默许的。

吉克尼夫想要开口说话，然而安兹比他快了一步。

“迪米乌哥斯是我非常信任的心腹。他们两人负责协商，一定会非常顺利。”

“那真是太好了。”

吉克尼夫强装微笑。

他第一次见到对时机把握如此之准的对手。安兹的话都说到了这个份儿上，吉克尼夫没法再说不满意了。

然而安兹后面的台词，让吉克尼夫深感自己太天真了。

“好了，今非昔比，现在的吉克尼夫阁下是我的盟友，就这样让阁下回去实在有失待客之礼。阁下远道而来，不如小住一晚如何？我会安排好好招待阁下的。”

（莫非不只罗内，要对我们所有人动手吗！）

说不定还会做什么更骇人听闻的事情。不管怎么说，安兹不可能毫无目的，单纯劝自己留宿。吉克尼夫看到迪米乌哥斯歪着丑陋的脸笑着，好像在说“属下知道该怎么做”，从心底觉得可恨。

“不了不了不了，安兹阁下不必费心了，我得尽早回去进行各种准备。”

“是吗？那真是太遗憾了。那么，如果不嫌弃，就由我——不，由我的手下去送阁下吧。”

吉克尼夫想象着乘在龙背上的自己，对安兹的提案产生了一点好奇心。不过，他很快驱散了自己的好奇心。安兹怎么可能只是想送他回国，再说他也不想欠安兹的人情。

“非常感谢阁下的好意，可我是坐马车来的，还是坐马车回去吧。”

“如果是不死者中的无头马，可以不眠不休地……”

“……不必费心，有阁下的这份心意就足够了。”

“是吗？”

安兹显得有些遗憾。吉克尼夫看不出安兹是在装样子，还是真心觉得遗憾，不过他觉得装样子的可能性比较大。

总而言之，现在一切都还是未知数，吉克尼夫不希望宣传帝国和名为安兹的不死者结成了同盟。

再说，要是坐着憎恨生命的不死者马匹回国，自己麾下骑士团的神官还好说，谁也不知道神殿势力的神官会说出什么。

“那么，我就先告辞了。”

“那么，迪米乌哥斯……送客人们到外面去吧。”

“不，不必劳烦阁下的心腹……难得的机会，能不能请诸位女仆送我们出去？我从未见过如此貌美的女性。”

安兹好像有点不解，他歪着头。

——你演得太假了。

吉克尼夫在满面微笑之下，拼命压抑着怒火。

这家伙肯定是知道我对迪米乌哥斯抱有戒心，故意装作不解来揶揄我。

对方根本不打算建立友好关系。这大概是想在无言之间，教我们搞清楚谁上谁下吧。

(多么邪恶的家伙……这是人类的危机啊……)

“啊啊，谢谢阁下的夸奖。那么各位告诉候在外面的女仆就好。今天是我们获得同盟国的好日子。真想把今天定为纪念日啊。”

(你是想说奴隶纪念日吗?!)

吉克尼夫内心的呐喊丝毫没有表现出来，他对安兹微笑着说：

“确实如此。真是——确实如此。”

## 4

会议结束之后，守护者——雅儿贝德、迪米乌哥斯、亚乌菈、马雷、科塞特斯、夏提雅，还有塞巴斯来到了安兹的房间中。

安兹吩咐跪地行礼的部下们起身。

安兹把手肘撑在办公桌上，双手交叉在一起，半张脸藏在双手后面。

他感觉本该没有的胃阵阵抽痛，想到马上要受到守护者们的轮番轰炸，他忐忑地观察着迪米乌哥斯和雅儿贝德的表情。

他没有从二人的表情中感受到怒火，好像也没有无奈的意思。

可是，谁能证明二人不是摆出了扑克脸呢？不，这样想来，仔细看，两人的表情似乎因为怒火，显得有些僵硬。

（好想逃啊。我为什么会坐在这里呢……不，现在逃也晚了，覆水难收啊。做好心理准备吧，安兹·乌尔·恭。）

类似胃疼的感觉虽然缓和了一些，但是想要呕吐的感觉还没有消退。

听说帝国皇帝不出所料，同意前来纳萨力克时，安兹心想自己要和皇帝对峙，于是绕着弯子询问迪米乌哥斯：“接下来该怎么做才好？”结果迪米乌哥斯只是说：“到目前为止都在预想之中，接下来您只要继续按照计划做就好。”

（我就是不知道计划到底是什么啊！）

然而他没法说出口。

安兹作为无上至尊君临纳萨力克地下大坟墓，他必须保持NPC（孩子们）心目中的形象。因此，他只好拿出胸有成竹的态度，露出王者的笑容，对迪米乌哥斯说：“是这样啊。”

遵照迪米乌哥斯的提案，安兹稀里糊涂地四处奔忙。

最后迎来了与吉克尼夫·伦·法洛德·艾尔－尼克斯的会

谈，安兹也只能怀着走一步看一步的心情参加。要说他觉得自己在会谈中的表现是否合格——他可以断言，不合格。

安兹等着守护者们的评分，再次观察两人。

（简直就像面试啊。）

刚刚走上社会的时候，安兹接受过许多次面试，现在他有和当时一样的感觉。

“好了，皇帝正在按照我们的预想行动。”

说到这里，安兹吸了口气，就在他打算继续说下去的时候，旁边有人先开口了。

“安兹大人，请容我问个问题。为什么要赐给人类皇帝协助者的地位？区区帝国，迅速以武力征服不就行了吗？”

听到夏提雅的提问，安兹没有心脏的胸膛仿佛猛地跳了一下。

为了实现征服世界的目标，首先要向帝国施压。为了实现这个目的，先诱导帝国的首脑侵犯纳萨力克，然后借此把柄实现与皇帝的直接对话。借与皇帝对话的机会，展示纳萨力克无比强大的战斗力。以上就是这次的剧本。

安兹知道的就这么多，至于为什么有必要向皇帝展示武力之类，细节他完全不明白。

因此，听到夏提雅的问题，他想不到该怎么回答。

亚乌菈接茬说了下去。

“夏提雅说得对。我们闯进了那些家伙的首都，没什么大不了的啊。”

安兹观察了一下守护者们的表情，大家似乎都有相同的疑问。

他们没有丝毫违抗主人的打算，也觉得主人安兹的决定就是最正确的，但还是会有疑问浮上心头。

而且守护者们认为，了解安兹为什么如此选择，把握主人的真正意图，才能更好地为他服务。

如果不清楚安兹的意图，很有可能做出安兹并不希望看到的行动。这方面的不安最明显的，是已经犯过错误的夏提雅和塞巴斯。他能感觉到，两人都在非常认真地听着他的话，不愿漏掉他说的任何一个字，以免误解他真正的意图。

安兹顶着所有守护者的视线集中在自己身上带来的压力，开始寻找生路。

（首先要想好，对夏提雅和亚乌菈的意见应该肯定还是否定。如果要肯定，就说同盟是吞并帝国的一环；如果要否定，就说现在不打算吞并帝国……这两个选项中哪个才与迪米乌哥斯和雅儿贝德的意见一致呢？哎呀，不好，我想得太久了。）

安兹发出自认为令人感觉充满自信的轻笑。

然后大大吐出一口气。

概率是二分之一。

就算错了，也能设法修正。而且——

（夏提雅总是犯错，应该反对！）

“——我觉得那样做太愚蠢了，夏提雅。”

听到安兹发言，所有守护者眼睛中的光芒都增强了。这似乎并不是他的错觉，他们似乎是想聆听主人的话语，接住睿智的大脑滴下的水珠吧。

（可惜我的大脑早就腐烂了！）

安兹把脸转向迪米乌哥斯，他小心谨慎地注意着，不让自己的话听起来像是在求助，威严地说道：

“迪米乌哥斯——”

安兹知道迪米乌哥斯十分聪明，希望只是叫名字，他就能领会自己的意思。

“是！有些无能之辈不能理解安兹大人的想法，请您原谅。”

“不，别这么说，说是无能之辈就过分了。”

“我失礼了，请您原谅！”

“啊，嗯。”

（我不是让你训斥她们，为什么不继续说下去啊。不好。总不能再叫一次迪米乌哥斯的名字……你为什么不直接告诉她们答案呢……）

“雅儿贝德——”

“安兹大人的仁慈之心实在让人感激涕零。不愧为我们的统治者，绝对的王！”

“唔。”

比起赞扬，安兹更想要答案。

事到如今，已经没有可以求助的对象了。

安兹做好觉悟之后，说出了自己的答案。

“我们需要大义名分。”

“我们还需要大义名分吗？”

“当然。确实，以武力吞并帝国很容易，可是这样做会树立很多敌人。人类和蜥蜴人之类文明比较原始的种族不一样。如果有人要我解释这次的事情，我大概会这样说：‘我们与世无争地生活，帝国却派工作者进入我们的住处，夺走了我们的财宝。在愤怒的驱使下，我们杀死了强盗，要求他们的主子帝国赔罪，结果帝国要求为我们建国以求原谅。’让皇帝成为我们的协助者也是其中一环。”

“原来如此——不过，安兹大人，要求我们说明的人听到您这样解释会认可吗？”

“认可不认可都没关系，因为我说的都是事实啊。”

所谓的大义名分就是不需要认可的，而且安兹说的没有一句假话。

“啊，莫、莫非，就是为了这个吗？那个，就是，把皇帝叫到这里来。”

“嗯？什么意思，马雷？”

“是，是这样。那个，在、在帝国交涉的话会留下各种证据，因为有这样的可能性，所以才选择在情报不会外泄的这里进行会谈的吧。那、那个，我是这样想的。”

“哈哈哈——说得没错。你很聪明啊，马雷。”

马雷有点害羞地笑了。

安兹一边看着马雷可爱的笑脸，一边感慨原来是这么回事。确实，如果是在帝国进行交涉，说不定会留下诸多证据。不过，如果是来到纳萨力克地下大坟墓，帝国人员人数就会很少，而且交涉内容没有留下书面记录。有人调查事情是否属实的时候，将对他们非常有利。

安兹一边为迪米乌哥斯诱导吉克尼夫来到纳萨力克地下大坟墓的睿智惊讶，一边环视了守护者们一周。

“而且一旦建国，要保护的对象也就增加了。万一国家将来变成了废墟，太对不起安兹·乌尔·恭的名号了。还有谁注意到了什么吗？”

他的意思是问有没有谁像马雷一样有自己的见解。

守护者们的视线纷纷投向迪米乌哥斯。大概他们都觉得迪米乌哥斯是纳萨力克最聪明的头脑，而且是协调守护者们的人，他一定有什么想法。安兹也非常赞同守护者们的看法。

“哼哼哼哼——”迪米乌哥斯的笑声响了起来，“你们真的以为安兹大人的计划只有这种程度吗？”

“呵呵呵。”

“欸？”

“欸？”

“怎么讲啊？”

“你说什么？”

“哦？”

“欸……”

“大家应该好好想想，我们的主人，整合诸位无上至尊的安兹大人怎么可能只有这种程度的考量。”

安兹感觉仿佛被猛揍了一拳，他正在往下咽根本不会产生的唾液，只见守护者们纷纷点头说，“确实如此。”

（为什么还要给我抬高难度啊！）

不知该不该说是幸运，没有一人察觉到安兹内心的呐喊。

“就是，不要听到了易懂的一部分答案，就马上觉得自己领会了安兹大人的真意。正因如此，安兹大人才没法马上说出更深层次的答案。”

除了雅儿贝德和迪米乌哥斯，其他守护者都为自己不能理解安兹的真意，脸上露出些许不甘的表情。他们大概是在担心，凭自己这么不灵光的脑瓜，能不能帮助到安兹。

安兹开始从心底感谢自己的白骨身躯，想保持扑克脸简直太容易了。

“真是的……安兹大人，看这样子，是不是把安兹大人的真正目的告诉我的同伴们比较好？毕竟关系到今后的方针。”

所有人的视线都集中在安兹身上。那视线分明是在祈求主人，把真意告诉愚钝的自己。

环视部下的面孔一周，安兹吸了口气，不，是重复了几次呼吸。

然后他缓缓从椅子上站了起来，转身背向所有守护者，向背后的迪米乌哥斯送上了赞赏的话语。

“……不愧是迪米乌哥斯，还有守护者总管雅儿贝德。居然看穿了我的所有目的……啊。”

“不，安兹大人的深谋远虑岂是属下可及。属下认为自己也只理解了一部分安兹大人的真意。”

听到安兹的赞赏，迪米乌哥斯行了满含敬意的一礼之后说道。

“我听到女仆们在谈论智谋之王这个称呼，窃以为这简直是最适合安兹大人的称号。真想不到您居然从制造名为飞飞的冒险者开始，就已经谋划得如此深远。这都是为了不让国家变成废墟的策略。”

安兹得意地点着头，然而疑问却在他心中翻腾。

（……这家伙说什么呢？飞飞？为什么耶·兰提尔的冒险者和这事有关呢？）

“你这话是什么意思啊？”

夏提雅的语气中充满了嫉妒，大概是因为觉得他们二人踏入了和自己崇拜的主人相同的领域吧。看着迪米乌哥斯满面微笑，雅儿贝德一脸胜者的得意笑容，亚乌菈则不满地鼓起了腮。

“安兹大人，也告诉我们吧。告诉我们，我们就能为您出更多力了！”

“那、那个，也、也请告诉我吧！拜托了！”

“按说安兹大人不用明说，属下也能自己领会才对……请原谅属下的愚蠢。”

“可以请安兹大人也教教属下吗？”

守护者们的声音都很焦急。

安兹依旧背对守护者们，用一只手遮住了自己眼睛附近的部位。他产生了类似眩晕的错觉。

——侍奉安兹大人，为安兹大人出力才是我们的快乐。

几位守护者同时向他背后投来了意思相近的话语。

听着守护者们的哀求，罪恶感让说不出答案的安兹心痛如刀绞。按说强烈的感情应该会被压抑住才对，这阵心痛却无法抑制。

是不是应该老实坦白自己的愚蠢？

然而各种各样的疑虑让安兹不能把实话说出口。

他拂去迷茫，转回身去，顺势坚定地用代表公会长身份的法杖指向迪米乌哥斯。

“迪米乌哥斯，允许你把自己理解的部分向其他守护者进行说明。”

“遵命。”

迪米乌哥斯向安兹鞠了一躬，开始向自己的同伴进行说明。

## 5

马车的构造和来时没有二致，吉克尼夫现在却能感觉到马车奔驰带来的震动更大了，是因为车厢内气氛沉重呢，还是因为车厢内的成员变了呢。

如果说来的时候车中只有主力成员，回去的车中就换上了替补。

替补弗鲁达的是他的一名高徒，替补罗内的是一名吉克尼夫下属的秘书官。没有变的是另外两位，马车的主人吉克尼夫和巴杰伍德。

弗鲁达不在，是因为他提出要和高徒们讨论刚才的种种见闻。因此，他把仅次于自己的——不过和他之间也有绝对差距的——高徒叫了过来。

恐怕现在，弗鲁达乘坐的马车中，已经展开了白热的讨论。

吉克尼夫的马车，状态则正好相反，这里只有寂静。

只有沉重的气氛统治着车厢。

陷入寂静的状态，原因在于吉克尼夫，因为他一脸僵硬的表情，好像吃了黄连一样。

人们敬畏地称吉克尼夫为鲜血皇帝，都认为他是个时常面带浅笑的男子。实际上，他的浅笑是装出来的，因为他有必要向人们展示，自己是一个强大的皇帝。如果领军人物不能展现出威仪，追随者只会感到不安。

恐怕就连同乘三人中与他相识最久的巴杰伍德，也没有见过他露出这样的表情。正因如此，同乘者们都一言不发，默默僵坐着。

虽然能感受到部下们的视线，但吉克尼夫还是不想说话。

谁都知道他为什么会变成这样。

不，如果有谁能想到其他的原因，吉克尼夫会把那人的头劈开，看看那家伙的脑核是怎么长的。只有小指甲盖大小的脑核可不常见。

纳萨力克地下大坟墓——说实话，把那里称为坟墓很有问题。

(那分明是——魔王的城堡。)

那群骇人的怪物，还有位居他们之上的存在。

——坐在王座上的“死亡”。

吉克尼夫感受到的不仅是恐惧。

金碧辉煌的建筑、琳琅满目的陈设品，一切都奢侈至极，这些都让人产生敬畏感。

长于政治的吉克尼夫很容易理解，面对包括军事实力和经济实力在内的综合实力远超自己的存在，帝国今后将迎来受难的日子。

自己所在国家的首脑是一位强者，这一点可以给予国民安心感。国力再强，如果首脑是绵羊，国民也无法安心度日。幸运的是，帝国不论身体还是头脑都是狮子，可是现在出现了身体和头脑都是龙的国家，不知帝国臣民会有怎样的感想。

吉克尼夫低下头，看向自己紧攥太久，已经失去血色的手。

“不，下结论为时过早。现在帝国还没有彻底失败。”

吉克尼夫笑了起来，那是与鲜血皇帝相称的笑容。

好像正等着他那戏谑的笑容，部下们露出了松了口气的表情。吉克尼夫见状，也露出了些许真心的笑容。

“不要总是瞥我，会分心的。”

“陛下！”

三人同时叫了起来。吉克尼夫从三人的声音中，听出了他们见到自己皇帝归来的喜悦，再次认识到了自己应该怎么做。他坚定地点了点头。

“首先，在场的所有人来讨论一下，看看大家对纳萨力克地下大坟墓的感受有没有什么差异。如果有谁有不同的意见，就讲出来，即使说得不对，我也不会责怪——好了，我们就纳萨力克地下大坟墓的统治者，安兹·乌尔·恭来思考一番吧。”

吉克尼夫缓了一拍，开始讲述自己对超级怪物的坦率感想。

“安兹·乌尔·恭能轻易制造出死亡骑士，他是怪物中的怪物，与他为敌帝国恐怕会被毁灭。就算不与之为敌，他毕竟是不死者，很可能会半开玩笑地杀死生者取乐。有人有不同意见吗？”

“属下没有。”

“属下觉得陛下说得很对。”

“嗯，我也同意。我想顺便说一下，那家伙不是肉身凡胎能战胜的。话说，我觉得不可能杀到和他近身搏斗的距离，哪怕用上帝国全军。”

得到三人的赞同之后，吉克尼夫继续说了下去。

“不仅拥有武力，他还作为绝对的统治者君临纳萨力克地下大坟墓，拥有王者应有的魅力。”

“是啊，他确实很威风啊，看上去比我们的皇帝还有领袖气质呢。”

“巴杰伍德阁下！”

“无妨，这是事实。他说了那么多话，恐怕只有一句展现了真正的情感。我从那句话中感受到了可以称他为霸者的气魄。”

“‘不要吵，安静’，对吧？”

吉克尼夫听到秘书官的询问，轻轻点了点头。

正是那句话中的霸气，让吉克尼夫感受到安兹·乌尔·恭确实是纳萨力克地下大坟墓之王。

“不仅如此……最可怕的是那个怪物脑瓜灵光，每一招棋都有的放矢，实在是个绝世谋略家……不要露出一脸不解的表情，你们仔细想想。自从我到达纳萨力克地下大坟墓，一切都在按照他的剧本进行。不然的话，他不可能这么轻易放我回来。那么可怕的怪物居然不用蛮力而用策略，他并不是只有武力没有智慧的对手。”

越是这样的家伙越难对付。

“接下来我们讨论一下他的部下，说说你们的意见。”

吉克尼夫想听听自己部下们的感想，催促他们发言。

“站在王座附近的那些人应该是他的心腹吧。站在恭身旁的生着翅膀的女人……那应该是王妃才对吧？从她的态度感觉应该是。”

她是一位身着白色连衣裙的绝世美女。

她脸上的浅笑中绝无善意，即使如此也有足以令人心潮澎湃的魅力。看到她如此美貌，输给自己的欲望，想搏美人一笑的男人想必不在少数。

吉克尼夫感觉到，她腰际的黑色翅膀实在浑然天成，不像是魔法道具或者服装的装饰品。虽然有翼人等有翅种族，但是他觉得那个女人和翼人之类的种族不一样，她一定是被称为恶魔的异界居民。

“或许是吧。我觉得她有可能是安兹 · 乌尔 · 恭的妻子。既然他有妻子，那个，怎么说呢……莫非他只有面部是骷髅吗？还是说他只是戴着骷髅面具呢？”

“谁知道呢。”吉克尼夫一边回答，一边心想那张脸感觉不是面具，而且感觉也不是幻影。

“还有，那个能用声音控制别人的迪米乌哥斯……他是吟游诗人吗？他是青蛙，应该擅长唱歌吧。”

吟游诗人具有配合乐器演奏和歌声发挥特殊效果的能力。有点类似迪米乌哥斯用语言控制别人的能力。

吉克尼夫还听说以歌声迷惑水手的洛勒莱之类的妖精中有的拥有类似的能力。然而，那个面目可憎的男人不可能是可爱的妖精一类的存在。

“啊啊，是这样，吟游诗人啊，这个可能性很大。除了那只青蛙之外，还有巨型昆虫一样的家伙……它到底是什么？”

“我觉得有可能是虫系种族的人……不过除了蚁人之外，我对其他虫系种族并不了解，我打算回头问问老师。”

世界很大，一定有尚未广为人知的种族，也有突然变异产生的种族。不仅如此，听说怪物的王族比起通常种往往有所变化，就像蚁后和工蚁不同。吉克尼夫认为这些可能性都是有的。

“这样想来，剩下的就是银发少女和两个黑暗精灵了啊。后者先不说，前者是什么？从她丰满异常的胸部来看——是宠妃吧！”

听到巴杰伍德的话，马车里充满了苦笑声。

“不会，单纯的宠妃不可能和心腹重臣同列吧？”

“起码应该是能和那两个黑暗精灵匹敌的强者吧。”

“喂喂喂喂，这可能就是你看错了。”巴杰伍德的语调认真了起来，“有资格站在那里，一定都是那个怪物的心腹没错。可是，又没人规定是心腹就一定要很强。你想想看，要是按强弱选出一百个我做陛下的心腹，帝国政务肯定会乱成一团，就等亡国了吧？也就是说，她是以武力之外的因素选出的心腹，很有可能是个脑瓜灵光的宠妃吧？比如负责管理那座自称坟墓的城堡中的所有内务。”

吉克尼夫听到有人说“原来如此”。

他也觉得巴杰伍德的一番话有道理。

他被安兹·乌尔·恭的强大一叶障目，单看与黑暗精灵并列，就以为那位银发少女也是强者。当然，她也可能拥有与两个黑暗精灵同等的恐怖力量，然而应该避免抱有错误的先入为主的看法，以免栽跟头。

“大概就这些吧。”吉克尼夫环视三人一周，“你们所说的我也思考过了。话说回来，那家伙的心腹如果都是不死者，倒也还好……不过看这样子，他身边聚集着各种各样的怪物啊。”

“是啊，简直是怪物大展销，感觉真是人才辈出啊——”

吉克尼夫听到巴杰伍德口无遮拦的语调，不由得轻轻笑了起来。

“是啊，最好根据得到的情报，对那些家伙进行进一步的调查。其他需要讨论的事情……就是那座城堡的庄严了。那么气势恢宏的城堡，过往流传下来的传说里没有什么蛛丝马迹吗？”

“请原谅臣下才疏学浅。回到帝都之后，臣下会以神话相关史料为中心进行调查。”

吉克尼夫高傲地接受了高徒的谢罪。

“嗯，拜托了。关于城堡你们有没有察觉到什么？我觉得那么神圣的城堡，不可能是那么邪恶的怪物建造出来的。你们有没有看到什么会成为线索的东西？最大的问题是，那里真的是与这片地域的历史有关联的坟墓吗？”

没人回答。

这证明大家都怀有相同的疑问。

甚至有可能是通过传送，从毫无关联的场所——说不定是从被称为魔界的异世界——传送到了坟墓下方。不如说这样解释让人更容易接受。

“得不出结论啊，情报还是太少了。通过留在纳萨力克地下大坟墓的梵米利恩，还有那些家伙要派到帝国来的使者，我们要尽可能获得情报，你们明白了吗？”

“当然。我们打算做得面面俱到，不让对手产生敌意和怀疑。”

“只是打算怎么行：对方的战斗力远在帝国之上，你们一定要格外谨慎，不能让虚假的友好关系产生裂痕。”

秘书官点头表示领命，吉克尼夫这才觉得肩头的重担稍微轻了一点。

“有点对不起带来的那些人啊。”

或许是总算有了余力，他提起了一直关在马车里没有踏出一步的人们。

她们是吉克尼夫打算献给安兹·乌尔·恭，从帝国带来的贵族大小姐们。

不管在什么世界，“姿色”都是武器。按说应该由帝国情报局，准备好擅用这种武器的女间谍，不过吉克尼夫担心对方使用魔法进行调查，惹出麻烦，特意挑选了一群黄花闺女。

“是啊，她们本来做好了再也见不到父母的准备。有点对不起她们的决心，不过她们心里肯定也觉得高兴。”

“这不好说吧？万一能得到那个怪物的宠爱，那可就厉害了哟。”

“如果哪个女人和那样的怪物上床还能感到愉悦，那她的胆子简直大得可怕。”

巴杰伍德的言外之意是人类中不可能有那样的女人，然而吉克尼夫觉得他太天真了。以毒杀亲夫的自己母亲为代表，吉克尼夫看过无数女人的暗斗，他非常有自信否定巴杰伍德的看法。

“女人比男人想象的要勇敢得多，而且会在感情和利益的驱使下行动。满不在乎地与骸骨之王上床的女人一定也会有的。从这个意义上来说，应该庆幸的或许是我才对。要是真的把她们留下，说不定哪个女人会给安兹·乌尔·恭吹枕边风，让他杀了我。”

身旁三人都苦笑起来，然而吉克尼夫觉得这并不是杞人忧天。

他知道自己因为强行推进改革，受到多少贵族的憎恨。当然，也有支持他的贵族，然而他能信任的只有一部分近臣和自己的老师弗鲁达——

一片羽毛般轻飘飘的疑问，突然降落在他的脑海之中。

就是关于老师弗鲁达。

弗鲁达是他的恩师，是帝国的重臣和王牌，是帝国最杰出的英雄，是吉克尼夫都尊敬的人物。同时他也知道，剥开弗鲁达贤者般的一层薄皮，就会看到里面澎湃着因为想要窥伺魔法深渊而近似疯狂的渴望。因此吉克尼夫心里有个疑问。

——那不是弗鲁达的作风。

安兹·乌尔·恭能轻而易举地，制造出那么多弗鲁达无法使役的死亡骑士，毫无疑问是凌驾弗鲁达之上的大魔法吟唱者。那么弗鲁达为什么跟着吉克尼夫，老老实实离开了纳萨力克地下大坟墓呢？

（以老爷子的性格，他应该会求那只可怕的怪物传授魔法知识才对吧？就算五体投地，趴倒在安兹脚下也不奇怪……）

吉克尼夫想象中的画面非常生动。

（可是，老爷子什么都没做，连问都没问。简直就像换了个人……莫非他……被做了什么手脚吗？）

听到迪米乌哥斯的话，所有人都跪伏在地。不过，他会不会是想把我们的注意力吸引到异常事态上，真正的目的是对弗鲁达进行某种精神控制呢。

吉克尼夫不觉得安兹·乌尔·恭会想要弗鲁达做部下。弗鲁达对帝国来说虽然是王牌，但是在遍地强大怪物的纳萨力克地下大坟墓，弗鲁达的力量应该微不足道。

然而，弗鲁达积蓄的知识应该是有价值的。除此之外——只要控制了弗鲁达，帝国的军事实力就会大幅降低，同时失去对抗安兹·乌尔·恭的王牌。

就像被套上了奴隶的项圈。

（会是这样吗？还有其他可能吗？老爷子老老实实跟我走的原因……他早就知道了？早就知道了安兹·乌尔·恭的力量？）

——想到这里的瞬间，吉克尼夫感觉自己好像被雷劈了。

他全身冒出了冷汗。

“陛下？陛下？您怎么了？您的脸色好像很难看？要叫神官——”

“——需要。”

“欸？”

“我说不需要。没错……不需要。”

吉克尼夫瞥了不知所措的部下一眼，正要重新投身思考的旋涡——

（觉得害怕了吗？我害怕了？）

吉克尼夫头脑中一片混乱，没法把思考统一起来。他好像下意识地不让自己进一步思考，故意逃避着结论。

（不能逃避。为今后着想，现在逃避有可能会引发最糟糕的局面！冷静，我要冷静，冷静地思考下去。）

吉克尼夫顶着部下们诧异的视线，埋头思考。

（首先假设，假设老爷子知道安兹·乌尔·恭的力量……不，是能力。那么老爷子异常的举止也就可以说得通了。老爷子背着我和那个怪物有什么联系——不可能！）

看着吉克尼夫的表情瞬息万变，部下们都很吃惊。然而现在吉克尼夫顾不上那么多。

（没错，不可能的，吉克尼夫。看到那死亡骑士，老爷子是从心底感到惊讶的。这说明他不认识安兹·乌尔·恭——才怪。没错，如果老……弗鲁达只是不知道那家伙使役死亡骑士的能力，然而早就知道安兹·乌尔·恭是个——异常强大的魔法吟唱者呢？）

四分五裂的碎片拼凑在一起，成了一幅美丽——不，恐怖的画卷。

（弗鲁达认识那个怪物。那么他们是什么时候开始认识的……从开始就认识？没错。说发现有人出入纳萨力克地下大坟墓的，提议派人去调查的，都是弗鲁达。）

吉克尼夫感到所有点都连成了一条线。

这样想来，大半谜题都解开了。

“他背叛了帝国啊。原来如此。他背叛了帝国，出卖了帝国。”

那声音仿佛发自地底的嗟怨，又仿佛孩子的哭诉。

部下们感到他给人的感觉不容提问，只好默默看着他。吉克尼夫慢慢转头看向部下们。

“弗鲁达·帕拉戴恩背叛了帝国。这种情况下，帝国会受到多大的损害？能给他一个闲职，让他无为终老吗？”

听到难以置信的一番话，三人都瞪大了眼睛。

“怎、怎么可能，陛下。不管怎么说您这玩笑也太过头了。”

听到高徒的话，吉克尼夫感到怒火从心底喷涌而出。他想要呵斥部下自己不是想听蠢话，然而还是努力忍住了。他之所以没有爆发，是因为自己脑海一隅，孩童吉克尼夫也不相信老爷子背叛了帝国。

吉克尼夫是在贵族社会的阴暗面中，在权谋术数的熏陶——耳濡目染之下成长起来的，他随着呼吸驱散心底的怒火。

“我再说一次，假如弗鲁达·帕拉戴恩背叛了帝国，这种情况下，帝国会受到多大的损害？”

部下们面面相觑。用眼神交流了几秒之后，那个高徒作为部下代表开口了。

“超乎想象，让人不忍卒睹的损害。以前只要提起老师，就足以威慑别国，因此帝国才一直与别国的阴谋诡计无缘。”

吉克尼夫转向秘书官，以视线询问他是不是这么回事，只见他脸色苍白地点了点头。

“如果真的给老师一个闲职，恐怕会给周边国家可乘之机。”

“不是有帝国情报局吗？啊啊，我明白了，哼，因为有弗鲁达，所以他们没机会积累经验啊。”

“您说得没错。陛下，老师真的……”

“——可能性高得惊人。”吉克尼夫打断秘书官的话，断言道，“不过要做的事情实在太多了。首先得尽快确定弗鲁达的继任者，有没有合适的人选？”

发现那个高徒听到自己的问题，眼睛中燃起了欲望之火，吉克尼夫在心中笑了。

成为弗鲁达的继任者，就是要担任帝国首席宫廷魔法师。这个地位的魅力应该让人垂涎三尺才对，在有组织地运营管理魔法吟唱者的帝国，它相当于最高的官职。

之前被称为大英雄的人物一直占据着这个职位，对于他们来说是高不可攀的。竞争对手过于强大，以至于魔法吟唱者们没有胆量觊觎这个职位。本来遥不可及的职位，现在摆在自己眼前了。

（欲望是驱动人，让人行动起来的动力源。我是认可欲望的。不过，为了以防万一，有一件事一定要问清楚才行。）

“毕竟新的首席宫廷魔法师，搞不好要和那个怪物进行魔法战啊。”

欲望之火瞬间熄灭，现在那个高徒眼中连兴趣的兴字都看不到了。看来转眼间，在高徒心目中，帝国首席宫廷魔法师已经成了这个世界上，他最不想担任的职务。

比起和安兹 · 乌尔 · 恭以魔法一争高下，还是从五百米高的悬崖上跳进波涛汹涌的大海活下来的机会更大。

不，能死掉或许是幸运的。

高徒的表情表达着他的想法，他眼睛里的光芒就像一只被逼到墙角的老鼠。

吉克尼夫现在明白眼前的男人没有与安兹 · 乌尔 · 恭战斗的勇气，打消了自己的期待。不，他本不该期待。

“既然！既然是这样，老师的学生中有能用到第四位阶魔法的人，从中挑选一人如何？我倒是，也会用，不过还没有熟习。”

“我听说弗鲁达的高徒中最优秀的就是你啊？”

“不！不可能！还有比我更优秀的学生。回去后我会给您列出候选人名单！”

确实，听说要和那么强大的超级怪物战斗，会有想要逃跑的心情不难理解。不过，吉克尼夫想要找的，是就算知道没有胜算也敢于一搏的勇士。

(……没戏啊。如果觉得这家伙是个例外，那我就想得太天真了。看来见过安兹·乌尔·恭的人，已经不可能再拿出战斗的勇气了。这样想来，就只能任命没有见过那个怪物的人了。如果没见过那个怪物，一定会像刚才的这家伙一样，被欲望蒙蔽了双眼，拼命地表现。)

这不是个好办法，但也只能这样了。

“……原来如此，那么整理好候选人的详细信息，然后展开面试吧。还有就是要一边收集情报，一边做好对付那家伙的准备啊。首先要协助安兹·乌尔·恭，为了建立起友好关系，短时间内要像狗一样顺从。”

“遵命。”

部下们听到他所说“像狗一样顺从”也没有提出异议。只要见过纳萨力克地下大坟墓，就不可能提出异议。

“那么陛下，我们要装成那个怪物听话的尾巴，摇到什么时候？要到我们的孙子辈，还是要到重孙辈？”

吉克尼夫环视四周，他在看车厢中有没有间谍，门是不是虚掩着。确认没有问题之后，吉克尼夫说出了自己从与安兹·乌尔·恭一见面，就开始考虑的战略。

“我们的目的是——建立帝国、王国、教国、评议国、圣王国等国家形成的大同盟，对抗安兹·乌尔·恭的大同盟。”

六只睁圆的眼睛凝视着吉克尼夫。

“有什么好吃惊的？帝国一国无法战胜那个怪物，那么除了拉周边国家入伙，设法打开局面之外，还能怎样？”

“您，您打算和他战斗吗？”

“要战斗。”

吉克尼夫简短宣告道。

“不，除了战斗之外，我们只有死路一条。”

“那么您为什么要帮那个怪物建国？！”

“这正是为了建立大同盟布下的第一招棋。”吉克尼夫环视三人一周，“你们听好，这一带地区——耶·兰提尔周边是帝国、王国、教国三国利益冲突的核心地带。如果在这里建国，那个叫恭的怪物自然会成为三国潜在的敌人。”

吉克尼夫喘了口气，继续说明了下去。

“还有另外一点。那怪物是不死者，他不可能善待人类——生者。民众也不可能愿意受到不死者的统治，肯定会发起叛乱，然后会遭到那怪物的镇压。这样一来让出领土的王国就不得不行动起来，而周边国家中最强大的斯连教国毫无疑问也会行动起来。”

“可、可是！陛下！如果帝国帮助那怪物建国，不会被当成那怪物的同伙吗？周边国家一定会对帝国怀有戒心的！他们会把帝国的名字排除到大同盟之外！就算最后能打赢那怪物，大同盟的矛头接下来就会指向帝国了。不，搞不好他们会决定先打倒帝国再说。”

“哼。”吉克尼夫自嘲地笑了起来。

“我们有必要在背地里行动，让其他国家认识到帝国是在对恭的国家进行谍报活动。我知道这很难，不过我们别无选择。”

“对方会相信我们吗？如果是我，会认为帝国在使诈。”

“那就看安兹·乌尔·恭的力量了。如果能让周边国家认识到那家伙拥有强大的力量最好……不过这就需要我们进行诱导了。比如让他在战场上展示力量。”

“当初您就算不说帝国帮他建国，应该也能大事化小小事化了吧？”

吉克尼夫以看蠢货的眼神看向了说话的秘书官。

“为了确保最低限度的安全，我们必须像蝙蝠一样见风使舵。万一王国免费把周边的国土送给恭，恭成了王国的盟友怎么办？”

也就是说，吉克尼夫是权衡利弊之后选择了弊害较小的一方。

“就是这样，帝国要一边假装帮助怪物，一边与大同盟配合。也就是说，如果露馅了，那个怪物很可能会首先毁掉帝国。如果是我，一定会第一个毁掉帝国，杀鸡儆猴，毫无疑问。”

“啊——如果是陛下，肯定会这样干的。”

“……就当你是在称赞我好了。正因如此，我们不能成为大同盟的发起国，必须设法让其他国家自主结成同盟。我们要做的是收集纳萨力克的情报，同时还要收集能打倒那怪物的存在的情报。”

“真的有能打倒那怪物的存在吗？”

吉克尼夫刚说出口，弗鲁达的那个高徒就以不相信会有的口吻提出了问题。估计就算是世界上最强的龙，也没法打倒那个强得异乎寻常的怪物吧。安兹·乌尔·恭就是让人如此绝望的对手。

听到那个高徒的问题，吉克尼夫的回答自信十足。

“当然有。”

“有那么强的家伙？！”

“你没看到吗？就在王座大厅里。”

说得这么清楚，三人都明白了。

吉克尼夫指的是和安兹站在一起的怪物们，亚乌菈、马雷、银发美少女、昆虫、迪米乌哥斯。

“您打算策反他们吗？”

“策反应该很难，不过就算白费力气，也要把该做的事情做到位。为那些怪物准备好金钱、地位、异性，设法让它们多少感受到我们这边的魅力。”

“这恐怕很难吧？”

“没错，肯定很难。安兹·乌尔·恭有霸王之风。拥有这样一位主人，那些怪物肯定不会轻易背叛。不过，即使如此，我们也要行动起来，这不是国家之间的摩擦。”

吉克尼夫带着一脸坚毅的表情环视三人。

“我们将迎来以人类存亡为赌注的战争，为守护人类未来而进行的战争，必须赌上整个生命和灵魂去战斗。”

## 6

“就是这样，恐怕那个皇帝会这样思考并付诸实施。如果他比我想象的还要愚蠢，也有可能会采取意料之外的行动，不过我认为可能性很低。还好，他有点小聪明，比起真正的愚者容易预测。”

迪米乌哥斯竖着一根手指，说了这样一番话。

“也就是说那个皇帝为了消灭我们——消灭安兹大人，要建立一个同盟吗？”

“是这样啊，没想到他这么傻。”

“那、那个，是不是先下手为强，把帝国消灭掉为好呢？”

紧随夏提雅无奈的发言，亚乌菈和马雷的语调中也没有愤怒的成分。他们的态度就像捡起地上小石一样，极其平静。

“那倒不算什么，更大的问题是——”

塞巴斯刚说到一半，迪米乌哥斯或许是猜中了他想说什么。

“——你是指他打算策动我们背叛安兹大人这一点吧。”

“确实，塞巴斯。看来那个皇帝不知道什么叫忠义。”

守护者们纷纷发出嘲笑声。

他们在嘲笑皇帝，居然认为安兹——四十一位无上至尊创造出的自己会背叛主人。

当然，这不过是迪米乌哥斯的推测，即使如此，对于守护者们来说也是非常不愉快的，他们的目光深处带着刀锋般冰冷的光辉。

“虽然不至于做到马雷说的地步，但是确实让人火大，我们干掉那个皇帝吧？”

看到亚乌菈这才表现出负面感情，夏提雅对她笑道：

“让他变成吸血鬼是最好的，如果足够优秀，可以让他为纳萨力克工作。”

科塞特斯虽然什么都不说，但是他的大颚互相碰撞着，发出警告的声音。

“各位，这可是在安兹大人面前。”

听到塞巴斯冷静的提醒，夏提雅、亚乌菈、科塞特斯的怒火瞬间冷却了。

“噗——嗯。没错，各位，冷静一点。想想迪米乌哥斯刚才所说的，这是我们预料之中的状况。既然小丑要演戏，何不让他演来一看，以便取乐呢。我们现在应有的反应是赞叹——因为他的一切行动早在安兹大人的计划之中。对吧，安兹大人？”

（哦？是安兹的计划啊……原来如此，看来有一个和我同名的人，制订了某种特别的计划啊。看这样子，巴哈斯帝国的皇帝，组成联盟与纳萨力克敌对也是这个安兹的计划的一部分……莫名其妙。我真想问问这个叫安兹的人。）

胡思乱想逃避现实也不是办法。

从安兹的角度来讲，他想坦白一切，问清楚计划到底是什么，迪米乌哥斯和雅儿贝德到底误会了什么。

然而，他不可能做得到。

安兹保持着视线的方向看了看雅儿贝德。

他看到了一个仿佛淌着浓稠蜜汁的女人。她湿润的眼睛如痴如醉，双颊染成了淡淡的蔷薇色。

正因为相信一切都在按照安兹的计划进行，她才会为主人的睿智而倾倒，产生这样的反应。

既然这样，安兹已经没法再否定了。谁能在这种情况下问得出口“你们在说什么”呢？

对于雅儿贝德的问题，安兹能选择的答案只有一个。

“——没错，正是如此。”

安兹很想给声音没有颤抖的自己叫好。

“呵呵呵呵。”雅儿贝德展开双手，同时展开了腰际的翅膀，

“安兹大人将戴着和平的面具占领人类的城市，以慈爱统治这一地区。而皇帝会结成邪恶的同盟，针对安兹大人建立的地上乐园。那么不久的将来，安兹大人也要把慈爱带给邪恶同盟中的国家。大义名分在我们一方！”

“真是令人期待啊。不知那个蠢货察觉到，一切都在安兹大人掌握之中的时候，会做出什么样的反应呢……安兹大人的深谋远虑永远比他棋高几招。”

迪米乌哥斯以满含敬意的语气说完这番话之后，雅儿贝德也满面敬意地开了口：

“安兹大人的睿智真的不是我们能企及的。如果没有安兹大人制造出的英雄飞飞，绝对不可能在和平的面具下对人类的城市进行统治，只能以恐惧和暴力统治耶·兰提尔。”

“或许也能用黄金公主发挥相应的作用，不过那样就浪费了一张牌。她和塞巴斯收集来的情报中一样——不，应该说比情报显示的还要有趣才对。她非常有利用价值。”

“是啊，听你说过之后，我也想见见她了。”

“那么建国之后，你作为使者前往王国如何？毕竟得履行约定。”

“你们两个跑题了吧？这样会浪费安兹大人宝贵的时间吧？”

听到二人慌忙谢罪，安兹回答“无妨”。

实际上，安兹倒愿意他们二人继续聊下去，他一来可以从中收集情报，二来可以得到思考如何解释的时间。

“不过话说回来，安兹大人真是好厉害啊。”

“嗯嗯，是啊，夏提雅。毕竟连雅儿贝德和迪米乌哥斯听到都要惊讶的策略，安兹大人都能想出来……”

“不、不愧是安兹大人。太、太帅气了。那、那个，太令人崇拜了。”

“属下为自身的愚笨感到羞耻……”

“属下只恨自身无能，跟不上安兹大人睿智的思考。”

守护者们的溢美之词就像尖刀一样戳在安兹身上。

安兹也觉得守护者们会不会是在说反话，然而他们眼睛中的佩服、尊敬、崇拜都是如假包换的。因此安兹没法说出真话，他只能像往常一样演戏。

“没有你们说得那么厉害，碰巧而已。而且我的计划已经被迪米乌哥斯和雅儿贝德全部看穿了。”

“不，如果不是安兹大人那样做，属下不可能阅读得如此深入。”

“迪米乌哥斯说得没错。能在一切未知的状况下有如此先见之明，真不愧是整合无上至尊们的安兹大人。我对您崇拜得五体投地。”

“真不愧是安兹大人，智慧超过被称为纳萨力克最强头脑的迪米乌哥斯。”

“就是啊！安兹大人好厉害啊！”

“嗯！好厉害啊！”

“属下深知安兹大人才学超凡，没想到居然如此超乎想象……您真是纳萨力克的至宝。”

“没错，安兹大人宅心仁厚，睿智无比。像安兹大人这么好的主人上哪去找。”

“是啊……”

“这么说起来，有一件事需要定下。我对安兹大人称王自然没有异议，只是觉得单纯叫王，不就和随处可见的虫豸一样了吗？我认为应该思考一个与安兹大人相称的王号。”

听到迪米乌哥斯的提议，守护者们纷纷发出赞同的声音。

“您意下如何，安兹大人？”

“我没有意见，你们来定就是。”

安兹觉得叫安兹·乌尔·恭王就挺好，而且想到自己称“王”之后会被抬高到什么位置，他的精神已经被强制镇静好几次了。

“那么谁有什么好主意吗？”

“那么我先说，”夏提雅举起了手，“我觉得作为对安兹大人美貌的礼赞，号为美貌王比较合适。”

“噢噢。”守护者们齐声发出了赞叹。

（安兹·乌尔·恭美貌王？）

“我来！”下一个举手的是亚乌菈，“我认为应该彰显安兹大人的强大！安兹大人是强大的王，就叫强王！”

“原来如此。”守护者们纷纷附和。

（安兹 · 乌尔 · 恭强王？）

“那、那个，我也说说可以吗？那个，安兹大人是非常慈爱的主人，我想这一点应该让大家都知道。那，那个，就是这样，所以，不知道慈爱王，那个，大家觉得怎么样。”

守护者们连连点头。

（安兹 · 乌尔 · 恭慈爱王？）

“作为我来说——”迪米乌哥斯可能是为了发言效果更好，缓了一拍，“——为了颂扬安兹大人崇高的贤德智慧，窃以为应该以贤王为王号。”

守护者们点头称是。

（安兹 · 乌尔 · 恭贤王？……不好意思，别的都行，这个还是算了。）

“塞巴斯怎么看？”

听到雅儿贝德的提问，萨巴斯回答道：“我本来觉得叫王很简洁，也挺不错。”

“那么轮到我出场了。安兹大人是诸位无上至尊的顶点，应该叫至高王。”

守护者们赞叹起来。

（安兹 · 乌尔 · 恭至高王？这个怎么说呢……好厉害啊。）

全体守护者的视线集中到还没有提出想法的成员身上。

“那么科塞特斯怎么看？我已经说了至高王，要想出更好的应该不容易，不知道你能不能想到什么适合安兹大人的王号？”

“嗯……安兹大人今后将会统治众多臣民，所以，安兹大人将是引导魔法世界的王——魔导王应该是最合适的。”

守护者们没有马上做出反应。

然而，大家都把视线投向了安兹。他们的眼神都带着同意，好像觉得没有比这更好的王号了。只有雅儿贝德显得有些遗憾。

“可以，采用科塞特斯的提议。”

安兹缓缓站了起来。

“等建国之后，我将——自称安兹·乌尔·恭魔导王。”

安兹沐浴着赞赏的声音，有点难为情地挥挥手示意部下们不要过誉。他真的觉得有点不好意思了。

“很好！王国和帝国掀起战事的时候，应该就是展示纳萨力克伟大之时。”

“安兹大人说得没错，他们大概会设法窥探安兹大人的力量，甚至不知道这才是我们的目的所在。”

迪米乌哥斯非常愉快地继续说了下去：

“在开始交涉之前，最重要的就是狠狠揍对方一拳，让对方明白实力的差距。因为有种名为蠢货的生物，如果不了解对手的强大，就会做出一些令人无奈的蠢事。从这个意义上来说，帝国皇帝就是个蠢货。他居然悟不透，低头屈膝，舔安兹大人的靴子才是最聪明的做法。”

“我以前也考虑过让人类舔安兹大人的靴子，可是这对于他们来说应该算是奖励吧？”

“原来如此，不愧是雅儿贝德，不过要是舔，我更想舔安兹大人的身体。”

两人开始窃窃私语，安兹装作什么都没听到。

“那么各位，开始准备为纳萨力克扬名吧！”

“是！”

守护者们一齐应承，声音连成了一片。

# 2章　备战

# 第二章｜备战

## 1

一个月后。

里·耶斯提杰王国的弗蓝西亚宫殿中，正在召开宫廷会议。国王——兰布沙三世坐在王座当中，葛杰夫保持着岿然不动的姿势站在国王身旁。他看到到场的众多贵族中有六大贵族的身影，略微睁大了眼睛。

六大贵族齐聚一堂是非常少有的事。

这六家贵族的家主拥有仅次于国王的领土，他们在军力、财力等方面，总有一项力量是超过国王的。正因如此，接到国王的召集命令时，他们经常找理由不出席。特别是反王派——贵族派的盟主博洛洛普侯爵，他甚至不掩饰自己对国王的轻视。有一段时间，人们甚至怀疑王国会内部瓦解。

葛杰夫的视线从贵族身上，移动到国王在场的三位孩子身上。

其中最引人瞩目的，是国王的三女儿，“黄金公主”拉娜·提耶儿·夏尔敦·莱儿·凡瑟夫。

然后是在恶魔骚动之时为了国民，追随国王以身犯险，因此名声大噪的赛纳克·瓦尔雷欧·伊格纳·莱儿·凡瑟夫第二王子。

最后是国王的长子，巴布洛·安德莱恩·耶尔德·莱儿·凡瑟夫第一王子。他身材魁梧，胡须修剪得十分整齐。博洛洛普侯爵正在力推第一王子成为下一任国王，他这次应该也是在王子的请求下才来参加宫廷会议的吧。

有贵族派的博洛洛普侯爵参加，今天的宫廷会议毫无疑问会波涛汹涌。葛杰夫为了不去想让人心生不安阴云的现状，开始打量到场的六大贵族。

属于拥王派的三名贵族中，葛杰夫最先看到的，是在场所有人中衣着最为华贵的博鲁姆拉修侯爵。

这位贵族年龄将近四十岁，可以称得上仪表堂堂。他的领土中有金矿山和秘银矿山，其中产出的贵金属，让他拥有王国第一位的财力。不过，风传此人爱财如命，名声不好，甚至有人说他为了一枚金币就会背叛家人。

实际上，已经有传闻说他背叛王国，把情报泄露给帝国。要说这么危险的人物为什么不尽快绳之以法，简而言之就是抓不到确凿的证据。在没有确凿证据的情况下拿下博鲁姆拉修侯爵，相当于逼追随他的小贵族们倒戈。如果他就是因此有恃无恐地出卖王国的情报，那只能说他是个最卑鄙无耻的小人。

葛杰夫移动视线，把目光投向大贵族中最年轻的美青年，佩斯佩亚侯爵。

这位年轻人娶了国王的长女，结婚的同时接替他父亲成为了家主。此人在能力和性格方面还不尽为人知，不过他的父亲是个德才兼备的人物，葛杰夫认为年轻的佩斯佩亚侯爵也会成为和其父亲一样优秀的人。

相对地，六大贵族中年纪最大的是乌洛瓦纳边境伯爵。他的头发已经彻底变白，再加上发量少，几乎看不出有头发。他的手臂和身体也像枯木一样又细又瘦，不过他拥有年老德昭者特有的威严。

乌洛瓦纳边境伯爵是大贵族中，最具人格魅力的人物。

这三人对面站着贵族派的三人。

首先要说贵族派的中心人物，也是大贵族中拥有最大领土的博洛洛普侯爵。他的脸上留下了许多伤痕，是一位像战士一样的盟主。

他已经年过半百，曾经锻炼得没有一丝破绽的强壮身体，现在已经不复当年之勇，不过洪亮的嗓门和令人联想到猛禽类的眼睛中，还残留着昔日战士的余威。

作为战士，他在年龄的进攻下节节败退，然而作为指挥官，他恐怕在葛杰夫之上，在王国，可以说无人能与他相提并论。

他的身旁，站着利敦伯爵。

这个让人联想到狐狸的男人，比六大贵族中的其他五人略逊一筹，因此总是想方设法抬高自身的价值。为了增强自己的力量，他不惜损害别人的利益。因为这样的人品，他在其他贵族中的风评不好。或许正因如此，他才追随博洛洛普侯爵，以求避开其他贵族的敌意。

最后一个是目前暂时身处贵族派的人物。此人一头金发梳向脑后，拥有一双细长的碧眼。

他有缺少阳光的人特有的病态苍白脸色，加上高挑瘦长的身材，让人联想到蛇。他的年龄应该将近四十，然而病态的白皮肤让他看上去格外苍老。

葛杰夫对他有复杂的情感，从他——雷文侯爵身上移开了视线。

还是等下一任国王继任后，再让王宫权力斗争进一步复杂化吧。

贵族派中的博洛洛普侯爵、利敦伯爵，拥王派中的乌洛瓦纳边境伯爵，这三人力推第一王子继承王位；来自各派阀的许多贵族，力推与国王长女结婚的佩斯佩亚侯爵；雷文侯爵看好赛纳克第二王子；博鲁姆拉修侯爵在王位继承一事上，表现出事不关己的态度。

各执己见的状况导致老国王至今无法退位。在目前的状况下，指定其中之一成为继承人，恐怕会导致内乱的发生。

不久之前，葛杰夫还认为不管谁来做国王都行，现在他个人比较倾向于赛纳克第二王子。他也想过拉娜第三公主或许能成为一匹黑马，然而王国历史上不存在女王，恐怕不太可能。

“那么接下来就开始吧。”

国王的语气与平时略有不同。消息灵通的人应该已经知道今天召集贵族的原因了，就算不知道的人，也感受到会场气氛和平时不同，表情严肃了起来。

"帝国派来了信使，把此人带来的帝国宣言念出来。"

听到国王的命令，伺候一旁的侍从读出了写在羊皮纸上的文章。

简而言之，内容如下：

巴哈斯帝国认可大魔法吟唱者安兹·乌尔·恭魔导王麾下，名为纳萨力克的组织为独立国家，与其缔结国家间同盟。

耶·兰提尔近郊本是安兹·乌尔·恭魔导王占领的土地，目前被里·耶斯提杰王国非法占据。因此，土地应归还原所有者。

若里·耶斯提杰王国拒不执行，帝国将协助安兹·乌尔·恭魔导王，对王国发起进攻，夺还安兹·乌尔·恭魔导王的领土。

本次战争是解放遭到非法侵占的领土的正义行为。

羊皮纸上一派胡言，想让王国照办简直是疯了。

"为了以防万一，我命人查阅了王国的史料。没有发现名为安兹·乌尔·恭的人统治耶·兰提尔近郊的相关历史，帝国的要求自然是缺乏正当性的。"

"根本不能称之为无理取闹了，简直是痴人说梦！"

咆哮般的洪亮声音响了起来。

博洛洛普侯爵曾以武勇闻名，许多贵族仿佛从他的气势中得到了勇气，纷纷表示赞同。

“时间似乎比往年要迟，不过这应该就是帝国每年的侵略吧？每次帝国都捏造出各种荒唐的理由，会不会是今年没有题材了，所以搬出了一个魔法吟唱者的名字？居然还有一个魔导王这么夸张的名号……真想看看这个魔导王的尊容啊！”听到利敦伯爵的一番话，他的追随者们发出了轻笑声。“不过——”

伯爵那只能形容为奸诈的狐狸般的细眼——其中有蔑视的神色——转向了葛杰夫。

“这个自称魔导王的疯子，他的名字我们应该在哪听过吧，是不是啊？史托罗诺夫战士长阁下？”

“我前往耶·兰提尔近郊时，就是这位魔法吟唱者阁下救了我。”

利敦伯爵带着揶揄的意味笑了一声，然后冷冷地说道：

“原来如此，他是把你当成了自己的国民，所以才救了你啊。”

贵族中响起了声声窃笑，却没有一人为葛杰夫说话。贵族派，大半都讨厌平民出身的葛杰夫。

如果发难者来自自己派阀中，想必国王会为葛杰夫说话，可是利敦伯爵属于敌对派阀，他只能默默皱起眉头。

“在耶·兰提尔近郊农村烧杀掳掠的，应该是帝国才对吧？虽然战士长阁下好像认为是教国。还有，那个来救援的魔法吟唱者是叫戈恩吗？他和帝国会不会是一伙的？以前好像有哪位说过，会不会是为了混进王国当间谍什么的。战士长阁下没有看到那些险些杀死你的人的尸体吧？”

葛杰夫的脑海中闪过六色圣典的强者们的样子，同时闪过了安兹·乌尔·恭的身影。

“尸体方面确实如利敦伯爵所言，不过我觉得双方并不是合谋。在卡恩村对我发起袭击者之强非帝国骑士可比。他们还能使役天使，毫无疑问，应该就是斯连教国的人。”

“教国为什么这样做？”

——我哪儿知道。

要是能这样回答，该多痛快。

葛杰夫不知怎么回答才好，正在冥思苦想，利敦伯爵旁边一人帮了他一把。

“不要再管那个疯子魔法吟唱者了！我们应该决定的是如何应对伪帝的宣言，你说是不是，陛下？”

“博洛洛普侯爵说得没错，我们必须决定作为王国该如何回应。”

“请陛下准我发言，”向前进了一步的是佩斯佩亚侯爵，“那个皇帝的宣言无法接受，因此除了战争之外别无选择。”

他身边的贵族们激动起来。

“没错！这次轮到我们击败他们，乘胜追击杀进帝国了！”

“就是啊，每年都只是击退帝国军，简直都腻了。”

“看来该让帝国那些蠢货尝尝我们的厉害了。”

“就是啊，侯爵大人所言极是。”

贵族们你一言我一语，掺杂着笑声附和起来。他们一成不变的台词葛杰夫早就听烦了。

这几年，每年王国都会定期在卡兹平原与帝国进行战争。

每年这场战争都会在双方对峙，或者王国方面多少承受一些损失后结束。贵族们满不在乎地以为，习以为常的小摩擦今年又来了。

然而——战士的直觉呐喊着，葛杰夫不由得开了口。

“不能把这次战争当成历年的小摩擦！”

贵族们仿佛被泼了一盆冷水，纷纷把指责的目光投向葛杰夫。

“原来如此，我们的战士长是这样看的啊，能告诉我们原因吗？”

“遵命，陛下。这是因为——”一个人物的身影在葛杰夫心中敲响了警钟，“——没错，就是救下我的大魔法吟唱者，安兹·乌尔·恭的存在。”

“原来如此。在场者中，只有战士长和他见过面，我认为战士长的意见有一定的分量，不过依据是什么呢？”

葛杰夫不知道怎么说才好，没法回答国王的问题。怎么说呢，其实就是战士的直觉在警告他：关于这次战争，如果做出了错误的判断，会非常危险。

“国王啊……耶·兰提尔近郊的土地不能交给帝国，不，不能交给那个大魔法吟唱者吗？”

一瞬的沉默之后，骂声扑面而来。

“你被吓破了胆吗！浑蛋！恬不知耻！！”

那是国王派贵族的怒吼声。

“陛下对你恩重如山，你却让陛下把领土交给别国！你的王什么时候变成冒牌皇帝了！！再说，你根本不是在回答陛下的问题啊！”

听到理所当然的骂声，葛杰夫无言以对。他知道如果身份对换一下，想必自己也会破口大骂。

“无妨。”

给葛杰夫台阶下的是他敬爱的国王。

“可是！”

“感谢大家为我发怒。正因如此，希望大家不要忘了我的战士长是绝对不会背叛我的。他已经数次为了我以身犯险，怎么可能会说对我不利的话。”

怒斥葛杰夫的贵族们向国王低下了头。“正因如此。”国王看到贵族们不再开口，继续向葛杰夫问道，“我最信任的左右手，我的战士长啊，即使是你的建议，我也不能让出领土。未经战斗就让出领土不是统治者应有的行为。而且考虑到生活在那片土地上的国民，擅自让出国土是万万不可的。我不能亲手破坏国民安宁的生活啊。”

交让国土的时候，不可能带走国土上所有的国民。不，就算能把他们带走，也不可能给他们和以前一样的生活。不管怎么说，都会让国民掉进火坑。

“您说得没错，陛下。请原谅我愚蠢的发言。”

听到国王忧心当地国民的一席话，葛杰夫低下了头。如果是愚蠢的贵族——只把领民当成生财工具的家伙，肯定说不出这样一番话。正因为国王慈悲仁爱，葛杰夫才一直为他舍生忘死。

他想起了半年多以前去卡恩村的路上，他对副长说的话。

“……需要帮助时，不曾期待贵族，或是拥有实力的人相助吗？”

“……什么叫明知有危险也愿意舍身相救的勇者，什么叫帮助弱者的强者……”

当时参加御前比武的葛杰夫一定说不出这番话。当时的他和副长一样，认为不会有为平民挺身而出的贵族。

葛杰夫是在随侍国王之后，才知道真的有贵族是为平民着想的，只可惜心有余而力不足。

很遗憾，很多本能挽救的生命都从国王的指尖滑走了，贵族们无聊的矜持也有很多次从中作梗。

即使如此，他侍奉的国王也没有心灰意冷，一直为了建立人民安居乐业的王国而努力着。

葛杰夫把自己的国王兰布沙三世当成骄傲，如果不是这样，帝国皇帝（吉克尼夫）在战场上挖他的时候，他已经另攀高枝了。

忠肝义胆的他，现在心中阴云密布。

国王所说的都是事实，而且都有道理。国王一直是个宅心仁厚，对平民贵族一视同仁的贤君。只是，还有一点，葛杰夫知道今天宫廷会议上，国王的语气为什么格外强硬。

因为恶魔骚动之后，派阀间的势力平衡大幅倾斜了。

王国有拥王派和贵族派两个派阀。两派之间一直争权夺势，不过一直势均力敌。然而现在拥王派势力扩大，而贵族派的势力则衰退了。

因为国王身先士卒，率众击退了亚达巴沃，许多贵族的脑海中都形成了他强悍的印象，纷纷倒戈向拥王派。因此国王在大庭广众之下不能显得软弱。而且——

“不过，战士长阁下所言也不能说是错的吧？毕竟交出区区一座都市，就能避免战争。尽可能避免生灵涂炭也是国王的职责。宁肯自我牺牲，也不愿意让人民难过，这样的国王不才是真正国王的典范吗？”

说出这话的，是贵族派中的人。虽然他说得好听，但目的显而易见，就是要减少国王的领土。拥王派的贵族马上反驳：

“耶·兰提尔是国王的直辖领地！要交就交你自己的领地去！”

贵族派也不示弱：

“你在说什么！帝国想要的是耶·兰提尔近郊，我的领地离得那么远，交出去有什么用！你说话前要先动动脑子！”

拥王派势力增强，贵族派被削弱了。为了恢复自己派阀的势力，他们变本加厉地想要拖国王的后腿。

葛杰夫的另一点不安就起因于此。正因为派阀间势力失衡，贵族派削弱国王力量的动作才比以前更大了。今后，王国说不定会一分为二，自相残杀。

正因如此，国王打算通过展示自身的强大，以求抑制反叛的发生。他的行动本身并没有问题，只是——

不能露出自身软弱的一面，应该是一件非常危险的事吧？

葛杰夫正忙着思考，感受到几个拥王派贵族的强烈视线，回过神来。因为他向国王提议割让领土，所以拥王派贵族们怀疑他内通贵族派，向他投去了猜疑的目光。那目光除了怀疑之外还有非难，仿佛在说没良心的庶民，你忘了国王对你的知遇之恩吗？

“哼，那你请求国王，把自己的领地和耶·兰提尔交换不就行了吗！这样就能献出你的土地了！”

“领地怎么能轻易交换，蠢货！”

“你才是蠢货！”

小孩子吵嘴一样的争辩让整个会场乱了起来。如果是以往，论战会以平局收场，然而现在，拥王派的声音更大，而贵族派的声音则越来越小。

以前国王会站出来制止两派的争吵，然而这次他没有开口，这也是因为拥王派占了上风。

不管什么样的人，在自己有利的状况下，也很难叫停，更不要说在早有积怨的情况下。

（简直就像喝下了甜美的毒酒。）

葛杰夫发现贵族派的人们眼中渐渐产生了冰冷阴暗的情感，他感到一阵寒意流过后脊。

大恶魔（亚达巴沃）的袭击是一切的起因。

由国王率众迎击，是当时最好的选择。如果没有国王坐镇，想必战线会崩溃、冒险者会全灭、王国会失去“苍蔷薇”，陷入万劫不复的境地。

不过看到目前的局面，葛杰夫又觉得当时应该选择其他手段。

如果在两派阀势均力敌的状况下，召开这场宫廷会议，又会如何呢？

（不好说。然而，没错，如果，王国在与帝国的争斗中败北，又会如何呢？彻底抗战论会被提出来吗，还是说不会被提出来呢？拥王派的势力会一落千丈，贵族派会获得更大的力量吧。大幅倾斜的势力对比，还能恢复平衡的状态吗，还是说会一直倾斜下去直到崩溃……导致分裂王国的战争发生呢？——真的不要紧吗？）

葛杰夫感到仿佛受到了某种操纵，明明是自己做出的选择，他却有种不祥的预感，觉得像是受到了某种巧妙的诱导。

（不会吧……莫非和那位恭阁下第一次见面时起，一切就被安排好了？不，应该不会吧。虽然只进行了短时间的交谈，但我也能感觉到那位仁兄没有那么阴险。）

虽然现在成了敌人，但是葛杰夫依然对名叫安兹·乌尔·恭的魔法吟唱者以敬称相道，依然没有负面的印象。

（如果是那位仁兄，说不定会和平地统治……啊，不行，这样想就是不忠了啊。）

“小孩子一样的争吵就适可而止吧。”

听到阴沉的男声——贵族们知道那是谁的声音，都不作声了。

劝阻贵族的争吵本该是国王的职责，现在别人却越俎代庖，葛杰夫咬紧了嘴唇。

（那次胜利是甜美的蜂蜜。）

葛杰夫觉得应该不要紧，只怕国王会因为甜美的胜利而忘了自己的本分。他没法完全消除自己的担心，害怕自己引以为傲的国王会消失掉。

“陛下，如果确定帝国会发起进攻，我们也必须进行准备。”

“雷文侯爵，就让陛下自己——”

贵族派成员之一说到一半，被雷文侯爵打断了。

“——请稍等。那么万一陛下的军队被击败，你觉得帝国会进攻到什么地方为止呢？我为了保护自己的领地，会全力以赴协助陛下。”

沉默降临了会场。

王国的士兵是通过征兵征集起来的普通国民，与身为专业战士的帝国骑士比起来，有无法相提并论的战斗力差距。如果想战胜占有质的优势的帝国，王国只能以量取胜，几年来一直都是这样。如果在数量上也比不过帝国，结果不言自明。

大概是贵族派的人们听到雷文侯爵的发言，想象了帝国骑士攻入自己领地的画面。

最先答应协助国王的，是领地位于王都和耶·兰提尔之间的贵族们，紧随其后的是与这些贵族有交情的贵族们，最后全体贵族都表示答应协助国王。

“很好。那么我迟些时候会给帝国回信，在宣战布告送来之前把士兵——战场应该还会在历年的地方，就还把士兵集中在那里吧。当然，我也会出战。”

“我也要陪您一起上战场，父王！”

大声插话的，是一直站在国王身旁的第一王子巴布洛。

“不必不必，拥有第一王位继承权的兄长不必上战场吧，我随父王前往便是。”

站在巴布洛第一王子对面说话的，是赛纳克第二王子。听到他的提议，巴布洛的回答非常简单明了。

“不需要！”

他的声音中透出明显的敌意。

赛纳克的提议没有问题，既然国王要亲自上战场，他的长子也随父上阵实在太危险了。巴布洛自己应该也明白这个道理，他之所以拒绝，是因为对赛纳克的强烈敌视。

这也是因为那次恶魔骚动。

恶魔骚动时，赛纳克正在巡视王都，获得了许多国民的赞赏。相对，巴布洛却没有离开王宫。因此，支持赛纳克的贵族突然增加了。

赛纳克相貌平平，反差让他展示出的勇敢姿态格外惹眼。相对地，巴布洛正因为仪表堂堂，反而让人觉得胆子很小。巴布洛大概是想上战场，去让国民看到自己勇敢的姿态，借此驱散负面流言吧。

第一王子就像他的外表展示出来的一样，有点作为战士的本领。虽说如此，他毕竟是需要别人保护的人，比如他就比不上拉娜公主一直流血流汗艰苦训练的贴身护卫克莱姆。不过，在王族中，他已经是战斗力最强的人了。相比之下，赛纳克挥起剑来，甚至会因为剑的重量控制不住身体的重心。对巴布洛来说，一定非常不愿意被人认为勇气逊于这样的弟弟。虽然雷文侯爵说“王族剑术再好又有什么用呢”，但是巴布洛知道自己在头脑方面也比不过赛纳克，他不想在自己引以为傲的武勇方面也输给弟弟。

更重要的是，在王位继承权竞争中，他不想被甩下。

感受到今后王国内部潜伏的危险，葛杰夫觉得胃疼。

他一直想在老国王退位之后，追随老国王，做一个随身护卫，现在看来恐怕很难。

而且放弃那些自己身为战士长就能拯救的生命，作为国王的忠臣，是不是不应该呢？再说国王是不是会允许他离任也是个疑问。

如果有能与自己匹敌的人，倒是可以令其继任自己的职务，然而葛杰夫心目中没有合适的人选。从能力上来说倒是有一个与自己匹敌的人，只恐怕他不肯接受战士长之职。

（布莱恩那家伙对今后有什么打算，他都在想些什么呢？）

他现在做了拉娜公主的直属部下，不过葛杰夫总觉得他会不辞而别。如果有一天他走了，大概会是为了进一步提高自己的剑术吧。委身宫闱的葛杰夫有点羡慕他自由的生活方式。

葛杰夫回想起他剑锋的锐利。

恶魔骚动结束之后，葛杰夫和布莱恩比试过。

那是两人都全力以赴的一场比试，最后虽然以葛杰夫的胜利告终，但是每次刀锋撕开空气，带出剑风切断葛杰夫的发丝，他都能强烈感受到布莱恩花费在锻炼上的心血。

葛杰夫同时感觉到将来，用不了几年，布莱恩就会强过自己。

（如果布莱恩愿意继任我的职务，成为战士长，我就可以去培养新人了。这样一来，王国就能获得更多优秀的战士。）

“没错！”

听到博洛洛普侯爵的声音，葛杰夫回过神来。现在不是展望未来的时候。

“若国王许可，我愿意把我最强的一部分士兵交给巴布洛王子，顺便做王子的贴身护卫。不知国王意下如何？”

“嗯，战士长啊，你怎么看？”

葛杰夫不能说自己没有听贵族们说话，只好装作自己已经仔细考虑过了。虽然看到雷文侯爵一边的眉毛抽动了一下，但是他选择无视。

看来想让巴布洛继承王位的博洛洛普侯爵，是在提议让巴布洛上战场。不过葛杰夫不能确定，因此他只能这样回答：

“谨遵陛下旨意。”

看国王深深点了点头，葛杰夫感觉到了些许罪恶感。

“是这样啊。原来如此……好吧……你也随为父前往便是。”

“是！儿臣一定削掉伪帝人头献给父王！！”

听着巴布洛气势十足的回答，葛杰夫祈祷即将到来的繁忙日子能打消自己心中的不安。

雷文侯爵是六大贵族之一，在政治手段上无人能出其右。人们都觉得他指点江山的办公室一定非常豪华，实际上并非如此。如果得知许多左右王国未来的决定，都是在这样一个狭小的房间里做出的，想必许多人都会感到惊讶。

房屋的墙壁全部排列着书架，书本和贴着标签的羊皮纸整理得井井有条，显示着房间主人的性格。不过，房间看起来十分狭小主要不是因为书架，当然书架也是原因之一。

最大的原因在于看不见的地方。

雷文侯爵的宅邸是砖石结构，砖墙上抹着石灰，作为贵族的宅邸来说，这构造可以说非常普通。不过办公室又如何呢？它与其他房间建造方式其实一样。

不过它的墙壁内侧镶嵌着铜板，把整个房间包裹了起来。

这是为了防止魔法的窃听、监视、目标探测。

没有窗子的房间，过于狭小会显得很闭塞，不过考虑到性价比，雷文侯爵还是选择了实用性最好的大小。

雷文侯爵从王宫回到自己家，直线走向做好了魔法防御的办公室，重重坐在房间中厚重办公桌后面唯一的一把椅子上。这样的坐法代表一个疲惫不堪的人什么都不想再管了。

坐下后，他用手捂住了自己的脸。不管谁看到他的这副样子，都难以想象这就是王国权倾朝野的大贵族，他现在更像是一个疲惫不堪的普通中年人。

他把软塌塌地垂下来的金发随手向上一拢，靠在椅子背上皱起了眉。

不知是不是因为精神略微松弛了下来，在宫廷会议上积攒起来的负面情绪化为怒气喷涌而来。怒气轻易突破了临界点，变成他的咆哮倾泻向空中。

“怎么尽是蠢货！”

没有一人理解现状，如果有人理解了现状还对贵族们的愚蠢行为听之任之，只能说他太狡猾了。

现在，王国已经被逼到了悬崖边上。

在帝国频繁的示威行动下，以粮食问题为代表的各种风险都在缓缓沉淀。到目前还没有发生重大问题，是贵族们都真心认为“只要坚持到打垮敌对派阀就好”。

帝国有名为骑士的专业战士，然而王国没有。想要对抗帝国的进攻，王国只能征集平民组成军队。因此，王国内的村庄总要面临没有劳动力的时期。

帝国十分清楚王国的征兵机制，当然会选择收获期发起攻击。

农忙时期家里没有男人，这是多大的问题自不用说。那么可能有人会想，不征集平民不就成了吗，然而对抗作为专业战士，训练水平、武装强度都要强过王国士兵的帝国骑士，不征集多出几倍的士兵，将很容易被击溃。

实际上确实有一次，王国因为没有大量征兵而蒙受了沉重的损失。当时以葛杰夫为中心的反击作战成功，击杀了“前”四骑士中的两人，战争这才在各有损失的状态下结束了。实际上王国国力下降，失去了很多国民，成了输家。

在这样的状况下——

“人渣忙着吃里爬外！莽夫只管争权夺势！蠢货还要煽风

点火！”

六大贵族之一的博鲁姆拉修侯爵背叛王国，把情报出卖给帝国。贵族们分成拥王派和贵族派，彼此倾轧。王子们觊觎继承权，同室操戈。

雷文侯爵把办公桌当成发泄愤懑的对象，一个劲砸着。

“国王也是！我知道国王不蠢，也没有受到欲望的驱使，不过他也太没有深谋远虑了！不快点让位，只会让争端愈演愈烈！多亏了拉娜大人，现在拥王派占据了优势，不趁现在完成权力交接还要等到什么时候！”

恶魔骚动的时候，建议国王出马的就是黄金公主拉娜。

结果就是拥王派势力陡增，如果当时力推赛纳克第二王子，总有办法完成权力交接，可是——

“可怜自己的长子，结果导致了现在的局面。心情我当然可以理解，可是就没人想想孰重孰轻吗！”

实际上是有的，可惜大部分都属于雷文侯爵的派阀。

不应该把这些人都集中在自己的派阀中，应该让他们加入其他派阀，从内部产生影响。他不光后悔自己当初的选择，还为其他贵族派阀中没有聪明人，这一难以置信的状况而感到懊恼。

“这些鸡肋！”

想起那些贵族只有哥布林程度的头脑，只会对眼前利益做出反应，雷文侯爵怒吼起来。

“可是——该怎么办？！我得好好想想。”

雷文侯爵一边调整粗重的呼吸，一边调动思维。

接下来王国将迎来很长一段受难的日子，他要思考出维持运营的手段。

“首先，这次与帝国的战争毫无疑问非常危险。据说安兹·乌尔·恭实力强大，要设想损失一万以上士兵的可能性，思考下一步策略，同时让王子继承王位……这有点困难？”

雷文侯爵通过自言自语帮助头脑整理思绪。他其实很想和别人谈一谈，询问一下意见。正因如此，他才推举赛纳克第二王子。

他是雷文侯爵在王族中唯一——前不久又增加了一个，也就是拉娜公主——的自己人，和雷文侯爵一样明白现状的危险性，是能着眼未来做出行动的同志。

只要他能继承王位，想必自己右肩的重担就可以放下来了。

“他说要让我做宰相，那应该不是在开玩笑，我左肩的重担应该放不下来。即使如此，王国的状况也会多少有所好转。”

雷文侯爵近期的目标是让赛纳克王子继承王位。如果此事失败，王国将向着崩溃越陷越深。

“现在有了拉娜公主的协助，想必行事会比以往稍显便利，可是……”

雷文侯爵一边把自己的想法和策略嘟囔出来，一边深思，同时重重叹了口气。

有时就连雷文侯爵都想抛下一切。

他也不止一次因为恼火，考虑过要不要亲手破坏一切。

他正在用沙子建造城堡，可是有小孩子就在旁边打闹。在这种状况下，会受到破灭愿望的驱使也不奇怪。即使如此，他还是坚持到了现在。这当然是有原因的。

咚咚，办公室的门被敲响了。

声音响起的部位很低，雷文侯爵有一瞬间露出了并非雷文侯爵的表情。应该说是他僵硬的表情融化了才对吧，他的眼角垂了下来，嘴角也松弛了。

“啊，不好，我可不能露出这副表情。”

单靠意志力表情严肃不起来，他轻轻拍了拍自己的脸，整理好散开的头发。一切妥当之后，他大声回话，好让夹着金属板的门对面的人也能听到，而且在语气中加入了让人绝对感受不到怒气的温柔。

“进来吧。”

沉重的门打开的速度，说明了推开大门的人有多么急切。

幼小少年的身影走进门来。

纯真的少年可爱的白色脸颊染成了嫩嫩的粉红色。他的年龄五岁左右。少年哒哒哒地跑进房间，来到雷文侯爵膝旁。

“不要在房间里跑，太粗野了。”

女性的声音追着少年传进了房间。

这是一位容貌端整，却显得有些阴郁的女性。所谓的郁郁寡欢正适合形容她。她穿着一件材质上乘、颜色略显阴暗的连衣裙。

她轻轻向雷文侯爵点头示意，然后露出了淡淡的微笑。

雷文侯爵也露出了淡淡的——有点难为情的——笑容。

不知妻子是什么时候开始笑的。

雷文侯爵突然想起了以前的事。

雷文侯爵比现在要年轻的时候，曾经有一段时间，怀有才华横溢的年轻人往往都会抱有的野心。他的野心在于王座。

那是篡夺王位的不敬梦想。

当时年轻的雷文侯爵对自己的才能信心十足，认为王座是人生中最合适的目标。他也向着自己的目标默默迈进，扩大势力、积累财富、拓展人脉、排除政敌——

迎娶妻室本来不过是其中一环。只要侯爵夫人的地位能换来相应的好处，不管什么样的女人他都愿意接受。结果，他娶到了一个美貌而郁郁寡欢的女人，不过雷文侯爵并不在乎，他的目的在于建立与妻子娘家的关系。

夫妻两人的生活很普通。

不，所谓普通只是雷文侯爵自己的看法。在他和眼前的妻子结婚时，他也把妻子当成道具之一，关怀备至，却没有丝毫的爱。

后来发生了一件事，让雷文侯爵有了变化。

雷文侯爵把视线转向来到自己膝旁的儿子。

一开始，他听说自己有了儿子，只是觉得自己又多了一件道具而已。可当刚刚诞生的婴儿握住他的手指时——雷文侯爵内心的某个部分崩塌了。

看着皱皱巴巴，比起人来更像猴子的自己的儿子，他绝没有觉得可爱。不过在感受到手指传来的微弱体温时，怎么说呢，他觉得一切都无所谓了。

他感觉王座就像垃圾一样。

为了野心不顾一切的那个男人，不知什么时候死掉了。

而他对产床上的妻子道谢时，她的表情到现在依然是雷文侯爵心中——绝对不会说出口来——回想起来就会笑的笑料。她当时露出了“这是谁”的表情。

当然，妻子当时只觉得这是自己为他生下了继承人而带来的短暂改变。然而，随后雷文侯爵那些令人感到异常的变化，让她甚至觉得他是不是出了什么问题。

看来她作为妻子，面对她一直以来的丈夫和变化之后的丈夫哪个更好的问题，从中选择了后者。因此她的状态也发生了些许变化。简而言之，就是两人一起变成了一对普通的夫妻。

雷文侯爵双手托起想要爬上他膝头的儿子。

孩子发出开心的笑声，坐在了雷文侯爵的膝头。他透过衣服感受到幼儿特有的高体温，适度的重量令人感到舒服，他觉得心里充满了安详的满足感。

现在雷文侯爵的目的只有一个。

把自己的领地以最完美的状态传给儿子。他的愿望已经变得和大多贵族父亲一样了。

雷文侯爵温柔地看着膝头的儿子，问道：

“怎么啦，利利？亲亲。”

能看到大贵族噘着嘴唇说亲亲的人，在这世界上只有两个。

其中之一便是这个幼子，他发出咯咯的笑声。

“——老公，总用逗婴儿的话，不利于孩子语言能力的发展。”

“哼！胡扯。你说的不过是没有根据的传闻而已。”

雷文侯爵一边说，一边心想对孩子教育有负面影响可不行。

既然是自己的孩子，一定是有才能的，不，就算没有也没关系，作为父亲，培养他的才能是应该的。不过，不能给孩子负面影响，可是在饱含爱意的称呼上，他不打算让步。

爱是最好的教育。

“呐，利利？嗯？你怎么了？有什么事想告诉爸爸吗？”

雷文侯爵把露出为难表情的妻子赶出视野，再次向儿子问道。

“嘿嘿嘿，你听我说。”

孩子把红叶一样的小手挡在嘴上，好像要说悄悄话一样。雷文侯爵见状，舒缓的眼角垂了下来，露出的表情让人不敢相信这是属于被称为蛇的男人的。

“什么呀？有什么事要告诉爸爸吗？好期待——什么呀？”

“今天的晚饭啊……”

“嗯嗯！”

“是爸爸喜欢吃的东西哟。”

“哇——爸爸好开心啊！晚饭吃什么？”

“嗯，有香煎戈布拉鱼。”

“是这样啊——你怎么了，利利？!”

雷文侯爵发现儿子噘起了嘴，急忙问道。

“本来我想说的！”

雷文侯爵感到背后劈下了一道雷光。

“是这样呀……嗯嗯。对呀，是爸爸不好，对不起呀，利利……你为什么要说出来。”

看到雷文侯爵皱起眉头的视线，妻子无可奈何地用手遮住了脸。

“利利，可以告诉爸爸吗？”

败了兴的儿子嘟着嘴把头扭向一旁。雷文侯爵见状，露出了受到沉重打击的表情。那是仿佛随时会选择死亡的充满绝望的表情。

“对不起呀，利利。爸爸傻傻的，给忘啦——告诉爸爸好吗？”

雷文侯爵发现儿子不时斜眼看他的表情，感觉还需要再努把劲。

“利利不告诉爸爸吗？爸爸要哭啦。”

“欸——听好哟，有爸爸爱吃的鱼鱼。”

“是吗！爸爸好开心啊！”

雷文侯爵在儿子粉红色的小脸蛋上亲了又亲。可能是觉得很痒吧，孩子发出了纯真的笑声。

“好。那我们去吃饭吧！”

“——好像还没做好呢。”

“是吗……”

雷文侯爵感觉兴头上被泼了冷水，露出了不满的表情。催促厨师并不是什么难事，然而厨师有自己的节奏，他们要妥善准备，按照步骤烹饪。如果随意催促，打乱了他们的节奏，恐怕他们就做不出最好的料理了。

因此，雷文侯爵虽然觉得不满意，但也不会下令催促。他希望自己的儿子永远能吃到状态最好的食物。

“来吧，父亲大人正在工作呢，我们走吧。”

“嗯。”

听到孩子元气十足的回话，雷文侯爵掩饰不住不舍。

“咳！等等，工作已经做完了。”

“真的吗？”

“嗯，放心吧，工作真的已经做完了。”

“真的吗……你不是在想明天再说吧？”

“……”

看到妻子在用白眼看自己，雷文侯爵还是不肯把膝盖上的儿子放下去。不仅不放，还紧紧抱在了怀里。孩子的高体温传了过来，雷文侯爵嘟囔着“好暖好暖”。

“……工作正好继续不下去了，也没有什么必须今天处理的事。”

这并不是雷文侯爵在给自己找借口，实际上现在确实没有紧急的工作。

不知是不是明白了他的意思，妻子点了几下头。

“明白了。不过……看样子不好办啊。”

“没错。现在不需要手脚，我想要的是头脑。”

“我的弟弟不行吗？”

“他确实很优秀，可是处理你娘家领土内的事务就够他忙了吧，怎么能再把他叫到这里把工作塞给他呢。你还知道不知道其他能担重任的人？”

雷文侯爵又一次向妻子问出了早就问过好多次的问题，再次得到了同样的回答。她说没有贵族有他一样的水平。

确实，要是有，雷文侯爵也不用这么辛苦了。既然这样，只能从平民中寻找人才。然而和由国家主导教育的帝国不一样，以王国的现状，想要发掘被埋没的人才那可是一项繁重的工作。只能收集有才能者的情报，然后与其所在领地的贵族进行交涉。

这将是一项不知道需要耗费多少劳力和时间的工作。雷文侯爵正在意气消沉，坐在膝头的儿子好像想到了什么好主意，开了口。

“爸爸，我会和爸爸一起加油工作。”

“哇——谢谢利利！爸爸最喜欢利利啦！”

听到儿子的贴心话，雷文侯爵抱住他的小脸亲了又亲。这样的时间对他来说是最幸福的。

这是忘掉日常繁忙的业务，让心灵得到放松的时间。

雷文侯爵心中坚定地想，就算用生命来换，也要保住这分幸福。

## 2

自帝国发出宣言起已经过了两个月，口吐白雾的季节到了。

王国各领地的村庄中，村民们的劳动已经从室外转入室内，出门活动的人也越来越少。到了这个季节，很少有人还在忙碌劳作了，就连好像全年都很忙的冒险者也一样。

虽然还是有饥饿的魔兽跑到村庄集落，冒险者会不时接到紧急的委托，不过总体来说工作很少。冒险者虽然想寻找未知的遗迹、探索秘境，但在这个季节投身蛮荒之地的危险度太高了。因此，这个时节对于冒险者们来说是休息的时节，大家都忙于训练、娱乐，搞副业。

然而，今天的要塞都市耶·兰提尔并非如此。这里嘈杂不堪，仿佛冒着热气。

不过这份嘈杂和王国内其他都市的多少有些不同。这里的热气并不来自活力，而是从其他情感中产生的。

热气的源头，在耶·兰提尔三重城墙中最外面的一层城墙内。

这里有无数的人，他们大部分衣着朴素，大概大半都是平民吧。不过，他们的数量多得惊人，大概有二十五万。

耶·兰提尔并非常年有这么多人。

确实，耶·兰提尔面向三国领土，是交通要冲，物资、人员、金钱，各种东西从这里来来往往。这样的都市自然会发展得很大。

然而只是这个区域，不可能有二十五万人口。

那么，现在这里为什么有这么多人呢？

从一部分年轻人身上，很容易看出其中的原因。

很多年轻人正在接受训练，他们瞄准以木头和稻草做成人形、套上凹凸不平的钢铁盔甲、挂着盾牌的靶子，刺出手中没有开刃的长矛。

这是战斗训练。没错——来到这里的人，二十五万名王国国民，是为了与帝国进行战争而征集来的士兵。

四处响起洪亮的口号声。当然，很少有人带着积极的情感发出声音。大部分人都在负面情感——对即将展开的你死我活的厮杀的恐惧感，不训练就无法活着回来的焦躁感——的驱使下训练着。

不过，并不是所有人都在认真训练。

与帝国之间的战争一年一次，每年都会发生。因此，有人心灰意冷，没什么干劲地悄悄躺在石板地的角落；有人阴郁地向旁边的人唠唠叨叨地抱怨；有人抱着膝盖蹲坐着。

年龄越大的人，这种倾向越明显。

他们是毫无战斗意愿，只想活着回家的士兵。

这就是王国军队的真实状态。士兵会这样也是无可厚非的，他们被强行带上战场，耗费自己的时间参加不会得到奖励的厮杀。就算能活着回乡，时间被夺走造成的弊害也会逐渐显现，摧毁他们生活的基础。就像套在脖子上的绳索慢慢勒紧一样。

就像慢慢走向死亡一般。

货物马车驶过士兵们身旁。货车高高隆起，里面装着大量的粮食。

按常识来思考，接近整个王国百分之三的人口集中到了一座城市，要让他们在这里生活下去极其困难。然而耶·兰提尔是与帝国进行战争的前线基地，是能够容纳王国兵力的城市。

经过与帝国之间的数次战争，这座城市具备了不把区区二十五万士兵当回事的备战能力。这座都市的粮食库是个庞然大物，恐怕是这里最大的建筑物。

马车穿梭往来，不停把物资运进粮食库。

看起来有气无力的士兵们，纷纷用恐惧的目光盯着马车。那目光仿佛在凝视着来到自己身旁的死神。

只要是明白接下来要发生什么事的人，反应大体都一样。

大规模运输食品。

这代表着和帝国之间的战争即将开始。

这里是耶·兰提尔三重城墙中最里面的一层城墙内。

耶·兰提尔市长帕纳索雷·葛尔杰·帝·雷天麦亚的公馆就坐落在其中央位置。他的宅邸是一座与市长地位相符的气派建筑，然而比起旁边的那座建筑，就相形见绌了。

旁边的公馆才是这座都市中最气派的建筑——贵宾馆。这座贵宾馆只有在国王或者地位与国王相当的贵人到来时，才会开门迎宾。

而现在，兰布沙三世和以大贵族为中心的男人们，正聚在贵宾馆的一个房间中。

国王坐在简易王座上。葛杰夫默默侍立在国王身旁。

主要贵族们围坐在房间正中的大桌子旁，凝视着铺在桌子上的大地图。地图上放着几只棋子，周围散乱地摆列着各种各样的纸张，包括指挥官的名册、侦察部队递交的报告、过去的战斗记录、周边出没的魔物的情报之类。伺候身后的侍者拿着水瓶，当然，里面已经空空如也。

这样的状况说明了房间中展开过多么激烈的争论。

实际上，大贵族们的——历史缔造的有高贵之风的脸颊上，都有了浓厚的疲惫色彩。征集起来的军队数量越大，需要磋商的事情就越多、越繁杂。最基本的部分虽然可以完全扔给部下，但是与其他贵族相关的调整事宜，作为派阀代表不得不参加详细磋商。

贵族们都好面子，不能在别人面前图省事，因此他们的工作量才会大幅增加。

不过，这也结束了。

到场的所有人中，看起来最疲惫的雷文侯爵开了口。

不对，他总是率先开口。虽然别人都说他是见风使舵的蝙蝠，但是没有人小看他的睿智。在这类跨越派阀的会议上，由他来担任司会，事情才会很快商讨出结果。

“辛苦各位了。这样一来，虽然大家意见有一些分歧，但是总算赶在期限前完成准备了。接下来就可以面向与帝国之间的战争，开始推进计划了。”

雷文侯爵环视所有人一周，举起了羊皮纸，好让在场者都能看到。

“如大家所见，几天前帝国把写好战斗地点的宣言书送来了。”

曾经用作战场的地方，变成不死者出没的被诅咒地域的现象比较常见。因此同种族之间进行战斗的时候，经常协商指定战场。只要两军意见一致，通常会在两国都不会受到损害的指定战场一决雌雄。

当然，并不是所有战争都会约好战场，反而是约好战场进行战争的事例比较罕见。不过王国和帝国之间的战争，从几年前开始就是在指定战场进行的。

就算成功扩张了领土，周边有不死者出没也会很棘手；就算成功守住了领土，大地被诅咒了也没有意义。两国想法一致，所以都同意协商决定战场。

因此，听到雷文侯爵的发言，有人安心地松了口气。大概是看到到目前为止的过程和往年一样，所以觉得今年的战争不过是以往的延续吧。

“那么，战场是——”

“不要卖关子，雷文侯爵。还是往年的战场吧？除了那里还能是哪儿？”

“没错，博洛洛普侯爵说得对，依然是历年的战场。诅咒之雾笼罩的卡兹平原，战场就在它的西北部。”

“……指定了和往年一样的战场，就是说帝国的来意也和往年一样吗？”

他大概是觉得，这证明帝国就算搬出什么名叫安兹·乌尔·恭的魔法吟唱者的国家，也只是为了制造大义名分在编造故事。

确实，如果仅此而已，想必葛杰夫也会赞同，然而，雷文侯爵摇了摇头。

“很遗憾，博鲁姆拉修侯爵，事情恐怕没有那么简单。我们已经收到了报告，帝国这次动员了相当大的兵力。我让手下的前山铜级冒险者小队进行了调查，虽然具体兵力不清楚，但是发现了六个军团的纹章。”

“六个军团?!”

会场响起一阵惊呼。

帝国骑士共有八个军团，往年的战争中，最多有四个军团参战，然而这次有往年一点五倍的军团被动员了起来。

“帝国是……认真的吗？”

一位贵族不安地说道。

如果帝国动员了六个骑士军团，那么总数大概是六万。王国有二十五万士兵，从数量上来看占据着绝对优势。然而，从单个士兵的战斗力来说，帝国远非王国可比。

“虽然现在还不好说，但是最好做好心理准备，这次也许不会像往年，发生小规模冲突就能了事。”

往年的战争大概是二十万人对四万人，帝国方面发起突击，王国设法阻挡，然后就这样结束了。因为帝国的目的是慢慢拖垮王国，只要能让王国无谓地消耗粮食，就能达成他们的目的之一。

如果这次也是为了相同的目的，没必要动员六万大军。也就是说，帝国有其他的目的，还按照往年考虑会非常不妙。这就是雷文侯爵的看法。

“这次增加征兵量真是做对了。”

然而因此导致军费增加，就是个令人头疼的问题了。

往年帝国总是看准收获季节发起战争，而今年却选择了冬天。为了取暖需要木柴，这平添了许多往年不需要的支出。

这次战争的军费由国王承担，如果不是拥王派的力量得到了增强，想必国王会征集不到足够的捐款，导致国王的力量遭到大幅削弱。

“在这一点上，雷文侯爵，动员了比往年更多的兵力，会不会是帝国想给僭称国王的魔法吟唱者盟友面子，做做表面功夫呢？帝国出面向王国发出了宣战布告，如果不动员一支大军，和我们大战一场，作为盟友就太没面子了。”

“我认为非常有可能。实际上安兹·乌尔·恭并没有给我们任何信函。这次的事很可能是帝国主导，安兹·乌尔·恭不过被卷入其中，或者并非自愿。”

葛杰夫非常希望事情真的如雷文侯爵所说。如果那位大魔法吟唱者不是真的想和王国为敌，那该多好啊。不过这样的想法太过乐观了。

葛杰夫张开了一直紧闭的嘴唇。

“我可以说两句吗？”

“无妨。”

得到国王的许可后，葛杰夫讲出了自己内心的不安。

“我认为并非如此，斯连教国都送来了相关的书信，我认为帝国发出的宣战布告不可能只是为了做表面功夫。”

贵族们一齐露出了反感的表情。

耶·兰提尔周边是三国利益冲突的地区，只要帝国与王国发生小摩擦，斯连教国一定会发出宣言：耶·兰提尔近郊本是斯连教国领土，现在被王国非法占领，应该把领土归还合法领地国；同时为两国争夺不正当权益表示遗憾。

两国看到教国的宣言，很想让他们不要插嘴，然而教国并没有直接动过兵，两国也就都认为教国只是逞口舌之快。

可这次和以往不同。

教国公开发表了见解，“教国没有相应记录，无从判断。若安兹·乌尔·恭事实上曾经统治过该地，教国愿意承认其正当性”，并且把书信送到了王国。

王国贵族们愤怒地觉得教国简直无理取闹，认为他们不该横插一手，胡言乱语。不过，贵族中当然也有人明白教国宣言中的真意。他们这些在场的人都理解得十分清楚。

斯连教国的宣言代表着他们的国家判断——“我们无意与安兹·乌尔·恭为敌”。

这代表着周边诸国中，国力最强的斯连教国，想要避免和一介魔法吟唱者为敌。

不，他们的做法可以理解。葛杰夫继续把自己的想法说了下去。

“他轻易歼灭了六色圣典的一支部队……当然，他本人说没有杀死对方。他拥有如此强大的力量，斯连教国大概是判断与这样的人为敌并非明智之举。如果是帝国主导的战争，安兹·乌尔·恭被迫卷入其中，斯连教国不会在声明中如此示弱。”

“哼，多一个魔法吟唱者又能如何。我们这边可是有二十五万人。”

利敦伯爵露出轻蔑的微笑，嘲笑葛杰夫的戒心。

葛杰夫克制着想要皱眉头的心情。力量强大的魔法吟唱者在战场上能够以一敌百，不过利敦伯爵想表达的意思他也明白。

如果一无所知，想必自己也会有和他一样的想法。

比如帝国有弗鲁达·帕拉戴恩这样一位大魔法吟唱者，就连遥远的国家也知道有这么一号人物。传说他能使用第五位阶，甚至第六位阶的魔法，然而没人知道他到底有多强的实力。

这是因为魔法吟唱者弗鲁达并没有参加过帝国与王国的战争。王国的军队并没有被他的魔法击溃过。

而且提到第六位阶魔法，大家都知道很厉害，实际上没人能想象出到底有多厉害。

葛杰夫身为王国战士长经历过众多战斗，就连他都想象不出。

贵族不是魔法吟唱者，对他们来说魔法知识只是教养的一环，肯定更加难以想象。实际上，王国贵族中很多人觉得弗鲁达没什么可怕的。他们认为帝国是为了给自己贴金，故意夸大了弗鲁达的能力。越是与冒险者之类使用魔法工作的人无缘的高阶贵族，这种倾向越明显。

利敦伯爵大概也是其中之一吧。毫无疑问，在他的知识中，魔法吟唱者大概类似戏法艺人的一种。当然，经常为了疗伤和治病而叫来的神官，在他心目中肯定是另外一码事。

“也不能这样说吧。如果魔法吟唱者使用飞行魔法，然后发起范围攻击，那就非常麻烦了。就算他不飞行，从远距离发起魔法攻击，我们也会受到严重损失。虽说如此，魔法吟唱者是魔法专家，帝国不会像用弓箭手一样使用的。只是，帝国对安兹·乌尔·恭的待遇太异常了，如果他只是一介魔法吟唱者，帝国不会做到这个地步吧。我认为不能麻痹大意。”

乌洛瓦纳边境伯爵重重地低语。他满头白发，脸上满是褶皱，有着年老德昭者特有的威严。毕竟是最年长者，和利敦伯爵正好形成对照，他的每句话都分量十足，就算利敦伯爵不服气，也只能点头称是。不过还是有人提出了反对意见，说话者是博洛洛普侯爵。

“哼，什么安兹·乌尔·恭！利敦说得没错，区区一人能有什么作为？他要是从天上飞过来，就用弓箭射死，发起远距离攻击也是一样的道理。区区一个魔法吟唱者有什么好怕的！一个魔法吟唱者改变战况，那只是故事中的事吧！”

“请恕我直言，吟游诗人的英雄故事有时是真人真事。”

“看来战士长不是很清楚啊。人们喜欢夸张的故事，因此在添油加醋的过程中，故事往往会离事实越来越远。故事在吟游诗人之间口口相传的过程中，更是会发生巨大的变化。”

“可是，比如说召集众多会用‘火球’的魔法吟唱者——”

“有可能召集众多会用‘火球’的魔法吟唱者吗，战士长阁下？”

“我认为……比较困难。”

“火球”是第三位阶魔法，要召集众多会用“火球”的魔法吟唱者，就算是有培养魔法吟唱者学院的帝国恐怕也不太可能。

“这不就得了吗，魔法只是武器的一种。就算再怎么强大，单枪匹马也绝对无法左右战况！战士长不就——失礼，战士长阁下不就是最好的例子吗？如果是单挑，想必没有人能战胜战士长阁下，然而战士长阁下也没法在短时间内杀光数万敌军啊。”

博洛洛普侯爵说得没错，葛杰夫没有能反驳他的论据。

实际上，一击魔法杀光数以万计士兵的事情，他也只在异想天开的故事中听说过。就连那位老太太，十三英雄之一，利古里多·贝尔兹·高兰也没有如此强大的力量。

然而，葛杰夫的不安还是无法消除。

会不会只是太无知，不认识真正强大的魔法吟唱者，他才会有这样的想法呢？

“那么龙又如何呢？”

“博鲁姆拉修侯爵……那个魔法吟唱者是人类吧，为什么会提到龙……”

“啊，不是，我是在想单枪匹马能对抗军队的话……”

“我们在谈论人类，说龙没有意义吧，前提条件都搞错了！你到底在想什么呢。就因为害怕一个魔法吟唱者——”博洛洛普侯爵瞪了葛杰夫一眼，“——就杯弓蛇影，作为王国贵族不觉得羞愧吗？！不过话说回来，战士长阁下的担心也可以理解……

就当安兹·乌尔·恭个人的战斗力匹敌五千士兵好了。”

“五、五千士兵？!”利敦伯爵睁大了眼睛，“一个人顶五千士兵……评价是不是有点太高了？一半就足够多了吧？”

“我认为战士长阁下有一骑当千的实力。战士长阁下都怕他几分，所以给他五倍于战士长的数字……我相信战士长阁下的眼光。”

“非常感谢。”

葛杰夫虽然对安兹·乌尔·恭的战斗力只抵五千士兵的评价感到疑问，但是让贵族给出更高的评价恐怕很困难。他认为应该表示感谢，给对方一个面子。葛杰夫一边想，一边低头道谢。

谈论到这里，一直默默不语的巴布洛第一王子开口说：“我插两句可以吗？

……我以前就想过，不能把冒险者们拉上战场吗？他们本来就是在王国工作的人，当作王国国民征兵不就行了吗，为什么不能拉他们参加战争？王国的法律中又没有相应条款。”

大贵族们互相用眼神示意。作为领土的管理者，他们十分明白，冒险者的存在多么有价值。正因如此，他们不会产生和巴布洛一样的想法。

葛杰夫认为王子会说出这样的话，责任在于国王。如果给他一片领土，让他自己经营，肯定不会问出这样的问题。

雷文侯爵干咳了一声。

“王子，您应该知道，除了铜级之外，冒险者比普通士兵要强吧？”

“嗯，这我知道。正因如此，如果征作士兵，他们一定会在战场上大显身手。就算是帝国的骑士他们也能轻易打倒。”

“这一点正如您所说。可若是我们这样做，敌人——这次是帝国，他们为了对抗我们的冒险者，大概也会把冒险者征作士兵吧。从结果来讲，双方不会让冒险者对阵冒险者，而是会让他们去屠杀比他们弱的士兵。这样一来战争造成的损失就会增加，会有更多弱者丧命。正因如此，战争双方都不借助冒险者的力量，以免发生军备竞赛。冒险者工会也有规定，冒险者不能参加国与国之间的战争。”

工作者也出于相同的原因无法雇用。当然，不雇用工作者，还有费用过高和无法信赖的因素。

“原来如此，虽然不能认同，但是我明白了。那么打个比方，如果都市受到敌军攻击，又会如何呢？要是这种情况下还不肯出一分力，实在不是作为王国国民应有的态度吧？”

“我明白您的意思。不过，他们自身是否把自己当成王国国民，我们不得而知，他们当中四海为家的人也很多。最重要的是，如果在战争中有冒险者死了，那么冒险者越是优秀，国家的损失就越大。因为万一魔物出现，很可能派不出冒险者进行应对。因此有必要划清界限。”

“刚才雷文侯爵不也说，征用了退役的冒险者充当自己的士兵吗？还说本来是山铜级……这样没问题吗？”

“这样做似乎是没问题的。冒险者工会虽然有规矩，但是不会限制已经脱离工会的人。正因如此，我才能雇用他们。”

“怎么说呢，不管你怎么讲我还是觉得无法认同。”

“确实。”贵族们一边说，一边轻笑起来。

“不过，工会的规矩只限制山铜级以下的冒险者，精钢级或许不同。实际上，王国现在有两支精钢级冒险者小队——”

在场者没人不知道恶魔骚动时大显身手的“苍蔷薇”。

“在他们走上历史舞台之前的上一个时代，还有一支精钢级冒险者小队。他们现在已经退休了，不过没有听说有谁雇用了他们——对吧，战士长阁下？”

“没错。那支精钢级冒险者小队中有四人。其中一个开了个人剑道场，只锻炼自己中意的人。有两人一起出门去旅行了。最后一人曾经短暂隶属于‘苍蔷薇’，现在那位老婆婆不知道去哪儿了。”

葛杰夫一边回想各位个性十足的成员，一边掰着手指列举。

他想起了自己在王都散步时，被观看了御前比武的老师强行带到道场，又是学习理论，又是练习剑术，度过了一段地狱般的日子。

倒是那段日子，让本来只是个佣兵的葛杰夫，能为国王做出更大的贡献，不过——

（哎呀，回想起来倒也是一段美好的记忆啊。）

“原来如此啊。听说这座城市中有名叫‘漆黑’的冒险者小队，我本来认为小队中的魔法吟唱者‘美姬’娜贝，或许能与安兹·乌尔·恭一较高下。现在看来恐怕难以实现啊。”

这想法本身是不错，可惜冒险者工会恐怕不会允许。

几个贵族开始咒骂冒险者工会。

有人说，“区区平民实在猖狂”；有人说，“忘了谁才是他们的衣食父母”；有人说，“既然是王国国民，为王国出力是理所当然的”。

身为位高权重的贵族，有人不对权力屈服，对他们来说是相当不快的吧。然而，如果没有冒险者，没人能击退魔物，这也是事实。

万一冒险者工会撤出王国，令人应接不暇的强大魔物，会让王国慢慢走向毁灭。就算有葛杰夫，王国也必将无法逃脱相应的命运。

魔物有千奇百怪的特殊能力，如果想击退魔物，就需要五光十色的攻击、防御、回复手段。因此冒险者的存在是不可或缺的。当然，如果像帝国军队一样，有魔法吟唱者，又有游击兵，就另当别论了。

“哎呀，不愧是殿下！确实是个不错的想法！”

说话者是某位男爵。

他的爵位应该不够格参加这样的会议，大概是作为某位大贵族的跟班进来的吧。

“她作为魔法吟唱者或许能给我们什么意见，派一位使者去听听她怎么说或许是个好主意。”

虽然不多，但是有几人发出了表示赞同的声音，其中大部分都是爵位较低的贵族。听他们交口称赞巴布洛，大概都是贵族派中某位大贵族的跟班吧。

他们似乎没有注意到，擅长察言观色的同伙们都苦着一张脸。

“既然这样，由你做这个使者好。”国王以疲惫的声音发出了命令，“飞飞阁下是精钢级冒险者，绝对不能失礼。”

“遵命！我切内科一定不辱使命！”

“是吗，千万不要对飞飞阁下有失礼数。”

国王又叮嘱一遍后，挥了挥手准许他离席。得到王命的贵族一脸充满自信的表情，走出了房间。

看来他没有注意到如果出了什么问题，自己将变成弃子。

“唉……跑题了啊。我们谈到哪了——啊啊，对了，我们在谈安兹·乌尔·恭的战斗力到底有几何。如果没有人有异议，就以他的战斗力相当于五千士兵作为大家的共识了哟？”

雷文侯爵的视线转向了葛杰夫。

“不，我没有异议。”

葛杰夫个人觉得就算再加一倍也嫌不够，不过他清楚，贵族们没有亲眼见识过安兹·乌尔·恭的力量，想说服他们恐怕很难。

"原来如此。那么，可以请大家马上派兵前往帝国指定的卡兹平原吗？"

雷文侯爵把视线投向贵族们，他们接连表示可以。最后一个进入视野的博洛洛普侯爵大声说道：

"当然没问题了，雷文侯爵。我的军队也可以马上出动。那么陛下，我有一个提议，可以说一下吗？我有一件事想交给王子来做。"

只有一位王子在场，大家都把视线投向了巴布洛。

"据说那个安兹·乌尔·恭曾经为了救助卡恩村而出现。如果他只是想充好汉倒还好说，只怕他是有某种战略性意图。我认为应该派军队前往卡恩村，向村民询问详细情况。我希望王子能担任这支军队的指挥官。"

"侯爵！"

巴布洛以锐利的视线瞪着博洛洛普侯爵。

"不要吵。"国王开了口，"这是个好主意，我的孩子。我命你前往卡恩村，向村民详细询问相关情况。"

葛杰夫拼命控制自己，不让眉毛动起来。

他觉得就算现在前往卡恩村，也无法得到那位魔法吟唱者的相关情报。而且就算再少，分散兵力也是一招臭棋吧？

"……如果是王命，我只能遵从。不过我希望父王知道，这不是我想做的工作。"

王子看到国王不打算撤回自己的命令，虽然不打算掩饰自己的不快，但还是低头领命。

“我会从精锐兵团中派出一部分人，跟随王子前往卡恩村。此外，应该募集一些随王子前往卡恩村的贵族，大概需要五千名士兵。”

“原来如此，看来您是担心帝国有别动队啊。真不愧是博洛洛普侯爵，真是睿智。”

听到雷文侯爵的这番话，葛杰夫也觉得有道理。不过他还是抱有疑问，帝国已经指定了战场，还会使出这样的招数（别动队）吗？如果是普通的战争，派遣别动队是基本战术，要是帝国约好决战战场再派出别动队，一定会受到周边诸国的鄙视。帝国这样做相当于作茧自缚。

“我认为不需要那么多士兵，不过既然是侯爵的提案，就由侯爵来决定吧。”

“谢谢陛下。我还想提一个问题。”

博洛洛普侯爵缓了一拍，看样子不像是在调整呼吸，更像是想要唤起听者的注意。

“由谁来负责这次战争的全军指挥？我倒是可当此任。”

会场的气氛变了。

这番话颇有僭越之意。虽然他自己说是在向国王提问，但实际上并非如此。名为提问实为施压，要国王把全军指挥权交给他。

国王兰布沙三世和博洛洛普侯爵，如果问两人中作为军队指挥官谁更优秀，想必多数贵族都会回答博洛洛普侯爵。最重要的是，这次博洛洛普侯爵准备的兵力占了王国全军的五分之一——超过五万士兵，独占鳌头。

不仅如此，博洛洛普侯爵还拥有精锐兵团，那是他受到葛杰夫战士团的启发，组织起来的专业士兵团。

他们的战斗能力很高，虽然比葛杰夫麾下的战士略逊一筹，但也拥有与帝国骑士同等——说不定更高的能力。最惊人的是这支精锐兵团的数量，总数有五千人之多。如果和葛杰夫的战士团开战，想必博洛洛普侯爵的精锐兵团会以数量优势取得绝对的胜利。

如果国王不在场，指挥官的职务当然会落在博洛洛普侯爵手中。然而国王在场，兰布沙三世执掌指挥权才是理所当然的，不过，贵族派的人大概不会老老实实让国王得到指挥权吧。

看到博洛洛普侯爵以提问来向国王施压，葛杰夫的表情带上了敌意，博洛洛普侯爵看到而没有理他。在博洛洛普侯爵看来，葛杰夫这个人不过是一介剑术高强的平民。按说贵族之外的人只是进入这个房间都令他无法忍受。

“雷文侯爵。”

“在！”

“指挥权交给你了。一定要指挥全军顺利行进到卡兹平原。各部队的部署和阵地的构筑也交给你了。”

“明白了。”

雷文侯爵受到王命，低头领命。博洛洛普侯爵虽然被人夺走了想要的权限，但对方是雷文侯爵，他也没法抱怨。博洛洛普侯爵很清楚雷文侯爵的优秀，没法强硬地批判他。最重要的是，雷文侯爵人脉很宽，博洛洛普侯爵的手下中，也有人受过雷文侯爵的恩义。如果在他们面前批判雷文侯爵，自己的器量反而会受到怀疑。因此，博洛洛普侯爵只能同意。

“雷文侯爵，我的军队也交给你了，有什么问题请告诉我。”

“非常感谢，博洛洛普侯爵，到时候就拜托了。”

看到国王巧妙的安排，葛杰夫好像自己的事一样高兴。

“还有其他事情吗？”国王问完等了一阵，不过没有人回答，“……那么就开始准备出征吧。明天出发，大概要两天才能到达战场，所有人不要疏于准备。好了，解散吧。雷文侯爵，后面就交给你了。”

“明白了，陛下。”

所有人都离开了房间，去做出兵的准备，剩下的只有国王和葛杰夫。

兰布沙三世缓缓转着头，咔嗒咔嗒的声音就连葛杰夫都能听得到。看来国王的脖子僵得很难受，他露出了舒服了一些的表情。

“辛苦您了，陛下。”

“是啊，真的好累啊。”

葛杰夫露出了苦笑。刚才会场中展现出了一幅拥王派和贵族派的缩景，国王承受的压力想必非同小可。不过，其实有人比国王兰布沙三世还要辛苦。

“差不多该——”

就在兰布沙三世说到这里的时候，响起了几声敲门声。随后房门慢慢打开，国王等的人走了进来。

走进房间的男子貌不惊人，用肥胖的斗牛犬来形容他或许是最合适的。他的头已经秃得可以反射光线，剩下的一点头发也已经变成了白色。

他的身体圆滚滚的，腹部积累了过多的脂肪，下巴下面也有一大团赘肉。

男子的外表虽然并不光鲜，眼睛中却闪烁着睿智的光辉。兰布沙三世向走进房间的男子露出了相当友好的笑容。

“你来了啊，帕纳索雷。”

“陛下，”耶·兰提尔市长帕纳索雷向自己的君主恭敬地行礼，然后移动视线，“久违了啊，史托罗诺夫阁下。”

身为贵族的帕纳索雷非常礼貌地对身为平民的葛杰夫表达了敬意。正因为他是这样一个男人，才会被派到重要的都市担任市长。

“市长您好，当时真是承蒙您的关照了。您还帮忙安排为我的部下们治疗，真的非常感谢。当时要赶快把状况报告国王，我没能好好感谢您，就匆匆返回王都了，真的非常抱歉。”

“哪里哪里，阁下不用在意。我非常清楚战士长遇袭事件的重要性，不会挑您的理。”

看到两人你鞠一躬我鞠一躬，国王愉快地笑了起来。

“帕纳索雷，你今天不发出那个哼哼声吗？”

“陛下……面对不轻视我的人，要那样的小花招没有意义。莫非陛下认为，我在陛下和史托罗诺夫阁下面前，也会那样演戏吗？”

“抱歉抱歉，我开玩笑的，别怪我，帕纳索雷。”

“您言重了，身为臣下，我说话太放肆了，请陛下原谅。那么……我们尽快开始吧？”

“等等……”国王想了想，回答道，“等等，还有一人没有到，等他来了再开始吧。”

“是这样啊，那么先谈谈市内的粮食之类支出的问题吧？还有根据侯爵大人给我的资料，算出的一年之后王国国力之类的问题。”

“嗯，让人头疼的事情还是先说完好了。”

随后帕纳索雷开始讲了起来。就连对内政一窍不通的葛杰夫听了，都想皱眉头。

庞大的支出令人对王国的将来感到忧心。大量征收粮食导致国内的粮食问题进一步恶化。最大的问题，就是让征集来的平民返乡之后即将发生的国力衰退。

就连帕纳索雷的推测——较为乐观的推测，都让人想要撇嘴。

国王的五官已经彻底皱成了一团。

“居然如此严重……”

“如果……来年再次发生相同的事——帝国再发起进攻，王国从内部瓦解的风险就更大了。毫无疑问，如果维持目前的税率，想必会出现许多饿死的平民；如果降低税率，就没有用来实施各种政策的资金了。”

兰布沙三世用手按着额头，遮住了自己的脸。

这是数年来，一直对帝国的骚扰临时抱佛脚带来的后果。当明白帝国的目的是让王国逐步衰退时，已经太晚了。

“陛下……”

“真是发愁啊。早点有所行动就好了……至少在派阀彻底势不两立之前进行应对……真是太愚蠢了。”

“不会有这样的事，陛下。恐怕就算当时设法应对，也会引发分裂王国的战争，帝国会乘虚而入吞并王国的。”

葛杰夫可以断言，国王——兰布沙三世已经做得很不错了。

王国变成现在这样，是王家一直以来疏于管理欠下的旧债。代代积累起来的污垢，不可能在一代洗净。

“我想把尽可能好的王国留给下一任——留给我的儿子。”

国王痛切地说完，然后饱含着决心继续说了下去：

“既然如此……现在或许正是个机会？因为那次骚动，支持我的人变多了。或许这正是给帝国沉重一击，博取几年和平时光的机会？”

葛杰夫看到国王的眼睛中有了令人忧心的光辉。他知道应该劝阻国王，却找不到合适的话。

如果国王话中的意思是打算满足自身的欲望，他还能进进忠言，可是一想到国王现在是为了给家人赢得安宁，话就梗在喉头出不来了。

他是离国王最近的人，深知国王承受的痛苦，没办法对国王的一片苦心进行劝诫。

“可能性是有的，不过您也知道这很危险。如果着手削弱贵族们的力量，国家势必迎来一场大乱。”

看到国王皱起了眉头，葛杰夫觉得心里十分难受。

“帕纳索雷的话总是很有道理。然而做手术虽然有可能丧命，但是也有一线生机。如果放任不管，病灶会扩展到全身，缓慢但必然会死。与其等死，不如放手一搏吧？”

“您在说什么啊，陛下。手术是不可信的技术，与其把命运交给不可信的技术，不如探讨别的方法。”

“如果有能拯救王国的魔法，我倒是愿意把希望寄托在魔法上，可惜没有。那么现在只有用野蛮的民间疗法，打开身体摘除病灶，这是唯一的治疗手段。”

除了传说是牛头人贤者提出的，血腥而野蛮的手法（手术）之外，拯救王国别无他法。

看到国王被逼得病急乱投医，沉寂统治了整个房间。

葛杰夫觉得阴郁沉重的气氛仿佛会永远持续下去的时候，

房门被敲响的声音打破了沉寂。

雷文侯爵没等回话就走了进来。

“各位大人，久等了。”

房间内充满了安心的气氛。

“噢噢，我们正在等你呢，雷文侯爵。让你费心了，真是不好意思啊。”

一瞬间，雷文侯爵露出好像没有理解国王所指是哪件事的样子，不过他很快就明白了，显得有些疲惫。

“哪里哪里，陛下不必介意。把全军指挥权交给博洛洛普侯爵，那是最愚蠢的行为。他除了突击和后退之外，不会发出其他命令的。”

雷文侯爵把博洛洛普侯爵说得一无是处，可是没人知道他是不是真心这样想的。他很可能只是敏感地察觉到刚进来时房间中的阴沉，想要说几句俏皮话来活跃气氛。

“而且，如果国王亲自执掌指挥权，搞不好会导致贵族派在开战前撤走军队。这样想来，实际上除了我之外，没有合适的人选了。虽说如此，我也不愿意无休止地一直工作。因此我要先声明，这场战争结束之后，请允许我回领地休息几个月。”

“那么——”说完这番话，雷文侯爵的表情严肃了起来。

“非常抱歉，我不能在这里待太长时间，我们尽快解决问题吧。”

雷文侯爵依然保持着蛇一样冰冷的表情，不过葛杰夫从他的表情中看到了人的情感，而且是葛杰夫喜欢的那一类。

（——没能看穿此人的性格，我真是太愚蠢了。就算被人说不会看人，也是没办法的事啊。）

伴随着不甘，葛杰夫想起了离开王都之前，在国王的私人房间中进行的一场会谈。当时到场的五人——兰布沙三世、葛杰夫、拉娜第三公主，再加上赛纳克第二王子和雷文侯爵——其中最后两人说的一番话十分惊人，颠覆了葛杰夫曾坚信不疑的宫廷观。特别是葛杰夫当成蛇蝎深恶痛疾的人物，居然是最为国王尽心竭力的人，他当时的心情非惊愕二字可以形容。

“我的女儿也好，雷文侯爵也好，让你们费心了。”

兰布沙三世向坐在椅子上的雷文侯爵露出真挚的表情，深深地低头表示感谢。

“陛下，您言重了。我也在没有和陛下商量的情况下擅自做了许多事，现在我也十分后悔没有尽早采取其他的手段。”

“雷文侯爵，也请允许我向您道歉。”葛杰夫深深低下了头，“我不知道雷文侯爵的真意，只凭您的表面态度，就对您怀有不敬的想法。请您原谅我的愚蠢。”

“战士长阁下，请不要在意。”

“说是这么说，如果不能给愚蠢的自己一个惩罚，我会一直觉得如鲠在喉。”

雷文侯爵无奈地摇了几次头，然后给了葛杰夫惩罚。

“明白了……那么，请允许我今后不称呼您战士长阁下，而是葛杰夫阁下，因为我很敬重您。”

不能算是惩罚的惩罚。

葛杰夫更觉得自己有眼无珠，开始表达自己发自内心的感谢。

“非常感谢，雷文侯爵。”

“葛杰夫阁下，不用介意。那么我们开始吧，聊聊王国今后该采取什么样的策略。”

## 3

葛杰夫穿过城门，来到都市外围的驻扎区域。他做了一次深呼吸，把体内积累的精神疲劳吐了出去。

他累坏了。

参加刚才那种会议的时候，葛杰夫就会强烈感受到自己说到底只是个平民。

葛杰夫总是随侍国王身边，经过长期对贵族社会的观察，他逐渐开始理解贵族们的思维方式了。

然而，即使如此，他还是频繁碰上只有在贵族社会中出生成长的人才能理解的做法和想法。这些时候，他总是不明白为什么贵族会那样思考，特别是在贵族们比起实际利益，更优先身为贵族的体面的时候。

不，还有葛杰夫更不明白的，就是在他们比起自己的领民，更优先贵族的体面的时候。

葛杰夫环视四周。

士兵们嘈杂混乱——这就是人民的状态。为了应付战争，各种村庄的人民被征召而来，作为士兵来说，他们的状态实在令人心里没底。他们手持铁锹和锄头才更合理。

保护他们，不正是位高权重者应该做的事吗？

葛杰夫的意思不是说王国应该交出耶·兰提尔。国王说得没错，交出城市意味着伤害城市中的人民。

只是——

葛杰夫脑海中浮现出戴着诡异面具的安兹·乌尔·恭的身影。

他伴随着黑夜的气息返回卡恩村的时候，丝毫没有经历了一场苦战的迹象。

没错，他们面对令葛杰夫等人毫无还手之力的对手，以两人之力毫发无伤地生还了。

那是对魔导王这一称号当之无愧的超凡之人的身影。

与其选择与他正面敌对的愚蠢行为，倒不如……可是，那样做会让人民陷入水深火热之中。

“可恶！”

整理不好自己的想法，葛杰夫咒骂了一声，他想不出恰当的答案。迟疑在战场上会带来死亡，虽然他被别人称为周边国家中最强的人，但是没有平稳的心态，他也是有可能丧命的。

更不用说这次的对手是安兹·乌尔·恭。

这位拯救卡恩村的魔法吟唱者战斗的样子，葛杰夫确实没有见过，他本人也没有说打赢了，只说对方逃掉了。

可是谁都知道他是在说谎。

“这么说起来……那位仁兄为什么要撒谎，说对方逃掉了呢？”

两人离开之后，葛杰夫去了作为战场的草原看过，他在那里没有找到杀戮的痕迹，一具尸体都没有发现。要埋葬数十名士兵非常耗费时间，因此没有尸体——没有物证，提高了他所说的“逃掉了”的可信度。

不过这是在安兹·乌尔·恭不会用魔法的前提下。说不定他会用传送尸体，或者抹消尸体的魔法。

这一点上葛杰夫是有自信的。

虽说主要是葛杰夫作为战士的直觉，但是葛杰夫见到毫发无伤回到卡恩村的安兹时，觉得从他身上闻到了些许尸臭味。

就算六色圣典的人真的逃了，也不是“逃掉了”，而是“被放走了”。

不过比起安兹的话，他还是更相信自己的直觉。他的想法毫无依据，但他还是认为只是没看到尸体，六色圣典的士兵们肯定死了。

“想不通……”

这位魔法吟唱者毫发无伤地歼灭了打败过葛杰夫的敌人。

葛杰夫不知道他到底有多强，不过毫无疑问，比葛杰夫率领的战士团要强上几级。

如果他出现在战场上，使用魔法发起攻击会造成什么结果呢？

葛杰夫重新把目光投向国民，他们被兴奋与恐惧、观望和焦躁之类的感情支配着。

魔法吟唱者的魔法，就算位阶相同，强弱也会随施放者的能力变化。

那么打个比方，安兹·乌尔·恭使用了“火球”魔法，会造成什么样的惨剧呢？

正在养育嗷嗷待哺的孩子的父亲、赡养年老双亲的儿子、即将结婚的青年——眼前的人民扔下家人来到了这里。他们有一丝能承受得了安兹·乌尔·恭使用的“火球”魔法的可能性吗？

怎么可能有。

哪怕只挨到那位大魔法吟唱者魔法的一击，他们也不可能活下来。

毫无疑问，如果是火魔法，他们会变成烧焦的尸体；如果是冰魔法，他们会变成冻结的尸体；如果是雷魔法，他们会变成过电的尸体。

如果魔法的目标是葛杰夫，他能承受得住吗？

他认为自己不会遭到一击毙命。

不过，他的想法或许过于乐观了。

“唉……事情为什么会发展成这样呢。”

与安兹·乌尔·恭战斗绝对是个错误。

考虑到安兹·乌尔·恭拯救了卡恩村，可见他并不是个铁石心肠的人。不过，葛杰夫也感觉到他不是个单纯的善人，更觉得他是一个对敌人极其冷酷的男人。

王国本该避免战争，尽可能对他以礼相待。或许稳住他之后，再向他提议另选位置建国才对。

葛杰夫心绪沉重地打量着周围的人，在视野一角发现了一位身着白色金属铠甲的青年，青年身边还站着一位玩世不恭的剑士。正是克莱姆和布莱恩。

除了这两人之外，还有另外一人。三人正愉快地聊着天。

“那是谁啊？好像在哪见过……对了！是雷文侯爵手下的前山铜级冒险者之一。”

葛杰夫也知道那支前山铜级小队，他们所有人都是平民出身，曾经被视为平民阶级的希望之星。他们和葛杰夫一样，出身低贱却爬到高位，从某种意义上来说，是葛杰夫的同伴和前辈。

四十一岁的鲍里斯·阿克赛尔森是火神的圣骑士，他的职业是擅长打倒邪恶魔物的邪恶杀手。

四十六岁的约兰·迪克斯戈多是风神的神官，同时是一位战斗牧师，能作为战士进行战斗。

三十九岁的战士弗兰森，使用名为跳舞武器的魔法道具，能使出惊人的四刀流。

四十五岁的魔法师伦德奎斯特人称“秀才”，他发明了许多冠有自己名字的魔法。

最后是四十岁的盗贼洛克麦亚，人称“无踪者”。

葛杰夫一边掰着指头细数小队中的成员，一边回想着，终于想起了和克莱姆他们说话的人是哪一个。他是洛克麦亚。说起来葛杰夫听说过，在恶魔骚动的时候，克莱姆他们曾和他齐心协力，一起深入敌军深处解救平民。

他们似乎没有注意到葛杰夫。葛杰夫犹豫该不该去搭话。

虽说如此，他觉得一声不吭也显得有些失礼。最重要的是大家马上就要奔赴战场，葛杰夫是国王的心腹，要守在国王身边，直接与敌军交战的可能性比较低，不过战场上的事谁也说不好。

——说不定这就是永别呢。

如果可能，他想和克莱姆与布莱恩说说话。不知是不是上天听到了他的愿望，洛克麦亚挥着手离开了二人身边。

留下的克莱姆与布莱恩正笑着说些什么。

经过王都的恶魔骚动，两人之间建立起了坚定的友谊，可以说是好友，可以说是师徒，也可以说是同伴，总之是一种复杂而友好的关系。

有了这层缘分，布莱恩现在做了拉娜公主麾下的士兵，成了克莱姆的同事。

与自己匹敌的战士——他想推荐给国王、加入自己的战士团的人被横刀夺爱，葛杰夫不能否认自己觉得遗憾和可惜。

不过，看着两人的样子，葛杰夫也觉得这样就挺好。

葛杰夫露出微笑，稍稍加快脚步向两人走了过去。

(不过，这身铠甲真是惹眼啊。在王都穿着这身铠甲倒没什么，在战场上就太容易被敌人盯上了。是不是应该给克莱姆一个忠告？)

现在周围虽然有很多士兵，但是没人穿金属全身铠甲，在这层意义上克莱姆的铠甲也显得很惹眼，不过最惹眼的还是铠甲的纯白色。如果是敌方的弓兵，一定会第一个瞄准他，感觉骑兵也会以他为目标发起突击。帝国骑士比起来，应该是克莱姆比较强，但他也很可能碰到强过他的骑士，帝国四骑士就是很好的例子。

(那身铠甲似乎是拉娜大人送给他的，不过看那颜色，睿智的黄金公主对战场也不甚了解啊。)

看来即便拉娜公主再聪明，也不懂军事策略和战场常识。

(克莱姆要是死了，公主一定会伤心的。)

使用魔法染料可以暂时改变装备的颜色，等回到王都再恢复成原来的颜色就行了。

葛杰夫一边想，一边从二人身后凑了上去。布莱恩只把脸转了过来，他的手已经搭在了腰际的刀上。

(不愧是布莱恩，离得这么远就感觉到有人靠近了。)

走起路来，身上的金属铠甲就不停发出声音。

听到这声音靠近，会做出反应也不奇怪。

可是周围有很多人，都在手忙脚乱地为战争进行准备。在喧嚣中分辨出向自己这边靠近的声音是很困难的。当然，如果有盗贼之类的职业，接受过特殊的训练，那就另当别论。

布莱恩睁大了眼睛，偷偷瞥了克莱姆一眼，然后眯眼笑了。那是坏笑。

他似乎误会了什么，不过这是个好机会。

葛杰夫露出相同的笑容，注意着不发出太大的声音，拉近着和依然没有察觉到的克莱姆之间的距离。没有受过无声步行训练的男人——而且穿着金属铠甲——蹑手蹑脚向克莱姆靠近，他却丝毫没有察觉到，依然在和布莱恩说着什么。

葛杰夫站到克莱姆正后方的尝试也成功了。

葛杰夫的物理吐槽（手刀）砸在了克莱姆毫无防备的头上。

“哇！”

克莱姆一边发出和年龄十分不相称的嘶哑声音，一边向前跳了一大步。那双看着葛杰夫的眼睛睁得又圆又大。

“这、这不是史托罗——”

“别喊——”看到克莱姆把后半截话吞了下去，葛杰夫又重复了一遍，“不要喊啊，你在这里喊出我的名字不是麻烦了吗？叫我葛杰夫就行了。”

虽然是国王最强的战士长，但是在场的农村出身的平民们大多不知道他的长相。估计他们想象中的战士长应该身高将近两米，手持一把巨大的剑，身着黄金铠甲。

葛杰夫不忍破坏他们的梦想，而且吸引了周围人的注意会很麻烦。

“真、真是失礼了。”

“没事，没什么失礼的。”听到克莱姆的谢罪，葛杰夫苦笑起来，然后转换成了包含其他意味的苦笑。“不过，身穿金属铠甲的人从后面向你走来，你却没有察觉到，有点太放松了吧。当然，我也知道敌人是不可能出现在这里的。”

“你在说什么呢，葛杰夫。放松也不是一件坏事，弦绷得太紧很容易断掉的。”

“我离得还那么远，布莱恩不就发现了吗？”

“这还用说吗，谁让你发出那么奇怪的气息。”

葛杰夫发现克莱姆以惊讶的目光看着自己和布莱恩。

“克莱姆，做拉娜大人的贴身护卫，感知这类气息的能力也是需要的。如果不能尽早发现悄悄靠近的暗杀者，需要保护的大人难免会受到伤害。”

“啊啊，是这么回事啊。我还在想你要逗他玩，原来是为了这个。我说啊，克莱姆小兄弟一直是自己训练自己的吧，你进行过感知气息的训练吗？”

“没、没有。我一直只锻炼战斗的技巧，非常抱歉。”

“我又不是在挑你的毛病，只是问一下而已。其实过去我也和你一样。自己锻炼自己，免不了忘记锻炼感官类的能力。不过你不练可不太妙，其实大部分交锋都不是正面的。”

葛杰夫有点脸红，觉得布莱恩不用当面说出来，轻轻瞪了他一眼。

按说锻炼不懈努力的少年，也是为王国效力的战士长的职责。葛杰夫没能做到这一点，他为自己的疏漏感到难为情。

克莱姆和他同为平民出身，在侍奉王室成员的时候，不能让贵族看到自己丢脸的一面。比如，如果葛杰夫在和克莱姆的模拟战斗中取得绝对胜利，想必贵族们会提出克莱姆作为公主的贴身护卫能力不够。反之亦然，如果葛杰夫稍微被克莱姆占了一点上风，贵族们的矛头就会指向葛杰夫。

把效忠国王挂在嘴边，抛弃了一位少年战士的男人，就算多少做了一点好事，葛杰夫也不希望把这人说得像个大好人一样。

（不，觉得羞耻本身就是不对的，自己的过错就应该堂堂正正承认——）

“——啊啊，不用说了，不用说了。你在我面前说出了克莱姆小兄弟的弱点，我当然会尽可能锻炼他的。”

“葛杰夫大人，非常感谢。”

“不，不要对我道谢。效忠王家的你也算是我的一名部下，我却不直接对你进行指导，而是全盘扔给别人。没必要对我道谢。”

克莱姆越是道谢，葛杰夫就越有罪恶感。

“哎呀，一只脚迈进贵族社会的家伙真是够辛苦的啊。被无聊的事情束手束脚，不能为所欲为。”

“你现在是克莱姆的同事，是拉娜大人的贴身护卫，不是和我们一样吗？”

“我可没你们那么严肃。我只是暂时做那位公主大人的小部下——不对，‘小部下’太失礼了。等我待腻了或者心满意足了，自然会走人的。”

布莱恩面带秋日天空一样的表情笑着。葛杰夫在王都偶遇的那个浑身湿透的男人，已经不见了。

葛杰夫有点羡慕像无根浮萍一样的布莱恩。

“话说回来，你还有空和我们慢慢聊啊，葛杰夫大人？”

“当然，忙是很忙，可我实在是想散散心……对了，你们两个接下来有空吗？”

听到葛杰夫的问题，布莱恩和克莱姆对视了一下。

“算是……有空吧。”

“是啊，没有什么需要做的事。接下来只剩准备好我们自己的战时装备了。”

“那么咱们……我想想。”葛杰夫看向城墙塔之一，“咱们到那儿去待会儿吧？”

看两人没有异议，葛杰夫打头走了起来。

因为有战士长的地位，葛杰夫他们没有被把守城墙塔的士兵叫住，一行人来到了景色最好，葛杰夫最喜欢的位置。

来到耶·兰提尔最外围的城墙塔上，就意味着来到了这座都市最高的地方。也就是说，在这里可以看到绝好的风景，而且能看到很远的地方。

被人的体温呼吸污染得温暾浑浊的空气到达不了这里，冬季的冷风带来的新鲜空气让人精神抖擞。

“真是好风景啊！”

少年坦率地赞叹着。克莱姆的视线盯在东南方向。

“那边就是即将成为战场的卡兹平原吧。”

“没错，那是一片雾霭缭绕、不死者多发的地带，也就是几天之后的战场。”

葛杰夫一边回答，一边深深吸了一口气后吐了出去。他希望吸入大量清新的空气，能帮助自己从对安兹·乌尔·恭的不安等各种忧心事中解放出来。

“这风景确实好。单单可以看到这样的风景，就没有白做公主小姐的下属啊。用‘飞行’魔法在天上飞的魔法吟唱者，是不是经常看到这样的风景呢？我现在有点明白，为什么魔法吟唱者中乖僻的家伙比较多了。”

“看到了广大的世界，人的意识也会发生变化。”

“怎么可能啊。照这么说，不如把贵族们带到这里来，让他们看看这风景如何？冥顽不化的家伙直接从这里推下去，简直是一举两得啊。”

听到布莱恩的玩笑话，葛杰夫露出了苦笑。如果只是看风景就能改变他们，就算用铁锁把他们捆来，葛杰夫也愿意做。

看到克莱姆不知道该做什么表情才好的样子，葛杰夫的心情更好了。

“哈哈，和你们一起来这里真是太对了，我觉得心里的晦气都被吹跑了。”

“那真是太好了——说吧，把我们叫到这里来的原因是什么，现在可没人看着我们。你该不会真的只是想三个男人一起到这里看风景吧？是不是有什么人想让我帮你除掉？”

听到布莱恩杀气腾腾的几句话，葛杰夫有些困惑。

“好吧，如果做了肮脏的工作，就不能再护卫公主小姐，也不能再锻炼克莱姆小兄弟了。不过葛杰夫，你对我有恩。说吧，我愿意帮你做。”

布莱恩没有开玩笑，他的眼睛里只有认真的目光。

“你误会了，布莱恩。我不希望你去做那种事。”

“我的人生可没你想的那么干净哟。”

“我觉得也是啊，布莱恩。你的剑术是用血练出来的。不过，我也和你一样。”

“你只为了王国让敌人流血吧？我为的可是自己的欲望，就算都是血 ，也完全不同。”

“你想赎罪吗？”

“不啊，我不是这个意思。我曾经为了战胜你，不择手段地变强，满脑子只有这一个念头。就算我现在知道，只凭我一人的力量，达不到多么了不起的境地，我也不会对自己做过的事怀有罪恶感。我只是为了报答你的恩情才说愿意帮你的，不用想得太复杂。”

“那么，我不希望你去做那种事，这就是答案。再说我对你有什么恩啊？你是指在王都碰到你的事吗？”

布莱恩露出咬了黄连的表情。

“你不用在意，只是有我觉得该感谢你的事而已。”

“你越是说不用在意，我越是觉得在意啊……”

感觉到布莱恩好像十分不愿意说，葛杰夫换了个话题。

“啊，还有我带你们到这里来没有什么原因哟。”

“啊？”

克莱姆反问道，布莱恩只是动了动眉毛。

“我只是觉得如果有时间，三个男人一起聊聊也不错。还有，我只知道这一个不用在意旁人的眼光，可以慢慢聊的地方。如果是王都，我倒是知道可以好好喝几杯的地方。”

“什么啊，真的只是为了聊天啊。我还以为你有密令要给我呢。”

“没有，没有。不过，其实……”

担心在战争中送了命，今后就再也见不到了。这样不吉利的话葛杰夫实在说不出口。

“没什么。对了，克莱姆，你的铠甲已经不能说有点显眼，而是实在太显眼了。你最好把它的颜色改一下，现在这样很可能变成敌人的活靶子。”

“不能改，史托罗诺夫大人”。克莱姆毫不犹豫地拒绝了，

“我只要穿着这件不管到哪儿都会惹眼的铠甲立下功劳，我的主人拉娜大人就也会受到赞扬。而且很多贵族都知道我穿着白色铠甲，如果上战场前担心危险染成了别的颜色，会被他们当成笑柄，拉娜大人也会因此没面子的。与其被嘲笑，我不如英勇地战死，还能提升拉娜大人的名望。”

看着克莱姆坚定的眼神，葛杰夫把话咽了回去。他本来想劝他说，“拉娜公主不希望你死”“你不要把英勇和匹夫之勇搞混了”“为了将来的怒放你现在要隐忍”。

然而，这些话都没有足以改变克莱姆决心的力量。

克莱姆的铠甲就像他所说的一样，是拉娜作为公主的旗帜。他立下功劳就能提升拉娜的名望，当然，反之亦然。

这位平民出身的战士蒙受过名为拉娜的少女的救命之恩，葛杰夫没法动摇少年那“我的生命属于公主”的信念。

他从克莱姆身上感受到了和效忠国王的自己相通的信念——

“只要对拉娜大人有好处，我的生命不算什么。”

听到少年一口咬定，葛杰夫不知道该怎么说才好了。

“喂喂喂，你们俩干什么啊，一脸好像要去赴死的表情互相盯着。放心吧，葛杰夫，我会看好克莱姆小兄弟，不会让他胡来，不管多么危险的状况，我都会救他的。”

“如果对手是帝国四骑士，布莱恩，你有十成的胜算。可是……万一，那位仁兄，也就是安兹·乌尔·恭阁下上了战场，我认为你也逃不过一死。”

“安兹·乌尔·恭居然那么强大吗？对了，以前在你家聊天的时候，你好像说起过。”

恶魔骚动之后，两人一边喝酒，一边聊起御前比武之后彼此的人生。葛杰夫当时把安兹·乌尔·恭的事也告诉了布莱恩。

“我可以断言，帝国骑士中没有能与你匹敌的对手。虽然有人称帝国四骑士的强手，但他们也无法战胜你。如果遇到帝国最强大的魔法吟唱者弗鲁达·帕拉戴恩，只要运气好你也能逃出生天——可是，如果站在你面前的是安兹·乌尔·恭……布莱恩，恕我直言，你的人生就到此为止了。”

“那么强，他居然那么厉害吗？”

“我可以断言。布莱恩，比你现在想象的还要强，把你的想象加强几倍来考虑吧。”

“居然那么强……是不是能与塞巴斯大人匹敌呢？”

“塞巴斯？莫非就是布莱恩说的那位老者？听你所说，那位老者也强得惊人，不过我还是觉得恭阁下更强。”

“这我就不同意了。怎么想也不可能比塞巴斯大人更强……还有你为什么要用敬称称呼敌人？”

“他是一位值得尊敬的人。不过，这样称呼他毕竟会给国王添麻烦，和你们说话我才这样称呼他。”

布莱恩耸了耸肩。

“做战士长大人可真不是个轻松活儿啊。克莱姆小兄弟也够累的，看来效忠王国就会有各种各样的麻烦事找上门来。我可是相当自由的哟，而且那位呆呆的公主大人也相当大度。”

这番话很符合布莱恩的性格，不过这番话中对王族的态度可以称之为不敬。

国王的臣子，战士长葛杰夫·史托罗诺夫皱起了眉头；战士葛杰夫·史托罗诺夫则为他豪爽的态度眯眼笑了起来。

如果有旁人看着，葛杰夫得呵斥他才行，不过这里只有他们三个男人。葛杰夫做战士就足够了。

“我倒是觉得拉娜大人有点过于放纵你了。好吧，我明白克莱姆不打算给铠甲染色了。既然这样，你要格外警惕啊。”

“非常感谢您的关心。不过拉娜大人也说让我保持铠甲的颜色上战场，我不打算给铠甲染色，真的非常抱歉。”

“是吗，那就保持现在的颜色吧。”

一阵清爽的风吹过三人之间，湛蓝的天空清澈无比，让人不敢相信战争马上就要开始。葛杰夫看着蓝天下一脸认真的克莱姆，为有太多不想失去的人感到既高兴又悲伤。

葛杰夫为了拂去萦绕心头的情感，努力以轻松的语气换了个话题。

“对了，你们两个刚才在做什么？”

克莱姆和布莱恩彼此看了看，然后布莱恩开了口。

“我们俩毕竟和你不一样，自由的时间比较多。我请克莱姆陪我办了点私事。刚才还有另一个人——他名叫洛克麦亚，我请那位仁兄带我走了一趟。目标是拯救王都的救世主，那位精钢级冒险者。我听说他把耶·兰提尔当成据点，所以想会一会。”

“噢噢，飞飞阁下啊。”

“对对，就是他。在王都的时候没机会和他好好聊。我想见识一下传说中的最强战士的力量，还有——”布莱恩给人的感觉变了，认真了起来，“还有些事想找他商量一下。”

“商量？”听到葛杰夫像鹦鹉学舌一样马上反问，布莱恩露出了难以形容的表情。

“就是那个吸血鬼的事啊。夏提雅·布拉德弗伦。”

夏提雅·布拉德弗伦。

她是最强的吸血鬼，在此地击碎了与葛杰夫匹敌的布莱恩·安格劳斯的信念。

据说已非人类可以战胜的那只怪物，出现在了王都。

布莱恩认为她与恶魔亚达巴沃有某种联系，不过——

“听说飞飞阁下好像是用他的超稀有魔法道具，打倒了出现在此地的吸血鬼对吧？据说附近的森林一角，确实被大爆炸毁掉了。飞飞阁下本人回城的时候，据说铠甲上留下了激烈战斗的伤痕。”

这些都是葛杰夫刚才听市长说的。

“没错，我听说也是这样，所以才想和他聊聊。首先，要说我个人的看法，我觉得就算是精钢级冒险者，也无法战胜夏提雅·布拉德弗伦。并不是怀疑他，但我还是想问一下他是不是真的杀死了那只吸血鬼。而且那只名叫赫妞佩妞子的吸血鬼也让我很在意。”

“说不定还有其他吸血鬼，是吧？”

“是啊，克莱姆小兄弟。从我收集的情报来看，飞飞在追杀两个吸血鬼。我想找他确认，是不是就是赫妞佩妞子和夏提雅。”

“结果如何呢？”

“哎呀，这个嘛……”布莱恩遗憾地耸了耸肩，“他不在，似乎是接到委托离开城市了，不知道什么时候才会回来。”

“那真是太遗憾了。我的运气似乎也不太好，没有好机会和飞飞阁下说话。有时间我也想和他聊聊，至少想为拯救王都的事向他道谢。”

“是吗？那么——等这场战斗结束之后，一起去找他聊聊吧？运气好的话说不定能见到他，克莱姆小兄弟要不要一起去？”

“非常愿意陪二位同行！”

“好！这下有战争结束后的盼头了。他可是精钢级的战士，和他聊天一定会受益匪浅。”

“是啊。一定能听到很多对我们有好处的事。他都和什么样的强敌战斗过呢，好期待他的英雄故事啊。”

“好意外啊，葛杰夫也喜欢这类故事吗？”

“是啊，我作为一个战士，也对他非常感兴趣……看来一定得活着回来啊。”

葛杰夫把视线投向卡兹平原的方向。

“王都有个料理很好吃的酒馆，等战争结束了，我们去那里吃一顿吧，我请客。存钱就是为了这种时候用的。”

“如果是庆功宴就好了啊。”

布莱恩站到葛杰夫身边，和他看向相同的方向。

“啊，那、那个，我也去吗？”

“克莱姆小兄弟会喝酒吗？”

王国没有关于饮酒的法规，不过也没有哪个酒馆的主人愿意卖酒给十五六岁的半大小子。

“不，我还没喝过，不知道。”

“是吗，那么喝喝看就是了。反正你迟早会有得陪别人喝酒的那一天，就像这次一样。”

“是啊。在那之前先感受一下喝醉是怎么回事也不错。”

“明白了。那么我就陪二位去喝酒吧。”

“好！那么我们三人得平安回来，再到这里集合才行。不要浪费生命啊！”

葛杰夫说完，克莱姆和布莱恩向他点了点头。

## 4

眼前是一片红褐色的大地，一片几乎看不到绿色的荒凉大地，一片死亡大地。难怪喜欢议论的人们会说这片大地是被血染红的。

卡兹平原——不死者和其他魔物在这里横行，人们都知道这里是一片危险之地。

最令人胆寒的，是不分昼夜、友善地笼罩着怪物们的薄雾。因为这里的薄雾带着微弱的不死者反应。

确实，没有这层雾霭直接对生者产生过影响的事例。它不会吸收生命力，也不会造成伤害。可是因为雾本身有不死者反应，不死者探测无法发挥作用，很多冒险者都在这里遭到过奇袭。

这层令人胆寒的雾霭现在却不见了，仿佛在欢迎接下来即将发生的战争造成更多死者一样。视野开阔，能看到很远的地方。

就和雾气消散了一样，不死者的踪迹也无处寻觅。没有动静，没有生命的大地无限延伸向远方。

崩塌的尖塔之类几百年前的建筑物，像墓碑一样杵在大地上。当然，已经没有哪一座建筑维持着本来的样貌了。

本来六层的塔，三层以上的部分已经坍塌，变成瓦砾碎落在塔周围。厚实的围墙连原来一半的长度都没有保住。比起时间带来的风化，此地各种魔物之间的争斗才是建筑毁坏的主要原因。

凄凉的光景与草原彼此相邻，仿佛画了一条界线。难怪人们说这里是诅咒之地。

大地在阔别一年后，再次沐浴着太阳的慈悲。仿佛居高临下地看着这片不被祝福的土地，界线的另一侧——生者的世界中建起的巨大建筑物显出了它的威容。

建筑物有一圈坚固的围墙，围墙使用无数周边草原看不到的巨木建成，仿佛抗拒着周围的事物。墙下还有一条不算太深但十分标准的沟壕，沟底插满了削尖的树枝。这是为了对付没有知性的不死者。

围墙里面无数旌旗招展，其中最多的是帝国旗——上面有巴哈斯帝国的国徽。

这是理所当然的，因为这座建筑，就是帝国军面向卡兹平原的屯驻基地。

为了这次战事，帝国动员了六万骑士。只要想想这些骑士可以全部收容在这座屯驻基地中，就没必要再耗费唇舌描述此基地的规模了。这座被称为固若金汤的要塞最为合适的建筑物，建造在易守难攻的地形之上。

建筑物的所在地是一块丘陵。这块丘陵并不是卡兹平原现成的地形，而是通过魔法土木工程制造的。

尽管帝国以增加在国内工作的魔法吟唱者为国家战略，也无法在几周内完成如此庞大的工程。这座建筑耗费了几年时间才建造完成。

帝国的计划，本是将来以此地为起点，对耶·兰提尔发起攻击。考虑到王国的数十万大军，还有很可能发生的围城战，帝国才建起了如此巨大的要塞。

帝国建造如此巨大的要塞，王国却听之任之，单纯是因为没有对此地发起进攻的余力。

帝国主动发起进攻，王国还能团结一致保护国土。王国要想主动出击，首先得和各派阀协商。帝国又没有侵略王国领土，参战者却要承担战争带来的经济负担，谁愿意抽这样的下下签呢。

说到底，麻烦没有找上门来，人们不想主动开战。

三只骏鹰飞在巨大的屯驻地上空，它们一边画着大圈盘旋，一边开始缓缓下降。只要是骑士，谁都知道这是皇帝直属近卫队之一、“皇家空卫兵团”的仪式性降落。这样的降落方式代表帝国的使者到了。

地面上，十名骑士围成一个圆圈，一齐举起了帝国旗。这是地面的还礼——迎接帝国使者的仪式。骏鹰降落在圆圈当中。降落得越接近圆心，说明骑乘者的技术越精湛。三人都漂亮地降落在了圆心，展现了自己作为骑士的精湛技术。

降落后，地面上的人们就能看到本国来使的真面目了。正因如此，惊讶让有幸负责典礼的骑士们手中的旗帜略微摇晃了一下。

让他们心生波澜的，是一位装束与另外两人大不相同的男子。

他没有戴头盔，露着标致的脸庞。地面的骑士们很快看出了他是谁。

在微风下轻轻飘拂的金发、令人联想到深海的蓝色眼睛、令人感受到坚定意志的薄嘴唇。此人拥有令人觉得骑士就该如此的典型骑士风貌。

没有一个骑士不认识他。

更主要的是，没有人不认识他的全身铠甲。那是一身以稀有金属精钢制成，再以强力魔法进行魔化的铠甲。如此精良的铠甲，就算在帝国也是屈指可数的。

铠甲的主人正是帝国骑士中地位最高者之一。

帝国最强的四骑士之一，“激风”宁布尔·亚克·戴尔·亚诺克。

以和风貌相符的清朗嗓音，他向候在四周的一位骑士问道：

“我想见最高指挥官，第二军团的卡维恩将军阁下。不知阁下现在何处？”

“是！卡维恩将军为了准备几天后与王国之间的战斗，正在召开会议。我们奉命带亚诺克大人到将军阁下的帐篷。”

“是嘛。那么……恭魔导王已经到了吗？”

“是！还没有！魔导王阁下还没有来到此地！”

“明白了。”

听到士兵的回话，宁布尔得知，将军已经得到消息，而且自己比那人先到，安心地叹了口气。

“那么可以请你为我带路吗？还有另外一件事想拜托你。”

宁布尔慢慢掏出了揣在怀里的东西。

宁布尔被带到一顶气派的帐篷中，等了将近一个小时，帐篷的主人带着几名护卫回来了。

他是一位头发已经完全变白的壮年男子，给人十分和悦的印象。

他虽然装备着和骑士们一样的铠甲，但是铠甲与他并不相称。要说的话，还是贵族一样的打扮比较适合他。

“宁布尔，欢迎你。”

他破颜一笑，更让人觉得他不像骑士，还是更像彬彬有礼的贵族。他的声音也十分平和，令人不敢相信这里是将要成为硝烟弥漫的战场。

宁布尔以简略的敬礼作为回应。

纳特尔·伊廉·戴尔·卡维恩。

他本是贵族中的边缘人物，才能受到了上一代皇帝的赏识，才被提拔为将军，做了第二军团的指挥官。他个人几乎没有战斗力，不过作为一位稳健的指挥官，他则声名远扬。人们称赞他战无不胜，因此他指挥的第二军团士气非常高。

实际上，与卡维恩同行的骑士们，一举一动都显露出对指挥官的敬意。

“将军是这次远征的最高指挥官，诸务繁忙。为我特地返回帐篷，真是不知该怎么感谢您才好。”

帝国军从第一到第八，有八个军团，每个军团的最高负责人都获得了将军头衔。而第一军团的将军还有大将军的头衔，是所有军团的总指挥官。

第一军团——大将军不在的时候，就由所辖军团编号数字次之的指挥官负责统辖全军。也就是说，这次远征的最高负责人，就是第二军团的将军卡维恩。

“好了好了，宁布尔，不用那么正式。你不也是奉陛下的命令过来的吗？那么肯定不是来加入我的指挥之下，我们平起平坐就行了。”

“说是这么说……”宁布尔一边说，一边露出了苦笑。

军队的最高负责人是皇帝，其次就是大将军。

被称为帝国最强的四骑士，经常执行皇帝的敕命，要是只说权限，地位和将军同级。然而论起年龄、经验、威严，这些宁布尔都比不上卡维恩。若不是有外人在场的时候，宁布尔实在不好意思和卡维恩平起平坐。

卡维恩愉快地看着宁布尔发愁的样子，露出了微笑。

“你可是帝国最强的战斗力，四骑士之一，要是对我这样一个手无缚鸡之力的老人毕恭毕敬，我也会觉得浑身不自在。最起码不要再叫我阁下了。”

“明白了，卡维恩将军。”

卡维恩点了点头，好像在说“这样就好”。

“哎呀，你今天来得真是太是时候了，雾也散开了，好像在欢迎你一样。”

“卡维恩将军，这应该不是在欢迎我，而是在欢迎即将降临王国的悲剧吧？真是令人毛骨悚然。”

“悲剧啊……我说，宁布尔，你能不能跟我说说，这次战争的着眼点到底在哪。以前战争的主要目的都是要拖垮王国，不过，这次不一样。这次的最终目的是通过和谈，夺取耶·兰提尔，取得对王国的胜利。”

卡维恩的眼中发出利刃一样的光辉。

“……这次王国的军队也比以往多很多。虽然我们军队中的骑士比王国的农民兵强得多，但他们的数量是压倒性的，是蛮不讲理的。如果正面冲突，一定会出现众多伤亡。可是，就算付出伤亡的代价夺取了耶·兰提尔，也得马上交给那个叫魔导王的人。陛下到底有什么打算啊？”

“这，请先屏退旁人。”

卡维恩稍稍张了张口，然后摇了摇头。

“你们先退下吧。”

卡维恩带在身边的心腹行礼之后，遵从他的指示回避了。

“谢谢您。”

“因为浪费时间是愚蠢的行为啊。那么能说给我听听吗？”

"好的。本来陛下就是命我把这次战争的目的转告各位将军,"宁布尔端正了自己的姿势,"这一战的目的,是与魔导王安兹·乌尔·恭建立友好关系。陛下希望通过我军流血牺牲夺取耶·兰提尔,然后无偿交给安兹·乌尔·恭,建立面向将来的桥梁。"

"牺牲维持帝国治安的骑士,帝国本身承担的风险也会增加。陛下明知这一点,还认为有夺取耶·兰提尔并交给魔导王的价值吗?"

"是的。"

卡维恩挽起双臂,紧闭双眼。不过只持续了很短一段时间。

"我明白了。如果这是陛下的想法,那我愿意服从。"

"非常感谢。"

"没有必要感谢……我们就打一场能博得魔导王赞赏的战争吧。"

"关于这件事,有一点要请您协助。"宁布尔说出了来到这里的最主要的目的,"我们委托魔导王施放一个魔法,希望您等他的魔法结束之后,再出动骑士。"

"这到底是什么意思?这不是要让我们的骑士流血牺牲,好卖人情给魔导王吗?"

"是这样的。这也是目的之一,不过我们还有另一个目的,就是摸清魔导王的实力。据陛下说,他已经拜托魔导王,在战争最开始的时候,使用一个他会用的最高阶魔法。这样我们就能摸清他最高阶的魔法有多少斤两。”

“魔导王是……帝国的潜在敌人吗？”

“看来您都明白了。魔导王——安兹·乌尔·恭是帝国的敌人。”

“原来如此。那么等魔导王施放完魔法，就让骑士们从缺口突击，扩大王国军队的伤口吧。那么他会用什么程度的魔法？肯定不会是‘火球’吧？”

“正因为不清楚，才要调查。不过根据预测，他会使用超过帕拉戴恩翁的攻击魔法。”

卡维恩睁大了眼睛，不过也只维持了很短一瞬间。

“原来如此，原来如此。我本来以为，他不可能有那位大魔法吟唱者阁下之上的力量。如果他有如此强大的力量，我就明白陛下为什么，想要跟他建立哪怕仅限表面的友好关系了。”

宁布尔什么都没有说。

“如果一击能杀死几百人，那这伤口就算是很深了，我们就得到了一鼓作气乘虚深入的机会。如果他真的有那么强大的力量，骑士们的伤亡应该不会太多。”

宁布尔也觉得最好是这样。

据自己的同伴“雷光”和“重爆”二人的说法，安兹的力量超乎想象。他的魔法说不定可以一击杀死数千人，如果人员集中，说不定可以一击杀死上万人。尽管难以置信，但毕竟同僚们都这么说，宁布尔觉得很可能是真的。

卡维恩说得对，骑士们是维护帝国治安的专业战士，失去他们将是很大的损失。

安兹是潜在的敌人，宁布尔希望他越弱越好。不过面对即将到来的战争，他倒希望同伴们说的是真的。

“啊，将军，还有一件事想拜托您。魔导王会带士兵前来，希望您能允许他的士兵陪同他上战场。”

“哦？他会带几千士兵来？”

“是的，他——”

“非常抱歉打断两位！卡维恩将军阁下！宁布尔阁下！”

帐篷外传来了洪亮的喊声。

卡维恩一边用表情和眼神向宁布尔道歉，一边向外边喊道：

“进来吧。”

走进帐篷的是一位地位挺高的骑士。

“出什么事了？是不是有什么急事？”

“是！打着魔导王阁下旗帜的马车到了门前，正在要求我们开门。可以按照命令打开大门吗？”

卡维恩看了看骑士视线前方的宁布尔。宁布尔见状，点了点头。

“明白了。马上放行。”

“是！那么……马车里面要检查吗？”

不管马车里坐着什么人，也不能不经检查直接进入屯驻地。通常要经过魔法检查，确认不是用幻术变装后才能放行。

如果是在王国，不至于使用魔法进行检查。正因为魔法是国家的支柱，帝国才制定了完善的相关规则。帝国知道魔法多么可怕，因此要以魔法防患于未然。

特别是卡兹平原这样的巨大军事据点，这里使用着帝国最新的魔法技术。魔法技术是构筑帝国未来的支柱，如果落入别国手中，对帝国来说将是巨大的损失。因此这里的检查制度十分严格，就算来者是皇帝吉克尼夫，也会照查不误。

因此就算是同盟国，不，正因为是同盟国，才更应该进行检查。

然而现在的状况又不能这样做。

卡维恩再次把视线投向了宁布尔。

心情的沉重、胃部的压迫感，再加上怀中之物的分量，几重重压之下，宁布尔回答道：

“卡维恩将军，非常抱歉，那位大人对帝国来说是重要人物。这是少之又少的例外中的例外，请您直接放行吧。”

刚才还一脸温厚笑容的将军，脸上好像褪了色一样，没有了表情。

他知道骑士将要越过他，接受宁布尔的命令。

再温厚的人，看到别人向自己的部下下令，恐怕也不会感到愉快。

这方面宁布尔也很清楚，可是他又不能不说。

万不得已——

宁布尔正在犹豫要不要掏出怀里的东西，卡维恩开了口。

“既然是陛下的命令，那就没办法了。毕竟帝国是皇帝陛下的国家。”

“您能理解真是太好了，将军。”

宁布尔怀里揣着敕命书。只要是这张羊皮纸上写明的事项，持有者将拥有与皇帝同等的权限。敕命书的内容是：“这场战争的几乎全部事项。”这代表着在这次战争中，宁布尔的地位比卡维恩要高，万不得已甚至可以罢免将军。

发现自己不用破坏与敬重的长者之间的关系，宁布尔松了口气。他想到现在不是放松的时候，又绷紧了神经。

“那么，我们就去见识见识这位陛下如此看重，能与那位大英雄匹敌的魔导王吧。”

作为宁布尔个人来说，他不太想去。

想起四骑士——不，现在加上自己也只有三骑士了——中两位同事给自己的忠告，宁布尔不由得露出了苦涩的表情。可惜对他来说，没有不去这个选项。

“当然，卡维恩将军，请允许我与您同行。”

屯驻基地外围，一辆气派的马车正在骑士的引导下缓缓前行。令人惊讶的是马车没有车夫，马也和普通的马大不相同。那不是八足马，而是长着鳞片的马形魔兽。

宁布尔对卡维恩以及周围的骑士说道：

“请行最敬礼。”

卡维恩等人的脸上露出了不敢相信的表情。宁布尔非常理解他们的心情。

作为外交礼仪，以最敬礼迎接同盟国国君是正确的。

可是，如果同盟国国君驾临军事据点，要怎样做就没有约定俗成的规范了。应该说，同盟国国君不会驾临军事据点才对。

因为就算同为人类国家，两国之间也免不了打仗，不可能坦诚相见。

所谓的最敬礼，是在安全的公众场合对待国宾的礼仪，军事据点不在此列。他们身为军人，一定有这样的想法。

而且还有一点。

战场上很少行最敬礼。

因为士兵们看到自己的指挥官在行最敬礼，难免会把敬礼的对象当成更高的指挥官。不行最敬礼，是战场上约定俗成的规矩。

宁布尔作为四骑士之一，非常明白他们的心情，然而——

“各位，请行最敬礼。”

他以钢铁般的声音重复了一遍。

他听到卡维恩“唉”地叹了口气。

“都听到了吧，以最敬礼迎接客人。”

听到卡维恩的命令，不知所措的骑士们放下了心。既然有命令，按命行事就行了，他们不需要自己思考。

宁布尔向卡维恩送去感谢的视线，却看到他有一瞬间露出了揶揄的表情。好像在说“你也真够辛苦的，不过我可更辛苦哟”。

马车停在一行人面前。

宁布尔倒吸了一口冷气，其中包含着两层意味。

首先是马车的气派。马车以仿佛切取自深夜大海般华贵的黑色为基调，车身布满了精巧的黄金雕饰。然而车上使用的金属配件，却都发出黄铜特有的钝涩光辉。车上使用的皮革都是端庄的红铜色，使马车整体给人高雅的感觉。虽然装饰略显华美，但是整体的品格让这分华美都显得十分自然，称之为一个大珠宝箱也不为过。

宁布尔曾经有幸乘坐过几次皇帝的马车，不过他可以断言，相比之下这辆马车更胜一筹。

另外一个令他不得不倒吸一口冷气的是马。不对，那不是马。它随着“呜噜噜噜”的低吟声略微开启的口中，能看到锐利的尖牙。它全身遍布像爬行生物一样的鳞片，鳞片下面塞满了健硕异常的肌肉。

简直就像把蛮不讲理的武力压缩成了马的形状。

宁布尔能感受到现场充斥着明显的警戒心。他自己的呼吸也乱了，背后和手心都出了汗。那明显是强得惊人的魔兽。

就在宁布尔喘着粗气呼吸的时候，马车的门打开了。

下来的是一位黑暗精灵少女。

宁布尔的思想中出现了一片空白。

在场者都默默注视着她。

手持黑色法杖的少女楚楚动人，只要顺利成长下去，她一定会得到光彩夺目的美貌，会有很多男人为了得到她的爱而不顾一切。加上怯生生的表情，她令人联想到月光下绽放的艳丽花朵。

不过，她的双手戴着与鲜花格格不入的东西。

金属手套。

她左手的金属手套，仿佛是从恶魔之类的邪恶生物身上剥下来的一样。它以黑色为基调，呈现不祥的形状，上面突起着扭曲的尖刺，有着锐利的指尖。它发出脏兮兮的光辉，仿佛代谢着奇怪的分泌物。只是看上它一眼，就觉得灵魂被否定的不祥感觉蹿过全身。

而她右手的金属手套，则让人联想到纯洁无垢的少女。它以纯白为基调，呈流线形，整体遍布金色的奇妙花纹，不过花纹也成了凸显手套美感的装饰。宁布尔觉得自己的灵魂要被这只手套吸进去了，仿佛面前站着一位绝世美女。这就是所谓的耀眼夺目吧。

“那、那个，安兹大人，看来是到了。”

“是吗？谢谢你，马雷。”

随少女之后，另外一人走出了马车。

一瞬间，空气浑浊了。

宁布尔瞬间起了一身鸡皮疙瘩。那不是杀气，一种难以形容的气息迎面扑来。

安兹·乌尔·恭的装束在魔力系魔法吟唱者中很常见。首先是漆黑的长袍，长袍外面还披着一件黑色大氅，要说古怪也算是古怪。除此之外，他还握着一把虽然华贵，但是装饰控制得不算张扬的法杖。他脖子上戴着发出银色光辉、镶嵌着宝石的项链，而脸上则戴着奇怪的面具。

“欢迎您大驾光临，安兹·乌尔·恭魔导王阁下。”

宁布尔低头行礼，然而没有听到身后应该有的声音。

他虽然知道失礼，但还是转头向后看去。他看到应该站在他身后，和他一样行礼的将军和骑士们都呆立着。

他们大概是被魔导王镇住了，动弹不得吧。

他明白他们的心情，可是这样怎么能行。

宁布尔开始感到焦急。这时，还是将军伸出了援手。

“全体！”

卡维恩大声吼道。难以想象那将军派头十足的坚定声音，来自一位温文尔雅的贵族。

“对魔导王阁下！行最敬礼！”

“是！”

众多回应声叠在一起，骑士们一齐行最敬礼。

“帝国引以为傲的诸位骑士，感谢你们的欢迎……”

格外寻常的声音反而让人觉得不安。宁布尔有一种他在有意扮演普通人的奇妙不适感。宁布尔听说过那张面具下面的真面目，所以这感觉更是强烈。

“各位请抬起头来吧。”

安兹第一次说这句话时，没有一人抬头。

“能请各位抬起头吗？”

听到他第二次要求，大家终于抬起了头，总不能等他像本国国君一样说第三次。

“魔导王阁下，请原谅他们没有马上低头行礼。”

宁布尔移动视线看向骑士们，发现他们嘴唇苍白，面无血色。

“看来他们有幸见到魔导王阁下，高兴得不能自已了。”

“不，该赔罪的是我。看来是我身临战场有些太兴奋了，绝对不是对各位怀有敌意，希望大家明白。”

安兹撩开了搭在身前的大氅。漆黑的大氅伴随清脆的声音展开，就像一片漆黑的翅膀。这个瞬间，笼罩周围的不知该说是冷气还是重压感的气氛消融了。

站在宁布尔眼前的人给人一种，仿佛是个普通人的感觉。

好可怕。

这是宁布尔坦率的感想。

他早就从同伴口中听说了安兹是个多么可怕的怪物，然而眼前的安兹实在太普通，因此他才更觉得可怕。就像一只大型食肉动物悄悄向他靠了过来。

并不知道详细情况的骑士们，好像也强烈感受到了安兹的异常，都显得有些不知所措。卡维恩则好像想通了。他似乎不是通过头脑，而是通过心和灵魂，明白了自己对眼前的这位人物应该采取什么样的态度。

“我是宁布尔·亚克·戴尔·亚诺克，接下来带您去野营地。”

“是这样啊。想必会给你添不少麻烦，请多关照。”

“明白了。这位就是本次帝国军的总指挥官，卡维恩将军。”

“在下名叫卡维恩，安兹·乌尔·恭魔导王阁下。关于屯驻基地有什么问题，我们会马上为您解决，请您随时告诉我。这里有几位骑士，希望您能作为侍从差遣……”

“这就不必了，我的部下就在这里。”安兹指着黑暗精灵少女，“而且如果有什么问题，我们会尽可能自己解决的。”

卡维恩僵住了。

他之所以这样提议，其实是担心安兹等人在军事据点肆意妄为，想要派人盯住他们。

而安兹的回答却是完全不必。正因为是强者才能这样作答。

然而，以卡维恩的立场，不能容忍他拒绝。这样下去，双方的意见会一直是平行线。

从心情来说，宁布尔当然站在卡维恩一边，然而他不可能表现出来。

“是这样啊……魔导王阁下，如果有什么需要，请不要客气，尽管告诉我们。卡维恩将军，就是这样，拜托你了。”

“——明白了。”

“啊……我忘了一件事。”

“怎么了？魔导王阁下？”

“这次的战争，我们说好在刚开始的时候由我以魔法发出一击，所以我打算让我的一部分军队参加战斗，希望将军能许可。”

“这对于我方来说，是求之不得的。”

卡维恩早就得到了消息，他爽快地答应了。

不过，他有点不解地皱起了眉头。

“……不过，近几日，快的话后天就要开战了，魔导王阁下的军队行进到什么地方了？我们恐怕没法等您的部队到达再开战……”

“没问题，已经到了附近。”

宁布尔觉得很奇怪，他从上空鸟瞰时，没发现有正在接近屯驻基地的部队。

卡维恩也抱有相同的疑问。屯驻基地周围，当然设置了骑士组成的严密巡逻网，只要帝国军以外的人靠近，将军级的人物一定会接到报告。卡维恩用视线询问周围的部下，是不是有什么情况没有报告给他，然而在场者似乎都不知情。

“抱歉，哎呀。说已经到了附近似乎不太准确。这样说吧，我想表达的意思是我的军队可以随时赶到。”

“是这样啊……”卡维恩还是没有得到满意的答案，不过决定先不问这件事了。他继续向安兹提出了其他的问题，“您的军队大概有多少？”。

“大概五百吧。”

“五百啊。”卡维恩虽然隐藏得很巧妙，但宁布尔还是看出了他失望的神色。“卡维恩，请魔导王阁下的军队与我们共同作战，没有问题吧？”

为了显示对安兹的诚意，帝国军队必须承受最大的伤亡。因此，安兹的部队想必只有在万不得已的时候才会登场，不过一起布阵没有问题。

“如果是五百军队，那就不用变更我军的阵型了。魔导王阁下的护卫，阁下还是愿意用自己手下的人吧？”

宁布尔暗指“请不要主动参与进攻”。为了展示对安兹的诚意，帝国军必须率先流血牺牲。如果安兹的军队在战场上大显身手，他们会很头疼。

听到宁布尔的话，安兹满意地点了点头。宁布尔暗自松了口气，不过冷静思考一下，这都是理所当然的。区区五百士兵能有什么作为，仪仗兵的意味比较强才对。

然而，接下来发生的事情，远远超出了宁布尔的预想。

安兹发动了某种魔法，向虚空中说起了话。

“能听到吗——夏提雅？向我所在的位置开启‘传送门’，把我们的士兵送过来。”安兹面具下的眼睛似乎动了一下。

“好了，将军，我要把我的军队叫来了。”

就在安兹语毕的时候，现场响起了一阵惊呼。

安兹背后浮起了一个黑色半球状的东西。

“传送门”，宁布尔脑海中首先闪过的是刚才安兹说的这个词。

门打开了，从里面现出身影的是——

现场顿时鸦雀无声。

只有异样的气氛和凝重的沉默统治了一切，好像只剩下名为寂静的声音。

五百士兵现出了身影。考虑到帝国的六万大军，五百士兵数量可以说太少了。然而在场者却没有一人敢小看这五百士兵。

眼前异样的军队比语言更雄辩地展示着他们的强大。

“这就是我的军队。”

安兹愉快地向瞠目结舌的观众们介绍着。

# 过 场

少女坐在并不太宽敞却很豪华的房间中唯一的椅子——王座上，以与她年龄相符，不管谁听到都会感觉天真烂漫的声音说道：

“好！那就交给你了！”

“是！陛下，请尽管放心！”

骑士打扮的男子向少女叩拜后，起身飒爽地离开了房间。

门关上后过了几秒，少女向站在身旁的宰相问道：

“差不多了吧？”

“是，他是最后一个，没有问题。”

听到男子冷淡的声音，少女天真无邪而可爱的表情走形了。

只能说是换成了一副厌世的样子。

大概是因为疲劳吧，她的眼睛显得十分浑浊，而且半闭着。

她两边嘴角下垂，肩膀也塌了下去。

“好累啊。”

她的状态与其说是少女，不如说是疲惫不堪的四十来岁的中年妇女，不过她声音中依然有年轻的张力。看来是只留下表面的年轻，内在变了。

“辛苦您了。”

“真的好累。我可不想再变成这样了。”少女抓起了自己衣服的下摆，“这种裸露双腿的衣服让人心神不定。”

“我说过很多次了，不行，陛下。”

少女就是龙王国的女王“黑鳞龙王”，德拉狄龙·奥莉乌库鲁丝。

她虽然被称为龙王，但是战斗能力只有普通人的水平。以教国的判断基准来看，她姑且算是真龙王，但不过是由于她的天生异能。教国也会以亦真亦伪的龙王这一十分罕见的称号称呼她。

因为真伪的界线是能否使用原始魔法。

“陛下保持这种可以激发他人保护欲望的形态，大家才会更有干劲。”

“世上的人都是萝莉控吗？我觉得还是变大各方面都更舒服一点。”

德拉狄龙双手放在自己平坦的胸前，做出摇动什么的动作。

“确实，那种形态比较——”

“不要说形态，那才是我的真面目。”

“真是失礼了，陛下。”

“喂，我丝毫感觉不到你谢罪的诚意。”

“怎么会呢。”

德拉狄龙盯着宰相冷冷的笑容，可是看不穿笑容下的情感，她不满地移开了视线。

“既然您明白了我的诚意，我们继续刚才的话题。那种形态或许比较受男性欢迎，可是不太受女性欢迎。不过现在的形态，不管男女老幼，都会有不错的反应，这一点您也知道吧。如果您希望保持那种形态，也得等这个国家的现状有所改变之后。您有什么好办法吗？”

“不要再说形态了。”

“虽说如此，如果继续这样下去，您就可以随便选择自己的形态了，因为到时候就没人看您了。”

提起龙王国现在的状况，凝重的沉默降临了。

“这次兽人们的进攻和以往不同，对吧。”

“毫无疑问。出动了那样的大军，主要目的不可能像以前那样不值一提。他们一定是打算攻陷龙王国，大概是想盖一座饲养家畜的小屋了吧。”

龙王国近邻有一个兽人的国家。

所谓兽人是一种亚人，就像双脚行走的狮子老虎之类的肉食动物。看他们的头部就知道他们是吃肉的，吃人对他们来说是家常便饭。

吃人的种族并不少见，大陆中央争霸的六大国中，有三个是以人类为粮食的。而在距离大陆中央稍远一点的巨魔国家中，招待客人的最好食材甚至是腹中取出的——只有六月龄的人类婴儿。

对于他们来说，龙王国中有一群群的粮食。

不知以前是不是把龙王国当成了放着不管就会自动增殖的狩猎场，兽人国家没有发动过全面进攻。不过，不知道是因为什么，这次他们发动了大规模进攻，龙王国已经有三座城市沦陷了。

说起在这些城市中召开的庆功宴，就连她也觉得想吐。

面对无法交涉的外敌入侵，龙王国当然举国团结进行对抗，然而兽人和人类的身体条件差太多了。

大陆中央的大国中就有一个兽人的国家，可见他们的身体条件比人类出色得多。

打个比方，兽人和人类在相同的环境下长大成人，身体能力的差距大概有十倍。

冒险者的世界中，有用来估算魔物强弱的难度值。如果成年人类的难度是三，成年兽人就匹敌难度三十的魔物。不知是不是因为他们每一个都很强，其中出类拔萃的强者倒是很少，这一点可以说是唯一值得庆幸的。

“虽然现在以精钢级冒险者为中心，冒险者还在勉强帮我们击退兽人的攻击，但是数量的差距实在太大了。有几支——他们恐怕是以部族为单位——分头行动的侵略军依然在向前推进……现在恐怕只能把人民集中到首都，等待他们的兵粮告罄，可是恐怕我们的粮食问题会先恶化。”

“真是头疼，前途一片黑暗。”

“其他办法就是派出精挑细选的刺客团，杀死敌人的首领。这样做搞不好会招致敌人的暴怒，不过既然无法阻挡敌军的推进，还是尝试一下为好吧。”

“那么刺客团的领队就是那家伙喽？”

“是的，是他。”

两人之间只要说“他”，只能是指一个人。他就是龙王国唯一的精钢级冒险者小队“水晶之泪”中的“闪烈”塞拉布雷特。他使用名为光辉剑的剑技，所以得了“闪烈”的绰号，而他的职业则是神圣领主。

“那家伙绝对是个萝莉控。说话的时候，那家伙的眼睛一直在我身上打转。看着这上下一般粗的身体很开心吗？还不如整天看着墙呢。”

“这就是所谓的性癖。啊，没错，陛下，他就是萝莉控。”

德拉狄龙的表情扭曲了。

“我本来希望你否定的。真希望我们国家的精钢级……是稍微正常一点的家伙。”

“您在说什么啊。现在只要您扮演天真无邪的可爱孩子，他就会拼死为您战斗。对我们来说是个多么容易利用的男人啊。”

“我迟早有一天要被用来满足那家伙的欲望……喂！不要用看明天早餐要上桌的猪的眼神看着我！”

“唉。”看到部下假惺惺地叹了口气，她的青筋暴了出来。

“那还不是太便宜了。陛下，请您忍忍吧。您可比那些真的被吃下肚的人民强多了。”

德拉狄龙无法反驳。

“要是有钱就能直接雇奥普提克斯了。对了，教国到底在搞什么？”

“是啊，这就不知道了啊。”

“我们每年不都给他们数额不菲的捐款吗，按以往的情况来看，他们差不多该出手相助了吧？漆黑圣典不来也就算了，怎么连阳光圣典都不派来？”

教国一直暗中派兵帮助龙王国，不大张旗鼓地派兵，大概因为龙王国的国王是她吧。

“这就是不提升自己国家的防御力，完全依靠其他国家帮助的惩罚。真是可悲啊。”

“谁愿意完全依靠其他国家啊。这也是没办法的事，你应该也明白吧。本来军事费用就够高了，再增加国家就要破产了。再说，就算把钱用在军事上，士兵也不是马上就能变强的。”

多年以来，龙王国为了对付兽人，每年都要消耗额度相当大的军事经费。即使如此，龙王国还是落得这个下场，不过正因为每年花了大量的钱，才能减少兽人造成的损失。

“要是教国抛弃了我们……对了，向帝国求助如何？如果龙王国灭亡，下一个就是帝国了吧？”

“中间还隔着卡兹平原，应该不会马上轮到帝国吧。他们有可能绕过湖去进攻教国。”

“他们还没有勇敢到闯进不死者多发地带啊。”

顺带一提，两人都没有提到中间的那个操纵飞龙的部族。

“我觉得不是勇敢不勇敢的问题，毕竟不死者没法吃啊，就算占领了卡兹平原也没有丝毫好处。会愿意占领卡兹平原的，估计只有不死者了。而且帝国现在应该很忙吧，他们差不多该开始历年的战争了。”

“今年比以往稍微晚了点啊。”

“是啊，大概晚了半年。他们发来了一份宣言，上面说魔法吟唱者怎么怎么的，您要看看吗？”

“不看，谁还顾得上管别的国家！不如想想该怎么做才能拯救我们的国家！”

“是陛下提起这个话题的啊……用陛下的魔法如何呢？”

宰相动着手指画圈，对他来说魔法大概就是这种感觉吧。德拉狄龙苦笑起来。

“原始魔法啊。那是人的身体——就算有八分之一的龙的血统——无法控制的。搞不好会对龙王国的毁灭推波助澜。那是最后的手段。”

"最后的手段啊，希望那一天不要到来。好吧，我去向教国提出派遣援军的请求。"

"嗯！拜托了！"

宰相冷眼打量着以天真无邪的孩子的口气回答的德拉狄龙。

"就是这样，陛下。看您这么有精神，应该还可以给前线的指挥官们，写上三十封鼓舞士气的——幼小少女表达信赖的慰劳信。当然，拜托您用孩子的笔迹来写。"

"哇——那种字我清醒的状态下写不出来。把酒拿来。"

"明白了。您想喝得烂醉也没关系，不过工作请您一定要在今天以内完成。"

宰相行了一礼，走出了房间。

目送宰相的背影消失，德拉狄龙看向了自己的手。

"灵魂魔法啊。"

原始魔法和普通魔法不同，是用灵魂施放的魔法。它会牺牲大量的人民，磨灭它连接过的灵魂，是非常强大的魔法。恐怕就算想实现她从曾祖父处听说的，"白金龙王"的究极一击，引发巨大的爆炸也是有可能的。

可是她比白金龙王弱得多，发动魔法需要的牺牲恐怕乐观估计也会上百万。

德拉狄龙遮住了自己的脸。

预感到不管怎么发展，等在前方的都是地狱，她颤抖了起来——

# 3章 另一场战斗

# 第三章 | 另一场战斗

## 1

背向为了准备进军卡兹平原而开始嘈杂的耶·兰提尔，正在向北前进的巴布洛·安德莱恩·耶尔德·莱儿·凡瑟夫第一王子很不开心。

“可恶，雷文侯爵这个浑蛋……”

巴布洛忍不住咒骂起来。

恶魔骚动的时候，弟弟借雷文侯爵的部下，巡逻王都维持治安，给贵族们留下了在关键时刻能站出来战斗的印象。因此，本来推举第一王子巴布洛为王位继承者的贵族中，出现了意见的动摇。有些贵族看到雷文侯爵支持第二王子，便也跟着改换门庭。

恶魔骚动时没有上前线是致命的错误。

巴布洛之所以没能上前线，而是留在王宫里，是因为他手里没有自己的棋子。

他的判断本身没错，独自一人上前线能有什么作为呢，恐怕只会拖累别人。而且恶魔们当时是有可能袭击王宫的。

他的弟弟如果没有雷文侯爵的士兵，也不会展开维持治安的行动。

巴布洛相信自己的判断是正确的。可是，蠢货们没有分辨的能力，只会被表象欺骗。从结果来说，一切都在按照雷文侯爵的策略发展。

“那些蠢货还看不明白他的目的吗？再说，他们只是巡逻，并没有参加和恶魔们的战斗啊。”

如果弟弟站上战场，肯定丑态百出。这样考虑起来，更显出雷文侯爵的聪明。

巴布洛感到不快还有另一点原因。

他觉得现在正向一个名叫卡恩村的荒村前进的自己很可悲。

他在王位继承权之争中已经落后了。

正因如此，巴布洛必须趁着这次与帝国的战争，向宫闱内外展示第一王子的英姿。他必须夺回被弟弟抢走的声望，并让人们明白，他才是配得上继承权的王子。

因此，这一战意义重大，他却被命令去做和跑腿没两样的无聊工作。他现在的工作不过是去边境的开拓村，调查村子和安兹·乌尔·恭的关系，这样的工作有什么功劳可言。

想到这里，巴布洛感到一阵寒气蹿过后脊。

这样安排会不会是因为不愿意让巴布洛立下功劳呢？

正因为父亲已经决心把王位让给弟弟，才不愿意让巴布洛立下有可能逆转形势的功劳。正因如此，才把自己送去调查荒村——

他的呼吸急促起来。想到父亲要抛开身为第一王子的他，把王位让给稍微表现了一点勇气的弟弟，他顿时觉得憎恶烧灼着他的心。

在焦躁中，他的视野变得狭小，看到骑马并行者的身影纯粹是个偶然。

“王子，您莫非身体不适？要不要我把神官叫来？”

身旁响起的刺激声道的尖利嗓音扒搔着他的脑子，让他反胃。不过，他硬把呕吐感压了下去。这多亏了冬季冰凉的空气，也多亏了在王族生活中锻炼出来的掩饰能力。

表露真实的感情是愚蠢的行为。

“没事，没事，不用在意，我只是在想该怎么完成父王交给我的工作。对了，切内科男爵，你不是去见精钢级冒险者飞飞了吗？怎么样了？”

“您听我说啊，王子！发生了一件让人不快到极点的事！对了，飞飞不在，我没能见到他。”

“好吧，碰巧不在也是难免的，毕竟对方是精钢级冒险者。那么，是什么事情让你这么生气？没有事先约好就直接拜访，人家不在也是没办法的事吧？”

“不是的！我不是为了没有见到飞飞而不快！我之所以不快，是因为飞飞的那个名叫娜贝的女同伴。”

“娜贝？啊啊，就是那个‘美姬’啊？”

巴布洛想起了在王都见过的那位绝世美女。她的美貌足以与他的小妹妹匹敌。巴布洛想要占有她，可她毕竟是受过父亲赏赐的冒险者小队的成员，不像平民可以任他肆意妄为。

“那个美女对你做了什么？”

“她对我施暴！您请看！”

切内科男爵摘掉金属手套，他的手上有一大块瘀青。

“怎么回事？就算是精钢级冒险者，也不能对贵族施暴啊。”

“可那个叫娜贝的女人就是突然抓住我的手，把我轰了出来。”

切内科男爵给出的情报实在太少，巴布洛决定不再一本正经地追问下去。怎么想也知道事出有因，而男爵肯定隐瞒了什么。

“王子！请您帮帮我，惩罚向我施暴的女人！”

能不能设法利用这一点，把那个女人搞到手呢？

巴布洛思考起来。

帮男爵出气，把娜贝据为己有的方法。可惜，他想不到什么好办法。巴布洛知道这个男爵的愚蠢，他很有可能会擅自觉得王子欠了自己一个人情。

（真是个废物。好吧，暂时装作和他亲近，等我登上王位第一个踹掉他，在那之前先好好利用他好了。）

巴布洛一边盘算，一边为这样的废物也有自己的领地和军队，他却没有属于自己的士兵的——不依靠别人就没法战斗的——状况感到心情沉重。

看着男爵期待的目光，巴布洛像往常一样打起了白条。

“等我登上王位，这一点我也会考虑的。”

“遵命！”

巴布洛不想再和这个低头行礼的蠢货说话，向骑马走在自己附近的博洛洛普侯爵手下的一位骑士问话。这名骑士是侯爵麾下精锐兵团的指挥官之一。

“喂，我有件事想问你。”

“有什么能为您效劳吗，殿下？”

其实巴布洛没什么想问的，不过他总不能说不想再搭理男爵，只是找个不伤体面的由头结束对话。他默默思考了一下有没有合适的问题，刚才让他焦躁的想法再次浮现在脑海之中。

巴布洛要去开拓村跑腿，最根本的原因是博洛洛普侯爵的提案。这样想来——

（不会吧，莫非侯爵背叛了我，倒戈向我弟弟了吗？）

他希望这不是真的。

巴布洛娶了侯爵的女儿做妻子，一直和岳父相处得很好。只要巴布洛继承了王位，博洛洛普侯爵就是六大贵族之首。事到如今他再去支持弟弟，还会有雷文侯爵和他争啊。可是，除此之外还能是为了什么呢？

（如果真的是这样，我……让我，让我去荒村的目的，是让所有贵族都知道我在战争中没有立下什么功劳吗？）

“请问有什么能为您效劳吗？您需要休息吗？”

“——闭嘴。”

他把想要抑制也抑制不住的憎恶表露了出来。

他视野中看到骑士惊讶的表情，即使如此他也忍不下去了。

巴布洛从牙缝中吐出杀意，命令道：

“我命令你尽快完成卡恩村的工作，我们要赶向卡兹平原。两方面的准备要同时进行。到达卡恩村之后马上完成任务返回的话，夜里应该能回到耶·兰提尔。只要能稍微睡一会儿，明早太阳升起前，就能启程赶往卡兹平原了。”

骑士皱起了眉头。

“请您恕我直言，我认为这非常困难。您请看，这次的阵容包括侯爵麾下的三千五百人、支持王子的各位贵族手下的一千五百人，总数有五千人之众。为了短期内完成使命，我们部队的补给兵很少，不过带了五十辆运输物资的马车。”

“这些我都知道，有什么问题吗？”

“这五千人中有四千五百步兵，五百骑兵。就算卡恩村的工作能在不到一小时内完成，要在晚上赶回耶·兰提尔，也需要进行强度非常大的急行军。”

“所以我才问你有什么问题。我再问一次，有什么问题吗？没问题的话照做不就是了。”

“王子……步兵中会出现精疲力竭的士兵。”

“你怎么还不明白。到那种小小的边境村去，说实话没有丝毫价值。我们必须做的，是到卡兹平原去击败帝国。你是什么人，不是侯爵手下的人吗？那我问你，这场战争我们把握大到可以让五千士兵无所事事的地步了吗？你认为是这样吗？”

骑士把嘴唇抿成了一条直线。

“不要搞错了优先级……士兵会精疲力竭？用鞭子抽着他们跑啊。就是为了参加卡兹平原的战斗才把他们召集起来的。”

（还有——为了提高我的声望。）

“您说得没错，我明白了。”

骑士低下了头。

“一开始你就应该这样回答。你去做好计划，什么时候能到达耶·兰提尔，到达后几点可以出发。包括琐碎事情在内的所有一切都交给你来安排。”

“是！我们这就开个碰头会，然后带回殿下想要的答案。”

骑士策马向同伴跑了过去。巴布洛脑中早已顾不上想他了。

（我的父亲讨厌我吗？莫非是老糊涂了，分不清孰对孰错了？不然怎么会打算把王位让给弟弟呢？长子继承才是最正确的，不然一定会招致贵族们的反感啊。）

他决心一定要逆转自己所处的极其困难的不利局面，一定要让那些人后悔给了自己五千士兵。

这个念头驱动着巴布洛。

“男爵！”

“啊！在！”

“我很看好你哟！”

男爵以尖利的声调回答了什么，不过巴布洛听不进去。

（浑蛋赛纳克，你就在王都等着后悔莫及吧。）

虽然赛纳克是和他血脉相通的弟弟，但是在王位竞争中却是需要击败的敌人。而且巴布洛对弟弟没有多少感情，尽管现在给他留了一条命，如果他出来碍事，巴布洛也会痛下杀手。

（等我登上王位之后，那家伙……能派上点什么用场吗？为了不让某些愚蠢的贵族拥立他造反，尽早除掉为好吗？有点浪费吗？如果是女人，倒还有各种用途……我的妹妹虽然脑瓜不好，但是毕竟长相出众啊，把她卖给出价最高的家伙好了……王室血脉生出旁枝也是麻烦事，干脆把她嫁到某个遥远国家的王族中好了……只要对构筑我的权力基础有好处，好吧，考虑一下吧。）

想到自己即将建立起来的，理想的里·耶斯提杰王国的样子，巴布洛陶醉地眯起了眼睛。

他想象着贵族们对王座上的自己低头行礼的样子。

想象着自己发出命令，臣子们奉命行事的样子。

“挺不错嘛。”

他漏出了轻轻的笑声，慌忙用手遮住了嘴。

他开始觉得是否能尽快解决卡恩村的工作，解决后能否尽快赶到卡兹平原，成了决定他的梦想能否实现的关键。

（看来哪怕强迫也要让士兵们急行军，最重要的是能否在战争开始前赶到卡兹平原。不，等到开战，作为伏兵行动如何呢？）

他觉得这是个非常好的点子，不过他对自己能否顺利指挥士兵，突袭敌军的肋部或者背部没有自信。

虽然他想交给骑士们，但是自己能否成为国王就在此一举了，他觉得交给别人并非上策。

巴布洛开始思考怎样做才能出尽风头，立下会被选为下一任国王的功劳，一个主意闪过了他的脑海。

（在和安兹·乌尔·恭的交涉中，卡恩村的人是不是可以派上用场呢？）

他感到耀眼的光芒从天空照向了自己。

没有更棒的计策了。

不管安兹·乌尔·恭为什么救卡恩村，村民一定能成为交易的筹码。

如果那个名叫安兹·乌尔·恭的，从没听说过的魔法吟唱者放弃这次战争，帝国就会失去大义名分。为了避免被贴上发动侵略战争的标签，想必他们会撤退的。

如果巴布洛的作为成了导致帝国撤军的主要原因——

（那可就太棒了吧？到时候父亲也没法对我的意见置若罔闻，那我继承王位就基本板上钉钉了。）

“很好，太棒了。”

如果安兹·乌尔·恭只是路过顺手救了卡恩村，拿卡恩村威胁他恐怕也没有效果。到时候就让村里人拿上武器参战。在国家总动员的局面下，卡恩村的农民怎么有资格拒绝。

父王虽然给开拓村不响应征兵的许可，但那是在以前的局面下。第一线的指挥官——现在是巴布洛，是需要随机应变的。

如果安兹·乌尔·恭杀死卡恩村的农民们，那么我们可以大肆宣传，说他是个心狠手辣的伪君子。这场宣传战对他背后的帝国应该也有效果。

巴布洛为自己完美的策略颤抖起来。

说实话，他本来觉得自己头脑不如弟弟妹妹好，看来并非如此。巴布洛为自己身上潜藏的才能激动不已。

## 2

对小村庄来说，冬天就像地狱一样。冬天代表着一边盼望转暖的季节，一边窝在家中忍寒受冻的日子。如果开春晚或者秋季收成不好，农民们连粮食种子都要拿出来充饥，即使这样还是有人会被饿死。

冬天虽然没有农活，但是农村生活与干活二字密不可分。在家里要做的活儿也非常多：照顾家畜、修缮农具，房子、仓库、牲口棚都需要修修补补，根本没有休息的时间。

这一点在卡恩村尤为明显。为了养活食人魔这种肉食魔物，不能只靠游击兵打猎的收获，村民们开始饲养猪了。药草卖了个好价钱，村里买来了猪。

哥布林们会把这些猪带到都武大森林，去吃树根之类的东西。目前猪的饲养还处在实验阶段，所以只有几头。如果实验顺利，能成功饲养过冬，将来猪的数量还会增加。

按说如果想放牧，就得向管辖放牧地的领主纳税。幸运的是卡恩村不用纳税，因为都武大森林是魔物的栖息地，人们都不把它当成自己的领地。

卡恩村的未来一片光明。

这一切全靠拯救村庄，并且提供各种援助的安兹·乌尔·恭，以及捕捉了森林贤王的漆黑战士飞飞。村里人都对这两人万分感激，其中甚至有人在早饭前做感谢祈祷时，把二人的名字和神念在一起。

正因为未来充满希望，新任村长安莉·艾默特才格外繁忙。

这一天安莉也是为了工作，带着恩菲雷亚向一座小屋走了过去。

卡恩村这样的边境开拓村，村民们会像一家人一样协调一致行动。因为不这样做，就没法生存下去。共用农具，分享食品，轮流使用耕牛也都是为了生存。

因此村民要一起照顾家畜，饲料也是所有人一起管理。牛在冬季的主要饲料是干草，存放干草的小屋也是大家一起管理。

安莉打开门，走进小屋，恩菲雷亚也随后跟上。安莉借着打开门的势头，径直走向前，猛地坐在了干草堆起的小山上，屁股陷进了蓬松的干草中。

恩菲雷亚关上门，坐在了安莉身旁。他做出的魔法光源向四周投射着白色的光。

“族长，要玩也先等做完工作哟。您得看看干草的量是否合适，然后告诉我们该怎么做才行。”

“你怎么又叫我族长！”

听到安莉有点沮丧的声音，恩菲雷亚轻笑起来。

“好吧！叫我族长的话倒是无所谓！没错，比起阿古他们族人以为我拿出真本事可以捏碎哥布林来，族长什么的根本是小问题！”

自从安莉和阿古他们掰手腕全战全胜之后，村民们当中也开始产生了“说不定是真的”的气氛，这让安莉相当扎心。顺带一提，安莉没有和食人魔掰手腕：输了作为族长太没面子，万一赢了，或者和食人魔有那么一点势均力敌，她会真的振作不起来的。

（——看这样子，放跑了恩菲雷亚，我会不会嫁不出去呢？）

安莉的手心渗满了烦人的汗水。

“啊——对了。我去打开窗户吧？这个季节空气很干燥，打开应该也没问题。”

“欸？别、别开了，开窗户干什么？你看，我都已经点起了魔法光。”

“是吗？要是恩菲觉得不需要，我倒是无所谓。”

魔法光比太阳光还要明亮，安莉这样提议，单纯是觉得外面还很亮，现在就点起魔法光有些浪费，而且想打开窗户换换心情。反正没有非开不可的原因，既然恩菲雷亚拒绝了，不开倒也没关系。只是，她觉得坐在旁边的恩菲雷亚的反应有点奇怪，而且他的耳朵红得厉害。

（他消耗了那么多魔力吗？不过他应该说过，制造魔法光不会很费力才对啊……到这里来之前，他已经用过了什么魔法吗？这么说起来他身上好像有什么好闻的气味，不是草药的气味。）

“怎、怎么了，安莉？”

恩菲雷亚看到安莉靠近自己抽动着鼻子，慌忙问道。

“嗯？嗯——啊，没什么，我只是闻到了好闻的气味。”

“是、是吗？太好了。这是我制作的香水。”

“嘿——要拿去城里卖吗？我觉得能卖出不错的价钱。”

“不，不是，倒不是打算拿去卖……”

“是吗？好吧，无所谓。总之小屋里的干草没问题。我们去下一处吧。”

“好、好、好吧。先确认几件事情再走吧，外面那么冷。”

“这里也说不上暖和……好吧，也好。”

“那、那个，我有几件事想和你商量。”

坐在旁边的恩菲雷亚好像有点紧张。

他到底怎么了？

侧脸沐浴着安莉充满疑问的视线，恩菲雷亚拿出了带在身上的一摞纸。

纸上写着许多细小文字。安莉现在虽然认识了不少字，但是乍一看，纸上还是不认识的单词比较多。

“首先是为阿古他们哥布林部族的幸存者，还有食人魔们供应食品的问题。”

“欸？不是应该不要紧吗？他们秋天帮我们收了小麦，食人魔的食品也从城里买来了。”

“嗯，因为药草卖了好价钱，买来了足够的食品，过一冬足够了。就算他们的数量再增加一点也够，可是数量增加得再多就够呛了。你要知道，到时候，我们为保证食品供应要寻找其他手段。”

阿古部族的哥布林已经增加到了十四个。并不是有新生的哥布林，单单从西方魔蛇和东方巨人处逃来的哥布林就有这么多。

“嗯——我觉得应该不要紧，以防万一，要不要再到耶·兰提尔去买些食品呢？不过，我其实想把钱攒下来，留着买铁质农具呢。”

“要是有食人魔能用的铁质农具，春天就能开垦更多荒地了……问题就是：委托锻冶师制作食人魔用的那么大的，怎么看人都没法用的农具，恐怕会被怀疑吧？”

“要是被别人知道有食人魔在我们村里干活，真的会惹来麻烦事吗？”

秋天税吏来的时候，安莉他们请寿限无他们亚人藏了起来，顺便把亚人们帮忙收获的大量麦子也藏了起来。

幸运的是，卡恩村遭到帝国骑士烧杀掳掠的事情尽人皆知，税吏只收走了少量的年贡，而且还免除了卡恩村未来几年的劳役。

这些优待代表领主对没能保护卡恩村感到十分抱歉，甚至还有一点罪恶感。村民们本以为包围村庄的坚固围墙会受到怀疑，税吏只觉得，“是那个魔法吟唱者做的吧”，并没有深究。安莉觉得食人魔们或许也能蒙混过关，但恩菲雷亚摇了摇头。

“毫无疑问——没错。搞不好领主会派讨伐队来。”

“好过分！”

“这件事情上你生气也没用啊。毕竟按常识，食人魔是吃人的危险魔物。你不要忘了，他们能在卡恩村与我们和平共存，是因为寿限无先生他们比食人魔强大。”

“我倒是没忘……”

“还有就是村里人太少，怎样才能招募到移居者的问题了。要是移居者能赶得上春季的开垦就太好了。”

“恐怕很难吧。恩菲不是也说了吗，他们要是被哥布林或者食人魔吓得逃掉就麻烦了——你怎么了？”

恩菲雷亚从刚才开始就有点奇怪，怎么说呢，给人心不在焉的感觉。安莉忍不住问了起来。

“欸?! 没、没事，没什么！”

怎么可能没什么。他是不是又困了？安莉知道自己的恋人有一制作药水就浑然忘我的毛病。

看到安莉皱起眉头，恩菲雷亚深呼吸了一下，向她靠了过来。

（嗯？果然困了吗？毕竟他每天都在做各种实验……可是在这里睡太冷了啊，钻进干草里面倒是会很暖和。）

安莉一边撑着恩菲雷亚的身体一边思考的时候，恩菲雷亚的体重慢慢压了过来。

（他这是怎么了？不过话说回来……我觉得恩菲雷亚还是把力量增强一点为好……看来他得多吃一点肉才行，不能总让他废寝忘食地工作。）

安莉想要恶作剧，反而向恩菲雷亚压了过去。她自己觉得只用了一点力，却一下子把恩菲雷亚压倒了。

“——欸？”

恩菲雷亚惊讶疑惑地看着安莉，脸蛋通红。

（啊——看来他作为男人，输给了女人觉得很难为情啊。既然这样就更应该好好吃饭了。）

安莉放松力道的瞬间，恩菲雷亚闭着眼睛整个撂倒在了干草上。

沉默持续了几秒。

“你怎么了，恩菲？困了吗？”

恩菲雷亚的脸红得异常，他坐了起来。

“不、不、不是。没，没什么……”

“安莉大姐！！”

随着一阵大声呼喊，来者没有敲门就推开了门，用力太猛，把门推得一声巨响。

“哇？”

坐在安莉身旁的恩菲雷亚发出了一声怪叫。

“怎、怎、怎么，怎么了？”

“抱歉打扰两位！发生紧急情况了！”

“怎么了？”

从那次巨魔袭击之后，寿限无还从没这么慌张过。一股不祥的预感蹿过安莉的后脊。

“军队来了！据说有军队向卡恩村开进过来了！”

“欸？到底怎么回事！哪里的军队啊！”

“我们没有关于纹章的知识，不知道是哪里的军队。不过据报告，有好几种纹章……我先命人把大门关上了！该怎么做才好？！”

“请问！那个，最多的纹章是什么样的可以告诉我吗？我应该听得出是哪里的纹章。”

听完寿限无的说明，恩菲雷亚脸上明显浮现出了困惑的表情。

“好奇怪啊，那是王国的国旗。如果知道贵族章是什么样的，就知道是王国哪里的士兵了。”

卡恩村是个边境村，过了卡恩村前面只有都武大森林。这样想来卡恩村本身应该就是军队的目的地，可是恩菲雷亚想不出军队为什么来卡恩村。

“这是怎么回事？你知道什么吗，恩菲？”

“你是问王国军队向卡恩村开进的原因？如果目的是都武大森林，派军队来就太奇怪了，应该派冒险者来就行了。这样想来……会不会发生了内乱之类的事情……”

“还会发生那种事吗？”

“我听别人说，王国国王的力量并不太强，贵族们和国王争权夺势。军队向卡恩村开进，会不会是来攻击国王的直辖领地？”

安莉仿佛能听得到自己脸上的血都凉了。

她觉得卡恩村要再次遭到侵略铁蹄的蹂躏。

——可是，今非昔比。

安莉转过了身子。

“在军队到达之前，尽可能让村民逃进森林里吧！”

“安莉大姐，非常抱歉，因为我们发现得晚了，如果现在开始逃跑，看来只能把所有东西都扔下了。因为是冬季，魔物从森林里跑出来的可能性比较高，我们把注意力都放在了森林那边，结果适得其反。”

看到寿限无沉痛的表情，安莉感到毛骨悚然。

这么寒冷的季节，如果村子被军队烧毁，村民们毫无疑问会活不下去。

“既然这样……对了，既然这样！既然没有带着物资逃走的时间，就一边做好战斗的准备，一边把食物之类最低限度的物资藏起来！”

“嗯！这是个好办法，安莉！税吏来的时候，用来藏食人魔和寿限无先生他们的地下室应该还没有填埋，放到那里去吧！”

安莉下定了决心，正要开始行动，意识到自己有一件重要的事情还没有问。

军队的数量，动员多少村民要看对手的数量。

“对方有多少人？一百左右？”

“不……”

看到寿限无支支吾吾，安莉有想捂住自己耳朵的冲动。

“不是那么小的数量级……有数千。”

安莉眨巴起了眼睛。她身旁的恩菲雷亚也和她一样。

“据报估计最少有四千。”

“为什么……为什么会有那么多士兵……”

“根本无法想象！到底为了什么派那么多士兵到卡恩村来……安莉，卡恩村有哥布林先生和食人魔的事会不会走漏了风声？”

“不会，绝对不会。”

安莉毫不犹豫地回答。

不管怎么想，此事也不可能走漏风声。确实，有不少刚刚移居卡恩村的人，可是他们中的大多数比起人类，更信任哥布林他们。而且经历过巨魔袭击事件之后，村子原来的居民和移居者之间的隔阂可以说已经消融了。

还有就是来过村里的冒险者——其中有些已经去世了，大概只剩飞飞和娜贝两人。不过恩菲雷亚可以断言绝对不是他们说出去的。

“那么……我们应该一边做好逃走的准备，一边询问他们来到卡恩村的原因。和他们开战……是最后的手段。”

挑战四千大军，那只能说是自杀。

“恩菲大哥说得对，看来只能这样了……那个数量，实在有点勉强。”

“嗯，所以我们要做好逃走的打算，设法争取时间。好了，我们开始吧！”

村民们正在大门附近准备防御战，安莉让他们和食人魔一起去把食物藏好。留在大门的只有安莉和寿限无他们哥布林军团，再加上布莉塔和几名义警队成员。

安莉向先赶到大门的布莉塔提出了问题。最先问的当然是来者是什么军队，旗帜属于哪里的贵族，可惜她没能从布莉塔那里得到答案。

布莉塔说这方面的知识她一直依靠小队里的其他成员。这个瞬间，安莉从心底感受到了知识的重要性。她只能等跑去瞭望台的恩菲雷亚回来报告了。

围墙对面，许多匹马的马蹄声响了起来，然后传来了大喊声。

“我是里·耶斯提杰王国第一王子，巴布洛·安德莱恩·耶尔德·莱儿·凡瑟夫大人的使者。打开门，让我们进去。”

安莉再次怀疑自己的耳朵。

短短的时间里，她已经听到了许多件令人不敢相信的事，但这次这件或许是其中最令人吃惊的。

“第、第一王子大人?!”

为什么远在云端之上的人跑到这里来了？

安莉实在想不出为什么，不禁怀疑这是在做梦。

可是，连滚带爬地从瞭望台上跑下来的恩菲雷亚，肯定了使者所说的话。

“旗帜中有王旗。只有直系王族才允许打那样的旗帜。”

“欸？这么说来？”

“说明确实是和王族相关的人带着军队来了!!”

安莉被搞糊涂了，她扯着嗓子大声问道：

“王、王子为什么带着军队到这边境小村来了啊！”

“村民没必要知道！这里是国王的直辖领地，你们应该遵从王子的命令。难道你们要违背王子的意志——想要造反吗！”

安莉的身体颤了一下。

老实开门才是作为国民的正确行为，然而——

安莉和站在身旁的寿限无交换了一下眼神。

就算让安莉开门，她也不可能老实听命。在开门之前，她先得让哥布林和食人魔藏起来。

“啊，大姐，我们可以马上藏到地下室去，在我们藏好之前，请您先争取时间。”

安莉点了点头。她开始后悔自己不该下令把食物藏到地下室，可是现在后悔也于事无补。

“重复一遍，打开大门!!”

“非、非常抱歉！我们正在做迎接王子大人的准备。请再稍等一会儿！”

“一直推三阻四的女人！你是这村子的负责人吗！不行！马上打开大门!!”

“为什么催得那么紧啊！”

安莉心生不安，吼了回去。她知道这样十分无礼，但她想到他们有可能是别国伪装成了王国军队的样子。

卡恩村的防御之坚固，令来到村中的税吏十分惊讶。

别国军队想要占领村子，作为要塞使用也不奇怪。就和那些巨魔想要把卡恩村占作巢穴是一个道理。

围墙对面第一次沉默了，对方似乎有些犹豫。

“为什么不回答!! 看来你们不是真正的王国士兵吧!!”

安莉在焦躁的驱使下毫不客气地质问，对方终于开口回话了。

“曾经有个名叫安兹·乌尔·恭的魔法吟唱者来过这村子吧？”

安莉脑海中浮现出村子的救世主的样子。

“那个魔法吟唱者现在与王国敌对。因此，我们要对与安兹·乌尔·恭有关联的你们进行调查。”

安莉震惊得说不出话了。

“可是——”义警队的一个成员以只有同伴能听到的声音小声说道：

“既然那位大人与王国敌对……有错的应该是王国方面吧？”

村民们眼中只有同意的色彩。

特别是自己的村子被烧毁，移居卡恩村的村民们。王国没能保护他们，他们的憎恶，直接转化为了对拯救卡恩村的素不相识的魔法吟唱者的信赖。

他无偿送给安莉召唤哥布林的道具；他安排人送来了建造坚固围墙的哥雷姆；遭到巨魔袭击时，他手下的女仆（露普斯蕾琪娜）赶来救援。这些事更是让村民们对他信赖有加。

“打开大门才是正确的吗？”

“可是，对方人多势众，如果不打开门……”

“那位大人对我们恩重如山，我们怎么能做出背叛他的行为……”

“等等！对方只是说要调查，接受调查不一定就是背叛那位大人啊。”

“是吗？可是万一结果对那位大人不利，那就太忘恩负义了啊。”

大家的视线集中到了安莉身上。

安莉非常理解双方的心情，她进退两难，无法做出选择。就在这时，围墙对面再次传来了吼声。

“明白了吗！明白了就马上开门！再不开门将视为对王国的

敌对行为！”

安莉被逼得没办法，为了争取时间只好胡乱喊道：

“村、村里到处都是牛粪！怎么能直接让王子大人进来！！”

短暂的寂静之后，围墙对面传来了似乎总算想到了该怎么回答才好的声音：

“啊，嗯，我们明白了。那么这样吧，就不让殿下亲自进村了。我们进去就好！先让我们进去再说。”

安莉想不到接下来该找什么借口拖延。

她不管不顾地把一片空白的脑海中浮现出的话吼了出来。

“不、不好意思！我的手沾上了牛粪！而且弄得满手都是！我去洗洗手！”

“喂——喂！”

安莉带着不知自己还能争取多少时间的不安，看向全力奔跑的寿限无他们的背影。

巴布洛的烦躁已经到了极限，他看向回来禀报的骑士的眼神不像是在看同伴，倒像是瞪着可憎的敌人。

“你再说一次？！”

听到巴布洛带着从紧咬的牙齿缝隙中漏出的愤怒，一字一顿地说完这句话，骑士重复了一遍。

“是！现在卡恩村依然不打算开门！”

听到骑士平静地说完这句话，巴布洛想一拳打在他的侧脸上。

可是，那是愚蠢的行为。巴布洛拼命忍耐着，想要驱散集中到拳头上的怒火。

包括这位骑士在内，这支军队中没有一人是效忠巴布洛本人的。巴布洛没有自己的士兵。这支军队中的士兵不是奉命跟随巴布洛前来，就是随自己的主人前来。在许多骑士的注视下，他不可能动手打他们的同事。

“为什么？为什么卡恩村的农民们不开门？这里是王家直辖领地，他们有义务听从我的命令。我已经命令他们开门了啊？！”伴随着烦躁，巴布洛说话也顾不上假斯文了，“无法理解！这是看不起我吗！他们到底在想什么！”

对于身为第一王子的巴布洛来说，村民是极其低贱的。

就连最低贱的村民也看不起自己。

想到这里，几个月来积攒起的所有郁闷——以恶魔骚动为开端，让巴布洛感到不快的一系列负面情感，似乎都找到了溃口。

决堤只在一瞬之间。

“叛国罪！那些村民，卡恩村犯了叛国罪！”

在他声音能达到的范围内，人们发出一阵惊呼。

“请等一下！这样的话……”

被不快控制的巴布洛瞪着惊慌失措的骑士。

如果一个村子被判叛国罪，一般全村居民会被斩草除根。处死之后，还会在村中放火，把村子夷为平地。

夷为平地又如何呢。

巴布洛不明白为什么自己下了令，部下却要提出异议。莫非这些侯爵手下的骑士，也轻视自己而不听从命令吗？

“这样的话，又如何！不听从王族命令的平民，放他们活着才是弊害！”

如果放过反抗王族的人，王族会被人瞧不起。不杀他们反而会导致王族失去威信。

就算是贵族，如果领地内有平民公然造反，毫无疑问也会杀之而后快。为侯爵工作的骑士们应该十分清楚才对。

“请您三思！马上就要开始和帝国进行战争了，在这个时候屠杀国王直辖领土内的平民，会影响全军的士气！还有请您看看对手的防御能力！令人难以相信这只是个普通的村子。虽然村民人数想必不多，但是要强行打开大门会耗费相当长的时间。既然如此，还是稳妥行事，询问他们不开门的原因才是上策。”

“先装作友好，完事之后再吊死几人。”

“那也是在所难免的。毕竟他们竟敢抗拒巴布洛大人的命令，不肯开门。”

“我绝对要把他们吊死在大门上，杀鸡儆猴。”

“理应如此。”

巴布洛打眼看向卡恩村。

骑士们说得没错，卡恩村有坚固的大门和围墙。紧邻都武大森林，做好相应的防御准备或许是理所当然的，可是围墙上的瞭望台让人觉得，这里比起开拓村更像是一座要塞。

想要攻破确实会花费很长时间。

数千士兵在门前严阵以待，大声呼喊着让村庄开门。

仔细一听，巴布洛发现远处也传来呼喊声，那声音是从后门方向传来的。

这些声音就像燧石一样，重新点燃了巴布洛心中的负面情感，已经没有道理可讲。

“喂!! 放火箭!!”

“火、火箭吗?!”

“没错，这样等下去不知道要消耗多少时间。听好了，我们没功夫浪费在这种小村子上。除非你们能在几分钟之内让他们打开大门，你们做不到吧?!”

骑士紧咬着嘴唇点了点头。

“用火箭吓唬吓唬他们。大声呼喊不过是唬小孩子的把戏，不要再喊了，给他们看看大人的手段!!”

骑士缄口不语，一名男子不请自来从旁插嘴道：

“竟敢不服从殿下的命令……你们真的是侯爵大人的部下吗？殿下，如果您允许，可以让我的士兵们执行您的命令吗？”

插嘴者是切内科男爵，他身后是和他一样来拍王子马屁的小贵族。

巴布洛真心感慨，这样的蠢货居然也有派上用场的时候。不，或许因为他们也是贵族，自己领地内有不听话的村子，他们也会采取类似的手段，所以他们很理解巴布洛的心情。

“是吗……那么男爵，我命令你对村子放火箭……不，这样吧，向那瞭望塔射火箭。射瞭望塔总不会死人吧？”

“噢噢！多么仁慈的决定！真不愧是王子殿下！请殿下御览！”

“大姐！准备好了！大家都藏好了，只剩我——您怎么了？”

寿限无察觉到异常的气氛，把说了半截的话吞了回去。

留在大门旁的义警队员中，意见形成了完全的对立。关于是否应该打开大门，放军队进村，他们分成了消极赞成和积极反对两派。产生分歧的根源，在于担心放军队进村，相当于背叛卡恩村的英雄安兹·乌尔·恭，因此要做出选择很难。

“其实——”

就在寿限无开口想要和安莉说话的时候，围墙外面响起了吼声。

“卡恩村的村民们，你们没有马上开门，作为王国的国民，行为十分可疑。我们要带走你们的代表，到战场上去告求安兹·乌尔·恭投降。你们要证明自己是王国的国民，忠于王国。”

气氛变了，所谓的怨气冲天，大概就是指这种情形吧。

安莉也不例外。

他们确实是王国国民，对王国有一定忠心。不过，比起对拯救村子而不图回报的英雄的感激之情，这点忠心就显得太轻了。在家人、朋友、恋人惨遭屠杀的时候，伸出援手的是那位大魔法吟唱者。

“我可不要被带到战场上，去扯那位大人的后腿。”

“我们先逃到森林里去吧，之后的事到时候再想就行了。”

村民们议论纷纷。

不过，在不管怎么做，都不能妨碍到那位英雄这一点上，大家的意见一致了。

就在这时，响起了什么东西碎裂的声音，随后是咻咻的空气被划破的声音。箭雨划出一道道红光，落在了瞭望台上。箭镞刺在木头上的清脆声音响个不停。

“不会吧……”

看到王国士兵使用了能置人死地的武器，安莉倒吸了一口冷气。

幸好瞭望台上没有人。不知对方是看到上面没人才攻击瞭望台，还是说——

——就算上面有人他们也会照射不误呢。

“安、安莉大姐！他们好像没有瞄准我们这边，不过最好不要站在箭能射到的范围内。来，到这边来。快！”

安莉正呆呆地看着满是火箭的瞭望台，寿限无拉起了她的手。安莉不打算抵抗，随着寿限无跑了起来，不过脸还一直向着瞭望台。

在义警队成员们也开始后撤的时候，瞭望台喷出了火舌。

稻草做成的顶棚瞬间烧了起来。巨大的火舌喷薄而出，顶棚眼见着塌掉了。

在村中的任何位置都能看到这一幕，四处开始响起悲痛的惨叫声。其中有一个人叫得声音格外大。安莉在震惊中重复着急促的呼吸，看向那个发出最悲痛的惨叫声的人。

那是一名移居到村里的男子。

他的脸上有多少憎恶就有多少绝望。看向周围，安莉发现面带相同表情的都是移居到卡恩村的人。

安莉想起来了。

他们的村子遭到了焚毁。

“敌人来了！”男子大声喊道，“外面是敌人！不是敌人，不可能放火箭！我要战斗！”

“什么王国啊！那些畜生上次就没有来救我们！这次想把这里也烧掉吗！”

一个发福的女人嘶喊着。

“休想！要杀就来杀吧！我要多拉几个陪我上路！我要为那家伙报仇！”

一个年轻人紧随其后叫骂起来。

对方射出火箭，导致接近疯狂的憎恶控制了村民们。

“安莉大姐，您得做决定了。”

寿限无以钢铁战士的表情冷峻地对安莉说道。

“欸？他们气得失去理智了，等他们冷静一点吧。”

“没有时间了，而且难保他们不会自作主张，最好统一整个村子的意见。”

寿限无的提议有道理。对方已经对瞭望台射了火箭，下一步一定会发起更猛烈的攻击。情况紧急，不容犹豫。

安莉下定决心之后，深深吸了一口气。她转眼看了看恩菲雷亚。拉着妮姆的他轻轻点了点头，仿佛在为她鼓劲。

安莉觉得心头泛起一丝暖意。

这丝暖意给了安莉所需要的最后一丝勇气。

“大家听我说！！我们这些在场的人要为整个村子做出决定！做出决定之后，请大家一起遵守！”

村民们报以洪亮的赞同声。

“有哪位认为我们村子应该答应王国的要求吗？”

没有人举手。

伴随着心脏的剧烈跳动，安莉喊道：

“那么！如果有哪位认为豁出性命也要反抗！也要和王国战斗，请举手！”

“噢噢噢。”随着咆哮声，无数手臂杂乱无章地举了起来。在场者没有一人平静地举起手，他们都举起了攥紧的拳头，脸上都带着下定了决心的表情。

他们确实感到恐惧。当然了，他们选择了毫无疑问会带来死亡的选项。不过，有超过求生欲望的某种东西驱动着村民们。

他们觉得自己蒙受了大恩大德，不想成为忘恩负义的人。

“那么——我们战斗吧！我们要战斗！要报恩！寿限无先生！拜托你制订作战计划！”

寿限无向前一步，站到了安莉身旁。

“……我们看到你们的觉悟了。你们会在这里战死，没问题吧？”

身经百战的战士得到的全是肯定的回答。

“吓得面无血色还能这样回答，你们都是好样的……可是啊，难得你们下定决心，我似乎不应该给你们泼冷水，不过是不是应该让年轻人逃走？有我们和大叔们在这里战死就足够了吧？”

年纪大的人开了口。

“你说的确实有道理——可是逃不掉吧？前后门都被他们围住了吧？就算翻过围墙逃走，也肯定会被发现的。”

“没错，如果单纯逃跑，肯定是逃不掉的。”寿限无眯眼笑了起来，“在现在的状况下，没法悄悄逃跑。正因如此，我们首先要打开正门，吸引敌人，趁着敌人大意靠近，我们出其不意发起进攻。只要能对敌人造成一定损害，他们绝对会集中起分散的兵力。”

寿限无环视村民一周。

“说是这么说，对手也有可能发现我们另有所图。就算他们发现了，只要我们的攻势足够猛，他们也不得不集中兵力。有谁有疑问或者异议吗？”

“看来没有，寿限无先生，那么该往什么地方逃呢？”

“这还用问吗，大姐，当然是都武大森林了。我会把了解森林的阿古和布莉塔大姐编进撤退组，应该能在森林里熬到那些家伙撤走。”

村民们虽然做好了送命的心理准备，但他们当然不想让孩子们也死在这里。发现孩子们送命的可能性变小，安心感降低了他们的斗志。寿限无发觉后，脸色阴沉地说：

“大家听好，最开始的一次攻击、对方集中兵力之后的攻防战，这两次战斗不能让对手留有余力。我们的攻势越强，撤退组的生存概率就越大。”

“哈哈哈哈！什么啊！哎呀，这就放心了。”

安莉听到了几声笑声。发出笑声的人没有自暴自弃，也不是被吓疯了，他们的笑声十分爽朗。

“要是老婆和孩子们能活命，就没有什么好担心的了。安兹·乌尔·恭大人救了我的孩子，现在轮到我报恩了。”

“是啊，没错！总不能永远做个窝囊父亲。”

“那么……别动队要怎样编制？”

听到恩菲雷亚的问题，寿限无环视了村民一周。

“保护大家的妻儿逃出村子的任务，我希望能交给安莉大姐和恩菲雷亚大哥。还有像我刚才所说，考虑到森林中的生活，要加上布莉塔大姐，还有阿古和他的哥布林同伴们。”

“欸——”

安莉不禁惊得叫了起来。

自己作为村长，有和大家生死与共的义务。安莉决定让村民们赴死，作为村长，她应该与村民们同行。安莉正要开口强调自己的义务，却被村民们抢了先。

村民们都同意寿限无的意见。就在安莉思考如何反驳才好的时候，大家已经抛下论题的中心人物，下了结论。

“安莉啊，拜托你了。”

“我的孩子就拜托你了，上次我的媳妇被杀死了……这次千万别让我的孩子再……”

村民们的各种情感都包含在强有力的握手中。恩菲雷亚站在了感到眼睛热了起来的安莉身边。

“安莉，走吧。活下来之后才是我们应该战斗的时候。那是不允许失败的战斗。而且说不定安兹·乌尔·恭大人会再来帮卡恩村一次。我们去过那位大人的城堡，到时候我们在场要好一点。”

“就是啊。”

“寿限无先生……”

“那种用来召唤我们的号角，把它——算了，在这里用了也是杯水车薪。还是等风平浪静之后，再让新召唤出的我们的同伴助大姐一臂之力吧。”

安莉觉得眼泪快要流出来了，她用力擦着眼角。

“明白了！我一定会保护好大家的妻儿！走吧！恩菲！”

两扇门扉之一缓缓打开了。

“看来一开始就应该放火箭。用来追击的火箭虽然白准备了……”

巴布洛不快地皱起了眉头。他们在这里消耗了太多时间，要想夺回失去的时间，看来非得进行强度极大的急行军不可，不过这也是没办法的事。

这一切都怪侯爵部下的指挥失误。要不是他亲自下令发射火箭，还不知道要再浪费多少时间。

巴布洛想着侯爵派给自己的部下的愚蠢，诅咒着自己的运气，抬头看向天空。

接下来需要消耗的时间是——首先是绞刑的时间。

他要把村民绞死，挂在围墙外面，让更多人看到忤逆王家是多么愚蠢的行为。

接下来要找到与安兹·乌尔·恭亲近的人。这件事消耗的时间应该会比绞刑长，因为要从询问村民开始做起。

“可恶。谁能事先想到应该把拷问官一起带来呢。那么就告诉他们坦白从宽……问题是孩子啊……”

给孩子留一条命也没有意义。孩子独自一人不可能活得下去，还是和父母一起绞死比较仁慈。

“有那么多绳索吗？希望村里的绳索够用……”

士兵们已经靠近了村门。走在最前面的士兵，手持王家旗帜，像仪仗队一样行进着。这带给巴布洛自豪感和满足感。他甚至开始想，等自己登上王位，一定要组建一支仪仗队。

手持旗帜的士兵走进大门——然后像被弹簧弹开了一样飞了出来。

士兵手里的王家旗帜噗扇了几声，落在了地上。

打飞士兵者从门里露出了巨大的身体。

“食、食人魔？居然有食人魔？!”

面对完全出乎意料的状况，巴布洛大吃一惊。他忘记了王家的威严，大呼小叫起来。

没错，眼前是名为食人魔的亚人，以人类为食。看到突然出现的魔物，士兵们也和巴布洛一样不知所措，他们几个几个地被巨大的棍棒打飞了。

看到吃了棍棒的士兵们伴随飞散的肉片，落在远处的地面上，其他士兵好像得到了某种信号一样，开始惊慌失措，争先恐后地逃离大门。又有几只食人魔从门里追了出来。

食人魔们用棍棒不停击飞狼狈而逃的士兵，就像孩子打飞玩偶一样。

士兵们屁滚尿流夺路而逃，其惨状甚至无法称为撤退，大概因为他们只是男爵手下的民兵吧。他们向瞭望塔射出火箭，立下了催开村门的功劳。作为奖赏，王子允许他们率先进入村子，没想到害得他们要么命丧黄泉，要么原形毕露。

看到男爵抛下自己的士兵，头也不回地跑了回来，巴布洛吊起了眉毛。就在这时，嘹亮的号角声响了起来。

侯爵麾下的骑兵们一起举起了骑士枪，整齐划一的动作令人赞叹不愧是正规兵。然而逃命的士兵和追赶的食人魔正打得一片混乱，他们没法投身战斗。

骑士枪只有在突击时才有最强的破坏力，在乱战中无法发挥长处。

“为什么不射箭?！”

巴布洛怒吼道。

放任食人魔继续靠近，损失会越来越大。为了避免不利的局面，抛弃逃回来的步兵，不分敌我一通乱射才是最好的办法。

就在巴布洛感到焦躁的时候，食人魔们开始撤退了。逃回来的士兵成了保护食人魔的屏障，骑兵们没法发起追击。食人魔们纷纷回到了门里。

看着部下接纳生还的士兵们，开始认真布阵的样子，巴布洛捏紧了手里的缰绳。

他想结束无聊的任务，尽快返回，走上对抗帝国的战场大显身手，提升自己的名望。

梦想着美好的未来，他却得到了如此不堪的结果。

就算遭遇到了意料之外的食人魔，如果他铩羽回到耶·兰提尔，想必自己的声望会一落再落。而他在与身为第二王子，本该只是备用品的赛纳克之间的王位之争中，差距则会因为这一次失败变得无法挽回。

难道说——这一切都是计划好的吗？

巴布洛忍不住大声啧了一下舌头，他能感受到身边的贵族都在看着自己。

然而，巴布洛现在顾不上掩饰。他锐利的视线，看向了侯爵麾下指挥精锐部队的骑士。这名骑士正在向他跑来。

“那是怎么回事……那个村子被食人魔占领了吗？！你本来就知道些什么吗？”

“怎、怎么可能。没想到村里居然有魔物……不久之前，税吏应该刚刚到这个村子来过，如果税吏当时发现村子被食人魔占领，应该早就报告了。如果税吏当时一去不回，也会引起注意的……这村子到底发生了什么啊……”

巴布洛感觉到骑士发自内心的困惑，明白了就算一切都是为了让他失势而设好的陷阱，眼前的这位骑士也并不知情。

那么从某一点上来说，这位骑士是站在他这一边的。

“也就是说没有情报喽。好吧，没办法。从村里跑出的食人魔是五只，如果他们的数量更多，应该会直接对我们发起攻击的。总数应该不会有多少。五只食人魔，你们打得过吗？”

“当然！我们自认为每人的能力都能和人称王国最强的战士团精锐匹敌。五只食人魔不是我们的对手！”

“我不是不相信你的话，不过有一件事我觉得很蹊跷。据我所知，食人魔应该是缺乏知性的魔物，可是刚才它们的行动太聪明了。打开门引诱我们靠近，迎击的时机也把握得很准。看来应该有指挥官，如果是村民在使役它们……”

“请恕我直言，这是不可能的。普通的农民怎么可能使役食人魔呢？不过，村里可能还有农民之外的人。可以的话，最好能先收集一些对方的情报——”

巴布洛控制不住自己的烦躁情绪了。

“你在悠闲地说什么啊？你看！”

巴布洛指着门前变成了破布的王家旗帜。

“王家旗帜被糟蹋成了那样，无论如何都必须踏平这个村子。召集士兵，放火箭，烧村子。这可是个获得攻城战经验的好机会！别再以为能和平解决了！开始进攻，把村子毁掉也无所谓。”

“请您三思！或许不是村民，有可能是食人魔魔法师之类聪明的亚人。”

“有可能是，那又如何？”

看到骑士露出不解的表情，巴布洛像教导小孩子一样，一字一顿地说了下去。

“你听好。不管是村民控制着食人魔，还是聪明的魔物控制着村民和食人魔，都无所谓。这村子里面的家伙反抗统治此地的王家，必须让整个王国知道他们有多么愚蠢。”

“说不定村民被抓作了人质，并没有反抗王家啊？!”

“你没有听到我说的话吗？我不是说过了吗？都无所谓。”

看到骑士表现出无法接受的态度，巴布洛耸了耸肩。

“好吧，好吧。你的心情我很理解。那么我做出最大的让步，不抵抗的村民就抓起来，事后再给予恰当的惩罚。这样可以了吧？”

“是！”

骑士低头领命。巴布洛听到骑士霸气十足的回话，满意地点了点头。

“不过有个条件，你们必须取得完胜。在这种小村身上牺牲士兵，不知道别人会说出什么闲言碎语。这一点上你们也一样，别人会说侯爵的王牌战士，连到小村子跑个腿的事都办不好。”

“那是因为食人魔……”

“没人会管因为什么的，世人就是这样。”

“是！”

“既然明白了，那就快点动手。把绕到后门的士兵也集中起来。同时到森林里去砍树，制作简单的攻城锤。详细的作战方式就交给你来决定了，一定要尽可能减少损失，取得胜利。试图逃跑的家伙给我杀光。”

装着油的罐子砸在围墙上，火箭紧随其后飞了过来。

引起一阵像“火球”炸开一样的爆炸，通红的火舌伴着黑烟升了起来。

寿限无感受到身旁的义警队员产生了动摇，他握紧魔法大剑，怒吼道：

“不要怕！！这点小火烧不坏围墙！集中注意力，守好大门——”

伴随着低沉的轰响，大门嘎吱嘎吱响了起来。

瞭望台虽然烧了，但是骨架没有完全烧光。围墙也一样，就算中了火箭，组成围墙的圆木也不会轻易烧光。寿限无判断这是敌人为了冲破大门而声东击西，看来事实也的确如此，大门再次随着低沉的轰响颤抖起来。

那轰响比以食人魔的臂力发出的一击显得更沉重，恐怕敌人用攻城武器——攻城锤发起了攻击。

“用箭射他们！”

随着寿限无的叫声，村民们以娴熟的动作射起了箭。

围墙对面响起了痛苦的叫声，然而，攻城锤对大门的攻击却没有停止。对方恐怕准备了多台攻城锤轮番进行攻击。

“射！”

与寿限无的声音同步，箭矢再次飞了出去。可是，这次对方进行了还射，倍于我方的箭矢雨点般飞了过来。

不过，其中没有一支射中了村民。

对方的攻击不过是猜测箭射来的位置进行还击，全部戳在了离义警队还有好远的地方。即使如此，对方有众多射手，他们射过几次之后，命中率也会渐渐提高。到时如果不设法让对手的命中率再次回到零，就会很麻烦了。

“撤！撤！换位置！”

寿限无巧妙地压低声音怒吼，听从他的命令，村民们慌忙开始移动。

寿限无他们只教会了义警队员从特定的位置射箭，让箭正好落在门的另一边。只要是以这种方式进行攻击，村民们的命中率很高。反过来说，只要换了位置，义警队员们就不能准确地把箭射到围墙对面了。

射击战恐怕无法继续了。

“拿起矛来！接下来进行近身战！”

围墙上传来金属质的什么东西铿锵的击打声，并不是刚才的攻城锤发出的。恐怕对方在用斧子削砍围墙，相同的声音此起彼伏。

绝对的数量是不可抗力。对门和围墙的攻击很可能只是佯攻，对方很可能会在猜不到的地方搭起梯子翻过围墙。如果寿限无是对手的指挥官，他一定会采取这样的战术。

（和当初预想的一样……看来很顺利地分散了敌人的兵力啊。）

与对手的兵力相比，卡恩村的人手要少得多，因此他们不可能对对手的所有攻击采取对策。寿限无的目的就是让敌人产生这样的想法，诱使对方分散兵力。

诱使对方分散兵力，等敌人的阵型变薄，然后看准时机从村中发起突袭。以鱼鳞阵型向敌方大本营突击，展开白刃战。这样敌人就会在慌乱之中集结兵力。

让食人魔暂时撤回村中，也是为了这个目的。当时就算继续突击，敌人也不会惊慌，自然就不会把有可能绕到了后门的那部分兵力召回前门。

（分散的敌人重新集中，就是说会把我们包围在中间，我们就会失去出口……这就是所谓的破釜沉舟啊。）

也就是说，这是必有一死的战术。

虽说如此——

“不过，毕竟我们的图谋已经成功一半了。”

寿限无语气轻松地自语着，把视线转向从他的位置看不到的后门。

他为自己的主人准备好了生存概率最高的逃生之路，已经没有什么遗憾了。冷酷点说，只要留在这里参加作战的村民死光，敌方就无从得知逃走者的人数，安莉将会被保护在谜团之中。

保护安莉，这是寿限无他们哥布林军团的最优先事项，只要是为了这一点，他不惜抛弃一切。因此——

“大家听好！只要大门被打破——我们就发起突击！目标是敌军大本营！我们只有杀死敌军的指挥官，才有活路！！”

“噢噢！”村民们一起发出了坚定的咆哮。声音虽然有些颤抖，但是没有丝毫胆怯。

声音中只有男子汉的骨气，他们下定决心，尽可能保护自己的孩子和所爱的人。

安莉和恩菲雷亚从后门旁的瞭望台跳下来，跑到集中在后门前的妇女儿童身边。其中没有恩菲雷亚的祖母莉吉的身影，因为她要把从安兹那里借来的各种炼金术道具藏起来。

这样一来恐怕将没有逃生的时间，不过她早已把生死置之度外。

“不要紧，周围没有人，我们马上开门，向森林前进！”

集中在门旁的孩子们被吓得面无血色，拼命点着头。

恩菲雷亚和布莉塔转起轮盘，两扇门扉之一缓缓打开了。

安莉第一个从略微打开的门缝中探出头去，观察周围的状况。没问题，和在瞭望台上观察到的一样，周围没有士兵的踪影。想必是寿限无的计策生效了。

“好了，走吧！”

最先走出后门的是阿古部族的哥布林们。如果森林里有伏兵，他们的任务就是杀出一条血路。紧随其后的是布莉塔，她负责寻找被阿古他们漏掉的士兵。

考虑到后面的孩子们的脚程，打头的集团控制着速度向森林奔跑。孩子们两人一组，按照顺序紧随其后跑了起来。跑在旁边的母亲们，有的怀里抱着孩子。没有母亲的孩子就由稍微年长一些的孩子拉着。

最后面的安莉和恩菲雷亚对视一下，也跑了起来。

跑出后门之后——离森林还很远。安莉感到这段距离比平时还要远上几倍。

她拼命地迈着腿。

还是很远。

还没有到。

这时，身后传来了马的嘶鸣声。

现在安莉的心肺功能已经高得惊人了，高得她自己都觉得嫌弃。即使如此，她还是觉得心脏急速跳了起来，呼吸也变得杂乱无章。安莉在恐惧中回过头去，看到了难以置信的光景——看到了绝望。

“不会吧……”

超过一百名骑士从后方现身了。他们应该是贴在围墙根上，躲在了瞭望台视野的死角中。骑士选择这个时机现身，大概是看到二人身后没人跟出来，判断他们就是最后的逃亡者。

从卡恩村到森林其实并不远，可是人和马的速度差太多了。

阿古和布莉塔或许还能逃进森林，孩子们就很困难了，绝对会被追上的。

骑士们握着闪闪发光的武器，毫无疑问，他们打算从身后砍杀逃亡者。记忆中的恐惧让安莉浑身颤抖起来。妮姆跑在前面，不知她能不能逃得掉。

“安莉继续跑！”

恩菲雷亚停住了脚步。

“恩菲！”

“我来争取时间！”

“太勉强了！露普斯蕾琪娜小姐这次不可能又在关键时刻出手相救！”

“快跑！！”

恩菲雷亚向停下脚步的安莉大声喊道。

“如果要争取时间，我有比恩菲雷亚更好的办法。”

安莉取出了一支破旧的号角。

号角只能召唤十九只哥布林，不过他们每一个都很强大，应该能争取到不少时间。

“傻瓜！敌人有那么多人！二十个哥布林也挡不住！”

恩菲雷亚说得没错，骑兵会绕过哥布林去砍杀村民，不过现在还不吹响它，更是愚蠢。

“那你不也是一样吗？”

安莉感到没有时间再争辩了，把号角抵在了嘴唇上。

（——哥布林先生们！帮帮我们！）

轰鸣般震颤大地的重低音响了起来。

听到自己吹出的声音，安莉眨巴起了眼睛。召唤寿限无他们的时候，安莉吹出了呜的一声，声音十分孱弱，就像小孩子的玩具发出的声音。

“安、安莉……”

安莉察觉到，恩菲雷亚正惊慌失措地越过她，看向她身后的什么东西。安莉追着恩菲雷亚的视线，把脸转了过去。

骑兵队正打算突击，按说顾不上为了声音停住脚步，他们却不知道为什么扯紧缰绳勒住了马。因为勒得太急，马都立了起来。

安莉看向自己身后——

“欸——”

“欸？”

YGGDRASIL 中的道具可以自己命名，不过有不少例外。掉落时已经定型的工艺品就是其中之一。

“哥布林将军的号角”，就是一种工艺品。

它是一支小小的陈旧号角，不过它身上有一个疑问。

使用它只能召唤区区十九只哥布林，而且召唤出的都是对 YGGDRASIL 的玩家来说不值一提的杂兵哥布林。这样一件道具，为什么会取了“将军”这么有派头的名字呢？叫“哥布林小队的号角”不就足够了吗？

实际上，许多 YGGDRASIL 的玩家都有过相同的疑问，不过没有一人找到令人信服的答案。大家都觉得，“可能就是取了这么个名字吧”，也就不深究了。

不过它的命名是存在相应的原因的。

那就是——

寿限无挥舞着从东方巨人手中夺来的魔法大剑。一名士兵接住了他全力挥出的一击，可是没有完全抵消大剑的力道，有一瞬间失去了平衡。本来寿限无应该趁机进行追击，不过周围的士兵不会给他机会。

他们以配合娴熟的动作从左右对寿限无发起攻击，掩护露出破绽士兵。

寿限无啧了一声，把大剑挥得像自己身体的一部分般，打开了两边的剑击。

“……这只哥布林剑法了得，居然能抵挡住我们三人的攻击。”

“真是厉害，没想到哥布林中还有这样的强敌。”

他们的赞叹中显露出的从容，让寿限无感到焦躁。

如果寿限无与一名士兵单挑，他肯定会获胜；如果对手是两名士兵，就要看运气了；如果对手是三名士兵，寿限无的赢面就会很小；如果——

寿限无感觉到另有一名士兵想要绕到他的身后，慢慢向后退着。

——对手是四名士兵，寿限无将毫无胜算。

突击队一开始的时候，碰到的都是弱小的士兵，很容易突破。

卡恩村勇士们组成的鱼鳞阵冲破了王国军的阵型，如入无人之境。

可是随后，仿佛地层发生了变化一样，强者出现了。他们的装备也比较精良，应该是敌方军团中最精锐的士兵。

距离敌军大本营已经不远，防御似乎也很薄。

然而——太硬了。

寿限无略微从四名士兵身上挪开注意力，观察周围的状况。他发现自己手下的哥布林们都被敌人以数量压制住了。

力量和耐力出众的——反过来说就是只有这点优点的——食人魔们也一样。他们被彻底执行打一下就跑战术的士兵们耍得团团转。

卡恩村的村民中已经出现了几位牺牲者。虽然鱼鳞阵的外侧——最前线由哥布林们负责，但是敌人的数量太多，没法彻底把敌人挡在阵型之外。每次敌人突入阵中，就会有一名村民倒下。

本来就是明知不可为而为之，会有这样的结果也是理所当然的。

不过，寿限无也确实觉得，说不定还有更好的办法。

就在这时——

寿限无没能完全防住挥下来的剑，他被划伤了。

“啧！”

他挥起大剑，和对手拉开距离。

“你们是什么人？不是普通的民兵吧。”

寿限无有十二级，这样考虑，他问话的对象等级应该有十级或者十一级，其他三人最多九级。

一般的村民都是一级，卡恩村中受过训练的村民最多也就二级。与耶·兰提尔来的税吏同行的士兵大概在三级以下。这样看来，眼前的士兵相当强大。

顺带一提，恩菲雷亚和安莉不是战士，寿限无也判断不出他们有多少级，不过他觉得他们很强，不能算是一般村民。

“这只哥布林……不对，因为它是巨型哥布林吗？还是说只是因为它很强呢？”

“外观和巨型哥布林也不太一样……会不会是哥布林王族之类呢？是这家伙强占了村子……如果是这样，村民们为什么那么拼命地战斗呢？”

“哼！人类真是头脑不灵光啊。当然是因为我们抓了人质，这你们都想不通吗？”

“肯定是在撒谎。为了人质，不可能那么拼命地战斗。他们反而会在背后捅死你们。我从你们身上感觉到的是超越种族的、战友之间的某种感情。为什么，人类和哥布林为什么并肩作战？”

“谁会告诉你，蠢货！”

“看来战友是说中了啊，不然——”

“闭嘴！你那一脸从容太让人火大了！”

寿限无挥起大剑砍了过去。

果然和刚才一样。

虽然能接住这一击，但是没法彻底化解力道，士兵失去了平衡。寿限无想要追击，可是左右向着他的要害挥出了剑。

“既然这样……”寿限无下定决心，不再躲两边挥来的剑。

向着铠甲保护不到的部位挥出的剑，划开了寿限无的身体。

向寿限无袭来的不是疼痛，而是身体两处热辣辣的感觉。

他咬紧牙关，一边发动自己的特殊技能，一边把大剑挥向从侧面砍向他的士兵。

“‘哥布林的一击’！”

瞄准士兵锁甲——防御薄弱的部位使出的强力攻击撕开了护甲，使下面的肉体受到了重创。瞬间，士兵痉挛起来。

那是大剑的魔法力量——毒的作用。不过看样子，士兵抵抗掉了一部分效果，他的战斗能力没有被彻底削弱。

虽然不是被此事吸引了注意力，但寿限无没能成功躲开身后挥来的剑击。

靠着胸甲的保护，寿限无没有受到重伤，但剑的冲击还是让身体发出了惨叫。

“可恶！”

“我们还想骂呢！你竟敢砍伤派克！”

“派克先撤。你绕到这家伙后面去！”

毕竟是一场乱战，寿限无砍飞了四人之外——进入他攻击范围的一名士兵。看那士兵破旧不堪的装备，应该是农民兵吧。

人多势众实在是不公平。

“退后！这些哥布林很强！退后！我们来对付他们！你们去对付后面的村民！”

“休想。”

寿限无带着风声挥舞着大剑，农民兵们见状吓得纷纷后退。

热辣辣的感觉慢慢变成了一阵阵的疼痛。

比起使用武器，战士还有更重要的修行，就是习惯疼痛。还有一点，就是要了解自己最大能承受何种程度的疼痛。这是为了让自己及时发现情况不妙，以便全力逃跑。

寿限无觉得自己还能继续战斗，不过，也只是还能继续战斗而已，他不知道自己还能争取几分钟时间。

视野一角，寿限无看到又有一名村民倒下，大地把鲜血吸了进去。

本来就没多少胜算，这下更是毫无希望。

虽说如此，他们应该已经争取到了安莉他们逃走的时间，接下来只要英勇赴死就行了。

——目标是敌军大本营。

——就算只剩我一人也要杀过去。

不知是不是感受到了寿限无的决心，挡在前方的士兵们表情变得严肃起来。

就在寿限无下定决心发起突击的时候，战场上响起一阵阵惊呼。寿限无瞥了一眼敌人们看的方向，同样没法移开自己的视线了。

他们从卡恩村一侧出现了——

——很简单，因为它真正的力量并不是召唤区区十九只哥布林。

在 YGGDRASIL 中，它的真正效果从未得到发挥，一直被玩家们当成垃圾道具随手扔掉。

然而，在这个异世界中，它第一次发挥了真正的力量。

重复一次它的道具名——

“哥布林将军的号角。”

它需要满足三个条件才能发动的真正效果是——

## 3

战鼓低沉而有节奏的声音从村子的一侧传来，响彻整个战场。人们的视线集中向鼓声传来的方向，下一个瞬间，他们都睁大了眼睛。推测超过五千的一支军队，正以整齐划一的动作，合着太鼓的声音从村旁走出来。

巴布洛王子方和卡恩村方，一开始都以为是巴布洛王子方的援军到了。因为有人会派遣援军给巴布洛王子，而没有人会派遣援军给卡恩村。不过，新来的军队的样子很快告诉人们，他们并非巴布洛王子的援军。

构成军队的全部是哥布林。

名为哥布林的亚人种族比人类要小，大概只有孩子的个头。然而这支军队的气势，让他们看起来要比实际大上一两圈。

不仅如此，他们身上还装备着发出钢铁光辉的铠甲，手持杀伤能力卓越、研磨得锋利无比的武器。精良的装备与这些战士十分相称。

他们不是民兵，真正的战士组成的军队登场了。

“快逃！还活着的家伙给我拼命逃！是援军！援军来了！向他们逃！”

寿限无大声吼道。

没人知道这支军队是哪儿来的，是敌是友，他们甚至可能是毫无关联的第三者。看到同族来了，就向他们逃跑，这选择是错误的。按说正确的选择是逃回村庄。

可是，寿限无感觉到了，或许应该称为心电感应的某种信号，他预感到新来的军队和自己侍奉同一位主人。因此他觉得新来的哥布林会接纳并且保护他们。

卡恩村的幸存者们毫不犹豫，向着哥布林大军奔跑起来。

包围网随着他们的奔逃解体了。王国军队虽然知道应该追赶，但是又有些迟疑。当然了，面对那样一支纪律严明的大军，不管怎么想都知道，轻易靠近十分危险。

王国军队没有追赶的原因还有两点。

第一是因为他们认为现在与其追击，不如抓住机会重整阵型，大本营已经敲响了后撤的鼓声。

第二是因为害怕在新来的军队面前杀死他们的同族，会招致对方马上展开猛烈的报复。

哥布林军队愉快地接纳了逃来的寿限无他们。寿限无他们从放松的阵型缝隙钻进了大军之中。接纳同胞和村民之后，大军瞬间恢复了本来紧密的阵型，就像一扇钢铁大门。

寿限无环视筋疲力尽，趴在大地上的同伴。没有一人还能站着，其中许多在到达安全地点之后，已经昏了过去。

环视身边一圈之后，寿限无的视野差点儿模糊了。哥布林、食人魔、村民的数量都减少了。

“即使如此也有一半以上活了下来……应该说是幸运吧。柯那！”

寿限无喊着哥布林中唯一会用治疗魔法的神官。柯那摇了摇头，魔力已经在那场战斗中消耗光了。

“那么哪位会应急处理——”

就在寿限无吼起来的瞬间，他看到一位羽扇纶巾、蓄有长髯的哥布林走了过来。

看他的风貌，无疑是这支哥布林军队的核心人物。

“嚯嚯嚯嚯。诸位就是安莉将军的随侍团吧。我是哥布林军师，奉命指挥这支军队。既然我们已经来了，不会再有人能伤害到诸位，请放心吧。我这就命人抬着各位到医疗团处去。”

哥布林军师举起羽扇，只见一群壮硕的哥布林抬着木板跑了过来。

“快快，赶快把各位都抬过去。我们已经到场，如果再有哪位牺牲，将是我们的耻辱。”伤者被哥布林们抬走了。“我看您也受伤了，是不是到我们医疗团治疗一下为好——”

“不，抱歉，请原谅我拒绝你的好意，能先把事情说给我听听吗？我受的这点小伤不要紧。”

大概是确信寿限无并非硬撑，哥布林军师点了点头，开始讲了起来。

“真不愧是安莉将军随侍团的队长啊。您想听什么——嚯嚯嚯，抱歉抱歉，您想问的一定只有一件事。如果您是问安莉将军，她现在正在阵后搭起的营帐之中。如果看到您平安归来，想必将军也会十分欣喜。”

“是吗，那就太好了。”

寿限无在心底长出了一口气。绷紧的弦一下放松，导致他全身没了力气，差一点瘫倒在地上。可是他身为前辈，不能让后辈看到自己狼狈的样子。

“噢，那我就走一趟吧，反正这场战斗看来已经轮不到我们出场了。”

“嚯嚯嚯嚯，感谢您把功劳让给我们这些初来乍到的新人。”

“没什么，不用在意。把功劳让给后辈也是前辈分内的事……感谢你们。”

“喔喔喔，那么，我们得在前辈面前表现一番了。好了——只能获胜，不能失败。告诉重装甲步兵团前进。”

“那是什么啊！明明只差一步了！可恶！”

巴布洛睁大眼睛，瞪着毁掉了一切的闯入者。

一切都不顺利。自己为什么在一座小村旁边，与哥布林的军队对垒？他已经烦躁得想要揪自己的头发了。

如果敌方是帝国的军队，想必他很乐意下令继续战斗。可是，对手是哥布林，就算能取胜，又有谁会称赞他呢。

“王子，请下令撤退！”

巴布洛以憎恶的目光看向提出建议的骑士。

理性地思考，他们应该撤退才对。不知道这里为什么会出现如此庞大的一支哥布林军队，不过只要把情报带回去就算有功，应该会得到相应的赞赏。

可是如果还没交锋，就夹着尾巴逃走，不难想象，他将会得到一个并不令人愉快的称号：“害怕哥布林的王子”。

如果输了，称号就会换成“败给哥布林的王子”。贵族们对有趣的话题趋之若鹜，想必不雅的称号会被他们传得尽人皆知。没有亲自参加战斗的家伙，不会关心他眼前的哥布林有多么强大，毫无疑问，他们只会以话题是否有趣作为判断的标准。

巴布洛在内心咒骂着躲在安全的地方嘲笑他的贵族们。

“不允许。给我战斗。”

“殿下！请您看看它们的装备和无懈可击的阵型。它们都是精兵，比起刚才的哥布林只会更强不会更弱。我方的主力是民兵，胜算很小，请您下令撤退！”

这些话不用别人说，巴布洛很清楚。可是除了战斗之外，没有其他维护自己名声的方法。现在他只能祈祷哥布林外强中干。

“蠢货！放着那支军队不管有多么危险，不用我说你也明白吧！现在王国的军队已经向卡兹平原开进了，如果它们趁着耶·兰提尔防守兵力空虚发起袭击怎么办！”

“明、明白了。”

还是试探一番，如果对手真的像表面那么强，到时再撤退为好。还有与帝国的战斗等着巴布洛，他不能在这里吃到一场惨败。现在的巴布洛还算冷静。

士兵们在巴布洛面前整好队列。好像正等着这个时机，哥布林们开始前进了。

敌方的阵型是长蛇阵，而且是三列纵队。

相应地，本方的阵型是鹤翼阵。不采取鱼鳞阵，一是希望充分发挥战斗力较强的骑兵的优势，二是因为敌方的阵型比较害怕肋部的攻击。

哥布林军队中，打前阵的是手持能遮住整个身体的巨大盾牌的重装甲步兵。看着他们毫不慌乱地完美行军，巴布洛感到，仿佛有一堵墙向己方压将过来。

他感到握着缰绳的手——护手下的手已经汗淋淋，难受得很。

手持长矛的民兵和手持巨盾的重装甲步兵接战了。王国军意图阻拦敌军前进，按住敌方的阵头，然后让骑兵从肋部发起突击。

民兵和重装甲步兵开始了战斗。

然后哥布林的高声叫喊传到了巴布洛耳中。

“我们是——安莉将军阁下麾下，哥布林重装甲步兵团！不要以为这样就能阻止我们前进的步伐。”

巴布洛的意识被越来越扁的自军阵型占据着，顾不上对安莉将军这个名号产生疑惑。

民兵被敌军的巨盾挤得步步后退。当然，后退的民兵撞上了身后的同伴，阵型开始崩溃。

阵型中左右翼的骑兵慌忙行动起来。右翼的动作稍快一些，想要对敌军肋部发起攻击，然而敌军肋部蹿出十七骑——以银白色的狼代马作为坐骑的——骑兵，展开了迎击。

“我们是安莉将军阁下麾下，哥布林圣骑士队。我们的忠诚与安莉将军阁下同在！”

从左翼蹿出，飞奔过来迎击骑兵的，是类似狼的魔兽们。打头阵的是背后生翼的狼。骑在魔兽背上的哥布林们的怒吼声撕开民兵的惨叫，传到了巴布洛耳中。

“安莉将军阁下麾下，哥布林骑兽兵团，前来应战！”

在骑兵们展开混战时，又有弦音传来。

巴布洛打眼一看，发现几十支箭矢落在混战的人群之中。他把目光投向敌军阵中，想要找到射箭者。

第二段阵中，有一群身着醒目鲜红衣衫，手持大弓的哥布林。他们的体形与左右的哥布林明显不同，好像每迈一步身体都要倾斜一下。其中手持比别人更加巨大的弓，更加惹眼的哥布林张开大口吼道：

“我们是安莉将军阁下麾下，哥布林长弓兵团！没有我们射不中的目标！”

敌方的远距离攻击并没有就此告终，第三段阵中飞出了几波魔法。虽然击中的位置距离巴布洛还很远，但是魔法在王国军阵中炸裂，伴随闪光开出了鲜红的花朵，然后形成灼热的花瓣肆虐着。连续发生的爆炸把民兵们炸得四处乱飞。

施放魔法的是一群兜帽戴得很低，遮掩着面部的哥布林，他们手中拿着发出神秘光辉的长杖。

他们中走在最前面的哥布林掀开兜帽，露出了满是皱纹的脸。

“我们是安莉将军阁下麾下，哥布林魔法支援团！我们不光会用强化魔法，还会用弱化和攻击魔法，让你们尝尝我们的厉害！”

施放魔法的不只有他们。把目光转向魔法支援团旁边，能看到几个和他们相似的哥布林。他们总数虽然只有五名，但是每名脸上都带着绝对的自信。打头的笑得最不屑的哥布林扯起了嗓子：

“我们是安莉将军阁下麾下，哥布林魔法炮击队！我们的特长是范围攻击魔法，是哥布林军队中拥有最强攻击力的队伍！”

“殿下！”

骑士回到巴布洛身边。看他那急迫的样子，巴布洛就知道他想说什么了。敌军中有魔法吟唱者，实力比起他们的预期又跃升了不少。

“不能再打下去了！我们抵挡不住了！敌军打到这里只是时间的问题！请下令撤退！”

没什么好说的。就算巴布洛下令留下战斗，之前一直追随他的贵族们想必也会争先恐后地逃跑。就算他们肯战斗，也会留下遗恨，变成他潜在的敌人。

“按照你说的做吧，还有对男爵下令，让他先逃。”

巴布洛也想第一个逃走，可是要真的那样做，很容易想象人们会笑话他是第一个被哥布林吓跑的胆小鬼。既然这样，还是让男爵来担骂名吧。

“明白了！”

就在骑士向等候在旁边的部下下令的瞬间——

“——别想逃。”

听到身旁传来并不熟悉的声音，巴布洛才终于意识到自己的生命受到了威胁。

就在随侍们拔剑一挥，看向周围的时候，阴影中钻出了几个一身黑色装束的哥布林。哥布林们虽然用面罩遮住了脸，但是能看到，他们眼中闪烁着锐利的凶光。

“我们是安莉将军阁下麾下，哥布林暗杀队！我们隐藏在黑暗中，这将是我们最后一次现身你们面前。”

还有另外一个哥布林。

随着暗杀队出现的，是一个头戴红色帽子、脚穿铁靴、手持细长镰刀的，死神一样的哥布林。

“我是安莉将军阁下麾下，哥布林近卫队——十三红帽之一。不过，看这样子轮不到我登场了。”

“保护殿下！鸣锣收兵！”

“想得美。”

巴布洛眼中只看到影子动了。

骑士脖子以上的部位消失了，血像喷泉一样喷了出来。

就在巴布洛的脑子理解自己看到了什么的瞬间，马上开始策马逃跑。他顾不上谁先跑谁后跑了，现在，他已经站在了生死边缘。

身后传来了自称“安莉将军阁下麾下，哥布林军乐队”的哥布林们敲响的战鼓，让他觉得吵闹得令人心烦。

“真的要放跑他吗？”

“这是军师阁下的命令。他说砍掉王子的脑袋，这场战争就没法收场了。”

“哼，这倒是。要是安莉将军阁下遇害，我也会杀到敌军一个不剩为止。真不愧是军师阁下，真是高瞻远瞩，不歼灭所有敌军也是出于相同的原因吗？”

“没错，还得指望士兵把王子送回他们的城市去呢。我也和你一样不快，很想为安莉将军阁下的村子报一箭之仇……好了，红帽子阁下，我们开始处理尸体吧。”

“是啊。牺牲的勇士们和前辈队长阁下一起浴血奋战，他们的尸首得接回去才行。”

4

月光映照下的草原正中，有一片野营地。不对，这里没有搭起帐篷，也没有立起木栅栏，不知能不能称之为野营地。说得准确一点，应该只是草原中有一支军队。

几乎所有人都筋疲力尽，像泥巴一样瘫在草原上。

在吐气成雾的冬季严寒之中，他们居然不用寝具就能睡着，可见累成了什么样子。在大家都像断线的木偶一样躺在地上的时候，有一人还在走来走去。

他就是败军之将巴布洛。

他不知道该把侥幸活了下来当作幸运，还是应该把遭遇如此强敌当作不幸。

突然出现在卡恩村的哥布林大军是强大的敌人——不，是一场风暴。两军一交战，巴布洛的部队马上就溃不成军，只能落荒而逃。对方屠杀他们的士兵就像割草一样。

那些哥布林到底什么来头?

巴布洛很想知道这一点。

他觉得最有可能的，是哥布林在都武大森林中建立了巨大王国，派出军队南下了。和他一起生还的贵族们似乎也得出了相同的结论，在败走到这里的途中，贵族们已经用这套理论安慰他很多次了。

他们说，这是运气太差了。

他们说，那一定是哥布林中最精锐的部队。

他们说，只是把哥布林军队的情报带回去，功劳就够大了。

“说什么蠢话……”

巴布洛攥紧了拳头。

败北就是败北。那些哥布林确实是一支强大的军队，如果知道巴布洛面对的是这样的对手，想必人们会觉得他败逃也是难免的。

然而，在一无所知的人看来，巴布洛就是输给哥布林的王子，他一定会成为人们的笑柄。

“可恶！可恶！可恶！”

沸腾的怒火不停涌上心头，这也是巴布洛虽然和士兵们一样疲惫，但是睡不着觉的原因。

只要闭上眼睛，他就会听到回到王宫之后，想必会不绝于耳的辱骂和讥笑的声音。

巴布洛的战争结束了。在这样的状态下，已经不可能赶到卡兹平原，参加与帝国之间的战争了。

这时候——他感受到了人的气息。气息并不来自士兵们躺倒的地方，而是来自自己逃来的方向。

他不知道是逃慢了的士兵赶了上来，还是哥布林们的追击部队来了。

巴布洛心惊胆战地移动视线，下一个瞬间，他的表情因为困惑而扭曲了。

大概是知道自己被发现了吧，巴布洛视线前方的人抬起一只手，向他打起了招呼。

“你好啊。”

不知眼前之人是何时出现在了草原的中央。一位绝世美女站在不远处——大概离他只有二十米的地方，面带以天真烂漫四字形容最为贴切的笑容。如果这位美女身处城市之中，想必会引得人人侧目。然而，这里是草原中央，周围当然连村子都没有。

最奇怪的是她身上的衣服——那大概是类似女仆装的衣服吧。

如果是一位全副武装的女性，巴布洛还可以猜测或许是冒险者，但是眼前的女人不可能是冒险者。

魔物？

他的脑海中产生了这个想法。一部分魔物拥有非常美丽的外表，妖精就是其中的代表。不过女仆装还是让他想不通。

“你好啊，我来玩啦——现在你有空吗？”

女子说话的口气明显是在嘲弄他。

“你是什么人？”

巴布洛一边把手放在腰际的剑上，一边询问来者何人。

这实在是个没有意思的提问，但也难怪巴布洛会这样问。对手出现得实在莫名其妙，他实在不知道从何问起才好。

“我叫露普斯蕾琪娜，是侍奉安兹大人的女仆之一。”

奇怪的女人轻轻举起手，再次向巴布洛打了个招呼。他慢慢理解了眼前的女人——露普斯蕾琪娜所说的话的意思。

“你、你说什么？”

巴布洛惊得忘了叫醒附近的士兵们。

“好啦好啦，这个嘛，先把我是谁放到一边——你们真是好惨啊。不过话说回来，怎么能那样呢，突然跑出来哥布林大军，简直太卑鄙了。哎呀哎呀，我也在人类小安背后看着，惊得叫了出来呢。真没想到会召唤出那么多哥布林来——哈哈哈哈。”

露普斯蕾琪娜发出假惺惺的笑声。

虽然对方明显是在挑衅，但是现在的巴布洛忍不下去了。

“你到底来干什么！”

巴布洛感觉到背后，有士兵听到他的喊声在睡梦中动了动。

不过话说回来，如果打算发起袭击，她的行为太奇怪了。她没有必要在我们面前现身。莫非她现身的目的，就是把我们的注意力集中到她的身上吗？吸引人们的注意力，然后从背后发起袭击。

不——自己是第一王子，有十足的价值。

她大概是打算交涉进展顺利就进行交易，不顺利就把他抓作人质。

不过，所谓交涉或许只是他一厢情愿，最后估计只能成为对方的俘虏吧。

巴布洛觉得王位离自己更远了。

虽说如此，应该承担主要责任的，是没有发现那村子里有那么多哥布林、送他跳进火坑的王国上层贵族。

如果被抓作俘虏，应该有机会见到安兹·乌尔·恭。见机行事，跟他说如果把自己扶上王位，就给他王国四分之一的土地，这也是个好主意。

或许这将成为不幸中的万幸。

巴布洛想来想去。

“这还用问吗，我到这里来的目的只能有一个啊。”露普斯蕾琪娜呼吸一拍之后，宣言道，“我是来杀光你们的。”

巴布洛眨了几下眼睛，然后吼道：

“啊？！你在说什么！你不知道我是谁吗？！我可是里·耶斯提杰王国第一王子，巴布洛·安德莱恩·耶尔德·莱儿·凡瑟夫！”

“哦，可是，说到底，还是人类吧？有什么不一样吗？对我们来说都是一样没价值的啦。啊，我知道你是王子哟。”

"既然这样……我明白了！你是说要杀光我之外的人吧？我觉得这不是个好主意。就算你想俘虏我，也应该放一些活口去给父王报信，不然到了交涉的时候会很费事的。"

露普斯蕾琪娜不解地歪了歪头。

"不是不是，你在说什么啊！我再说一次哟，是要杀光你们啦。就是一个都不留，才叫杀光。看来你没多少脑子吧？啊——从这个意义上来说或许比较稀有，不过我一点都不想要啊。"

"我倒要问你到底在说什么！你还不明白我的价值吗！我可是第一王子！为什么会想到要杀掉我！难道不应该把我抓作俘虏，勒索赎金才对吗！或者是勒索领土！既然我能成为让交涉对你们更有利的道具，让我活着岂不比杀死我更有好处！"

"不对不对，真是个说不通的人啊。"

露普斯蕾琪娜一眯眼，露出了令人不快的笑容，然后以教导小孩子般轻柔的语调继续说了下去。

"无上至尊安兹·乌尔·恭大人的计划中不需要你，仅此而已。所以我要杀掉你，明白了吗？"

巴布洛不知道说什么才好了。

因为他很清楚，露普斯蕾琪娜不是在开玩笑，也不是想通过威胁来误导他的思维。

他不由得咽了一口口水。

"你是认真的吗？真的要杀我……"

"啊，这张脸不错。这是我喜欢的表情哟。你在我心目中的好感度大幅上升了哟。”

“那么——”

看到巴布洛强行让自己扭曲的脸上露出笑容，变得面无表情的露普斯蕾琪娜宣告道：

“安兹大人给我的敕令是杀光你们所有人，因此我不能放任何一人活着离开这里。”

说完，露普斯蕾琪娜马上换了一副诙谐的表情。

“我翻来覆去想了很久，想到底给你们什么样的对手才最有趣。然后我准备好了——给在哥布林身上吃了大苦头的你们，准备好了最合适的对手哟！”

“锵锵锵锵。”露普斯蕾琪娜一边用嘴拟音，一边举起了手。随后，几个影子仿佛从空间中冒出来的一样，在露普斯蕾琪娜身后出现了。

“这是我特意请人帮忙召唤的，红帽先生们！”

总计三十只。

丑陋畸形的哥布林们现身了，它们很像巴布洛逃命前看到的那个哥布林。

它们全部戴着鲜红的尖帽子，穿着铁靴，手中握着手斧。斧子沐浴在月光下，仿佛发出苍白的光芒。

“敌人来袭了！还睡什么！快点起来！拿起武器！敌人发起攻击了！”

听到巴布洛的叫喊声，士兵们彻底从睡梦中醒了，惊得猛然站起身来。他们在亮得晃眼的月光下凝视着敌人。

“——它们有四十三级，说实话有点高过头了，可是图书馆里没有比它们更弱的哥布林了啊。”

尖叫响了起来。

士兵们面对哥布林刚刚经历了一场地狱般的战斗，再次面对哥布林的同族，他们拿不出抵抗的意欲。

士兵们没有拿起武器，直接落荒而逃。

“不要逃！给我战斗！给我战斗！给我战斗！都回来保护我！！”

没有一名士兵听从巴布洛的命令，贵族们也向着自己的马跑了过去。

“啊哈哈哈！真是太搞笑了！你们居然以为在开阔的草原上能逃得掉！啊——乐死我了！好棒！我爱死你们了！”

露普斯蕾琪娜的嘲笑和巴布洛想说的意思一样。

要想活下来只有一条路，只能打倒敌人。

“看来有些家伙觉得……只要骑上马就能保住命啊。可以请你们砍断那些家伙的腿吗？”

红帽哥布林们发出期待杀戮的欢声，行动起来了。

它们和野兽一样。

它们像一阵风般从四散奔逃的人丛中跑过。

随后——响起了惨叫声。

叫声来自骑上马想要逃跑的贵族之一。

紧随其后，又响起了几声惨叫。

“虽然数量已经很少了，能玩的时间不长……不过嘛，这也是没办法的事啦。相应地，我会用各种方式来玩。我虽然没有小索的能力，不过我会让你见识一下我的手段哟。”

露普斯蕾琪娜向拔出剑握在手中的巴布洛走了过去。她的步伐就像在草原上散步一样轻松。那如花容颜上龟裂般的笑意，让巴布洛心惊胆寒。

三十分钟之后，巴布洛终于如愿死去。

# 4章　大屠杀

# 第四章 | 大屠杀

## 1

利用红褐色大地上舒缓的丘陵，两军铺开阵型，彼此对峙。

王国二十四万五千之巨的兵力，右翼展开七万，左翼展开七万，十万零五千兵力安排在中央。他们巧妙地利用三座丘陵构成了阵地。说是阵地，并不是以栅栏围起来的阵地，那是以数量的暴力组成的阵地。

最前面的五列步兵，手持长度超过六米，只有用双手才拿得住的长枪，组成枪阵，以枪阵构成阵地。

采取这样的对策，是因为帝国的主力是重装甲骑兵，王国士兵们组成枪阵，代替拒马栅栏。不用拒马栅栏，单纯因为保护二十五万大军，需要的木头太多，还是活用数量优势组成枪阵效率更高。

然而，让进攻方望而却步的阵型虽然坚固，但是也有很多弱点。

枪阵采取的是密集阵型，而且士兵们手中都拿着沉重的武器，因此只能防御对手的突击，缺乏应对对手战术迅速变化的能力。如果帝国以弓箭和魔法发起攻击，想必会有许多士兵牺牲。不过，这些士兵终究只是农民兵，王国对他们没有更多奢求，只要能挡住敌军的第一波冲击就行了。

另外一方，与王国军对峙的帝国军有六万。

和王国的大军比起来，数量少得可怜。

然而，帝国军的骑士们没有丝毫担心的样子，个个脸上带着不以为意的表情。他们不觉得自己会输。

他们对两军单兵间的实力差距心知肚明，因此十分自信。

即使如此，两军间兵力的差距也是非常明显的。要是人能不知疲倦地一直战斗，确实可以无视数量差距，然而人类做不到这一点。疲劳之后，本来的强弱差距，会被慢慢抹平。

此外，王国方面还有一点巨大的优势。

就是单兵之间的价值差距。

构成王国军的大部分士兵都是农民。帝国方面则是骑士，是专业战士。只是拿起了武器的农民和花费时间金钱锻炼出来的骑士，双方都阵亡一人，损失更大的是帝国。因此帝国不能采取过于冒险，或者消耗骑士来执行的战术。

这样一来，只能正面冲突的平原，就成了对王国比较有利的战场。

因此帝国和王国的战争，才每次都只是发生小规模冲突就各自收兵。

只要王国把农民拉上战场，帝国的目的就已经达到了。他们不想损耗贵重的人力资源，王国在这一点上也心照不宣。

以前王国和帝国的“战争”，就像一场事先安排好胜负关系的比赛。

王国的大半贵族都在内心认为，这次虽然有名叫安兹·乌尔·恭的魔法吟唱者参战，但战争还是会在发生小规模冲突后结束。对帝国来说，骑士不仅是军事力量，而且组成了警察机构，治安全靠骑士来维持。无谓地损失骑士会动摇帝国统治的根基。

因此王国贵族们都等着帝国方先动兵。

往年都是帝国军通过王国军面前再撤退，然后王国军发出胜利的欢呼。

年年如此。

然而——

这次帝国军按兵不动。

他们从要塞般的屯驻基地中出兵，在王国军面前摆开阵型，然后就没有了动静。就像是在等王国军先行动，或者是等着其他什么。

“帝国军按兵不动啊，这到底是怎么回事？”

国王坐镇的本阵中，十万零五千大军密密麻麻。这里是比中央略微靠后的位置。

王国军最安全的阵地安排在略微高耸的丘陵之上。站在葛杰夫身旁的雷文侯爵，一边眺望着帝国按兵不动的骑士们，一边低语着。

要是帝国不动，那么王国也不能动。

王国已经摆出了枪阵，再主动出击简直愚蠢至极。过去曾经有贵族想要先下手为强，主动向帝国发起了攻击，结果士兵们瞬间被杀光，王国蒙受了严重的损失。

从那之后，王国就开始采取摆出枪阵，等帝国先动的战术。只要帝国肯知难而退，王国就必要以身犯险。

“怎么办，看起来他们像是在等我们先动啊……”

“最终劝告已经结束了，现在双方已经开战……战士长——葛杰夫阁下知道不知道帝国这是在等‘什么’？”

三十分钟前，在两军对峙的平原中央，双方使者进行了交涉。虽然名为交涉，但实质就是走过场。双方以对方接受根本不可能接受的条件相互劝告，目的是表示自己这方以仁慈为本，假装到最后都没有放弃为避免战争而努力。

交涉当然会决裂，然后双方开战。

往年最终劝告结束之后，帝国会马上开始行动。可是，这次他们不像以往，依然按兵不动。

“你问我知不知道，我也没法回答。你不知道些什么吗？”

“不知道啊，我对战争之类军事相关的事情并不熟悉。相关事宜我一直都是交给部下处理的。”

“侯爵是什么样的智者，我是再清楚不过的。这话有点令人不敢相信啊。”

“不敢相信……没想到葛杰夫阁下也会说这么直白的话。”

“惹您不快了吗？那么真是抱歉了。”

“哈哈哈。哪有，我一点都不在意。和那时候比起来，葛杰夫阁下现在的态度更让人有好感。”

感觉到雷文侯爵话中带刺，葛杰夫皱起了眉头。

“哈哈哈，请葛杰夫阁下不要多想。我并没有说谎哟，在用兵方面我确实并不擅长。碰巧我的部下中有一位擅长用兵之人，相关事宜我全部交给他处理。”

“莫非——是在那次恶魔骚动中一夜成名的前冒险者之一吗？”

“啊——不是的。他们在那边呢。”

雷文侯爵指向五人组成的小团体。

五人都踏在了中年的门槛上，能力比起全盛期想必有所衰退，可他们毕竟是前山铜级冒险者，带着就连葛杰夫都不敢大意的气场。

“他们现在作为我的亲卫队，保护我的安全。”

“有这样一群高手护卫，想必侯爵一定能平安返回王都……只要不碰上那位大魔法吟唱者。抱歉，那么军师是哪一位？”

“是一位葛杰夫阁下不认识的，出身我领地内的平民。他曾经有过率领村民，击退数量倍于己方的哥布林，守住自己村子的战绩，因此我才听说了此人。从那之后我就让他做了军队的指挥官，凡事交给他处理……没想到他居然优秀到没打过一场败仗的地步。现在我已经给了他很高的地位，让他做了我的幕僚。”

“没想到居然有雷文侯爵如此推崇的军师……真想见上一面啊。如此厉害的一位军师，希望能由他来执掌王国全军。”

“如果让他……执掌全军，王国全军齐心协力，一定能留下出色的战绩，让周边诸国说‘里·耶斯提杰王国军，不可小觑’，可是……”

葛杰夫和雷文侯爵彼此对视一下，叹了口气，然后疲惫地笑了起来。

“贵族怎么可能允许平民执掌全军，从现状来看，不过是痴人说梦而已。”

“在贵族派阀争权夺势的状态下，是不可能的啊。”

帝国各军团长都由将军坐镇，将军下面有师团长、大队长，组织结构十分稳固。

相对地，王国是各贵族带自己的军队参战，就算总指挥官是国王，各部队也会依照各自的想法或者派阀的意思行动。

说得不客气点就是一盘散沙。

葛杰夫虽然位及战士长，但也只统领着国王直辖的战士团一支部队，没法向贵族们下令。虽说如果打着王命的旗号，贵族们有可能会听命，但是有很多贵族轻视或者敌视平民出身的葛杰夫，毫无疑问会留下祸根。国王对这一点很清楚，下达敕命的时候，不会让葛杰夫去做。

两人都为自己的，以及王国目前的境遇重重叹了口气，然后相视而笑。

这类话题应该在其他地方，而不是血雨腥风的战场上谈。

“要是能活着回去，等着我的大概还是战场吧。”

“据我所知，贵族就是这样吧？”

“等打完仗我一定要向国王进言，请他给葛杰夫阁下贵族爵位。居然有人身为国王之剑，却不肯积极参与贵族社会事务，此事实在让我生气。”

虽然口气是半开玩笑，但是葛杰夫从雷文侯爵的目光中感觉到，他是真的在生气。

一个善于隐藏自身情感的人，把自己真实的情感暴露在他的面前，他为此感到很高兴。可是如果对方暴露出的是负面感情，就是另一码事了。葛杰夫尝试着转移话题。

“这件事先不说了。能不能把那位军师阁下叫到这里，听听他的高见啊？把他叫到这里很难吗？”

“毕竟我把自己军队的大本营交给他管理了。现在不知道帝国会在什么时候动兵，我不想把他调离大本营啊。”

尽管会为了王国出力，但对于雷文侯爵来说，最重要的还是自己的领地。他会拒绝也是理所当然的。

“唉……虽说每次都会经历，但我还是无法习惯这紧迫的气氛。我自然不希望帝国全力发起突击，不过要是迟早要进攻，还是尽早开始，对精神情绪更好一点。”

感觉到王国军阵脚有些不稳，葛杰夫找了找动摇来自何处，然后皱起了眉头。

“原来如此。这有可能是帝国的战略之一，他们或许是在等我们失去耐性，率先开始行动。如此庞大的军队，想要协调一致展开行动非常困难。因此，某支部队的小小动作，传到末端也会转化为大规模的震荡。虽然众多猎物密集一团的时候难以发起袭击，但是离群的猎物就非常容易捕杀了。这和食肉动物捕猎是一个道理。”

雷文侯爵露出有点不解的表情，追着葛杰夫的视线看去，看到左翼的士兵们手忙脚乱，这才露出疑惑解除的表情。

“那边……看起来是打算让内侧的士兵向前站啊。”

“如果只是在重新安排阵型，倒没有什么好担心的……”

“看那旗帜，应该是博洛洛普侯爵。看来左翼的大将打算亲自移动到前列。”

王国军队两翼由贵族派的军队组成，而中央由拥王派的贵族军队坐镇。

中央的大将是国王兰布沙三世，左翼的大将是博洛洛普侯爵。

“重新安排阵型，把大本营放到最前面太不正常了。葛杰夫阁下应该看出来了吧，侯爵调动了他手下的精兵。众多贵族关注着这场战争，如果在与个体战斗力出众的帝国骑士的对决中取得了优秀的战绩，贵族们肯定会说他拥有王国最强的部队啊。”

雷文侯爵把带有挑战意味的视线投向了葛杰夫。那意思是在问：贵族们会说他的精兵强过你引以为豪的战士团，你不在乎吗？

葛杰夫不可能被他挑动起来。

“我已经安排战士团贴身护卫陛下了。就算帝国开始突击，只要没有陛下的命令，我也不打算调动战士团。毕竟最重要的工作，就是把陛下平安送回王都。”

葛杰夫拍了拍腰际的剑。

“不过说不定，为了灭对手的威风，我会独自一人上前迎敌。”

“这是王国传承的四件秘宝之一，剃刀之刃啊……原来如此。”

雷文侯爵的视线从上到下打量起葛杰夫。

免除疲劳的活力护手；持续发动治愈效果的不灭护符；以最硬的金属精钢制成，进行过魔化，能避免遭到致命一击的守护铠甲；最后是单纯追求锋利度，就连魔化铠甲也能像奶油一样切开的魔法之剑——剃刀之刃。

“装备了所有秘宝的你现在就是王国的至宝。本来人们就说王国其实有五件秘宝，看来这五件秘宝现在齐聚一堂了。”

葛杰夫被雷文侯爵捧成了秘宝，虽然知道他是说客套话，但还是忍不住脸红了。

“哪里，请雷文侯爵不要取笑我了。陛下可比我厉害多了。陛下深知把这些秘宝借给一介平民代表什么，还是把它们托付给了我。”

“葛杰夫阁下说得有道理。说实话，当时我觉得把秘宝借给平民简直蠢透了，只会让更多人脱离拥王派。可是和您一起站在阵前，我又觉得国王这一招真是妙极了，人真是善变啊。”

“希望能不辜负您的期待……”

葛杰夫眺望着列好队的帝国骑士团。

除了三重魔法吟唱者弗鲁达·帕拉戴恩之外，对葛杰夫来说帝国中没有强敌。就算面对帝国骑士中人称最强的四骑士，葛杰夫也有自信取胜。装备上这些至宝之后，他甚至觉得有了一丝淡淡的希望，自己没准可以战胜弗鲁达。

然而，他丝毫不觉得能赢安兹·乌尔·恭。

怎么想都赢不了他。

不管想得多么乐观，对自己多么有利，他也只能想到自己被未知的魔法一击毙命。

“您怎么了？”

“没，没什么。”

自己是尽人皆知的王国最强战士，如果自己都打不起精神，会导致士兵的士气下降。

“啊，没什么……我只是在想，巴布洛王子好可怜啊。”

“可怜吗？莫非……原来如此。是这么回事啊。葛杰夫阁下也……原来如此。”

“你想说什么啊？”

“没什么，我只是在想，莫非葛杰夫阁下也觉得，国王是为了不让王子立下功劳，才把他送去了卡恩村？”

“不是吗？”

雷文侯爵露出了苦笑。

“没错，您彻底想错了。国王这样做正是因为极其信任葛杰夫阁下。”

看葛杰夫听得一头雾水，露出了不解的表情，雷文侯爵说出了自己的看法。

“您是国王最信任的战士长，安兹·乌尔·恭是您表示最大级别警戒的对手，国王自然对他提起了最大级别的警戒。他不想让自己的儿子站上不知会发生什么的战场，因此才选择就算让他少立功劳，也要送他到安全的地方去……无数人都把自己的儿子送上了战场，他却把自己的儿子送到了安全的地方。如果是过去的我，肯定会为国王的私心感到不快。”雷文侯爵露出了作为父亲的笑容，“不过，现在我很理解他。我为了保证自己儿子的安全，也会做出和他一样的选择。”

“是啊，雷文侯爵，你真是成了父亲啊。”

雷文侯爵笑了。他笑得那么慈祥，那么快乐，那么骄傲，以致葛杰夫产生了眼前的男子实在不像雷文侯爵的失礼想法。

“没错，我是个父亲。我已经答应了儿子，等这场战争之后，多陪他玩玩。我就是个普通的父亲。啊，我们跑题了。国王就是这样想的……不过，巴布洛王子一定无法理解他父亲的一片苦心。真是可怜天下父母心。”

葛杰夫不知道怎么回答才好。对于没有孩子的他来说，雷文侯爵的一番感慨有点难懂。

“对、对了，会不会有别动队对耶·兰提尔发动奇袭？虽然会坏了名声，但是为了攻陷耶·兰提尔，帝国说不定会不择手段。”

葛杰夫心想，自己只要一不知道怎么回答才好，就会转换话题啊。不过，雷文侯爵也不抓着前面的话题不放。

“想要攻破三重城墙保护下的耶·兰提尔绝非易事。就算帝国没有来到卡兹平原的两个军团总动员，也十分困难。我的那位军师也说，帝国大概不会采取那样的战术。”

“是吗？打个比方，帝国使用飞行骑兽，或者还有一支我们不知道的军团，又如何呢？”

“那也不行。说到底，兵力不够，很难占领一座城市。就算占领了，没有足够的人手也控制不住……这样说吧，葛杰夫阁下，想要彻底控制耶·兰提尔，有一个条件必须满足，您知道是什么吗？”

葛杰夫诚实地摇了摇头。

“正面与王国交战，并且取得大胜。首先，如果取得的是一场险胜，想要统治耶·兰提尔会极其困难。市民不可能对侵略者展示出友好的态度，一定会有反抗组织揭竿而起。就算帝国组织别动队突袭占领了耶·兰提尔，王国兵力毫发无损，马上会开战夺回城市。因此帝国必须取得大胜。只要取得大胜，市民在恐惧下不敢轻举妄动，王国军队也再无余力夺回都市。”

也就是说，帝国必须在卡兹平原上取胜，而且必须是一场让周边国家，特别是王国不敢轻易发起夺还作战的压倒性胜利。

葛杰夫突然觉得所有碎片都齐了，只是还拼不出一个形状。

朦胧的不祥预感折磨着葛杰夫。

“您怎么了，葛杰夫阁下？”

“没什么——”

葛杰夫心想，只要把浮现在头脑中的碎片全部告诉雷文侯爵，想必拥有聪明头脑的他会帮自己拼出一个形状。可是，在他开口之前，侯爵把脸转向了帝国的阵地。

“葛杰夫阁下，帝国终于有动作了。”

帝国军队一分为二，仿佛让出了一条路。葛杰夫从他们的动作中判断，可能是为了应对王国的左右两翼。这时，只见帝国军中央扬起了未曾见过的旗帜。

旗帜上画着奇妙的纹章。葛杰夫的记忆中不存在这样的纹章，它不属于王国也不属于帝国。有一群士兵手持旗帜向前走了起来。

所有人的视线都集中在这一群士兵身上。

然后——葛杰夫感到自己心里仿佛起了鸡皮疙瘩。在他身旁，应该和他看向同一处的雷文侯爵正干咽口水。了解到不仅自己感到恐惧，葛杰夫觉得舌根处泛出了苦味，心脏也跳得急了起来。

那是一支异样的军队。

现身的是大概五百骑兵，与对峙的两支大军比起来数量实在太少。

然而这五百骑兵——不同寻常。隔着这么远的距离，葛杰夫也能感受到扑面而来的鬼气。

卡恩村的记忆鲜明地重现在葛杰夫的脑海中。他想起了安兹创造出来的怪物骑士。手持与那怪物相同的巨大盾牌，身穿带刺铠甲的骑士大概有二百名。

其余的也是同样形态异常的士兵，能看出他们穿着皮甲，腰际挂着斧子、矛、弩之类的武器。

如果前者是骑士，那么后者应该是战士吧。

不管怎么说，反正不是人类。那些战士全是如假包换的怪物。

不仅士兵是怪物，它们骑乘的也是魔兽。那是一群称之为白骨魔兽最为合适的魔物，它们骨头上包裹的不是皮肉，而是萦萦缭绕的雾霭。脓水一样的黄色与莹莹的绿色在雾霭中明明灭灭。

葛杰夫感到全身起了鸡皮疙瘩。

不妙。

太不妙了。

这番感想虽然太平实，但是葛杰夫找不到更合适的形容词。

“帝国居然把魔物纳入军备了。没想到，真是令人汗毛倒竖啊。”

“不是。不是的，雷文侯爵，不是你想的那样。侯爵现在的感觉——身体无意识地竖起汗毛，并不是因为帝国如何。”

“怎么讲？”

葛杰夫对一脸不解的雷文侯爵断言道：

“面对死亡的危险，人的生存本能受到了刺激。”葛杰夫从惊讶的雷文侯爵身上移开视线，看向帝国军。“帝国的马匹都被吓蔫了。就连受过训练的军马都吓得动弹不得。”

“那到底是什么部队？是帝国的秘密部队吗？”

“不可能。那不是人类能控制和驱使的魔物！”

葛杰夫也不知道那到底是什么魔物，但身为战士的直觉让他可以断言。

“那毫无疑问……是安兹·乌尔·恭的骑兵团！！”

“那就是吗！那就是！那就是你畏惧的魔法吟唱者的军队！！”

“雷文侯爵！希望你马上召集前冒险者们！他们和众多魔物战斗过并且活了下来，请转告他们，我们需要他们的智慧。请他们告诉我们应该怎样行动才最合适！”

“明——”

雷文侯爵想告诉葛杰夫自己明白了。可是他还没说完，前冒险者们已经赶来保护自己的主人了。当然了，他们比葛杰夫更明白对手的强大。

“雷文侯爵！”

前山铜级冒险者们骑着马跑了过来。

“您看到了吗?!感觉到了吗?”

站在最前面的是小队的队长、火神圣骑士鲍里斯·阿克赛尔森。

他的声音中包含着无法掩饰的恐惧。

雷文侯爵说不出话了，他的心情葛杰夫十分理解。

前山铜级冒险者在二十五万大军保护的阵地中，声音因为恐惧而颤抖着。

现在的状况下，已经顾不上礼仪了，葛杰夫直接开了口：

“请告诉我！那是什么？不用说客套话！请把诸位知道的马上告诉我！”

鲍里斯攥紧了挂在脖子上的圣印，就好像指望着它守护自己一样。

“尽管还不能肯定，不过它们骑乘的魔物恐怕是传说级的怪物，名字是噬魂魔。它是一种贪婪吞噬生者灵魂的不死者。传说中提到，大陆中央兽人国家的都市中曾经出现过噬魂魔。”

“那么……死了多少人？”

鲍里斯接下来的话听起来平静得令人毛骨悚然。

“十万。”

葛杰夫倒吸了一口冷气。

“当时出现了三只噬魂魔，都市被毁灭了。传说那座都市中有超过十万人被杀死，占全部人口的九成五。后来那座城市被称为沉默都市，遭到了遗弃。”

凝重的沉默降临了。

“现在……有五百只？”

听到雷文侯爵的提问，没人有力气回话。

沉默中，葛杰夫好像从喉咙中挤出声音来一样开了口。

“我刚才已经说了，以帝国自身的力量，不可能控制如此强大的魔物。就算有那位大魔法吟唱者弗鲁达·帕拉戴恩翁也不可能。既然如此——”

不用全说出来，雷文侯爵也知道他想说什么。

“这、这就是安兹·乌尔·恭的力量吗？那、那么，骑在如此强大的魔物身上的，到底是什么？”

“这——”冒险者们面面相觑，“我们也不知道。不过，肯定也是极其危险的魔物。不，非常抱歉，我不应该用‘危险’这么暧昧的字眼。您肯定需要更详细的说明，可我实在想不出更合适的词。”

“怎、怎么办，葛杰夫阁下！”

听到雷文侯爵惊慌失措的提问，葛杰夫简洁地回答道：

“撤退吧。”

现在大家十分明白，敌人准备了惊人的兵力，既然如此，除了逃跑之外，还能有什么选择呢？

“向国王进言撤——”

葛杰夫没能把话说完。

因为戴着面具的魔法吟唱者站在了敌军的最前面。他的右侧站着一个身穿带兜帽的长袍的小个子，左侧站着帝国四骑士之一。

虽然距离很远，但葛杰夫不会认错此人。

“恭阁下。”

“那就是那位大魔法吟唱者，安兹·乌尔·恭吗！”

“是他召唤出了噬魂魔吗？那就是他吗？雷文侯爵，我们——”身经百战的勇士咽了一口口水，像呻吟一样低声说道，“我们的对手到底是什么啊？”

安兹挥起手臂，仿佛与之呼应般，直径近十米的巨大半球状魔法阵以安兹为中心铺展开来。他左右两人也被围在了魔法阵中。两人看上去似乎没有什么异常，那魔法阵大概不会对同伴造成不良影响吧。

看到那幻象般的光景，人们尽管知道性命攸关，依然无法移开视线。

魔法阵放出苍白的光芒，开始浮现出半透明的，像文字又像符号的东西。这些东西千变万化，没有一个瞬间维持固定不变的形态。

王国军中发出了惊叹的声音。那声音好像正在观赏技惊四座的马戏，其中没有丝毫紧张感。不过，感觉敏锐的人，正困惑地看着周围。

“我要回到自己的军队那边去了。现在已经顾不上考虑试探了。安兹·乌尔·恭的力量是超乎寻常的，想要和他交锋本身就是个错误。接下来应该全力以赴去做的，是尽可能减少损失，回到耶·兰提尔。葛杰夫阁下请保护好陛下！还有马上撤退！”

刚才还沉着冷静的雷文侯爵已经没了踪影。

“好的！虽然不知道凭我这点能耐能做到什么程度，但是我会全力保护陛下的。而且我们不能阵型齐整地撤退，而是应该——”

“这自不用说，应该像兔子一样撤退——不对，是败逃。”

“那么雷文侯爵，愿您平安无事！”

“也祝福您，葛杰夫阁下！”

身处王国智慧和武力顶点的两人急忙开始了行动。然而——

——一切都太晚了。

没有啊。

安兹一边展开魔法阵，一边做出了判断。

王国阵中没有玩家。

在游戏时代的 YGGDRASIL 中，超位魔法是极其强大的。

因此在大规模战斗中，玩家们会优先击杀想要发动超位魔法的人。

使用传送魔法直捣黄龙；用魔法进行地毯式轰炸；从超远

距离发起狙击。敌方玩家会使用各种手段，妨碍想要发动超位魔法的人。

然而，安兹没有受到任何妨碍他释放魔法的攻击。这反过来证明，敌军阵中没有 YGGDRASIL 的玩家。

不会有人发现，安兹面具下的嘴角歪出了带笑的形状。当然，安兹的脸是骷髅，根本不可能露出笑容。

略带欢喜的苦笑雄辩地讲述着他内心的想法。

“没必要再当诱饵了啊。”

没有碰到 YGGDRASIL 的玩家是值得高兴的。

在 YGGDRASIL 玩家中，安兹并不算是最强的。人外有人，如果碰上了比他强的玩家，想必他没有胜算。游戏时代，安兹的强大是知识的强大。他在 PVP 时虽然胜率高，但都是以放弃第一战为代价换来的连胜。

安兹也没想到，自己居然非常擅长巧妙运用积蓄起来的情报。相应地，第一次遇到的对手，他败北的概率非常高。

安兹比较有自知之明，他庆幸没有碰上未曾遇到过的强敌。

不过相对地，他也觉得有点遗憾。

看来这次还是没法找出，与拥有世界级道具洗脑夏提雅的存在相关的人。

挥之不去的憎恶依然附着在安兹心头。强烈情感的波涛虽然会被抑制，但微弱情感的涟漪连绵不绝。

安兹张开手掌，露出了一个小小的沙漏。

只要使用付费道具，可以马上发动超位魔法。他没有这样做，是为了当诱饵，确认 YGGDRASIL 玩家是否存在。既然已经确认了没有玩家，就没必要再呆呆地等超位魔法漫长的发动时间结束了。展开着魔法阵呆立着，有点傻兮兮的。

与夏提雅战斗时，安兹顾不上那么多。

与蜥蜴人战斗时，安兹发动的不是攻击魔法。

既然这样——

“好期待啊。啊啊，好期待啊。”

——即将发动的超位魔法，究竟会在王国军身上展现什么样的效果呢。

在 YGGDRASIL 时代，这个超位魔法并不怎么强，那么在这个世界上，它能发挥多大的作用呢。

安兹不经意地皱起了眉头。

马上就会有大量人类死亡，他却丝毫没有怜悯之类的感情，他为这样的自己感到有些恐惧。他甚至没有踩死蚂蚁时会觉得自己很残酷的感觉，真的——真的没有丝毫感情。

他现在只有想看到自己行为带来的结果的欲望，还想看到自己的行为给自己——乃至纳萨力克地下大坟墓的成员们带来的利益。

安兹在手上加了力。

碎裂的沙漏中落下沙子。沙子以与风不同的姿态，流进了展开在安兹周围的魔法阵中。

然后——超位魔法马上发动了。

“暗黑丰穰之献礼”。

黑色的风息，吹过了刚才终于变好了阵型的王国军左翼阵地。

不，实际上并没有风吹过，平原上生长的杂草、左翼阵地士兵们的头发都纹丝未动。

然而，王国军在左翼的七万人——

他们的生命在一瞬间——被夺走了。

## 2

到底发生了什么。

没有一个人马上理解了眼前的一幕。

组成王国军左翼的所有生物——不光人类，连马也一样——突然像断线木偶一样瘫倒在大地上。

最先理解发生了什么的，是与王国军对峙的帝国军。

看着眼前令人实在难以置信的景象，他们的脑子在得出结论之前多少产生了一些延迟。随后，惊呼声变成了异常巨大的声浪，席卷帝国全军。

确实，从看到安兹·乌尔·恭展开魔法阵的时候开始，人们就知道他要施放某种魔法。

可是——又有谁能预料到呢。

他发动的魔法居然如此骇人。

他居然发动了瞬间杀死七万人——比来到战场上的帝国全军总数还要多——的魔法。

帝国骑士们不敢相信自己的眼睛，他们对自己信仰的神祈祷着。

祈祷王国的人们没有死。

祈祷这世上，不存在那么骇人的魔法。

当然，事实——到现在都没有一人起身——摆在了眼前，他们也知道自己的祈祷不过是天真的梦。

即使如此，他们的感情还是无法接受，不想承认眼前的事实。

就连帝国最强的四骑士之一宁布尔，都在过分的恐惧下牙齿咯咯打着战，看着变成了无人阵地的王国军左翼。

阵地上没有一人依然站立，这是非常，非常，非常可怕的事实。

不，眼前的一幕早已超出了可怕的范畴。

安兹·乌尔·恭，这位魔法吟唱者——可以单枪匹马，像毁掉沙堡一样，毁掉人类建起的国家。他是个怪物。

眼前的景象比什么语言都更雄辩地阐述着这事实。

席卷帝国军的惊呼声浪，仿佛退潮一样消失了。渐渐地，所有人都闭上了嘴，不再发出一丝声音。

奇怪的声音在只剩寂静的帝国军阵地响了起来。太多相同的声音重叠在一起，甚至让人觉得有些吵闹。那是所有骑士上下牙齿打架的声音。

因为他们都理解了，自己家人生活的亲爱的祖国，也和王国一样，站在灭亡的边缘。他们为此感到恐惧。

他们理解了，与安兹·乌尔·恭为敌，就意味着那骇人的魔法会降临自己这边——

在这样的状况下，宁布尔突然闪过一个念头：不知道使用了大规模杀伤性魔法的、灭绝人性的魔法吟唱者，现在是什么样的心情。

宁布尔没有扭头，而是侧眼窥向站在身旁的怪物安兹。他发现安兹处之泰然。

(不可能，不可能。怎么会这样……怎么可能如此平静呢?!他可是夺走了七万人的生命啊?!确实，这里是战场，是搏命的地方，夺走弱者的生命是理所当然的。即使如此，夺走了七万生灵的性命，不管怎么说也该付出相应的情感吧?!)

后悔和罪恶感，应该是这种状况下非常正常的情感。如果他感到愉悦和欢喜，也可以把他当成疯子进行理解。

可是——

(我从他身上感受不到任何情绪，莫非是保护自己心灵的防御本能发动了吗?不对。对，对于这个怪物来说，眼前不过是司空见惯的一幕！从他身上甚至感觉不到人类践踏蚁群时，产生的怜悯和黑色的愉悦。为什么，会这样？为什么会有这种家伙……为什么这种家伙会出现在人类的世界中。）

“你怎么了？”

“呀！”

宁布尔感觉就像一把冰冷的钢刀捅进了自己的身体。听到安兹问话的声音，他不由自主地发出了惊叫，随后慌忙掩饰道：

“没，没有。我真是看到了绝妙的魔法。”

宁布尔很想称赞还能说出话的自己。不仅说出了话，还表达了对安兹的赞赏，宁布尔觉得应该盛赞自己一番。

“哈哈哈——”

听到宁布尔拼尽全力的赞扬，安兹给予的回应是轻轻的笑声。

“我，我是不是有什么冒犯之处？”

“没有没有，不是不是。你说，看到了绝妙的魔法，对吧？”

“是，是的。”

这是应该讥笑的部分吗？汗水顺着宁布尔的额头流了下来。他已经见识到令眼前之人不快，会带来多么可怕的结果，丝毫不想惹他不高兴。

“请不要那么紧张。我只是想说……我的魔法还没有结束呢。接下来魔法才真正开始。给暗黑丰穰母神的献礼，将得到孩子们作为还礼。一群可爱的孩子。”

没错——

就像成熟的果实回归大地一样——

最先注意到它的，依然是帝国骑士们。

远远地，身处最安全的地方观战的骑士们最先发现它，也是理所当然的。正因为觉得自己很安全，骑士们才能从头盔细细的窥孔形成的小小视野中发现它。

在死亡旋涡夺走王国士兵们的生命之后，空中出现了一个仿佛要玷污世界般的骇人的漆黑球体。

那么王国士兵中，最先察觉到的是谁呢？我们可以猜测，大概是视野受到遮挡的右翼士兵们吧。他们察觉到有异常事态发生，可是不知道到底发生了什么，四处张望的时候，发现了它。

像一滴水激起千层浪一样，发现者身边的士兵也发现了它，于是发现它的士兵越来越多。就这样，打算在卡兹平原展开战争的所有人，都默默眺望着空中的球体。

仿佛在空中开了个大洞一样的球体似乎有蜘蛛网的魔力，人们只要盯上它，就没法再把视线移开。

黑色球体渐渐变大。

人们都失去了逃跑或者战斗之类有建设性的思维，只是默默地，仿佛痴呆了一样地，眺望着黑色球体。

随后——足够成熟的果实落了下来。

理所当然，落下的球体碰到大地，裂开了。

就像摔在大地上破裂的水袋，成熟的果肉爆裂开来。

充满球体的内容物以落地处为中心，呈放射状扩散开来。球体的内容物像沥青一样，那是完全不反射光的、无比漆黑的黏稠液体。漆黑的液体渐渐没过了已经停止呼吸的王国士兵们的尸体。

可能是异常的直觉在发挥作用吧，没有一人认为瓜熟蒂落就算结束了。

正相反——人人都预感这才是个开始。

没错——绝望的开始。

突然，黑色液体淹没的大地上，长出了一棵树。

不，它可没有树那么自然而无害。

树本来只有一棵，随后不断增加。两棵、三棵、五棵、十棵……那明明没有风却在摇曳的枝条——是触手。

“咩——”

突然，仿佛可爱山羊叫声般的声音响了起来，而且不止一声。好像不知什么地方出现了一群山羊。

仿佛被山羊的叫声拉扯着，沥青蠢动起来，然后有什么东西从沥青中喷了出来。

那是实在过于畸形、过于异质的东西。

它的高度大概有十米吧，加上触手就不知道到底有多少米了。

它长得有点像芜菁。代替叶子的是许多条黑色触手，肥大的根部则是疙疙瘩瘩的肉块，下面长着五条有着黑色蹄子的山羊般的腿。

根的部分——肥大的疙疙瘩瘩的肉块上产生龟裂，然后剥落，而且是有许多处同时龟裂和剥落。然后——

“咩——”

可爱的山羊叫声，从龟裂处发了出来。那龟裂是淌着黏稠液体的嘴。

山羊一共五只。

它们向卡兹平原上的所有人类，展示出了骇人的全貌。

黑色山羊崽。

这种魔物出现的数量，与超位魔法“暗黑丰穰之献礼”造成的死者人数成正比。它们虽然没有强大的特殊能力，但是耐力超群。

而其等级——超过九十级。

也就是说，它们就是毁灭的风暴。

除了山羊那可爱的、甜腻得有点烦人的叫声之外，战场上听不到其他声音。人们只是不能相信眼前正在发生的事情，不愿意承认现实，没人开口说话。超过三十万人——现在活着的还有二十三万五千——集中在一起，却没有一人出声说话。

沉默中，安兹愉快地笑着。

“太棒了，这是最高纪录。恐怕一举召唤出五只的，放眼古今东西，只有我一人。这可真是太厉害了，看来需要感谢一下子死掉那么多的王国士兵啊。”

通常，能召唤出一只黑色山羊崽就已经很不错了，能召唤出两只的时候很少。

然而安兹这次召唤出了五只。

就像游戏玩家喜欢津津乐道自己达成的纪录一样，安兹也由衷为自己的新纪录感到欣喜。数万死者对他来说，压根儿不算什么。

“不过……我觉得应该再多出几只才对啊……莫非五只就是上限吗？如果是这样，这次的纪录就是最大值了，应该算是很厉害了吧。”

“恭喜您！！不愧是安兹大人。”

听到马雷的赞扬，安兹在面具下露出了笑容。

“谢谢你，马雷。”

随后，安兹转向了宁布尔。只见他仿佛被电了一下，以亦哭亦笑的表情赞赏道：

“恭、恭喜您。”

“谢谢。”

安兹愉快地回答道。

宁布尔毫不掩饰真实情感的表情，在安兹心里溅起了波纹。

他回想起来，YGGDRASIL 玩家时代的自己，第一次看到“暗黑丰穰之献礼”时，曾经像他一样被震撼了。

（华丽的魔法，或者是威力惊人的魔法，往往会令许多人感到震撼。“暗黑丰穰之献礼”不愧是在 YGGDRASIL 中人气也比较高的魔法。我说要用这个魔法的时候，连雅儿贝德和迪米乌哥斯都赞不绝口啊。）

帝国阵地中响起了咔嚓咔嚓的声音。

那是铠甲摩擦发出的声音。

士兵们的身体颤抖着，可是又有谁能嘲笑他们呢。

魔导王刚刚发动了骇人的召唤魔法。听到他谈笑风生，没有一人不是起了浑身的鸡皮疙瘩。

在场的所有帝国骑士都有同一个想法。

祈祷安兹·乌尔·恭的力量不要倾泻到自己头上。

他们的样子就像在对神祈祷一样。

就在士兵们的祈祷都集中到安兹背后的时候，他开始了下一个阶段的行动。他漫不经心地想着：虽然目前已经成绩斐然，但还是做彻底吧。

这次的目的是使用超位魔法，向诸国宣传安兹·乌尔·恭的强大。

那么目的已经达到了，不过就这样消除魔法的产物太浪费了。

是的，太浪费了。

安兹嗤笑起来。

如果有舌头，想必他已经伸出来舔嘴唇了。

一次使役五只黑山羊崽，这是在YGGDRASIL中品尝不到的快感。

“啊啊——试试吧。开始追击吧，可爱的小山羊崽们。”

得到召唤者安兹的命令，黑山羊崽们开始缓缓行动了。

它们的五条腿以畸形的动作，灵敏地活动起来。它们奋蹄而行的动作称不上优雅，或许应该说会给人蠢蠢的可爱感觉。

只要它们不跑到自己这边来。

轻盈地移动着巨大的身体，五只黑山羊崽跑了起来，向王国军冲了过去。

“对了，有三个——不，四个不能杀的人，绝对不要伤害他们。”

安兹想起了迪米乌哥斯乞命的三人，在脑内——他没有脑子——向黑山羊崽们下令。

“那是梦吧？”

远远看着畸形恶魔，王国士兵之一低声喁语。然而他没有得到回答，没有人能回答他。所有人都死死盯着眼前展开的景象，顾不上回答他的提问，就像灵魂被摄走了一样。

“呐，那是梦吧？我是在做梦吧？”

“是啊，坏得不能再坏的噩梦。”

第二次问话，终于有人回答他了。那声音有一半逃避现实的腔调。

这不可能。

不愿意相信。

这些感情在士兵们中间蔓延着。面对身形越来越大——渐渐靠近的畸形的存在，他们不想承认现实。

如果眼前只是普通的魔物，他们或许还能拿出挥舞武器的勇气。然而，瞬间杀光左翼七万士兵后出现的魔物，不可能是普通的魔物。就像面对着渐渐逼近的巨大龙卷风，没有一人拿得出迎敌的勇气。

巨大而畸形的魔物，灵巧地挥舞着短粗的腿，以相当快的速度冲了过来。

“与起长枪！”

喊声响了起来。

贵族中的一人以音阶错位的尖声喊了起来。他眼睛布满血丝，嘴角挂着泡沫。

“九、九起长枪！讲要活命急几起长枪！”

他在恐惧中不能自已，说出来的话也含混不清。士兵们隐约听出他似乎是在说“举起长枪”，明白这才是最正确的命令。

士兵们好像挨了电击一样，一起举起长枪，形成了枪阵。

枪柄固定在大地上，突进的速度会变成武器，撕开对方的身体。

尽管枪阵就连帝国骑士也很难突破，然而士兵们头脑中冷静的部分，还是觉得手中小小的长枪大概起不到什么作用。不过，他们也觉得，想要活命，大概也只有这一种手段了。

怪物以异常的速度越变越大，想要靠两条腿逃走几乎不可能。转身逃走，就会从背后被那巨大的蹄子踢扁吧。

士兵们拼命祈祷着，希望怪物不要跑到自己这边来，举着枪准备应付魔物的突击。

小小魔鬼以令人不寒而栗的速度越变越大——越来越近。

随着魔鬼越来越大，随着大地的震动越来越强，士兵们的心脏也跳得越来越急。当心脏跳得让人觉得它好像就要破裂了时，巨大的身体也冲到了眼前。

那景象就像一辆巨大的载重货车，冲进了老鼠群中。

王国军的士兵们用颤抖的手举着无数长枪，然而在巨大的，拥有强韧身体的黑山羊崽们面前，有什么意义呢。长枪比牙签更轻易地折断了，没能对黑山羊崽造成丝毫伤害。

黑山羊崽们巨大的身体，踏进了王国士兵的人丛之中。

无数被撞碎的长枪飞上了天空。

黑山羊崽们践踏着称不上抵抗的无谓抵抗，不过它们的践踏是仁慈的。

士兵们不会感受到痛苦。

在绝对重量的冲击下，士兵们没有感受疼痛的时间。

手持长枪的士兵们来不及认识到手中长枪被巨大身体撞断的瞬间，只觉得看到了遮天蔽日的黑影。

惨叫声响起，惨叫声呼应，惨叫声不绝于耳。

肉片飞上半空，而且不止来自一两个人，它们来自几十人甚至上百人。士兵们被巨大的蹄子踏碎，被挥舞的触手打——不，抽碎。

贵族也好，农夫也好，变成肉片之后，大家都一样。

故乡有家人等候也好，有朋友等候也好，无人等候也好，变成大地的污泥之后，大家都一样。

所有人都获得了同样的死法。

踏碎无数的人类，黑山羊崽们心满意足，然而并没有停下脚步。

黑山羊崽们继续奔跑着。

它们不管不顾地奔跑着，在王国军队中无休无止地横冲直撞。

“呀啊啊啊啊啊啊”

“喔唔唔唔——”

“住手啊——”

“救命啊——”

“我不要死——”

“呜哇啊啊啊——”

每次巨大的蹄子落下，都会溅起一片惨叫声——伴随着黑山羊崽粗腿下人类被踩死的声音，毫无规律胡乱挥舞的粗触手抽飞人体的声音。

人生中从未听过的声音此起彼伏。

蹂躏。

除了蹂躏之外，还有更适合眼前景象的词吗？

有几人鼓起勇气刺出长枪。枪尖确实命中了身体巨大而且不打算躲避的黑山羊崽。然而枪尖无法刺入那肉块分毫，就好像它是由橡胶皮肤和钢铁肌肉组成的。

黑山羊崽们甚至不会嘲笑士兵们无谓的抵抗，它们只是一味前进。

在王国军认识到拼命攻击也没有意义之前，黑山羊崽们已经一鼓作气冲到了中央军正中附近。

“撤退!! 快撤退!!”

远处传来一声尖叫。听到声音，所有人类都跑了起来，就像蜘蛛的幼体四散奔逃一样。然而，黑山羊崽比人类快得多。

噗嚓。噗嚓。噗嚓。噗嚓。噗嚓。噗嚓。噗嚓。噗嚓。噗嚓。噗嚓。噗嚓。噗嚓。噗嚓。噗嚓。噗嚓。噗嚓。噗嚓。噗嚓。噗嚓。噗嚓。噗嚓。噗嚓——

噗嚓。噗嚓。噗嚓。噗嚓。噗嚓。噗嚓。噗嚓。噗嚓。噗嚓。噗嚓。噗嚓。噗嚓。噗嚓。噗嚓。噗嚓。噗嚓。噗嚓。噗嚓。噗嚓。噗嚓。噗嚓。噗嚓——

噗嚓。噗嚓。噗嚓。噗嚓。噗嚓。噗嚓。噗嚓。噗嚓。噗嚓。噗嚓。噗嚓。噗嚓。噗嚓。噗嚓。噗嚓。噗嚓。噗嚓。噗嚓。噗嚓。噗嚓。噗嚓。噗嚓——

噗嚓。噗嚓。噗嚓。噗嚓。噗嚓。噗嚓。噗嚓。噗嚓。噗嚓。噗嚓。噗嚓。噗嚓。噗嚓。噗嚓。噗嚓。噗嚓。噗嚓。噗嚓。噗嚓。噗嚓。噗嚓。噗嚓——

噗嚓。噗嚓。噗嚓。噗嚓。噗嚓。噗嚓。噗嚓。噗嚓。噗嚓。噗嚓。噗嚓。噗嚓。噗嚓。噗嚓。噗嚓。噗嚓。噗嚓。噗嚓。噗嚓。噗嚓。噗嚓。噗嚓——

噗嚓。噗嚓。噗嚓。噗嚓。噗嚓。噗嚓。噗嚓。噗嚓。噗嚓。噗嚓。噗嚓。噗嚓。噗嚓。噗嚓。噗嚓。噗嚓。噗嚓。噗

嚓。噗嚓。噗嚓。噗嚓。噗嚓——

只有人类被踩死，变成肉块的声音不绝于耳。

三只怪物仿佛如入无人之境，横穿中央军，一边溅起血肉的浪花，一边向着右翼靠近。很快就要与雷文侯爵的军队接触了。

“撤退！！快撤退！！”

雷文侯爵发出了尖叫。

那怪物不是人类能对付得了的。

不应该浪费生命。

听到雷文侯爵发话，他身边的士兵纷纷扔下武器落荒而逃。

然而人太多了，想跑也跑不起来。

雷文侯爵当初本打算保持一定秩序撤退，想防备帝国军从背后追击。然而事到如今，他才发现为了整理队列浪费了太多时间，犯下了重大错误。

“安兹·乌尔·恭，居然是这么强的存在，这么强的魔法吟唱者吗！”

雷文侯爵觉得自己轻敌了。不对，他没有轻敌的意思。

听到葛杰夫·史托罗诺夫的话后，他已经把安兹·乌尔·恭放在了自己能想象到的最强位置。然而，就算是放在了最强位置，和现实相比，也只能称之为轻敌。

现实超出预想太远了。

这世上谁能预想到安兹·乌尔·恭有如此强大的力量，又有谁知道这世上居然存在如此强大的力量呢。

雷文侯爵看着越来越近、越来越大的怪物，颤抖着声音向周围的士兵们下令：

“这战场已经化为纯粹的屠宰场了！什么都别管，快逃！！”

“侯爵！”骑兵一边摘下头盔一边喊道，“国王呢！国王怎么办！”

“蠢货！现在顾不上想那么多！侯爵！那怪物已经靠近这边了！”

听到吼声，雷文侯爵移回视线，看到魔鬼刚刚开始蹂躏右翼。士兵们争先恐后逃跑，溃不成军。看起来怪物似乎一条直线向着雷文侯爵行进过来，不过它应该不是盯上了雷文侯爵，只是随意奔跑而已吧。可以看得到，其他黑山羊崽离雷文侯爵所在的位置还很远。

“国王在什么位置！！”

“在那边！”

雷文侯爵顺着士兵指的方向看去，发现有一头黑山羊崽靠近那边了。

雷文侯爵开始犹豫，现在去救国王自己会怎样。可是，以现在的状况，如果失去兰布沙三世，王国恐怕会土崩瓦解。

可是——

“交给葛杰夫阁下吧！”

雷文侯爵十分信任葛杰夫。

他是王国引以为傲的战士。虽说就算他再强，大概也无法战胜那黑山羊魔物，但总能带着国王一人逃出这地狱般的战场。

“雷文侯爵！不好了！快逃吧！”

听到部下中他最信任的前山铜级冒险者的喊声，雷文侯爵打消了迟疑。

“侯爵！”

部下发出的声音比起喊声更接近尖叫。雷文侯爵大吼着回答道：

“我明白！我们逃！”

事到如今——黑山羊崽已经近在咫尺，雷文侯爵顾不上用撤退之类体面的字眼了。

“军队请交给我来统领！侯爵请尽快离开这里，回到耶·兰提尔！”

怒吼的是一个眼睛看起来有些困倦的男子。外表虽然并不出众，但是没有比他更适合接手全军的人了。

“交给你了！我的名号你可以随便用，责任由我承担！”

蹄子的声音已经很近了。恐惧让雷文侯爵不敢回头，他在踢马的脚上用上了力。然而，马纹丝不动。雷文侯爵用更大力去踢，马还是不动。它垂着耳朵保持着不动的姿势。

这时候，在极度混乱之中，一群马撞开人群跑了过去。马上的人拼命抓着马的身体，看来是顾不上攥缰绳了。

真是讽刺，习惯了战场的军马因为恐惧动弹不得，没有接受过训练的马则陷入恐慌状态，不受控制地奔逃。

“没想到训练起了反效果！”

本来，马是一种胆小的生物。经过训练之后，它们能成为不怕上战场的军马。然而，正因为接受过训练，这匹马不动了。精神上尽管已经过载，可是不能逃跑的训练还在生效。

“非常抱歉！‘狮子心’！”

风神神官，约兰·迪克斯戈多向马施放了抵抗恐惧的魔法。恢复了镇定的马发出一声嘶鸣。

“雷文侯爵！我们为您开路！”

“拜托了！”

听着身后“一路小心”的祝福声，雷文侯爵在前山铜级冒险者的保护下，策马跑了起来。

想骑马跑过混乱中，没有军规可言的暴动人群非常困难。然而作为人类，曾经接近最高位阶的前山铜级冒险者们，使不可能成为可能。

一行人巧妙地穿过人流的缝隙前进着。

“那个怪物魔法吟唱者！人类的世界中怎么能容许那样的家伙存在！”

视野随着马的疾驰上下颠簸，雷文侯爵咒骂着安兹。

“可恶！必须想办法。必须想出保护人类的世界——保护未来的手段！”

他不由得自言自语起来，这也是因为恐惧。他需要说点什么，需要让自己分分神，否则他那明晰的头脑，会从逼近自己的危险中想象出各种各样的噩梦。

回去之后，需要叫上王子（赛纳克）、公主（拉娜），商讨如何对付那个超乎常理的魔法吟唱者。

这样下去，所有人类都会被奴役——这还算是乐观的。搞不好，人类会被安兹·乌尔·恭当成玩具，玩弄到灭亡为止。

充满焦躁感的咂嘴声甚至没有被军马疾驰的蹄声淹没。

“不好！雷文侯爵！请让马一点一点偏向右边跑！怪物追上来了！”

“它看上去没有眼睛啊，是怎么看到我们的！”盗贼洛克麦亚吼道，“伦德，有没有什么能用的魔法？”

“没有！你该不会以为有能对那样的怪物生效的魔法吧，洛克！”

“就算没有你也得试试啊——”

“不要试！不到万不得已不要试！或许只是我们的方向和它一样！雷文侯爵！请跑在我们前面！继续偏向侧面跑！”

他们的声音在颤抖。

遵照他们的指示，雷文侯爵策马跑到了最前面，向着逃跑者比较少的方向跑去。

仿佛要捏碎他剧烈搏动的心脏，从近处传来了黑山羊崽的叫声。

“咩——”

——好近。

冷汗像瀑布一样从雷文侯爵的额头上流了下来。恐惧让他不敢回头，但他仿佛感觉到了背后有温吞吞的气息。

然后他再次听到了——

“咩——”

“可恶！不行了！它是冲着我们来的！各位！做好心理准备了吧！!”

听到队长鲍里斯的呼叫，前山铜级冒险者们纷纷发动魔法代替回答。

“铠甲强化。”

“增强低阶臂力。”

“好！那么！雷文侯爵！我们要留下迎敌！请您绝对不要回头，继续骑马向前跑！”

对克服了恐惧的他们，现在能说的只有一句话。

“拜托了！!”

“是！我们上！”

“噢噢！”

雷文侯爵听声音，知道自己身后，前冒险者们的坐骑与自己拉开了距离。

雷文侯爵伏下身，尽可能维持可以避免速度受风影响的姿势。虽然不知道他们能争取多少时间，但是只有夺路而逃——活下来才是对他们的忠心最好的报答。

“去吧！‘火球’！”

“不落要塞！”

雷文侯爵任马自己奔跑。他听到前冒险者即将进入战斗的声音，逆着耳旁的呼呼风声传来。

可是——两秒之后，他再也听不到前冒险者们的声音了。

他只能听到巨大的蹄声。

他的心脏剧烈地跳了一拍。

看着伏低的视野中——映在大地上的影子，雷文侯爵忍着不发出尖叫。

他看到自己——疾驰的自己脚下有巨大的影子，然后发现有一条又长又粗的影子伸了出来。

“驾……”

马像疯了一样奔跑着，已经不需要雷文侯爵驱策。它恐怕跑出了有生以来最快的速度。即使如此，影子依然映在大地上。

“不要！”

雷文侯爵尖叫起来，他无法自已的尖叫声非常响。

他感到两腿间有一股暖流。

雷文侯爵瞪大了眼睛，即使如此他还是不敢看向身后，他拼命地催着马。

他现在还不能死，王国会怎样都无所谓，国家要毁灭就毁灭吧。

如果与安兹·乌尔·恭为敌意味着要死，那他愿意舍弃这个国家逃亡。

太蠢了。

自己真是太蠢了。

自己居然愚蠢地跑到了这样的战场上。

既然知道安兹·乌尔·恭有异乎寻常的力量，他无论如何也应该设法留在王都的。

如果不考虑王国的将来就好了。

“不要啊！”

他还不能死。

在儿子还小的时候，他不能死。还有——他不能撇下心爱的妻子死掉。

“不要——”

雷文侯爵眼前浮现出儿子的面容。

他那可爱的儿子。

他回想着小生命降临到他身边，慢慢地成长起来。儿子生过病，当时他不知道慌成了什么样子。他看向无语的妻子，发出近乎发狂般的尖叫，那副尊容现在回想起来也是极其丢人的。

他想起儿子柔软的小手和蔷薇一样的小脸蛋。长大之后，儿子一定会成为整个王国谈论的青年。雷文侯爵相信儿子比自己更有才能，现在他已经能看到一鳞半爪。

妻子说他是偏爱自己的儿子，可是他不这样认为。

他非常感谢妻子为他生了心爱的儿子。当然，因为难为情，他没怎么表达过自己的感谢。

最近他觉得想要第二个孩子了。

他本不该来到这样的战场，而应该抱紧自己心爱的二人——

“欸？”

蹄声停止了。

雷文侯爵回头看去，他并不是拿出了勇气，而是受到好奇心的驱使。他看到黑山羊崽好像冻住了一样停止了动作。

3

他不知道自己在什么地方，感觉就像被扔进了噩梦之中一样。

帝国四骑士——巴哈斯帝国最强战士的称号，现在想来简直一文不值。

曾经以这一文不值的称号为傲的自己，是多么渺小而可悲的生物。眼前的一幕对他的冲击就是如此之大。

宁布尔耳中听到了压低的嘤嘤哭声。那是恐惧与不安突破了极限的人们的呜咽。那是仿佛孩子般的——不对，是仿佛变回了孩子的人们的沉痛呻吟。哭泣者是帝国骑士们，而且是大多数。

宁布尔听到他们的哀愿声："快逃啊。"

那是祈祷的声音，他们怜悯眼前身陷惨绝人寰的杀戮坩埚中的人们。

王国军过于悲惨的境遇，令身为其敌人的帝国骑士们都在为他们祈祷。

祈祷哪怕多逃出去一人也好。

他们是来厮杀的，可是，看到这样一场屠杀，不管什么样的人都会为之痛心。面对眼前的景象，还能无动于衷的，只能是人面兽心的非人存在。

而且，宁布尔和帝国骑士们都意识到，自己并非在隔岸观火。

以帝国和王国来分，火确实烧在对岸。可是，以人类和怪物来分，他们就在着火的一侧。

帝国的骑士们把王国的士兵当成了自己的同伴，为他们的悲剧而流泪。

"好了，差不多了吧。"

对安兹的低语产生了反应，所有视线都集中在他身上。

六万人同时在场，这么小的音量，远处的人不可能听得到。不过，人们能看到身旁的人转头了。没有听到声音的人，发现他们转向了安兹·乌尔·恭，自然也会跟着转头。

眼前，噩梦的制造者——安兹·乌尔·恭的一举一动让所有人都提心吊胆。

安兹慢慢摘下了面具。

无皮无肉的白色头盖骨露了出来。

如果不是身处这样的状况下，宁布尔和帝国的骑士们可能会认为他的面具下戴着另一张面具。然而他们现在却觉得理应如此。

这才是他的真面目，安兹·乌尔·恭就是个怪物。

拥有此等力量的存在不可能是人类。正因为他们有这样的预感，所以才会觉得理应如此。

安兹缓缓张开了双臂，就像要拥抱朋友一样——像恶魔舒展翅膀一样。他看起来给人感觉仿佛大了一圈。

在寂静中——远处传来的王国士兵们的惨叫声中，安兹沉静的声音显得格外响亮。

“喝彩吧。”

宁布尔不明白他在说什么，半张着嘴，凝视着安兹。

听到安兹说话的人似乎都有相同的反应，他们像传话一样小声把安兹的话传到远处，凝视着安兹的视线越来越多。

当所有视线逐渐集中向安兹的时候，他再次开了口。

“为我至高无上的力量喝彩吧。”

最先献上掌声的，是安兹身旁，宁布尔另外一侧的马雷。

在他的带动下，零星的掌声开始响起，进而转化成雷霆万钧的喝彩。

当然，骑士们并非真心喝彩。

没有人愿意为灭绝人性的杀人狂魔献上掌声。那不是战争，是屠杀，大屠杀。

然而，没人敢表达自己真实的想法。

雷霆万钧的掌声，代表着骑士们的恐惧。

本该无法更响亮的雷霆万钧的掌声，分贝又提升了几级。

因为有一只黑山羊缓缓改变了路线，它转向了帝国军。

伴随着鼓掌，像战吼一样的欢呼声也响了起来。

帝国骑士们称颂安兹·乌尔·恭的欢呼声，由令人觉得喉咙会吼出血来的尖叫声组成。

然而，黑山羊的脚步并没有停下。

因此骑士们发出了更大的声音，他们觉得是因为不满足现在的欢声，黑山羊才会不断靠近。

——然而，黑山羊并没有停住脚步。

——因此，弦断了。

不知道是谁先动起来的，也许只是一名骑士的身体颤了一下。然而恐惧早已充满空气中，达到极限，一点就着。

“咿呀啊啊啊——”

从灵魂深处发出的尖叫在帝国阵地内各处响起，帝国军震动起来。

刚刚蹂躏过王国军的怪物，其中一只向着自军方向逼近过来。有骑士舍弃面对异常事态吓得动弹不得的军马，开始逃跑了。他们刚刚看过令人联想起地狱的景象，不管多么缺乏想象力的人，也不难想象下一个就是自己。

不仅如此——恐惧是会传染的。

开始不到百人的逃跑者，每一秒都在不断增加，最终膨胀到了六万。

——没错。

帝国全军陷入了恐慌状态，军纪彻底崩坏了。

他们逃得实在狼狈。

骑士们当然学习过如何撤退，然而，他们顾不上遵守纪律了，只顾着早一秒逃出这里，逃到更安全一点的地方。他们推开身前的同伴夺路而逃。

身后有人又推又搡，人难免会失去平衡摔倒在地上。只要一倒下，在恐惧驱使下跑在身后的人群，不会给跌倒者站起来的机会。

跌倒者会在后续人群的脚下被踩烂。

穿着金属铠甲也没用，因为踩踏者也穿着金属铠甲。用不了多久，跌倒者就会变成一团铁与肉的混合物。

这样的事情到处都在发生。

敌人没有给帝国军带来伤亡，他们却自己增加着伤亡。

宁布尔不知道怎么做才好，进退维谷。

他也想逃，可是他不能逃。而且，也不是所有骑士都在逃跑。

环视阵地，有屈指可数的几名——骑在马上一动不动的骑士。

他们并不是吓得无法逃跑，而是被人类无法应付的绝对力量迷住了，兴奋得动弹不得。

看到巨大的龙卷风向本方行进，常人会马上试图逃跑。然而，也有人知道不逃就会被龙卷风夺走自己的生命，却从其中感受到了美而站定不逃。没有逃跑的，都是这种入了魔的家伙。

黑山羊崽来到安兹面前，屈起腿，把触手垂了下来，应该是在对安兹行礼吧。

看到与怪物并不相符的样子，宁布尔露出了扭曲的笑容。

山羊崽全身应该淋满了牺牲者的血，然而看起来却没有附着什么东西，因为血被皮肤吸收了。

安兹坐在它的触手上。它把另外几只触手伸了过来，固定住安兹的身体并把他举起，放到了自己的头顶。

“按说应该是我施放一个魔法，然后帝国军发起突击。现在看来帝国军没这个打算啊。”

宁布尔无话可说。

安兹说得没错，帝国主动违反了自己对同盟国国王提出的契约。

然而，宁布尔无法责怪临阵脱逃的骑士们。就算到了吉克尼夫面前，想必宁布尔也会为他们辩护：骑士们面对的是无法抗拒的恐惧。

“啊啊，我并不是在责怪你们。我很理解你们的判断，如果当时你们发起突击，将会和王国士兵一起被踩烂。要是真的发生了那样的事，我可就没法跟皇帝交代了。好吧，你们的工作，也由我来做好了。”

宁布尔瞥向岿然不动的不死者们。

“是、是、是要让这支不死者兵团发起突击吗？”

“不，难得召唤出来了，这次战斗就全部交给山羊们，我去稍微清扫一下就好。马雷，还是不要放松警惕。”

“明、明白！请放心吧，安兹大人！”

宁布尔哑口无言。

刚刚使用了如此可怕的魔法的人，说要前往追击。

宁布尔从安兹身上看到的，是不让一人活着离开战场的杀戮欲望。

“还要杀……难道还没有杀够吗？你是恶魔吗？”

宁布尔只是低声自语，可是他发出的声音比自己意料之中的要大。乘在黑山羊上的安兹把骇人的面孔转向了宁布尔。

看着内心惴惴不安的宁布尔，安兹摇了摇头。

“你不要误会，我是不死者。”

安兹想说的是：他不是以作恶为乐的恶魔，而是憎恶生者的不死者，因此才要对王国的士兵赶尽杀绝，夺取更多的生命。

这是有理有据的回答，同时也是最可怕的回答。

既然安兹因为自己是不死者，就要杀戮生者，那么他的矛头很可能会指向同为生者国家的帝国。

不，毫无疑问，未来必将如此。

到底该怎么办才好。在混乱与恐惧的侵袭中，宁布尔无法集中精神，没有听到安兹最后的低声喁语。

“……而且看来已经找到了要找的人物。”

兰布沙三世所在的大本营位于王国军最深处，这里飘扬着无数贵族的家族旗帜。

刚才这里还有许多贵族，但现在已经所剩无几了。大部分贵族已经逃走，现在还留在阵地的贵族屈指可数。兰布沙三世并不为宫廷贵族临阵脱逃感到愤怒。

“你们也不用管我，想逃就逃吧。”

“您在说什么！陛下，您快点逃吧。要是被那东西盯上就完蛋了，绝对没有活命的希望！”

葛杰夫麾下战士团的副长向国王进言。

“我是国王，怎么能逃跑。”

“陛下就算留下，也没有什么能做的了。请您先回到耶·兰提尔再做打算吧！”

兰布沙三世苦笑起来。副长这番话实在是逆耳忠言。

“你说得没错，现在已经没有我留在这里能做的事了。”

王国军已经溃不成军，开始了混乱的溃逃，事到如今想把军队整合起来是不可能的。不光兰布沙三世，这是就算再出色的指挥官也无法完成的难题。

“陛下！没时间了！伙计们！就算用绳子捆，也要把陛下带走！”

周围葛杰夫的部下迅速行动起来。

兰布沙三世判断，继续在这里浪费时间，不光会让自己送命，还会害了这些部下。他站了起来。

“不必，我走就是。不过现在逃走还来得及吗？”

地震般的脚步声以非常快的速度靠近着。生命危在旦夕，兰布沙三世的语气却极其平和，刚才此处贵族们极其混乱的声音与他们简直没法比。

“应该来不及吧。只要骑马逃走，那家伙一定会追上来。看起来它们是优先攻击大群逃跑者的。因此，我们想要活下来，只有这一个办法。”

兰布沙三世恍然大悟，刚才副长驱赶剩下的贵族上马，催促他们成群结队逃走，原来是为了这个目的。

“因此，我们要徒步逃走。”

兰布沙三世一看，发现一部分战士脱掉盔甲扔到了一旁。

“这些人将背着陛下逃走。”

“你们呢？”

并不是所有人都脱掉了盔甲，站在国王面前的副长依然全副武装。

“我们打算作为诱饵，骑着马向相反方向逃走。”

看着战士们脸上灿烂的笑容，兰布沙三世明白了他们的决心。

“不需要！你们是王国的宝物！无论如何你们都要活下来！我还要你们去辅佐下一任国王。”

“当然。我们虽然打算做诱饵，但是不打算送命。”

骗人的。他们就是打算送命的。不对，他们已经悟透了自己命中注定的“死”。

兰布沙三世想要说服他们，可是他无法说出口。面对战士们的微笑，他觉得不管什么话语，都无法撼动他们的决心。

周围的战士开始为兰布沙三世脱盔甲了。

一位身穿白色铠甲的战士走上前来。是对兰布沙三世的女儿拉娜忠心耿耿的克莱姆，他一直是她唯一的部下。

“我也会参加佯动部队。虽然不知道那怪物到底有没有眼睛，但是挥起旗帜或许能吸引它的注意。而且这身铠甲想必能成为好靶子。”

克莱姆手中握着国旗，国旗上还留着士兵们逃跑时踩上的脚印，仿佛暗示兰布沙三世他们现在所处的境况。

“好吧，那我也跟你一起去。”

站在克莱姆身旁的是布莱恩·安格劳斯。他是一位强大的战士，据说能匹敌兰布沙三世最信任的部下葛杰夫·史托罗诺夫。布莱恩这次是作为拉娜的部下参加战争的，可以说和克莱姆所属相同。

“真的可以吗？从真正意义上来说，你并不是公主的部下。”

“啊？好啦，不用在意那么多。恶魔骚动的时候我也上了最前线，结果不也活下来了吗？祈祷这次幸运依然会降临到我身上好了。也祝你好运。”

“神应该不会对我们弃之不顾的。恶魔骚动的时候神也送来了英雄。我相信神这次也会来改变我们的命运。”

布莱恩和副长在兰布沙三世面前举拳相击，彼此道别。

“怎么会这样……”

他到底做错了什么。

兰布沙三世发出了呻吟声：眼前的战士中，大概不会有生还者吧。

副长和克莱姆都会作为诱饵死去。

葛杰夫说要阻拦黑山羊崽，冲进了乱军之中，不知道他现在怎样了。

兰布沙三世觉得眼睛一热。

他想说，原谅我。

他们要为一个老头子做诱饵，去献出有无穷未来的生命。

然而他说不出口，因为他们虽然不怕牺牲，但没有放弃求生。

那么——

“如果能平安回到耶·兰提尔，就给你们想要的奖赏。”

已经迈起了步的克莱姆和布莱恩转过头去。

“我不需要奖赏，陛下。拉娜大人对我有救命之恩，我怎么能再奢求奖赏……”

“要说我想要什么嘛。希望能把王国最漂亮的公主大人嫁给我中意的小兄弟做媳妇。”

“哈哈哈哈，真是狮子大开口啊。”

“布莱恩先生！您这是在说什么！”

“得先从给那个小兄弟贵族地位开始啊，我会努力的！”

“看来这下你非得活着回来不可了啊，克莱姆小兄弟。”

克莱姆惊得目瞪口呆，张着嘴说不出话，他的脸上已经没了刚才战士的坚定决心。兰布沙三世见状，不由自主地忘了状况，露出了开朗的笑容。

“请，陛下。”

“拜托了。”

卸掉铠甲的兰布沙三世伏在了战士背上。

“陛下，即使如此，能不能逃得掉也要看运气。万一……到时候请原谅我们。”

“没关系。是我听取了你的意见。到时候就当运气不好吧。”

“那么，陛下！我们在耶·兰提尔再会吧！”

副长等人乘上马跑了起来。仿佛正等着这个瞬间，黑山羊崽中的一只改变了行进的方向。

"好！趁大家引开了黑山羊，我们走！"

## 4

在落荒奔逃的士兵们形成的混乱海洋中，葛杰夫紧紧盯着前方，慢慢拔出了国宝级武器剃刀之刃。每次拔出这把闪着寒光的剑，葛杰夫都能取得胜利。可以说，这把剑就象征着葛杰夫的胜利。

然而今天，这把剑看上去格外单薄。

和一条直线突进过来的黑山羊崽的巨大身体相比，自己实在太渺小。

"如果让你冲过去，后面就是陛下的大本营了，我可不能放你过去。"

葛杰夫一边说，一边露出了笑意。那是自嘲的笑。

面对这只怪物，葛杰夫没有丝毫胜算。他只要能拖延一秒时间，已经值得称赞了。

他可是王国战士长——是名震周边诸国的战士。

"快点带着陛下逃！舍命保护陛下。"

葛杰夫像祈祷一样向并不在场的人——自己直辖的部下们下令。他把王国最强的士兵们留下，护卫国王。当然，就算把他们留下，作为保护国王不受暴虐怪物伤害的盾牌，依然是不够格的。他们就算舍命相搏，最多也只能成为消耗怪物一击的肉盾。

不过，他们只要这样做，就是合格的。

只肖吃到怪物一击，他们就会死吧，不过只要能消耗怪物一击，国王的生命就会延长一点。葛杰夫开始觉得如果有八十个肉盾，说不定国王就能侥幸活下来。

“对不起。”

葛杰夫盯着播撒着血肉，以惊人的速度靠近的怪物，向部下们谢罪。部下们并不在场，他很清楚就算谢罪，也只是自我满足，即使如此，他也不愿意不道歉就死去。

葛杰夫感受着大地的震动，尖锐地喷出一口气。

他举起了手中紧握的剑。

面对一边踩碎士兵们一边靠近的巨大怪物，这把剑显得多么靠不住。

他可以轻易挡住失控的马车；如果扑过来的是一只老虎，他可以轻巧一闪，一击削下它的头颅。

然而，面对黑山羊崽，他能活下来的可能性很低。

“呼——”

葛杰夫重重呼出一口气，同时，他周围的人流发生了很大的变化。刚才还杂乱无章的人流，现在开始避开葛杰夫了，仿佛形成了一条他和黑山羊崽之间的通道。

黑山羊崽不停地踩碎士兵，越来越近。

葛杰夫举着剑，仔细观察怪物的全身。他想观察攻击什么部位能给它最有效的一击。

他发动了武技之一，“感知要害”。

然而——

“——没有弱点。”

葛杰夫也不知道是这怪物真的没有弱点，还是双方实力差距太大，导致他看不出哪里才是弱点。

不过，他并不觉得失望，这是意料之中的。

他继续发动武技。

他发动的是要说是绝招也算绝招，可以说是用来强化第六感的能力：“可能性知觉”。

葛杰夫认为敌我双方肉体能力差距过大，就算提升自己的肉体能力，能缩小的差距也微乎其微。既然如此，不如依靠其他的能力——依靠第六感。

“过来吧，怪物。”

黑山羊崽仿佛听到了葛杰夫的声音，一条直线向着葛杰夫冲了过来。两者之间的距离急速缩短。

说实话——

葛杰夫感到很害怕。

如果可以，他也想像周围的士兵们一样拔腿就跑。

“可能性知觉”发动后，他什么都感觉不到，自己就像被扔进了伸手不见五指的黑夜中。

距离更近了，葛杰夫可以更仔细地观察黑山羊崽的状态。

看到它的蹄子上没有伤痕，葛杰夫觉得普通的剑或许无法伤它分毫。看着怪物每一脚踩在大地上陷进去的深度，葛杰夫判断它的重量毫无疑问会在瞬间杀死自己。

看得越明白，葛杰夫觉得自己内心的恐惧越强。

葛杰夫现在承受的恐惧，比周围落荒而逃的士兵们还要强烈。

然而他不能背对敌人。

王国最强的战士不能不战而逃。他解除了“可能性知觉”，调整呼吸。

——黑山羊崽近在咫尺了。

近得蹄子扬起的尘土已经能扑到葛杰夫身上了。

就像人类无视走在路边的虫子一样，黑山羊崽看都不看旁边的士兵，径直冲着葛杰夫突进。

然而，并非如此。

仿佛撞在了墙上一样，黑山羊崽身体一拧，想要从葛杰夫旁边跑过去。因为拧得太急，黑山羊崽乱了步伐，尽管拥有很多条腿，它还是失去了平衡。

即使如此，葛杰夫也不认为怪物是在躲着自己。

怪物大概只是觉得，跑向猎物比较多的方向，能踩死更多的猎物吧。

黑山羊崽一边震颤着大地，一边从葛杰夫旁边跑了过去。

因为距离仅仅一米，剧烈的震动让葛杰夫脚下不稳。如果换作别人，想必早就被震倒了。

迎着正要从面前跑过去的黑山羊崽巨大的蹄子——

“呀啊——”

葛杰夫挥起了剑。怪物以那么快的速度奔跑着，它的速度应该会成为砍断那蹄子的武器才对。

蹄子与剑接触的瞬间，巨大的冲击传向了葛杰夫握剑的手。那冲击让葛杰夫感到仿佛整个手臂都要被震下来了。

葛杰夫站得很稳的双脚，在地上画出两条直线，猛地向后滑了出去。

“唔唔唔呜呜呜！”

虽然避免了剑从手上弹开，但一阵剧痛传了过来。大概是承受不住巨大的负荷，肌肉或者肌腱受到了损伤。

葛杰夫急促地呼吸着，瞪着通过身边的巨大怪物。

从开始狂奔之后，黑山羊崽第一次停下了，停在了距离葛杰夫不远的地方。

它的触手中有一根模糊了。

一股寒气蹿遍全身，葛杰夫赶忙举起了剑。

瞬间，难以置信的冲击力从剑上传了过来，随后他的身体飞到了空中。

就连堂堂葛杰夫也什么都没有看到。不过，他能估计到，自己是被触手抽飞了。葛杰夫的身体被高高抽到了空中。

飞在空中的葛杰夫的身体，经过难以置信的滞空时间，摔落在地，还翻了好几个跟头。不过，与尸体被扔出去时翻起的跟头不同，那是人类被扔出去时为了主动缓冲力量而翻的跟头。

葛杰夫强迫着自己不听使唤的身体，缓缓站了起来，瞪着渐渐跑远的黑山羊崽。

仅仅一击。

承受攻击的手已经折断了，剑虽然没有折断，但也只是运气好而已吧。

葛杰夫脸上的表情彻底消失了。

为什么自己还活着，怪物为什么不对自己发起追击?

葛杰夫觉得对方判断自己没有价值，这是最合理的解释。

这称不上一场完败，他甚至还没有靠近战场。

葛杰夫紧咬嘴唇，咬得嘴唇流出了鲜红的血。

随后，葛杰夫忍着扑上来的剧痛，拼命跑了起来。

哪怕面对无法战胜的对手，哪怕自己最多只能再承受一击，他也要保护国王。

然而毅然决然踏出的步子，只迈了几步就停下了。

因为看到向着自己——毫无疑问——行进过来的另外一只黑山羊崽，他明白了刚才的怪物为什么没有杀死自己。

黑山羊崽头上，有一位国王坐在触手形成的王座中。不过他有一张异样的脸：国王的脸是白骨，毫无疑问，他是人称不死者的魔物。

葛杰夫没有笨到猜不出这位国王是谁的程度。

“安兹·乌尔·恭……阁下。原来如此，你不是人类啊。”

歼灭葛杰夫没有丝毫胜算的教国特殊部队的存在，就算不是人类也没什么好奇怪的。

没错，他怎么会认为拥有那么强大力量的存在是人类呢。

“史托罗诺夫大人！”

葛杰夫回头之前，嘶哑的声音就告诉了他来者是谁。两个熟悉的人向着他这边跑了过来。

“你们两个也平安无事啊。”

克莱姆和布莱恩似乎都没有受伤，克莱姆的白色铠甲甚至都没有弄脏。两人肯定不会争先恐后地逃跑，想必是运气非常好吧。

“您没事就好。”

“我本来就觉得你不会死，还真的没死。不过，看样子还没结束啊。”

两人的视线一直固定在葛杰夫凝视的方向。

“那到底是……”

“还能是谁呢，克莱姆小兄弟。能使役那种怪物的怪物，当然是安兹·乌尔·恭了。”

“它就是，它就是……居然如此……对、对不起。”

葛杰夫一看，发现克莱姆的身体正在发抖。他那僵硬的表情说明他绝对不是因为激动而发抖。

“不用在意，克莱姆小兄弟，没什么好难为情的。哎呀，真是没办法啊！第三位异乎寻常的强者出现了！我的人生从那天开始，到底出了什么问题啊！”

发出扑面而来的剑气，布莱恩摆好了架势。看着他与当前状况并不相符的清朗表情，葛杰夫觉得有点惊讶。

“我、我也不能逃走！”

克莱姆和布莱恩站到了葛杰夫身旁。

踩着飞散得到处都是的肉片，黑山羊崽在葛杰夫面前站定了。

在远处传来的阵阵惨叫声中，只有这里是安静的。

仿佛只有这里被从世界隔离开了一样。

安兹的视线从葛杰夫身上移开，有点不感兴趣地移到布莱恩身上，然后移到克莱姆身上停住了。他耸了下肩，又把视线移回了葛杰夫身上。

“……看来你十分健康，史托罗诺夫阁下。”

“恭阁下看起来也很健康……呵呵，不知道说健康合适不合适？如果您是那次一别之后告别了人类生涯，这话就有点失礼了。”

“哈哈哈。我当时和现在一样。”

安兹轻笑着，从黑山羊崽身上跳下。大概是某种魔法在发挥作用吧，他缓缓地降了下来，让人感觉不到重力。

葛杰夫觉得可能是著名的“飞行”魔法，不过考虑使用者是安兹这样的大魔法吟唱者，也很可能是更高阶的——葛杰夫并不知道的魔法。

“真的是久违了啊，史托罗诺夫阁下，卡恩村一别，我们一直没机会再见面。”

“是啊，恭阁下。那么……能说说您找我有什么事吗？总不会只是在战场上发现了熟人，过来叙旧吧？”

“是啊，没错。我不喜欢说漂亮话，现在的场合也不适合绕弯子。因此……我开门见山地说吧。”

安兹缓缓伸出了一只骨手。

他的动作中没有敌意，只有友善。

“成为我的部下吧。”

葛杰夫惊得有一瞬间瞪圆了眼睛。

他同时听到了两侧克莱姆和布莱恩倒吸一口凉气的声音。

葛杰夫没有想到，如此强大的大魔法吟唱者，居然会对自己说这样的话。

“如果你愿意成为我的部下——”

安兹打了个响指。没人知道他用骨手是怎么做到的。

葛杰夫觉得他要对自己做什么，身体颤了一下。

然而，自己的身体和心灵都没有发生变化，也没感觉到发生了什么事。

“你看看周围。”

葛杰夫放眼环视四周，还是什么都——.

“原来如此，你让它们停下了啊。”

黑山羊崽全部停下了。它们抬着蹄子停在半空中的样子，看起来就像雕塑。

“这只是暂时的，接下来如何就看你的答复了。如果你拒绝，我会重新向召唤出的山羊崽们下令。命令的内容我就不必说了吧？”

葛杰夫惊讶得眼珠乱转。

就算以人质威胁葛杰夫做了部下，他不仅没有足够的忠心，而且肯定会从内部背叛。安兹肯定不是连这都想不到的人。

既然如此，莫非有其他原因吗？

葛杰夫想不通。

不过，他这么强大的人——统领那样一支强大兵团的人，居然想要一介战士葛杰夫，其中一定有什么原因。

“怎么了？葛杰夫·史托罗诺夫，做我的部下吧。”

安兹把骨手向葛杰夫伸了过去。

只要握住这只手，就能挽救众多的生命。

葛杰夫动心了。

因为安兹给了他一个拯救王国国民的机会。

然而——葛杰夫不能握住这只手。

这决定是错误的。

这样选择不过是自我满足。

想必一百人中，会有一百人都骂葛杰夫是浑蛋。

即使如此，葛杰夫也不能背叛王国。

葛杰夫坚定地摇了摇头。

“我拒绝，我是国王之剑。国王对我恩重如山，这一点我不能让步。”

“哪怕结果导致更多人民牺牲也不让步吗？你为了拯救卡恩村，不惜舍弃自己的生命投身战斗……这样一条汉子居然会对明明可以拯救的生命弃之不顾？”

葛杰夫觉得心里被刀划过一样痛。

即使如此，葛杰夫·史托罗诺夫也不能握住安兹·乌尔·恭的手。

王国战士长不能背叛王国。

这就是葛杰夫的忠义。

不知是不是看葛杰夫保持沉默，觉得有点不耐烦，安兹耸了耸肩。

“真是个愚蠢的男人，那么——”

葛杰夫没再多说什么，向安兹举起了剃刀之刃。

“怎么回事？”

明明有护符的魔力，刚才被山羊打伤的部位到现在还没有完全恢复。

然而，刀尖颤抖并不是因为伤口痛。即使伤口没有痊愈，葛杰夫全身还是迸发着斗气。

“恭阁下，你对我有恩，请原谅我的无礼——我希望能和你决斗。”

安兹的脸没有皮肉，只有骨头，因此看不出他的表情，无法从他脸上读出他到底在想什么。

不过，葛杰夫隐约感觉到，他应该是无语了。身后的二人似乎有和安兹一样的感想。他们虽然没有出声，但葛杰夫能清楚地感觉到他们的动摇。

“……你是认真的吗？”

“当然。”

“你会死的。”

“应该说毫无疑问吧。”

“明知会死还要送死？我本来不打算杀你……莫非你有自杀倾向吗？”

“我觉得应该是没有。”

“你到底有什么打算？我不理解你的想法。如果你有胜利的把握，向我发起挑战，我还能理解，如果判断有可能胜利，我也能理解。可是，看样子你似乎确信自己会失败……莫非你失去了正常的判断能力吗？”

“敌人的王已经到了我的眼前，在我的剑能达到的范围内，我会尝试取其首级是理所当然的吧？”

“确实，物理距离很近。不过，在我看来，我们一个天上一个地下。莫非是我有眼无珠吗？”

“嗖。”安兹背后伫立的黑山羊崽挥起触手，抽裂了葛杰夫身旁的大地。

以葛杰夫的动态视力，都没有看清触手是如何抽在大地上的。

“这可不好说，恭阁下。”

“听到我说不打算杀你，得寸进尺吗？”

葛杰夫从心底笑了起来。

“我丝毫没有那个意思。我作为王国战士长，只是想做自己应该做的事。仅此而已。”

“如果你要与我为敌，我可是会毫不留情地杀死你哟，而且你必死无疑。”

“我想也是。”

“原来如此……说了这么多，还是没法改变你的决心啊。真遗憾，从收藏家角度来讲，杀死稀有藏品（你）真是太可惜了。”

葛杰夫从一开始就不打算不战而降。

千载难逢的好机会摆在他眼前。首先，有那么多部下的安兹没有带侍从，独自一人来到了他的面前。

而且身为强者的骄矜，使他不会让身后的黑山羊崽加入战斗。

这样的机会不会再有第二次了。

对手身处自己无法触及的巅峰。然而，现在正是自己有可能触及他的瞬间。

下次再见面的时候，他一定会摆出不擅长近身战斗的魔法吟唱者应有的阵势，在部下十重二十重的护卫下登场，一定不会再来到剑能触及的范围。正因为如此，葛杰夫才要求和他单挑。

葛杰夫之所以要求单挑，还有另一点原因。

他把一切都赌在了过低的可能性上，即使如此——

葛杰夫还是说出了正式的决斗宣言。

“安兹·乌尔·恭魔导王阁下！我是里·耶斯提杰王国的王国战士长葛杰夫·史托罗诺夫！我要求和你决斗！”

“葛杰夫！！”

“战士长……”

两人终于忍不住了，布莱恩叫了起来，克莱姆则呻吟着。然而，葛杰夫并不在意，他继续说了下去。

“如果您同意，魔导王阁下，我想指定此二人为决斗的见证人。”

安兹耸了耸肩。

葛杰夫理解了他的意思是悉听尊便，点了点头。

“等、等下！等一下啊，葛杰夫！我随时愿意和你一起战死！我不会让你独自战斗的！魔导王阁下！拜托你！我知道这样请求很不要脸，但我还是真心请求你！请你同时和我们两人战斗吧！对你来说应该很轻松才对。”

听到布莱恩仿佛要吐血般的叫喊声，葛杰夫心想，果然如此。

那时布莱恩清朗的表情，属于一个下定决心的战士。

他下定决心，要和葛杰夫一起被安兹·乌尔·恭杀死了。

然而，葛杰夫不会接受，他无法接受。

“布莱恩·安格劳斯！不要侮辱我作为战士的决心！”

布莱恩露出了惊愕的表情。

“真的不需要吗，史托罗诺夫阁下？我不在意同时与两人战斗。”

“不必了，魔导王阁下。我一人做您的对手，请不要对那两人下手。”

安兹的骷髅头上空洞的眼窝中，红光更亮了。

“是吗……这样的目光我以前也见过，里面有不惧死亡勇敢前行者的意志。我很尊敬你坚毅的目光。”

安兹的这番话听起来仿佛出自人类之口。

“好吧，我接受你的提案。我和史托罗诺夫阁下单挑。”

布莱恩颓然跪倒在地。

虽然看不到他低垂的脸，但是雨点滴滴答答地落在了红褐色的大地上。

对不起。

葛杰夫在心里对布莱恩说道。

“我会把你的尸体完好地还给他们，回去用复活魔法——”

“不需要。”

听到葛杰夫拒绝，敌我双方都哑口无言了。

“我不希望接受复活魔法，尸体扔在这里也无所谓。”

葛杰夫并不觉得复活魔法不好，可他就是不喜欢。

人的生命只有一次。

正因如此，赌上生命的决定才有分量。

而且为了王国，他不能复活。

只要葛杰夫死了，国王可以向内外宣传自己失去了左膀右臂。这样一来，在这场战争中失去了家人的王国国民，对王家的憎恶或许能得到缓和。

这算是自作主张的王国战士长，为王国最后一次尽忠了。

没有理会周围人的惊愕，葛杰夫好像看开了一样笑了起来。

“那么我们开始吧……你们两人，请见证我最后的战斗吧。”

克莱姆没有想到，男子汉布莱恩·安格劳斯，居然还有如此脆弱的一面。

在克莱姆心目中，布莱恩是个坚强的汉子，他玩世不恭而捉摸不定。然而，从跪伏在地上的男子身上，看不到这些特点。不过，即使如此，克莱姆也不觉得他软弱。

"布莱恩，你不愿意帮我这个忙吗？"

葛杰夫头也不回地说道。

布莱恩还是一动不动。看着他紧紧抓着大地的手，克莱姆能感受到他有多么不甘心。即使如此，克莱姆还是要说。

"——这是史托罗诺夫大人的愿望。"

克莱姆不觉得葛杰夫·史托罗诺夫能赢。

正因如此，克莱姆和布莱恩必需实现葛杰夫的愿望。

布莱恩慢慢站了起来。

好烫。

克莱姆差点儿转身向后逃。

站起身来的布莱恩仿佛发出了冲天的热气。

"总是让克莱姆小兄弟看到我丢人啊，我不要紧了。就让我把葛杰夫的英姿烙印在眼底吧。"

"——拜托了。"

布莱恩·安格劳斯和葛杰夫·史托罗诺夫之间到底是什么样的关系？

克莱姆不太懂他们二人之间的关系，特别是布莱恩怎么看葛杰夫。

输给葛杰夫之后，布莱恩开始了剑术修行。克莱姆对布莱恩只知道这么多，不过，他觉得两人之间的关系不可能这么简单。

"那么，史托罗诺夫阁下，能让我见识下那把剑吗？我想调查一下。”

安兹问话的态度就像在询问今天天气如何般平静。施加了魔法的剑有各种各样的能力，提出看剑，就等于提出调查对手的能力。以常识来说，这是绝对不能接受的要求。

有这种想法的不光是克莱姆，布莱恩似乎也一样。两人为接下来发生的事惊得睁圆了眼睛。

葛杰夫把剑转了一百八十度，把剑柄递给了安兹。

“葛杰夫！你放弃了取胜的念头吗！”

“布莱恩！不要说失礼的话！魔导王阁下怎么可能是那样的人。”

安兹接过剑，发动了魔法，然后愉快地笑了起来。

“真是一把好剑啊。”

安兹像刚才葛杰夫做的一样，调转剑柄还给了他。

“史托罗诺夫阁下，关于这把剑的力量你知道多少？”

“全知道。这把剑能像切纸一样削开金属，锋利得超乎现实。”

“可惜。那不过是这把剑拥有的能力之一。”

“什么？此话怎讲，魔导王阁下？”

“简而言之，这把剑是能杀死我的武器。有了这把剑，我们之间战斗才能称得上是决斗。如果你用无法伤我分毫的武器战斗，那就不是决斗，而是单方面的处刑了。”

“像对待侵入我的城堡的臭老鼠一样对待史托罗诺夫阁下，

那就太失礼了。”安兹说着，突然从空中掏出了一把短剑。

随后，他毫不犹豫地举起明晃晃的短剑用力抵在脸上，横向一拉。

然而，短剑没有留下丝毫伤痕。

“像这把短剑一样，魔法力量不够强的武器无法伤害我的身体。顺带一提，这把短剑的数据量——魔法力量和史托罗诺夫阁下的那把剑旗鼓相当。不过，那把剑就能伤害到我的身体，看来它超出了我所知的常识。如果我取胜了，可以把那把剑送给我吗？”

葛杰夫苦笑起来。

“请放过我吧，这把剑是王国的国宝。”

“唔，是以掉落道具要返还为前提的 PVP 啊，好吧。”

“非常感谢，魔导王阁下。”

把剑还给葛杰夫之后，安兹摸着自己的下巴若有所思，然后仿佛测量距离一样，一步一步离开葛杰夫身前。

“间隔五米，大概就是这样吧。除此之外……没有倒计时，就需要发信号了啊。那边穿白色铠甲的，你来发出开始的信号。”

突然被安兹点名，克莱姆颤了一下。

“克莱姆，拜托了。”

“那、那么，我有个魔法手铃，摇响它作为信号可以吗？”

听到克莱姆的提案，两人默默点了点头。

葛杰夫把剑举到眼前，调动全身的力量。身后的克莱姆觉得葛杰夫的身体仿佛膨胀了起来。

万钧的剑气，那是克莱姆从来没有见识过的，王国战士长真正实力形成的压力。然而葛杰夫的样子看起来就像海市蜃楼，遥远而虚无缥缈。

“史托罗诺夫大人……”

这大概是他最后一次看到活着的葛杰夫了吧。

“那可不一定。”

“诶？”

突然，身旁的布莱恩否定了他的看法。

“葛杰夫并不是绝对会输。虽然很低，但他确实有取胜的可能性。那家伙有王牌。你知道那家伙作为王牌的武技吗？”

“‘六光连斩’吗？”

布莱恩静静地笑了。

“不是，那家伙有远超‘六光连斩’的究极武技。”

“是、是这样啊！”

克莱姆一边准备手铃，一边凝视举着剑，把精神集中到了极限的葛杰夫的侧脸。

那是人称名震邻邦的战士长的，男子汉钢铁般的侧脸。

“没错，王国以前的精钢级冒险者，威丝契·克罗芙·帝·罗芳开发了这种武技，可是因为年龄太大，没法使用。如果说我的最强秘剑‘指甲刀’是多个武技同时发动的招数，那么葛杰夫的王牌就是单个武技中最强的。如果他用出那一招，说不定……能对安兹·乌尔·恭造成威胁。”

“说不定，正因为如此，那家伙才提出要单挑。”布莱恩眼都不眨一下，一脸认真地凝视着两人说道。

克莱姆咽了一口口水。

他觉得拿着手铃的手非常沉重。摇响它代表着决定葛杰夫的命运。

“要我替你吗？”

“非常感谢，不过……还是我自己来。”

“是吗……”布莱恩低语着，没有再提出要替克莱姆摇铃。

克莱姆举起了手铃，祈祷着葛杰夫获胜。

随后——手铃发出比想象中还要大的声音，响了起来。

把精神集中到了极限的葛杰夫以难以置信的速度向安兹冲了过去——

克莱姆和布莱恩睁大了眼睛，下决心绝对不眨一下——

——在那之前，世界停止了。

“是这样啊……可是时间对策是必需的啊。”

即效魔法“无咏唱时间停止”发动，安兹面前高高举起剑的葛杰夫静止了。

在时间停止的时候，进行任何攻击都没有意义。现在对葛杰夫施放攻击魔法，也没法对他造成伤害。正因如此，安兹一边算着时间，一边用起了魔法。

"'魔法延迟·真实之死'。"

安兹用了第九位阶的魔法。

因为"心脏掌握"用起来比较方便，"魔法延迟·真实之死"很少被用到。

既然时间停止的时候，魔法无法对对手发挥效果，那么使魔法在时间停止效果结束的瞬间生效就行了。这招连续技虽然基本，但是时机很难掌握，所有玩魔法职业的人中，大概只有百分之五能用得好。

不用说，经过令人惊讶的长时间训练之后，安兹已经能用好了。

"再见了，葛杰夫·史托罗诺夫，我其实挺喜欢你的。"

魔法效果结束，世界的时间恢复了。

而安兹的"魔法延迟·真实之死"最先发挥了效果。

葛杰夫慢慢倒下了。

"欸？"

"什，么？"

克莱姆和布莱恩不知道发生了什么。

在他们眼中，葛杰夫向前冲出去的瞬间，就瘫倒下去了。

安兹接住了葛杰夫的身体。

剑无力地掉落在地上。

胜负已分了。

然而两人无法理解。

两人根本不明白到底发生了什么。

“到底发生了什么……”

“我怎么知道！”

布莱恩大声喊叫着。

“你怎么了！站起来！葛杰夫！”

然而布莱恩的愿望得到的是冰冷的拒绝。

“他已经死了。”

魔导王安兹仿佛心怀敬意般，十分礼貌地把葛杰夫平放在地面上，然后缓缓合上了他依然睁着的眼睛。

看着葛杰夫的脸，安兹向走上前来的二人说道：

“看着向没有胜算的战斗发起挑战的他，我想起了那个时候……为了表达对战士长的敬意，我不会让黑山羊崽继续追击……我会整理好他的遗容，送还王国的。”

“不，这就不必了。我们带葛杰夫回去，不用劳烦你。”

克莱姆松了口气。

他害怕布莱恩明知没有胜算，还向安兹发起挑战。不过，看样子布莱恩没有那个打算。

“是吗？”安兹简单地说着，站了起来。

“我使用的即死魔法‘真实之死’，用低阶复活魔法是无法复活的。还有，帮我转告王国国民：只要顺从于我，我会以仁慈相待的。”

安兹轻飘飘地浮了起来。

虽然他毫无防备地以后背示人，但布莱恩和克莱姆不会恬不知耻地举刀偷袭。

安兹坐到了黑山羊崽的触手上。

触手就像一张骇人的王座。

“请替我转告国王：只要在近期内尽快交出耶·兰提尔周边，这些黑山羊崽就不会去王都作乱。”

黑山羊崽身体一转，开始向不知什么时候已经从战场上撤退的帝国军的阵地前进。另外四只黑山羊崽，似乎也开始返回帝国阵地了。

“克莱姆小兄弟，我有件事拜托你……让我带葛杰夫回去，可以吗？”

“好的……我把史托罗诺夫大人的剑带回去。”

“死了好多人啊。”

“到底死了多少人呢？”

“这到底是怎么了啊……”

“不知道。不过，那么强大的存在称王君临此地，也就意味着……”

“将来一定还会发生战争……下一次或许会有更多人在战争中送命。”

布莱恩背着葛杰夫走在前面。克莱姆走在他的身后，思考着王国阴云笼罩的未来。

克莱姆觉得布莱恩所说的一定会成为现实。重要的是面对这样的未来，自己该怎么做，还有自己能做什么。

而最重要的是——

(——我必须保护拉娜大人的未来。)

克莱姆用力攥紧拳头，下定决心。不管用什么手段，也要保护好自己的主人。

# Epilogue

冰冷的夜风吹过身旁。

布莱恩·安格劳斯的头发在风中乱舞，衣服被吹得啪啪作响。

“好冷啊。”

朔风呼啸着，吹走了白色的吐息和小声的低语。

布莱恩觉得身体要被冻僵了。

他独自站在三人出阵前一起登上的耶·兰提尔的城墙塔。

现在这里只有黑暗。

经过卡兹平原的战斗——不，是屠杀，众多王国国民死去了。

他回想起自己如何从战场上捡回了一条命。

败逃的人们步履蹒跚，个个衣衫褴褛伤痕累累，凄惨至极。

布莱恩作为战士，闯过各种鬼门关，然而仅仅一名魔法吟唱者造成的地狱般的画面，现在依然烙印在他的眼底挥之不去。

虽然耶·兰提尔有城墙保护，但也绝对称不上安全。不过，好不容易逃回城里的士兵们，已经疲惫不堪地瘫倒在地，被拉进了梦乡之中。

在空无一人的城墙塔上，布莱恩再次重重吐了口气。

然后默默抬头看向天空。

“怎么觉得……好像一切都无所谓了。”

布莱恩看向自己的双手。

直到现在，那个男人失去灵魂的肉体的重量依然留在手上，就算想忘也忘不掉。

他是伟大的战士，是领先自己一步的好对手。

失去那个男人——葛杰夫，带给他巨大的丧失感。

葛杰夫的存在对于布莱恩来说，并不是好对手这个词能完全表达的。

正因为那个男人在御前比武时挡在了自己面前，正因为他挫败了当时自以为是的自己，正因为自己产生了想战胜他的欲望，才有了现在的自己。

葛杰夫·史托罗诺夫催生、培养、锻炼出了现在的布莱恩·安格劳斯。葛杰夫的强大，曾是布莱恩不惜花费一生也想超越的强大，就像父亲对于儿子来说是必须跨越的高墙。

然而，现在的布莱恩已经没有必须跨越的高墙了。

葛杰夫直到离世，还是耸立在他面前的一座高峰。

布莱恩从夏提雅·布拉德弗伦身上见识到了真正的力量。曾经有一个时期，他因此一蹶不振。

他现在可以说，正因为以前一直只相信力量，而且对自己的力量有自信，当自信被粉碎后，才会变得脆弱。

然而，葛杰夫不一样。

“安兹·乌尔·恭，恐怕是和夏提雅·布拉德弗伦拥有同等力量的怪物。葛杰夫却直面怪物，坚定不移。”

当时，葛杰夫一定不是为了求生之类苟且的目的向安兹提出决斗的。他当时的心境，一定和布莱恩哭喊着，不管不顾地向夏提雅挥剑时的心境完全不同。

那么，葛杰夫为什么那样做呢？

“我不明白，为什么你不逃啊。”

布莱恩像吐血一样，挤出一句话。

“你为什么要选择死？那怪物不是不打算杀你的吗！应该积蓄力量再去挑战才对啊！为什么！！如果要死，我也想和你一起死啊！”

既然没法超越葛杰夫，布莱恩想和他一起死。

布莱恩看向挂在自己腰际的武器。

这是国王允许他临时借用的剃刀之刃。

布莱恩拔出剃刀之刃，发动了武技。

“四光连斩”。

这是葛杰夫在御前比武时打败布莱恩的武技。

四道刀光切开了栏杆。剃刀之刃非常锋利，布莱恩丝毫没有感受到阻力，感觉就像斩断水流一样。

“这招也是在模仿你……我一直崇拜着你……如果能和你一起死，那该多好啊。为什么不让我和你一起战斗。为什么不让我和你一起死！”

布莱恩捂住了脸。

他觉得眼睛深处热了起来，不过并没有流下眼泪。

就在这时，布莱恩听到了嗒嗒的脚步声。会到这里来的，只有一人。

“都说年纪大了会变得多愁善感，看来是真的。”

“我觉得不管年纪多大，失去了宝贵的人也一样会难过。”

回话的果然是那个嘶哑的声音。

“对不住啊，克莱姆小兄弟，把一切都推给了你。”

布莱恩抹了抹眼睛，把剑插回鞘中，转向克莱姆。克莱姆还穿着铠甲，一脸严肃地站着。

“不过嘛，就算我在，也帮不上多大忙吧。反正在这样的状况下，应该不会跑出想要杀国王的家伙。后来怎样了？”

“是这样的，关于巴布洛王子至今未归的事，决定明天派出搜索队了。”

因为没法调动士兵，王国决定雇用冒险者进行搜索。

“然后是割让耶·兰提尔的事——大家都没有异议。所有贵族都表示赞成，国王也同意了。”

似乎就连拥王派的贵族也表示赞成了。

恶魔骚动之时，拥王派的势力增大了。正因如此，这次战争王国才能动员起二十五万大军。可是一场大败，引起了势力板块的余震。而且耶·兰提尔附近是国王直辖领地，割让这一带，只有王族会受到直接的损失。拥王派们大概是为了自己能生存下去，打算丢卒保车吧。

这次拥王派势力被削弱，贵族派势力增强了。

今后王国的局势将何去何从呢。

突然，布莱恩察觉到克莱姆在颤抖。

大概不是因为愤怒，而是因为恐惧吧。他回想起当时的场面，产生了裂痕的心发出了叫喊，就好像那绝对的绝望依然近在咫尺。

“现在回想起来，还是觉得心有余悸。”

当时大概是面临紧急状况，拿出了强于平时的勇气吧。

布莱恩回想起站在自己身边，打算向魔导王发起挑战的克莱姆。布莱恩想着克莱姆会不会知道答案，向他问了起来。

“我说，你能告诉我吗，为什么葛杰夫提出决斗？”

看克莱姆露出了不解的表情，布莱恩觉得自己可能是没问清楚，当他正打算补充的时候，克莱姆先开了口。

“只是我个人的看法，您要听吗？”

“嗯，什么都行，说给我听听吧。”

“史托罗诺夫大人应该是想让我们看吧。”

“看什么？”

“看魔导王，安兹 · 乌尔 · 恭的强大。他应该还打算……为我们指一条路吧。”

“指路？”

“是的，为了让我们多获得一些情报和对策，为了我们今后与安兹 · 乌尔 · 恭为敌时不至于一无所知。”

布莱恩感受到一阵雷击从自己的头顶蹿向指尖。

除此之外没有其他可能，克莱姆说的是正确的。

那个男人大概是想要赌上生命，多换取一些情报吧。魔导王是魔法吟唱者，他不太可能不带侍从而接受近身战。即使如此，葛杰夫还是把希望赌在了奇迹再次发生的机会上。他想把奇迹的可能性托付给谁呢？

自己连这都想不到吗，布莱恩自嘲着。

现在已经了解到葛杰夫的意图了，如果真的是这样——自己该怎样活下去呢？

布莱恩陷入沉思的时候，克莱姆受不了静默的重压，向他问道：

“对了，史托罗诺夫大人不接受复活吗？”

“葛杰夫就是个这样的汉子吧。”

就算使用了复活魔法，死者也不一定会复活。据说对自己的人生无憾的人会抗拒复活。

“国王好像不同意。”

“我想也是。不过，那家伙是不会复活的……你好像觉得十分不解啊？”

“是的，我不明白史托罗诺夫大人的想法。我认为，难道不应该接受复活，继续报效国王吗？”

“是吗？克莱姆小兄弟有这样的想法并不奇怪。我嘛……死了之后请不要复活我。我不觉得自己人生中……有需要重新来过的憾事。”

“我希望能复活。我要一直效忠拉娜大人，直到我的身体不能再复活为止。当然，前提是要有足够的钱。”

王国中，能用复活魔法的魔法吟唱者只有一人。她一定会索取高昂——正当的复活魔法使用费。

恶魔骚动时，因为所有冒险者组成了共同小队，所以是个特例。按说接受复活魔法，需要支付一大笔费用。那是个令人眼珠都会掉下来的数字，平民和士兵花费整个人生也赚不到那么多钱，克莱姆也赚不到。

布莱恩没有说公主大人会帮克莱姆出钱，只是回答“是这样啊”。

沉默再次降临，这次是布莱恩先开了口。

“我本来很想打倒那家伙……”

克莱姆没有搭腔，而且布莱恩也不希望他搭腔。不，仔细想想，跟克莱姆说这话能有什么用呢？可是，布莱恩就是莫名想把淤积在心里的某种东西吐出来。

“以前，我输给过那家伙，所以希望下次能战胜他。事到如今。已经不可能了……唉，被他逃掉了啊。”布莱恩眺望着夜空，“可恶……”

“布莱恩先生……”

——我到底该怎么做才好。

——该怎样对待葛杰夫的一片心意。

“不对，我怎么没想到呢。有什么好迷茫的，选项只有两个：要么继承他的遗志，要么不继承他的遗志。我……要赢……啊，原来如此。”

选项其实只有一个。

布莱恩脸上露出凶恶的笑容，把剃刀之刃举向天空。

“哼！谁要继承你的遗志啊！！”

布莱恩铆足力气大喊：

“你自己选择了死亡！！选择了最轻松的道路！！你就在死后的世界后悔去吧！！我会——我会用自己的方式超越你！！克莱姆！我们喝酒去！喝个痛快！闹个痛快！”

他不知道该怎么做才对。

不过，他绝对不打算继承葛杰夫的遗志，老老实实做个战士长。如果真这样做了，岂不是到什么时候都没法超越那家伙吗！

反正将来还会无数次想起葛杰夫，不过，现在就先把他忘掉一会儿吧。

布莱恩把手臂绕在显得有些困惑的克莱姆肩上，强行搂着他走了起来。他觉得自己的双手稍微轻了一点。

# 新章

Brand New Chapter

所有人都期待着春天的降临。这一点在可以切身感受到大地回春的农村尤为突出，但城里人也毫不逊色。不过，城里人对春天来临，是通过不再需要花费柴火等取暖费用感受到的。

耶·兰提尔迎来了春天，可是城里一片死寂。

大道上没有人影，看起来仿佛城里人死绝了。不过，护窗板紧闭的——仔细看能看得出，其实开着一条小缝——紧邻大道的房屋中，其实有人的气息。房屋中的人们屏息窥视着外面。

这一天，耶·兰提尔被割让给了安兹·乌尔·恭，成了魔导国的城市。

第一重城门开启，欢迎的钟声敲响了。

在经过足够长的时间之后，第二重城门开启，钟声再次敲响。

第二重城门与第三重城门之间，才是都市中居民最多的区域。

城里的居民虽然害怕，但是没有选择逃出城市，因为他们知道，就算逃出去，等待他们的也只有令人绝望的生活。

现在做到师父或工匠阶级的人，要是去了其他城市，也只能从学徒阶级重新来过。

有历史的城市，当然存在所谓的既得权益。外人想要来分一杯羹，自然要从最低的阶级开始做起。也就是说，就算逃到其他城市，大半人也找不到像样的工作，只能在贫民窟中终其一生。

无处可逃的人们——居民中的大半选择了留下。

虽然留下了，但是只要感觉到生命的危险，他们还是会逃走的，这自不必说。他们听说自己的新领主，不，新国王是个骇人的存在。

据说，他是屠杀王国军队的魔法吟唱者。

据说，他是不死者模样的冷血魔王。

据说，他是最喜欢沐浴孩童鲜血的怪物。

居民们听到的都是这类传闻，没有一条是正面的。

正因如此，人们才想躲在墙的后面，躲在窗户的阴影中，一睹安兹·乌尔·恭的真容。

不久之后，安兹·乌尔·恭一行人沿着大道走了过来。

看到他的模样，所有人都说不出话了。

因为他正是传闻中一样的存在。

他们看到的第一个人还好。走在一行人最前面的人物，是一位仿佛会发出皎洁月光的美女。

她穿着纯白色的连衣裙，拥有亮泽的黑发和白色大理石般的皮肤。她用众多宝石装饰着自己，那妆容既不会激发肉欲，也不会引来嫉妒。不过，她头部生出的角，腰际生出的黑色翅膀，尤其是她的美貌，都在告诉人们她并不是人类。

宛如女神的绝世美女身后，跟着战士们。看到它们，居民们吓得发起抖来。

从铠甲形状的不同，可以看出战士们分成了两个集团。

如果要给第一个集团命名，应该叫它们死亡骑士团最合适吧。

它们左手拿着能遮住四分之三身体的塔盾，右手拿着波纹剑。

破烂不堪的漆黑披风垂在超过两米的巨大身体后，包裹身体的，是黑色金属制成，爬满鲜红色血管般纹路的铠甲。铠甲上到处突起着尖刺，简直就是暴力的化身。

它们的头盔上生着恶魔的角，面部是打开的，露出尚未完全腐烂的人脸。空洞洞的眼窝中，对生者的憎恶和对杀戮的渴望发出明亮的红光。

如果要给第二个集团命名，应该叫它们死亡战士团最为合适吧。

它们手持剑柄很长的单刃剑，腰际挂着手斧、钉头锤、十字弓、鞭子、短矛等各式各样的武器。所有武器上都有无数的伤痕，证明它们久经沙场。

它们身高两米左右。铠甲要说轻装也算是轻装：它们穿着不知是用什么动物的皮制成的、破破烂烂的皮甲，上臂和脸等部位被咒带——写着诅咒文字的绷带——包裹着。

绷带的缝隙中可以看出，它们和刚才的死亡骑士团一样，有着生者不可能有的腐烂容貌。

集团中随便哪个战士，都让人感觉到异乎寻常的力量。然而当数名战士抬在肩上的轿台进入居民们的视野时，他们刚才受到的冲击被更强烈的冲击覆盖了。

坐在轿台上的不死者，发出异乎寻常的死亡气息，释放着汹涌的黑色雾霭，而且它背后还有黑色的光环。

所有人都凭直觉猜到了。

那就是安兹·乌尔·恭。

就在大多数人确信，自己没法在这样的存在统治下生活，不是有生命危险那么简单的时候，人们听到了一扇门猛然打开的声音。

人们从小缝中拼命向外看，想要看清到底发生了什么。他们看到一个奔跑的小孩。小孩手中紧紧攥着什么东西，向着安兹·乌尔·恭的怪物队列跑了过去。一位看上去应该是母亲的女性，脸色惨白地追在小孩身后。

“还我爸爸！”

小孩稚嫩而尖厉的声音显得格外响亮。

“还我爸爸！怪物！”

少年挥手，扔出了什么东西。那是一块石头。

小孩扔出去的小石子向着队列——恐怕是向着安兹·乌尔·恭飞了过去。

大概也是因为紧张吧，石头在距离安兹很远的地方就落到了地上，骨碌骨碌滚了出去。

追在少年身后的母亲露出了仿佛马上就要死掉的表情。她似乎理解了等待孩子和自己的命运。

母亲从身后紧紧抱住孩子，拼命用自己的身体把孩子护了起来。

“小、小孩子不懂事！求您！求您饶命！”

听到母亲拼命求饶，美女露出了微笑。

人们都觉得这对母子会得到宽恕。因为美女的微笑是谁看了都会放下心来的慈母般的笑容。

“对安兹大人不敬，罪该万死。”

不知是什么时候掏出来的，美女手中握着一把巨大的长柄战斧。毫无疑问，她拥有超越人类的臂力。

不难想象她要用这把长柄战斧做什么，而人们的想象可以说绝对没有错。

“你真是养出了头劣质的畜生。每公斤单价过低，可是畜牧从业者的耻辱。”

看着美女慢慢走近，母亲知道了等待自己和孩子的是什么命运，她紧紧抱住了孩子。

“求求您！放过孩子吧，放过孩子吧！我的命怎样都无所谓！求求您！”

“你在说什么呢？我怎么可能会杀你。安兹大人不喜欢无意义的杀生，我是不会杀死无罪之人的。放心等着肉酱在你手中做好就行了……我个人来说比较喜欢炸肉饼。”

人们不知道她打算怎么杀掉被母亲紧紧抱在怀里的孩子。人们虽然都明白，孩子短暂的人生将在几秒后迎来终结，但是没人能冲过去伸出援手。

人们都想移开视线，不看即将发生的惨剧，可是没有人能把视线移开。

孩子和母亲都被美女释放的鬼气震慑住，动弹不得。

“后悔着冒犯这世上最高贵的无上至尊，去死吧。”

就在美女的巨大武器即将挥下的瞬间——大地嗡地震动了一下。震源是戳进大地之中，隔在可怜的母子和美女之间的一把巨剑。

耶·兰提尔没有人不知道这把剑——以及这把剑的主人。

活着的传说。

不败的战士。

善良的大英雄。

看到能拯救可怜母子的唯一存在登场，所有人都在心中喊出了巨剑主人的名字。

——漆黑战士，飞飞的名字。

漆黑铠甲裹身的男子在大道上缓缓现了身。他拔出插在大地上的剑，用力一挥，甩掉剑上的泥土。飞飞另一只手已经握好另一把巨剑，进入战斗态势的他与美女对峙着。

“不过是小孩子扔了块石头，太粗暴了吧，当心没人娶哟。”

“听到你说这话，我也一点都不高兴……咳！对安兹大人无礼的家伙，不管是大人还是小孩，统统都要死。”

“如果我说我不允许，你打算怎么做？”

“那就将你视为有意违抗统治此地的魔导王，杀死你。”

“是吗。这样倒也不错。不过，别以为能轻易取走我的命哟？要向我发起挑战，就要有葬身此地的觉悟。”

飞飞灵巧地把两把巨剑一挥，摆好了架势。飞飞不愧为英雄，展现出大无畏而魄力十足的态度。

“你们去保护安兹大人。”

向身后身穿黑色铠甲的战士们下令后，美女也举起了握在手中的长柄战斧。

对峙的二人发出旗鼓相当的气息，否定了人们认为飞飞毫无疑问会获胜的期待。直觉告诉人们，这位美女也是能与飞飞匹敌的战士。

两人以毫米为单位缓缓缩短着彼此之间的距离。打破一触即发的气氛的，是安兹·乌尔·恭本人。大概是用上了魔法的力量吧，安兹悄无声息地从轿台上跳到地上，从后面握住了美女的肩膀。

“安兹大人！”

他靠近美女耳畔，好像轻声说了些什么。美女脸上露出了陶醉般的温柔笑容。

“明白了，安兹大人。谨遵您的旨意。”

美女向安兹行了一礼，用长柄战斧指着飞飞，然而刚才的杀气已经消失了。

“我还不知道你叫什么，报上名来。”

“我是飞飞。”

“是吗，飞飞。我问你，你觉得能赢得了我们吗？”

“不，赢不了。就算我以死相拼，大概也只能杀掉你或者他其中一个吧。”

听到这番话，居民们被绝望笼罩了。他们现在得知，就算是那位大英雄，也只能杀死群魔之一。

“而且……如果我全力战斗，很多人会被卷入战斗之中丧命，我不能这样做。”

“真是愚蠢。明明拥有优秀的力量，却为了弱者——我说得太多了。安兹大人似乎有个提议给你，怀着感激之情听听吧。安兹大人想让你归服纳萨力克军门之下。”

“疯了吗？”

“真是失礼。安兹大人不打算用杀戮和绝望统治这座城市，毕竟杀死人类，安兹大人也不会获益。不过就算从我们口中说出来，想必城市中的居民也不会相信，因此要你帮安兹大人出一分力。”

“什么意思？”

“今后，这座城市中或许还会出现像刚才一样的蠢货，向安兹大人投掷石块。到时候要由你来砍掉那些蠢货的头颅。不过相应地，你可以在侧近监视安兹大人，让安兹大人不能折磨这座城市中的无辜者。”

“原来如此，你是让我作为监视者侍奉在他身边啊。”

“有点不对，刚才我也说了，你要亲手杀死反叛者。也就是说，你要担当市民代表兼法律的执行者。”

“我不会遵从恶法。”

“我们没有施行恶法的打算。那么你打算怎么做？如果你不肯把剑献给安兹大人，就要马上把你作为危险人物处死，不管有多少人会被卷进战斗中。”

飞飞看向四周围。

“本来我出来旅行是有明确的目的，并不打算成为某人的部下的。”

“如果这就是你的答案，那就这样吧。那么，我们开始不管居民死活地厮杀吧。”

“等等！不要忙着下结论。我还没有说自己打算怎么做。我还有个搭档，她怎么办？”

“你的搭档也一起来侍奉安兹大人就好，怎么会有其他的回答呢。”

“如果是以前的我，想必会优先自己出来旅行的目的……没想到我好像喜欢上这座城市了。我不会屈膝跪拜的，你们能接受吗？”

安兹再次靠近美女耳边轻声说起了话。

“飞飞，安兹大人说准许了。为安兹大人效力吧。”

“明白了。不过，你们要记住，如果你们无缘无故伤害耶·兰提尔的居民，这把剑将会取你，取你们的项上首级。”

“那么，如果这座城市的人要向安兹大人举起反旗，你也要用那把剑取反贼的首级。哪怕反叛者是孩子也一样。好期待这座城市的人发起叛乱的那一天啊。好期待看到你痛苦地杀死这座城市的居民的样子啊。那么我们先向前走了，你等下也来吧。”

安兹·乌尔·恭一行缓缓前行起来。格外长的队列走光，看不到它们的背影之后，大道旁的房屋中涌出了许多人，多得令人惊讶耶·兰提尔居然有这么多人。

人们纷纷喊着飞飞的名字。

飞飞好像有点难为情地用双手示意人们不要再喊。这时，传来了清脆的一声“啪”。人们转过头去，发现那位母亲打了自己的孩子一个耳光。

“你为什么要做这样的事！”

母亲不停地打孩子耳光。

母亲和孩子都哭着，即使如此母亲还是不住地打着。

飞飞抓住了母亲的手。

“差不多就别再打了好吗，我有点事想问他。”

“这孩子给飞飞大人添麻烦了！真的非常抱歉！”

“没事，不用在意。孩子不好意思，啊啊，你别再哭了，我有件事想问你。”

飞飞拼命地哄着哭鼻子的孩子，问他为什么做了那样的事。

大家都以为孩子是为了给父亲报仇。结果孩子说，一个奇怪的男子挑唆他，说扔石头才是正确的做法。

“原来如此……这位母亲，最好不要再训斥孩子了，他应该是被魔法操纵了。我想这大概是教国的阴谋吧，他们想让我与安兹·乌尔·恭对决。”

“不对，教国是不会做这种事的吧。会不会是安兹·乌尔·恭的阴谋，为了让飞飞大人成为自己的部下？”

听到几年前在耶·兰提尔开了店的店主一番话，飞飞深深点了点头。

“也有这个可能性啊。不过这倒也好，我今后会跟在那家伙身边，监视他的行动。如果他要为害大家，我会马上砍掉他的头颅。不过相应地，希望大家绝对不要反抗安兹·乌尔·恭。”

“为什么啊！只要有飞飞大人——”

“请不要再说下去了，正中他们的下怀。如果大家造反，想必他们会命令我杀死大家的，他们好像十分期待那天的到来。”

飞飞张开双臂，大义凛然地向在场的所有人宣布：

“我不能主动破坏刚才的约定。因此，只要他们没有强人所难，我希望大家听从他们的安排。不过，如果有什么难处，可以请大家告诉我好吗？”

市民们明白了对于飞飞来说，自己就是人质，纷纷露出了悲愤的表情。

飞飞和悦地对市民们笑着说：

“大家不用太在意。其实，没准那家伙是个出色的统治者呢，我们先作壁上观吧。还有一点，如果教国为此事有所行动，说不定会挑唆诸位发起叛乱。请大家一定要提高警惕。”

不可能有人愿意接受。

不过，也没有人提出反对意见。

安兹·乌尔·恭是不死者。不会有人信赖憎恶生者、为害生者的存在，然而，同样没有人不信赖飞飞。更不用说飞飞为了他们放弃了自己的目的，他们当然也想回报飞飞的厚意。

聚集在周围的人纷纷表示同意飞飞的话，答应把今天的事告诉自己认识的人，然后各自散去了。

就这样，周边国家难以想象，耶·兰提尔没有流一滴血，就归入了安兹的统治之下。

# 角色介绍

39

人类种族

# 吉克尼夫·伦·法洛德·艾尔-尼克斯

jircniv rune farlord el nix

## 鲜血皇帝

职位——巴哈斯帝国皇帝。

住处——巴哈斯帝国皇城。

职业等级—皇帝（一般）——?lv

大帝（一般）——?lv

领袖（一般）——?lv

其他

生日——上风月1日

兴趣——收集别国情报，与自己国家的状况进行比较和探讨。

personal character

帝国的年轻皇帝，是一位拥有鲜血皇帝称号的才能超群的皇族。他完全控制着帝国骑士团，凭借骑士团的力量，以秋风扫落叶之势肃清了贵族。他虽然没有结婚，但是有孩子。他对自己的孩子没有多少感情。只要孩子无能，作为下一任皇帝不称职，他应该会毫不犹豫地将其抛弃。他的亲生父亲，也就是上一任皇帝，就是被自己的母后毒杀的；而在登基之后，他马上处死了自己的几个兄弟。这些事情使他部分内心产生了扭曲。

Character 40

# 弗鲁达·帕拉戴恩

人类种族

fluder paradyne

## 三重魔法吟唱者

职位——首席宫廷魔法师。

住处——大魔法吟唱者之塔。

职业等级－魔法师——?lv

禁术师——?lv

祭司——?lv

其他

生日——太久以前的事，已经不记得了。

兴趣——关于魔法的一切。

{ personal character }

如果有人站到了超越人类种族极限的领域，人们称之为英雄；如果有人站到了超越英雄樊篱的领域，人们称之为偏差者。弗鲁达就是这样一位偏差者，他作为人类种族的魔法吟唱者，跻身整个大陆绝无仅有的四人之一。他站在超越常人的领域，组合三种体系的魔法，开发独创的仪式魔法等，并使用此类魔法延长了自己的寿命。

41

# 厄里亚斯·白朗·蒂尔·雷文

人类种族

elias brandt dale raeven

## 溺爱儿子的大贵族

职位——里·耶斯提杰王国大贵族。

住处——耶·雷布尔的宅邸。

职业等级—高阶贵族（一般）——?lv

贤者——?lv

领袖（一般）——?lv

其他

生日——下火月30日。

兴趣——关于孩子的一切。

{ personal character }

许多贵族敬畏有加的大贵族。顺带一提，他只对自己的妻子说过两次“我爱你”。第一次是孩子出生两天后，第二次是孩子两岁那年的结婚纪念日。第二次他只是低声嘱语，并不是当面说的，是不是应该算一次，值得商榷。要问他为什么不明确表达，因为他觉得“我的心意妻子还是明白的，不必特意用语言表达”。

# 四十一位无上至尊篇

OVERLORD
Characters

角色介绍

3/41

# 泡泡茶壶

异形类种族

bukubukuchagama

## 黏液盾

{ personal character }

颇有名气的声优，经常为幼女角色献声。
平时也用比较高的声调说话，但也有较多的表演成分，
她因为佩罗罗奇诺而生气时的低沉声调，似乎比较接近她本来的声音。
其他属性都非常低，但防御力超强。
而且她作为玩家的水平很高，甚至可以担任指挥官，
在全公会共同行动时，她这个主盾有时也会率领一支小队。

4/41

# 佩罗罗奇诺

异形类种族

peroroncino

# 爆击之翼王

personal character

“技术的进步首先会应用于军事，其次就是色情产业和医疗。
这正印证着色情产业的伟大。”他是一位会毫不顾忌地谈论色情，
聊起自己中意的色情游戏就口若悬河的男子。
经常有人看到他大谈一番之后，却因姐姐的配音深受打击的样子。
他游戏中的角色特长是使用弓，
擅长在超远距离通过特殊技能发动轰炸，
相应地，他在狭窄的战场上战斗能力并不高。

# 作者后记

把第九卷捧在手中的各位，辛苦大家了。第九卷不知怎么，又成了又厚又重的一卷。

开始写之前，我还跟编辑老师说“这一卷没什么好写的，说不定只有两百来页，可以吗”，看着写完印出来的原稿摆在自己面前，我心想，咦，怎么会这么厚？

神奇啊。

真是太神奇了。多出的两百页是从哪来的？

不过我也差不多该在三百页之内完成一卷了。并不是前后篇各三百页。

就是这样，不知道到底怎么回事，下一卷的剧情与WEB版完全不同，我现在觉得忐忑不安，不过希望读者能继续陪伴本书。我可以事先断言，第十卷只有三百页。

好了，上周深山**フギン**老师执笔的漫画版《OVERLORD》发售了。这周小说版《OVERLORD》第九卷，也就是这本书发售了。而下周动画版《OVERLORD》开始播出。连续三周都和《OVERLORD》有关联。

在大家的帮助下，才会有如此精彩的《OVERLORD》问世。(特别是 so-bin 老师……老师为了帮助我接下了多少辛苦的工作，简直是言者伤心，听者流泪。甚至……我有时觉得自己是在慢慢勒紧自己脖子上的绞索！）漫画、小说、动画，希望大家喜欢。

那么，接下来是例行致谢。

为了画出出色的插画，为动画作业、漫画作业呕心沥血的 so-bin 老师，真的非常感谢。

负责设计的 Chord Design Studio，不光是原作方面的作业，动画版《OVERLORD》的 LOGO 也是他们设计的。动画版的 LOGO 非常炫酷。还有为制作地图出力的村田大人，负责细节校对的大迫老师、伊藤老师，非常感谢。为了这本厚重的书——这样想来，《OVERLORD》在老师负责的书中其实并不算厚——问世而给予我莫大帮助的 F 田老师，非常感谢。还有做了父亲、看过对雷文侯爵的描写后，给了我“有孩子真是太棒了”感想的 honey，感谢你一直以来的帮助。

不仅是小说版，为了漫画版和动画版《OVERLORD》出了一分力的老师们，不能一一道谢，在这里对大家表示感谢！

最值得感谢的是本书的各位读者，对大家表示最大的感谢！

二〇一五年六月　丸山黄金

Postscript by So-bin

已经到第九卷了，真是快。

各位也要看动画版和漫画版哟。

So-bin

著作版权合同登记号：01–2019–0351

**图书在版编目（CIP）数据**

OVERLORD. 5，破军的魔法吟唱者 /（日）丸山黄金著 ；刘晨译.

北京 ：新星出版社，2019.6（2025.11重印）

ISBN 978-7-5133-3538-6

Ⅰ. ①O… Ⅱ. ①丸… ②刘… Ⅲ. ①长篇小说－日本－现代 Ⅳ. ① I313.45

中国版本图书馆 CIP 数据核字 (2019) 第 052615 号

次元书馆

而有些困惑的
诸国统治者，
也开始寻找对抗
之策——
迎来新剧情的
第10部
Volume Ten

# OVERLORD 10

## 足智多谋的统治者

OVERLORD Kugane Maruyama | illustration by so-bin

丸山黄金——著

illustration◎so-bin

成为国王的安兹，决心把魔导国建成桃源乡，建成永远繁荣，众多种族对安兹顶礼膜拜的世界。

因为魔导国的突然建立

——每本书都是一座传送门

次元书馆

OVERLORD ⑩

# 足智多谋的统治者

（日）丸山黄金 著
刘晨 译

新 星 出 版 社　NEW STAR PRESS

目录

# Prologue

走进房间之后，雅儿贝德深深吸了一大口气。

很遗憾，房间里没有撩拨她鼻腔的气味。这也难怪，她心爱的主人并不会新陈代谢，甚至不会呼吸，也就不会留下气味。

然而——她可以用心感受到气味。

吸进自己主人房间的空气，她就会觉得心里很舒坦。

恋爱中的少女就是这样。

“唔——哼哼。”

发现自己不禁笑出了声，雅儿贝德赶紧捂住嘴。

房间里没有人，露出牙齿笑也没关系，然而那不是淑女应有的行为。

雅儿贝德轻轻坐在床上，然后躺了下去。

她抽动了几下鼻子，还是闻不到气味。即使如此，躺在心爱之人的床上，也给她带来了极大的愉悦。

对于恋爱中的少女来说，她的行为是正当的。如果有哪位少女像她一样，躺在自己心上人的床上，却没有和她一样的感受，而有人竟敢把这样的女人也划分到“恋爱中的少女”中，她一定会把此人作为不知真爱的令人不快的家伙干掉。

“唉——”

雅儿贝德克制着自己，不把手伸向下腹部。现在不是做那种事的时候。

她一边觉得做那事有些成癖的倾向，一边坐起身来。

她想先把今天的工作完成。

建立魔导国，统治耶·兰提尔之后，雅儿贝德的工作量激增。因为原本管理耶·兰提尔的王国官僚树倒猢狲散——回到了王国国内，现在处理内政事务的人手短缺。

雅儿贝德的主人为她制造了不死者。本该由这些不死者负责处理内政工作，然而他们现在处于接受培训的阶段。而培训他们则让她的工作量更大了。除此之外，还有许多雅儿贝德不得不做的事。

不久的将来，雅儿贝德就会迎来空闲时间比较多的时期，不过她暂时得经历一段繁忙期。

当然，繁忙对于雅儿贝德来说并不是痛苦的。雅儿贝德相信，不仅是她，只要是纳萨力克的成员，没人会觉得为主人工作是痛苦的。正相反，工作越繁忙，她和同事们肯定会觉得越开心。

“不过，差不多也该检验一下培训的成果了……”

把内政交给他们一个月或许有些不现实，不过也应该对他们检验几天或者几周了。

正好，雅儿贝德打算去王国一趟，进行会谈。说实话，她觉得既然有自己睿智的主人坐镇，自己不在也没什么两样。然而这意味着，主人将要处理并不符合无上至尊身份的工作——繁杂的事务。

王者有王者应该做的工作。

“不过话说回来……安兹大人打算怎样引导魔导国呢？”

雅儿贝德的意思是国家的特色。

只要大方向定下了，就能制定合适的法律，也能决定国家的方针。

比如要建成一个把所有人类当成奴隶，让他们为纳萨力克干活的国家。这样一来就得制定让人类彻底成为奴隶的法律。到时候，如何处理和周边人类国家的关系，如何看待其他国家的人类，这些法规也需要一一制定。

然而，到目前，主人还没有对她的疑问给出明确的回答。

也就是说，现在的魔导国缺少相当于支柱的部分，只是依然在沿用旧房子的——王国留下的——构造而已。

莫非这就是自己心爱的主人的国家吗？莫非自己心爱的主人在等待什么吗？

雅儿贝德觉得如果是后者，自己无法看穿主人的高瞻远瞩，实在没用。

自己主人有聪明的头脑是件好事，可惜就是这种时候，会让人觉得头疼。

主人是个智谋超群的存在，每一招棋都有多重意图。正因如此，雅儿贝德看不透主人棋中的全部意图，她总觉得自己不够称职。

纳萨力克中，头脑与雅儿贝德匹敌，甚至更胜一筹的迪米乌哥斯，也总是抱怨，说他“对主人的睿智望尘莫及，实在是无地自容”。不过话说回来——

“不管安兹大人想建立怎样的国家，我只要服从安兹大人的判断就好。”

除了一件事之外，她什么都愿意依着心爱的夫君。

“不过，安兹大人到底怎么打算呢？”

当然，没有人回答雅儿贝德的自语。

# 1章 安兹·乌尔·恭魔导国

# 第一章｜安兹·乌尔·恭魔导国

## 1

魔导王，也就是纳萨力克地下大坟墓和安兹·乌尔·恭魔导国的绝对统治者。这位四十一位无上至尊的整合者，在纳萨力克地下大坟墓留到最后，受到部下们衷心拥戴的人物，现在正趴在柔软的床上读书。

这张床是从纳萨力克地下大坟墓搬到这里——由耶·兰提尔曾经的统治者，帕纳索雷市长的宅邸部分改造成的，安兹的房间——它没有放在纳萨力克安兹房间里那张床的香气。

安兹趴在床上，心想：大概是因为这张床上没有喷香水吧。

当然，安兹是不死者，他不需要睡眠。

确实，人类的残渣会感到疲劳，为了让精神和大脑冷却，他需要躺在床上休息，不过这个过程很短。像现在这样像人类一般长时间躺在床上并没有意义。

不过，不管什么事都有例外。

比如——没错，读书的时候，特别是在别人的注视下读书的时候。

（朝阳差不多该……噢！）

看着从挂在窗户上的窗帘缝隙中照进来的一缕阳光，安兹大致猜到了现在的时间。他随手把刚才趴在床上读的书塞到枕头底下。

他没有扭头，只把视线投向房间一角。

那里有一位女仆。

她是纳萨力克的一名普通女仆，是今天——准确说应该是昨天——值安兹的班的女仆。她直挺着后背以非常端正的姿势坐在椅子上，这姿势从昨晚到现在一直没变。据安兹所知，没有一名女仆在当他的班时改变过端正的姿势。

她的视线牢牢固定在安兹身上。除了偶尔眨眼之外，她的视线从来没有移开过。

真是无法形容的压力。

当然，她肯定没有给安兹压力的意思。她这样死死盯着安兹，大概是希望在安兹有什么需要的时候，可以马上行动。可是在小职员铃木悟看来，自己实在消受不起。

大概不管是谁都一样吧，被人死死盯着就会觉得不自在。特别是在异性的凝视下，就算自己什么都没做，也会觉得自己是不是有什么做得不对劲。

最大的问题，是只要安兹稍有动作，她就会尽可能悄无声息地跟着安兹动起来。

实话说吧——

太难受了。

当然，安兹是绝对的统治者。只要他让女仆离开，想必女仆会离开的。然而他曾经若无其事地提过一次，一想起当时女仆脸上的表情，他就没法下令了。

来到这个世界之后，他马上作为飞飞开始了活动，因此他还不适应女仆长时间在自己身边工作。正因为安兹明白，女仆们心怀令人惊讶的忠诚为自己工作，他无法依着自己的性子强行命令她们。

多忍一段时间，她们大概会厌倦吧。

他已经这样想了一个月。

他一边为女仆们可能永远都不会厌倦而感到些许不安，一边想着她们要四十一天才能轮完一遍班，觉得轮完再考虑就好，暂时把问题搁置了起来。

(这大概就是统治者的痛苦吧……运营维持纳萨力克，制订组织今后的计划，还要回应部下们的期待，诸如此类。身居高位的人真是好辛苦啊，怪不得能拿到那么高的工资。)

高管不干活，却拿着高工资。安兹深切感觉到自己以前的想法极其愚蠢。他慢慢坐了起来。

这个瞬间，女仆也悄无声息地从椅子上站了起来，令人觉得两人好像用一条线连在一起。

她一晚没睡，一直坐在那里等着伺候安兹，反应居然还如此之快。

“——我要起床了。”

“好的。那么属下就先告退了。交班之后，今天当班的女仆会代替我来伺候您。”

安兹没有说那就拜托了之类的话，而是威严地说了一声

“嗯”，然后仿佛心不在焉般地挥了挥手，示意女仆允许她开始行动。

安兹觉得自己的态度实在傲慢。

然而这样的态度很受部下的欢迎。

安兹曾经派仓助去做过问卷调查，结果显示女仆们最喜欢他这样的态度，认为“有被统治的感觉，安兹大人太棒了”。安兹开始还困惑，她们的性癖是不是有点M，不过冷静想来，统治者要有统治者应有的举止和态度，这是部下喜闻乐见的。

以公司来说，员工也希望自己的社长，表现出社长应有的举止和态度。

这样想来，安兹觉得自己现在的态度符合魔导王的身份。实际上，安兹会抽空去帝国的统治者吉克尼夫·伦·法洛德·艾尔－尼克斯那里偷师，他发现吉克尼夫平时保持的就是类似的态度。

然而，从社会人铃木悟的观点来看，不跟女仆说声“你辛苦了”，实在不舒服。

“那你就下去好好休息吧。”

“啊——非常感谢您的关心，安兹大人。”

女仆深深鞠躬，表达自己的谢意。

“不过，多亏了安兹大人借予的这件宝物，就算不休息，也可以为安兹大人工作。”

不，我说的不是那个意思。安兹在心里嘟囔。

确实，装备着营养戒指，就算一昼夜不睡觉也没有问题。然而，从事一晚什么都不做，只是坐在椅子上盯着安兹的工作，这难道不和地狱的刑罚一样难受吗？就算女仆们认为为安兹工作是快乐的，这样的工作内容也太无趣了吧。

(至少夜班……最起码我躺下之后的班可以取消吧？)

女仆侍奉主人是理所当然的。

安兹忘了是哪个女仆，好像说过这样的一句话。

(侍奉主人啊。要是我提出来自己要和你们平等，不知道会闹出什么乱子啊。)

和刚传送到这个世界的时候不同了，安兹现在确信部下对自己绝对忠诚。除了外界因素之外——只要安兹不让部下失望，基本上没有引发叛乱的可能性。既然这样，就稍微改变一下关系，让自己能和 NPC 们平等地生活在一起，不是也挺好吗？

到时候，自己大概就能从现在的，为了做好统治者绞尽脑汁的生活中得到解放了吧。而且——

(过去——没错，原来的公会里那样的生活，要是能过上那样的生活该多好。)

安兹和 NPC 说话的时候，有时能在他们身上看到过去的同伴们的影子。因此他希望自己和 NPC 之间不是主人和部下的关系，而是像过去那样——

——不，安兹在心中摇了摇头。

现在不知道什么样的行为会令部下失望，大幅改变现行体制不是个好主意。而且，既然部下想要的就是主从关系，维持下去也是主人的责任。这是他作为最后一个留下的公会成员，对 NPC（孩子们）的责任。

女仆跟安兹道了声“失礼”，走出了房间。

瞬间，安兹就像被电了一下，开始了行动。首先，他取出塞到枕头下的书，换成了另外一本。那本书的标题十分艰涩，只是看一眼就不想读了。他把晚上自己读的书藏进自己的空间——道具栏里。

藏进不会被轻易偷走的道具栏之后，安兹松了口气。

这也是身为主人的责任。

安兹不愿意整晚读会让人头疼的晦涩书本。如果可能，他想读启发类书籍等轻松易懂的书。然而，让部下知道自己在看那样的书，作为一位统治者实在太逊了。因此，他才趁女仆换班的时候换掉自己晚上看过的书。

顺带一提，他这样做，是考虑到女仆在整理床时，会把书拿出来放到别的地方。

做完床上的事，安兹撩开垂下来的薄纱幔帐，从床上下来了。

正巧在这时，门被敲响，今天当班的女仆走了进来。

看到安兹正从床上起身，她满脸欢喜地走了过来。今天当安兹的班，简称安兹班的，应该就是她吧。

“早上好，菲丝。”

女仆的表情灿烂得晃眼。

“早上好！安兹大人！今天请您多多关照！”

要是菲丝有尾巴，想必她已经在拼命摇了。安兹不经意地想起来，佩丝特妮就摇尾巴来着。

菲丝穿的女仆装和刚才芙丝的一样。她们普通女仆和战斗女仆们不同，虽然都穿着一样的女仆装，不过外表——穿着女仆装的女性——不同，也给安兹不同的感觉。

安兹回想起同伴像念经一样跟自己解说女仆装时的那番话：“简洁的女仆装当然好，不过添加各种装饰的女仆装也非常棒”。这段话后面是这样：“也就是说，女仆装不管怎样摆弄都是最棒的。女仆装才是人类历史上最棒的发明。VIVA，女仆装。”

安兹不知道VIVA是什么意思，不过他觉得应该是一种感叹，要不然就是那位同伴自己造的词。在这方面，他和曾经的同伴们也有一段回忆。

安兹露出苦笑——他的脸当然没有动——凝视着女仆。

“安、安兹大人，您怎么了？”

听到菲丝捏着自己女仆装的围裙，有点难为情地问他。安兹这才发现自己有点失礼了。

“不好意思。我有点……没错，应该说看得入神了吧，仅此而已。”

“这——”

“那么我们走吧。”

“欸？啊，是，遵命！”

女仆回答的声音虽然因为惊讶而有些尖，但还是显得元气十足。她跟在安兹身后穿过了几个房间。

这里绝对无法与纳萨力克地下大坟墓第九层相提并论。因此，当安兹决定住在这里的时候，守护者们纷纷提出反对意见。

他们说：这里的格调不适合无上至尊居住。

他们说：这里防御能力欠缺，对间谍的防范措施也不够健全。

他们说、他们说、他们说——

不过安兹还是力排众议，把这里定为了自己的居所。

因为他认为这是君王职责——吉克尼夫也住在帝都的皇城里——的一部分。再说，在安兹，不，铃木悟看来，市长的官邸已经足够气派了。他想起自己以前住的地方，和这里根本没法比。还有，第九层的房间实在过于豪华，过于宽敞了。

YGGDRASIL还是游戏的时候，安兹倒是没有注意，不过一旦在其中生活，就觉得有点让人心神不宁了。他觉得到房间角落蜷成一团才安心。

安兹带领着菲丝，还有从寝室外房间的天花板上下来的八肢刀暗杀虫，来到了服装室。

已经侯在服装室中的几名普通女仆恭敬地行了一礼。菲丝麻利地站到了她们的队列中。

“安兹大人，今天您希望如何打扮?！”

菲丝元气十足地向安兹问道。

(噢，菲丝的眼睛也在闪闪发光。应该说到目前为止，每个女仆面对这个场面都两眼闪闪发光啊。我虽然听说女人喜欢衣服……但她们是因为喜欢衣服才这样吗，还是因为喜欢帮别人搭配衣服呢?)

安兹觉得女仆们有点过于兴奋，不过他不会表现出来，而是发出了他自己认为非常威严的“唔”的一声——他练习过了，很有自信的。

说实话，安兹基本没必要换衣服。

就算他在床上滚一整晚，魔法长袍也不会出现褶皱。不仅如此，他的身体不会新陈代谢，最多只会有空气中的尘埃附着在长袍上。区区灰尘，一掸就掉了。再说，凡是安兹会到的地方，女仆们已经打扫得一尘不染。再加上安兹不用吃喝，衣服根本不会弄脏。

一件衣服穿到破也没问题。

然而，部下中没有一人允许他这样做。这其实也是理所当然的，绝对的统治者每天总穿着一套衣服，会影响威望。

只是，安兹并不擅长穿衣搭配。

作为战斗准备的一环，考虑对手的能力和特技，制定战术，为了对抗对手选择适当的装备，这安兹倒是会。

不对，应该说凭借铃木悟积累起来的经验，他知道某条领带和某件西服是否能配在一起。然而要说这件紫地银花的长袍，和这条带有四颗大钻石的银项链，能不能配在一起，他就不知道了。更不要说这些服饰要配到一具骷髅身上了。

然而，如果穿得太随便，会令他身为统治者的品位遭到怀疑。那会让忠心耿耿的部下失望。因此，在服装方面，安兹也有必要全力以赴。

可是这一点上，有一个致命的问题。

就算安兹打扮得并不符合统治者的身份，又有哪位部下能跟他提出呢。就算大公司董事长的假发戴得有点歪，也没有人敢提出来。两者是一个道理。

基于以上的各种因素，安兹应该采取的行动只有一种。

“菲丝，交给你了，帮我打扮得得体一点。”

“明白了！请放心吧，安兹大人！我一定会倾尽全力，为您选出最合适的服饰！”

不用使那么大的力气吧——安兹每次都这样想，然而没有一次向女仆们说出口。

“我认为！红色非常适合安兹大人！因此我认为，今天服饰的搭配，应该以红色为主色调。您看可以吗！”

“我刚才已经说了，交给你了。没有必要再征求我的意见。”

“是！遵命！”

既然对自己的衣着品位没有自信，那么让别人——让女仆帮自己选就行了。

看着她拿来的鲜红长袍，安兹有些困惑。这是一件扎眼的鲜亮红色长袍，上面代替纽扣，缀着许多颗巨大的宝石。要是只有一种颜色还好，可这些多姿多彩的宝石一共有六种颜色。不仅如此，宝石周围还用金线绣着诡异的文字。

（这不算奇装异服吗？算是常识范围内的服装吗？）

他感觉自己会变成全身都亮着霓虹字的广告牌。要是让他自己选，肯定不会选这件长袍，他甚至不明白自己以前为什么买了这样一件长袍。他不记得公会里有哪位同伴强行塞给过他这样一件长袍。按照排除法，那肯定是自己买的。

（是不是赠品？买了什么东西自动送了这样一件长袍吗……不过，好吧，没办法。）

就算想起了自己为什么会拥有，眼前鲜红的长袍也不会消失。

要拒绝很容易，然而安兹刚才已经说了“交给你了”，君无戏言。再说，或许只有安兹自己觉得这件长袍不好看，而大多数人都觉得它很不错。不对，这种可能性很高。

而且说得难听一点，这件长袍是菲丝选的，如果有谁说它不好，安兹还能把责任推给她。

（真是最差劲的上司了。）

安兹有点罪恶感，心想这大概就是所谓的昧良心吧。

安兹十分清楚，作为上司——身居高位者，推卸责任是令人不齿的行为。然而有些东西是哪怕昧着良心也要保住的。

为了保住自己的威严牺牲部下，这大概就是所谓的丢卒保车吧。

“对不起啊。”

“啊，非常抱歉。”

“没什么……我在自言自语，你不必在意。对了……”以防万一安兹决定，还是先问一下，“我想问一下，这件长袍穿在我身上，不会显得太花哨吗？”

“不会的！确实，我认为安兹大人不管穿上什么衣服都好看！而且，我认为以黑色为基调的暗色系服饰很适合安兹大人。不过，我认为只穿一种色调，没法全方位显示出安兹大人的美！为了让安兹大人汹涌的力量广为人知——”

安兹打断了女仆泥石流般的连珠炮。

“——好了，既然没问题就行了。那么，能帮我穿上衣服吗？”

“遵命！”

菲丝用眼神向其他女仆示意。

安兹保持着姿势，但女仆们开始默默为安兹脱衣服。

尽管安兹有一具白骨身躯，让女性为自己更衣，他还是能感到火辣辣的羞耻感。

然而，作为绝对的统治者，这样做似乎是理所当然的。

应该说，吉克尼夫就是这样，而且安兹读的书上也是这样写的。

安兹默默看着镜子里的自己，任凭女仆们摆布。

过了一会儿，镜子中出现了穿好鲜红长袍的安兹。果然很花哨，除了花哨之外没有合适的形容词。

（不对，这个世界的审美和原来的世界大不相同。作为统治者，这样打扮很可能十分得体……吧？）

安兹举出仓助是森林贤王的例子来鼓励自己，打消自己的不安。

“那么，我们走吧。”

安兹领着菲丝走了起来。他从心底觉得，自己需要能够放松精神的时间。

●

身着花哨的红色长袍，安兹来到了自己的政务室。他站到政务室门前，菲丝迅速地走到前面，恭敬地为他打开了房门。

每次他都觉得，门自己还是能开的。然而，每个女仆都一脸骄傲，享受着认真工作的状态，好像在说，“唔，我工作得好勤奋。”于是，安兹只能默默接受这个手动自动门系统。

安兹带着菲丝、八肢刀暗杀虫们，一起进了政务室。

和纳萨力克中安兹的房间一样，这个房间中央也放着一张沉甸甸、厚重感十足的办公桌。这张桌子和安兹的床一样，本来是纳萨力克地下大坟墓中的备用品。房间最里面，挂着安兹·乌尔·恭的旗帜——魔导国的国旗。

安兹横穿房间，来到飘窗前。

窗台上放着一个并不算大的玻璃箱，里面的布景是森林，看起来没有动物。安兹把手指伸进去，翻开了一片树叶。

那里有一只躲着阳光、藏在背阴处的生物。

它肤色鲜艳的身体上覆盖着自己分泌出的滑滑的黏液，头部让人联想到人类的嘴唇。

安兹凝视着口唇虫，观察起来。

“——色泽很不错。看来很健康，真是太好了。”

他想起了艾多玛告诉他口唇虫的颜色很重要时的事。当时艾多玛拿出几只口唇虫给他看，教给他什么样的色泽才代表健康。这只口唇虫现在的健康状况，明显比当时还要好。

安兹从旁边的器皿中拿起一片新鲜的卷心菜。

“来来，滑滑君，吃饭喽！”

安兹把卷心菜送到口唇虫旁边，只见它张口咬了上来。安兹放开手，菜叶在它的嘴下越来越小。

口唇虫很快吃完了卷心菜叶。安兹又给了它两片。

艾多玛说过，不能给口唇虫吃得太多，因此就到此为止了。

吃饱了肚子，口唇虫向着玻璃箱中的树荫——它能安心的环境——蠕动了过去。

“一开始我还觉得恶心，可养起来发现，其实挺可爱的。”

安兹自言自语地低声说着，然后发出爽朗的笑声，盖好玻璃箱的薄盖。安兹用这么一块口唇虫真的想逃根本挡不住的薄盖，说明他对自己的饲养水平很有自信。不过，口唇虫是用金币召唤出的佣兵魔物，安兹也不知道它到底会不会产生逃跑的念头。

安兹拿起旁边的布稍稍擦了擦手。一早该做的事都完成了，他深深坐进椅子里，靠在椅背上。

（工作啊……虽然没有明确的上班时间，不过一到这个时候，我就觉得有点打不起精神啊。会不会是过去的习惯，到现在还没有完全消失呢。）

办公桌上一份文件都没有，甚至没有一粒灰尘。

它和铃木悟的办公桌大不相同。

这是因为没有昨天剩下的工作。安兹的工作是做重大的决定，并不是从事细碎的杂务。他做好决定之后，具体事务都是部下在做。

（就是做决定很辛苦啊。我现在终于明白了，责任的大小决定了工作的辛苦程度……比起肉体的疲劳，还是精神的疲劳……压力让人觉得更辛苦。啊，差不多该开工了吧。）

安兹不用看表。

就在这时候，有人敲响了房门。侍立门旁的菲丝确认了一下来访者。

“安兹大人，是雅儿贝德大人，还有各位死者大魔法师大人。”

菲丝的声音中包含着敬意，因为死者大魔法师是安兹制造的。

“是吗。让他们进来吧。”

菲丝把来访者让进门来。雅儿贝德打头，六只手中拿着文件的死者大魔法师走进了房间中。

“安兹大人，早上好。”

随着雅儿贝德向安兹问安，死者大魔法师们也向安兹深深低头行礼。

“嗯，早上好，雅儿贝德。看来今天又是个好天气啊。”

“是的，我已经接到了报告，说今天一整天都是晴天——当然，只要这个世界绝对的统治者安兹大人愿意，我们可以随意改变天气，不知安兹大人意下如何？”

安兹不过是想找个无关痛痒的话题，开始两人之间的对话，没想到却引出了雅儿贝德这样的提议。

“没有那个必要，我不讨厌天气的变化。晴天当然不错，雷鸣电闪的雨天也别有韵味，片片雪花也颇具风情。要说愉快的一天从随机变化的天气开始也不为过。”

安兹并不讨厌这个世界的天候变化。蓝色星球曾经说过，“雨本来是对万物的滋养”，在这个环境良好的世界中，安兹觉得确实如此。

还是让天气顺其自然吧。

“好的，明白了。我本来就知道您不打算随意操纵天气。不过，为了以防万一我决定还是询问一下。因为安兹大人不会坦率地为了自己的欲求向我们下令。”

“是吗？我倒是不觉得……”

仔细想来，安兹并没有什么特别想要的东西。他还是铃木悟的时候，除了 YGGDRASIL 相关的东西之外，他就没有什么想要的，躯体变成这样之后就更是如此了。安兹不知道无欲无求是不是变成不死者的副作用，不过他认为自己本来就是这样的可能性很高。要说有什么欲求，他只想收集稀有的东西。还有——

安兹落寞地笑了笑，轻轻摇了摇头。

“不，你说得或许没错。不过，那只是因为我真的没有什么想要的东西。如果我想要什么，我会下令的。”

“到时候属下身为守护者总管，会马上选出能满足安兹大人的人。”雅儿贝德轻轻低头行了一礼，抬起头来的时候，她的脸泛着微微红晕。“不过话说回来，安兹大人今天的装束依然这么棒。它简直熠熠生辉，不对，应该说是安兹大人使它熠熠生辉。”

雅儿贝德对安兹的打扮盛赞一番。

发光的应该是起着纽扣作用的宝石吧，我的头总不至于反射光。安兹一边想，一边向雅儿贝德点头。

“是吗，谢谢你的称赞，雅儿贝德。”

“您这是哪儿的话。我只是实话实说。其实安兹大人——”

安兹看到雅儿贝德开始兴奋起来，向她竖起掌心。他预感到她说起来会没完没了。

“——不要过誉。好了，这就是昨天雅儿贝德你们处理的文件吧。”

“是的。”

雅儿贝德调皮地鼓起了脸。在她的指示下，死者大魔法师们把文件放在了安兹的办公桌上。

他们放下的每一份文件都颇为厚重。这说明虽然项目不多，但是每一项都附着大篇幅的参考资料。问题复杂的情况下，往往需要各种繁复的资料，这一点在公司里也一样。

安兹在心中做好了准备。每天早上他都要为新的一天做好心理准备。

铃木悟只是个普通的公司职员，没有参与过公司的运营。要是问他，这样一个人能不能担得起一国之政，他有自信回答不能。不，就算是参与过公司运营的人，要运营一个国家也是极其困难的吧。

更糟糕的是，安兹是一位绝对的统治者。就算他的决定有问题，部下也会全力以赴，彻底执行。

还有比这更恐怖的事吗？安兹的一句话，搞不好会引起集体自杀。

那么该怎么办才好呢？

答案很简单，就和他身上穿的这件衣服一样。也就是说，交给有能力的人去做就行了。

作为上司最重要的能力，就是为部下安排适合他们的岗位。

虽说如此，彻底扔给部下也有问题。就算雅儿贝德有足够的能力，安兹是挂名国王，但他只要在国王的位置上，就有相应的责任。

有些事和工作，不是说自己不知道就能解决的。

因此他一直认真地阅览下属交上来的文件，并且按上国玺。

安兹保持着一定的节奏盖了几个章，在心中把某份文件定为今天的目标。他开始阅览文件，以期理解文件的内容，然而——

（果然看不懂什么意思。这上面写的应该是与物资相关的事情吧？这很重要吗？死者大魔法师们应该明白……吧？他们应该是我制造出来的吧？为什么会有这么大差距……不过话说回来，还真是晦涩啊，简直就像法律条款。）

上面无数次提到参照附录，需要翻页去看，到了最后的最后，跑出一句：综上所述，予以否定。而且一句话中经常有好几个否定词，读起来很费劲。

"——雅儿贝德啊。"

"是，安兹大人！有什么您觉得有问题的地方吗？"

"不是，我突然想到了另外一件事，法律现在如何了？"

虽然叫魔导国，但是这里现在还没有专属的法律，而是暂时沿用着王国的法律。

“回您的话。已经开始起草草案了，不过强制实施恐怕会招致各种不满，属下正在犹豫。”

这番话听起来不像是完全不把人类当回事的雅儿贝德说出来的，不过听到这番话，安兹放下了心。

“我和迪米乌哥斯商量过了……如果沿用王国的法律，安兹大人作为绝对统治者的权势不够强。我们目前打算，以王国法律作为我国法律的第一章，只对与安兹大人的权势有关的部分强制实施。”

“我对其他事还多少有点自信……”骗人，他其实对几乎所有事都没有自信。“非常遗憾，我并不熟悉法律。你们看怎么办好就怎么办吧，我相信你们。”

“是！遵命。”

雅儿贝德露出了开心的表情。安兹仔细一看，发现她的翅膀也在慢慢扇动。她——迪米乌哥斯也是一样，不知为什么，认定安兹是棋高他们一招的天才。因此，只要安兹说自己不知道，他们就会很高兴，认为作为智者被制造出来的自己终于派得上用场了。

“不过，您也不必谦称自己对法律并不熟悉……”

“不是，我是真的不熟悉。我对法律很是发怵。”

“原来如此……您是从不受法律束缚的绝对统治者的角度来说的啊。我现在明白您的意思了。”

安兹觉得雅儿贝德好像误会了什么，不过他不知道该怎么解释才好。他决定不再多说，而是发出了忍俊不禁的笑声。他产生了朦胧的画面感，觉得孩子得意地想把自己的某种发现告诉父母时，会不会就是她这样。

“有什么好笑的事情吗？”

雅儿贝德有些纳闷的表情让安兹觉得更愉快了。不过只顾着自己笑也有点没礼貌。

“抱歉，我是觉得一脸喜气的你很可爱——该怎么说才好呢，解释起来很难啊。”

安兹说出这番话的瞬间，天花板上的八肢刀暗杀虫蓄势待发，不过没做出下一步动作。

“哎呀！多难为情啊。”

雅儿贝德用双手遮住了脸。看到雅儿贝德脸颊上的红潮，安兹才反应过来自己说了多么令人难为情的台词。他干咳一声，把视线垂了下来。面对 NPC 的时候，他就觉得自己是在哄朋友的孩子，总是说出些令人脸红的台词。

安兹一边告诫自己，一边在最后一份文件上盖了章。这样一来，工作就差不多做完了。

安兹把那份文件交给正在抹着嘴角的雅儿贝德。雅儿贝德接了过去，交给了不死者大魔法师们。

“那么，我们开始例行的那件事吧。今天的建议就是这些了。”

安兹把准备好的纸从抽屉中取出来。它们是从纳萨力克所有成员处征集来的建言书，上面写着关于魔导国进一步发展的意见和建议。

安兹会过目所有的建言书，誊写之后，每天早上的这个时间说给雅儿贝德来讨论。

“怎么能让安兹大人亲手誊写，实在不该为这种事劳烦安兹大人，占用您宝贵的时间。”

“不，毕竟其中可能会有给我本人的建言。再说我这身体不能睡觉，不做点什么就太闲了。”

骗人。不，如果不做点什么，安兹就太闲了，这倒是事实。不过，安兹可以读书、泡澡、练习演技、进行模拟战斗，消磨时间的办法多得是。尽管如此，安兹还要亲自誊写建言书，这是因为——

安兹誊写的建言书中，其实包括安兹自己想出的点子。

安兹如果直接提出来，愚蠢的点子很可能也会被强行实施，造成不忍卒睹的后果。他的目的是通过隐藏建言者的身份，让雅儿贝德以公平的标准进行评价，以求避免直接提出的危险性。不仅如此，隐藏身份还能避免安兹的能力受到怀疑，可以说一箭双雕。

安兹读出了第一份建言。

“唔……‘应该建立让孩子们接受教育的机关。发现并且培养优秀的人才，有助于在将来增强纳萨力克的力量。除此之外，还有助于技术的发展，毫无疑问最终将有利于纳萨力克的强化’，上面是这样写的。”

安兹正面看着雅儿贝德，向她问道：

“这上面说明了好处，是一封非常不错的建言书。能感受到建言者优秀的才能。我觉得甚至可以作为建言书的样本展示起来。”作为社会人大加赞赏之后，安兹的表情重新恢复严肃——当然，他的脸不会动，“不过，你觉得这份建言是谁交上来的？”。

“应该是由莉 · 阿尔法。”

雅儿贝德回答得毫不犹豫。关于这一点安兹也有同感。

“我觉得也是，大概就是由莉吧。那么雅儿贝德，你觉得这份建言如何？”

“属下认为愚蠢至极。猪就是猪，以猪的方式生活，死得对主人有意义就行了。除此之外的生存方式，对它们来说没有意义，它们没有知道的必要，也没有选择的权利。”

“虽然你说得十分冷酷，不过我也赞成你的意见。只要有最低限度的教养，就能成为社会的一枚齿轮。只要生为齿轮、死为齿轮就行了。技术广泛传播，有可能诞生威胁我们的力量——唔？”

“您怎么了，安兹大人？”

“我记得以前好像说过非常类似的话。是和谁说的来着，和娜贝拉尔，对了对了，是药水那件事时，对露普斯蕾琪娜说的……这么显而易见的道理，根本没必要跟雅儿贝德说。真是让人难为情，忘了我刚才说的话吧。”

“怎、怎么会！属下认为自己的想法，有必要和安兹大人保持一致！来，请您说吧！请告诉属下！”

“是，是吗……我觉得有点难为情，好吧，先告诉你，这只是我的个人观点。如果有什么问题，你一定要指正。”

没有比班门弄斧更令人难为情的事了。安兹一边担心听者会把自己当成蠢货，一边把自己关于技术的想法讲了出来。

知识和教养，再加上情报，这些是人——在这个世界上不单指人类——的第一件武器。而知识的推广不光会成为国力增强的契机，也会酝酿出以前没有的不满情绪。

正因如此，统治者必须想好是不是应该给人民武器，刀锋很可能会转向统治者。

在名为 YGGDRASIL 的游戏中，安兹深刻认识到了情报有多么宝贵。因此，他把两个巴雷亚雷送到了自己能彻底监视的卡恩村，让他们在那里制造药水。这是为了在保证不会外流的前提下，独占他们开发出的技术。

作为安兹来讲，他希望被统治者永远是被统治者——无知者永远是无知者。不过，想要增强国力，开发新技术是必不可少的。说到底，问题就是名为知识的武器，刀锋到底会朝向谁。

“结论就是，只要在对纳萨力克地下大坟墓绝对忠诚的人中，共享和使用新技术就行了。对普通民众，只给他们随意使用也不会引发问题的过时技术。‘智慧果实只有独占才有价值’，好像是这样说的。”

安兹说到这里，偷偷瞥了一眼雅儿贝德的表情，发现她的脸上没有疑问和不信任的神色。

“而接下来就要进入我的正题了——雅儿贝德啊，我要说的和刚才完全相反，我打算采用这条建言。”

雅儿贝德有一瞬间惊得睁大了眼睛。

“您这样做出于什么样的目的呢？”

“感伤。而且我觉得由莉所言有一定的道理。”

“我觉得弊端会更大……莫非您打算把教育机关建在边境？我认为一边注意情报不外泄，一边推进洗脑教育的话，确实益处可能更大一点。”

“我不会这样做的。与由莉的提案有点不同，我是打算在耶·兰提尔建立孤儿院。”

在扮演飞飞的生活中，安兹得知神殿运营着孤儿院。他认为以安兹·乌尔·恭的名义建立孤儿院也未尝不可。

“说到底，问题在于纳萨力克的技术有可能外流。我们只要单纯运营孤儿院，传授的知识也仅限于周边固有的知识就没问题了。在这样的前提下出现了人才，到时再考虑将来如何对待便是。”

“原来如此……确实，这样做应该不会有问题。”

“我打算雇用寡妇来做孤儿院的职员。”

“在那场安兹大人展示了一部分力量的战争中，许多女性失去了丈夫，正在贫困中挣扎。您是打算给她们一份工作以资救济啊。救济寡妇和孤儿，属下认为是提高安兹大人名望的非常高明的手段。真不愧是安兹大人。”

“嗯。等寡妇们找到飞飞诉苦后再实施，就只能提高飞飞的声望，我的声望不会有多大提升。我们要在人们求助飞飞之前尽快行动。因此首先要……我下令解除对佩丝特妮和妮古蕾德的处分。”

安兹敏锐地察觉到，雅儿贝德眼中的光辉发生了细微的变化。

“请您恕我直言——不对违抗安兹大人的人进行处罚，恐怕会坏了纳萨力克的规矩。”

“我不是罚她们禁闭了吗？”

“属下认为这样的惩罚太轻了。安兹大人的旨意就是我们的一切，抗旨不遵是弥天大罪。依属下愚见，应该斩首。”

“不要——”

安兹说到一半，想起了她们对自己还有四十一位无上至尊的崇拜。对她们的忠诚进行否定，实在太可怜了。

然而，正因为如此，安兹必须原谅她们。她们的性格是安兹的同伴设定的。那么佩丝特妮和妮古蕾德的行动，可以说是同伴们的意思。

如果安兹强行下令，雅儿贝德会绝对服从吧。不过，那是最后的手段，安兹决定先尝试说服她。

“——说到底，我的命令是因为担心情报外泄，担心太多人知道纳萨力克在王都事件的幕后操纵者。正因如此，才有必要男女老少格杀勿论。不过，她们二人救下的是不会有记忆的婴儿，可以说是没有必要杀的对象。这样想来，可以认为她们二人正确理解了我的意图。”

“她们为了自己曲解您的命令，那是不能原谅的行为。”

“雅儿贝德——”

雅儿贝德是守护者总管，安兹十分理解她的心情。正因为理解，安兹不知道该怎么说服她。他露出了——当然，他的脸不会动——发愁时的苦笑。

“安兹大人，您这样的表情太狡猾了。”

听到脸颊有点泛红的雅儿贝德轻声低语，安兹摸了摸自己的脸。

“唔，是吗？”

“对，是的……”雅儿贝德发出蚊子般的声音，然后低下头，叹了口气。当她抬起头来的时候，安兹面前的还是平时的她。“明白了。毕竟安兹大人的旨意就是我的一切，我非常愿意服从安兹大人的命令”。

“我倒是希望你不要在感情上，而是在理性上服从啊。”

“如果是这样，那么没问题。就算解除二人的处分，在纳萨力克内，除了刚才的我之外，应该没有别人会有意见。”

“是吗……那就好。那么，就请她们二人协助孤儿院的运营吧。”

“遵命，我会把您的意思转告她们二人。”

“拜托你了。那么我们继续下一条好了。”

安兹干咽了一口口水，因为下一条是他自己提出的。

“……唔，这不是一条太好的建言……好吧，还是读一读吧。”安兹偷偷看着雅儿贝德的表情，继续说了下去。“这条建言是说，统一穿制服，强化纳萨力克的团结。”

说完，雅儿贝德竖起了柳眉。

“居然还有如此低级的点子。到底是谁的建言？”

安兹克制着自己想道歉的冲动，展现出感到十分无奈的态度。

“哎呀，这就——不知道了。本来写着建言的纸我已经扔掉了。”

“真是令人无奈，居然还有人提出如此愚劣的建言，浪费安兹大人宝贵的时间。属下认为应该进行调查，揪出建言者处以某种刑罚。”

“没——没那个必要！你听好，雅儿贝德！绝对不要做那样的事！”

安兹心里慌作一团，表面上却表现得大义凛然。

“我希望纳萨力克的所有成员，能向我提供来自各种角度的意见。因此，我说了，不管大家提出什么样的建言，我也不会处罚。如果你对建言者进行追究，我就相当于食言了。如果发生了这种事，今后再想征求建言可就难了。离开这个房间之后，就把我刚才读的这条建言从你脑海中删掉。”

“是！谨遵安兹大人之命！”

“很、很好。就这样办好了。”

安兹感谢自己的身体不会流汗。若非如此，想必他的汗水已经滴了一地。然而，尽管他拥有完美的肉体和精神，刚才那句扎心的“低级的点子”留下的伤口，还是没有完全愈合。

“安兹大人，我有个建议。今后能不能先由我对建言进行一番筛选？为了不再让您看到这种低级的建言。”

“唔……不，不必，这就不用了。雅儿贝德筛选过后，我就只剩下确认可做了。如此一来，我们不就没有商量的必要了吗？”

“啊！对，对啊，安兹大人。毕竟这是我和安兹大人的协同作业。”

雅儿贝德用力拍了一下翅膀，引得趴在天花板上的八肢刀暗杀虫，再次一齐做出了蓄势待发的动作。

“很、很好！既然雅儿贝德同意了，那我们就继续下一条吧。”安兹很想知道制服有什么不好，然而现在的气氛让他无法问出口，而且他也没有再把话题带回去的自信。“那么，下一条是——”

就在安兹打算读的时候，政务室的门被敲响了几声。

两人把视线投向菲丝。她向两人轻轻低头示意，然后开始像刚才一样确认来访者。

从门缝中，传来了孩子元气十足的声音，还有一个蚊子叫般怯生生的声音。

（他们两人还是第一次这个时间来吧？莫非出了什么麻烦事？如果真是这样，碰巧雅儿贝德在这里，看来我运气不错啊。）

既然知道来者是谁，安兹本该马上允许他们进来。可是，在菲丝向他报告来访者姓名之前允许他们进来，实在对不起热爱工作的菲丝。越俎代庖会令本来负责相应工作的人失去动力。对于身居高位者来说，应该注意这方面的问题。

（吉克尼夫应该也会这样，他让女仆们做各种各样的工作。）

安兹把吉克尼夫当成王者的榜样。他对心中吉克尼夫的虚像这样说道：

希望有一天我们能一起聊聊身为君王的烦恼。

“安兹大人，亚乌菈大人、马雷大人求见。”

等她完成自己的工作之后，安兹准许二人进入政务室。

房门打开，两位娇小的黑暗精灵走了进来。安兹看到二人满脸的笑容，察觉到应该不是发生了什么麻烦事，松了一口气。

“早上好！安兹大人。”

“啊，早上好，安兹大人。”

“啊，你们也早上好。你们两个还是这么精神，真是太好了。”

两人走进政务室，跟雅儿贝德也打了招呼。随后亚乌菈绕过办公桌，来到了安兹旁边。

亚乌菈走到离安兹非常近的地方，把双手抬起来形成一个V字。

“嗯。”

看到安兹有点困惑，亚乌菈发出并非话语的声音，用力伸了一下手。随后她带着满眼期待的目光，向安兹轻跳起来。

看到这里，安兹终于明白她想做什么了。他稍稍拉开椅子，把手伸到亚乌菈腋下，将她举了起来。

“您、您这是，安兹大人！”

安兹听到雅儿贝德发出破了音的尖叫，不过他没有理会，把举起来的亚乌菈转了一百八十度，以后背朝向自己的姿势，让她坐在了自己的右大腿骨上。这并不是大腿，而是硬邦邦的大腿骨，安兹只能让她侧着坐上去，好让亚乌菈用自己屁股的柔软中和骨头的坚硬。

“嘿嘿。”

听到亚乌菈发出快乐又有点难为情的笑声，安兹也向她露出了微笑。随后，安兹把视线投向正不知该如何是好的马雷，向他招了招手。

安兹重复刚才的动作，举起怯生生地走来的马雷，放在了自己左边的大腿骨上。

“那、那个，安、安兹大人，我、我也要。”

安兹正在想回头要不要准备两个坐垫，听到雅儿贝德也扭捏着向他要求同样的待遇。然而让成年女性坐在自己的大腿——大腿骨上，实在太令人羞耻了。

“不，你就……算了吧。”

“可、可是，他们二人……”

“雅儿贝德，他们两人还是孩子呢，你可是大人啊。”

一瞬间，他感觉看到雅儿贝德背后闪过一道雷光，仿佛象征现着她的心灵受到的冲击。安兹觉得有点对不起雅儿贝德，不过羞耻就是羞耻。再说，那样做应该算是性骚扰吧。

“那么，你们俩怎么这么高兴？发生什么了？”

建造在都武大森林中的要塞——也可以称之为木料库或者假纳萨力克——已经基本竣工。安兹现在交给亚乌菈的工作，是强化要塞的防御能力，并且对其进行隐藏。安兹的计划，本来是在有敌人追击的情况下逃进假纳萨力克，以避免真纳萨力克大坟墓的存在暴露。现在吉克尼夫已经知道了纳萨力克地下大坟墓的位置，于是就优先赋予了假纳萨力克木料库和避难所的功能。

安兹交给了马雷在耶·兰提尔近郊建造地下坟墓的任务。

他不打算马上将其投入使用，只是觉得多余的劳动力不用来做点什么太浪费了。

如果使用人作为劳动力，将会产生费用，不过哥雷姆和不死者没有这方面的问题，而马雷使用魔法就能制造出简单的石材。

顺便说说其他的守护者吧。夏提雅负责使用“传送门”的传送工作兼纳萨力克警卫。科塞特斯负责管理包括蜥蜴人村落在内的湖泊一带。迪米乌哥斯出差到圣王国去了。

因此，目前身在耶·兰提尔的守护者，已经悉数来到安兹的政务室中。

那么，亚乌菈和马雷身上还有外面的工作，他们怎么到这里来了呢？

亚乌菈的下一句话十分自然地回答了安兹的疑问。

“我们想安兹大人了！”

听到亚乌菈天真烂漫的声音，安兹笑了起来。

“是吗？我能见到你们也很高兴。”

安兹抚摸着亚乌菈的头。亚乌菈好像觉得很舒服，用头蹭着安兹的手。他觉得自己好像在抚摸可爱的小狗一样。

“那、那个，安兹大人，您是不是正在工作？我、我们是不是打扰安兹大人了？”

“当然——”

“当然不会打扰到我了。你们二人怎么会打扰我的工作呢。”安兹温柔地对马雷说完后，把脸转向了雅儿贝德，“抱歉啊，雅儿贝德，打断了你说的话。对了对了，能见到你，我当然也很高兴。”

“明、明白……”雅儿贝德涨红着脸，严肃地说道，“安兹大人！”

安兹正打算问“怎么了”，随后惊得瞪大了眼睛。

“呜哇——”

安兹不敢确定自己听到了什么，她到底说了什么呢？

他似乎没有听错，因为雅儿贝德又一次有点难为情地说了一声“呜哇——”

(这毫无疑问是在模仿婴儿啊。不，如果除此之外还有其他可能性，那就更可怕了。那么，她为什么要模仿婴儿？是我塞给她的工作太多，把她的精神累出毛病了吗？啊！有可能是与妮古蕾德有关吧，毕竟刚刚说过要解除处分的事。)

安兹明明是不死者，却陷入了混乱之中。这时候，马雷在安兹怀里扭动起来。

“那个，我，那个，已经足够了。那个，让雅儿贝德大人……”

安兹听到这话，茅塞顿开。

看来是这么回事：安兹说了，亚乌菈和马雷是孩子，雅儿贝德是大人，不该和他们争。于是雅儿贝德演起了戏，想表示自己也是孩子。

(可是，为什么选择了装婴儿？而且不管怎么说，把雅儿贝德放在我的大腿上实在是……)

然而，雅儿贝德不惜做如此羞耻的举动，也要向安兹表达自己是孩子。作为身居高位者，同时作为男人，安兹觉得不能让她白费力气。再说，雅儿贝德也和亚乌菈、马雷一样，对他来说都是孩子的存在，他不应该厚此薄彼。

“抱歉，马雷。”安兹下定决心之后，放下了马雷，向雅儿贝德招了招手，“过来吧，雅儿贝德哟。”

“是！”

刚才含羞带怯的表情消失了，雅儿贝德露出马上就要去散步的小狗般的，充满期待的表情，瞬间来到了安兹旁边。

雅儿贝德把手伸成了V字。

对于坐在椅子上的安兹来说，把手伸到雅儿贝德腋下将她抱起来，不能说有点难，而是难度相当大。

“哎呀，抱歉。你能不能直接坐下？”

“是！明白了！”

雅儿贝德代替马雷，后背朝向安兹，坐到了他的左大腿上，然后靠向了他。

一开始安兹只觉得很柔软。那是一种不同于孩子的，成熟躯体的柔软感。随着逐渐渗透过来的体温，安兹开始觉得有点不自在了。

（不过话说回来，真的好软！）

雅儿贝德分明是一百级的战士，却给人一种不知道肌肉到底在哪儿的，说难听点就是像软体动物一样的柔软感。

“嗯哼哼哼。”

安兹听到了雅儿贝德的轻笑声。

雅儿贝德长发上飘来的香气撩拨着安兹的鼻腔。

“嗯？”

瞬间，安兹的，按说应该没有的脑浆中，划过一道闪电。

（这个香味，我好像在哪闻到过吧？这是雅儿贝德衣服的气味吗？不对，这是香水味吧。）

雅儿贝德身上飘来的清幽香气，安兹毫无疑问在哪儿闻到过。然而，他没法从记忆的抽屉中找到出处。

“唔，雅儿贝德，你用了什么香水吗？”

“是的，我确实用了香水，您不喜欢吗？”

“怎么会不喜欢。很好闻。”

雅儿贝德突然把脸转向了安兹这边。她的眼睛睁得老大，甚至让安兹觉得有点吓人。

“您喜欢吗，安兹大人！既然您喜欢，那就多闻一闻吧！闻一小时或者闻一整天都可以！”

“不，怎么闻得了一小时……”说是这么说，安兹也确实有点好奇。而且多闻一闻，也许就能找到记忆的出处。“唔……可以让我多闻几下吗？”

安兹把鼻骨略微靠近雅儿贝德，吸进了她的气味。离得比刚才更近，令人心情舒畅的香气比刚才更明确了。安兹觉得确实闻过这香气，可就是想不起来在哪儿闻过。安兹正在拼命沿着记忆的线索追寻，突然听到了一个冰冷的声音。

“安兹大人。”

一瞬间，他没听出来是谁，回过神来才发现说话者是亚乌菈。安兹战战兢兢地移动视线，看到了亚乌菈嫌弃的眼神。她的嘴噘了起来，脸也鼓鼓的。

“看起来有点变态哟。”

“抱、抱歉。”

亚乌菈说得没错。

安兹开始责备自己，在小孩子面前做出如此愚蠢的行为。这样的行为明显不利于两个孩子的情操教育。如果被曾经的同伴知道了，她会用训斥自己弟弟的声音叫安兹的。

“好，好了，亚乌菈、雅儿贝德。你们从我腿上下来吧。还有雅儿贝德，我们继续说刚才谈的事吧。”

可是没人动。

两人都不肯动，她们好像都在等着对方先动。

“唉……”

安兹举起亚乌菈，让她站在了地板上。这时，他听到雅儿贝德发出“嗯哼哼哼”的声音，小声笑着。

“毕竟是亚乌菈先坐上来的。雅儿贝德也从我大腿上下去吧。”

“可、可是，亚乌菈坐了三分四十一秒，而我只坐了五十一秒。窃以为属下应该再坐三分钟才对。”

“见到安兹大人的时间是雅儿贝德比较长啊。”

“那也是没办法的事，毕竟是工作嘛。”

“什么嘛——是为了工作啊——我可是想见安兹大人，所以就来了哟。”

“哼！”

雅儿贝德的屁股在安兹的大腿上扭了一下，瞪着亚乌菈。

安兹知道雅儿贝德为什么想坐在自己的大腿上，可是为什么亚乌菈也想呢。她又不像雅儿贝德，爱着安兹。再说了，安兹没有做让亚乌菈能如此喜欢自己的事，而且对于亚乌菈这样的孩子来说，爱什么的感情还太早了。那么——安兹想到这里，找到了答案。

（原来如此，是因为独占欲啊。）

除此之外，也有可能是因为对父爱的需求。亚乌菈和马雷都被制造成了幼儿，处在应该受到父母疼爱的年纪。这样看来，她应该是在安兹身上寻求自己缺少的那分父爱吧。

安兹曾经考虑过，如果有黑暗妖精的国家，为了给亚乌菈和马雷寻找朋友，他要亲自去看看。然而，铃木悟没有做过人父，他没能尽早察觉到两人还需要父爱。

（图书馆里是不是有跟孩子情操教育相关的书呢？）

NPC们只是数据的时候，倒不用考虑这么多。然而，为了今后考虑，肯定有必要设法让亚乌菈和马雷的精神健康成长。

（看来还是有必要帮他们找黑暗精灵朋友啊！这件事的优先级要提高。这么说起来——）

“亚乌菈啊，有件事我想问问你。我交给你和马雷的三名森林精灵现在怎么样了？”

“您是说那些擅闯纳萨力克，在您的仁慈下保住一命的森林精灵吗？”

安兹点头表示肯定。

招引工作者们闯入的时候，安兹把与其中一名工作者同行的森林精灵交给了亚乌菈和马雷。擅闯纳萨力克地下大坟墓的不速之客，按说不应该留活口。不过，三名奴隶不是自愿来的，她们把宝物带在身上也不是为了据为己有。因此，安兹觉得可以对她们发发慈悲。

而且安兹觉得，森林精灵或许会对亚乌菈和马雷的成长产生正面影响。

“是。我们把她们丢在我们的楼层了。”

“丢？”

“是的。她们有事没事总想要照顾我们俩，有点碍事。”

“是、是这样的。衣、衣服之类的，我、我明明自己会穿，她们总想来帮我穿……”

“你应该把衣服穿得更整齐一点。就因为这样她们才会帮你穿衣服的。她们可没说要帮我穿。”

（原来如此，那三个森林精灵想要照顾他们的生活啊，就和女仆对我做的一样。马雷，我很理解你的烦恼。话说回来，看来饶过那三个森林精灵是做对了。不过，她们曾经做过奴隶，对情操教育会不会有害处呢？唔——）

“好吧，不过毕竟已经饶了她们性命。就算让你们生气了，也不要杀了她们哟。如果你们觉得她们实在碍事，我就把她们收回来，安排到其他地方去好了。”

“明白了！到时候就拜托您了！”

安兹看了点头表示领命的马雷一眼，说了声“好了”，以冰冷的视线看向雅儿贝德。

“雅儿贝德，你也差不多该下去了，已经过了三分钟吧。”

雅儿贝德有一瞬露出了不舍的表情，不过还是什么都没说，老老实实从安兹的大腿上下去了。

“对了，安兹大人和雅儿贝德刚才在做什么？”

“嗯？啊，我们正在讨论纳萨力克成员提出的，让国家更好的点子。对了，你们两个如果有什么好点子也说给我们听听如何？什么点子都可以哟。”

亚乌菈的表情突然灿烂起来。

“如果是这样，安兹大人，我有个好的想法。”

“嚯嚯，什么想法，亚乌菈你说说看。”

“是！我认为应该让男生穿女装，女生穿男装。”

（泡泡茶壶！）

安兹在心中尖声喊出了昔日同伴的名字。

一瞬，安兹产生了幻视，看到粉色的黏体以和外表并不相符的可爱声音道歉说：“对不起。”

“原来如此。这是泡泡茶壶大人的想法吧。这确实是个不错的点子，而且将无上至尊的想法在魔导国实施，我认为是正确的做法。”

安兹很想吐槽雅儿贝德，“你居然认为这是正确的做法吗”，可是他说不出口。

不管怎么说，他应该告诉三人不能这样做。然而，安兹面临着一个问题。

亚乌菈和马雷遵照泡泡茶壶的设定，穿着与性别相反的服装。安兹如果想否定亚乌菈的提案，他得找出亚乌菈和马雷可以，然而其他人不行的理由。

安兹没法马上想出合适的理由。

“安兹大人，要不要开始行动，实施亚乌菈的提议。”

为什么这么着急催他做决定呢？

安兹已经没有思考的时间了。

如果真的批准亚乌菈的建议，相当于对国内国外宣传，魔导国是喜欢性别倒错的国家，这绝对不是什么好事。这种建议变成现实，只有泡泡茶壶会高兴。不，就算泡泡茶壶在这个世界，她也绝对不会到男女着装颠倒的国家去。

（如果得知自己设定的NPC有了自我意识，过去的同伴中肯定有几人非但不想见，反而会躲着。泡泡茶壶估计会是他们中的一员吧。夜舞子和红豆包麻糬应该会来吧。她们都是女性，为什么有这么大的差距呢……）

安兹怀念着几位女性同伴的身影，缓缓站了起来，看向窗外。这套动作本身没有意义，他只是在拖延时间。安兹先把如何开口想好，转过身去，看向三人。

“这个点子绝对不行。”

“为、为什么呢？”

（他们当然会这样问啊……比起男女着装颠倒，还是圣诞节向没有伴侣的男性提供嫉妒面具的法律更好……）

安兹叹了口气。当然叹气本身没有意义，这也只是在拖延时间。

“有几个原因。雅儿贝德，需要我一一说明吗？”

“是、是的。请、请您赐教。”

安兹说话的对象是雅儿贝德，没想到马雷抢先回答了。安兹有点难过，心想平时的乖宝宝为什么要跳出来刁难人呢。如果回答的是雅儿贝德，她一定会说，“没有必要劳烦您说明，属下来向二人解释就好”。在目前的状况下，安兹只有亲自进行说明一条路可走了。

“是吗……那我就跟你们解释一下吧。从何说起比较容易理解呢？”

“唔——”安兹说着，把手放在了自己的下巴上。自然不用说，这也是在拖延时间。安兹绞尽脑汁拼命思考，就快把大脑挤出冷汗的时候，他突然灵机一动。

“首先，这样说吧。你们二人看自己穿成这样，想让魔导国的国民也穿成这样，对吧？你们认为这是泡泡茶壶的意愿。然而，其实并非如此——没错。你们二人是特别的。”

“是特别的吗！”

“没错。正因为你们二人对泡泡茶壶来说是特别的，她才允许你们穿成这样。难道你们想让素不相识的人，和你们共享这个‘特别’待遇吗？”

“那怎么行！”

大声惊叫的居然是马雷。

“绝对不要！泡泡茶壶大人的特别待遇，除了我和姐姐之外，绝对不允许别人享有！”

“我、我也这样认为。就是这么回事，明白了吧，亚乌菈。”

“是！我没有考虑到泡泡茶壶大人的一片苦心，真是太愚蠢了！”

成功了！安兹强忍着，不让自己做出庆祝动作。

“除此之外嘛……”

亚乌菈和马雷已经不再抱有疑问了，就算稀里糊涂把这个话题带过去，应该也没有问题吧。不过，安兹还有一件担心的事。

他看向正在嘟囔“看来需要作废几个”的雅儿贝德。

雅儿贝德有超凡的头脑，她很可能想到了高过安兹的理由。安兹担心只说这一个理由，会惹得雅儿贝德觉得奇怪。

他的视线和雅儿贝德交会在一起，只见她正歪着头微笑。

安兹不知道雅儿贝德的反应包含什么意味，他移开了视线。

视线碰巧落在死者大魔法师之一身上，安兹看向了他抱在手中的文件。

“啊啊——安兹大人果然也在考虑这件事啊。毕竟您刚才看得最认真的就是这份文件。我认为说给亚乌菈和马雷听听也没关系，不知道您意下如何？”

听到雅儿贝德突然开了腔，安兹重新把视线移回她的身上。

“嗯。雅儿贝德果然也在想这件事啊。”

“是的。我正在想，安兹大人会不会也打算说这件事。您一定是在考虑是否该把这件事告诉亚乌菈和马雷吧？”

“真不愧是雅儿贝德，就算不开口，也能看穿我心里在想什么。”

“您过誉了。”

雅儿贝德满面微笑低头行礼。而亚乌菈则气鼓鼓的，有点不高兴。

“然而，属下却没能想到本该最重视的，泡泡茶壶大人的意愿。真不愧是我们的造物主，无上至尊安兹大人。您能从各种角度看问题，这是属下望尘莫及的。”

“不，不要这样说。雅儿贝德哟，我认为你迟早有一天会展示出超越我的才能。”

她早就把你甩下不知道多远了。安兹心想，自己这是在说什么恬不知耻的话。雅儿贝德则露出了踌躇满志的表情。

“是！一定不辜负您的期望！”

“那个——还有其他理由吗？”

“没错，亚乌菈哟。雅儿贝德，讲给他们二人听听吧。解释得简单易懂一点，好让孩子也能听懂。没错，简单易懂一点。”

安兹说完这番话，再次把视线投向了窗外，意思是“我是不会开口的”。尽管眼睛看着窗外，安兹的全部精神却集中在听觉上，以免听漏雅儿贝德的任何一句话。

“是这样的。我本来打算等下再向安兹大人提议的。其实出了一点问题。”

“欸？是什么样的家伙在惹麻烦？要不要我们去三下五除二把他们干掉？”

“不是，并不是有敌人。其实是这样，我发现今后会发生物资匮乏的问题。因此，如果现在突然要求国民男女颠倒着装，除非采取让他们把旧衣服换着穿之类的手段，否则会发生很麻烦的问题。”

“欸，是这样吗？”安兹不可能这样问，只好拼命回想着刚才的文件上写了什么。

上面确实写着和物资相关的事，不过安兹记得应该有不少物资。可是，既然雅儿贝德这样说，那么应该不会有错吧。

（话说，物资不足岂不是很麻烦吗？不过，如果不足，从帝国或者王国进口不行吗？城里应该留着足以用来进口的资产吧？）

雅儿贝德接下来说的话，回答了安兹理所当然的疑问。

“耶·兰提尔以前是一座贸易都市，各种物资都集中到这里。然而现在，自从安兹大人开始统治耶·兰提尔之后，几乎没有三国商人再来了。因此，物资处于坐吃山空的状态。”

“没有的话，从有的地方拿来不就行了吗，比如从帝国或者王国抢来。”

“姐姐，那、那样怎么行啊。啊，那、那个，安兹大人不是说了吗，严禁对三国行使武力。”

没错。虽然不知道将来会如何，但是在耶·兰提尔彻底成为魔导国的城市之前，安兹禁止使用武力。当然，如果有敌人发起攻击，另当别论。

“那我们怎么办啊？”

“欸、欸，可、可是，没什么好担心的吧。那个，就是，安兹大人一定会解决的。”

“说到这里把话题转给我了啊”，安兹想这样吐槽马雷，不过他还是忍住了。不光马雷，亚乌菈也在说“对啊”。谁忍心让两个孩子失望呢。

然而铃木悟只是一介普通公司职员，他怎么知道什么样的经济对策才是正确的呢。因此，安兹打出了两张王牌之一。

他缓缓转过头去，充满自信地说道：

“雅儿贝德，你已经有对策了吧？”

王牌之一，就是把问题甩给优秀的人才（雅儿贝德）。

“是的。近几天，属下就会去收割迪米乌哥斯播下的种子。”

“就是这样了，你们二人没有什么好担心的。”

面对亚乌菈和马雷充满崇拜、闪闪发光的眼睛，安兹产生了些许罪恶感。想到两人发觉这一切都是幻象时失望的目光，他同时感到十分恐惧。

（不过话说回来，虽然不知道迪米乌哥斯到底播下了什么种子，但是他好厉害啊。）

安兹很想问雅儿贝德所谓的收割是什么意思，然而他开不了口。

因为安兹·乌尔·恭应该对一切了如指掌才对。

（我明白应该学学经济学相关的东西，可是一读难懂的书眼皮就会打架……凯恩斯经济学什么的应该写得更简单易懂一点啊。是不是因为年纪大了，脑子僵硬了……）

YGGDRASIL的游戏系统安兹就记得很清楚。不是炫耀，他把自己习得的超过七百种魔法全部熟记于心，就连他的同伴们都很惊讶。不仅如此，他连自己没有习得的魔法也记住了。他觉得记住魔法有助于解读对手的实力，因此努力把所有魔法都记住。在这样的努力下，他应该算是工会内魔法相关知识最丰富的五人之一。

关于魔法，安兹知识丰富，然而说到学术书，他就读不来了。

（咦？莫非因为我没有脑子，所以没法学习更多的知识吗？）

来到这个世界之后，他已经学到了很多以前不懂的事情，按说应该不会。然而可怕的担忧还是让他的身体发起了抖。

“因此，希望安兹大人能给予属下许可……”

“——什么？许可？”

安兹认为，只要是雅儿贝德的提议，他就没有必要许可。因为她那么聪明，一定会做出比自己更正确的选择。然而，这样一来组织就没法顺利运转了。上司的职责就是替下属承担责任，因此，下属需要上司给予的令箭。

“为了让那些人类行动起来，我本来打算派人去王都。请问安兹大人，可以让我本人去吗？”

“什么？！”

安兹因为吃惊，发出了比平时更大的声音。

目前迪米乌哥斯已经出去了，再把雅儿贝德送走，实在令人不安。再说，目前耶·兰提尔的统治还称不上稳固。

而安兹之所以吃惊，最大的原因是她以前从未提出过类似的请求。

“把你送出去……不太方便啊。”

“哎呀，”雅儿贝德开心地笑了，“不要紧的，安兹大人，我会尽快办完事情，回到您身边来。”

“是吗……短时间的话，应该没问题吧。你打算让谁暂时接手纳萨力克和耶·兰提尔的管理事务？”

亚乌菈和马雷都是一脸迷茫，很明显不是他们二人。你该不会要说是我吧，安兹怀着这样的心情等着雅儿贝德的回答。

“我准备交给潘多拉·亚克特。”

安兹听到亚乌菈和马雷说："潘多拉·亚克特应该没问题。"

"那家伙啊……"

"他毕竟是安兹大人亲手制造的，是一位非常优秀的人才。所谓的虎父无犬子真是——失礼了。我们不过是被创造出来的，居然说自己是诸位无上至尊的孩子，请您原谅属下的失礼。"

听到雅儿贝德突然赔罪，安兹一时不明白，眼睛一个劲打转——红色光点变暗了。

"你没有必要道歉。那家伙，好吧，是我的孩子……抱歉，我并不是讨厌他，怎么说呢，那样一个不肖之子……哎呀，我并不是说那家伙有什么问题……唉，怎么说啊。他就和我的孩子一样，嗯。"

安兹和雅儿贝德都沉默了，这样下去气氛实在尴尬，于是安兹开口问雅儿贝德：

"那么，如果让潘多拉·亚克特负责管理，他扮演的飞飞怎么办？我去吗？"

"不，怎么能让安兹大人去做那样的事。属下打算安排成飞飞接受了委托，前往周边进行巡视。"

"嗯。"安兹点了点头。他本打算做回久违的飞飞，好好放松一下。不过，仔细想想，目前的状况和他扮演无牵无挂的冒险者时已经大不相同，想必会有很多麻烦事和需要费神的事情找上门来。这样看来，安排飞飞出去巡视或许是最好的办法。

"请、请问，让飞飞大人离开城市，这里的人们不会出问题吗？”

“不会的。安兹大人的那一招有绝对的威慑效果。因为我们没有对人类们做丝毫过分——当然我们本来就没有那样做的打算——的事，因此人们都非常信赖飞飞这个角色。只要飞飞外出前，找到城里有权有势的人，告诉他们服从我们，就不会有问题。不过话说回来，这些人类居然没有察觉到，自己受到傀儡操纵，其实一直被我们牢牢控制着……您从刚刚传送到这个世界时起，就预料到了这一步，一直在进行准备，除了说不愧是安兹大人之外，真的没有更合适的词语了。”

“嗯——不过因为相信飞飞大人的话，才相信安兹大人的话，这样想来心情有点复杂呢。”

“是啊。不过，为了在保持和平的前提下，彻底控制耶·兰提尔，这也是必经之路。我们只要慢慢推进去飞飞化，在人们心中培植对安兹大人的忠诚就行了。这或许会花上几年，不过也是没办法的事。”

“好吧。那么，雅儿贝德，就把管理事务交给潘多拉·亚克特，等准备和交接完成之后，你就去收割好了。你有没有什么想要的东西？”

“遵命。那么，我想顺便在王都会一会人类的国王，和他进行几项交涉。属下会准备好草案，能请您过目吗？”

“嗯，回头拿给我看就是。”

反正我要做的就是在雅儿贝德的草案上盖章，太简单了。

“此外，实在难以启齿，希望安兹大人能给属下几套衣服。属下认为到了王都，应该会有改变装束的必要。”

“是吗，那么就从我拥有的衣服中给你几套，回头来找我就是了。对了，迪米乌哥斯——啊，算了，没什么。那么，我们继续吧……亚乌菈和马雷正好也来了，跟我说说你们的意见吧。”

## 2

工作结束了，三人和死者大魔法师们离开了房间，剩下的只有安兹和菲丝，还有趴在天花板上的八肢刀暗杀虫。

实际上，安兹一天的工作到这里就结束了，接下来的时间他可以自由支配。虽然他可以提前处理明天的工作，但是现在处理完，只会导致明天没事做。安兹开始想这段时间可以用来做什么。突然想到了一件事，他站了起来。

“接下来我要去见潘多拉·亚克特。”

安兹下令后迈起步来。菲丝也默默地从身后跟了上去。当然，八肢刀暗杀虫们也跟了上去。

或许应该说符合季节的温度特征吧，走出房子之后，安兹发现外面还吹着凉风。空气的温度可以说比较舒适，不过安兹对寒冷有完全的耐性。他瞥了一眼菲丝的状态，然后继续迈步。

官邸的宅地内主要有三处建筑群：刚才安兹所在的主馆、

各种内政官所在的建筑，还有一座别墅。潘多拉·亚克特——不对，飞飞所住的，就是这座别墅。

按说叫飞飞到主馆去觐见，才符合主人的身份，不过，出来走走也好换换心情。

“嗯？这是怎么回事？”

安兹来到别墅附近，自言自语起来。他的视线投向了紧挨别墅的马房。虽然说是马房，不过现在住在这里的只有仓助一只仓鼠。不对，应该说本该如此。

安兹怀着某种疑问靠近马房，听到了咻咻的呼噜声。睡眠是生者的特权，呼噜声说明仓助在里面。

按说太阳已经升得挺高了，不过看来它还在睡觉。

仓助虽然和猫之类的动物一样，有在黑暗中也能看清东西的眼睛。不过，听它自己所说，它活动的时间并不限定昼夜。只要吃饱了，接下来就睡到肚子饿为止，这据说就是它以前的生活方式。

说实话，听仓助说的时候，安兹的第一条感想是：这怎么就是森林贤王了？他觉得期待仓助会做些更有智慧的事的自己实在太蠢了。

“我们离得这么近，它居然还没有察觉到，莫非丧失了野性吗？真是的……这个自甘堕落的家伙。不对，应该考虑到，它昨晚或许工作得太晚了。”

“没有那样的事，昨天仓助大人也一直在这里。”

“是吗……”

听到菲丝的落井下石，安兹想为仓助辩护一下，却找不到合适的话。

（好吧，它毕竟是宠物，对它期待过头也是有问题的。自甘堕落就自甘堕落吧……不过，我都在做这做那，居然有个家伙如此逍遥自在，实在是令人不快。当然，这是乱发火就是了。）

安兹把头探进马房，看到巨大的仓助正仰面朝天呼呼大睡。如果再加上一个鼻涕泡，那就是标准的懒汉了。

真正的仓鼠绝对不会有的、旁若无人的大叔般的睡法，让安兹很惊讶，不过还有让安兹更惊讶的。

有一个死亡骑士抱着仓助的尾巴。它就是刚才安兹从马房中感觉到的，神秘的不死者反应的真面目。

自己制造的不死者，按说感觉上应该是有联系的，安兹应该知道它们的位置。然而，耶·兰提尔部署了太多安兹制造的不死者，有时候会造成感觉混乱。说实话，自己创造的什么不死者身处什么地方，安兹现在没法精确把握了。不过，他记得自己没有在马房安排不死者，因此对不死者反应有些诧异。

“起来吧，仓助。”

“唔唔……是也。”

仓助灵巧地揉着——应该说是像人类一样揉着眼睛，转动巨大的脸，看到了安兹。

“噢噢！鄙人还说是谁叫鄙人，这不是主公吗！”

“现在没有外人，你叫我主公也没关系，平时你应该叫我安兹大人才对哟。因为你是飞飞的骑兽，不是我的。”

“当然，主公！”

“是吗，既然你明白就好……”

仓助的回话让安兹想问清楚它是不是真的明白了。

而且，以魔兽为代表的兽类，对精神控制系攻击抗性很弱。因此，安兹把令精神控制无效的道具借给了仓助。即使如此，安兹还是担心，仓助会在魔法之外的攻击之下说出秘密。

“好吧，你到目前为止还没有犯过错，我就相信你好了。那么，说正事吧。那个死亡骑士是怎么回事？”

“噢噢！他是和鄙人一起训练的朋友。”

安兹这时想起来了。

安兹曾经为了让仓助取得战士职业，对它进行过训练。同时进行了另一个实验，看死亡骑士是否能习得武技，也就是说看它能不能作为战士升级。它就是当时的死亡骑士。

安兹甚至令死亡骑士装备了工艺品，效果是以令能力剧减为代价增加经验值。结果经过试验，死亡骑士还是没能升级。安兹早就料到了这个结果，因此并没有生气，不过仓助说了半天好话，于是安兹取回了工艺品，把死亡骑士留在了它身边。

（就是它啊……话说铠甲上的尖刺怎么都磨平了……我是指望你作为战士能从它身上学到些什么，又不是把它借给你当抱枕……好吧，无所谓了。死亡骑士有很多，给你一只也没什么影响。)

死亡骑士已经太多了，安兹现在在每天例行的制造不死者的时间中，都已经不制造死亡骑士了。

“是吗，我明白了。不过你再怎么说本来也是野生的魔兽，有人走得这么近你都没有察觉到，这就很成问题了。我们可不是亚乌菈，你多少应该有些紧张感吧？”

仓助有些沮丧，胡须垂了下来。

“非常抱歉。鄙人在都武大森林中时是最强的生物，没有遭到过袭击，一直没有什么戒心是也。”

“你也有……过年幼……的时代吧？不要说年幼时了，在都武大森林里，你不用戒备东方巨人和西方魔蛇之类的吗？”

“这几位是何方神圣？东？西？什么意思？”

安兹头上浮出一个问号。

“是和你在都武大森林中分据一方的魔物。”

“嚯嚯。鄙人都不知道森林里还有那样的魔物！真不愧是主公！见多识广！鄙人对地盘外的事情不甚了解是也。”

“你不是自称森林贤王吗……”

“是以前有一位闯入鄙人领地的人类战士这样称呼鄙人是也。这么说起来，鄙人当时是觉得这名字很帅气，于是特意给那位人类战士留了条命，放走了是也。真是令人怀念的往事啊——”

安兹觉得好像明白是怎么回事了。

那位战士逃回去之后，大概夸大描述了仓助这个对手。战士这样做也是为了把同伴被杀而自己得以生还的状况正当化。

也难怪那位战士会夸大，毕竟仓助确实很强。在安兹碰到的人类战士中，大概只有克莱门汀和葛杰夫能战胜仓助吧。

不经意间，安兹想起了葛杰夫。

“唔唔？您怎么了，主公？”

“没事……没什么。只是，这样说吧。你这样怎么能叫森林贤王，应该叫森林仓鼠。”

“所谓的仓鼠，鄙人记得，就是主公以前说的那种动物吧！鄙人果然是仓鼠吗？”

“嗯，你是巨型仓鼠。”

“噢噢！原来鄙人是巨型仓鼠是也啊！那么主公知道鄙人的同族在什么地方吧！”

“这我就不知道了。”

听到安兹否定得很彻底，仓助显得有些失望。安兹觉得自己对仓助有点过于刻薄，开始安慰它。

“只要是为纳萨力克出力的人，我都会给予相应的奖赏。只要你今后继续效忠纳萨力克，我一定会帮你找到同族的。”

“噢噢！”仓助的胡须竖了起来，“鄙人一直对主公忠心耿耿，今后一定会更加忠诚是也。”

“嗯嗯。那么，仓助哟，飞飞——不，潘多拉·亚克特在别墅中吗？”

“主公是说那位影武者阁下吗？鄙人也不敢说他在不在。那位仁兄时常乘坐城里人为他准备的马车，外出时不一定会骑乘鄙人。”

“对了，我好像听他说过，为了共享情报而乘坐马车。”

“哼哼哼……”安兹发出邪恶的嘲笑声。

这一切都是安兹算计好的。他们想通过共享情报，把安兹瞒着飞飞的情报告诉飞飞，试图策反飞飞。其实，是他们在不知不觉之间，中了潘多拉·亚克特的剧毒：

安兹是非常值得信任的国王，是为人民着想的仁慈之君。

“是吗，我明白了。不过……你现在已经能穿铠甲了，既然没有其他事可做，穿上铠甲训练一下如何？”

仓助的试验型铠甲应该已经做好了。

“明白了，主公！那么，鄙人想见见蜥蜴人阁下们是也。”

“好吧，实现你的这个愿望。回头我会告诉科塞特斯，让他派蜥蜴人过来。”

“非常感谢，主公！好了，死亡骑士阁下，和鄙人一起加油吧！”

安兹没有理会仓鼠和死亡骑士之间热烈的友情，走出了马房。

他听到身后传来一声：“真是的——烦死了是也！”按说死亡骑士是不会说话的。安兹想了想仓助这到底是在说什么，不过很快就决定不再管它。

（对了，我以前好像给仓助……我好像忘记了什么事，不过既然想不起来，说明大概不是什么重要的事吧。）

安兹心怀想打喷嚏却打不出来的别扭感觉，站在了别墅入口。他不会用门环敲门。跟在他身后的菲丝马上走上前去。

“打开门吧。”

“遵命，安兹大人。”

打开门的菲丝一脸严肃的表情，不过嘴角却略带笑意。那大概是因为满足于自己在为安兹出力的状态，露出的陶醉笑容吧。

（观察吉克尼夫真是做得太对了，我现在是一个名副其实的统治者。虽然有点对不起他，但今后我还是继续观察下去吧，为了学习作为王者的言谈举止。）

安兹没有向菲丝道谢，而是打量着打开的大门。

“八肢刀暗杀虫。”

“是！恭候御前！”

跟在后面的几只八肢刀暗杀虫麻利地列到了安兹侧面。

“去吧。”

“是！”

安兹抬了抬下巴，只见列在身旁的八肢刀暗杀虫比平时气势更足地回话，然后冲进了房子中。这座建筑中只有潘多拉·亚克特。有时娜贝拉尔也在，不过大多数时候，她都会在纳萨力克地下大坟墓完成安兹交给她的工作。

按说可以在别墅中安排一名普通女仆，可是如果来见飞飞的人类认为安兹在监视飞飞，那就麻烦了。因此，才成了现在这样。不过，考虑到洗脑夏提雅的敌人有可能潜入这座别墅，如果要把潘多拉·亚克特独自一人安排在别墅中，安兹觉得需要做好相应的防范工作。

（前提是有能潜入到这里的敌人。不过，只有蠢货才会疏于防范。嗯，不过话说回来，我得在这扇门前等到什么时候才对呢？我是不是应该进去才对？从常识来考虑，我应该等在这里才对，因为八肢刀暗杀虫们完成命令会回到这里。然而，作为国王，等在入口是正确的举动吗？）

安兹犹豫了一会儿，心想：管它呢，踏进了别墅之中。

他以在自己房间中来回踱了几十次训练出的，与统治者身份相符的——他觉得——威风凛凛的步态，向前走去。

然而走了不到二十步，八肢刀暗杀虫之一就回来了。它在安兹面前俯首道：

“安兹大人，我们已经通知潘多拉·亚克特大人了，大人马上就来。”

“是吗，那我就在会客室等他吧。”

安兹以前到这座别墅中来过，什么房间在什么位置，他大致知道。等菲丝为他打开门后，安兹毫不犹豫地坐到了会客室中的上座。

以前身为公司职员的礼仪习惯还没有彻底消除，他总觉得别扭。不过，现在安兹经过长时间的统治者训练，坐上座对他来说不过是雕虫小技。

就这样等了一会儿，只听有人敲响了会客室的房门，安兹向菲丝点了点头。

菲丝领命之后，打开了房门。潘多拉·亚克特走了进来。他并没有化身为安兹，然后发动魔法变成飞飞，而是保持着平时身着军服的样子。

“对无上至尊，我的造物主安兹大人——”

“不用说套话了，坐下吧。”

“是！”

潘多拉·亚克特用双脚鞋跟撞出清脆的声音，然后迈着大步走了过来。

他的一举一动都干脆利落，符合军人的设定。然而在安兹看来，他的动作十分多余，用夸张来形容是最合适的。

潘多拉·亚克特走了过来，在安兹身旁落了座。

（正常来说应该坐在我对面才对吧？）

每个人都应有个人空间，潘多拉·亚克特却满不在乎地闯了进来，这让安兹惊得睁大了眼睛。

（好吧，无所谓。不过，好近啊……）

安兹上上下下打量着坐下的潘多拉·亚克特。他给人的印象已经不像在宝物殿看到时那么刺激神经了，大概是安兹逐步下达的几个命令，消减了他给人的冲击力吧。

"您怎么——"

"没，没什么，不用在意。好了，我有几件事想问你。首先，先跟我讲讲你扮演飞飞的现状吧。我知道你对雅儿贝德做过报告了……有没有什么问题呢？"

"没有什么特别的问——"

"是吗，那真是太好了。那么我想问作为潘多拉·亚克特的你，有没有什么问题呢？"

气氛变了。

"实话说，安兹大人！"

潘多拉·亚克特猛地把身体探了过来，挤得安兹直向后躲。

"我，忍不下去了。"

你是谁啊。

没有给安兹吐槽的机会，潘多拉·亚克特继续说了下去。

"这段时间，我一直没有机会接触魔法道具。已经好久没有擦过诸位无上至尊制造的魔法道具了。数据水晶的分类我也还没完成。安兹大人，请您给我一些与魔法道具共处的时间！"

"我……有把你制造成这样吗？"

"没错！这心情正是安兹大人赋予我的！"

"对……对。"

安兹拼命回想着潘多拉·亚克特的设定。他确实记得，给潘多拉·亚克特设定了喜欢管理魔法道具以及相关的内容。这样设定是为了让潘多拉·亚克特独自一人身处宝物殿而不显得奇怪——安兹的脑内设定是让潘多拉·亚克特被自己喜欢的东西包围，也就是说他从事工作就好像身处天堂。然而看眼前他的状态，简直已经到了性癖的程度。

“不是每天都让你回到纳萨力克吗？”

在纳萨力克生产的不死者中，一半是安兹制作的，而另一半就是潘多拉·亚克特制作的。亚克特制作的虽然比安兹制作的略弱，但也在合格范围内，毕竟冻在第五层的尸体还多得是。

多得两人一起生产都消耗不过来。

“可是，您没有允许我回到宝物殿！”

亚克特没有像平时那样夸张地手舞足蹈，不知这是何种心理作用导致的。

“明白了。那么我命令夏提雅把戒指给你吧。还有你提出的我的同伴的装备那件事，我批准了。不过，你要注意别弄坏。”

“是——”

“你不要再做这么夸张的动作了。我早就说了让你正常说话——好像还没说过。嗯，潘多拉·亚克特哟。”

“是！”

“我和你是造物主和被创造者的关系。你努力让自己的言谈举止保持我创造的状态，这我很高兴。不过，我也这样觉得：孩子得超越父亲才行。”

“噢噢……安兹大人，您说我是您的孩子。”

“嗯，嗯。没错，你就像我的孩子，那个，这样说吧，肯定，不，毫无疑问。因此，德语和敬礼，还有过分夸张的动作，在我面前就免了吧。我虽然创造了你，但我希望在你身上看到我没有创造的部分。那就是你成长的证明。”

安兹听到抽噎的声音，他移动视线，发现菲丝正用手帕擦着眼角。

为啥？

泪点太低了吧？

安兹正感到莫名其妙，潘多拉·亚克特深深低下了头。

“我明白了——父亲！”

“噢？”

“我潘多拉·亚克特，一定不会让父亲失望！”

糟了，操之过急了。安兹感到一阵本不可能有的头痛。

“潘多拉·亚克特哟，今天在这里发生的事，你可不能告诉其他守护者。你明白吧？如果大家知道只有你是特殊的，难免会发生倾轧。还有——正因如此，我会把你的优先度设定得比别人低。万一其他守护者和你同时遇险，只能救其中之一，我会抛弃你。”

“这是理所当然的！请您抛弃我吧！”

听到亚克特说得如此大义凛然，安兹有种罪恶感。

“抱歉。还有……菲丝，你要记住，这里发生的事不能说出去。”

看到菲丝点了头，安兹也点了点头。

“那么，我要走了。”

“请您留步。难得见到了父亲，儿有一事想要请教。父亲打算怎样统治魔导国？”

“什么？”

“似乎有很多人都对父亲会怎样引导魔导国抱有疑问。他们疑心您会采取领土扩张政策，担心自己会被赶上战场，诸如此类。”

安兹愣住了。

安兹·乌尔·恭到底要去向何方？

安兹说到底只是个普通人，当征服世界这面遮天蔽日的大旗被竖起来之后，他几乎已经放弃了思考。既然有雅儿贝德和迪米乌哥斯这两个脑瓜聪明的部下，他觉得只要交给他们去做就行了。

然而，将来要如何统治魔导国，这是个逃避不开的问题。

“您、您怎么了，父亲。”

“我倒是愿意跟你说说，不过我目前还只有草案。回头，等我和各位纳萨力克守护者商量好之后，再讲给你听吧。”

“是！”

安兹默默站了起来。

“那么再见吧，潘多拉·亚克特。”

安兹听着身后传来的潘多拉·亚克特的还礼，走出了房间。

走出玄关之前，安兹趁着还没有忘，使用“讯息”联络夏提雅，把潘多拉·亚克特的请求告诉了她。工作中打算回头再说的事情，大多都会被忘掉。

来到大门前，菲丝还没有来得及走到前面去开门，安兹自己推开了大门。

随后他抬头看向天空。

湛蓝的天空。

“我飞了。”

安兹简短地说完，无视了身后随从们的手足无措。

“飞行”让安兹浮到空中，降落在别墅的屋顶上。

耶·兰提尔是一座三层城墙保护下的要塞城市，从这里远眺，视野会被城墙挡住一大块。

“看不到啊，那就只能过去了。”

想到待在这里绝对想不到的什么，到街上走一走，或许能想到些什么。

八肢刀暗杀虫们顺着墙壁爬了上来。

“安兹大人，请稍等！您独自行动太危险了！”

安兹没法嘲笑八肢刀暗杀虫太胆小。

独自一人站在视野开阔的地方，相当于在请对方狙击自己。

“是啊。确实，如果对手是佩罗罗奇诺，想必他会把我当成一个活靶子。”

如果是“安兹·乌尔·恭”中，最擅长远距离战斗的弓手佩罗罗奇诺，一定能把安兹射成筛子。对他来说，可以轻易从最远两公里外发动攻击。藏在暗处，发起狙击——用弓——是他的拿手好戏。尽管如此，就算对手是佩罗罗奇诺，安兹也不会毫无还手之力地被杀掉。

安兹有许多应付的招数，他有自信可以防御、可以逃走、可以转守为攻。安兹通过与佩罗罗奇诺的PVP战斗锻炼，掌握了这些手段，绝对不会轻易被对手杀死。不过，考虑到需要防范这个世界上才有的招数，八肢刀暗杀虫说的是对的。

安兹还不能死。至少在用玩家做复活实验之前，他最好认为自己只有一条命，随时带着保护自己的肉盾。

最好的盾牌是守护者中防御力最强的雅儿贝德。然而她自身也需要护卫，最后肯定会搞出像皇上出行一样浩浩荡荡的队伍。除非想引诱敌人发起攻击，否则安兹不愿意那么高调。

既然如此，最合适的就是可以当作弃子的最高级仆役，可是——

（我没有高等级的仆役啊。为了给雅儿贝德召唤直辖的部下，用掉了太多钱。从我现在的钱包来看，没有余力召唤足够强的佣兵魔物。）

为了让雅儿贝德看到自己的大方，安兹花掉不少钱为她召唤部下，他现在有点后悔了。不过他又安慰自己，上司总免不了要撑撑门面。

（等等等等，一件一件来考虑吧。）

安兹在脑海中一条一条列出来。

佣兵魔物：现在没钱，召唤不了。

特殊技能“不死者副官”：需要消耗经验值，不行。

用安兹·乌尔·恭之杖召唤：需要随身携带公会武器，根本不用考虑。

使用特殊技能“创造不死者”：就算是高阶创造不死者，最多也只能创造出最高七十级的不死者，还不如守护者们带在身边的仆役等级高。

（不，我有王牌。）

熟练暗黑仪式让安兹的创造系特殊技能得以强化。

安兹每天可以使用四次高阶创造不死者。而同时消耗两次制造次数，安兹可以制造出接近九十级的不死者。

安兹把手放在下颌，开始思考制造什么样的不死者。是制造盗贼系的无限死神，还是专精探测能力的眼球系不死者。

无限死神是非常优秀的不死者，它带有一个随时发动的被动技能：死亡与腐败的灵气。这是一种非常优秀的技能，混合了安兹的绝望灵气Ⅴ（即死）和绝望灵气Ⅰ（恐惧），能对敌人施加即死和能力值惩罚的效果。特别是后面的能力值惩罚非常特殊，它并不是精神系攻击，因此无法被精神系攻击无效防御，非常难以对付。

在可以友军攻击的状态下，发动这样的技能，想必会让城里变成惨不忍睹的地狱。或许对它下令，可以使它不发动技能，然而带着那样的不死者走在街上简直是疯子的行为。

另外几种骇人的魔物浮现在安兹脑海中，然后马上消失了。

(怎么说呢，外表都这么难看啊，明明能力十分优秀。)

作为国王巡视时带在身边的护卫，它们实在不合适。

安兹正在发愁，看到了下面正在拼命爬墙的菲丝。

他什么都没说，从屋顶跳了下去。“飞行”让他中途慢慢减速，仿佛飘落到了地上。

正满脸通红，把手搭在窗台上的菲丝，急忙站到了安兹身后。

“菲丝。”

“在！”

“我接下来要到城里去。”

“遵命！那么我这就去准备马车！”

“不用，没有那个必要。我只是想到自己统治的城市里去看看。因此我想步行前往。”

“欸？！您的脚会被弄脏的！请您下令马上清洗道路！请下令安排随从！”

在耶·兰提尔，路石铺装好的道路属于少数。因此只要一下雨，城里马上会泥泞不堪。

“不需要。本来我就在这座城市中生活。”

实际上，他只要进了旅馆中自己的房间，就会回到纳萨力克制造不死者。

“而随从嘛，我打算用魔法制造。没有必要让纳萨力克方面准备了。”

“谨遵无上至尊的决定。”

（不过嘛，问题是我还没有决定召唤什么。召唤恶魔或不死者毫无疑问会形成负面的传闻。那么召唤最好看，有利于提高声望的魔物就行了。召唤什么呢……）

安兹想到这里，找到了答案。

“接下来我要召唤天使们。开始了。”

“是。”

安兹的正义值大幅偏向负值，不过依然可以召唤大幅偏向正值的天使。一部分职业有惩罚，不能召唤正义值与自身差异太大的魔物，不过安兹没有这样的职业惩罚。顺带一提，有这种惩罚的职业，召唤出的魔物与自身正义值越接近，魔物往往会得到越大的强化。

YGGDRASIL 就是一个有弊必有利的游戏。

安兹来到庭院中。

人们在这里调教马匹，训练猎犬，因此这个草坪修剪整齐的庭院宽敞得惊人。

“那么，我动手了。需要花费一点时间，陪我聊聊天吧。”

“我吗？！”

“没错。聊点什么呢。说说关于纳萨力克第九层——这样吧，说说关于打扫卫生的事给我听吧。可以说说平时都是怎样打扫我们的房间吗？”

安兹没有等菲丝回话，更换了一部分装备，然后发动了魔法。

他使用的是超位魔法“天军降临”。它类似第十位阶魔法“最终战争·善”和超位魔法“尼伯龙根的女武神”，与超位魔法“魔军迸发”分处善恶两极。

安兹打算一边和菲丝聊天，一边等待超位魔法发动。有必要尽快发动的时候，他会使用付费道具，不过现在用就太浪费了。

安兹觉得和女仆随便聊聊也不错。

其中安兹第一次听说的，是雅儿贝德现在禁止女仆们进入她的房间。

“原来如此，你说的这些很有意思。听你说了之后，我想起来了。你赶快到我的政务室去一趟，把滑滑君拿来吧。没有它可不行。”

“明白了！”

目送小跑的菲丝那凌乱的裙摆远去，安兹开始在广场上发起呆来。

安兹一边等，一边反刍菲丝刚才说的话。

雅儿贝德好像告诉女仆们，自己要把打扫房间当成新娘修行的一环，说房间是安兹给的，不愿意让别人进入。

安兹有点无奈地叹了口气，自语起来。

“雅儿贝德哟，你的心情我可以理解，不过你这么忙，杂务应该交给女仆们来做才对吧。这样说好像有点不合适，作为统治者，看来我似乎比你合格啊。”

过了一会儿，看着菲丝毕恭毕敬地捧着滑滑君，气喘吁吁地跑回来，安兹为自己的招数露出了满意的笑容。

“辛苦你了。”

安兹简短地慰劳了菲丝，接过口唇虫，把它贴在了白骨喉咙，或者说是颈椎上。

“嗯，嗯——嗯——”

不知是什么原理，安兹的声音变了。他也不理解是不是因为口唇虫的特性，只能当作本应如此。

就在安兹把疑问抛到脑后的时候，超位魔法发动了，六位天使伴随光柱出现在了周围。

他们是狮头的天使，有四只翅膀，一对展开的和一对包裹身体的。他们身穿耀眼的铠甲，手握眼睛图案的盾牌和尖端熊熊燃烧的长枪。

他们是八十多级的天使，名叫智天使门卫。

安兹没有神话知识，不知道他们为什么叫门卫，不过他对这些天使作为魔物的能力了如指掌。

智天使门卫拥有优秀的坦克能力，而且有还算优秀的探测能力，用作护卫没有问题。

“保护我。不要杀死敌对者，尽可能在不使其受伤的情况下将其制服。”

“遵命，召唤主。”

安兹的命令并非出于仁慈。他不打算对敌对者手下留情，只是事先安排好，以便揪出幕后主使。而且造反者要由飞飞来杀死，为此安兹才下令将其制服。

“好了，我们走。”

安兹把天使们在自己身边部署好，做好防御的准备，然后走了起来。

召唤魔法的——安兹刚才使用的超位魔法也一样——产物会在一定时间后消失，因此必须尽可能避免浪费时间。

“天使们哟，菲丝会与我同行。你们要像保护我一样保护她。”

“遵命，召唤主。”

“啊，安兹大人！怎么能把我的贱躯和无上至尊的玉体同样对待！”

“菲丝，你虽然是女仆，但也是我的同伴的创造物，对我来说价值非同寻常。明白了吧，总是解释很麻烦，我不想再说一次，你记清楚。还有，把我的话告诉你的全体同事。”

“非、非常感谢！”

顺带一提，关于同行的八肢刀暗杀虫，安兹什么都没有说。它们是只要有 YGGDRASIL 金币就能召唤出来的。保护它们的目的最多只是为了省钱。

“好了，走吧。”

安兹带着六位天使和菲丝，再加上几只——其他的留下看家——八肢刀暗杀虫，向着大门走去。

大门处有一个地下圣堂之王，负责指挥安兹制造的二十多只死亡骑士。

它是从纳萨力克叫来的七十多级的不死者，身穿本来似乎十分奢华的破烂紫色长袍，头戴与长袍反差极大的璀璨夺目的王冠。

它有指挥官系的特殊技能，能强化安排在它手下的不死者。不过，现在它指挥的死亡骑士在安兹的统领之下，因此它的强化效果没有生效。即使如此，它的指挥能力依然十分突出，因此才把它安排在这里。

“我要外出了，帮我告诉雅儿贝德。”

安兹走过深深低头行礼的地下圣堂之王身旁，来到了街上。

他并没有明确的目的地。

他来到外面与其说是散步，不如说是想为潘多拉·亚克特的问题寻找答案。政务室总有人来，他没法集中精神。

安兹设想着自己统治下的将来的安兹·乌尔·恭魔导国，迈起了步子。

## 3

安兹一行人沿着大道直线前进。

城里不能算是很有活力。拿飞飞的记忆和眼前的景象一比，显而易见。街上的人们表情阴郁，而且脚步匆忙。

相应地，死亡骑士们威风凛凛地走在路中央。他们大概是在承担警卫兵的工作，负责巡逻的那班死亡骑士吧。安兹给了他们简单的命令：发生打架之类的暴力事件就把闹事者抓起来，有人求救就给予保护。

安兹把视线投向城墙。

他制作的大量死亡骑士中，有一部分在城墙上负责放哨，除了放哨之外，死亡骑士还负责看守城门和像刚才那班一样巡逻。其中有一部分死亡骑士工作比较特殊，他们随贫民窟的居民一起，被送出去新建开拓村了。

农村的次子、三子等分不到田地的备用品，很容易流落到城市中，变成贫民窟的居民。他们梦想着来到城市中肯定能讨到一份生活，然而梦想化为泡影，等着他们的是贫民生活。因此，安兹答应会分给他们田地，把他们送出了城市。

在教国的阴谋下，许多村庄被烧毁。他们的目的地，就是从这些遗址上重建起的村庄。如果村庄由于外因被毁，那么去除外因，招来新的村民，村子很容易复活。

毕竟村庄有被毁的历史，安兹安排死亡骑士和噬魂魔作为卫兵同行，他还命令这些不死者帮助村民干农活。

确实，它们可能不擅长农作，不过说到单纯的肉体劳动，它们有人类无法比拟的性能。它们相当于不需要燃料，而且可以二十四小时运转的工程机械，非常适合开垦和干重体力活，一定会对今后的收成有明显的贡献。

安兹希望开拓者们能在一年内建成村子，构筑起最基本的自给自足的环境，然后从第二年开始，可以像普通的村子一样有收成。

他这样做，是想把作为税金征收的农作物，放进兑币箱，换成 YGGDRASIL 金币。这个计划在安兹刚刚提出的时候，就受到了雅儿贝德和迪米乌哥斯的盛赞，一定会取得丰硕的成果。

于是，安兹为了避免村民们为了拓荒花费几年时间，把不死者借给了他们。

顺带一提，不死者们是安兹租借给村民的，按照双方的契约，今后村民不但要交税，还要支付租金。按说就算不收租金也无所谓，这样做，是因为考虑到将来可能会有各种人租借不死者。

为了这个计划，安兹把大量贫民窟的居民——优先有家人的那些人——送去了开拓村，不过这并不能成为街上看不到几个人影的理由。

街上没人，是因为安兹走在街上吧。很多人看到安兹的身影，都惊得睁大了眼睛，原路返回或者拐进了小路。

简直就像走在无人荒野上一样。

受人畏惧并不是一件坏事，比遭人轻辱强上几十倍。

（可是，这死气沉沉的都市就是我的国家吗？）

只要属于纳萨力克地下大坟墓的NPC们过得好，其他人怎样都无所谓。可是，如果以前的同伴看到这样的国家，他们会怎么说呢？

他们会像安兹有不死者的思维方式一样，以魔物的思维方式，把人类当成食物吗？还是说他们会保留着大部分作为人类的情感呢？

（我到底想让这个国家去向何方呢……）

就像潘多拉·亚克特说的，安兹需要确定国家的方针以及统治都市的目的。

比如，让这里成为生产小麦等食品的国家，以便将产品投入宝物殿的兑币箱，用以换取强化纳萨力克地下大坟墓的金币。

比如，在这个国家生产人类，以便杀掉，把经验值储蓄到“贪婪与无欲”。

比如，一切生产活动都由不死者承担，生者完全不需要劳动的国家。

比如——

从充满慈爱的国家到怨声载道的国家，安兹思考着这带着公会名字的国家应该何去何从。这件事是纳萨力克的统治者，安兹·乌尔·恭魔导王的职责，他没法交给部下去做。

“菲丝哟，你怎么看这座城市？你觉得这个国家怎么样？”

“非常抱歉。我不太明白到底该怎样回答才好。”

安兹觉得自己问得太抽象了，于是改口问道：

“这个国家对你来说，是个适合生活的国家吗？不要说谎，也不要美化，告诉我你的真实感想。”

“是。我认为魔导国在安兹大人的统治下，是一个非常适合生活的国家。”

安兹仰头看向天空，他能预测到NPC会这样回答才对。

“只是——”

“噢，只是什么？你尽管说便是。”

“是。这个国家的统治者安兹大人御驾亲自巡视，怎么能没有人来到街上顶礼膜拜呢？他们只是藏在屋子里偷偷看向我们这边……令人非常不愉快！”

菲丝十分愤慨。确实，有很多人藏在临街的商店中，悄悄看着安兹一行。其中有人看到天使们，甚至被吓得瘫坐在了地上。

“菲丝，在你看来，人类应该是毫无价值的生物吧？”

“是的，正如您所说。他们并非诸位无上至尊创造，是可悲的生物。”

这是纳萨力克大半成员共通的基本思维方式，就算等级为一的女仆也不例外。

“菲丝哟，对于我来说，最重要的就是你们。”

“感谢安兹大人！”

“不过，我也应该多少给予统治下的人们一点慈悲吧。他们毕竟是我这个魔导王的臣民。”

“我认为您说得很对。”

“那么，给他们建起一个理想乡吧。一个仿佛浸泡在甜美蜂蜜中的温柔梦乡般的世界。一个让他们想永远受到统治的世界。”

“您的想法真是太棒了。”

“如果要征服世界，对象不仅是人类，许多种族都要臣服于我。”

“这是自然。”

理想乡计划。

这个计划曾经在纳萨力克第六层施行。目的是在遭遇玩家的时候，可以向其展示纳萨力克是个好公会，友善地接纳了许多种族。

安兹认为作为一个实验，那是十分正确的。

“要让全世界都认识到，只有在我魔导王治下，才有永远的繁荣。”

“您所言正是真理。”

这样一来，万一找到了曾经的同伴——公会成员们，他也可以把这座城市，自豪地展示给他们看。

安兹设想中的魔导国，是一个在他统治下，各种族共存的国家。“安兹 · 乌尔 · 恭”曾经在纳萨力克地下大坟墓中展现出的状态，他打算在这个世界上将其再现。

为了让或许身在这个世界某处的同伴，就算身为异形种族，也能和各种族一起快乐地生活。

安兹眼睛中的光辉更亮了。

应该让安兹·乌尔·恭魔导国，成为一个各种族可以共同存在、共同生活的国家。而只有在魔导国，才能实现这一点。

就算一代天才君主建起了国家，也无法保证其下一代同样优秀。而再下一代——孙辈，孙辈的下一代——曾孙辈，就更没法保证同样优秀了。安兹听说过第二代社长经营不善，第三代社长让公司垮掉的事例。

不过，如果统治国家的是长生不死的天才们，就没有这样的担忧了。一小撮天才施行的独裁政治，这才是理想的形式。正是，不，只有拥有迪米乌哥斯和雅儿贝德等才俊的魔导国，才能创造出永远的乐园。就像乌尔贝特曾经说过的：哲人独裁一定很厉害。

安兹进一步思考。

以迪米乌哥斯和雅儿贝德为首，守护者们正在向征服世界迈进，安兹也没能彻底否定他们的做法。他觉得这样做，更容易让同伴们听到公会的名号。

不过，除了武力统治之外，使用其他手段扬名，应该也是个不错的手段。比如：宣传安兹·乌尔·恭魔导国才是真正的理想乡，用它甜美的蜂蜜统治更多的人。

蜜糖和鞭子。

既然迪米乌哥斯和雅儿贝德的所作所为算是鞭子，那么安兹发放蜜糖就行了。

（好主意啊……）

安兹下定了决心。NPC们看不起纳萨力克之外的种族，而安兹身上还有着人类的残渣，这正是他才能想出的征服世界的方式：以无法抗拒的魅力进行统治。

为了达成这目的，需要怎么做呢？

安兹再次迈起步子，同时拼命开动脑筋。

要想出与迪米乌哥斯和雅儿贝德不同的手段——不依靠武力的手段。

安兹没法想象一个国家会如何行动，他把自己设想为一个小公司的职员，从这里开始思考。

安兹·乌尔·恭魔导国是一个租用写字楼中某层的小公司，员工只有安兹自己。

公司的产品是“魔导国的优良统治”，而安兹则要去推销这个产品。

首先要想好谁会买他们的产品。安兹得找到需要产品的人来推销它。不过，目前情报不足，安兹不知道谁需要它。为什么呢？很简单，因为宣传不够。

虽说如此，也不能到各种各样的城市去，在城门口发宣传单。这是浪费时间。公司只有安兹一个员工，他需要寻找其他的手段。

周边没有像原来的世界一样的大众媒体。每种职业都有自己的情报网，比如旅行商人之类，不过利用他们的情报网打出宣传广告是正确的手段吗？回过神来，安兹发现自己来到了冒险者工会门前。

他还是飞飞的时候，经常到这里来，看来已经养成了下意识的习惯。或许这也是某种职业病的症状吧。

安兹苦笑着打开了门。

里面的柜台映入安兹的眼帘，柜台后面坐着一位前台小姐。左手边是一扇大门，右手边是告示板，上面贴着写有委托的羊皮纸。而告示板前面——没有冒险者。

冒险者工会空空如也，与他扮演飞飞时无法相比。

安兹没有管睁大眼睛凝视着他的前台小姐，站到了贴在告示板上的羊皮纸前。

这个世界的文字他依然看不懂，不过有几种单词他记住了。年月就属于其中。

大致看了一下，安兹发现告示板上只有大概一个月前的旧工作。也就是说，都是些没有紧急性，而且重复性很强的工作。

“小姐，看样子委托少了很多，没有新的委托吗？”

“啊……是，是的。目前只有告示板上的这些委托，魔导王陛下。”

是因为委托少，冒险者才少吗？

那么原因就在安兹了。

安兹以自己手头的兵力——死亡骑士——为主，命他们在城外的公路巡逻，维持魔导国的治安。大概是这一安排，导致城外的公路不再受到魔物的威胁了。

考虑到今后会继续巡逻，冒险者有可能销声匿迹。

为了让他们留下，是不是要制造委托——不，没有让冒险者留下的必要。

冒险者能做的事，死亡骑士也能做——一部分工作，比如采集草药之类，死亡骑士可能做不来。那种情况下，只要把死亡骑士借给药师做护卫就行了。

现在的安兹想不出如何有效利用冒险者。再说，雇用冒险者需要花钱，对于税收减少的耶·兰提尔来说，没有那么多闲钱。

就算没有冒险者，也不会有人感到困扰。

安兹想到这里，打算转身离开冒险者工会。

(真是个毫无梦想可言的职业。)

安兹想起了自己第一次和娜贝拉尔一起，来到耶·兰提尔冒险者工会时的事。

寻求未知，在全世界冒险的人。他当时认为，冒险者这一职业，体现了名为 YGGDRASIL 的游戏的正确游戏方式。

(如果冒险者只是用来对付魔物的佣兵，失去相应的需要，冒险者就会丢掉工作。在这一点上，不管什么职业都一样。YGGDRASIL 中的冒险者简直是梦想中的……梦想？寻求未知，探索世界？这莫非就是……)

一个好主意闪过了安兹的脑海。

做个假设，如果让名为冒险者的人，从现在击退魔物的佣兵摇身一变，成为和 YGGDRASIL 中一样探求未知的职业，不就能让他们前往未知的地区，对魔导国进行宣传了吗？

安兹不仅希望魔导国扬名人类的世界，还要让更多种族知道世界上有这样一个国家。如果只在人类社会中进行宣传，利用商人的人脉或许就足够了。不过，如果不仅限于人类，那么冒险者不正是最合适的宣传途径吗？

安兹说“嗯嗯”，点了点头。

前台小姐露出诧异的表情，不过安兹决定暂时无视。他觉得如果现在和她说话，难得的灵感会溜走。

小公司的社长安兹开始考虑这个计划的未来。

（不过现在，魔导国的冒险者有减少的趋势。这样下去会形成恶性循环，不久的将来，冒险者将会消失殆尽。该怎样做才能遏止状况的恶化呢？）

要增加冒险者的数量很简单，只要做和目前正相反的事就行了。也就是说，只要魔导国出钱，让冒险者去消灭魔物就行了。可是，这样一来，就违背了安兹希望冒险者探寻未知的初衷。或许发出委托，让冒险者帮忙宣传也是一种办法，可是安兹没有钱。

虽然纳萨力克地下大坟墓中金币堆积如山，但是安兹个人的资产已经枯竭。尽管 NPC 们会说纳萨力克所有的钱都属于安兹，不过这个计划安兹打算独自推进，他不愿意用纳萨力克的钱。

安兹正在思考，听到了入口的门打开的声音。

他转过头去，看到一个眼熟的冒险者正愣在门口看着他。

（咦，我记得这人是……他叫什么来着……约克纳克？不对，不过是个类似的名字。）

他觉得那个名字就在嘴边，可就是想不起来。心痒的感觉让他拼命挖开自己的记忆。

“摩克纳克！”

挖到正确答案的瞬间，安兹一不留神脱口而出。冒险者听到安兹突然叫他的名字，惊得彻底冻结住了。

（糟了！）

现在慌也来不及了。安兹能感觉到，工会的职员们也把视线投向这边，看是不是发生了什么事。

耶·兰提尔的新统治者，魔导王安兹·乌尔·恭，怎么可能知道区区秘银级冒险者的名字。如果知道，那他有可能是怎么知道的呢？安兹让头脑高速运转，然而在他找到答案之前，摩克纳克先开了口。

“您、您是听飞飞阁下提起过我吗……”

“嗯，没错，你说得对。”

安兹马上顺着台阶下去了。摩克纳克的表情中，闪过正相反的两种感情：期待和恐惧。

安兹从刚才的动摇中恢复了镇定，开始谨慎地分析。

我记得这个男子，是秘银级冒险者小队“虹”的队长。我第一次见他，是在吸血鬼骚动的时候。从那之后虽然作为飞飞与他交谈过几次，但是最近有段时间没见他，所以差点儿忘了他的名字。

他似乎和其他冒险者还有士兵一样，对英雄飞飞心怀崇拜之情。不知道飞飞现在成了魔导王的部下，他对此是怎么看的。

飞飞为什么跟魔导王提自己？只是闲聊，还是说出卖了自己？想必各种想法正在他内心翻腾。

安兹开始寻找化危机为契机的方法。

“我向飞飞询问周边有没有能力出众的冒险者，他说出了你的名字，说‘虹’的摩克纳克就是。”

有些无精打采的摩克纳克猛地抬起了头。

“这！这是真的吗？!”

“你怀疑我说的话吗？”

“不！绝对没有那个意思……”

安兹做业务员的时候，来到客户处要做的第一件事，就是“称赞”。大多数人听到别人的称赞，都不会反感。先把客户捧高兴了，再谈生意，这是推销话术的基本，也是杀招。

安兹确认自己在对方动摇的内心缝隙中打进了一根楔子，趁热打铁向他提出了问题。

“你为什么在耶·兰提尔？”

想要了解冒险者，问冒险者是最快的。

听到安兹的问题，摩克纳克显得有些犹豫，然后好像下定了决心一样，开了口。

“因为不死者啊，陛下。毕竟卡兹平原离得这么近，有的是出钱的主。”

摩克纳克看起来出了很多冷汗，还露出“我说出来了”的颇具挑衅意味的笑容。安兹不太明白为什么。

安兹正打算近期把卡兹平原纳入治下。特别是陆行船的传闻，让他很感兴趣。

“是吗？”

“欸？”

“嗯？”

“啊，没什么。”

这男子说话真是不干不脆。安兹忍着想要叹气的心情，继续问道：

“只是为了这个吗？”

“还有……对了，在飞飞阁下来之前，我们秘银级就是最高阶冒险者，有不少报酬丰厚的工作。”

果然是为了报酬啊。或许把国家预算的一部分，挪为冒险者的报酬为好。

“除此之外，就是因为我是这座城市出身，在这里认识的人比较多。还有就是许多魔法道具都会流通到这里。”

“哦？魔法道具吗？”

“是的。毕竟有时一件道具就能保命，冒险者把道具种类齐全的地方选作根据地，是理所当然的。”

确实，在YGGDRASIL时，就发生过一件道具避免全灭的事情。而且听他这么一说，安兹也想起来，在帝都的市场上，见过许多看起来像是冒险者的人。也就是说，只要贩卖魔法道具的规模超过帝都，肯定能吸引很多冒险者。

随便弄点数据水晶制作魔法道具，然后拍卖，生意一定会非常红火。然而这相当于坐吃纳萨力克的资产，再说，以这些魔法道具为基础开发出的技术，说不定也会威胁到安兹他们。

（作为诱饵撒一些不会有问题吗？不行，要尽可能避免使用纳萨力克的资源。这样看来，需要用这个世界的技术开发各种道具，而且还要从中选择流入其他国家也不会带来威胁的道具……很难啊。这条路线还是再议吧。）

“请问……”

听到摩克纳克怯生生的搭话，安兹这才从思考的海底浮了上来。

“魔导王陛下，为什么问我这样的问题呢？说实话……”摩克纳克紧咬着嘴唇，好像吐血一样说道：

“我们就算所有人加在一起，也敌不过一只陛下指挥的不死者。这样的不死者现在守护着耶·兰提尔周边。在这魔导国中，冒险者几乎已经失去了存在的意义。”

该怎么说才好？怎样回答才能给他——同时给一直注视着这边的前台小姐，还有不知什么时候聚集过来的职员们——留下良好的印象呢？

比起说出什么不恰当的话，或许干脆含糊其词，告诉他“没必要跟你说”更安全一点。可是，这样说有可能会让他们心生疑念。有没有什么更——

（不，相信自己吧。我可是跨越过很多次类似危机的男人。这次肯定也会化险为夷！）

安兹拿出了自信。

（说起来，既然你这么清楚，为什么还留在耶·兰提尔？因为你老家在这里？莫非这里有你的女朋友？）

根据他的回答，魔导王接下来发言的方向性也要改变。

“在回答为什么之前，你先回答我最初的问题。你为什么现在留在这座城市里？”

“这、这是因为……”

摩克纳克欲言又止。他露出有点犹豫，但又毅然决然的表情，开了口：

“因为飞飞阁下。飞飞阁下以自身为盾牌，留下来保护这座城市。我生在这座城市，怎么有脸做出比飞飞阁下先逃走的丢脸的事。”

听到这话的瞬间，安兹露出了笑容。

虽说飞飞认识此人，没想到他对飞飞毫无保留。

“是吗？那么我也回答你的问题吧。”

安兹卖个关子，缓了一拍，然后郑重地说道：

“因为飞飞。我想知道将来能像飞飞一样的人，也就是是冒险者们想要什么，在追求什么。”

摩克纳克睁大了眼睛。安兹听到了旁边的员工们好几声倒吸冷气的声音。

“飞飞很强，而且很高尚。”自己说出这话虽然让人脸红，但这就是飞飞的人物设定，没办法。“而我则想在你们这些冒险者身上，寻找飞飞身上的光辉。”

大概是平时对演技的练习产生了效果，安兹语气坚定地说完这番话，仿佛看到摩克纳克背后闪过一道雷光。

“可、可是飞飞阁下是被选中的人才能成为的，至高的存在。我们怎么可能变得和他一样……”

“如果是这样，只能说明飞飞有眼无珠了啊。”

“什么！飞、飞飞阁下也是这样说的吗？！”

“他倒是没有明言。”

尽管并不觉得可笑，安兹也要从心底暗示自己可笑，发出颇具王者风范的笑声——把训练的成果展现了出来。

“就算你做不到，你的儿子呢？孙子呢？你认识的人中也许会出现飞飞一样的人物嘛。我是不灭的存在，魔导国的国王，当然会希望下一个飞飞对我忠心耿耿。这就是我身为执政者，找到的魔导国冒险者的存在意义。当然，我还有另一个想法，不过目前在我心中尚未成形，暂且不说了。”

冒险者工会中一片寂静。

（咦？没成功？这名男子不是崇拜飞飞的类型吗？）

安兹正在担心，只见摩克纳克深深鞠了一躬。

“魔导王陛下，能见到您，听到您的见解，实在是荣幸之至。”

摩克纳克抬起头来，刚见面时他表情中的不安、恐惧、猜疑都淡了，甚至露出了愉快的笑容。

“真是一位可怕的大人，不光有强大的魔力，还有令人心悦诚服的领袖魅力。”

“我能见到自己打算拉拢的冒险者，也感到非常高兴。”

摩克纳克有点开心，表情也舒缓了。

“可是，魔导王陛下。冒险者工会一直保持与政治绝缘的立场，在这一点上我也一样。这样您还是打算拉拢吗？”

“嗯。我来到这里就是为了这个目的。为了我尚未成形的那个想法……前台小姐，请告诉工会长，魔导王来见他了。”

“遵、遵命！”

一直静静在一旁听安兹二人说话的前台小姐急忙跑了起来。

“那么，魔导王陛下，我先告辞了。”

摩克纳克行了一个和刚来时完全不同、充满敬意的礼，这才走了。

（好了……那么接下来怎么做呢。）

安兹的那个尚未成形的想法——就是用冒险者来宣传魔导国的好处。其中有三个要点。

第一点，是冒险者工会的强化。吸收一个只有十来人的组织，没有什么意义。

第二点，是培养冒险者。弱者没法完成长途旅行，让他们去宣传魔导国多么美好的情报，会花费过长的时间，而得不到多大的收益。

第三点，是从以上两点出发，要让冒险者主动协助魔导国。利用飞飞或许能实现这一点，不过，如果艾恩扎克能主动答应协助魔导国，今后事情就好办多了。

（首先应该与艾恩扎克进行交涉，解决这第三个问题啊。不过……在没有准备的状态下向他讲解会很困难。啊——胃疼。）

接下来他只能祈祷工会长不在，可惜，报信回来的前台小姐开口的第一句话是："这边请。"

安兹抬头看向天花板，然后跟着前台小姐走了起来。

## 4

走过作为飞飞来过无数次的走廊，安兹被带到了工会长的办公室——旁边的一个房间。这是一间会客室。

出来迎客的是一位精壮的壮年男子——工会长布尔敦·艾恩扎克。

安兹作为飞飞认识此人——还曾经强行被他带到夜店里去。然而作为安兹·乌尔·恭魔导王还是第一次见到他，必须注意自己的言行举止。

“欢迎您，魔导王陛下。您屈尊来到小会，我作为魔导国的一个国民，实在是荣幸之至。来，请坐，虽是陋室，如果您不嫌弃，就请坐吧。”

在艾恩扎克的招呼下，安兹坐在了椅子上。

菲丝站在安兹身后。三位天使进入了房间，另外三位候在房间外面。

“按照身份来说，本该我去觐见魔导王陛下。实在感谢您亲自前来。”

艾恩扎克单膝跪地，向安兹深深低下了头。

看到他的态度，安兹露出了苦笑。

艾恩扎克的声调和安兹作为飞飞来的时候完全不同。他的声调友善，语气恭敬，不过也仅此而已。安兹明白他这是谈生意的态度，露出了苦笑。不过，当然，安兹的表情没有丝毫变化。

安兹把视线投向入口之外的另一扇门。

这扇门通向隔壁工会长的办公室。如果来的是飞飞，他们会在隔壁谈。艾恩扎克把谈话地点安排在会客室，这也让安兹产生了一种疏远的感觉。

“有什么问题吗，魔导王陛下？”

艾思扎克抬起头，观察安兹的神色。安兹的注意力过度偏向旁边的房间，忘了艾恩扎克还单膝跪在地上，他轻声嗤笑自己的疏忽。

不知道是不是认为安兹在笑自己，艾恩扎克的表情僵住了。

安兹责怪自己显露出了失礼的态度，然而作为魔导王，他没法道歉。他打算推进谈话，把自己失礼的一节带过去。

不过，面对冒险者工会长，他该采取什么样的态度才合适呢？

安兹作为国王，是摸着石头过河，没有相关的知识。他琢磨着这样应该就差不多吧，开始了挑战。

“我觉得你应该已经听说了，艾恩扎克，我有个提案给你。”

“非常抱歉，陛下。在下不知道您说的是什么事。如果可以，能请您从头说起吗？”

安兹通过作为飞飞时与艾恩扎克的来往，知道他是个老油条，会面不改色地撒谎。他推测艾恩扎克有很大概率，已经知道事情的来龙去脉了。艾恩扎克看到天使却毫不吃惊，大概就是因为事先听说了吧。

那么没必要再绕弯子，安兹单刀直入地说：

“我要吸收冒险者工会加入魔导国。”

“是这样啊。我想应该不会有人妨碍您的。”

“是吗？我听说冒险者工会不会从属于某个国家，真的可以这样吗？”

“我遵从您的意愿，陛下。魔导国遵循陛下制定的法律，如果陛下希望冒险者工会从属于魔导国，我无法抗拒。”

安兹嗤笑了一声。对方似乎察觉到了他的反应，眼睛深处摇曳着某种情感。

“你说得确实没错，不过你其实打算这样做吧：建议冒险者们去王国或者帝国，然后把只剩空壳的工会交给我。”

安兹凝视着艾恩扎克，只见他仿佛放弃继续抵抗了一样，耸了耸肩。

“真不愧是魔导王陛下。不光高高在上统治我们，竟然还能看穿我们的想法……您是用魔法读了我的心吗？”

“我没有用魔法，是根据经验推测的。”

“是您从漫长岁月中总结出的经验啊。哎呀哎呀，真是位可怕的大人。那么接下来等待我的是什么？”

“没有什么。”

“我不会感谢陛下哟。”

“我不需要感谢。比起感谢，我更想听你说说。我听说冒险者工会不从属于国家，是因为冒险者为了保护人们而存在，不想把力量用到人们之间的战争中，是不是这样？”

“陛下，正如您所言。实际上，陛下占领这座城市的时候，我们也没有打算战斗。”

“那个叫飞飞的男人，可是拦住了我的去路……”

“啊。”艾恩扎克呻吟了一声。不过，揪住自己做的事不放不会有什么好处，安兹继续说了下去。当然，他没有忘记帮飞飞说好话。

“好吧，这件事就既往不咎了。在某件事上，我和他是可以通力合作的关系。没错，在和平统治耶·兰提尔这一点上。”

艾恩扎克好像打算开口说什么，不过安兹没有等他开口。

接下来就是正题了。

安兹必须说服艾恩扎克，让他心甘情愿地协助魔导国。

安兹回想着作为飞飞听到的各种不满和抱怨，说了下去。

“……那么，聊到这里，我产生了一个疑问。刚才你肯定的‘冒险者为了保护人们而存在’，其中的‘人们’包括多大的范畴？”

“怎么讲？”

艾恩扎克的表情表明他不懂安兹的意思。

“我是问，你所说的‘人们’是指人类种族，还是仅限于人类。森林精灵、半森林精灵，其他与人类共生的种族包括不包括在‘人们’的范畴内。”

“这个嘛，当然包括在内。”

“那就很奇怪了。在帝国，森林精灵可是奴隶哟？你能说这算是在保护他们吗？他们并不是因为触犯了帝国的法律才成为奴隶的吧？”

艾恩扎克把视线垂了下去，然后再次抬眼看向安兹。

“我只是王国冒险者工会的会长，帝国冒险者工会的想法我无从得知。”

“你要借此推托，逃避问题吗……”

艾恩扎克睁大了眼睛，他眼睛深处有愤怒的火焰。

“陛下，您这是讽刺——”

“讽刺？不是事实吗？我再问一次，你是不是要借此推托，逃避问题？”

艾恩扎克把视线垂了下去。

“您说得没错。”

“你们标榜保护森林精灵、半森林精灵，实际上却并没有做到，这是为什么？”

“我不知道帝国冒险者工会的内情。”艾恩扎克声明之后，讲了起来，“就算是冒险者工会，也没法彻底摆脱国家的束缚。尽管冒险者标榜自由，宣称不从属于任何国家，但毕竟要受到国家法律的限制。我们是一个武力集团，正因如此，对国家使用武力才过于危险。我想这应该就是帝国冒险者工会的想法。”

“是啊。既然本来就受到国家法律的束缚，成为从属于国家的组织应该没有问题才对。你们为什么不愿意？”

“帝国和王国都颇为看重我们的力量，毕竟能与强大的魔物较量的只有冒险者。正因如此，帝国和王国都不会为难冒险者工会。不过，我们的这一点优势，对于陛下来说不存在。如果成为从属于国家的组织，我们可能会被用作对付人民的武力。”

“那么你们努力避免从属于国家，就是因为‘担心冒险者的力量会被用来对付人们'，对吧？"

“陛下说得没错。我们不希望自己的力量被用作镇压或战争的工具，导致人们大量死亡。”

安兹笑着想，“这可是你说的”。当然，他不会告诉艾恩扎克这些他早就知道。

“坐下吧。那么，接下来我告诉你，我希望你们做什么。”

安兹命令艾恩扎克重新坐回自己对面，看到他战战兢兢地坐下后，开始了说明。

“我希望冒险者从事完全不同的工作。我想让冒险者做的，是探寻未知，让这个世界变得更小。”

安兹觉得这是艾恩扎克第一次正面凝视他。

“打个比方，南方教国和圣王国之间有一片荒野，你知道那里的具体地形和栖息着什么样的魔物吗？”

“不知道，那片荒野中居住着各种亚人部族。王国冒险者工会派去的冒险者，没有一个平安回来的，所以我们没有那里的情报。”

“那么，魔导国西南，和教国之间有一条山脉，那里如何呢？”

“不知道，没有多少详细的情报。”

“你不觉得冒险者关于世界的知识过于贫乏吗？不，考虑到冒险者的工作，会形成这样的状况也难怪吧？冒险者工会是保护人们的组织，冒险者不需要没有人的地方的知识，对吧。当然，那些地方可能生长着能救人的药草。”

听到安兹的揶揄，艾恩扎克把嘴唇抿成了一条直线。

“归入我麾下之后，我打算让冒险者工会去填补这些空白。”

“让陛下的心腹去做不就行了吗？”

“不要说没意思的话。我听说艾恩扎克曾经也是冒险者，你能想着‘冒险者’这个词的含义，把刚才的话再说给我听一次吗？你们只是与魔物战斗的存在吗？我一直认为，冒险者是化未知为已知的存在，直到我对冒险者进行了调查。”

艾恩扎克用力咬着嘴唇，咬得嘴唇都要流血了。

“——我们必须保护人们。”

“这是不需要的。在魔导国，有我这个统治者保护人民。看到委托的数量减少，你应该明白我说的都是实情吧？”

艾恩扎克用呻吟般的声音肯定。

“那么，今后你们打算何去何从？要从魔导国搬到王国或者帝国，去保护人们吗？简直就像专门对付魔物的佣兵啊。”

到了这里，安兹没有继续说下去。接下来就要开始劝说了，每一句话都有必要在深思熟虑后开口。

“刚才你说的‘让我的部下去做就行’的意见，其实有一定道理。说来有点难以启齿的是：我的部下很擅长杀敌，要说在未知世界中遭遇了新文明，他们能不能与当地居民建立友好的关系，其中大部分可能都要画个问号了。正因如此，我希望冒险者来承担这个使命。”

艾恩扎克默默听着安兹侃侃而谈。安兹十分想知道他的反应，不过他的解说还没有结束。

“当然，让冒险者去做与危险为邻的工作，我打算进行全方位的援助。为此，我自然有必要把冒险者工会收归麾下吧？”

“您发出委托不就可以了吗？”

“原来如此。看来你们对自己的能力非常有自信，这分勇气，我并不讨厌。”

“这、这是什么意思，陛下？”

“发现未知，结果演化成了与其他文明不幸的冲突，这种情况下魔导国可以抛弃冒险者吗？既然你们是独立的组织，魔导国这样做也是无可厚非的吧？你们还得保证，能在不给魔导国带来危害的前提下解决问题。”

艾恩扎克不说话了。

“不从属于国家，保持组织的独立自主，不就意味着要承担这类风险吗？就算对方采取国家行动，也必须请你们自行解决……我说的这些有什么问题吗？”

“怎么会呢，陛下，”艾恩扎克深深点头表示同意，“您说的每句话都完全正确”。

“正如你所说。可是，这样一来，会损失宝贵的冒险者、特殊的技术人才。人才的成长需要时间，这样看来，消耗优秀人才是非常大的损失。正因如此，我才想把冒险者工会收入麾下。我会发号施令，相应地，我答应对冒险者进行全面的援助。”

“这是非常吸引人的提案……希望您能回答我的一个疑问。了解未知，是为了给魔导国的侵略进攻做好准备吗？”

“这是个不好回答的问题。我没法回答绝对没有这个因素。如果未知之地的文明正在计划侵略，我有可能会利用获得的情报，先下手为强。如果发现了荒野中的亚人种族，比如食人魔或者半兽人之类的，视情况或许要发动以展示肌肉为目的的进攻。假如你身边有凶猛的怪物正在磨刀霍霍，难道你不会打算先下手避免遭殃吗？”

“原来如此，您说得有道理。只是——”

“唔……”

“怎么了，陛下？”

“哎呀，不好意思，打断了你的话。你下面打算说什么，请继续说吧。”

“明白了。只是，我认为用武力吞并与世无争的种族并不好。”

“你所指的是什么样的种族？森林精灵之类吗？”

“嗯，差不多吧。”

“森林精灵之类的话，或许会和我们的国家计划产生关联，没法一概而论。如果侵略吞并对魔导国有好处，我会这样做，如果没有好处，我自然不会吞并。作为一个国家来说，以此为基准应该是理所当然的吧？不过，如果是单纯的侵略，我可以告诉你我现在的兵力足以完成。我希望冒险者做的不是收集敌国的情报，也不是事先确认侵略的路线。刚才我也说了，我只是希望冒险者探索世界，寻找各种未知的事物。这一点我可以保证。

“对了，”安兹先开了个头，向艾恩扎克问道，“你们对外表赏心悦目的种族似乎另眼相看啊。我说会对食人魔和半兽人发起进攻的时候，你可没有提出刚才的问题哟？你没有说：‘用武力吞并与世无争的种族并不好。’”

“因、因为那些种族是亚人！”

“哈哈哈哈。原来如此，原来如此，原来是这样一种思维方式啊。我明白了，我明白了。那么，你的回答是什么？”

艾恩扎克露出有话想说的表情，但他马上摇了摇头。大概是改变了主意吧。

“这件事，我必须马上回答吗，陛下？”

“我虽然很希望你能回答，但是想必你要多方疏通商量，肯定需要一些时间。不过，在你回答之前，先把你的想法跟我说说吧，艾恩扎克。”

安兹直起上身，近距离凝视着艾恩扎克的眼睛。

“我很不喜欢你们只做单纯的对付魔物的佣兵。那样的你们自称为冒险者，实在可悲。艾恩扎克，你怎么看？你不想在魔导国——在我的手下去冒险吗？我对你们的期望是——”

安兹说到这里顿了顿，在视线和声调中加了力。

“——你们能成为‘冒险者’。”

房间中充满了紧张感。仿佛在观察吃到必杀一击倒在地上的敌人一样，安兹屏息——他本来就不呼吸——等着艾恩扎克的反应。

“我认为您的提案非常有吸引力。”

安兹眼窝中的光芒变暗了。听这话头，接下来大概会说但是不行的原因吧。

“因此，我想多方征求意见，看看是否能接受您的提案。确实，如果您真的打算像您说的一样使用冒险者，那或许是冒险者求之不得的。而且您解释了冒险者公会为什么有必要从属于国家，我也觉得很有道理。作为一个曾经的冒险者……我想说我愿意帮您。”

（咦，这么说成功了？）

“是这样啊……”

安兹靠到沙发的靠背上。

推销成功的喜悦慢慢从心头涌出。就像跑成了一单业务时的感觉：他想离开客户处，来到咖啡店，一边给公司打电话，一边开心地大叫“太棒了”。他没想到做冒险者的经验能活用到这种地方。不对，正因为有冒险者的经验，才能想出这样的点子。

这时，安兹想起自己还有一件事得做。一件为魔导国未来着想的事。

“啊啊，对了。还有一件事。”

安兹竖起了一根手指。

“刚才你说保护人们的时候，认可就是我所说的人类种族对吧？你说冒险者的存在理念就是保护人们。”

“是，没错，陛下。”

“而说到侵略进攻的时候，你表示如果对象是亚人就没关系，对吧？”

艾恩扎克好像想说“那又如何”，点了点头。

“魔导国将接受所有种族成为国民。不光是人类种族，亚人种族和异形种族也一样。因此，如果冒险者的存在理念是保护‘人们’，那我得请你们同样保护亚人和异形种族。”

艾恩扎克睁大了眼睛。

“您在说什么！”

“怎么了？我不太明白你为什么这么激动。在我的国家，人类、亚人、异形都一样。只要尊我为王，就同样是我的国民。”

“这、这简直、简直太乱来了。这不可能，陛下！”

“是吗？我听说王国北方有一个评议国，在那里各种族不就和平共存吗？”

“确实，我也听说评议国如您所说……可是！您是说让我们和把我们当成食品的种族共存吗？”

“原来如此。你的担心不无道理。我们魔导国不允许国民食用国民。我会把这一条制定成法律。这样可以了吧？也就是说只要吃的不是魔导国国民就行，我不应该管国民的饮食习惯……不对，看到同种族被大卸八块摆出来贩卖对精神卫生不好啊……这方面看来需要仔细探讨。”

听露普斯蕾琪娜说，卡恩村中，人类与哥布林和食人魔共存。这样看来，耶·兰提尔也并非绝不可能。当然，人数一多，自然不会像一个小村那么简单。

“您、您到底在想什么啊？”

“你问的问题好奇怪啊。我作为不死者实在不明白，你们都是生者，为什么不齐心协力呢？对我来说，人类和哥布林分不出孰优孰劣，在我治下一切平等。当然，我这个绝对的统治者和我直属的部下地位在你们之上。”

艾恩扎克的表情瞬息万变，过了一会儿恢复了冷静的表情。

“哥布林这类种族，您也要接纳——让它们成为国民吗？”

“你没有听到我刚才说的话吗？我不是说了要接纳食人魔和半兽人吗？”

“听、听到了，我听到了，不过我以为您的意思是作为奴隶。”

“到底是把森林精灵当成奴隶的种族，会说出这样的话并不奇怪。我再重复一次，只要在我治下，所有国民一律平等。”

观察着艾恩扎克好像喘不上气的样子，安兹觉得他可能没有理解自己的真意。

说极端一点，国民全是纳萨力克地下大坟墓成员们的奴隶，不过这样的话安兹不会说，也没必要说。如果他没有察觉到，那也没问题。

“现在已经有许多哥布林处在我的庇护之下。近期会有一批哥布林来到耶·兰提尔。和他们聊聊吧，你对哥布林的认识会被颠覆的。还有，蜥蜴人几乎不吃肉，他们吃的是鱼。树精和树人喜欢净水和阳光，只有自卫的时候才会攻击人类。”

“这些种族已经在您治下了吗？”

“当然了。目前已经有几种亚人和异形种族成了我的国民。不好，跑题了。那么，艾恩扎克，我认为你对冒险者工会成为魔导国机关之事持赞成态度，没问题吧？”

“只要陛下说的都是真的——没问题。”

“你真是慎重啊。我没有撒谎，一定会让冒险者从事探寻未知的工作。”

如果可能，安兹希望冒险者能以多种族混编的小队前去探索未知。

“对冒险者说明的事就交给你了。在魔导国，冒险者是国家机构的成员，对此持否定态度的人可以离开魔导国。”

“真的可以吗？”

“逼迫不情愿的人工作，对双方都没有好处。只是，短期内大幅改变组织结构和运作方式，想必会生出许多麻烦事，还是在某种程度上维持现状吧。眼下的变化，大概就是在工会长之上设置魔导国的审查机关吧？”

还有一点很重要，就是添加附加价值，让冒险者们愿意从属于魔导国冒险者工会。

“作为魔导国对冒险者的支持，我会首先设立训练所。冒险者前往秘境后，被未知的魔物杀死，损失就太大了。因此需要比现在更系统的——训练所中会采取与魔物实战形式的训练。为了让冒险者们习惯团队战斗，建起一座地下城，让他们进行攻略，或许也是个好办法啊。”

让纳萨力克中自动刷新出的不死者去建造就行了，建好之后就让它们充当地城中的魔物。

“这是个非常好的想法。不过，我认为此项工程相当浩大。”

工人是不需要工资的不死者，应该花不了多少钱。不过，安兹没必要把实情告诉艾恩扎克，既然有机会，就卖个人情给他好了。

“确实，可能会需要数额惊人的初期投资，不过这也在必要经费的范畴之内。冒险者对于魔导国来说，是重要的人才资产。”

“非常感谢，陛下。”

“不必谢。那么，如何？这样一来，应该对冒险者有吸引力吧？”

“确实……对于低阶冒险者来说，这些好处应该很有魅力……从您的训练所中走出的冒险者，可以转投帝国或王国冒险者工会旗下吗？”

“不允许。我们的冒险者工会是国家机关，这样做相当于叛国。”

“原来如此……看来这一点有必要对冒险者进行彻底的说明。”

“那么，你认为对于中高阶冒险者，什么才有吸引力？”

“应该是高额的报酬吧？”

“当然，毕竟单靠梦想没法填饱肚子。”

“这也是因素之一。另外一点，就是为了战胜强大的魔物，冒险者们需要购买强力的武器、防具、道具。这些东西价值不菲。”

“嗯……果然是这样啊。”

进行量产或许能压低价格，不过强大的冒险者本来数量就少。因为少，他们用的东西需要定制，难免会变得昂贵。而强力装备道具的制造者本身也很少，这也是价格高昂的原因之一吧。这些问题看来也有必要解决。

“我希望更多的冒险者——也就是王国和帝国的冒险者们，也能了解到魔导国的政策，你有没有什么好主意？”

“陛下理想中的冒险者工会，与王国和帝国的相比似是而非。如果我们把情报散布出去，各国的冒险者工会为了避免人才流失，可能会采取某种手段。冒险者对一国来说可以称得上王牌，大概不会有谁愿意这样的人才流入他国吧。”

“很有道理，那么该怎么办才好？”

“这问题很难马上回答，能多少给我些时间吗？”

“好吧，我也有必要就今后的行动方针思考一番。”

实际上，这么大的计划，安兹觉得自己独自推进得有些过头了。他有必要冷静下来全面思考，并且和别人商量一下。

安兹站了起来。

“那么就先——”安兹差点说出失陪，强行咽下了后半截话。这可不是王者应该用的词。“就先聊到这里吧。再会。”

艾恩扎克站起身，对安兹低头行礼。

“遵命，魔导王陛下。”

安兹没有回头，从菲丝为他打开的大门走出了房间。

他不禁想要叹气，可这是在客户的公司里，现在叹气还早了点。

安兹领着智天使们走出了冒险者工会，又走了一会儿之后，他才终于轻轻叹了口气。

（唉——好累啊。）

安兹·乌尔·恭并不觉得累，是铃木悟认为应该给过热的大脑休息的时间。

（在把吸收冒险者工会的点子告诉雅儿贝德之前，先休息一会儿吧。我得把这样做的益处想好，以免被雅儿贝德否决……要做的事情好多啊。）

安兹默默走了起来。他希望走着走着能想到什么好点子，所以没有用传送魔法。

与隔壁——艾恩扎克的办公室之间的门打开了，一位新的客人走进会客室。

这位皮包骨头，看起来似乎有些神经质的纤瘦男子，正是艾恩扎克的老友，耶·兰提尔魔法师工会长，提欧·拉克希尔。

“布尔敦，真是吓了我一跳。没想到我们两人正在聊天，魔导王来了。他有没有察觉到？”

“这我就不知道了。”

今早，艾恩扎克和往常一样，一大早就开始了和拉克希尔的讨论。

自从耶·兰提尔归于魔导王治下，两人每次见面都选在早晨。因为两人的知识中，不死者大多不喜欢太阳。当然，看到街上巡逻的不死者兵团，两人知道这不过是自我安慰。

两人的讨论主要是为了共享情报，还没有讨论过今后冒险者工会、魔法师工会何去何从。这是因为在魔导国的建国阶段，要离开的人已经去了王国或帝国。魔法师工会甚至把大部分魔法道具都送了出去，留在耶·兰提尔的只剩寥寥数人。可以说，耶·兰提尔的魔法师工会现在形同解散。

不过，在情报分析方面，两人有许多重要议题。

冒险者不太受国家限制，不过在魔导国能行得通吗？他们会不会派追兵缉拿逃亡的国民呢？就算能平安逃过国境，魔导国会在国家层面上提出引渡要求吗？关于魔法师方面又如何呢？

飞飞不惜交出自己，也要保护耶·兰提尔的人民，该对他采取何种态度？冒险者工会又该如何处理他的问题？

神殿势力目前依然保持沉默。魔导王似乎也划了一条界线。今后双方是否会保持目前的状态，是否会展开对抗呢？

以上这些，都是二人不管怎么绞尽脑汁，都想不出答案的难题。然而，如果不做任何准备，等有事件发生就麻烦了。问题最大的就是神殿势力。

他们神殿势力，甘心把不共戴天的不死者奉为国王吗？现在他们保持着沉默，更让人觉得提心吊胆。

而且还有周边国家的神殿势力。搞不好，周边各国的神殿势力会主动发起圣战，而魔导国的神殿势力则会作为内应展开行动。

二人商谈时没有带上神殿势力的代表，也是因为他们的态度不明确。二人担心轻易与神殿势力为伍，会被卷进纷争之中。

不过，两人都觉得，神殿势力不可能战胜魔导王。两人只是担心纷争会引起屠杀。还有，如果逼得飞飞不得不做魔导王的先锋，对他们痛下杀手，该怎么办才好。还有，神殿势力被铲除之后，谁来为魔导国的人民治病疗伤。

两人正在发愁的时候，魔导王来了。

“不过，魔导王陛下发现你在隔壁了。”

魔导王看着隔壁房间的门，冷笑了一声，这就是证据。

“搞不好我们两人平时的密会，已经从什么地方走漏了风声。”

“什么？那他这是？”

“是啊。他应该是打算让你也听听吧。”

只要稍作手脚，在办公室也能听到会客室中的声音。因此，藏在隔壁的拉克希尔，毫无疑问听到了二人的对话。

“是不是你的错觉？”

“不，那不可能。魔导王陛下至少察觉到了有人在隔壁房间。说不定他认为是神殿势力的人呢。”

听到魔导王突然冷笑，当时艾恩扎克过于惊讶和慌张。现在回想起来他只觉得后悔。魔导王一定是在笑他量小无度，偷偷把自己的同伴藏在隔壁房间。

当时他应该把拉克希尔叫进来，三人推心置腹地谈一谈。

魔导王肯定没有把真意都说出来。不过，他保持着一位王者应有的威严，把自己的想法告诉了一位平民。相比之下，自己又如何呢？

看到艾恩扎克皱起了眉头，拉克希尔冷冷地说道：

“那么你打算怎么办？不，你不说我也明白。刚才你还称他魔导王，现在已经加上了陛下二字。”

“你不觉得这是因为我们的对话正在被窃听吗？”

“如果是，你应该已经警告我了吧？”

“你不觉得我可能被魔法魅惑了吗？”

“当然也不是没有这个可能，不过你肯定没被魅惑。魅惑魔法有时间限制，就算是魔导王也没法无限维持才对。”

“或许魔导王陛下就能做得到。”

“别再说了，我也觉得有可能，太可怕了。毕竟他有可能会使用近乎神域的第八位阶魔法。”

二人笑了笑，艾恩扎克又恢复了严肃的表情。

“我认为协助魔导王陛下也好。”

“你要帮他进行侵略吗？”

“强国把弱国纳入治下，那不是理所当然的光景吗？”

“你知道会给人们带来不幸，还要默许吗？”

“这可不好说。你想想，自从魔导王陛下统治本地之后，有谁遭遇不幸了吗？”

拉克希尔不说话了。

实际上，并没有人真的遭遇不幸，实在令人惊讶。

“不是有冒险者失去了工作吗？”

“好吧，确实有，这是因为……你就不要再挖苦我了。”

“好吧，我这话说得不合适了。难得魔导王来了，你怎么没有问问他打算拿神殿势力怎么办？”

“别开玩笑了。胡乱提醒他，万一他说‘这么说来还有个碍事的神殿，把它铲除掉好了’，怎么办？我可不想背着挑唆屠杀的罪名过一辈子。”

“你觉得他会那样做吗？”

“不，正相反。那位大人非常睿智明理，说实话，我感到十分惊讶。我甚至觉得他那张不死者的脸会不会是用魔法假扮的。对了——他有种和飞飞阁下相仿的气场。”

“这话不管怎么说，对飞飞阁下也太失礼了吧。”

听到友人有点不快地皱着脸吐槽自己，艾恩扎克苦笑起来。

“确实如此。把人类英雄和不死者魔王相提并论，实在失礼。不过，两人都有非凡的力量，站在人类所无法企及的领域，从这一点上来说，两人应该一样吧。要说的话……没错，正因为他们是超凡的存在，才会发出那种独特的气场。”

“原来如此，这我似乎可以理解。”

两人回味着那位英雄（飞飞）的英姿。

“好了，”艾恩扎克缓了一拍，正面看着拉克希尔，“——拉克希尔，如果你不打算协助魔导王陛下，今后可以请你不要再来了吗？”

原因自不用说。今后，艾恩扎克的办公室中，或许会出现与魔导国国家运营相关的资料。让无关者进入这样的房间，并非明智之举。

魔导王的一番话带给艾恩扎克的冲击就是如此强烈，以致他会对自己的朋友说出这样的话。

魔导王描绘的新的冒险者形象光辉灿烂。确实有人为了探索未知秘境而成为冒险者。不过其中大部分，要么赍志而亡，要么屈服于现实。因为能完成那么危险的旅行的，只有一小撮中的一小撮。然而，有了魔导王这位拥有绝对力量的魔法吟唱者援助，冒险者将获得新的可能性。

真正的冒险者即将诞生。

拉克希尔轻声说道：

“我说，艾恩扎克。你知道这里的魔法师工会已经近乎解散了吧？”

“是的，当然知道。”

“那么，我就作为曾经的同伴，全力支援你吧。等到一切上了轨道，我们也踏上探寻未知的旅途吧？”

“哈哈——”艾恩扎克笑了，“你考虑下我们的年龄好不好。哼哼——试试吧？”

“怎么能不去呢。为了这个，你要跟魔导王陛下说好，冒险者工会的选拔标准中要去掉年龄。”

两人爽朗的笑声响彻整个房间。

# 2章 里·耶斯提杰王国

# 第二章 | 里·耶斯提杰王国

## 1

感到内兜中的魔法道具在振动，克莱姆把它掏了出来。

这是一只掌心大小的怀表，上面有三根指针——时针和分针，还有秒针——以及表盘上刻在指针周围的十二个数字。

大型钟表有机械式的，不过在王国，除了魔法道具之外，不存在大小适合个人携带的钟表。钟表与生活密切相关，是魔法道具中价格还算便宜的种类。即使如此，它的价格也并非庶民可以随意购买。

克莱姆的怀表是他借来的。它和普通的魔法道具钟表不同，拥有特殊的魔法力量。

它的名字是“十二魔法力”，每天到了设定好的时间，可以发挥一次与时间相应的魔法力量。

不过想要享受魔法带来的恩惠，至少要在持有怀表一天之后。因此，魔法力量不会对刚刚借来怀表的克莱姆发动。

“嗯？已经到时间了？好快啊。”

身旁正呆望着天空的女性向克莱姆开了腔。

“看来是到时间了。”

克莱姆向身旁的女性——精钢级冒险者小队“苍蔷薇”的成员缇娜回答道。

“是吗，这样悠闲地待着，会感觉不到时间的流逝。”

这句话中有许多值得吐槽的地方。

首先缇娜并没有悠闲地待着。她现在正负责这里——克莱姆身后建筑正面入口的警卫。还有，她虽然说着“已经到了”“好快”，但她应该有非常精确的生物钟才对。

冒险者中，有些人拥有异常精确的生物钟。这一现象在盗贼类的职业中尤为明显，说明它是训练的产物。隐秘调查时单独行动的状况很多，对时间的感觉非常重要。

“嗯？你有什么想说的吗？”

“不，没什么。”

听到克莱姆的回答，缇娜说了声“是吗”，又抬头望向了天空。

他不可能指出她撒谎，让她说出她不想说的话。

按说公主没有那么多钱雇缇娜她们小队，不过她们借口说碰巧目的地一致，没有要拉娜的钱。人家好心好意，他必须避免让人家不高兴的言行。

“那么我去叫公主一下。”

“去吧。”

克莱姆掉转方向，向自己身后的建筑走去。

他曾经从外面向这座建筑里看过几次，不过落成之后，今天还是他第一次进入这座建筑。看到这座建筑的宏伟——感受到自己主人倾注其中的心血，克莱姆觉得内心温暖了起来。

打开门，新落成建筑特有的木香，撩拨着克莱姆的鼻腔。

他继续向前，穿过通道，打开了里面房间的门。

自己的主人就在这房间里。

这位主人就是美貌炫目的公主拉娜。

几个孩子围着拉娜。

拉娜微笑着看向吵闹的孩子们，正仔细听他们说话，那样子看上去简直让人联想到圣女。

成诗入画的光景，让克莱姆不忍开口。

他害怕自己破坏了这神圣而不可侵犯的画面。受雇在孤儿院工作的女性们似乎有和克莱姆一样的想法，她们站在窗边，没有一人动弹分毫。

不过，这房间中的另一人似乎并不这样想。

“喂，小子来了，时间到了。”

听到面具下传出的冰冷声音，拉娜抬起头，正面看着克莱姆。

克莱姆确信，那令人联想到蓝宝石的眼睛中，映出了自己的身影。

“非常抱歉，拉娜大人，到该回王宫的时间了。”

“是这样啊——那么我虽然有些舍不得，但也不得不回去了。”

孩子们不舍地发出“欸——”的一声。如果不是彻底抓住了孩子们的心，想必无法让他们发出这样的声音。

看到孩子们的反应，几个女人慌忙行动起来。她们哄着孩子，实在哄不听的就硬从拉娜身边抱开。

“孩子们，我可以再来玩吗？”

孩子们一齐元气十足地回答拉娜的提问。

“那么，下次我来给你们做料理——克莱姆，我们走吧。伊维尔艾小姐也走吧。”

“哼，不用你说我也会护卫——好吧，没有正式委托，我的身份只是与你同行。不用在意，我会跟在后面的。”

一行人一起走出建筑的时候，停在附近的马车正好赶到。

缇娜招呼也不打，直接抢先上了马车。看起来似乎有些无礼，她这样做其实是为了确保安全。随后拉娜上了马车，然后是克莱姆，最后是伊维尔艾。大家都上去后，马车走了起来。

在吱吱扭扭摇晃的马车中，伊维尔艾轻声开了腔。

“不过你还真是辛苦啊，建起那样的孤儿院。”

“会很辛苦吗？”

“是啊。各式各样的人都跟你说过吧，现在这样的局势下，没有可花到孤儿身上的钱。”

拉娜把一根手指放在下巴上，歪起了头。

“没有那种事哟。我提出之后，哥哥马上就同意了。而且正因为现在的局势，才更应该保护孩子们。”

伊维尔艾抬了抬下巴，示意拉娜继续说。

“好的。您也知道，因为魔导国国王的出现，王国死了很多人。我觉得，一定会出现很多失去父母的孩子。因此，我设立了孤儿院，保护这些孤儿。而且失去丈夫的妇女也需要有地方工作。”

“魔导王啊……他的事先放到一边。那些钱与其用在小鬼们身上，是不是有更应该用的地方？我觉得优胜劣汰，弱者死去是没办法的事。”

“并不是这样的。”

拉娜坚决断言道。和刚才她说话的语气不同，这句话充满了力量。

“强者救助弱者才是世间应有的状态。而且……”

克莱姆感觉到拉娜的视线似乎扫过了自己。

(莫非——)

克莱姆想起了儿时的自己。

莫非正因为想起他当时的状态，公主才打算设立孤儿院的。为了不让克莱姆这样不幸的孩子再增加？

克莱姆觉得胸口一热。

当然，他没有向拉娜确认她的真意，即使如此，他也觉得自己的感觉没错。

“好吧，这也是一种观点。而且把我的观点强加给别人是不对的。不过，有必要建那么大的一座孤儿院吗？”

“是的，因为我认为会有很多孤儿需要住进去。我们打算从整个王家直辖领地召集孤儿，现在也还是有点小呢。孩子们是我的宝物，必须好好照顾他们，绝对不能让他们走上歧途。”

“是吗，公主殿下，好聪明。”

“你想说什么？缇娜？”

“你觉得失去父母的孩子，要怎样才能生活下去，伊维尔艾？”

“那当然是……原来如此……现在劳动力十分宝贵，不能以他们来填补士兵的空缺。因此寻找别的方法防止治安恶化？原来如此啊。”

“‘有些人只要有人关注，就能活得清白正直，然而如果没人关注，他们就可能输给自己的欲望。当小的犯罪成功后，他们会在罪恶的道路上越走越远。小小的犯罪会像滚雪球一样，越来越大。因此不应该给人犯罪的机会，可是做起来很难，因此要用这种方法减少犯罪的机会。’”

“原来如此。‘并不是每个人都一样坚强’啊。”

“伊维尔艾也听过这番话啊。你是不是很喜欢这段话？”

“我起码听那家伙说过三次类似的台词。”

虽然对话的后半只有伊维尔艾和缇娜明白，但是前半对话已经说得这么透彻，就算是克莱姆也明白了。

失去父母的孩子，大概有许多会为了生存而染指犯罪。这样一来，刚刚失势的“八指”恐怕会死灰复燃，王都的治安也会进一步恶化。

他敬爱的主人，是在未雨绸缪。

然而——拉娜有点不解地向伊维尔艾问道：

“——你们在说什么啊？”

“喂……是我们解读得过头了吗，还是说这家伙在装傻？”

“嗯——看样子不像是装的。”

“既然你都这样说，应该没错了。我真是白佩服了。”

“那个，两位对我的评价好像在擅自暴涨暴跌……不过嘛，我也是经过深思熟虑的哟。如果孤儿院开得顺利，今后还要给孩子们一定程度的教育。优秀的人才诞生之后，其他贵族也会效仿王家。因此我需要一定基数的孩子。虽然可以说是有点别有用心吧。”

“不，如果你是为了这个征集孤儿，那我就明白了，确实值得佩服。若是将来能有什么成果，你是功劳最大的。没有比无偿的付出更令人心里没底的东西了。”

“伊维尔艾因为受过太多苦，心灵有点扭曲。”

“喂！你不也是和我一样的类型吗！”

“没有那种事。我是纯洁的，染黑的只有你。”

“啧！”伊维尔艾在面具下大声咂嘴。

“对了对了，我设立孤儿院，多亏布莱恩先生给我出了主意。”

“布莱恩·安格劳斯吗？那家伙去哪了？今天好像没见他。”

“哦？莫非有比护卫公主优先级更高的事？”

“是的。他正为了实现已故战士长的遗愿而奔忙。战士长那件事，当时真是给各位添麻烦了。”

缇娜仿佛为了掩饰自己的情感，眯起了眼睛。

“居然伤了我们小队那个魔鬼队长漂亮的脸面，真是气人。”

“非常抱歉，请允许我代父王向诸位道歉。”

“你父王已经直接对我们队长道过歉了，原谅他了。”

“非常感谢。”

“毕竟死者的话有时比生者的更有力量。”

伊维尔艾的视线，好像有一瞬间从马车的小窗投向了外面。不过那只是一瞬间。

“继续刚才的话题吧。你说布莱恩·安格劳斯去做什么了？”

“战士长似乎跟布莱恩先生说过，希望他‘继任战士长的职位’，但是布莱恩先生似乎觉得自己无法胜任。因此他决定找到有资格继任战士长职位的人，由自己来锻炼。”

“没有贵族的门路，想要找有才能的人可就……原来如此，葛杰夫和安格劳斯都是平民出身，因此才会有这样的想法啊。而你从中得到了启发——”

“是的。因此我才设立了孤儿院。我希望回头能叫布莱恩先生来和孩子们见面。他们当中或许有才能出众者。”

“我可没有看得那么深入——”说话者是缇娜。“伊维尔艾呢？”

“魔法才能乍一看看不出来。进行几次魔法的训练，就能多少知道对象能不能学会魔法了，不过也仅限魔力系魔法。就算那个孩子有精神系、信仰系魔法的才能，在我看来也是毫无才能的。”

拉娜有点发愁地发出“嗯——”的一声，然后像鲜花绽放一样露出了笑容。

“我想将来请各种各样的专家到孤儿院，来辨别孩子们的才能。”

拉娜的视线朝向了两人，在表达决心这层意义上，她的视线比语言更雄辩。

“你想得太简单了。那家伙的话，啊——”

“很遗憾，伊维尔艾。如果是那个魔鬼队长——”

“是啊。不过就算是那家伙发话，我也不会轻易点头的哟？得有适当的报酬——既然被雇用，哪怕最低限度也得拿报酬。要是每次都几乎不要报酬，对其他家伙说不过去，而且还违反冒险者的规矩。而且要传授技术，就应该收取适当的报酬。”

“您说得全对，我只能表示同意。可是对不起，说实话，我没有钱……”

拉娜有点垂头丧气地说着。

第三公主是备用品中的备用品。娶了拉娜，好处最多是能让家族血脉中加入王族血统，没有贵族愿意成为她的后盾。因此，她几乎从来没有可以自由支配的钱。正因为拉娜低调节俭，才没有因此发生什么问题。如果是第一公主或第二公主，早就受不了这样的生活了。

正因如此，克莱姆很清楚，自己的这身铠甲中包含了公主的深情厚谊。

“我可是听说公主殿下都是身穿华服，过着优雅的生活。”

“现实可没有那么简单，不过倒是也不能说没有那样的公主。”

“真是羡慕啊。”拉娜满眼憧憬地说着。克莱姆见状，感到一股无法形容的感情涌上心头。

他希望世界上最美丽，心灵最纯洁的她能过上那样的生活。

不过另一方面他也觉得，正因为她是现在这样，才救了自己，才有了现在的自己。就在这时，拉娜一转头，用放射着美丽光辉的双眼，抓住了克莱姆正看向她侧脸的视线。

“你在想什么呢，克莱姆？”

“啊，没、没什么，拉娜大人。”

“是吗？要是有什么事可要告诉我哟？发愁的时候就是要互相帮助。”

“好，好的！非常感谢！”

“喂，两位正在卿卿我我，打扰两位真不好意思，不过我还是不喜欢免费教人技术。就算那家伙同意了，到时候我也要收取相应的报酬。”

“请一定开一个我也能付得起的价格。”

拉娜低头行了一礼。

“嗯——不过公主殿下想要的，不是辨别孩子有没有才能吗？我可以看他们的动作，伊维尔艾要做什么？”

“唔，唉，实话说吧。只经过几次练习，无法彻底看透对象的才能。就魔法的才能来讲，内在的表现大于外在的表现。而且在魔法才能方面我虽然是天才，但也仅此而已。毕竟我不会用那位帝国大魔法吟唱者一样的能力。”

“你是说用天生异能辨别才能啊——”

“天生异能啊，”拉娜叹了口气，“这方面也是，要是在孩童时期能看出来就好了。这样贵族轻视平民的僵化思想或许能得到软化。”

“既然这样，建立起一套系统，对所有孩子施放能辨别天生异能的魔法如何？如果只是辨别有没有天生异能，第三位阶魔法就能做到。要是想辨别到底有什么样的天生异能，据说就需要更高阶的魔法了——不过，恐怕没法实现。”

“是这样吗？天生异能是可以读出来的吗？”

“我不知道你眼睛闪闪发光是在期待什么，不过不要期待过头了哟？我只记得听人说过，用精神系第三位阶魔法能辨别眼前的对象是否具有天生异能。如果查出了有天生异能，这才是麻烦的开始，还要调查怎样才能发挥天生异能。就算这些都查出来了，那种天生异能也很可能没有丝毫用处。”

“是这样啊……”

拉娜眼睛中的光芒渐渐熄灭了。

“比起用魔法辨别，还不如多尝试各种事情。比如被瀑布冲刷啦、闻一闻不算太危险的药物进入出神状态啦。天生异能往往是突然之间就会用了，就像两个齿轮不经意间咬合在了一起。”

“是这样吗……唔，是这样的啊！”

“咦？伊维尔艾小姐也有天生异能吗？”

刚才还口若悬河的伊维尔艾，突然给人好像岩石般的感觉，看来她被问起了自己并不想说的话题。

不过克莱姆的主人还是天真无邪地问道：

“能告诉我们那是一种什么样的能力吗？”

拉娜偶尔会显得格外敏锐，不过她大部分时候都是现在这样。不知是不是应该说她不识相，她有时会满不在乎地问些别人不方便回答的问题。

她倒也不是不顾虑对方的感受，看来应该是在王族生活中形成的习惯吧。

“干什么啊你，有必要刨根问底吗？”

“我身边拥有天生异能的人很少，因此我有点好奇伊维尔艾小姐拥有什么样的天生异能。”

“是吗？既然是这样，好吧，那就告诉你吧。”

伊维尔艾把身体探了出来。一脸期待的拉娜也和她一样，把身体探了出来。

天生异能可以作为王牌，对于冒险者来说就更是如此。虽然觉得拉娜不会到处说，但克莱姆还是觉得这种事不应该随便告诉别人。

“我不想让太多人知道，你能把耳朵凑过来吗？”

“好的。”

拉娜把自己的耳朵转向伊维尔艾一边。

然后——

“我怎么可能随便把这么重要的事情说出去！！！”

怒吼声响彻整个马车。

坐在旁边的缇娜或许早就料到了，她早已用手指堵住了耳朵。

“太过分了！我的耳朵都嗡嗡响了！”

拉娜一转身扎进克莱姆的胸口。如果要拟音，应该说是“扑通”一声吧。

眼角噙着眼泪的拉娜趴在克莱姆的胸口，抬头看着他。

“好可爱，好好闻”，克莱姆全力甩开自己这些无聊的想法，对自己的主人怎么能抱有这样的非分之想。

“伊维尔艾大人，我明白您的心情，不过还请您手下留情——”

“啊？小子，这小丫头不就是被你宠成这样的吗？”

“怎、怎么会有这样的事，我哪里有宠公主……”

就算想宠公主，自己也没有那样的能力。

“就是！我觉得克莱姆应该更宠我一点才对。我赞成伊维尔艾小姐的意见。”

“不，不对，公主殿下，您好像搞错了什么……”

"我没有搞错！如果克莱姆真的对我很宠，这种时候就算被训斥了，也可以虚心承认。所以克莱姆要更宠我。总之先像小时候一样，和我一起午睡吧。来吧，伊维尔艾小姐，请您多说说他！"

"够了，是我太蠢了……总而言之，小丫头，我是不会把自己的天生异能告诉别人的，明白了吗？"

"告诉别人是那么危险的事情吗？"

"没错，它是我的王牌。一旦用出来……没错，拥有和我们队长的剑失控时同等的力量，会轻易毁灭一座城市。"

伊维尔艾的话很有分量。

不过，克莱姆还是听到自己胸口传来一声有点不理解的"嗯"。他很想把视线转过去，然而那样做就会强烈意识到拉娜正贴在自己身上，他会承受不了的。

他想把拉娜推开，可是她的身体太娇柔，他不知道该用多大的力道才合适。

在克莱姆的心脏狂跳的时候，话题还在继续。

"你是说拉裘丝的剑吗？"

"没错，听那家伙说，要是她的剑失控，会发生非常糟糕的事情。能毁掉一座城市，不对，是一个国家来着吧？拉裘丝为了控制她的剑，要消耗不少力量。"

"是这样啊……我都不知道……"

克莱姆还没有对自己的主人说魔剑的事。

“你最好不要在意。我们的魔鬼队长只是因为不想让你担心才不告诉你。希望你装作不知道。”

“好吧……我知道了，我会照你说的做。”

“这么说起来，爱因多拉大人近况如何？这段时间一直都没有见到她。”

“嗯？谁都没有告诉你吗？喂，公主，你没有告诉他吗？”

“我忘记说了……我告诉你吧，克莱姆。她在陪格格兰小姐和缇亚小姐修行。”

伊维尔艾接着拉娜的话说了下去。

“她们两人在与袭击王国的魔王亚达巴沃的一战中牺牲了。当然，她们现在已经复活，不过，复活的时候，她们失去了大量的生命力。为了找回原来的力量，她们二人现在投身危险之中，想要借跨越鬼门关来恢复失去的生命力。”

“本来我们也想和她们一起去。”

“要是我们也去了，她们难免会产生依赖心理。要想在短时间内变强，以有限的人数进行战斗才是最好的办法。”

“谁知道是不是真的。”

“唔。我听说这是一种名叫高效升级的仪式……不过嘛，要是不相信这样的说法可以多加锻炼，如果那家伙再袭击王都，恐怕我们连争取时间都做不到。”

“争取时间？啊——就是争取伊维尔艾推崇备至的那个人赶来的时间？”

“没错！要争取到那位大英雄赶来的时间！”

突然，伊维尔艾给人的感觉变了。

能清楚感觉到，她的面具下传出一股热切的激动之情。

“飞飞先——大人对吧。”

“没错！大英雄飞飞大人！双手握着巨剑，将它们挥舞得仿佛小树枝一样的最强战士！他毫无疑问是周边国家中最出色的战士！只要那位大人在，就算亚达巴沃再次发动袭击，他也会将那恶魔杀死！上次眼看就要成功，结果被那恶魔逃掉了。不过，那位大人一定已经想好了对付亚达巴沃的办法。”

克莱姆听着伊维尔艾热情洋溢的讲述，只能随声附和“啊，是的”。

“不过他下次来得了吗？他不是已经加入那个魔导王麾下了吗？”

缇娜露出鲜见的疲惫表情，向紧攥双拳的伊维尔艾问道。

“啊——飞飞大人！！！可恶，该死的魔导王！居然把那位大人收作部下，就算天允许，我也不允许！要是能打倒那家伙解救飞飞大人就好了！飞飞大人到底是出于什么考虑！或许我们应该去耶·兰提尔一趟，询问飞飞大人的真意吧？”

“等她俩恢复力量之后吧。”

“只是去一下而已。只要记住位置，可以用传送返回，单程用‘飞行’也用不了多少时间！”

“伊维尔艾，真是的，一提到飞飞就坏掉了……魔鬼队长不是已经说过不允许那样做了吗？”

“只要你肯为我保密！”

“我口风其实很松的，心里什么都装不住。”

“考虑到你以前的工作，我觉得这不可能吧？”

“很遗憾。现在的我是冒险者小队‘苍蔷薇’的缇娜。人称‘大嘴’。”

这时，缇娜眼中闪着严肃认真的光辉。

“好机会。正好我想问一下，伊维尔艾，你能杀得死魔导王吗？”

伊维尔艾突然愣住了，刚才的激愤烟消云散。现在的她是冒险者中最高阶的魔法吟唱者。

“如果我听说的都是真的——他的实力已经超越了一个魔法吟唱者所能达到的水准。我后来也对卡兹平原上发生的事情进行过一些调查，利用各种门路——比如联络那个老太婆分析情报之类。说实话，实在太过荒诞无稽，我甚至希望只是小子中了幻术。”

“那绝对不是幻术，确实死了无数人……”

悲痛扭曲了拉娜的表情。

“参加那场战斗的有二十六万人，其中死亡者达十八万之巨。而且我听说，还有不少人患上了精神疾病，无法像以往一样正常生活。新设立的孤儿院中，有些孩子的父母就是这种情况。”

“听了小子说的，我只能相信是真的。被那样的怪物追，会精神失常也不奇怪……”

“是的，战场化为了地狱。幸运的是，我和布莱恩先生还有……战士长，两位坚强的人在一起，才避免了精神失常。即使这样，我现在还是总忍不住看向身后。对于各位民兵来说，那恐惧一定更强烈，就算产生心理问题也一点都不奇怪。”

“你确实应该感谢自己的幸运啊。”

克莱姆只点了一下头。

“好了，缇娜。坦率地回答你的问题吧：我是不可能战胜魔导王的。”

这是克莱姆意料之中的回答。

“果然。”

“是啊。如果只是他召唤出的那种怪物，我说不定还有办法对付。只是，没有看到实物，我也不能确定。不过，能召唤许多只那样的怪物并且进行操纵的魔导王，说实话不该存在于这个世界上。他拥有神代之力。”

“那有没有可能并非魔导王个人的力量，而是使用了某种道具进行的召唤呢？”

“虽然有可能，但是认定就是这样太危险了，而我们没有确认的手段。”

“希望他能和亚达巴沃发生冲突。”

“那样的事，是不知道多少人求之不得的。如果飞飞大人能消灭魔导王就再好不过了……”

“飞飞大人和魔导王，你觉得哪一边更强？”

克莱姆虽然这样问，但是他觉得魔导王能召唤出那么可怕的魔物，应该比飞飞强得多。看伊维尔艾的样子，她似乎是认真思考了起来，他觉得有点吃惊。

“说不好。从我个人来说，击退了大恶魔亚达巴沃的飞飞大人更强，然而魔导王的力量也是超乎想象的。他们两者的力量都与我们不在同一级别，我甚至无法想象。”

“这样的人物成了魔导王的部下，真是太糟糕了。谁都没法反抗魔导王了。”

确实如此。

目前的状况十分令人发愁，唯一或许能与魔导王对抗的人物，现在成了魔导王的部下。如果想与魔导王为敌，搞不好会落得与两个魔导王战斗的下场。

就在马车里的气氛越来越沉重的时候，车厢与车夫之间隔板上的小窗被敲响、打开了。

“快要到王宫了。”

听到车夫的声音，拉娜缓缓从克莱姆身上直起身，轮番看着眼前的两位冒险者。

“今天真的非常感谢两位。拉裘丝回来之后，能代我向她表示感谢，并且转告她，我想和她一起吃顿饭吗？”

听到妹妹回到王宫的报告，第二王子——赛纳克·瓦尔雷欧·伊格纳·莱儿·凡瑟夫走出房间，准备出迎。

他的哥哥——巴布洛·安德莱恩·耶尔德·莱儿·凡瑟夫第一王子去向不明已经过了很长一段时间，大家都觉得第一王子恐怕凶多吉少。赛纳克基本已经被内定为下一任国王，按说他主动去见妹妹有些奇怪。就算是兄妹，两人之间也有明确的身份差异。

即使如此，他还出去迎接妹妹，是因为他有一件急着和妹妹商量的事。他失去了自己的左膀右臂，虽然不太喜欢这个妹妹，但是他没有其他可以依靠的人了。

过了一会儿，赛纳克看到了妹妹的身影。

妹妹身边跟着身穿纯白色铠甲的克莱姆。只要拉娜去的地方基本克莱姆都会跟着，这画面没什么好奇怪的。

克莱姆是拉娜捡回来的贫民孩子。

赛纳克以前一直以为，想法天真的妹妹只是一时心血来潮，因此才捡回了克莱姆。自从了解到拉娜的古怪和超群的智慧，他又开始觉得她这样做有某种理由。

亚达巴沃袭击王都、魔导王制造大屠杀，两件事的结果，让赛纳克的这种感觉更明显了。

在王都，强于克莱姆的士兵非常少。就算是葛杰夫选出的战士团成员中，能与克莱姆匹敌或者比他更强的人都屈指可数。

不光克莱姆，克莱姆带来的那个叫布莱恩·安格劳斯的男人，还有精钢级冒险者小队“苍蔷薇”的队长拉裘丝，拉娜与这两人也建立了个人的友好关系。赛纳克认为在王都中，自己的妹妹，毫无疑问是拥有最强战斗力量的人。

——她会不会打算武装夺权？

赛纳克有这种怀疑也不奇怪。

他觉得，就算她不会采取如此简单粗暴的手段，也有防备的必要。因此他现在为了以防万一，正费尽心机与山铜及秘银级冒险者秘密建立私交。

赛纳克感谢着自己的王兄。

正因为王兄去向不明，自己几乎确定会成为下一任国王，他才能在各方面不遗余力地进行准备。王兄每年的预算转入了他的名下，也是一大因素。

虽说如此，巴布洛第一王子的尸体到现在还没有找到，这也确实让他有些许不安。如果第一王子是被魔导王俘虏了，那就很麻烦，他若是受了伤、藏在某个村子的话那也很棘手。

“真是……到最后还要给人添麻烦。”

赛纳克以随从们听不到的声音，小声嘟囔着。

在获得更稳固的地位之前，应该避免刺激贵族们。

现在的赛纳克缺少稳固的后盾。

雷文侯爵本来答应他，会和他一起为王国谋求发展。而现在，雷文侯爵拒绝赛纳克的挽留，回到了自己的领地。雷文侯爵自己的领地上也死了很多人，他这样做无可厚非，然而赛纳克有一种雷文不会再回来的感觉。

雷文侯爵同时失去了自己一直引以为傲的平民出身的军师，还有视如珍宝的前山铜级冒险者小队，这毫无疑问是他回归自己领地的诱因之一。

赛纳克感觉到自己的胃部一阵轻微抽疼。和妹妹谈过之后，胃疼应该会略有缓解。

这几周，有个问题一直困扰着他。

他不知道该不该向魔导王进献礼品。如果要送，是该作为建国纪念赠送，还是该找其他理由。

从现状来看，不送或许比较妥当。王国的领土被魔导国抢走并建立了国家，如果再进献礼品，王国难免会被周边国家看作是对魔导国表示从属。虽说如此，与魔导国加深友好关系是非常重要的。

虽然魔导国的战斗力依然不明，但是众所周知，魔导王单枪匹马已足以毁灭国家。

必须避免他继续盯着王国。

正因如此，才有必要进献礼品——赛纳克觉得，就算被看作是在表示从属，也没关系——要尽可能争取时间。

然而，麻烦的问题是贵族们不可能允许他这样做。

确实，现在魔导王的力量众所周知，然而贵族们不允许下一任国王（赛纳克）对这位强者表现出恭顺的态度。

贵族们蒙受了巨大的损失，正在寻找发泄不满的靶子。

失去了心腹葛杰夫·史托罗诺夫，现任国王（兰布沙三世）因为悲伤和动摇而失魂落魄。贵族们看到国王的丑态，气虽然顺了很多，但是他们对吃到一场大败的国王乃至王家，依然怀恨在心。

（那家伙应该能想到什么好主意吧。）

他想靠自己思考出办法，然而时间已经过去太多，到了不得不拿出结论的时候。

赛纳克站定，落脚的时候，把靴子踢得很响。

听到声音，拉娜把视线转向了他这边。随后，拉娜改变了行进方向，向着赛纳克走了过来。这样地位较高的赛纳克就保住了面子。

不一会儿，妹妹站在了他的面前，不过他并没有主动开口。现在是个微妙的时期，必须持续让人们了解到谁上谁下。

“我回来了，兄长。”

“欢迎回来，妹妹哟。”

看着妹妹以符合公主身份的态度行礼，赛纳克高傲地回答道。他的视野一角，克莱姆也在向他行礼，不过王储没有必要对一个士兵还礼。

“我们一起走一段吧。”

“非常荣幸，兄长。”

赛纳克和拉娜并肩走了起来。他抬了抬下巴，示意随从们离远一点。回过头来，他发现拉娜也在示意克莱姆退后。

“那么，兄长，我看您好像很急，到底有什么事呢？”拉娜保持着笑容，小声向赛纳克问道：

“莫非魔导国派来了使者吗？”

赛纳克觉得自己的心脏咯噔一下。他一直在想自己该怎么说，没想到妹妹居然会说出这样的话。

大概是拉娜判断魔导国差不多该有所行动了吧。

他把这件事记在心中的笔记本上，然后摇了摇头。

“这倒不是。”

“除此之外，还有值得哥哥特意来见我的事吗？”

“是的，我在想赠礼的问题。”

“我认为等使者来的时候，把哥哥现在计划的赠礼加倍呈送就可以了。一半是慰劳使者远道而来，另一半——就不用说了吧。”

赛纳克什么都没说，咀嚼着拉娜这番话的含义。

这是非常不错的一招。

只要告诉贵族们，这是奖赏对方主动派出使者，他们不可能说得出什么。就算他们心里明白，赠礼中还有其他含义，也是一样。

让自己烦恼许久的问题，拉娜能当即给出答案，这让赛纳克更感觉到拉娜的可怕。然而，武力方面是拉娜的部下更强，就算想除掉她，最后被除掉的恐怕会是自己。既然如此，除了怀柔之外别无他法。

“等我成为国王，就给你一块偏僻的领土，你自己去经营吧。”

“明白了。我会听从兄长的安排。”

“把你送出去之后，我就不会再把你召回王都。虽然不能说一切都称心如意，但是我为你准备了一块能让你不愁生活的领土。你就在那里终老吧。”

“好的，非常感谢。”

不再多说拉娜也明白，不过说出来能卖她一个更大的人情。

“你可以在那里领养一个孤儿做自己的孩子，按你自己的想法去做就行了。”

“非常感谢，兄长。”

拉娜回答得毫不犹豫，可见她自己已经想到这点了。

赛纳克不明白，自己的妹妹怎么就这么喜欢一介平民克莱姆。克莱姆长得不算多么标致，也没有特别之处。赛纳克觉得他实在配不上妹妹。

(对了，这么说来那时候，这家伙说了自己的性癖啊。)

回想起本想忘记的妹妹令人不齿的隐私，赛纳克觉得克莱姆有点可怜。

“我期待着兄长登上王位的一天。就算成了国王，希望兄长也能偶尔想起，拉娜在乡下生活着。”

“噢噢，我会的，妹妹哟。不过，希望你偶尔能帮我出出主意——嗯？”

赛纳克看到一个士兵小跑着向自己这边赶来。

这位士兵，是葛杰夫战士团的幸存者之一。

他们在那战场上为了国王肝脑涂地。因此，虽然现在战士长已故，但他们的地位依然稳固，国王对他们也信赖有加。顺带一提，国王对拉娜的两个部下也同样信赖。

赛纳克想起了自己父亲憔悴到了极点的面容。

“王子，陛下想见您，”士兵喘了口气，看向拉娜，“请公主同行。”

“什么事？”

“回禀殿下，陛下似乎接到了报告，说魔导国要派外交使节团前来。”

有一瞬间，赛纳克把目光投向了拉娜的侧脸，然后回答道：

“明白了，帮我禀告国王，我们这就去。妹妹哟，我先去了，你准备好之后也过来吧。”

“明白了，兄长。”

刚才拉娜去了孤儿院，所以现在她还穿着一身朴素土气的衣服。这身衣服穿到贵族面前，是很丢脸的。

说完这话，赛纳克的表情严肃起来，先于拉娜迈起了步子。

“呵呵……这提案来得太晚了，我从中感受不到丝毫魅力。”

## 2

据说魔导国的使节团从耶·兰提尔出发，将用一周时间到达王都。

而今天就是第七天，按照计划，使节团应该在今天到达。

赛纳克身穿并不习惯的铠甲，与站在左右的骑士们一起，在王都朝向耶·兰提尔方面的门前列好了队。

连日密布的阴云难以置信地消失了，露出春天令人感到舒适的天空。

不过远处依然密布着厚厚的阴云，只有王都上空露出了蓝天。

这样的现象实在异常，其实，王都的气象观测师也揪着头发说“不可能”。

他在王宫工作多年，预测第二天天气的准确率轻松超过九成。既然他说不可能，想必蓝天的出现并非自然现象。

赛纳克在头盔下叹了口气。

虽然老师没有告诉过他有操纵天气的魔法，但对方是魔导王，操纵天气应该不在话下。

不光魔法，在各种超常力量方面，赛纳克都没有拥有足够知识的部下，这一点让赛纳克苦恼。说准确点，是他以前太依赖雷文侯爵了。

雷文侯爵从冒险者处获得知识，并且编纂成册以备参考。其中记录了冒险者所知的魔法道具的种类和形状、魔物的种类和能力、魔法的种类，等等。

到目前为止，赛纳克作为雷文侯爵的同盟者，可以共享他的知识。然而，现在雷文侯爵不在王都，他的知识也跟着他走了。

赛纳克在其他贵族中寻找过，看有没有人和雷文侯爵一样从冒险者处收集知识，可惜并没有。并不是因为其他贵族愚蠢，而是因为冒险者的世界对于贵族们来说实在太遥远。当然也有贵族拉拢冒险者，不过那只是为了利用他们的力量，并不是因为对他们的世界和知识感兴趣。

在王国二百年的历史中，贵族向来如此。从这个层面上来讲，或许雷文侯爵才是异类。

（隐退的冒险者——而且是秘银级以上的冒险者，有那么好找吗？）

赛纳克曾经听说过，冒险者不喜欢介入和政治有关的麻烦事。确实，政治的世界与自由是格格不入的。这样的冒险者，会愿意在隐退之后成为自己的部下吗？

赛纳克觉得希望不大。

“王子。”

听到旁边骑士的声音，他回过神来，把视线投向公路另一端——他看到了。

对面还小得像一个点的，就是魔导国的使节团。

赛纳克通过施压，禁止任何人今天在公路上通行。也没有人从背后的大门出来，走上这条公路，因为这道城门今天封锁了。

“好了。再强调一遍。与国外贵宾同等待遇，冒犯魔导国使节团是重罪，马上对犯人执行死刑。”

“是！”

列好队的骑士以威武的声音回答，一齐发出拍响腰际佩剑的声音。

“很好！那么接下来我们要竭尽待客之礼，进行一场两国国威的对决！”

“是！”

在使节团到达之前，骑士们维持着姿势。

过了一会儿，使节团的先遣队到了。

那是身穿黑色铠甲，骑着双目放出红光的漆黑独角兽的骑士。不过，想必铠甲之下并非人类。骑士释放出的强烈气场像热浪一样蒸腾摇曳，让人感到生命受到威胁。至于骑士身上的全身铠甲，则像有生命一样律动着。

赛纳克感到自己胯下的军马在发抖。

骑士像钩爪一样的护手松开缰绳，拍响了自己的胸口。

“请恕我不下马！我们是安兹·乌尔·恭魔导国的使节团！”

打个比方，对方的声音就像近乎朽烂的弦乐器般难听。只是听声音，就令人觉得恐怖不安。赛纳克好像想赶走恐惧一样，扯开了嗓门。

“我是里·耶斯提杰王国第二王子赛纳克·瓦尔雷欧·伊格纳·莱儿·凡瑟夫！国王陛下命我引领诸位前往王宫，希望诸位随我来！”

“明白了，那么请诸位带路。我是——抱歉，我没有名字，请允许我以种族名回答。我是死亡骑兵！”

听到对方的种族名，赛纳克惊得睁大了眼睛，不过他得马上回话。

“称你为骑兵阁下，可以吗？”

“能这样叫我再好不过。”

“明白了。那么首先，我能在这里与使节团团长阁下打个招呼吗？我是第二王子，团长阁下在王宫内的行动由我负责。如果可能，希望团长阁下能在进城前见我一面。”

“好的。我去向团长阁下回话。”

“谢谢你。”

先遣队回去了。

已经有几个地方让人想吐槽了，不过对方是那个魔导国——统治不死者、使役魔物的国家，最好不要以一般常识进行判断。期待使节团团长拥有与人类相近的外观，恐怕也是一种奢望吧。

“好了，大家打起精神来，千万不要失了礼数。”

“是！”

听到骑士们的回答，赛纳克在丹田使上了力。

使节团在来到王都的途中，已经经过了几座城市，因此赛纳克已经知道了使节团的阵容。

一共有五辆马车。

每辆马车都由马形的骇人魔物牵引。保护马车的是魔物，其中死亡骑兵数量最多，除了它们之外，还有其他形状的魔物。

没人知道那些魔物叫什么，有多么危险。不过，不管知道也好，不知道也好，王国方要做的事都一样。这是那位魔导王派出的使节团，王国方不能有失礼数。

死亡骑兵——大概是刚才做先遣队的那个——从越来越近的使节团中走了出来。

“久等了。团长阁下——安兹·乌尔·恭魔导王的左膀右臂，雅儿贝德大人说，可以先彼此认识一下。赛纳克阁下，这边请。”

赛纳克打了个手势，示意骑士们原地待命，随着死亡骑兵向使节团走去。

说实话他很害怕。

因为要走在人生中从未见过的魔物中间。

即使如此，他也有身为王室成员的矜持。赛纳克恐怕近期就会成为国王，他不能在今后恐怕会常来常往的魔导国使者面前丢丑。不仅如此，现在正是个展示自己的机会，得让使者把里·耶斯提杰王国有个杰出王子的情报带回去才行。

赛纳克一边为浑身渗出的汗水感到难受，一边从马上下来，站到了马车前。

“我们到了，这位就是使者团团长，雅儿贝德大人。”

他定定神，决心不管出现在眼前的是多么骇人的怪物，也不改变表情。

马车门打开，一个影子缓缓从马车中现身了。

那是——美的化身。

不，只能说赛纳克找不到更好的形容词。他只能说那是一位绝世美女。

赛纳克一直认为不可能有和拉娜同等美丽的女子，现在看来他的想法是错的。要说二人的区别，拉娜的美是鲜亮华丽的美，雅儿贝德的美则是略显阴郁的妖艳的美。

雅儿贝德踏上了马车的阶梯，高跟鞋发出的轻微声音，把赛纳克拉回了现实。

赛纳克马上单膝跪地，向雅儿贝德低头行礼。

就算是别国派来的使者，王国王子单膝跪地行礼或许也有点没面子。不过，考虑到王国和魔导国的力量差距，他的行为是正确的。现在，对王国来说最需要的不是面子。

王国需要的是实际利益。

“可以请你抬起头来吗？”

赛纳克头上响起悦耳而沉静的声音。

“是。”

他抬起头来，发现美女正带着娴静的笑容低头看着他。

那是做惯了人上人的态度——不对，她是人吗？

赛纳克保持着视线不动，观察着她。首先，腰部的翅膀是魔法道具还是长在身上的呢？侧头部像犄角一样的东西也是如此。

魔法道具也好，异种族也好，考虑到她是魔导国的使者，都是有可能的。

“我是作为安兹·乌尔·恭魔导国使者前来的雅儿贝德。虽然只会停留短短几日，还请多关照——好了，请站起来吧，王子殿下。一直单膝跪地多么不合适。”

“非常感谢。”

赛纳克一边站起身来，一边心想问题来了。

正式见面她也只说了雅儿贝德这个名字，莫非她的名字只有这一个部分吗？

王国的——帝国也是如此——平民名字由两个部分组成。贵族的话由三个——加入称号就是四个——部分组成。王族则是四个——加入称号就是五个部分。

正因如此，王国贵族才嘲笑名字只有四个部分的吉克尼夫·伦·法洛德·艾尔－尼克斯不是王族。听到雅儿贝德这个像伪名或者昵称一样的名字，贵族们不会对这位使者做出什么愚蠢的行为吧。

赛纳克希望自己是杞人忧天，然而他又没法彻底否定自己的担心。

这也是因为许多上了战场的贵族都死了。有的贵族家主死了，有的贵族家连继任者都死了。备用品中的备用品当上贵族家主的事情正在频繁发生。

这些备用品中的备用品，从未有人对他们抱有期待，而他们现在成了贵族。他们没有足够的教养和知识，因为他们没有受到过相应的教育。

本来应该由各派阀的代表人物来教育这些备用品的，然而同样因为那场战争，他们现在顾不上做这样的事。结果，无能者没人管教，他们物以类聚，形成了无能者的派阀。

现在王国贵族的格调一落千丈，在这样的状况下，王国能从容有礼地接待名叫雅儿贝德的女性吗？

“不好意思，请问我该怎样称呼雅儿贝德大人？”

这弯子绕得有点别扭。

其实他想问：“雅儿贝德大人拥有什么爵位，或者在魔导国拥有什么地位？”可是这样问，对方或许会说，你们王国连邻国使者的地位都不知道吗？

不过，这样的状况完全是魔导国造成的。

因为魔导国丝毫不把国内有哪些人物的情报向外扩散。建国后已经过了几个月，魔导国几乎一直在内部活动，主动发起的外交活动，这还是第一次。

关于雅儿贝德，赛纳克只知道刚才听到的那些：她是使节团的团长，是魔导王的左膀右臂，仅此而已。

（帝国大概知道吧……不过情报没有从那边传来。好吧，帝国要求魔导王使用那样可怕的魔法，看来对我们王国恨之入骨啊。）

雅儿贝德好像看穿了他的烦恼，回答道：

“在下不才，在安兹·乌尔·恭魔导国拜领楼层守护者、领域守护者、全域总管的职位。”

“噢噢，原来如此。”

嘴上说原来如此，赛纳克其实不明白国家的总管是管什么，楼层是什么意思更让他摸不着头脑。不知是不是雅儿贝德看穿了他隐藏起来的困惑，继续说了下去。

“这样说吧。我应该说自己位居仅次于安兹大人——不对，恭魔导王陛下的，名叫守护者总管的职位才对。”

“噢噢，原来是这样啊！”

（看她称呼魔导王为安兹大人，两人间关系亲密的传闻应该是真的。那她是侯爵爵位或者公爵爵位吗？我有必要尽快回去，把这件事告诉大家啊。不过，守护者……总管？）

“那么，雅儿贝德大人，我先带您去王宫。王城一角有一座贵宾馆，希望您访问王都期间能在那里住宿。父王——兰布沙三世年老体衰，只能到王城入口迎接您，还请您勿怪。”

“没关系。”

她一直保持着笑容。

按说她应该对王子表示感谢才对。她现在的态度明确表示着彼此的尊卑关系。

赛纳克背后渗出了汗水，因为他感觉到想要缔结友好关系十分困难。

“还有一件事，本来我们应该鸣响欢庆的钟声，因为我们和贵国之间见解差异造成的悲剧，我们不能鸣钟，还请谅解。还有，我们没有将使者大人来访的事通知国民，这一点也希望您能谅解。”

“当然，没关系。”

国民要是知道了魔导国的使者来访，不知道会做出什么样的事。雅儿贝德的回答让赛纳克如释重负。

(应该认为，这算是欠了她一个人情吧。)

赛纳克丝毫不担心使者团受到暴徒袭击。不光那些死亡骑兵，在场的使者团成员，恐怕都是那魔导国中响当当的强者。就算说它们每一个都与已故的葛杰夫·史托罗诺夫匹敌，赛纳克也会相信。

“那么我也想问个问题，可以吗？”

“好的！我会知无不言的。”

“首先，能把到达王宫之后的安排跟我说说吗？”

“好的！首先，今晚为使者大人安排了和我们王族一起参加的宫廷晚宴。明天安排了戏剧鉴赏会，明晚召集王国内的贵族举行一场自助宴会。后天有宫廷乐团的音乐会——这之后，我们安排了外交交涉的时间。”

“原来如此……可以帮我安排一下参观王都吗？”

“当然可以。我们会安排千挑百选的骑士们保护使者大人安全。”骑士们负责护卫，也负责监视，同时担任屏障。“使者大人有什么想看的地方吗？”

到了日子，有必要把她想去的地方完全封锁，禁止平民靠近。

“没有……没有特别想去的地方，毕竟我对王国的名胜并不了解。如果方便，希望王国能为我安排一下参观的地点。”

“明白了，那么我就按照您的意思安排了。”

雅儿贝德面带笑容，点了点头。

## 3

这一个多月以来，菲利普一直认为自己是王国幸运榜前几名之一。

他个人觉得自己或许是最幸运的一个，不过谦虚是种美德，再说，说不定还有比自己运气更好的贵族，还是把自己定位在前几名比较聪明。

（现在是——贵族了啊。）

菲利普把差点儿露出笑意的嘴角绷紧，整理好衣服，拉直褶皱。

这是他第二次参加类似贵族的宴会，不过毕竟这次的主办者是王家，奢华程度非上一次可比。

参加者的穿着也比上次更雍容华贵，不知他们在那一身衣服上要花多少钱。

菲利普看着自己普普通通的衣服，觉得有点心烦。

高阶贵族们穿的衣服果然不同凡响。

身着华服的贵妇们微笑着，不过那应该是在嘲笑他的衣服太寒酸吧。他也没有根据，但就是有这样的感觉。观察周围，他甚至开始觉得在场的所有贵族都在嘲笑他。

（这都是因为没有钱。）

如果领地更有钱，他就能打扮得更华贵。可是菲利普领地并不算多么富庶。他现在穿在身上的衣服，也是他的哥哥曾经穿过的，因为赶工改成了他的尺寸，他觉得肩膀部位有些紧。

（没钱是因为以前的统治者太无能了。我作为下任统治者，会让它变得富庶的。）

菲利普是作为贵族家庭的第三个儿子出生的。

就和平民家庭一样，贵族家庭里的第三个儿子也不受待见。不管多么富裕的家庭，过度分割财产，也会导致力量逐渐衰微。正因如此，不管平民还是贵族，基本原则是让长子继承全部财产。

富裕的贵族家庭，或许会为三儿子提供金钱支持，帮助他安身立业。有门路的贵族家庭，或许会把三儿子送到其他贵族家去当养子。然而这些菲利普家都没有。

从长子成年的时期——病死的可能性降低的时期——起，他就成了多余的存在。

人生留给他的只有两条路：要么得到有限的一点金钱，被赶出家门；要么得到一间寒酸的房屋，去像农夫一样耕作。然而他没有走上这两条路，而是像现在这样，进入了灯红酒绿的社交界。

正因如此，菲利普才觉得自己幸运。

第一次幸运，是他的二哥在成人前病死了。

当时他的大哥——长子——已经成年，二哥对家族来说已经没有太大价值。再加上领土贫瘠，家里没有钱请神官，只用药草为他的二哥进行了治疗。然而病情没有好转，他的二哥就这样去世了。

于是，菲利普从二号备用品变成了一号备用品。价值大概从农夫上升到了管家的程度。

事情到这里还不算多么稀奇。

菲利普认为自己是王国幸运榜前几名之一，是因为还有更大的幸运眷顾了他。

他成年已经有几年了，就在他的大哥差不多该从父亲手中继承领土的时候，那场和帝国的战争爆发了。看往年，两军会在对峙之后结束战争。从某种意义上来说，这是适合帮他大哥镀金的安全的战争，因此他的父亲决定出兵。

然而，他的大哥没有回来。

他成了魔导王的魔法的牺牲品，和与他同行的二十名农夫一起送了命。

他忘不掉自己接到消息时雀跃的心情，那是他告别备用品命运的瞬间。

只有遗体无法找回，失去了祖传的全身铠甲一件事，对菲利普来说并不值得高兴。不过，仔细想来，失去一套全身铠甲根本算不了什么。用从领地里征收的钱，打造一身更棒的铠甲就行了。继承了本来绝对触及不到的领主地位，足以让他把铠甲的事抛到脑后。

幸运到来的时机也是再好不过的。

如果他的大哥继承家督之位后才死，菲利普只是大哥的孩子长大成人之前的代理领主。然而，大哥还没有继承领地就死了，这让他成了实打实的领主。

菲利普觉得魔导王简直是为了他才发动了战争。

因此，菲利普甚至对未曾谋面的魔导王产生了好感。如果可能，他想向魔导国的使者表达自己的感谢之情。

不——

（没错，应该进一步利用这分幸运。我现在红运当头，怎么能放过这个好机会！）

菲利普胸中的点点星火燃烧了起来。

看着父亲和哥哥的所作所为，他一直觉得他们十分愚蠢。他们为什么不这样做呢，明明这样做能获得更大的利益？只是，他从来没有开口告诉过哥哥他们。

因为他明白，就算告诉他们，多出的那部分利益也不会有自己的份，让领土变得富庶的名声也一样。因此长期以来，菲利普积累了许多经营领地的想法。

（一定要让附近的领主看看，我才配得上当这个领主。让他们看看，选择哥哥做继承人的父亲是多么有眼无珠。我要把优良的小麦和蔬菜卖给众多的商人——不对，应该怎么样做才更好？如果这样做引起了别人的注意，我想出的划时代的点子被盗用了怎么办？可是，不卖的话赚不到钱，要找口风紧，值得信赖的商人——那家伙可不行。）

菲利普想起被称为御用商人的男子，表情扭曲了。

身处如此奢华的地方，心情正欢欣雀跃，想到那御用商人的嘴脸，不快感却战胜了好心情。

（居然目中无人地看着我！现在先忍一忍，等在王都找到优秀的商人，我一定要把那家伙一脚踢开！门路我已经找好了！）

菲利普来到王都虽然只过了几周，但是已经逐渐建立起了人脉。他一边夸奖自己，一边赶走心中的不快。

（我果然厉害，已经找到了如此稳固的靠山。我一定会让我的领土富起来，赚到大量的钱。让那些看不起我的蠢货们看看，他们看不起的是一个多么了不起的人物。）

菲利普正在对必将到来的光辉未来心驰神往，会场中响起了男子的声音。

“诸位来宾！接下来将为大家介绍魔导国使节团团长，雅儿贝德大人！”

正在轻声奏乐的乐团放下了乐器，正在谈笑的人们也不作声了。

菲利普仔细一看，门旁站着仪典官。好像是他喊出了这次王家主办的自助宴会中主宾的名字。

“雅儿贝德大人在魔导国中，是被称为魔导王陛下左膀右臂的重要人物，位居相当于宰相的守护者总管。今天，她独自来参加本次宴会。”

菲利普听到身旁一位女性小声说“哎呀，独自来的啊”，她身旁十分富态的贵族则赶忙提醒她“别说话”。菲利普露出了有点惊讶的表情。

（独自来参加宴会我倒是不觉得有什么奇怪。不过话说回来，他们派来王国的使者居然是地位那么高的家伙吗？看来魔导国对王国相当感兴趣啊！）

菲利普想着魔导国的宰相会是一个什么样的男人，看向仪典官身旁的门。

“那么接下来，欢迎使节团团长雅儿贝德大人入场！”

门打开了，室内鸦雀无声。

站在门前的是一位和女神别无二致的女性。她标志的容貌比菲利普以前见过的农民、来到王都后去青楼碰到的妓女，比他曾经见过的任何女人都漂亮。刚才他见过的公主确实很美，不过从菲利普喜好的角度来说，他觉得这位女性更胜一筹。

她穿的衣服也无可挑剔：银白的连衣裙和金色的发饰，连衣裙下半部分还覆盖着翅膀一样的装饰。这身衣服反射着天花板洒下的魔法光，仿佛自己会发光一样耀眼。

菲利普侧眼看了看刚才说话的女人，只见她面露一副看呆了的白痴相。

（什么嘛什么嘛，大贵族家的贵妇也会露出这样的表情啊。简直就像随处可见的农妇。）

一股胜利的情感从菲利普心中油然而生。他对魔导国抱有莫名的好感，他们派来的使者艳压群芳的状况给他带来了喜悦。

“欢迎您，雅儿贝德阁下。”

兰布沙三世从座位上站了起来，迎向雅儿贝德。

“陛下，非常感谢您的邀请。”

菲利普看着雅儿贝德的侧脸，能看出她露出了和悦的微笑。

（这美丽简直没法形容……）

“我年纪大了，非常抱歉，请原谅我坐在椅子上跟您说话。来吧，王国的诸位贵族，主宾到场了，今夜大家玩得开心一点。请吧，雅儿贝德阁下也不要拘束。”

“非常感谢，陛下。”

雅儿贝德微微一笑。

菲利普瞥了一眼刚才那位贵妇，只听她说着“她居然不低头”之类不明所以的话。他把蠢女人的胡言乱语甩到脑后，用视线追着绝世美女。

菲利普想把她和拉娜公主亲热地聊天的样子，烙印在眼睛里。

（要是能把那样的女人变成自己的，那就太棒了……）

他知道这一定很难，不过，他也同时觉得并非不可能。

（只要领地富庶起来，想要把女儿嫁给我的贵族一定会出现。富庶到一定程度，就会招来更高贵的女人。就算是那位公主，还有她旁边的使者，也并非绝对不可能。）

菲利普感到一股暖流从下腹部涌了上来。

（听说大贵族除了妻子之外还有妾室……如果能同时享用那两位美女就太棒了啊。）

菲利普看看雅儿贝德，又看看拉娜。

在妄想开始出格的时候，菲利普赶忙去取饮料。总不能在这种场合下让裤裆也出格。随着饮料流进喉咙带来的冰凉感觉，他觉得自己冷静了下来。

（可是，这些冰之类的东西是怎么制造出来的呢。估计是魔法，不过……）

在菲利普的领地，要说能用魔法的人，也就只有神官了。

他们虽然能治好疾病和伤患，但是会收钱。如果制造冰，想必也要收同等的费用吧。

（神官住在我的领地，应该让他免费为我治病疗伤才对。身为领民，居然向领主索取报酬，简直太奇怪了！）

菲利普把他对神官的要求作为新政策之一，记在了心中的笔记本上。

回到领地之后，该从哪里开始入手呢，真是令人期待。一个个好主意会为他带来黄金的光辉。

（咦？）

菲利普把视线移回雅儿贝德身上，发现她正独自一人站着。

她身边虽然有几名贵族，但是他们看上去似乎不知道该怎样和她攀谈才好。

（魔导国啊……王国今后，不知道会怎样呢？）

谁管王国会变成什么样，菲利普只是担心自己的领土会受到波及。

既然这样——

菲利普为自己的想法颤抖起来。

（喂喂，不要想这么危险的事啊。不过……这招也不错，是不是？真是令人惊讶……我居然会想到这么厉害的主意……）

菲利普看到了雅儿贝德显得有些寂寞的侧脸。

（第三肯定不行，第二也没有意义，就得是第一才有意义。）

魔导国的使者因为没人主动攀谈而显得有些窘迫。他在书上读到过，女人比较害怕这种状态。

（迈出这一步。要冒险才会有回报。就是得让状况发生变化，才会有向上爬的机会。我是个幸运的男人，应该让这幸运开花结果。）

菲利普家一直从属于某个派阀，不过论地位，从下面数起来比较快。菲利普不认为从属于这个派阀有什么好处。

他想起了最近听到的一句话，某位瘦削的女主人对他说过："你建立一个新的派阀不就行了吗？"

菲利普下定决心，把刚刚没喝完拿在手中的酒一饮而尽。

这和他在家喝的，掺水的酒不一样，他感到喉咙和胃都烧了起来。就像被腹部涌出的热意驱动着一样，菲利普迈开了脚步。

"雅儿贝德大人，方便打扰您一下吗？"

打完招呼之后，雅儿贝德面带笑容看向了他。

他脸红并不是因为酒在作怪。

"哎呀，初次见——"

她略微皱起眉，好像在思考什么。菲利普马上想到了她需要什么。

"在下名叫菲利普。"

"欸？啊，菲利普卿——不对，大人。能见到你非常荣幸。"

"在下才是。能见到雅儿贝德大人，是在下无上的喜悦。"

菲利普能感觉到，周围的气氛发生了些许变化。

他稍稍移动视线，发现就连远远看着这边的高阶贵族们都一脸惊讶的神色。

在这场王家主办的自助宴会上，现在所有人的注意力都集中在了他的身上，这对于他来说是极其愉悦的。

（看我吧，我现在，是所有人的中心！）

本来无人问津的自己，正受到王国贵族——王国权贵们的注目。一想到这里，难以置信的兴奋控制了菲利普。

（看好了！我就是菲利普！看好了！这就是未来王国的中心人物！）

菲利普拼命开动脑筋，打算进行他这一生最大的赌博。

他想在几天后，邀请雅儿贝德参加舞会。

●

"混账东西！"

骂声仿佛给兴奋的菲利普浇了一盆冷水。不过，与此同时，骂声也拥有使他心里的火焰喷涌而出的力量。怒火熊熊燃烧，燃料就是菲利普到目前为止的人生中积攒的怨气。

菲利普不屑地看着眼前满头白发的男子。

"我让你去参加王室宴会，不是让你去做蠢事！混账东西！"

刚刚把王宫自助宴会上发生的事情告诉了父亲，菲利普叹了口气。

“王室主办的自助宴会怎么会向我们家发出请柬。我好不容易弄到请柬，是为了得到向伯爵大人以及其他大人致谢的机会——还有让大家认识你一下！”

在王室主办的自助餐会中，各种派阀的贵族都会聚集一堂。在这样的状况下，自己派阀中某个家族发生家督更迭的事情优先级比较低，因此不会受到多大的重视，提出来就会得到默许。只要得到了默许，回头再想否认就不好开口了。

这样做只能说明父亲并不相信菲利普的能力。父亲认为要是走正常程序，把菲利普介绍给派阀里的人，恐怕会引发某些问题。

菲利普察觉到了这一点，拼命掩饰着自己的不快，露出假笑。

“等等，父亲，不要那么激动。我是为了我们家——”

“——什么我们家！你的所作所为分明是在犯上作乱！”

什么犯上作乱。菲利普在心里不屑地说。就是因为在场的都是一群没种的胆小鬼，我才第一个行动了而已啊。

顾忌那些低能儿和胆小鬼，难道要永远安于这卑微的地位吗？

“父亲！希望您能想一想！我们的领地虽然远离主要公路，但是就在魔导国和王都之间。如果魔导国和王国之间发生战争，不难想象，我们将被战火殃及。如此看来，我们应该和魔导国建立友好关系才对吧。”

“混、混账东西！”

父亲的脸比刚才更红了，大声怒吼着：

“就是魔导国的那群浑蛋杀了你的大哥！难道你要和那群浑蛋联手吗！那不是相当于背叛王国吗！”

菲利普心想，那又怎么样。

只要魔导国更强，背叛王国也没有什么问题，成为魔导国的臣子就行了。弱者寻求更强的强者庇护有什么不对的，有谁能指责我们呢。

“你到底在想什么！”

菲利普开始对自己父亲的愚蠢感到厌烦。

他觉得把如此理所当然的事解释一遍实在愚蠢，然而恐怕他不得不说。

“非常简单，父亲。这是为了保护我——”

他差点儿说出“我的”，又把话吞了回去。在不久的将来，领地会是他的，然而现在并不完全属于他。

“——我们的领土，为了保护我们的领民。魔导国比王国强大得多。这样看来，将来魔导国对王国发起进攻也丝毫不奇怪吧。未雨绸缪，我要趁现在建立和魔导国的关系。”

“什么！什么建立关系！如果这样做，周围的领主们会怎么看我们！”

“这年头，不会有其他领主进攻我们的领地的。”

菲利普的领地内有许多人因为那场战争送了命。在这一点上，周边领主的领地内也一样。这样想来，不可能有哪个领主还有余力进攻菲利普的领地。

“你没有考虑其他的吗？”

“什么？”

菲利普没有明白父亲提问的意图，反问了一句。

“所以我才说你想得不够深。只是妄想一番，就以为自己已经做到了。你这个——”

“请老爷息怒。”

一直默默站在父亲身后的男子插了话。

他是一位长年侍奉父亲的管家，很少显露自己的感情。菲利普讨厌这个男人，等他作为家主的地位稳固之后，此人也是他要撵走的人之一。

听到管家的话，父亲开始调整呼吸。他脸上的红色渐渐退去，恢复了本来气色不好的脸色。

“呼，呼……菲利普啊，我想问问你。你不担心与周围的贵族为敌，会引起其他的问题吗？”

“不担心啊。”

父亲看上去好像泄了气。看到父亲这样，菲利普感到烦躁和不安。

自己是不是有什么没想到的呢？可是又想不出到底是什么。

“卡兹平原的战争让许多年轻人送了命。应该在几年以内，就会发生各种各样的问题。因此，必须在问题发生之前，建立和周围贵族合作的体制。你的领地内产粮，我的领地内织布，大家合作。因为周边领主的领地都不够大，不能在自己领地完成全部生产，而且大家的钱都不多。那么，你觉得在这样的状况下，谁愿意和与魔导国有来往的贵族合作？”

菲利普感到背后渗出了汗水。父亲说得确实没错。

“你应该也知道吧？我们领地内并不产出其他领地不可或缺的东西——特产物。就算把我们排除出合作体制，对他们来说也没有丝毫问题。”

菲利普拼命开动脑筋。他很聪明，如此愚昧的父亲的论调，他应该能轻易驳倒才对。

“正因如此才要和魔导国建立友好关系啊，父亲。”

父亲示意他继续说下去。

“与魔导国建立友好关系，请他们支援我们就是了。”

“那你回答我一个问题。假设你是魔导国的人——不，假设你是某国的国王好了，如果敌对国家的村子要求你送去食品等物资，你会送去吗？”

“当然。如果我是国王，毫无疑问会送去。”

“为什么？”

“当然会送去了，这也可以证明我是一位仁君。”

“除此之外呢？”

“没有其他特别的原因了。”

父亲稍稍张开了口，是因为佩服他吗？说是佩服，父亲的反应有点奇怪。不，实际上，菲利普认为魔导国确实想要仁君的名声。特别是魔导国统治的耶·兰提尔周边曾经是王国的领土，为了取悦当地人民，他们一定想扮好人。

“是这样啊……你是这样考虑的啊。如果是我，应该也会提供支援，为了获得一条进攻王国的借口。借口解放受到王国压迫的村子，对王国发动战争。”

“怎么可能，您太疑神疑鬼了。再说，那样的借口谁会相信啊。”

“是吗，你认为不会是这样啊。”

“再说，如果有父亲说的这种可能性，岂不是更应该与魔导国加深关系吗？”

“你——”父亲露出了惊呆的表情，“你没有身为王国贵族的尊严吗？”

“当然有。不过，就算没有，也比灭族要强吧？”

“那些家伙拥戴的国王，可是用骇人的魔法杀死你的哥哥，蹂躏无数王国国民的魔王啊？”

“那是战争，父亲。死在剑下也好，死于魔法也好，不都一样吗？”

“你为什么这么相信魔导国的国王？”

他并不是相信魔导王。对于魔导王，他确实有亲近感。不过，更重要的是，他可以利用魔导国这一棋子，为自己创造价值，提高自己的地位。

（棋子！没错！对我来说，就连王国人人谈之色变的魔导国之王，也不过是一枚棋子！）

菲利普兴奋了起来，他仿佛看到了幻影，自己正在玩一场无比巨大的——国家级别的桌面游戏。

（尽管如此，父亲的担心确实不无道理。不过如此轻易就被我驳倒了，说明也不过如此。……不过，回头还是跟雅儿贝德阁下打个招呼为好啊。）

“我对你已经没什么可说的了……伯爵大人认可你为新的家督，在自助宴会上，你有没有向大人道谢？”

这是菲利普最想不通的事情。

就算伯爵是派阀的首领，他为什么要向一个素昧平生的人低头道谢呢？

决定下一任家主，属于领主自治权范围内的事，与伯爵无关。如果两个哥哥还在的时候，伯爵推荐他这个三儿子做家督，结果自己真的成了领主，那他倒是愿意向伯爵道谢，而实际上并非如此。菲利普目前的地位完全是幸运带来的结果。

也就是说，他没有向伯爵道谢的必要。

因此，菲利普并没有去向伯爵低头道谢。然而，要是实话实说，父亲一定又会激动起来，他说谎话是为身体不好的父亲着想。

“当然了。”

“是吗，那就好。既然这样，还有挽回的余地。万不得已，请伯爵大人帮忙就行了。”

就在菲利普觉得父亲该说的应该说完了，松了一口气的时候，管家从后面插了嘴。

“——还有一个问题。菲利普大人一开始说的问题还没有解决。菲利普大人说，邀请了魔导国的使者阁下参加家里主办的舞会……您打算怎么办？”

“就是啊，菲利普啊！你到底在想什么！我们家里哪有开舞会的地方。”

地方领主在王都有宅邸。

那是领主前往王都的时候居住的宅子，不算大。

当然，不像平民的房子那么狭小。虽然每年只会住几次，但是为了彰显身为贵族的力量，再加上同行的领民也要暂住，宅子有比较宽敞的空间。不过，终归只是空间宽敞，并没有能开起舞会的构造。

不过，这个问题菲利普已经解决了。

“不用担心，我们家里确实没法举办，不过有人愿意借场地给我。”

“噢噢，莫非是伯爵大人吗？”

看着父亲脸上略微显出喜色，菲利普摇了摇头。

“不是的，是我在王都结识的朋友。那位女主人愿意把自己的房子借给我举办舞会。其实我回来之前已经去见了她一面，她说没有问题。”

“需要多少礼金呢？”

听到管家的提问，菲利普在心中叹了口气。

最先问的是这个啊。

“免费的。”

“免费吗……还有这种事？”

“就是有。”

菲利普回想起女主人的话，她说：“我看好你的将来，算是对你投资。不过，将来你要加倍还给我哟。”

“我觉得不可能有这么好的事……您该不会是被骗了吧？”

菲利普感到一阵烦躁。不过，他深知管家很受父亲信赖，在成为领主之前，还不能对他想骂就骂。

“算是欠了个人情吧，不过我也肯定能还这个人情，不用担心。”

“那么会场算是没问题了，请柬怎么办？请伯爵大人帮忙发吗？”

菲利普在心中叹了口气，暗想，你在说什么啊。就是要做主办者，菲利普家的名望才会提升。准备都做得这么周全了，为什么要把最肥的地方让给别人？

(这就是奴性吧，多么可悲啊……我可不想变成他这样。)

“不用担心，我会拜托借我会场的女主人帮忙发出请柬。当然，邀请哪些客人会由我来决定。”

“……不经过伯爵大人，太失礼了吧。现在去跟伯爵大人打声招呼，请大人帮忙也不晚。再说，你知道哪些贵族你可以邀请而不算失礼吗？”

“某种程度上知道。而且这次，我打算邀请一些特别的来宾。女主人已经把他们的名字告诉我了。”

“你……”父亲眼睛中露出怀疑的光芒，“该不会是被那个所谓的女主人操纵了吧？”。

“父亲！这样说太失礼了吧！这次舞会是由我提出，由我亲自实行的！我确实借助了那位女主人的帮助。不过，那位女主人也是听了我的计划后，正因为认为对自己有益处——正因为觉得我的计划可行，才愿意进行相应的投入！还有您从刚才开始怎么一直这个态度！您难道不应该全面支持我这个下一任家主才对吗！”

实际上确实如此，女主人说“如果你愿意让与我关系紧密的几名贵族参加舞会，我可以帮你”。正因为对方有明确的分享利益的意图，他才请女主人帮忙。怎么可能会是被操纵了。

她和用锁链拴着父亲的伯爵那种人不一样，不会只占有利益，什么都不付出。

菲利普很想反驳：受到操纵的其实是父亲。

“抱歉了。不过，那位女主人的名字叫什么？”

菲利普压着自己的怒气。对方依然处在奴性的驱使下，应该宽大地原谅他。

“她的名字是希尔玛·休格尼斯，您听说过吗？”

“不，没听说过，你呢？”

管家也摇了摇头。看到在贵族社会中混迹多年的父亲都不知道这个名字，自己却先知道了，菲利普产生了一种满足感。

“伯爵大人的事，我也想先问问她的意见。不问她就直接拜托伯爵大人，恐怕会生出麻烦。父亲，还有其他事吗？”

听到菲利普的问话，父亲一脸精疲力竭的表情，什么都没有回答。

虽然并不完美，但是菲利普的计划已经展开了。接下来只要邀请魔导国的使者雅儿贝德小姐，制订一个令自己的立场更稳固的计划就好。

## 4

展现在菲利普眼前的，是宽敞华美的会场。这会场比起他记忆里王宫中的会场毫不逊色——不，更胜一筹。

他非常想找人炫耀一番。确实，菲利普把准备会场的事交给了希尔玛，不过，她曾经这样问菲利普：“准备普通的舞会会场就行了吗？还是要准备一个无与伦比的会场？如果是后者，这个人情可就大了。”当时菲利普毫不犹豫地选择了后者。

这会场是菲利普欠了别人一个很大的人情才准备出来的——也就是说，是在他的努力下得来的。而在会场中，有许多他邀请来的贵族。

太完美了。正因为如此，才有一件事令菲利普感到不快。

要把请柬发给谁——虽然请希尔玛帮忙出了主意——是他决定的，请柬的封蜡上也是他的家徽。而且最重要的是，来到这里的所有人都是来见魔导国使者的，而这位使者，正是菲利普请来的。

因此到场的贵族，应该对他这个主办者兼大功臣低头致谢才对。他们应该感谢他邀请他们参加舞会，赞扬他向本来无人理睬的魔导国使者发出邀请的勇气才对。

然而现实又如何呢?

到场的所有人，首先致以问候的不是自己，而是希尔玛。那之后才会向他打招呼，而且这还是因为希尔玛提起菲利普的名字。如果希尔玛没有提起他，又会如何呢?

他欠了希尔玛一个大人情，她比自己更惹眼也并非不能接受。然而菲利普对贵族们只感到不快，他们既然是贵族，十分清楚应该第一个问候谁才对。

(正因为这样你们才是废物。啧，看来我不应该同意希尔玛的提案。)

这次邀请的贵族，都是借助希尔玛的智慧挑选的。

被选为来宾的，都是因为王国与魔导国的一战，已经成为或者即将成为新家督的人们。可以说他们的立场和菲利普类似。

菲利普之所以同意希尔玛的提议，是由于他认为这些贵族中，应该会有很多人对他的想法有同感。他认为那些家督没有换代的家族，家主很有可能像他的父亲一样，对魔导国抱有负面情感。

然而——

(全是些低能儿吗。)

眼前刚刚到场的宾客，首先致意的依然是希尔玛。

菲利普觉得自己失策了。

本来没有出头之日的蠢货说到底就是蠢货。正因如此，他们才会搞错应该最先跟谁打招呼。应该说，除此之外，菲利普想不到其他原因。

(等等……不过，这不是正好吗？他们是蠢货，我岂不是更容易掌握主导权吗？如果有比我头脑更好的贵族，我怎么当得了新派阀的首领。再说，我的家族还不是拥有足够实力的贵族。)

这也是一种机会。他们没有第一个向他致意，这次的失态就当他们欠了他一个人情，将来有机会让他们还上就行了。

菲利普正打着如意算盘，希尔玛来到了他的面前。

她是个除了骨头就是皮的女人。

从病态的消瘦看起来，她似乎患有什么重病。肉稍微多一点，或许还算个大美人，不过那也是过去的事了。

“菲利普大人，受邀的宾客差不多都到齐了。”

“是吗？”

也就是说在所有人眼中，自己都是第二位的。

面对刺激自卑感的事实，菲利普认为自己巧妙地隐藏起了情感，不过似乎被希尔玛看穿了。

她轻轻一笑。

“看来您似乎有些不满。”

“哪里，没有的事。”

菲利普微微一笑。贵族家的老三也是贵族，他觉得自己还是比较擅长口蜜腹剑的。

“请不要跟我说这样的谎话。我作为菲利普大人的协助者，是要得到好处的。希望我们之间不要有所隐瞒。”

她的这番话，带有逢迎献媚的意味。

这就对了。

菲利普内心一阵激动。

这才是贵族与平民应有的关系。

他确实感觉到，自己处在一直渴望的立场上。他觉得之前的不快感，突然烟消云散了。

“您怎么了，菲利普大人？”

“没事……你说得对。我虽然不觉得生气，但是略有不安。”

“您有什么样的不安？是缺什么东西吗？如果是，我会在使者阁下到场之前准备好。”

“倒不是缺什么，”菲利普装模作样地干咳了一声，继续说了下去，“我看来到这里的，并不是出类拔萃的贵族。我在担心纠集这样一群人建立派阀，恐怕斗不过其他派阀。”

"原来如此，是这样啊。"

希尔玛露出了笑容。

她瘦得不能再瘦，那笑容无法让菲利普感到丝毫肉欲，但即使如此，也有足以让他想要干咽口水的蛊惑性的魅力。

"正因为不够优秀，才需要菲利普大人的引导不是吗？请菲利普大人想想自己的领地，生活在那里的平民聪明吗？"

"不——"

"正因为如此，才需要智者的领导，不对吗？"

"没错，你说得对，确实如此。"

"我相信菲利普大人一定能控制好派阀，我也会尽自己所能协助菲利普大人的。"

"为了得到好处，对吧。"

"那是自然。我相信一定能得到好处，正因如此才帮助菲利普大人。"

希尔玛微微一笑。

菲利普心中的怒气已经彻底消散了。

希尔玛说得没错。

菲利普开始感谢自己的运气，让他能结识希尔玛这样一位女性。

面子大，财力雄厚，拥有王都里的人脉，这些菲利普没有的资源她都有。她还会明确告诉菲利普，和他结交是为了得到好处。这样一来，他很清楚应该给她什么样的报酬，可以放心地利用她。

“只要好好帮我，我会让你成为最富有的女人。”

希尔玛的眼睛好像睁大了一点，随后她满意地笑了。

“那真是太好了。我正打算买一串和贵妇们一样的，上面有大宝石的项链。您一定要努力啊，菲利普大人。”

“好的，交给我吧……那么，我有件事想问协助者阁下，可以吗？”

“好的，您请问吧。”

“你为什么这么瘦呢？有什么病吗？”

菲利普需要她今后继续协助自己。如果她得了神官治不好的病，菲利普就得尽快找到代替她的协助者，或者请她介绍一个继任者。

“我倒是没有什么病。”

“我听说大家闺秀会通过名为减肥的手段来变瘦，莫非你也是？”

希尔玛露出了笑容。那是菲利普第一次见到的，无法形容的，在不安侵袭之下的笑容。

“不是的。其实我没法吃普食，只能吃流食，而且出于某种原因，只能吃下很少量的食物……就是这样。如果我生了病，会请人帮我施放治疗魔法的，这方面请不必担心。”

转眼间，希尔玛又恢复了平时给人的感觉。

“在从菲利普大人那里得到足够的甜头之前，我是绝对不会死的。”

“噢，噢噢。是嘛，那就好。可是……你为什么会变得不能吃普食？”

菲利普只是随口一问，却得到了意想不到的结果。希尔玛脸上的表情仿佛消融了一样。

看到比刚才的笑容更明显的变化，菲利普有点慌了。

“你、你这是——怎么了？”

“啊，啊啊，失礼了。我只是想起了一点过去的事。”

希尔玛一边说着，一边捂住了嘴，脸色变得很难看。

“啊——非常抱歉。让你想起了不愉快的事。”

到底经历了什么，才会产生无法吃普食的心理阴影呢？她现在有相当宽的门路，过着奢侈的生活，不过看这样子，她似乎也曾吃过难以下咽的食物。他很好奇，不过再问下去似乎不合适。

“菲利普大人，我看是不是该请出使者阁下了。由菲利普大人带使者阁下进场，想必大家都会对菲利普大人另眼相看。比起用语言，行动更能明确表现谁才是这场舞会的主办者——力量更强大的人。”

“噢噢！对了。”

在王宫的自助宴会上，她是独自一人来到了会场，菲利普还以为这是理所当然的，看来实际上并非如此。他不好意思表现出自己不知道，于是装作自己忘记了，刚刚想起来。

“大家一定会十分吃惊的。许多没有向菲利普大人致意的人，一定会感到十分焦急和不安。”

菲利普感到一阵嗜虐性的愉悦。聚集于此的贵族中，有比自己地位更高的，有比自己领土更大的。这些家伙会在自己面前露出什么样的表情呢，在曾经是家族累赘的自己面前——

“没错，不好让使者阁下久等，我去请吧。”

“那么我安排人来为您带路。”

在希尔玛叫来的侍者带领下，菲利普向魔导国使者雅儿贝德等候的房间前进。

菲利普敲了敲门，然后推门走进了房间。

房间中有一位极其美丽的女性。

她没有穿现身王宫时的衣服，而是换上了一件漆黑的连衣裙，露在外面的肩头发出洁白的光辉。她戴着一串大块宝石串成的项链，却绝不显得艳俗。相对于她的美貌来说，顶多算是衬托红花的一片绿叶。

(好美……)

菲利普的脸不由得红了。

“——那么我们走吧？”

“好的，我来为您带路。”

菲利普握住戴着黑色蕾丝手套的手。雅儿贝德站了起来。

站在她身旁，他闻到一股怡人的香气。不知这是什么香水，香味令人心神荡漾。菲利普不由得想抽动鼻子多闻一闻，可是这样的事他实在做不出来。

两人并排走向舞会会场，不过一直沉默不语显得有些尴尬。菲利普一路拼命想着有没有什么合适的话题，就快到会场门前的时候，他终于想到了。

“——今天有许多人来到了会场，都是想见雅儿贝德大人一面的贵族。”

话题虽然很唐突，但雅儿贝德马上搭了腔。

“是这样啊，非常感谢菲利普大人的帮助。”

雅儿贝德露出亲近的笑容。

菲利普的心脏重重跳了一拍。

按说应该不会啊，她莫非对自己有意吗?

自己用不了多久，就会成为一个大派阀的领袖。而魔导国虽然有绝对的军事力量，但毕竟是只拥有一个城市的国家。

这样想来，自己应该是个不错的投资目标才对。

而且他正好还没有娶妻。

“请恕我冒昧，雅儿贝德大人成家了吗?”

雅儿贝德眼睛变成了圆点。菲利普见过几次她和悦的笑容，不过这样的表情还是第一次见。

他知道自己问了奇怪的问题，觉得有点难为情。

“真是个独特的问题啊，菲利普大人。非常遗憾，我还没有成家，依然是个寂寞的单身女人。”

“是这样吗?想必像雅儿贝德大人这么美貌的女性，就算自己不开腔，也会有无数良缘找上门来吧。”

“呵呵——奇怪的是没有良缘找上门来。虽说如此，就算找上门来，我也会很困扰，因此我也觉得正好。”

“是这样啊。”

来到门前，菲利普把手伸到雅儿贝德肩头，将她搂向自己。

突然听到“咯吱”一声奇怪的声音，他左看右看，寻找声音的源头。

“您怎么了？”

听到面带笑容的雅儿贝德这样问自己，菲利普把小小的疑问抛到了脑后。

“没有，没什么，那么请允许我带您进入会场。”

●

他们眼中到底看到了什么呢。

希尔玛有点好奇，这舞台在打扮得雍容华贵的贵族们眼中，到底是什么样子。

一流的料理、一流的侍者、一流的陈设、一流的音乐，再加上三流以下的垃圾贵族。

来到这里的人中，许多都是吃闲饭的，在家中排行老三以下的，备用品中的备用品。他们是曾经由于各种原因没法出头，心怀不满的人。

这一点看他们的表情就明白了。

许多人在解放感中露出开朗的表情，也有许多人身上正燃烧着欲望之火。

对于这样一群人来说，这会场大概是满足他们虚荣心的场所。

不过本来，这里应该是猎场才对。

现在，王国的贵族社会正处在混乱之中，

虽然已经过了数月，但是与魔导国的战争留下的巨大伤痕依然没有愈合。几个旧派阀解体，新的派阀诞生。许多地位较高的贵族被地位较低的贵族抢班夺权。

现在王国的混乱，对于此前因各种原因没有从属于派阀的贵族们来说，是个绝好的机会。不，应该说这是最后的机会才对吧。如果派阀势力图再次稳定下来，想必他们会被赶到角落。正因如此，这次集会对于他们来说就是巨大的猎场。

他们是饥饿的鱼，想要吞噬小鱼来果腹。

小鱼会在没有察觉到对方目的的情况下，被一口吞下，还是会察觉到危险，巧妙地寻得生路？抑或——会不会有反咬一口，将对方作为猎物吃下肚去的贵族呢？

希尔玛观察整个会场的动向几十分钟后，断定这里没有称得上一流，令她想要全力拉拢的贵族。

不过，她并不失望。如果真的有一流贵族满不在乎地来到这么危险的会场，那么他是间谍的可能性就太高了。

虽然在发送请柬的时候已经进行过挑选，但是希尔玛也不认为剔除得完全干净。肯定已经有某派阀的人潜入了会场。

她认为这样也挺有趣的。

这能让她提交的报告更有深度，显示出她的价值，对她来说并不是一件坏事。

(那么，差不多到时间了吧。)

舞会开始已经过了一个半小时，到了指定的时间。

希尔玛真正的工作，接下来才开始。

——可怕。

她刚才的傲慢仿佛烟消云散了。

用可怕这么温和的词，不足以形容从她胃部涌出的恐惧。一想到自己如果做错了事，那地狱或许还在等着自己，她就想拼命逃离这里。当然，如果她敢逃，等着她的惩罚，将会让她觉得以前的地狱也是天堂。

作为“八指”的一员，她曾经下达过很多次杀人的命令。她也曾经下令要让对方饱受折磨之后再死。不过，不管什么样的命令，比起那些怪物对付她的手段，都算得上充满仁慈。

“希尔玛。”

听到身后传来的声音，希尔玛差点儿肩头一颤。

回过头去，她看到了会场内最愚蠢的男人。

“嗯？你怎么了？”

“没事，菲利普大人，没什么。”

希尔玛把真实想法隐藏在笑容之下，为自己被这种垃圾吓到感到恼火。

“雅儿贝德大人说想休息十分钟左右，我正在找你呢。”

“我看到使者阁下一直不停地和诸位贵族聊天，会累也是当然的。明白了，那么我来带使者阁下去休息室吧。”

“是吗？既然这样，我也一起去吧。”

这家伙说什么呢。希尔玛真心觉得无法理解蠢货的想法。不对，莫非他察觉到了什么吗？

希尔玛一边提高警惕，一边继续演戏。

“我觉得您还是不要跟来为好。”

“为什么？我刚才还一直在雅儿贝德大人身边，我觉得和她一起去休息室也没什么好奇怪的吧？”

希尔玛明白了，这个男的真的什么都不懂。

也就是说，他是蠢货中的蠢货，是个完全不懂贵族礼仪和知识的，彻底的低能儿。

“并非丈夫的男士陪同女性前往休息场所，恐怕会给大家提供各方面来讲都不太令人愉快的话题。”

“嗯——可是，我是打算带她过去之后就回来。”

“即使如此，也不好。我知道您作为主办者，有点不放心。不过，我身为会场的提供者，会负责把雅儿贝德大人平安送到休息室。”

“嗯……”

看到菲利普似乎还想开口说些什么，希尔玛默默等着他后面的话。

其实她想说，“有话快说”，可是这个蠢货姑且算是主办者，她不能对他太失礼。

“你觉得我应该怎么做，才能和她结成婚姻关系？”

“啊？！”听到他后面的话，希尔玛忘了演戏。“欸？你说什么？”

“我是问让雅儿贝德大人和我结婚的办法。”

希尔玛拼命克制着自己想大叫“没疯吧，这家伙”的心情，她实在没想到菲利普是如此深不可测的蠢货。从希尔玛收集到的情报，他也能看出对方是魔导王的左膀右臂——位居宰相之职。她没想到邻国的区区低阶贵族，居然敢对雅儿贝德有如此非分之想。

如果他问的是如何和拉娜公主结婚，希尔玛还不至于吃惊成这样。

“毕竟，我也是能号召起这么多贵族的人，就地位而言绝对不会输给她。你怎么看？”

希尔玛下意识地在喉头用上了力，克制住了自己想咽口水的冲动。

就算知道口水不会顺着喉咙滑下去，刻在她心中的心理阴影带来的不安和恐惧感还是让她在喉头用上了力。

不，还不仅是心理阴影的问题。

这个对女人来说没有丝毫魅力的男人的蠢话，如果传入了那位大人耳中，她会有什么样的感想呢？如果她的怒火只朝向罪有应得的菲利普倒还好，万一朝向了自己，那黑色的地狱有可能还在等着自己。

“我、我认为这是不可能的。我听说那位大人身居魔导国的宰相之位，以王国的爵位来说，有可能贵至公爵。”

“可是，魔导国是只有一座城市的国家，不对吗？”

“不，不是，不是领土大小的问题。”

听到这蠢货说出轻视魔导国的话，希尔玛感到浑身起了鸡皮疙瘩。

确实，魔导国的领土算上卡兹平原也并不大。然而，他不知道魔导国有绝对的军事实力吗？就算贸易和外交上花再大的功夫，最后决定国与国之间关系的，依然是野蛮的武力的大小。在战争中打输了，再大的领土也会被别国全部夺走。

这蠢货连这么浅显的道理都不懂，到底该怎么说才能说服他呢？

希尔玛绞尽脑汁，可是想不出答案。常识和蠢货是水火不容的。

因此希尔玛直接把结论说给他听。

“这是不可能的。她和菲利普大人没有丝毫结婚的可能性。”

“我觉得我们之间相处得不错。我和她一起走进会场的时候，你不觉得我们很亲密吗？”

希尔玛十分震惊，这家伙走进会场的时候，脑子里想的居然是这样的事。

(这家伙居然不是打算显示自己有魔导国做后盾，把到场的贵族拉进自己的派阀吗？这家伙，是个愚蠢到了极点的蠢货……求你饶了我吧，不要刺激那位大人啊。)

希尔玛觉得有一股苦水从胃里漾了起来。

她同时觉得，希望让这家伙也尝尝那东西被灌进胃里的感觉。

“我们聊得有点太久了。我会带雅儿贝德大人去休息室，希望菲利普大人能留在会场，作为主办者，招呼各位宾客。”

“既然是这样，那就没办法了。那么雅儿贝德大人就拜托你了。”

希尔玛没有把“这还用你说”说出口，只是轻轻低头行礼。此外，她不想继续听蠢话了，径直向着雅儿贝德那边走了过去。

雅儿贝德正和一位贵族说话。如果是平时，她会察言观色，等两人聊得告一段落之后再搭腔。可是她刚应付过蠢货，十分疲惫，于是直接开了口。

“打扰一下，雅儿贝德大人，我觉得您是不是该休息一下了。”

“是啊……失礼了，请容我稍稍休息一下。”

希尔玛带着雅儿贝德离开了会场。

“呼……唉，真恶心。”

听到身后传来的声音，希尔玛回过头向后看去。她以为雅儿贝德真的感到不舒服了。

她看到雅儿贝德是在用手帕擦自己的肩膀。

雅儿贝德的视线与希尔玛碰到了一起。

“我被恶心的男人摸了。在这世界上只有一位大人，可以带着欲望摸我的身体……可恶，那个毫无知性可言的可恶的男人。”

希尔玛听到了咬牙切齿的声音。不管什么时候都面带和悦笑容的她居然毫不掩饰自己的不快感，可见此事有多么严重。

希尔玛犹豫起来，不知道该不该和雅儿贝德说话。她害怕雅儿贝德这是在为惩罚做铺垫。

“怎么了？说说话吧。”

“好，好的……”希尔玛提心吊胆地开了口，“我很理解雅儿贝德大人的心情。”

“哎哟。既然这样……丢掉那家伙，重新找个代理人，做得到吗？”

“只要是雅儿贝德大人的意思，我可以马上准备其他傀儡。”

雅儿贝德几次张开口，然后又合上。

看来希尔玛的提案对她来说，有足以让她迟疑的吸引力。

不管雅儿贝德怎么选，等他的都只有地狱。不过，她只觉得，这对于愚蠢的菲利普来说是自作自受。

“呼……别在意，我不过是发发牢骚。在王宫的自助宴会上，众多贵族对他的愚蠢形成了鲜明的印象。从这个意义上来讲，换掉他有些可惜……如果他这样做是因为算计到了我们会这样想，那他倒还是个有意思的家伙，不过肯定不可能吧。”

希尔玛想起了刚才和菲利普的对话。他居然想和雅儿贝德结婚，简直是痴人说梦。

如果把那件事说给雅儿贝德听，会怎样呢？

她觉得太可怕，不敢告诉雅儿贝德，搞不好自己也会被殃及。

“分明没有做出过丝毫的成绩，却以为自己与众不同。真是最差劲的低能儿。”

“对啊。用得差不多了，就让他从上面重重摔下来好了。他居然用脏手摸了这具属于安兹达人的躯体，必须得到惩罚。”

就这样，两人没再开口，也没有碰到其他人，希尔玛把雅儿贝德带到了某个房间前。

来到门前，希尔玛因为绷紧的弦松开，差点儿瘫坐在地上。独自一人陪着她——陪着连亚达巴沃都能控制的魔王的心腹，这是一件多么消磨精神的事情啊。然而，她现在还不敢瘫坐下来。

希尔玛一边下定决心此事结束后要大睡一整天，一边动员起全身的力量。

“这边请。”

希尔玛打开房门，坐在椅子上的男人们一齐站了起来。这些男人瘦削的状态都和希尔玛如出一辙。

他们是她的同事，“八指”的五个头头加上议长，一共六人。

也就是说，他们是她在这个世界上最可信的同伴。她和他们曾经彼此争权夺势，不过现在谁还顾得上那些。既然知道了亚达巴沃和魔导国的关系，他们都是一根绳上的蚂蚱。在王国被吞并，他们得到自由之前，要像奴隶一样共同工作。

这些甚至让希尔玛觉得亲切的同伴，一看到恐惧的化身（雅儿贝德），马上深深低下了头，隐藏不住的恐惧体现在了他们颤抖的肩膀上。

让希尔玛关上门后，雅儿贝德坐到了房间中的上座位置，那里摆好了一把最高级的椅子。男人们和希尔玛都没有坐下的意思，保持直立不动的姿势，等着雅儿贝德的下一条命令。

“好了，给你们命令，首先把各种物资运到魔导国去。”

“遵命，非常乐意把物资献给魔导国。”

走私长毫不犹豫地回答道。他怎么可能会犹豫呢，既然被叫到了这里，不管雅儿贝德发出什么命令，他们也只能肯定地回答“遵命”。

他身为走私长，在亚达巴沃骚动中，被夺走了许多物资，也失去了对商人工会等组织的影响力。不过，即使如此，他的地位依然稳固。或许应该说，这是因为他在与参加卡兹平原一战的贵族做生意时，彻底坚持现金全款支付的原则。现在，同意贵族事后付钱的商人们尝到了苦果，而他的力量则再次凸显出来。

“不是让你们进献物资，以适当的价格卖给我们就行了。你们用赚来的这些钱购买食品，为将来王国一定会发生的粮食问题做准备。王国军没能运走的大量粮食——不，你们做粮食期货吧。安兹大人已经为此开始大量生产粮食了。”

王国失去了大量的劳动力，她所说的未来毫无疑问会到来。

“遵命，我们马上让商人去办。”

“我们最想要的是这些，让第一批人带好。”

他恭敬地拿起了雅儿贝德丢在桌上的纸。

“是！”

“那么，关于魔法道具的情报怎样了？”

另一人仿佛被电击了一样动了起来。

“非常抱歉！”

他弯下腰，额头重重撞在了桌子上，撞出的声音响得惊人。

“我把手下的人派进了魔法师工会，正在详细调查！如果能再多给我一点时间——不，如果过程报告就可以，我可以马上提供！”

“按照你的方式去做就行了，不过要尽快行动。还有，对了，你们的新同事定下了吗？定下之后，得带你们的新同事回去，进行洗礼。”

所谓的同事，是指填补空缺的，新的“八指”部门长。

想起了所谓的洗礼指的是什么样的行为，希尔玛忍着反胃的感觉。她拼命不让自己表现出来，但还是露出了和同伴们一样的表情。

那是令人心灰意冷、彻底失去反抗意欲的恶魔的洗礼。如果要在场的任何一人再接受那洗礼一次，他们绝对都会像孩子一样号啕大哭。

“很遗憾，还没有定下。”

议长开了口。

这是真话，也是假话。

因为找人担任新的部门长没有意义。缺席的是警备长和奴隶买卖长。现在已经没有多少奴隶买卖的生意，安排部门长也没有多大好处。至于警备长，有与没有，会不会有什么区别，都成疑问。而且——

“大人借给我们的诸位非常优秀，让他们成为部门长或许也很合适。”

纳萨力克向他们提供了不死者，每一名都有难以置信的力量。

听说“六臂”已死，一些以前工作者为中心的小混混想要生事，于是“八指”送出不死者去平事。仅仅一只就抹杀了将近四十人，没有一人逃掉。

还有一个令人感到讽刺的理由，就是在场的没有一人，希望再有人遭到和自己一样的折磨。满不在乎地下令杀人的黑社会头目们，居然在护着别人，不希望再有人经历同样的绝望。

“明白了。只要组织可以顺利运作就没问题。那么你们有没有什么事，需要我帮助？”

“请恕我斗胆。在各位大人交给我管理的矿山中，骷髅们做出了非常出色的工作成果。因此，斗胆请大人再把那些骷髅借给我一段时间。”

“好的，没问题。只要你支付适当的金额，可以借给你。”

“非常感谢。”

开口说话的男子，用已经湿得变了色的手帕，擦着额头上渗出的汗水。

魔导国之所以可怕，是因为他们不光用鞭子打，还会给予蜜糖。

他们并不作为强者夺走弱者手里的所有利益，而是像手段高明的商人一样做交易，遵守着交易规则。实际上，弱者只要不显露出造反的意思，甚至还能得到被强者保护的安全感。当然，当他们站在自己面前的时候，弱者还是会恐惧得想要逃跑。

“好了，我直接来见你们，不用说你们也应该明白。事情你们应该已经知道了，为了将来魔导国吞并王国，你们要全面配合。所以，在白道上你们也要把根扎好。”

“遵命！”

所有人慌忙低头表示领命。

他们对于魔导国吞并王国，当然不可能有怀疑。既然怪物们这样断言，那么最多是早晚的问题，毫无疑问会变成现实。

一开始他们还打算向苍蔷薇、朱红露滴、漆黑请求救援，然而听说连亚达巴沃都是魔导王的属下，了解到他绝对的力量。发现已经不存在希望，只能俯首称臣，等着末日的降临。

“对了对了——”

希尔玛和其他成员肩膀都颤了一下。

“还有一件事我忘了说。我想利用你们的情报网，为我个人寻找一件魔法道具。你们要每隔一段时间，把写着报告的羊皮纸发送给魔导国的雅儿贝德。不过，我没法提供关于魔法道具外形的情报。”

“那是一种什么类型的道具呢？”

“是一种能控制对手精神的道具。”

“控制精神……是魅惑之类魔法的短杖吗？”

“不是，我觉得应该是更强力的东西。我希望你们去寻找的，是市面上不流通的传说级道具的传闻。不管多小的事都要报告给我，明白了吗？”

精神控制具有非常可怕的效果。

他们明白她会怀有戒心也是理所当然的，于是马上表示领命。

●

“公、公主殿下。”

女仆神色慌张地进了房间。

她甚至没有敲门，有点不懂规矩。不过，这说明她惊慌失措到忘记敲门的地步。

拉娜马上察觉到发生了什么事。不过，在女仆面前，拉娜是天真无邪的小公主。于是她露出天真无邪的表情，傻傻地问道：

“你怎么了？”

女仆的眼角稍稍颤了一下。

大概是她心中产生了一股怒火吧。自己已经慌成了这样，小公主却还是一副不慌不忙的样子。

拉娜不紧不慢地把茶杯放回托盘上。

那声音仿佛提醒了女仆，她动了起来。

“那、那、哪个——”

“知道了，不要紧的。冷静点儿，先做个深呼吸。”

女仆遵照拉娜的吩咐，开始重复深呼吸，试图让紊乱的呼吸稳定下来。看到她差不多恢复了平静，拉娜问道：“怎么了？莫非恶魔又来了吗？”

“不、不是的。魔导国的使者阁下说想见拉娜大人！”

“是一位女性吗？”

“是的，是一位非常美丽的女性。”

魔导国的使者只有一位，拉娜问是不是女性应该很奇怪。她本想故意问个蠢问题，让女仆心想“这家伙说什么呢”，然而慌乱的女仆却严肃回答了她的蠢问题。

拉娜心想，好吧，无所谓。类似的小细节累积起来，能带给她可资利用的风评。这一切都是在布局。

她听到了候在一旁的克莱姆的铠甲摩擦的声音。

他应该是歪了歪头吧。

想着可爱的小狗天真无邪的动作，拉娜感到一股怜爱涌上心头。

拉娜推测：他知道使者和拉娜已经彼此打过招呼了，大概是想不到为什么使者会来见拉娜吧。他一定是在想：招呼都打过了，再见只是个摆设的第三公主，对魔导国能有什么好处呢。

拉娜在心中露出了温柔的微笑。

越笨的孩子越可爱，看来这话是有道理的。不对，应该说情人眼里出西施吧。好吧，大概这两种说法都对。

如果做这个动作的是克莱姆以外的人，她一定会产生另一种情感。

拉娜有种冲动，想一直看着克莱姆闪闪发光的眼睛。不过，她还要忍一忍，直到她用甜甜的糖衣把克莱姆包裹起来为止。

“雅儿贝德大人到底为什么来见我呢？”

稍稍歪头是非常重要的。拉娜经过几次实验之后，发现稍稍歪头会使焦急的对方产生负面情感。

确实，微微火光在女仆眼睛深处摇曳着。

那是怒火。同时，克莱姆的铠甲再次发出了轻微的声音。

他大概是察觉到了女仆的情绪，觉得有些不快吧。不过，声音很快停止，大概是克莱姆重新恢复了岿然不动的姿势。

好可爱。

就像一只在犹豫要不要上前保护主人的小狗。

他大概是判断，既然拉娜没有察觉到，自己还是不要动为好。女仆是家世显赫的贵族大小姐，如果连生在哪里都不知道的克莱姆敢说些什么，她一定会跟家里告状，结果难免会给拉娜添麻烦。他大概是这样想的吧。

信赖拉娜的他，一定在心中流着眼泪想：如果我出身好一点，肯定不会任女仆这样放肆。

拉娜克制着自己看向身后的克莱姆的欲望，因为碍事的女仆开了口。

"这我就不知道了，我只知道她想见公主殿下。"

"是这样啊……雅儿贝德大人也是一位女性，或许有些女性之间的话题想要和我聊聊吧……她是不是想聊聊化妆方面的事呢？"

拉娜天真无邪地——应该说傻兮兮地，向女仆问道。

"这我就不知道了。那么，我可以把使者阁下带过来吗？"

"当然可以！"

拉娜以看上去十分开心的态度回答，然后转向了克莱姆。

"那个，克莱姆。不好意思，我们有些女性之间的话要谈，可以请你回避一下吗？"

"遵命。"

拉娜虽然觉得有点遗憾，但这也是没办法的事。克莱姆不需要对复杂的问题有所了解，他只需要用清澈的眼睛看着拉娜就行了。

雅儿贝德走进房间的时候，里面只有拉娜一人。

雅儿贝德来到王都的目的有四个。

第一是让“八指”运输物资，第二是制造发动战争的契机，第三是为个人目的进行布局，第四是与这个房间的主人进行交易。

不对，说是交易有些问题，应该说是颁发奖赏才对。

没有得到房间主人的许可，雅儿贝德直接横穿房间，坐在了一把椅子上。

随后她对在自己面前单膝跪地，低头行礼的少女开了口。

“抬起头来。”

“是。”

名叫拉娜的少女抬起了头。

“你做得非常好。”

“非常感谢，雅儿贝德大人。”

“哎哟——”

看到她与之前见面时完全不同的反应，雅儿贝德的好奇心受到了强烈的刺激。

这才是迪米乌哥斯所说的拉娜。

背叛自己的家人、血统、国民之后，她的表情中却没有丝毫悔意。她是人，却又不是人，可以说是一个精神上的异形种族。她的头脑应该清楚孰善孰恶，但那些对她来说只是知识，她并不受到其限制。她是为了达到自己的目的不择手段的类型。

“为了表彰你的功劳，安兹大人让我给你带来了奖赏。”

雅儿贝德从空间中，掏出了自己的主人交给她保管的道具。

这个小箱子上施加了许多重封印，只要不满足特定的条件，它绝不会打开。

“这就是……”

雅儿贝德以研究员观察小白鼠的冰冷视线，看着满怀感激接过小盒子的少女。

她确实是一只小白鼠，正因如此，彼此的利益才一致。

“非常感谢。请代我向安兹 · 乌尔 · 恭陛下转达谢意。”

“我会的。关于你想要的另一件奖赏，我就不必多说了吧？”

“当然。当我付出正当的代价时，只要大人们能给我相应的慈悲，那就是我无上的喜悦。”

少女微笑着。

那是非常可爱的笑容。

正因如此，雅儿贝德问道：

“打开那小盒子，你就能实现愿望，不过你能打得开吗？”

雅儿贝德居然会为人类担心，如果让纳萨力克的成员们知道了，不知道他们会怎么想。不过，等拉娜的愿望实现的时候，纳萨力克将给她与领域守护者同等的地位。为将来的部下担心一下，应该不会有多大问题吧。

“是的，雅儿贝德大人，我已经在进行准备了。”

“是吗？那么在我们发动进攻之前，你要做好准备。”

“遵命，伟大的大人。”

雅儿贝德从低头表示领命的少女身上，把视线转向了她的影子。

潜伏在影子中的暗影恶魔像浮出水面一样现了身，和少女一样向雅儿贝德低头行礼。

雅儿贝德本来在想，给少女追加一些兵力，不过又把话咽了回去。

如果在魔导国对王国发起进攻之前，少女的所作所为暴露了，那只能说明她没有被纳萨力克吸收的价值。

这可以说是一次测试。

“好了，公事就说到这里吧。”

雅儿贝德的声音给人的感觉变了。拉娜露出了不解的表情。

“现在出去显得有些早。我们随便说点什么——聊聊天吧。来，坐下，跟我说说你的小狗狗可以吗？”

迎接雅儿贝德的，是满脸的笑容。

“非常乐意，雅儿贝德大人。如果方便，可以跟我讲讲安兹·乌尔·恭陛下的事吗？”

# 过 场

这里是斯连教国的核心。

能获得允许，进入这个神圣而不可侵犯的房间的人少之又少。

首先是斯连教国地位最高的人——最高神官长。

然后是担任六大神——六个宗派最高负责人的神官长。顺带一提，下一任的最高神官长将从这六人——去掉现在的最高神官长负责的宗派之外的五人中选出。

火神官长——贝雷妮丝 · 纳格亚 · 圣蒂尼。

她是到场者中唯一的女性，已经年过五十。不知是不是因为年龄的缘故，她的体形显得有些发福。胖乎乎的脸上洋溢着慈母般的笑容，能给予见者安心感。

水神官长——齐内迪那 · 德兰 · 圭尔菲。这是一位枯枝般的老人。他的脸庞已经老得看不出年龄，皮肤也呈现土灰色。

健康方面虽然令人担心，但是知识和智慧方面没人比得上他。

风神官长——多米尼克·伊雷·帕尔图什。

他看起来像一位和悦的老人，实际上他是曾经隶属于以前的“阳光圣典”，歼灭过众多异种族的圣战士。人们说他的愤怒就像烈火，杀意就像冰雪。

土神官长——雷蒙·扎克·洛朗森。

他是一名视线犀利的男子，也是神官长中最年轻的。虽说年轻，他也已经四十过五，不过他有令人看不出年龄的旺盛精力。他是曾经在“漆黑圣典”麾下，战斗了超过十五年的护国英雄。

光神官长——伊冯·加斯那·德拉克鲁瓦。

细长的眼睛加上枯瘦的样子，让他看起来非常阴险，不过在场者都知道这并非事实。作为信仰系魔法师，他在在场者中数一数二。

暗神官长——马克西米利安·奥利欧·拉吉耶。

他是一位戴着圆眼镜的男子，改良了名为“飘浮板”的魔法，让许多本书飘浮在自己周围。这位神官长出身司法机关，周围的书中与法律相关的比较多。

六位神官长，再加上教国司法、立法、行政三位机关长，全权负责魔法开发的研究机关长，军事机关的最高负责人大元帅。

由共计十二人构成的这个集团，正是教国的最高执行机构。

他们一齐进入房间后，开始用手中的清扫工具打扫房间。有人用掸子掸掉灰尘，有人用干布擦拭，有人用湿布擦拭，有人用魔法道具吸走灰尘。

他们以熟练的动作，干净利落地打扫着房间。

这些人站在人口超过一千五百万的斯连教国的权力顶点，却没有一人偷懒。他们头上带着汗珠，任极其干净整洁的长袍被污染，以不留下一丝灰尘的认真态度打扫着。

过了一会儿，房间被他们打扫完了。本来就很整洁的房间，现在干净得仿佛会闪闪发光。

没有人擦额头上的汗水，他们排成一列，向伫立在房间里面，仿佛俯视着众人的六尊像深深低头行礼。

“感谢神让我们人类的生命在今天得到延续。”

跟着最高神官长，全体人员一丝不苟地念着祷词。

“感谢神。”

抬起深深低下的头，他们把清扫工具放回房屋的角落。随后，他们发动“清洁”魔法，消除掉自己的衣服和清扫工具上的脏污。用来擦汗的毛巾上，也发出刚刚洗过的气味。

只要发动这种第一位阶的魔法，脏污和灰尘就会瞬间消失。只要扩大使用范围，可以轻易打扫干净整个房间。不过，他们十分虔诚，不会在这神圣的房间中做出那样的行为。

最后把自己也清洁完毕之后，他们坐到了圆桌周围。

教国地位最高的最高神官长也坐下了。

只要坐在了这张桌子周围，在场的全体人员就是平等的，没有地位高低之分。大家都是同伴，彼此之间都是互相协作的关系。没错，为了人类的繁荣。

“那么接下来开始会议。”

今天的会议由土神官长雷蒙·扎克·洛朗森主持。

“第一个议题，关于安兹·乌尔·恭魔导国。魔导国在两周前，占领了王国的要塞都市耶·兰提尔，并以其为中心建国了。”

没有比与突然建国的神秘国家相关的议题更重要的事了。

只是，知道详情的人很少，他们的情报都是从传闻中听到的。

首先是关于魔导王安兹·乌尔·恭：他是一位强大的魔法吟唱者；他歼灭了王国的军队；他使役众多不死者作为军事力量；他使役的不死者中有一只死亡骑士；诸如此类。

关于这几点的详细情报，本该由指挥六色圣典的，今天会议的主持人雷蒙提出报告。

有人小声说了一句：

“看样子，当初是不是不该默认，而是应该介入战争才对呢？”

“你在说什么？当初不是统一了意见，说与控制死亡骑士的魔法吟唱者正面冲突太危险吗？当时你好像是反对过，可事到如今就不要旧事重提了。不过，没想到他真的会建起一个国家。”

众人一齐点了点头。

“帝国打算如何行动？他们以同盟国的名义支援魔导国建国，莫非已经彻底沦为魔导国的协助者了，还是说他们其实受到了魔法的操纵？”

“这是不会的，帝国有那个帕拉戴恩。”

“那么，我们认为可以信赖那个皇帝，是看走眼了？”

“最重要的问题是，他没有用好为数不多的偏差者。我们是不是可以开始实施把那个拉入我方的计划了？”

“好了——”

“啪”的一声拍手声响起，逐渐升温的现场气氛冷却下来。

“——漆黑圣典‘占星千里’监视了帝国与王国的战争。不过，因为一些问题，耽误了一点报告的时间，请大家谅解。”

大家在心里想，所谓的一些问题，大概是指她不知为什么把自己关了起来，有一段时间不肯走出房间吧。

“首先，接下来将把记录了她所见所闻的材料发给大家。上面没有加入任何后来调查到的事情，完全是她在战场上看到魔导王的兵力后说出的话。”

大家心想真是不怕麻烦，不过没有说出口。拿到材料的人开始按顺序阅读那几张纸。

几人翻到材料的最后一张纸，停住了手。他们把同一段落反复读了好几遍。

他们的表情不约而同地严肃起来，脸色变得越来越难看。

雷蒙笑着，看着他们的变化。那是只有尝过同样痛苦的人才会有的，充满连带感的表情。

过了一会儿，好像代表着所有人一样，马克西米利安叫了起来。他的嘴张得太大，以致圆眼镜滑落下来。不过他看起来已经顾不上了。

“骗人！居然有这种事……怎么可能有！”

“我刚才也说了，这材料上原封不动记录了她所说的话。”

听到雷蒙平静的回答，马克西米利安语塞了。

就在马克西米利安调整好像全力奔跑过一样粗重的呼吸时，贝雷妮丝向同事提了一个问题，目的是确认。

“我可以再问一次吗？你是说这是事实？”

“前提是大家相信‘占星千里’说的话。”

所有人面带苦涩的表情，重新把视线投向手中的材料。

他们手指捏着的地方，写着魔导王的兵力。

“数百死亡骑士——最少二百。噬魂魔数百——最少三百……吗？这些兵力……可不是用危险能形容的啊……这些家伙横冲直撞起来，王国也好帝国也好都市国家联盟也好圣王国也好，都要毁灭。”

“我们也一样。如果这样的兵力像雪崩一样席卷而来，造成的损害将需要数百年以上的时间才能恢复。”

死亡骑士，推测难度一百以上。它们会制造随从僵尸，这些随从僵尸还会制造僵尸。僵尸本身战斗能力虽然近乎于零，但是有可能导致更强大的不死者的自然诞生。

噬魂魔，推测难度一百到一百五十。它们有向周围扩散的能力，是运用这种能力吞噬死者灵魂的不死者，吞噬越多灵魂，它们的能力就越强。它们甚至还能释放出造成恐惧状态的灵气，起码也得用到第三位阶魔法，否则无法对抗。

这两种都是只需一只，就能毁灭城市甚至小国的不死者。

“该不会是看错了吧？或者是魔导王察觉到了我们的监视，分明不存在，却用幻术迷惑我们。”

伊冯竖起一根枯枝一样的手指，提出了可能性。

听到有人附和，“噢噢，这是有可能的。”雷蒙马上予以否定。

“‘漆黑圣典’会学习各种魔物的知识。在他们是不是全记住了这一点上，确实存在疑问。不过她——‘占星千里’在‘漆黑圣典’也负责知识方面的工作，绝对不可能看错。而在魔导国的首都——曾经的耶·兰提尔中，死亡骑士和噬魂魔的存在也得到了确认。”

人们发出几声疲惫不堪的叹息。

面对不得不接受的现实，人们以充满疲劳感的声音开始了有气无力的讨论。

“怎么办？对于身为人类守护者的我们来说，最好的手段是什么？大家觉得，我们应该怎么对付五百只每只都能毁灭国家的怪物？”

“以兵力来说，相当于五百个小国……脑子有问题？这个国家的国力太不均衡了吧？”

“问题是魔导王会怎样使用这兵力吧？如果他只是用来作为防御力量，短时间内不会有问题吧？”

“不可能，那兵力作为自卫力量过剩过头了。再说，魔导王是憎恶生者的不死者啊，他肯定会用那军事力量进攻周边国家。”

“我们思考魔导王会怎么用他的兵力毫无意义。我们应该讨论的是如何应对。”

大家说着“没错”，讨论的方向产生了些许变化。

“那么……‘漆黑圣典’能否应对，就成了最重要的问题啊。”

“漆黑圣典”是斯连教国最强的王牌、由英雄构成的特殊部队。它有点类似精钢级冒险者小队，又有决定性的差异。冒险者完成足以成为英雄传说的探索之行，历经千辛万苦才能获得诸神留下的武具，而“漆黑圣典”的每个成员，都拥有多件这样的武具。

万一，如果他们也无法战胜魔导王，接下来就只有通过大仪式召唤最高阶天使，令其迎战了。

最高阶天使应该不会输给死亡骑士和噬魂魔。只是，考虑到对方的数量，就会觉得心里非常没底。

所有人的视线都转向了雷蒙。

他“呵”地笑了一声。看到他笑了，许多人都不由自主地以笑容回应，然而听到他后面的话，众人好像被冻住了一样。

“没有可能。作为前‘漆黑圣典’第三席次，我可以说，想让一个最高阶天使对付五百只那样的魔物，简直是痴人说梦。就算数量不占劣势，也没有打赢的希望。应该说，如果不是这样，‘占星千里’不会因为对未来的悲观，把自己关在房间里。不过……”

他的笑容变了。

“神人就是另一回事了。”

“噢噢。”大家发出了欢声。

“如果是那两位，就算是死亡骑士和噬魂魔的军队发起进攻，也能轻易应对吧。当然，为了以防万一，完美的后援是必不可少的。”

“如果是那两位，应该没问题啊。”

“这真是太令人安心了。”

在欢声中，齐内迪那发出“唉”的一声，叹了口气。注意到他格外沉重疲惫的声调，众人纷纷压低了声音。

“你隐瞒了什么？”

“齐内迪那翁，此话怎讲？”

“确实，法律没有规定不能在这房间里做伪证、说谎话、有所隐瞒。不过，我们是向同一方向前进的同志，这些行为在我们心目中，应该是大罪才对。在以上认识的基础上，我再问一次：你隐瞒了什么？”

“齐内迪那翁，这到底是什么意思？你为什么这样问？”

“多米尼克哟，我有一个疑问，为什么‘占星千里’把自己关起来？”

发现没人能回答这个问题后，他继续说了下去。

“她因为悲观，或者是因为受到了沉重的打击，把自己关了起来。不死者大军想必确实可怕，可话说回来，她可是‘漆黑圣典’的成员，会因为这点事把自己关起来吗？她是看到了神人也无法战胜的力量。这份报告材料应该还有下文吧？”

人们看看雷蒙，又看看齐内迪那。

“你瞒着我们打算做什么？我相信你，你不是会只为了自己的目的使用圣典的人。可是，有什么话是不能在这个场合说的吗？”

“太佩服了，不愧是齐内迪那翁。我本来打算先寻找可能性……既然这样就告诉大家吧。我自己担着也只能让自己胃疼，如果能趁此机会与大家分享，那再好不过。”

雷蒙环视在场所有人一周。

“关于王国与帝国——不，是与魔导国的战争，大家听说了多少？”

代表众人开口的，是最高神官长。

“我听说魔导王使用了强大的魔法。他的魔法导致王国军土崩瓦解，输掉了战争。结果王国就像开战前所说，割让了耶·兰提尔。于是，魔导国就建国了。”

“死者的人数呢？”

听到雷蒙的提问，最高神官长摇了摇头。

“这我就没有听说了。连我都没有接到相关的报告，想必大家也一样吧？”

“没错，是这样的。自从变成以不死者为王的魔导国城市后，神官和商人都不去耶·兰提尔了。因此我们得到的消息，都是难辨真伪的传闻。”

“正因为如此才要由圣典——这种情况下，‘水明圣典’出场应该比‘风花圣典’更合适吧？”

“没错，因此相关情报，只有统帅‘六色圣典’的你才能得到。我们听到的最多只有些零碎的消息。”

“是这样啊。那么接下来，我会把记载了‘占星千里’看到的完整战况的材料发给大家。”

读完拿到手中的材料，房间里只剩绝望的沉默了。

过了一会儿，大概是觉得不能一直沉默下去吧，伊冯小声问道：

“原来如此，原来如此。你开始没有给我们看这个，是因为害怕我们的心脏停跳吧。”

“怎么会呢，大家都是铜心铁胆。我只是担心，一开始就把这些材料交给各位，恐怕各位也不会相信。”

伊冯不情愿地点了点头。

“确实。就算一开始就看到了这份材料，我也会怀疑它的真实性，肯定是不会相信的。不过，在理解刚才那份材料上的魔导王的兵力是事实之后，只能相信她所看到的这一幕。”

“可是……我不愿意相信这是真的。一次魔法居然能造成王国军队半数以上的死者。这次战争中王国动员的兵力是二十六万，既然是半数以上，最起码也是十三万啊。我确实听说王国军队溃不成军，可是这也实在太……”

“这只是她看到的吧？把损失看得过重是常有的事。”

“可是，只看‘一个魔法将军队一翼尽数消灭’这一句，起码也有八万死者啊。以八万士兵作为祭品召唤了丑恶的怪物啊……”

“我们无法否定她看到的一幕。那应该是诸神的魔法，第十一位阶的魔法吧？如此说来，果然是那样啊。”

“神之降临啊。”

“材料上说魔导王外貌与曾经的神相似……会不会是曾经的神再次降临了？”

“不可能，根据口传，死之神斯尔夏那大人被可怕的八欲王杀死了。魔导王肯定是其他的存在。况且，如果是斯尔夏那大人再次降临，身为斯尔夏那大人第一侍从的那位大人，应该会知会我们的。”

“那么，终于来了啊。”

“看来是了，上次是两百年前吧？”

“从口传来看，应该已经过了那么久吧。当然，在这期间，也有可能出现在了大陆上的某处。”

“因为那个垃圾导致计划出现大幅偏差，国力才提升得如此缓慢。”

“王国的蠢货们……”

这句话让在场的所有人眼中带上了憎恶。

就地理条件而言，王国处于最安全的位置。教国之所以为王国出力，是因为期待王国能成为救助人类的国家。王国拥有安全而肥沃的大地，许多人在这里诞生。其中本该出现许多佼佼者，也应该培育出了许多迎击异种族侵略的勇者才对。想不到的是，安宁和富庶招来的是堕落，王国从内部朽烂了。

非常让人头疼的，是王国开始制造毒品，并且向另一个优秀的国家，也就是帝国散播。

事情发展到这个地步，教国开始改变计划了。

这是第二套方案：让帝国吞并王国，在王国的领土上教育优秀的人才。

教国自己不出手，是因为王国与评议国接壤，吞并王国，会带来民意倒向歼灭评议国的危险。

教国主张的理念是，人类才是神选择的种族，应该歼灭其他种族。他们告诉国民，国家周围全是敌人，教国必须团结，借此把国力集中到一点，以图强国。然而，一旦与评议国接壤，这样的理念恐怕会突入危险的方向。

在场者明白诸国的国力、自己国家的国力以及优先顺序等事项，因此才能就今后斯连教国的行动做出合理的考量。然而不难想象，一般民众恐怕会主张对评议国发起战争，以消灭人类敌对种族。

这是再糟糕不过的。

评议国很强。

准确来说，评议员之一“白金龙王”是传说中龙帝的孩子，这位龙王太危险了。他是现存龙王中最强的一位，如果和他战斗，国家有可能化为焦土。然而不清楚这一点的人会怎么想呢？面对明知身边就是应该歼灭的对象，自己却只能眼睁睁看着的状况，他们会怎么想呢？

以在场者的权力，抑制民众的激进情绪是很容易的。然而必然产生的不满情绪一定会导致国力衰退。从长远来看，也不能完全否定偶发性战争爆发的可能。

正因如此，教国不能与评议国接壤，也不能直接控制王国。而王国又太大了，没法在幕后控制。

“我们先把魔导王择出来，按照先后顺序想一想。首先，我们送去的‘阳光圣典’，应该就是魔导王歼灭的吧？”

空气仿佛凝固了。

“几乎同一时间点，出现在村中的魔法吟唱者，自称是安兹·乌尔·恭，不会错的。”

“那么‘漆黑圣典’遭遇的吸血鬼是什么？是魔导王的部下吗？”

“可能性很高，不过我认为应该是和魔导王同等地位的存在，也就是那些人。不然的话，那样的力量说不通。”

“确实。如果是这样，以前也有过多个同时出现的例子，亚达巴沃会不会也是其中之一？这样就能想通他在王国施展的力量了，也就明白拥有那么强大力量的怪物，为什么会突然出现了。”

“那么飞飞是什么来头？据说他是追着吸血鬼来的，不过，如果刚才的猜想正确，他应该是和魔导王一样的存在。这样想来，他和亚达巴沃不相上下的力量也就得到了解释。问题是，他是不是魔导王的同伴啊……”

“飞飞消灭了吸血鬼，与亚达巴沃敌对。虽然很可能是相同的存在，但他们之间应该是敌对的，或者在当时他们之间还是敌人吧？后来他和魔导王进行交涉，成了魔导王的同伴。”

“只是消灭了吸血鬼，不能证明他和魔导王是敌对的。也许只是因为吸血鬼受到至宝的控制，所以才杀了她。不过，他为什么与亚达巴沃敌对呢……莫非飞飞是魔导王的同伴，但是与亚达巴沃敌对，这样的可能性也是有的吗？”

“有可能吸血鬼与亚达巴沃结盟，魔导王与飞飞结盟。也有可能吸血鬼、亚达巴沃、魔导王、飞飞，他们之间彼此为敌。除此之外还有各种可能性，这方面我们的情报太少了。

“最糟糕的可能性，就是四者其实是一家，不过这个可能性很小。飞飞实在太老实了，他完全可以凭强大的武力，更加积极地行动。没错，就像曾经的八欲王一样，或者说像我们的神一样。”

“原来如此，不那样做，是因为对彼此的行动怀有戒心啊。不，也有可能是在警惕四人之外的其他同等的存在。”

“这样想来，既然魔导王站上了正面舞台，建立了国家，为了让战力保持平衡，应该会有人采取行动吧。如果相信飞飞所说，赫妞佩妞子还有同伙。包括亚达巴沃在内，他们都是需要我们警惕的。”

“整体来说，依然只能算是猜测。看来只能与魔导王或者飞飞直接接触……”

“太危险了。实在太危险了。应该先从帝国那里取得情报才对吧。现在应该尝试与皇帝进行接触。”

“这是最好的办法，只要那个皇帝还没有对魔导王摇尾巴。”

“稍微冒点险也是没办法的事，如果畏首畏尾，只能事事被动挨打。”

“不过，只是稍微冒点险就行了吗？搞不好，是不是会被魔导国利用，当成对教国宣战的借口？首先应该与皇帝稍作接触，看看他的立场才对吧。”

就在所有人对这个提案表示肯定的时候，有一人提出了理所当然的疑问。

“可是，被不死者统治，耶·兰提尔的民众不打算造反吗？魔导国总该不会把民众杀光了吧？莫非他们推行了彻底的恐怖政治？”

听到问题，雷蒙给出了难以置信的答案。

“根据报告，魔导国和平地统治着耶·兰提尔。”

“啥？”有几人发出不符合他们身份的声音也是难怪的。

“到了这个岁数，耳朵确实会变得不灵光，不过看样子好像突然恶化了。我居然听到雷蒙阁下说了和平二字。”

“嗯嗯，我的耳朵也听到了。不死者的和平统治……哼。不死者的和平统治。”

“明天的太阳从北边升起也不奇怪啊。”

“玩笑就开到这里吧。如果雷蒙阁下说的是事实，我实在想象不出耶·兰提尔现在会是什么局面。送来情报的人该不会有人格障碍，或者以说反话为乐吧？”

“根据报告，现在的耶·兰提尔，死亡骑士负责城市的警卫，死者大魔法师负责行政事务，噬魂魔则牵引马车、运送货物。”

除了雷蒙之外，所有人都张大了嘴。

“什么，什么，等等，你说什么？能再说一次吗？”

听到圆眼镜依然没有戴正的马克西米利安的提问，雷蒙把刚才那句话一字不差地重复了一遍。

“啥？”这次所有人都发出了不符合他们身份的声音。

雷蒙所说的都是特级不死者，然而，冥府的骑士却像小当班一样巡逻街道，迷宫的主人坐在办公桌前管理物流，毁灭城市的怪物做着骡子的工作。国境线对面现在有这样一个国家。

“那是什么景象。那是……什么地方的地狱啊。”

不死者昂首阔步，负责城市运营，怎么想都觉得城市中的人已经死光了。

“并不是。本来耶·兰提尔的市民——现在魔导国的国民，就在这样的城市中正常生活着。确实，初期产生了一定的混乱，不过现在似乎维持着平静。”

“我们或许小看王国了啊。”

“嗯……精神实在太强大了。”

自己身边就有憎恶生者的不死者徘徊，想到这样的情景，谁都会浑身颤抖。

那就像身边有饥肠辘辘的野兽，常人会害怕是理所当然的。

“恐怕是因为对那位伟大战士，英雄级冒险者漆黑飞飞十分信赖，那里的人才能忍受得住。”

雷蒙开始讲耶·兰提尔被交给魔导王的第一天发生的事。

人们一脸认真地听着他的讲述。

“看这样子，飞飞和魔导王似乎不可能本来就是同伴关系啊。”

“咦，这不正好证明了飞飞与魔导王是一伙吗？我记得他们出现的时期几乎一致吧？”

嗯——所有人都思考起来。

两种可能性都有，而且都无法断言是真是假。

“能不能设法让飞飞和魔导王反目成仇呢？如果利用耶·兰提尔的人，做些手脚——”

“很危险，太危险了。这样做恐怕会导致魔导王和飞飞都变成我们的敌人。”

“他说得没错。现在我们受到了重大的损失。‘漆黑圣典’成员虽然已经复活，但是阵容依然不齐整；‘阳光圣典’瓦解，失去了头冠，巫女公主和凯瑞死亡。要恢复国力，我们需要以十年为单位的时间。在这样的情况下，我们没有必要在睡着的龙身旁烤肉。”

“没错。再说，我们应该避免腹背受敌的风险。”

瞬间，敌意膨胀了起来。

“那些无耻之徒。”

“可恶的森林精灵。”

教国正在和南方大森林中的森林精灵国家进行战争。本来，教国和森林精灵的国家是合作关系。关系破裂之后，教国一直全力以赴持续着与森林精灵的战争。

森林精灵的王都在新月湖。现在，教国已经在那附近建立了前线基地，计划在未来几年内消灭森林精灵们。然而，他们的计划正在逐渐出现问题。

“要不要暂时中断和那些家伙的战争？”

“不要说傻话了。你知道我们打到今天付出了多少牺牲吗？再说，不为那位大人报仇怎么行。”

“那孩子——”

老人说到一半，露出了苦笑。

因为外貌的关系，人们总免不了把那人当成小孩子。实际上，那人的年龄比在座的所有人都要大。

“她现在在做什么？”

“她和往常一样，在附近的房间中待命。”

“嗯，得给她为母亲报仇雪恨的机会啊。”

“嗯。如果不让她报仇雪恨，就太可怜了。完成复仇之后，她的心也会平静一些吧。”

在场的所有人都露出了沉痛的表情。

“其实，我对当时的神官长们很有意见。居然把一个可怜的姑娘养成了那样的性格。”

“要是这样说，结果还不是因为那些森林蛮族。神官长们也不愿意把她从她母亲身边抢走吧。”

“两难啊。”

“可是，让她出动，恐怕龙王也会行动。”

“那家伙和破灭龙王不同，能使用原始魔法，恐怕倾城倾国的神力也奈何不了他。那么……对魔导王用如何？”

沉默笼罩了房间。这主意大家都在想，但都没有说出口。

“不是一招坏棋。然而现在魔导王部下的力量是未知数，风险太大。”

“如果能没有限制地无限魅惑就没问题了。”

“大胆！诸神保护我们、保护人类，舍生忘死，你居然抱怨诸神留下的秘宝！你忘本了吗！”

骂声随之而起，发言的老人深深低下了头。

“失礼了。”

“注意你说的话！”

“我们不要再说这个了。那么，认为大家反对对魔导王使用倾城倾国，可以吗？”

“太危险了。”

“如果破灭龙王出现，就能魅惑他，用它当先锋了……”

没有的东西，再想也没用。

“没办法，森林精灵那方面，就给那个龙王派个使者，和他谈谈看吧。”

“谁也不知道他会提出什么样的要求啊？”

“在某种程度上我们可以让让步，为了那姑娘心灵的安宁。”

大家没有异议。在场的所有人，似乎都在以自己的方式在回忆中徜徉。

“呵呵——”轻笑声响了起来。除了发笑者之外，所有人的视线都集中到了一处。“呵呵，知道当时情形的人分明已经全过世了……大家真是温柔。”

话是讽刺的话，语气本身却完全没有讽刺的意味。

“包括那个姑娘在内，我们都是同伴，从其他种族威胁下，保护弱小的人类。为了救助同伴，多少滥用一点职权，我觉得也是情有可原的。”

“只要不会死人，我就不会阻止。”

听到大元帅的话，人们苦笑起来。

“这知识是不是应该广为传播，而不是使其停留在口传的阶段呢？明处的敌人并不可怕，暗处的敌人才危险。而且广为人知后，收集情报会更迅速。”

从数百年前起，这个议题就几度被提出，而每次都同样被否决。

“我们生活的世界是漂泊大海之上的脆弱小舟，这样的事情知道的人越少越好。还是不要告诉人们，每隔百年，就会有强大的暴风雨来袭吧。你说担心隐藏在暗处的危险，甚至无法安心入眠？你想想，强者不可能永远藏在暗处，就算像普通人一样生活也会很惹眼。”

“如果真的是这样，那位前神官长阁下会怎样行动呢？”

所有人都露出了复杂的表情。

“不清楚，不过那位阁下行动的可能性应该很高……应该会准备好某种王牌吧？”

“如果是曾经的第九席次——疾风走破，或许知道些什么……”

“真是伤脑筋，这次居然出现在了我们附近，太烦人了……”

“唉。”响起了几声叹息。

“为了恢复战斗力，不，为了加强戒备，向退役的‘漆黑圣典’求助如何？让他们做派到龙王国的援军。如果他们去，牺牲的概率应该比较低吧。”

“漆黑圣典”总是赴汤蹈火，因此牺牲的可能性比较高。不过，只要有尸体就能复活。只是，令死者复活的魔法会削弱生命力，想要恢复与死前相同等级的身手，需要相当长时间的训练。因此死而复生后，选择退役的人当然也会有。

当然，因为年纪变大，感到力不从心而辞去职务的人也是有的。不管以何种方式，“漆黑圣典”的成员退役后，都会被优先安排到自己志愿的岗位。当然，其中也有人不再工作，过上了浑浑噩噩的生活，不过那只是极少数。大部分情况下，他们都会在几个妻子的视线，以及孩子们“爸爸为什么不工作”的问题压力下，选择继续工作。

想让他们找回实战的感觉，需要安排一段训练时间。或许其中有人因为年龄，不能指望其找回巅峰期的状态，即使如此，他们也比普通的战斗人员可靠得多。

“我会把现状和大家的愿望转告各位，不过，请大家不要以为所有人都会重新拿起武器。”

“当然了，他们在最危险的战场上出生入死，现在退役了还要强行使唤他们，实在太没人性了。”

“没错，我们只是请求。不过，愿意拿起武器的人，我们得向他们提供十二分的报酬。”

“起码要向他们支付和我们相当的工资。”

听到这句揶揄，笑声响了起来。

他们微薄的工资是大家的笑料。

在教国，地位到了一定程度以上，工资会越来越少。这是自净，为了不让私欲旺盛的人坐到一定程度以上的高位。因此爬到权力最高点的，大部分都是愿意为了保护国家和人民鞠躬尽瘁的人。

笑声停了下来，最高神官长开了口。

“好了，各位，我们开始下一个议题。雷蒙，拜托了。”

# 3章　巴哈斯帝国

# 第三章 | 巴哈斯帝国

# 1

雅儿贝德向王国出发的那天，天气十分晴朗。安兹为了送她，来到了官邸的庭院中。

庭院中停着五辆豪华马车。雅儿贝德乘坐的马车、装着她的行李的马车。剩下的马车中，有一辆装着赠送王国国王的礼品。赠送这些礼品，是为了显示王国与魔导国国力的差距。安兹制造的二十只死亡骑兵已经列队完毕，护在马车周围。

使用传送魔法前往王国当然简单，然而他们没有这样选择。

雅儿贝德一行同时肩负着展示魔导国力量的使命。使用魔物，而不是马匹牵引马车，也是为了这个目的。也就是所谓的示威行为。

“那么安兹大人，我要暂时离开一段时间了。”

“嗯，一路小心。到现在，洗脑夏提雅的人还没有找到。说不定他们计划控制你，孤注一掷对纳萨力克造成巨大损害。”

“当然，我会谨记随身带着它的。”

雅儿贝德紧紧抱在怀中的是世界级道具。

“有了它，应该不会受到世界级道具的洗脑，不过对手手中的道具或许不止那一件。最重要的是，你不要忘了，它对物体虽然是最强的世界道具，但是对人并没有多大作用。”

“是这样吗？我的主武器就是由它变化形态……”

“它逊于特点突出的神器级道具。当然，考虑到绝对不会被破坏，而且不会劣化，它确实很强。我想说的是，不要因为自己是强者而麻痹大意。我认为雅儿贝德不会犯麻痹大意的错误，不过……”

仔细想来，他没有把雅儿贝德派到外面去过。

安兹一直把雅儿贝德安排在纳萨力克内，让她守护后方。因此，他心头涌出一种担忧，类似第一次让孩子出门去打酱油的感觉。

“你要时常保持警惕，不要麻痹大意。察觉到哪怕一丁点危险，也要马上撤退。传送系的道具带好了吗？一部分传送道具，从使用到生效有一段延迟。你带马上生效的传送道具了吗？或许会有敌人发起阻碍传送的攻击，你想好碰到这样的敌人要怎样应对了吗？有些敌人会使用弃子吸引注意力，借机悄悄靠近。不要被敌人的强弱骗了哟？我听说你为了提高随机应变的能力，一直在进行战斗训练，不过你还要多加钻研才行。除此之外——”

安兹一边后悔自己当时没有对夏提雅叮嘱一番，一边想着如果PK的对手是雅儿贝德，自己会采取什么样的战术，像连珠炮一样跟她说个没完。

他不知道就她有可能会受到的攻击说了多少，注意到雅儿贝德喜滋滋的表情，这才回过神来。

这样的行为实在让人难为情。

安兹干咳了一声。

“就说到这儿吧。我相信雅儿贝德对我所说的一切，已经有了对策，做好了准备。抱歉耽误你的行程了，事事小心。”

“遵命，安兹大人。”

“抱歉在你临走前跟你问这个，迪米乌哥斯他——算了，没什么。”

“不要紧吗？”

他点了点头。

安兹有一大堆问题，想若无其事地从雅儿贝德这边打听一下，看看迪米乌哥斯那边有没有什么消息。主要是关于雅儿贝德没有反对的冒险者工会的事，不过等他回来之后直接问他就行了。雅儿贝德似乎显得有些不解，不过她看出安兹似乎不打算说有什么事，于是又恢复了平常娴静的面容。

“那么，安兹大人，属下出发了。属下一定会出色完成任务，不辱守护者总管之名。”

“你一向不辱守护者总管之名。”

说完这话，安兹想起了自己被雅儿贝德推倒的事，不过没必要在这种场合提起。

“最后我还得嘱咐你一下。你有对疾病的完全抗性，但这世界上或许有你的完全抗性都无法防御的疾病，你一定要注意。我听说季节转换的日子里，容易感冒。”

在铃木悟生活的世界中，并没有那么明显的四季变化。

他开始想，如果蓝色星球在这里，他会做何反应。如果是他，应该会像眼前的雅儿贝德一样，面带灿烂的笑容吧。以他的外貌，能不能露出灿烂的笑容，就另当别论了。

雅儿贝德面带盛开花朵般的微笑，提案道：

“安兹大人！我知道一种对疾病非常有效的预防药。”

“哦？”

安兹没想到雅儿贝德居然知道这个世界上特有的预防药。

雅儿贝德与身为药师的恩菲雷亚应该没有接触，既然这样，莫非是来自 YGGDRASIL 的知识，或者是来自翠玉录的知识吗？安兹受到好奇心的驱使，期待着她下面的话。

“就是吻！”

“吻？”

“是的，受到亲吻时压力会得到缓解，副交感神经会被激活。副交感神经活跃起来，免疫能力就会增强。也就是说，只要得到吻，就不会生病！”

“听你这么一说，我好像也在哪儿听说过。”

安兹记得在 YGGDRASIL 时，好像听谁说过副交感神经怎么怎么样。雅儿贝德所说的应该就是那件事。不过，安兹觉得那套机制，在这个世界恐怕无效。

“综上所述，最好的办法就是得到亲吻！”

雅儿贝德闭上眼睛，噘起了嘴唇。

就像一只章鱼。

安兹正在想怪好的美女就这么毁了，没想到雅儿贝德的美貌并未受到多少影响。安兹产生了不合场合的感想，觉得美女不管做什么表情都是美女。

安兹逃避了一下现实，然后思考起来。

他想吐槽这套理论太荒谬了，然而雅儿贝德明显是想得到亲吻。既然这样，安兹还是想在一定程度上，满足即将因为工作出差的下属的愿望。再说，毕竟是翠玉录的女儿的愿望，他不想强硬地拒绝。

安兹用单手固定住雅儿贝德的下颌，在她的脸颊上吻了一下。说是这么说，实际上安兹没有皮肤，更是没有嘴唇。因此，安兹的吻只是把门牙按在雅儿贝德的脸上。不仅如此，安兹连唾液都没有，被吻者的感觉，应该只是硬邦邦干巴巴的东西，按在了自己的皮肤上。

这样的一下实在难以称之为吻，不过安兹最多只能做到这样。

(虽然我什么都不吃，但是还好我好好刷了牙。)

安兹把手从雅儿贝德下巴上拿开，视线与眼睛睁圆了的她交叉在一起。

“怎、怎么了？我认为亲吻嘴唇有些过火，所以吻了你的脸颊。有什么不妥吗？!”

“我还以为安兹大人绝对不会理会呢。”

安兹还没来得及问她为什么这样想，只见雅儿贝德眼角鼓起了圆水珠。

“呜哇——”

雅儿贝德哭了起来。那不是装哭，她是真的哭了。

安兹吓了一大跳，以至于他的精神强制镇静机制久违地发动了。他慌忙抬起了手，可是又不知道该怎么做才好。

上次，在宝物殿惹哭雅儿贝德的时候，他很快就想到了如何安慰。然而，他不知道亲吻导致对方开哭应该怎样应对。他开始回想，这种时候，帅哥皇帝（吉克尼夫）是怎么做的来着。可惜，在安兹偷看的时候，没有发生过类似的场景。

“雅儿贝德，不要哭了。”

安兹很想向身后使眼色，向今天当自己班的女仆求助。然而现在他已经够狼狈了，不能把人丢得更大。

“雅儿贝德啊，不要哭。”

安兹抱住雅儿贝德，轻轻拍着她的后背。

维持了一会儿这个状态之后，雅儿贝德开始吸鼻子。看来她的眼泪止住了。

安兹松了口气，放开了搂在雅儿贝德背后的手。

“没事了吧，雅儿贝德。”

“是，安兹大人。抱歉，我失态了。”

虽然还有泪痕，但雅儿贝德的笑容非常灿烂。

她会哭的原因只有一个吧。

安兹咀嚼着自己做下的事情有多么过分，感到本该没有的胃一阵阵绞痛。要不是自己觉得游戏马上就要结束了，也不用害她流下这样的眼泪。

“是吗……差不多到时间了吧。没有问题，就出发吧。”

“遵命！飞鼠大人！”

安兹看到雅儿贝德把马车的窗帘掀开，向他挥着手，他也挥了挥手作为回应。

就像以前在电视上看到过的，月台送别的场面。

马车缓缓前行，负责警卫者也跟了上去。

安兹目送雅儿贝德的马车远去，极目远眺，然后尽可能严肃地宣布：

“忘掉这里发生的事。”

“遵命。”

安兹走过低头表示领命的女仆身旁，他没敢看女仆是什么样的表情。

## 2

鲜血皇帝吉克尼夫·伦·法洛德·艾尔－尼克斯十分苦恼。

苦恼并不是这两天才开始的，已经持续一段时间了。

不管肃清什么贵族、听说了何种撼动帝国的反叛计划、与邻国的关系怎样恶化，他也从未慌张或混乱过。然而面对得不出答案的问题，这个男人只能苦恼。

“浑蛋！畜生！去死！死掉，烂掉吧！”

虽然通过魔法的诅咒可以杀死对方，但是吉克尼夫没有这种力量，因此他只是在谩骂。不过，如果能杀死这几个月来一直令他的精神和胃部承受负担的可恶男人，他甚至希望通过修行学会用诅咒杀人。

“不对，等等。应该说‘去活’才对吗？还是说让他‘被毁灭吧’才合适吧？我听说神官可以用神圣力量摧毁不死者。”

他甚至开始想这些无聊的事情了。

吉克尼夫之所以胃痛，之所以早上起床枕头上满是脱落的头发，完全是因为安兹·乌尔·恭魔导王。

面对魔导王带来的问题，吉克尼夫找不到没有漏洞的对策。

第一个问题，是关于帝国骑士团在卡兹平原一战中的牺牲者。

死者一共一百四十三名。如果与敌军正面冲突，出现这样的牺牲或许在所难免。然而，卡兹平原一战中的死者，全部是己方造成的。

不仅如此，回到帝都之后，有三千七百八十八人申请退出骑士团。也就是说在参加卡兹平原一战的六万帝国骑士中，有百分之六失去了继续战斗的勇气。

除此之外，到目前为止已经出现了数以千计的人，表示自己心神不宁，因为害怕而夜不能寐。根据下面提交的报告，精神状态不稳定的人至少有二百名。

骑士是专业战士，培养一名骑士需要消耗相当数额的经费。

不光是钱的问题，还需要训练时间。并不是路上随意找个人，跟他说“明天起你就是骑士了”就可以的。

为了填补减员造成的空缺，帝国需要花费大量金钱，到底从哪儿才能搞到资金来填坑呢?

在这样的状况下，用肃清贵族时抄家得来的财产补充资金太危险了。

这也是因为第二个问题，帝国骑士们递交了请愿书。

吉克尼夫允许骑士团直接向身为皇帝的自己提出意见。名义上是有些事情只有在前线浴血奋战的人才明白。实际上，吉克尼夫的目的是缓和文官和武官的冲突。骑士团是吉克尼夫的武力靠山，让他们认为自己受到了特别待遇，也是吉克尼夫的目的之一。

当然，允许骑士团直接向他提意见的名义上的理由，其实并非有名无实。不过，最近的这份请愿书实在过分。

骑士团高层联名请愿，表示希望能避免与魔导国的战争。

这种事情，不用他们请愿，吉克尼夫也明白。

正面与魔导国进行战争，已经不能说是愚蠢，只能说是疯狂了。谁会向仅用一个魔法就能消灭二十万兵力的对手挑衅呢。

事情明摆着，骑士团还是递交了请愿书，这是因为他们不再信赖吉克尼夫了。

骑士团高层知道，在卡兹平原一战之前，吉克尼夫向魔导王提议："请使用最厉害的魔法。"他们认为造成那惨绝人寰的地狱景象的原因之一，也是最主要的原因，就是吉克尼夫。

也就是把他当成了罪魁祸首。

得知这一点的时候，吉克尼夫真的动了怒，暴跳如雷。

他要是知道存在那么可怕的魔法，绝对不会说那样的话。

再说，吉克尼夫拜托可恶的魔导王使用最强魔法，是为了了解他的魔法到底有多强。

按说他们反倒应该感谢吉克尼夫，"感谢陛下令魔导王展示了一部分力量，这样我们就知道不能轻举妄动了"。要是运气不好，说不定那魔法会爆发在城市中。

可惜，骑士团不这样想。因为吉克尼夫是一位非常优秀的皇帝，骑士团高层现在开始怀疑，他早就知道那种魔法，故意让魔导王使用。

这是吉克尼夫第一次抱怨自己在别人心目中的形象。

然而，再怎么抱怨也没用。如果有人能替一替吉克尼夫，他还能放声大哭一场，休息到胃部的痛苦缓解为止，然而没有人能以吉克尼夫的水平完成工作，他必须自己亲自处理。

"可恶，魔导王！就因为那家伙干的好事！"

按住痛起来的胃，等等——吉克尼夫思考起来。

这会不会不是"魔导王干的好事"，而是"魔导王的阴谋"呢？

帝国目前的状况，有可能完全在魔导王的计划之内。冷静想一想，吉克尼夫觉得这种可能性非常之高。

他取出钥匙，打开了办公桌的抽屉，从里面排列得整整齐齐的瓶子中取出一个。

吉克尼夫用戴在左手的银戒指靠近瓶子。

它叫独角兽指环——能探测毒物、强化对中毒和疾病的抗性，还能每天疗伤一次。确认指环没有反应之后，他一口气喝干了瓶中的东西。

把瓶子轻轻放在桌上后，吉克尼夫猛地皱起了鼻子。

为了消除满口熟悉的浓烈药味，他拿起桌上的杯子含了一口水，再次按住了胃部。

不知是精神作用，还是药水真的治愈了伤口，他胃部的痛感缓解了。

“呼——”

吉克尼夫叹了一口重重的，已经形成日常习惯的气，继续工作。首先处理堆积起来的文件。

仿佛正在等着他伸出手指，就在这时，室内响起了轻轻的敲门声。

走进来的是秘书官之一。吉克尼夫选出的秘书官个个优秀，而此人是佼佼者中能和罗内媲美的。

顺带一提，吉克尼夫的秘书官中没有一名女性。非常遗憾，他认为女人中能胜任这项工作的，只有他侧室中的一人。

“陛下——”

吉克尼夫挥了下手，让他把一定会十分冗长的套话免了。

“免了免了，不用说套话了，浪费时间。说你有什么事吧。”

“是，陛下。我们联络到那个国家的商人了。据说对方有非常好的商品，会到帝都来。”

“是吗！”

听到几周以来最好的消息，吉克尼夫破颜笑了。

所谓的那个国家是指斯连教国，所谓的商人自不必说，指的是教国的使者。

房间有防范间谍的对策，可是看过魔导王的魔法后，吉克尼夫觉得这样的防范对策就像纸糊的一样让人不放心。实际上，他时常觉得自己被什么人监视着。

吉克尼夫命令几人进行过调查。结果，没人发现监视者，还告诉他会不会是他有被害妄想。听他们这么一说，吉克尼夫也觉得自己神经过于紧张，有可能产生了被监视的错觉。可是，调查过之后，他还是有自己被一股视线盯着的别扭感觉。

如果是以前，他会让弗鲁达负责一部分防范间谍的工作。可是弗鲁达恐怕已经背叛了他，没办法再用了。因此，他只能以间谍已经混进皇城为前提进行行动。

因为如上原因，作为对付间谍的策略之一，重要事项他们会使用指代名词。当然，这样做引起了一些问题，不过总比对抗安兹·乌尔·恭的同盟计划暴露要安全。

“什么时候来？”

“回禀陛下，据说他们希望近日到达。”

按说应该把使者迎接到皇城中，可是那样做太惹眼了。

（装作偶然，和他们见一面再好不过。可是什么样的地方才不会受到怀疑？）

就算觉得已经没有什么希望，也不能像玩游戏一样放弃。魔导王使用了残暴至极的魔法，对宁布尔说，“不死者夺走生者的性命是理所当然的”，他这样的存在不能放任不管。

尽可能让胜算更高，是巴哈斯帝国皇帝的职责。

为了实现这个目的，手段之一就是暗中与斯连教国结盟。教国是历史比帝国更长的国家，以信仰系魔法为国家的支柱之一。如果为了对付不死者而寻求帮助，斯连教国是最合适的对象。

只是，如果被魔导国得知，帝国与教国进行接触，那么将十分不妙。

帝国协助魔导国建国，从立场上来说是魔导国的同盟国。帝国充当协助者，是为了了解魔导国的力量和组织结构，以及其他一切相关情报。如果魔导国知道帝国有反魔导国的动向，肯定会首先以他们的力量对付帝国。

“陛下，臣有一句话，不知当不当讲。”

吉克尼夫默默抬了抬下巴，示意他说。

“如今再与魔导国交战，是不是只能称之为愚蠢的行为呢？”

吉克尼夫以锐利的视线看着秘书官。他想着“你也说这样的话吗”，瞥了一眼扔进专用垃圾箱中的羊皮纸，问道：

（我的心就快变成一堆死灰了，不要再泼冷水了……可是……）

“那么，我们应该怎么做？”

“这……”

看到秘书官喉头一颤，吉克尼夫苦笑起来。

“放心吧，不管你说什么，我都不会怪罪的。说说你的想法。”

“是，请恕臣斗胆。”秘书官干咳一声，开始说自己的想法，“窃以为我们应该强化自己同盟国的立场，如果魔导国对我们有什么要求……我们只能屈膝妥协。”

吉克尼夫已经说了不会怪罪，秘书官的脸上还是没了血色。

为了说这番被人看作卖国也不奇怪的话，他大概在和自己可能要丢命的恐惧心理战斗吧。

吉克尼夫再次苦笑起来。

“你说得没错。”

“啥——”

吉克尼夫很清楚他的优秀，看着那呆呆张着嘴的样子，就更是觉得可笑。吉克尼夫露出另一种笑容，继续说了下去。

“我是说你说得没错。如果我在你的立场，也会提出和你一样的建议。不对，如果秘书官不这样建议，那问题就出在让他当秘书官的人身上。”

实话说，魔导国太强了。

现在他们有所了解的，只是魔导国的军事力量。仅此一项已经强得过于异常，无法应对。

魔导王安兹·乌尔·恭一人已经强得过了头，而他带上战场的不死者军团中，随便哪一只都是能毁灭国家的魔物。

层次差距太大，以至于认真思考两者之间的差距都显得很傻。

“我也觉得这是最好的手段，不过要有两手准备吧？万一魔导王下定决心消灭帝国，只是屈膝能不能求得他手下留情还是个未知数。”

现在，还没有听说魔导王在耶·兰提尔展开屠杀。

帝国派人去打听关于不死者的消息，得知不死者在耶·兰提尔横行。魔导国把不死者安排在各种各样的地方，耶·兰提尔已化为魔都。

说不定他们不打算杀掉领地上的人类，不过现在下结论还为时尚早。有传闻说这是因为那位精钢级冒险者（飞飞）克制着魔导王，认为魔导王的慈悲同样会降临帝国头上的想法太过危险。

“您说得没错。看来我是被魔导王绝对的力量吓坏了，应该更先注意到的、极其理所当然的事情我却没有想到。实在非常抱歉。”

“没必要道歉，我的想法也和你一样……继续我们刚才说的吧，那个国家的商人停留期间打算住宿在哪里？”

“回禀陛下，打算住宿在四之二的最大的地方。”

四之二指的是火之神殿。他们没有商量好“最大”这个暗号，恐怕就是指帝国最大的神殿——中央神殿吧。

说完这些话之后，吉克尼夫和秘书官开始了掺着谎话的闲聊。

闲聊中，他们还不时掺进一些令人浮想联翩的话。这样就算被人听去，想要调查情报的真伪，也得费上好大一番力气。

吉克尼夫想着，这大脑负荷相当重的工作还要持续很久，聊了几分钟之后，他觉得差不多是时候了，把谈话转向了正题。

“那么，你的家人怎么样了？现在还好吗？”

“啊？啊，是的。托您的福，还好。”

“是吗，那真是太好了，健康是很重要的。其实我最近身体一直有点不舒服，喝了药也只能暂时缓解。你觉得要不要叫神官来？”

“近来，神殿一直对陛下心怀不满。采取高压的态度，恐怕会招致他们的反感。不如陛下亲自去一趟如何？”

“好主意啊。”

对与不死者战斗的神殿——神官们来说，出现了一个力量强大的不死者控制的邻国，是不容他们不警惕的事态。神殿已经几次向吉克尼夫发出信件，表示想要谈话，不过吉克尼夫全部拒绝了。

吉克尼夫非常想多点帮手，却没有马上同意神殿方的请求。

原因之一，是不放心他们防范间谍的能力。还有另外一点：吉克尼夫无法预测，自己把能告诉他们的全说了之后，他们会采取什么行动。

万一他和神殿结盟后，神官们只因为对方是不死者，就对拥有强大力量的魔导王发起挑战，结果自不用说。吉克尼夫等于给想要自杀的人垫了背。

说到底，吉克尼夫是担心与神殿进行接触后，会被魔导王认定为怀有敌意。说白了，就是害怕。

吉克尼夫又叹了口气。

他希望神殿耐心等到时机成熟，可惜他们没有如此深谋远虑。不过，教国的外交团秘密进入帝都，与神殿势力发生了接触，这样看来或许有逆转的机会。

“那么，这几天，我就去神殿一趟，让他们帮我看看吧。”

“属下认为这样极好。那么属下会先做好准备。”

“好吧，那就拜托了。那么，竞技场方面怎么办，我记得近期有去观战的计划，不会有什么影响吧？你可不要说，既然身体不舒服要去看神官，就不要到那种地方去了哟。你们当中如果有谁想观战，可以特许你们在贵宾室和我一起看。”

秘书官的眼睛中，亮起了想要看穿真意的锐利光辉。

（是的，没错。你的疑问是理所当然的，看透我想说什么吧。）

吉克尼夫认为，最好不要在神殿与教国的人会面。

神殿中保管着各种各样的知识，包括治疗相关的知识。如果神殿被选为先制攻击的目标，损失就太大了。特别是神殿中积攒起来的知识，有时它们比什么都要有价值。

“遵命。竞技场一事，我明白陛下的意思了。不过，当天您不是有到医院去探望战斗中负伤者的计划吗？”

吉克尼夫根本没听说还有这个安排，肯定是秘书在放烟幕弹。

他是在建议，医院会不会比竞技场更好一点。

吉克尼夫之所以选择竞技场，是因为以前他听说过，有神官被叫到竞技场，为负伤者治疗。他在想，可以让使者混在治疗伤者的神官中，进入竞技场。

“探望的事回头再说。先为我刚才说的计划定好日程吧。”

那么，如果真的被间谍窃听了，商人的话题后来没有再出现，间谍会怎么想呢？只靠四之二这个数字，他们能调查到什么地步呢？

不管魔导王有多么邪恶的智谋，不收集情报也无计可施。魔导王的部下不可能都和他一样睿智。再说，间谍的数量越多，越容易暴露。既然现在还没有发现蛛丝马迹，说明间谍人数不多。不，应该说是吉克尼夫希望间谍人数不多。

魔导王超乎寻常的魔法掠过吉克尼夫的脑海，他心中的某处在对自己低语：“魔导王手下全是精兵强将。”在王座大厅，吉克尼夫看到的都是拥有绝对实力的强者，说不定间谍也和那些强者实力相当。

（如果真的是这样，就没什么可想的了啊……如果做魔导国的藩国能保住帝国，或许是最好的办法吧。）

明明刚刚喝过药水，吉克尼夫的胃又一阵一阵隐痛起来。

●

两周后，吉克尼夫乘坐的马车，正一路向着竞技场前进。

表面上是他去竞技场观战，真正的目的是与教国使者，以及帝国内的高阶神官们进行协商。

为了低调行事，吉克尼夫没有动员近卫。作为马车的护卫，四骑士中的两人——“雷光”和“激风”与吉克尼夫同乘在马车上。

吉克尼夫本来想让一骑当千的四骑士全体担任护卫，可是唯有“重爆”他信不过，于是以守护皇城为名义，把她留下了。不对，说“信不过”并不正确。准确来说，她露骨地表现出了想要投奔魔导国的心意。吉克尼夫想让她尽可能远离能带去魔导国当伴手礼的情报。

她可是曾经明言，“只要能解除我的诅咒，我甚至是会向陛下举剑”的人物。吉克尼夫明知这一点，还把她收为了部下。因此，就算她背叛帝国，也没人能责备她。然而，他不能容忍她带着帝国的重要情报走。

万一她真的带着重要机密跑了，吉克尼夫只能派人追杀。她是帝国最强者之一，想要杀她，起码要派出和她同级别的高手。如果是用剑作战，只有“雷光”和“激风”能与她匹敌。派出不够强的追兵反而会被她杀死，动员太多人追杀则会导致帝都和皇帝的护卫变得薄弱。

如果是这样，就只能派出弗鲁达的高徒，或者是工作者，再不然就是找以伊加尼娅为代表的暗杀者之类，总之要找有近身战斗之外特技的人去追杀她。不管选其中哪一条路，都要做好花费大量金钱的心理准备。

高徒们现在有年薪——弗鲁达背叛之后，吉克尼夫把他们封为贵族，给了他们领地——可领，人们或许会觉得不用额外支付费用给他们。可是，派他们去追杀，会导致他们本来的工作停滞，造成无法马上显现的损失。而且，万一追杀不成反被杀，损失非后二者可比。

因此，最好的办法就是不给“重爆”接触重要情报的机会，让她两手空空地投奔魔导国。这应该才是大家相安无事的办法。

吉克尼夫也曾经暗暗向“重爆”提起。

只是“重爆”现在还留在皇城。她的回答是：“我会留在这里直到报陛下的恩情。”

如果她真的是这样想倒还好，恐怕实际上并非如此。

“重爆”确实是帝国四骑士的一员，然而即使如此，魔导国对她的实力同样有很高评价的可能性也非常低。魔导王直辖部队中有大量的不死者，其中哪一只的力量都比她强。这样想来，她大概是在等机会，想把自己卖个高价吧。

想到这里，吉克尼夫为魔导王已经有数以千计——还不算魔导王自己——强过帝国最强战士之一“重爆”的不死者，为这一绝望的状况感到胃疼了起来。

（这到底让我如何是好啊！）

只有一名强者，并不是无法改变战况。

曾经有一个名叫葛杰夫·史托罗诺夫的男人，为王国做到过这一点。帝国首席魔法师弗鲁达·帕拉戴恩比葛杰夫还要强，他是一位实力足以撼动国家的魔法师。

一人的力量有时与一支军队、一个国家同等。

也就是说，魔导国除了那位可怕的不死者之王以外，还有数以千计的军队。

（这实在难于登天吧？假设魔导国有一千个军团，我们根本不可能有防御的办法……看来还是放弃吧……）

虽然吉克尼夫在部下面前绝对不会说出口，但是放弃的想法已经浮现在他脑海中不知道多少次了。其实，这就是他听说卡兹平原之战后，出现在头脑中的第一个想法。

“——那么陛下，你将在竞技场内与银丝鸟的几位见面，之后移驾至预定地点，可以吗？”

吉克尼夫只移动了视线，凝视着坐在他眼前的男子。

他是帝国四骑士之一，“雷光”巴杰伍德·佩什梅尔。

吉克尼夫默默点头回应。

吉克尼夫雇用了精钢级冒险者小队，作为这次观战的护卫。名义上是护卫，实际上他们的主要任务是防备魔导国的间谍。本来伊加尼娅也是这项工作的候选之一，不过很遗憾，帝国没能与其取得联系。吉克尼夫现在明白，想要拉拢其加入帝国非常困难。

“陛下，精钢级冒险者确实是人类的最强战斗力，不过，说到底没有超出人类的范畴，还望陛下多加小心。”

吉克尼夫非常清楚，“激风”宁布尔·亚克·戴尔·亚诺克到底想表达什么意思。实际上，他比在现场观看了大屠杀的宁布尔还要清楚，因为他在王座大厅看到了那些怪物的队列。

“这自然不用说。不过，他们或许有办法防得住。我听说王国的精钢级冒险者飞飞，在魔导王面前擎着巨剑，以一己之力保护了民众。银丝鸟也是精钢级，该不会连间谍都防不住吧。”

吉克尼夫一边说着，一边露出了无奈的笑容。

“那么，如果连他们也……防不住，该怎么办才好。”

听到吉克尼夫的提问，两位骑士露出了沉痛的表情。那表情比语言更能表达他们想说的意思，以至于吉克尼夫一不留神也露出了和两人一样的表情。

“陛下，请不要露出这样的表情。虽然力量微薄，但臣等愿意为陛下肝脑涂地。”

“就是啊，陛下，你得威风凛凛地带着平时充满自信的表情，别像现在这样沮丧。”

两人温暖的话刺痛了吉克尼夫的心。他说不出“你们脸上的表情也和我一样”，只好坦率接受了两人的谏言。毫无疑问，两人的话就像泼在沙漠上的水一样，渗进了吉克尼夫千疮百孔的内心。

“抱歉啊……谢谢你们的这分心意。那么……反正现在只有你们两人，可以让我发发牢骚吗？”

两位骑士默默点了点头。

“我说啊，我该怎么办才好？那样的怪物怎么就出现在帝国旁边了？为什么啊？我做了什么坏事？怎样才能打倒那样的怪物——就算没法打倒，封印也好啊。帝国最强的王牌现在叛变到敌人麾下了，这糟得不能再糟的状况还有逆转的办法吗？”

吉克尼夫本来不打算说这么多的。

他必须走在最前面，这样大家才有奔头。身居高位者必须有身居高位者的姿态，肃清了众多贵族的“鲜血皇帝”更应该如此。

皇帝不能展现出脆弱的一面，这是他尊敬的父亲的教导。

可是，既然是人，忍耐就是有极限的。

吉克尼夫向来只在侧室面前展现的人性一面叫喊着：

“确实是我拜托那家伙用魔法的。可是，我也是迫不得已啊！如果不对那家伙的能力做些调查，怎么可能找得到应对的办法！难道能怪我吗！出了问题责任就都在我吗！都是些浑蛋！”

吉克尼夫咬着嘴唇，两只手抓乱了头发。

实际上，这只不过是个开头。其实他想任凭内心涌出的感情的支配，一边尖叫，一边满地打滚。现在的他还是设法克制着自己，顾着皇帝的颜面。

不过，他自己也知道，铁箍已经松动了。

吉克尼夫一边觉得自己好像渐渐形成了坏习惯，一边摆正了姿势。

“抱歉，我有点激动了。最近的压力有些太大。”

他低头看了下手掌，发现上面沾着许多头发。

单纯看肖像画，他的祖先中没有毛发稀疏的人物。他甚至开始胡思乱想，觉得自己说不定会成为第一个秃头皇帝。

他以不会被两位部下察觉到的动作掸了掸手上的头发。有时同情比谩骂还要伤人，头发的问题就属于这种情况。

“让你们看到了我刚才的样子，再说这样的话或许会让你们觉得困惑，不过不用担心。一定还有什么办法，我不会让那家伙对帝国为所欲为的。”

他露出看似冷峻的笑容。两位部下见状，表情显得不那么紧张了。

不过，他们脸上依然没有放心的神色。

他们大概也明白，吉克尼夫的话不过是安慰吧。

不管怎么想，也想不出对付那怪物的办法。

其实，吉克尼夫也觉得，如果不存在能有效消灭不死者的武器，或者出现突然觉醒了神奇力量的人类，那就根本没办法对付魔导国。

（正因如此才需要斯连教国。如果是他们，如果是那个历史比帝国更悠久的国家，或许拥有一击杀死不死者的武器。不，哪怕他们只有相应的知识，我也能继续战斗下去！）

除了寄希望于他们之外，已经别无他法。

马车向前行驶，承载着吉克尼夫最后的希望。

●

竞技场呈圆形。其中一个区域有个宽大的入口，乘坐马车可以从这里进入竞技场。马车用的出入口属于有资格进入贵宾室的少数人。竞技场主要有三种入口，除了马车出入口之外，就是普通观众的出入口和货物的出入口。

先从马车上下来的，自然是负责护卫的两位骑士。他们确认安全之后，吉克尼夫走了下来。

五名男子站在车旁。

他们的装束并不适合站在贵宾用入口。

吉克尼夫看到美术品，可以推测出其价值，然而他推测不出他们装备的价值。他们穿的不是美术价值更强的装备——不是贵族警备兵的穿戴，而是在战斗中出生入死的人穿在身上、用来战斗的装备。

按照礼仪，应该由身份较低的人先做自我介绍。不过，有一部分冒险者不受身份的拘束。他们就是这部分冒险者。

可是，贵为帝国统治者的人，应该对冒险者先开口吗？

大概是看出了吉克尼夫的困惑，站在五人中央的男子开了口。

“吉克尼夫·伦·法洛德·艾尔－尼克斯陛下，初次见面，非常荣幸。我们就是承接这次警卫委托的精钢级冒险者小队‘银丝鸟’。我负责整合小队，名叫弗莱瓦尔茨。这次还请您多多关照。”

清脆的嗓音响了起来。

他身后背着鲁特琴，腰上佩着细剑，穿在身上的是一件发出诡异光辉的链甲衫。

这些光芒并不是单纯的反射光，而是从装备内部渗出的魔法的光辉。他身上似乎都是一流的魔法道具，最有名的就是那把鲁特琴，据说它的名字是“星辰交响曲”。

看到他充满自信的样子，吉克尼夫想起了几个月前的自己，感到有点羡慕。

“贵小队是我国最强的冒险者小队，诸位的大名我早有耳闻。击败光辉爬行者的英雄故事更是令人热血沸腾。因此，我认为自己对贵小队中每一位都比较熟悉。不过，难得的机会，可以请你们介绍一下我们帝国的英雄吗？”

“那么，我就以吟游诗人的方式为您介绍——”

“这就不要了吧，队长。不好意思，我一听队长的‘那个’就会起一身鸡皮疙瘩。什么熠熠生辉的短剑……真是，你还是放过我吧。啊，非常抱歉，陛下。我出身微贱，说话没什么礼貌，请您原谅。”

站在弗莱瓦尔茨右边的男子向前踏出一步，轻轻低头致意。

他是一位剔着平头的小个子男子，脸上虽然摆出了笑，但是那从脸的尺寸来讲有些显小的眼睛里没有笑意。

他名叫凯拉·诺·瑟德舒廷，从事盗贼系职业中的策动者一职。

关于策动者这个职业，吉克尼夫没有多少情报，不确定的地方很多。这应该是比盗贼更偏向幕后活动，类似暗杀者的，潜伏在暗处的职业。

吉克尼夫看着轻轻低头致意的男子，表示没必要在意。巴杰伍德发出了轻笑声。

“哈哈，陛下在我这已经锻炼起来了，不要紧。”

“哎呀，真是失敬……你就是有名的四骑士之一‘雷光’先生吧。莫非，你也是这类的出身？”

“嗯？不，我觉得应该不是。我是出身脏兮兮的小巷，不过你应该是从比我更深的地方爬上来的吧？”

“看来是这样了。你给人的感觉确实和我不一样……真是失礼，是我下结论太早了。”

“不用在意，‘暗云’。”

“我可从来没有自称为暗云过……真是的，这都怪队长。”

被“暗云”看了一眼，弗莱瓦尔茨噘起了嘴。

“比起被人安上难听的外号，难道不是我们主动诱导更好吗？失礼了，陛下。这位就是我们小队的耳朵和眼睛，瑟德。那么接下来，请允许我为您介绍我们的战士。看到他的样子您可能会有些惊讶，不过他的实力我是可以保证的。”

“不，陛下并不怀疑这一点，看起来比我还强呢。”

“强者能给我这样的评语，实在令人高兴——我是范·隆古。”

受到介绍的是一位身高一百七十厘米左右，全身鲜红毛发的猴子。这位身上穿着看似以某种白色动物毛皮制成的铠甲，腰际左右各悬一把看上去已经用了很久的战斧。

他是被称为猿猴的亚人。报告书上说，他从事令森林动物的灵魂附身的，名为“兽王”的职业，会让类人猿的力量附身。不过，亲眼看到还是会给人带来不小的冲击。

而且这个猴子外观的人物，据说实力比吉克尼夫部下中最强的战士巴杰伍德还要强。

范·隆古轻轻抬起右手，向吉克尼夫致意。

“那个，继续吧。接下来，是我们小队中为大家疗伤的人物。”

弗莱瓦尔茨好像赶忙开始了下一位队员的介绍。他大概是怕吉克尼夫心生不快吧。

这次向前踏出一步的，是站在弗莱瓦尔茨左边的男子。

“失礼。”说着，他手中怪异的法杖发出了“叮铃”一声。这种法杖似乎叫“锡杖”。“拙僧法号云溪，信仰佛神，今后还请多关照。”

他身上的服装也很古怪，不过比起刚才那位兽王则显得开化多了。

他把那顶非常诡异的大帽子——斗笠——摘了下来。斗笠下面没有头发，若不是知道他是故意剃掉的，吉克尼夫说不定还会可怜他年少秃头。

他身穿在帝国难得一见的，名为袈裟的战斗服。他是一位名为僧侣的精神系魔法吟唱者，治愈方面虽然并不出众，但他在与不死者的战斗中会发挥优秀的能力。

他所信仰的所谓佛神，是遥远南方的人们信仰的，鲜为人知的神。也有人说佛神是四大神的从属神。吉克尼夫在神明方面知识并不丰富，不知道帝国有没有佛神的神殿，不过听说云溪的存在带来了不小的麻烦。

治疗魔法基本由神殿管理，决定价格。那么与神殿毫无关联的治疗魔法使用者，该怎么对待才好呢？而且此人还是精钢级，是最高级的冒险者。

在帝国，政治与宗教没有紧密的联系，此事不需要他操心。这对于吉克尼夫来说可以称得上是幸运了。

他可不想被卷进更多的麻烦事了。

不过，调查他们的功绩时，吉克尼夫看到他对付不死者有非常优秀的能力，这一点确实抓住了吉克尼夫的心。说不定有必要对神殿相关人士施加些许压力。当然，在那之前，先要调查他的力量是否有用。

“原来如此，那么最后的这位就是波彭吧。”

“您说得没错，陛下。”

随着弗莱瓦尔茨的介绍，装束更加诡异的，可以称得上五人中最诡异的一位人物低头行礼。

不知是不是因为从事名为图腾萨满的罕见职业，他赤裸着晒得黝黑的上半身，皮肤上画着白色的诡异花纹。

“你……不冷吗？”

“我装备着魔法道具，对于温度变化有相应的保护措施，不会觉得冷。”

听到比想象中更正常的回答，吉克尼夫心里吃了一惊。资料上描述了他诡异的外貌，报告里也写了他是一位严肃的人物。即使如此，外貌和性格的反差足以让吉克尼夫吃惊。仔细观察，吉克尼夫发现他其实长得还算英俊，而且年龄也还不大。

吉克尼夫觉得有点好奇，他为什么做了这一行，又觉得不想知道。

他打量着“银丝鸟”。

这是一支由诡异成员构成的诡异小队。唯一的共通点，就是所有成员都在装备的某个部位——图腾萨满是在他腰部的草裙——挂着据说以前小队养过的银丝鸟的羽毛。

他们的羽毛仿佛刚刚从鸟身上落下，闪着耀眼的银色光辉。

“明白了，诸位，今天就拜托了。”

“交给我们吧，陛下，您大可放心。”

听到弗莱瓦尔茨的话，吉克尼夫克制着自己不露出苦笑，打算第一个向前走。然而——

“可以请您稍等一下吗，陛下？”

瑟德用没有抑扬顿挫的声音制止了他。

“我们接到的委托是保护陛下的安全，希望您不要走在最前面，可以吗？”

“没有什么可以不可以，雇用你们就是为了安全。既然你们觉得应该这样，我听从你们的安排。还有，如果你们需要这两人做什么，尽管随时吩咐。只是，希望你们尽可能不要离开我身边。”

“岂敢岂敢，我们哪里有资格使唤帝国四骑士中的两位大人。不过话说回来，两位只要不离开陛下身边就可以了。如果发生了什么，请按照我们的指示，要么逃要么跑就是了。那么，队长，拜托奏上一曲吧。”

“明白。陛下，瑟德不会说话，请您原谅。我说过他很多次，可他就是改不了……”

“不必在意，虽说如此，在公开场合可不行啊。”

大概是明白了吉克尼夫的意思，弗莱瓦尔茨轻轻低下了头。看来他是答应了会让瑟德分清时间和场合。

随后，弗莱瓦尔茨唱起了歌。不对，比起歌来，更像是一些神秘音节的集合。这是因为吉克尼夫听不懂他唱的到底是什么意思。只持续了几秒，却格外令人印象深刻的歌声结束后，瑟德开始了行动。

如果要形容，不知该说是“慢慢地”还是“滑滑地”，那动作是吉克尼夫无法形容的。

“那么，请保持十米的距离，跟我来吧。”

一行人开始按照瑟德所说，保持着距离走了起来。吉克尼夫开始向走在身旁的弗莱瓦尔茨询问刚才的那段歌。

“刚才那到底是什么？”

“陛下不知道吗？刚才那是咒歌，是吟游诗人的特殊技能之一。有的吟游诗人会演奏乐器来使用特殊技能，不过我是通过唱来发挥效果。”

“原来那就是咒歌啊。”吉克尼夫嘀咕着，只见弗莱瓦尔茨微微一笑。这时，吉克尼夫想到一件自己一直想找人问，却一直没有机会的事，决定趁此机会问一问。

“我有一件事想问，这种咒歌可以控制人吗？”

“有一种名为暗示的咒歌，只要用了这种咒歌就可以控制人，效果相同的魔法也存在。除了暗示之外，用魅惑也能实现某种程度的控制。”

吉克尼夫和巴杰伍德交换了一下视线。

“原来如此……是这样啊……”

“看来是这样了。”

看来那只青蛙果然是有吟游诗人能力的魔物。还是说——

“那么，你对类似青蛙的魔物有什么了解吗？”

——不能否定是魔物的天生异能的可能性。搞清楚那到底是什么能力，是很重要的。

“青蛙？您是指巨型蟾蜍之类的魔物吗？”

“不，不是那种魔物，是更有知性的魔物。应该是一种双脚站立，可以瞬间发动类似咒歌能力的魔物。”

“是蟾蜍人吗？如果是蟾蜍人吟游诗人的话，倒是符合您描述的特点，不过……我记得蟾蜍人不是那么优秀的亚人。听说年长的族长级蟾蜍人，拥有使用特别的声音令对方陷入混乱的能力。”

当时的状况和混乱略有不同。

吉克尼夫在书上读到过蟾蜍人，他觉得外形上和那个迪米乌哥斯相去甚远。当然，不能完全否定他是蟾蜍人亚种、变种、王族的可能性，不过他不是蟾蜍人的可能性更高。

“看来我说得不对啊。非常抱歉，陛下，情报太少了。如果能跟我详细说说，我或许答得出是什么。”

那真是再好不过了。

“是吗，那么我把魔物的详细外观告诉你，如果可以，请把你的知识借给我吧。还有，能不能跟我详细讲讲咒歌？”

在帝国，恐怕没有人比他这位精钢级冒险者知道得更多。

“陛下，这恐怕有点不合适吧，那可是他们吃饭的家伙。”

听到巴杰伍德的话，弗莱瓦尔茨笑了一下，回答道：

“没事没事，关于我们的王牌之类的情报，自然不能随便说。如果只是普通的知识，告诉陛下也没关系。不过……您大可以问那位大魔法吟唱者吧？我认为那位大魔法吟唱者知道的比我们多……”

听到弗莱瓦尔茨提起弗鲁达，吉克尼夫努力维持相同的表情。

他已经为弗鲁达背叛的事发布了禁言令，消息没有传到外部。目前他让弗鲁达继续担任首席魔法师，以不显眼的方式慢慢削弱弗鲁达的权限，慢慢摸索方法，逐步填补空缺。

看到弗鲁达留下的巨大空缺，吉克尼夫明白了帝国从弗鲁达这个人物身上受到了多大的恩惠，不过现在一切都晚了。

“不能一切都依赖那位老人。就像学生写作业，老师再优秀，学生也不能等老师把答案都说出来再动笔。”

听到吉克尼夫的话，周围响起了几声笑声。

“陛下说得确实没错，明白了。我正觉得相对于工作内容来说，这次的委托报酬显得格外丰厚呢。回头我会就咒歌，简单为陛下讲一讲。”

“是吗，那就拜托了。”

竞技场有不止一个贵宾室。有出钱资助竞技场运营的资本家用的，有高阶贵族用的，还有皇帝用的。一行人直接向历代皇帝用的贵宾室前进。不知瑟德是不是事先调查好了，他走在最前面，一路上一次都没有问路。

过了一会儿，一行人来到拐过下一个弯就会看到贵宾室大门的地方。走在最前面的瑟德向吉克尼夫伸出了掌心。

“没有人的气息啊。不过，还是我先去，可以请大家在这个转角等一下吗？”

小声说完这番话，他没有等回答，就安静而灵巧地沿着走廊走了过去。吉克尼夫感到有点好奇，跟着探出一点头去看。

瑟德悄无声息地来到门前，不知做了什么动作之后，轻轻打开了门。门只开了一个小缝，不过看样子已经足够他进去了。他一闪身，身影消失在了房间里。

过了几十秒之后，房门敞开，瑟德走了出来。

“看来不要紧，这个房间没什么问题。”

一行人动了起来，进入了他确认安全后的房间。

吉克尼夫环视周围。

房间不算宽敞，不过雅致的摆设都是一流的。为了迎接很少驾临的皇帝，整个房间被打扫得一尘不染。

竞技场一侧的墙壁敞开着一大截，下面一览无余。吉克尼夫向下瞥了几眼，看到满场的观众十分狂热，发出震耳欲聋的欢呼声。

上座率如此之高，是因为今天临时安排了一场武王的战斗。

竞技场的王者——武王因为绝对强大的力量，很少碰到旗鼓相当的对手。因此，自从上一次为他安排比赛以来，已经过了相当长的时间。

今天有久违的一场武王的比赛，想要一饱眼福的人塞满了竞技场。

看来人们非常崇拜强大的力量。此外，帝国有骑士做专业的士兵，战场对市民来说是遥远的另一个世界。正因如此，他们才能把互相搏命的战斗表演当成娱乐吧。

不对，吉克尼夫听说，骑士们当中，也有喜欢竞技场的人。

这样看来，应该是为了发散和解放兽性吧。

吉克尼夫正漫不经心地想着，“银丝鸟”的几人完成了对室内的探索。

“房间中有没有发动了某种情报系魔法的痕迹呢？”

“陛下，我们没有发现。对吧？”

“没错。首先，对于我来说，发现魔法曾经发动的痕迹很困难。因此我对有无魔法道具进行了搜索，不过没有发现。但是，请您不要忘了，我没有盗贼那么强的调查能力，请不要认为万无一失。不过，我请队长用咒歌提升了我的探测能力，感觉应该不要紧了。”

“拙僧用探测系魔法做了魔法方面的调查，没有发现有魔法发动过。我姑且展开了妨碍探测的力场，应该不会有问题。”

云溪把锡杖向地板一敲，响起了清澈的哗啦一声。

“那么我可以再拜托一件事吗？你会不会用有人靠近时可以发现的魔法？最好是就算对方变透明也能发现的魔法。”

“非常遗憾，拙僧不会用那样的魔法。不过，我记得队长应该是会的。”

弗莱瓦尔茨听云溪提到自己，做了个明白的手势，走出了房间。

“还有什么吗？如果对方打算窃听，你们有什么对策吗？”

吉克尼夫拼命想着，对手是安兹·乌尔·恭，他能使用什么样的手段。实话说，没人能想到超乎想象的事情。因此，不管把他想象得多么可怕，也不能算是夸大吧。

“说实话，我认为做到现在的程度已经足够了。别看这样，已经施加了几重魔法强化保护。”

“没错，陛下。妨碍探测的魔法也已经施好了，如果对手想通过魔法对这里进行探测，拙僧马上会发现的。请陛下放心。”

瑟德和云溪轮番安慰吉克尼夫。

他们大概是认为吉克尼夫有点偏执狂的倾向吧。再不然就是认为他察觉到了有人要暗杀自己，有点焦虑。

不过，吉克尼夫很好奇，如果二人知道自己要对付的是魔导王，他们会做出什么样的反应。他们会赞同他的看法，认为不管怎样警惕都嫌不够吗？还是说不会为了这么点小钱，接受这么危险的工作呢？

他们最好对魔导王的事一无所知，而且能够全力以赴应对他们的工作。

虽然吉克尼夫下令禁止散布关于魔导王的情报，但是要堵住六万张嘴是不可能的。

风声肯定早就走漏了。吉克尼夫听说越是高阶冒险者，平时越注意对情报的收集，既然如此，他们或许已经知道了魔导王的力量。

（惹得他们刨根问底也不好。）

吉克尼夫思来想去，露出暧昧的笑容想要敷衍了事。

两人似乎都判断吉克尼夫认可了他们的话，不打算再多说什么。

竞技场方向传来格外大的一阵欢呼声。

吉克尼夫转眼去看，发现一场剑斗士之间的比赛似乎分出了胜负。

过去，败者要被赐死，不过现在不会了。虽然有可能会在比赛中送命，但是分出胜负之后，败者不会再被杀死。

曾经有一位剑斗士，连战连败却因为战斗方式很有趣，侥幸保住了一条命。后来他的才能开花结果，最后成了竞技场的王者。据说杀死败者的习惯，从那时起就被废除了。因为人们开始觉得，或许还有像他一样的人物。

（那是第几代的武王来着，没有现在的武王那么强，不过据说也非常厉害啊。应该想想办法，拉拢武王这种不打算从属于国家的强者……)

“准备工作基本做完了，陛下。”

听到弗莱瓦尔荻的声音，吉克尼夫转过头去。

“辛苦了。”

对方毕竟是精钢级冒险者，开口道谢也是应当的，可是吉克尼夫一不留神用了平时慰劳部下的口吻。

“不敢当。那么关于护卫之事，我们也在房间里待命，可以吗？”

吉克尼夫就是委托他们来当保镖的，这样考虑，他的提案是理所当然的。

可是，在他们也在房间的情况下，展开密谈合适吗？

把他们卷入事件之中好处固然很大，不过这样做也很冒险。当他们了解了吉克尼夫的目的，吉克尼夫可能会增加一个敌人。

(不过，比起那家伙来，根本不算什么——我在想什么呢。居然把那个怪物作为能否树敌的比较标准，这证明我的脑子真的开始出问题了……继续树敌太愚蠢了。)

吉克尼夫摇了摇头。

“很遗憾，接下来要在这里进行一场非常重要的会谈，不能让你们留在房间里。”

“不在房间里，保护陛下将变得极其困难……”

“房间里会留下我信任的两名部下，他们应该能争取足够的时间，好让你们来得及赶到。”

“当然，这是肯定的，”一直没说话的猿猴开了口，“不过啊，如果对手是水平和瑟德相当的暗杀者，不做好准备，会造成来非常糟糕的后果。”

“要说水平和我相当的暗杀者，伊加尼娅小姑娘就是，会用忍术，突然从影子里发起袭击。”

“两位都是战士，如果对手用剑，想必两位完全能应付。那么，魔法又如何呢？拙僧对此十分担心。而且，我们的注意力应该会被比赛吸引，不会对陛下的会谈有什么兴趣的。”

银丝鸟的队员纷纷开口，打算说服吉克尼夫。可是，他为了不让情报泄露已经做了这么多，因此无法接受他们的提案。

“诸位的担心很有道理。不过，我作为帝国皇帝，这一点是无法让步的。”

“银丝鸟”的队员纷纷把视线投向他们的队长。弗莱瓦尔茨重重叹了口气。

“没办法，站在陛下的立场考虑，一定有些话是不能让我们听到的。那么，我们就在外面负责警备。不过，陛下能告诉我们，约了什么样的人吗？”

“这是理所当然的提问。不过，你们什么都没有看到，明白了吗？”

“这是当然。不管什么样的人来到这里，情报也绝对不会从我们口中走漏。如果真的从我们这里走漏了，我们会负责处理好的。”

“我相信你。首先是火之神殿的神官长、风之神殿的神官长。除了他们之外，还有四名同行的神官。”

“原来如此，那么除此之外的人来了，我们会提高警惕的。”

“好的，请你们就这样做吧。这间贵宾室，在建筑构造上是与其他贵宾室隔离的。应该不会有人因为迷路走到这边来才对。”

“明白了……还有，陛下，房间的锁可以破坏掉吗？”

“既然你们觉得有必要，就这样做吧。”

范走了出来，他战斧的握柄发出吱吱声，那是以人类的握力不可能产生的声音。吉克尼夫觉得只是破坏门锁，用不着使上这么大的力气，但他毕竟不是战士，没有发言权。

他只是觉得，四骑士中的两位也有点不解地彼此耳语着什么，这有点奇怪。

范慢慢把战斧高举到了头顶。

“啊，不要把门破坏掉哟。”

听到弗莱瓦尔莰的叮嘱，范的动作停住了。吉克尼夫也不由得动了动眉毛。

“为什么？我们的作战计划是：‘本来只打算破坏门锁，结果不小心把门也给毁了。反正也是毁了，干脆让我们也留在房间里吧’，不对吗？”

“这次就算了。我可不想踏入与政治相关的泥潭中。”

“队长说得没错。拙僧也不想惹得神殿势力更加不快。”

“明白了，那就这样吧。”

轻轻挥下的战斧击中了门锁，轻易毁掉了它。

这种时候可以感到无奈，也可以感到不快，可以有各种各样的反应。不过，吉克尼夫在赞叹，不愧是精钢级冒险者啊。

他并不是赞叹战斧轻易毁掉了门锁，而是赞叹他们的胆识。在帝国最高权力面前，他们竟敢说出刚才那样的一番话。他同时赞叹他们的傲慢，只要能把接手的工作做到最好，他们甚至不惜无视身为委托人的帝国皇帝的意愿。

那是现在的吉克尼夫缺少的东西。

“要不要把这些家伙拉进政治的泥潭中呢，让他们想逃都逃不掉……”

听到吉克尼夫自言自语的瞬间，“银丝鸟”的成员们像兔子一样蹿到了门外，动作像打好了招呼一样整齐。

房间里只剩下吉克尼夫他们三人。三人彼此看了看。

“真是太厉害了，居然什么都不说就能做出那么整齐的动作……不，应该说不愧是精钢级冒险者小队，才对吧。正因为能做出那样的动作，他们才能成为精钢级吧。”

“不知道到底怎么说才合适，不过我觉得你赞叹的点似乎错了……陛下，要开始准备饮料之类的东西吗？”

“对了。抱歉，能请你准备一下吗？”

“明白了，那么巴杰伍德阁下请和我一起准备吧。”

听到宁布尔请他帮忙做准备，巴杰伍德露出了不情愿的神色。

“欸？我也要做吗？陛下——起码应该带一名女仆来才对吧？比起粗声大气的大叔，客人也更希望女人帮自己倒饮料吧。反正我肯定是这样。”

“好了好了，牢骚就发到这儿吧。巴杰伍德阁下，请多动手，少动口。”

“拜托了，巴杰伍德。现在没有女仆，这也是没办法的事。只能靠在这里的人做了，就和现在的帝国一样。”

“你的这个比方，打得可一点都不好哟，陛下。”巴杰伍德一边说着，一边开始帮忙做准备。

下方的竞技场传来了观众们的欢呼，同时传来了类似野兽又有些不同的战吼。

看来是下一场比赛开始了。

吉克尼夫搜索着自己的记忆。

在武王的比赛前面，是冒险者与魔物的战斗。冒险者来到竞技场参战，比赛中经常会使用魔法等华丽的技能，因此在观众中人气很高。

看着狂热地欢呼的平民们，吉克尼夫感慨道：

“真是和平的景象啊。”

“是吗，陛下？”

吉克尼夫没想到会有人回应他的自言自语。转过头去，他发现巴杰伍德站在自己旁边。身后的宁布尔有点不高兴，巴杰伍德的那份工作也落到了他的身上。

“这景象看上去并不怎么和平啊，你看。”

一名冒险者被兽形魔物的爪子击中，血花喷了出来。观众们发出大声的尖叫声和助威声。

“我说的不是比赛内容，是观众。”

吉克尼夫望着吵闹的观众们。

“与帝国现在所处的状况比起来，这是多么和平的景象啊？我只是在想，如果知道怪物和自己只隔着一张薄纸，他们还能看得这么尽兴吗？”

“和平不是挺好的吗？让平民也承受胃疼的折磨，不会有什么好处吧？”

巴杰伍德说得没错。

吉克尼夫后悔自己说了没意思的话。

“你说得没错，巴杰伍德。好了，对方差不多也该来了，准备得如何了？”

“回禀陛下，因为某位阁下不肯帮我进行准备，害我担心会来不及。不过，现在饮料和纸张的准备已经做好了，墨水也足够。”

准备好数量惊人的纸张，是防备有人窃听贵宾室内的声音。这里能听到震耳欲聋的欢呼声，而且没有相邻的房间。能听到这个房间中声音的办法应该少之又少，不过更小心一点总是没错的。

吉克尼夫知道用纸交谈很麻烦。他在皇城里用过这个办法，谈起来非常累人。

之所以搞得这么麻烦，都是因为魔导国的实力是未知数。

要是知道他们能做什么，不能做什么，就知道如何对应才好了。

通过战争调查魔导国实力的尝试，带来了过于惨痛的结果，造成了巨大的悲剧。虽说如此，也不能放弃调查魔导国实力的尝试。如果不想出其他办法，以比上一次更安全的手段进行调查，就会永远在敌人的阴影下颤抖。不仅如此，就算凑齐了一手好牌，也会因为害怕敌人的阴影而放弃。

只是，他现在依然无法忘记那穿过喉咙的滚烫感觉。

“要是知道安兹 · 乌尔 · 恭——魔导王力量的极限就好了。或许就不需要进行这样的准备了。”

当时吉克尼夫以协助者的身份，拜托魔导王使用了魔法。现在双方是对等的王，他想再委托对方，几乎是不可能的。不，或许可以委托，只是想到不知道对方会提出什么交换条件，吉克尼夫就觉得头痛。

“还不光魔导王呢，陛下。他的那些部下也一样，如果我们不知道他们有什么能力，会很不妙吧。”

“你说得没错。”

“那些部下，该不会比魔导王还要强吧？”

“怎么会，不可能吧？”

吉克尼夫回答着，身上却流出了冷汗。

考虑到比自己强的四骑士是自己的部下，他没法一口咬定不可能。身居高位者，需要的不是单纯的武力等力量，而是其他的才能。

那么，如果安兹·乌尔·恭也是如此呢？

“——不，不可能。听好，宁布尔，是你想多了，明白了吧？”

“是！属下失礼了，陛下。”

如果真的是这样，那就彻底完蛋了。希望他们最多也只能和魔导王平分秋色——让他向神祈祷他都愿意，希望他们比魔导王弱。

情报果然还是不够啊。

（哪怕冒点险，也应该推进从黑暗精灵少女那里取得情报的计划吧。询问教国一下，看能不能买到大量的森林精灵，然后利用他们想方设法……选那位少年（亚乌菈）会不会更好点？不，他还是个孩子，恐怕女色无法对他生效，而且他给人的感觉太强势了。）

就在吉克尼夫将要陷入沉思时，有人敲响了门。

三人交换了一下眼神，宁布尔作为代表打开了门。

和大家预料的一样，敲门者是弗莱瓦尔莰。

“陛下的客人来了，一共六名。我见过神官长大人，应该没错。”

“那就请他们进来吧——”

就在吉克尼夫说到这里的时候，打开的门外面传来了瑟德叫住客人的声音。

“啊，请稍等一下，后面的几位。虽然人数和我们听说的一样，但是不知道为什么，某两位身上似乎散发出和我一样的气味。我听说神殿有直属的惩罚部队，用来抹杀破坏戒律的神官，不过我一直以为那只是谣传而已啊。”

“拙僧也大吃一惊。”

“你们是什么人？”

“哎呀哎呀，真是发愁啊。干脆地放我们过去多好……几位似乎有什么误会，我——不对，我们是皇帝陛下出于正当原因叫来的。对我们显露出敌意，恐怕会令陛下不快哟。”

“是这样啊。那可以请二位稍候片刻吗？我去问问是真是假。”

吉克尼夫探出头去，看到火之神官长、风之神官长身后，还有四名没有见过的人。他们戴着拉得很低的兜帽，看不到整个脸，样子不能更可疑了。

毕竟是第一次见面，没法保证他们就是教国的使者。不过，毕竟神官长们也在，不信任他们就没法谈了。双方争执起来搞得会谈告吹，高兴的只能是魔导王。

“这几位就是我在等的客人。不好意思，请放各位进来吧。”

“银丝鸟”的成员们露出了有点不解的表情，不过马上放行了全体来客。

身后的门关上后，他们还是不打算摘掉兜帽。

面对他们的无礼，吉克尼夫什么都没有说。就像吉克尼夫有所防备一样，他们大概也有所防备吧，防备的对象当然是魔导王。

“我的护卫给诸位添麻烦了，真的非常抱歉。”

“陛下不用介意，因为后面二人，确实如那位精钢级冒险者所说。”

来自教国的使者中，只有二人坐了下来，后面二人依然站着。

吉克尼夫用手中的笔写下了“圣典”二字。教国使者对此的回应只是微微一笑，不过这一笑比语言更能说明吉克尼夫的猜测没错。教国存在拥有圣典之名的特殊部队群，这两人一定属于六色圣典之一。

“好了，我们好好欣赏一番比赛吧。接下来，重头戏应该就要开始了吧。”

听到使者的建议，吉克尼夫点了点头。

最重要的一场比赛开始后，观众们的兴奋会达到最高潮，非常吵闹，想要窃听应该非常困难。正因如此，他们才选择在这个时候，来这里会面。

坐在旁边的教国使者从怀里掏出信，交给了吉克尼夫。

吉克尼夫只把信打开了一点，以免被人从旁边和后面看到。信上写的是问题。

简而言之，首先，问他为什么请魔导王使用那样的魔法。

然后是问帝国今后的立场。

还问帝国掌握着多少关于魔导国的情报。

尽管行文十分恭敬，但说白了，就是一封责问状。

教国本可先把信送来，偏偏要在这里交给吉克尼夫。这要么是教国害怕魔导国手眼通天，要么就是并不信任帝国。

些许不快涌上吉克尼夫心头。不过，考虑到帝国一直以来与魔导国的来往，教国不信任帝国也是理所当然的。

吉克尼夫正打算在纸上写出自己的回答，只听外面响起格外大的一阵欢呼。看来是比赛开始了。

“艾尔——尼克斯皇帝陛下也来观看这场重头戏了。各位，请看上方的贵宾室！”

被魔法道具放大的司会的声音响了起来。

“失礼。”

吉克尼夫站了起来，让下面的市民们能看到自己。

市民们一齐发出赞美吉克尼夫的欢呼声。吉克尼夫那张标致的脸上露出优雅的微笑，举起手向市民们致意。女性们见状，发出了尖叫声。看到自己的人气未衰，吉克尼夫感到很满足。

“非常感谢皇帝陛下！好了，各位观众，马上我们就要迎来武王久违的一战。做准备要消耗一点时间，请大家少安毋躁。”

“武王啊。”吉克尼夫轻声说道。

以前，吉克尼夫问过巴杰伍德，全体四骑士同时与武王战斗，结果会如何。巴杰伍德笑着说没有胜算。这回答令吉克尼夫颇为忧虑，他让弗鲁达收集关于武王的情报。结果吉克尼夫明白了，武王是强得令人觉得卑鄙的存在。

“可是，陛下，与武王交战的到底是哪位呢？”

使者问了理所当然的问题。其实，对于这个问题，吉克尼夫也不知道答案。

“我也不知道啊。据说今天武王的一战是临时决定的，为了保持话题性，一直极其保密，节目单上好像也没有写。”

使者说：“原来如此。”

“不过嘛，能和武王单挑的，大概只有精钢级冒险者了吧。‘银丝鸟’的几位就在这里，这样看来，应该是‘涟八连’中的某位吧。说实话，宝贵的精钢级冒险者参加有可能丧命的战斗，特别是为了表演而进行的战斗，我实在不赞同。”

“这我无法否定，力量就是魅力。为了让大家看到狂放的力量，从中产生自己也想变强的梦想，这样的地方大概是最合适的。”

插嘴的是侍奉火神的神官长——帝国的火神信仰中权力最大的人。

“这倒是，不过从帝国的现状来考虑，我认为有可能导致战斗力降低的行为不合时宜。武王是帝国最强的存在，不能把他拉拢过来吗？”

“没想到两位居然会说出这样的话。”

斯连教国是重视人类的国家，不对，应该说是不认可其他种族的国家才正确。

在这个存在各种种族的世界上，别国都知道他们反异种族的事，斯连教国却能安安稳稳，令人不得不佩服。莫非把国民统一为单一种族，是建立强国的必要条件吗？

“这只是我个人的看法，与国家无关。那么闲聊就到此为止吧，陛下，可以请您回答吗？”

“是啊。那么——”

“——各位观众，让大家久等了。接下来请挑战者入场！”

吉克尼夫举起笔，正打算就第一个问题作答，他的手顿住了。因为他对敢与武王战斗的勇敢挑战者产生了好奇心。主办方既然允许挑战者出场，说明这位挑战者最起码可以与武王较量一番。帝国内还有这样的强手吗？

如果看起来很优秀，又有意为帝国出力，吉克尼夫觉得即使此人败给武王，也可以录用。如果格外优秀，甚至可以令其填补“不动”死后，帝国四骑士中空出的一席。

“想必有不少人已经听过这位挑战者的名字了。这位人物来到了我们的竞技场！他就是魔导国国王，安兹·乌尔·恭陛下！”

“啥——”

吉克尼夫不禁发出了傻兮兮的声音。

司会这句话的意思，仿佛没有在他的脑子里停留，直接溜出去了。

在整个竞技场陷入困惑的时候，笼罩贵宾室的则是寂静。

吉克尼夫环视一周，发现大家都和自己听到了一样的声音。

“安兹·乌尔·恭？”

(不可能——)

这还用说吗，一国之王，怎么可能参加别国竞技场的剑斗比赛。对于有常识的人来说，这是理所当然的吧。又不是武力至上的蛮族。

再说，吉克尼夫一直注意着魔导国的动向。吉克尼夫把魔导王相关情报定为优先级最高的事情，如果魔导王进入了帝国，吉克尼夫会马上接到消息。他早就安排好了，不管他在后宫，还是处于什么样的状况，情报都会马上传到他的耳中。

然而自己却没有得到任何情报，这就是说——

(偷渡入境？魔导王会做出这样的事吗，然后跑来竞技场？他到底在想——欸？不会吧？是这么回事？不会吧……不可能吧？)

吉克尼夫的身体打了个激灵。

然后他只转眼睛不转头，看向斯连教国的使者。

兜帽下，他们的视线十分锐利。这样的视线，只可能代表一个意思。不，如果换一下位，吉克尼夫也会推导出相同的答案。

他们判断，把魔导王叫来的，就是吉克尼夫。

“请稍等。这是陷阱！”

没错。

这是安兹·乌尔·恭的一招棋。必须让使者明白，不，认可这一点才行。

“魔导国的陷阱？莫非，会面地点是陛下指定的吧，而且我们是几小时前才得知的。”

没错，吉克尼夫为了防止情报泄露，直到马上就要见面之前，才通知了教国使者见面的地点。

吉克尼夫拼命想着，都有哪些人知道这件事。他只能想到寥寥几人，而且全是可信之人。然而，这些人真的可信吗？

不——

“有可能受到魔法控制，泄露了情报。这绝不是我事先设好的局。要说证据，我自己设的局，我自己怎么会这么慌张？！”

“你的意思是让我们相信你？这难道不是为了把我们卷进局中吗？要不然就是出卖了我们吧？”

教国使者丝毫不相信吉克尼夫的辩白。

不，这是理所当然的，如果换一下位，自己也会和他们一样咄咄逼人。

（可是，情报到底是从哪里走漏的？不，真的是走漏了吗？该不会这一切是魔导王早就算计好的吧？他撒好饵，等着鱼上钩——）

吉克尼夫感到一股恶寒蹿过后脊。

魔导王对我们的行动到底预测到了多少呢？

从一开始到现在，全部在他算计之内的可能性很高。

吉克尼夫明晰的头脑告诉他，魔导王就是这样一个对手。

（他到底谋划出了多么可怕的计策！不，现在不是为他的智谋感到恐惧的时候！必须赶快解释！）

“不好，得赶快从这里——”

不过，已经太晚了。

吉克尼夫听到了新的闯入者的声音。那语气显得愉悦而满足，就和猎人看到猎物掉进自己设好的陷阱时的语气一样。

“吉克尼夫·伦·法洛德·艾尔－尼克斯阁下，好久不见了啊。”

吉克尼夫拼命控制着自己杂乱的呼吸，转过头去，看到了从竞技场中心上升到与贵宾室同高的魔导王。

若无其事地露出那张骇人的白骨脸，大概是为了让大家都看到，到场的是他本人吧。

“鼻、鼻——子……彼此彼此，恭阁下。真没想到会在这里见到你……”

吉克尼夫不知道说什么才好。他觉得不管说什么，都会被对方抓到话柄。这样的担心让吉克尼夫的嘴唇好像抹了糨糊一样张不开。

“在这一点上，我和阁下一样。巧合真是太可怕了。”

魔导王冷冷地发出邪恶的笑声。他明显丝毫不觉得在这里遇上吉克尼夫是巧合。

毫无疑问了。

吉克尼夫确信了，一切都是安兹·乌尔·恭的计谋。

通过抓吉克尼夫与教国密谈的现行，向他施压，同时阻止两国同盟，并且借机向教国施压。

真是一位鬼才。

吉克尼夫用衣服擦了擦手心渗出的汗水。

自己这边的情报应该已经泄露了相当多。那么，这家伙到底知道多少呢？

吉克尼夫正在拼命开动脑筋，只见魔导王眼窝中骇人的红光转向了教国使者。

“这边几位是陛下的熟人吗？”

听到安兹这样问，吉克尼夫语塞了。

这可不是个简单的提问。

这是踏绘。

他是该为保护教国而撒谎呢，还是该向魔导王投诚，出卖教国使者呢。

面对过于毒辣的手段，吉克尼夫甚至觉得想吐。

他觉得那张不会有表情的白骨脸颊因为邪恶而扭曲。魔导王一定在嘲笑不知道如何开口的他。

“您怎么了？艾尔-尼克斯——不，吉克尼夫阁下。你的脸色很不好，是不是不太舒服？”

这话听起来仿佛真心担忧吉克尼夫的身体，让他觉得更加骇人、更加恐怖。魔导王的语气中有种喜悦，仿佛抚摸着手中挣扎的小动物。作为人类，会为此感到恐惧，是理所当然的。

“不，没关系，我没事。看来我起身太猛了。”

“是吗，身体可是本钱，你要多保重。”

吉克尼夫令人失笑的借口根本说不通，魔导王却顺水推舟，大概是在等着给猎物致命一击的瞬间吧。莫非他有嗜虐性很强的性癖吗？还是说——

“可以为我介绍一下这几位吗？我是安兹·乌尔·恭魔导王。”

——原来你是想说这个啊。

一国之君已经自报家门，同席者怎么可能默默退席。如果吉克尼夫报上假名，万一魔导王知道他们真正的姓名，会表现出什么样的态度呢？

（这是在耍我吗！！）

魔导王的表情没有变化，应该说他其实没有皮肉，脸上只有骨头。不仅如此，他连眼睛都没有，只有眼窝深处的两盏摇曳的红色火焰。没有一处能显露出他的情感。不过，吉克尼夫明白，魔导王笑得更加邪恶了。

“非常感谢您的自我介绍，本来按照我们的身份，应该报上名才对。然而现在我们有急事，不得不马上失陪。等我们走后，再请陛下为您介绍我们吧。”

教国使者从沙发上站了起来。

“是吗，那真是太遗憾了。我们或许还能在别处再见，请几位多保重吧。那么，我还要参加比赛，就先失陪了。”

说完这番冷嘲热讽的告别之辞，魔导王降了下去。

魔导王的身影消失之后，教国使者的锐利视线投向了吉克尼夫。

“陛下算计我们。”

“不，不是的！”

“有什么不是的！怎么看那家伙也知道我们在这里。刚才那家伙的行动，分明是在耍弄一举一动不出他所料的蠢货……你到底对他说了多少？为了保护自己的国家，你出卖了我们多少？看来你求他施放难以置信的破坏魔法，这事也是真的了。”

吉克尼夫看着神官长，向他们求助。

然而两人眼睛中的感情，并非困惑和怀疑，而是敌意和失望。

魔导王抓住效果最佳的时机，发出了最强有力的一击。那是让帝国彻底败北的一击。为了告诉帝国，他们只有背叛人类这一条路——

“请相信我，我绝对没有向那家伙泄露情报。”

“就算我们相信，情报也已经彻底泄露了。很遗憾，皇帝陛下，想必我们不会再见了。”

教国的使者说完这句话，离开了房间。神官长也跟着站起了身。

“等等！在听你们说出想法之前，不许你们离开房间。”

宁布尔和巴杰伍德把手放在武器上，动了起来。

吉克尼夫振奋已经冷若死灰的心，凝视着两位神官长。斯连教国的使者看都不看身后，扬长而去。

“你们两人，跟我说说神殿势力的想法。对魔导王，神殿到底是怎么打算的。”

“魔导王是邪恶的不死者，承认他为王，是万万不可的，”吉克尼夫还没来得及开口，火神的神官长就接着说了下去，“然而，我们没法与他战斗并取得胜利，因此我们要摸索毁灭他的办法。”

“如果要出卖我们，就尽管出卖吧。皇帝哟，被强大魔法摄了魂的人哟。”

风神的神官长这句话，完全是在表示要与吉克尼夫敌对。

这是非常糟糕的。

神殿势力不会插手政治。然而，对于同他们的死敌不死者联手的皇帝，他们可能会展开放逐行动。

这次他没法铁腕肃清。神殿不光是民众的心灵寄托，还负责医疗。

如果真的那样做，帝国可能会从内部瓦解。

安兹·乌尔·恭的这一手，宛如死神镰刀的一击，让吉克尼夫十分恐惧。这样下去，他就算不再做什么，帝国也会瓦解。那之后，魔导国会随便找点借口攻过来。

对吉克尼夫，魔导国用的借口恐怕会是：“友邦邻国局势混乱，我国为助其维持治安派兵进驻。”

看刚才的反应，就算魔导国真的使出这招，恐怕斯连教国也不会非难。王国早已没有余力顾及外国事务。都市国家联盟要想发出问罪状，恐怕需要相当长的时间吧。

要给出什么样的利益，才能让他们消除心中的怀疑呢，不，应该说，他们才会压抑怀疑，答应协助吉克尼夫呢？

吉克尼夫作为皇帝，与别人说话时总是注意着这一点。想要说动别人，刺激对方的欲望是最简单的。通过长期积累的人生经验，吉克尼夫很清楚这一点是正确的。他见过无数表面道貌岸然，其实欲壑难填的人。

然而，这个瞬间，吉克尼夫想不出答案。

现在对方觉得他背叛人类，与不死者勾结。他想不到给对方什么利益，可以打破这样的局面。

因此，他只能诚恳地，一五一十地讲自己的真心话。

“请听我说一句话。那家伙的智谋在我之上，目前的状况，想必完全在他的计划之中……如果我站在你们的立场，想必我也难以相信……不过，我真的没有出卖情报。还有，或许你们不肯相信，但我作为人类要忠告你们。魔导王的统治慈悲为怀，耶·兰提尔的人民生活得很和平。”

“谁知道能和平到什么时候。”

“或许如此吧。不过，现在依然和平。如果发起毫无胜算的挑战，我国将马上走上灭亡之路。因此，我希望你们三思而后行。”

两位神官彼此看了看。

随后，他们看向吉克尼夫的眼光中，敌意的色彩减轻了。

“看来我们有些感情用事了……如果那个不死者确实如传闻中所说，一切尽在他计划之中的可能性也不是没有。我们另寻机会，再找地方见面吧。”

“拜托了。在二位离开之前，我有一事相求。希望两位能在竞技场某处，看看那家伙的战斗。如果能找到打倒那家伙的办法，希望两位能告诉我。”

吉克尼夫低头行礼。

如果比谋略之类的智谋，吉克尼夫无法战胜安兹。要是想与其对等战斗，只有人心是最后的王牌。

听到下面传来的欢声，吉克尼夫移动了视线。

“武王加油啊。神啊！”

吉克尼夫诚心向神祈求，保佑武王获胜。

## 3

安兹好久没来过帝都了。

从略微打开的窗户缝隙中看到的光景，已足以带给安兹失败感。

这座城市充满了活力。

城里的人们神清气爽，街上熙熙攘攘，和仿佛一炉死灰一样的自己的国家完全不同。

不过，涌上安兹心头的失败感很快便烟消云散了。他毕竟刚刚开始统治那座城市。迎来新的统治者，因为变化以及不安，城市难免会有一段时间失去活力。

布妞萌曾经跟安兹讲过战略游戏的技巧。通过战争占领了土地，其中代表都市人民心情的数值会骤然下降。然后——

（——会出现 Partisan，好像是这么说的吧？为什么？为什么会出现很多武器？）

前因后果之间似乎没有关联，安兹觉得好像搞错了什么。

那款策略游戏和 YGGDRASIL 没有多大关系，安兹没有好好听，早知如此应该仔细听听才对。不过，Partisan 和城市应该是有某种联系的。

（所谓的会出现，大概是指销路会很好吧。莫非是那种游戏玩家间特有的隐语吗……市民会战斗，嗯？莫非是会和新统治者战斗的意思吗？是不是指会发生叛乱呢？如果是指叛乱，布妞萌应该会直说才对，为什么偏偏用了 Partisan 这个词呢？算了，不想了……）

耶·兰提尔没有发生叛乱，大概是因为有死亡骑士等巡逻，维持治安的努力奏效了吧。莫非是因为一开始就使用了飞飞这个角色，产生了足够的抑制效果吗？不，也有可能是因为实施了受到市民欢迎的政策。

（能和平统治再好不过……没有比杀死会下蛋的鸡更愚蠢的事了。我记得，偶尔也要把PK对象掉落的东西还回去，以免对方怀恨在心。）

安兹想起《人人都能轻松PK》上面写的内容，发现自己想得跑了题，修正了自己的方向。

（对了，我在想城市的活力。不过嘛，我统治的只是一座城市，而这里却是有众多城市的帝国首都。在活力上有差距，也是没办法的事。毕竟人口也不同嘛……只要人口增加了，想必我们魔导国也会充满活力……看来有必要把多子多福的政策，若无其事地跟雅儿贝德提一下。）

安兹安慰自己，然后拿出统治者的样子，开始思考新的政策。

“陛、陛下。”

听到和自己一样，从马车窗口看向外面的男子跟自己搭腔，安兹回过神来。

“敢、敢问陛下，这里可是帝国首都，亚文塔尔？”

几乎是被强行带来的男子声音颤抖地问道。

“没错，真不愧是冒险者工会会长。居然只是看一眼，就知道这里是哪座城市。”

“感、感谢陛下——不对！我们好像没有经过关隘，这不就是偷渡入境吗！”

他说得没错。安兹他们是通过“传送门”直接进入帝都的，没有经过关口。

“不过是些小事。”

“这可不是小事！毫无疑问将成为国家级别的问题！国王居然偷渡进入别国！”

来纳萨力克的时候，吉克尼夫也是偷渡进入王国的，不过安兹没法说出来。按照常识来考虑，工会会长说得在理，毫无疑问，做错的是安兹。

安兹拼命想，但还是想不出怎样才能说服艾恩扎克。他反而还感慨，觉得艾恩扎克是个很守规矩的人。安兹本来认为，艾恩扎克是那种会说只要不暴露就没关系的人，现在对他有所改观。

“工会长哟我与艾尔－尼克斯阁下私交甚好，我曾经爽快地接受他的委托。”安兹想起了战争时的事，“倒不是我要拿自己帮过他相要挟，不过只要我提出来，他应该会爽快应承的。虽然属于先斩后奏……既然皇帝陛下会应承，还需要什么其他的吗？”

“确、确实如您所说，可是……”

“再说，我和你又没有带什么不能带过关隘的东西。那岂不是没什么问题才对吗？”

“唔唔……”艾恩扎克欲言又止。

安兹确信自己已经说得他不知怎么开口才好，在心中露出了坏笑。

其实安兹是故意偷渡入境的，其中有两个原因。

（若是吉克尼夫知道我要来帝国，肯定会款待我。就算他对纳萨力克有戒心，同盟国国王到访，他怎么也得做好面子功夫，进行款待。可是，我不能让他这样做。）

帝国皇帝欢迎同盟国国王肯定有一套仪式。对于不了解贵族社会的安兹来说，这是必须避免参加的活动。

万一在仪式上出了丑，安兹无颜面对正在为魔导国努力的守护者们。

除此之外，还有一个原因。

（还要想想，怎样才能巧妙地把艾恩扎克牵扯进来。像上次去工会时那样，跟他畅谈梦想，请他协助我，这才是最安全的手段吗？）

安兹打算强行把艾恩扎克这位冒险者工会会长牵扯进来。

他来到帝都，目的是招揽冒险者。

安兹想把冒险者工会吸收为国家机关。不过，就算有了框架，想要充实内部也需要不少时间。这首先是因为，魔导国只有一座城市，冒险者人口很少。以蜥蜴人为代表的异种族冒险者课题可以日后再说，首先需要增加人类冒险者的数量。

既然人数少，从周边国家拉来就是了，因此需要猎头。

不过，众所周知，想说服别人不是一件容易的事。特别是安兹接下来要做的事，与上门推销——销售业务中难度最高的工作——别无二致。

艾恩扎克也说了，冒险者虽然自由，但事实上是用来讨伐魔物的国防力量。如果强行招揽，毫无疑问会引起各方面的反感。

当然，就算各国冒险者工会联合起来，与魔导国展开全面抗争，安兹也不觉得自己会输。然而，如果事情发展到那一步，想必会降低转投安兹麾下冒险者的士气。新加入的组织与自己的老东家争起来，他们很有可能就此失去干劲。

因此，安兹要把知道自己目的和主张的艾恩扎克拉上贼船，让他做个中介，好让事情推进得更顺利。如果在耶·兰提尔就把目的告诉艾恩扎克，恐怕他会拒绝同行，所以安兹不由分说就把他带来了。

安兹还希望艾恩扎克能提供一些与对方的共同话题。

只要有共通点，对方会比较愿意听你说话，这是跑业务的诀窍。

故乡相同，支持同一支球队。安兹——不，铃木悟见过同事利用这些共通点抓到过客户。

作为冒险者飞飞，安兹对冒险者还算了解。然而，飞飞平步青云，不能算是真正了解冒险者的辛苦。正因如此，才要让曾经是一步步爬高的冒险者，现在又是工会长，对冒险者们最为了解的艾恩扎克做中介，以期冒险者们对安兹的政策抱有亲近感。

也就是说，这次在帝国的工作能否成功，全看艾恩扎克了。

(不过，问题是怎样才能提高艾恩扎克的积极性啊。)

如果高额报酬有效，那么安兹愿意给出不菲的报酬，不过他不觉得金钱能调动艾恩扎克的工作热情。

“走吧。”

安兹向车夫方向说了一声，马车缓缓前进起来。车夫是安兹用仅有的一点钱召唤的八十级以上的魔物“半藏”。

在人形魔物中，半藏属于忍者系统，以隐秘行动和侦测能力见长。除了半藏之外，这个等级中还有擅长幻术的果心居士、擅长徒手战斗和特殊技能的风魔、擅长使用武器战斗的飞加藤等。

马车开始前进，车厢咔嗒咔嗒地晃了起来。

安兹担心使用平时那种施放了各种魔法的马车会被怀疑，便选择了普通的马车。

“那么，魔导王陛下，路上您一直不告诉我为何带我前往帝都，现在已经到了，是否可以把您的目的告诉我呢？”

“来到这里的目的，我已经告诉过你了，你应该知道的。”

“欸？”艾恩扎克皱起了眉头。

“是关于把冒险者招揽到我国的那件事。”

艾恩扎克露出了为难的表情。那明显是不赞成的表情。

“您该不会……是想挖帝国冒险者的墙角吧？”

“你说得没错，我要拉走帝国的冒险者。”

就算是战争，安兹杀掉了那么多王国的士兵，想要挖王国的冒险者恐怕很难。而且雅儿贝德现在正在访问王国，安兹不能给她添麻烦。既然如此，帝国这个同盟国就是最合适的。

都市国家联盟之类有点远的地方，正通过弗鲁达调查其国内的情报。而且不问问雅儿贝德和迪米乌哥斯的看法，安兹不敢对其轻举妄动。

“不知您打算怎样挖冒险者？我觉得……”

艾恩扎克做了一次深呼吸。

“陛下，我接触到陛下对冒险者的观点后，深感佩服。因此我想尽自己所能帮助陛下。然而，或许因为我是管理层，才会对陛下的观点产生共鸣。而现役的冒险者，会愿意抛下自己拥有的一切吗？说实话，我觉得很难。特别是帝国的冒险者。”

一股新鲜的喜悦感涌上安兹心头。

没错，他想听到的就是这样的意见。

守护者们虽然没有错，但他们会把安兹的话当成绝对正确的命令来执行。安兹经常担心，不知自己所下的命令是否真的正确。因此，安兹想要的，是得到对自己看法的否定意见。有了否定意见，安兹才能知道自己哪里做得不对。

在安兹心目中，对艾恩扎克的好感度稍稍上升了些。

然而，不能坦率地对他的想法表示赞叹。

他也不知道为什么，部下都把安兹·乌尔·恭魔导王当成一位智者。安兹不能做出破坏形象的事情，他不想让部下们失望。

“真是奇怪。比较好处和弊端，分明是好处更大……好复杂啊。看来我对冒险者的知识还是了解不够。”

这张不会露出任何表情的脸真是太方便了。这是一张最好的扑克脸，就算撒谎，也没人能从他的表情上看出来。

安兹顿了一顿，从正面凝视着艾恩扎克。他不能采取等着艾恩扎克的反应的态度。

“如果是你，会怎么做？你觉得什么样的提案才有足够的魅力，能说动已经决定了主场的冒险者改换门庭？”

“陛下，非得马上挖走冒险者不可吗？”

“什么？”

“我是问，非得急着挖走帝都的冒险者不可吗？”

安兹把手放在下颌，思考起来。

他希望尽可能快，不过，如果不行，他可以等。毕竟他的主要目的，是为魔导国扬名。

异形种族没有寿命限制，从某种意义上来说，他可以认为自己拥有无限的时间。

“确实，并没有那么急啊。”

“那么，我们是不是应该首先稳固自己的根基呢？首先成立您在魔导国对我说过的组织，然后建起各种各样的设施。我们可以先把皮囊做出来，再为它收集内容物吧？”

“这是个非常好的提案，我也考虑过，不过有个问题。如果不估算好要装多少内容物就开始制作皮囊，会发生要么太大、要么太小的问题。你能估算出来吗？”

“这、这倒是。我算不出来。我不知道陛下构思中的冒险者教习机关是什么样，也不知道这项计划在魔导国的政策中有多大的分量。”

“你说得对。其实我也处在摸着石头过河的阶段。特别是——你虽然对我的构思有兴趣，但是我对它能打动多少冒险者的心毫无概念。正因如此我才想在帝国试着招揽冒险者，看看反应如何。”

“原来如此……真不愧是陛下。您居然已经想到了这一步，我真是为自己思虑之浅薄感到羞愧。”

“没有这样的事。我与你们是不同的存在，正因如此，在与人类的反应有关的事情上，我可能会犯错。说不定，我会说出令对方不快的话。这种时候，你要提醒我。在这层意义上，我也需要一位协助者……艾恩扎克。”

“在！”

“今后也拜托你了。”

艾恩扎克好像思考了一秒，然后深深低下了头。

他低头的样子就像纳萨力克的守护者一样。

安兹高傲地点着头，回想着刚才的对话。

（也就是说在帝国，面向冒险者的宣传，可以彻底丢给艾恩扎克也没问题喽？）

这一点非常重要。

安兹觉得自己还是很会做商品的展示解说的，但他并不喜欢做。如果有更优秀的人，做得更好，全权交给那人才是正确的做法。不对——

（全交给他不行，至少在发生问题时，要由我这个上司来应对和解决。）

“不能成为不合格的上司”，安兹正下定决心，发现艾恩扎克似乎在思考什么。

“怎么了？”

“……不光现在的冒险者，今后新出现的冒险者，陛下也打算让他们作为这个组织的成员去探索未知，对吧？”

“我是这么打算的。”

“就像我刚才所说，挖现役的冒险者恐怕很难。不过，让今后想成为冒险者的人自愿前往魔导国，应该是有可能的吧。我们要挖来未来的冒险者，培养他们。”

安兹认为，冒险者虽然没有国境，但是成为冒险者之前的人应该是有国境的。不过，比安兹更了解这个世界的男人既然这样说，那就应该没有问题。

“原来如此，那么应该怎么做？”

"回禀陛下。人们会憧憬强者。因此，由魔导王陛下展现力量，然后当场进行宣传如何？"

安兹心想：这是好办法吗？

不过宣传是很重要的。因为建立国有的冒险者公会，目的也是为了宣传安兹·乌尔·恭魔导国。

"为了展示我是强者，做冒险者所做的事就可以了吗？"

制造一个帝国的飞飞就可以了吧？安兹一边想，一边问艾恩扎克。艾恩扎克摇了摇头。

"回禀陛下，这里是帝都。您到竞技场展示自己的力量如何？"

"哦？听起来似乎很有趣啊，详细跟我说说。"

●

马车停在了一座宏伟的宅邸前。

作为飞飞时，安兹曾经带着娜贝在帝都逛过，但是没有看到如此宏伟的个人宅邸。最起码，安兹在耶·兰提尔没有见过能与这里比肩的宅邸。

"这里就是竞技场主人的宅邸吗？够气派的啊。"

听到安兹的问题，艾恩扎克回答道："这样说不是很准确。竞技场本身属于国家。这位只是借用竞技场，进行战斗表演——应该叫主办人。在主办人中，他是最有权势的。"

“原来如此，他是你的熟人吗？”

安兹心想，如果真是熟人，那就好办了。可惜艾恩扎克摇了摇头。

“竞技场会表演各种战斗，有时也会有冒险者与魔物的战斗。我只是捕捉了这里需要用的魔物，运过来的时候，和他见过几次面而已。”

“是这样啊。不过，既然见过面就能说上话，真是感谢你的门路啊。不过，他们想要的是耶·兰提尔近郊的什么魔物？”

艾恩扎克露出了为难的表情。

“他们似乎想捕捉卡兹平原的不死者。不死者不需要饲料，只要抓来，就不会产生后续的费用。”

“嚯，很有见识嘛，看来这是一位很懂行的人物。”

“是这样吗？我却不太喜欢此人……不过，陛下，请允许我斗胆问一句，我刚才说您的诸位同族被捕捉，您不在意吗？”

安兹正面看着艾恩扎克。

他不明白这家伙在说什么。

“我是说捕捉不死者的事……”

“啊啊，你是说这个——虽说都是不死者，但也有很大区别。而且，我并非对所有不死者都有同族的意识。”

“是我失礼了……敢问陛下是什么种族呢？如果不算失礼，希望陛下能赐教。”

“死之统治者（OVERLORD)，你听说过吗？”

“没有，非常抱歉，我才疏学浅，不曾听说。”

安兹想着：好吧，我也觉得你不知道。

在YGGDRASIL的死之统治者系魔物里，有擅长魔法的死之统治者贤者、使用时间系特殊能力的死之统治者时间王、擅长指挥不死者军队的死之统治者将军，多种多样，其中最弱的也有八十级以上。

安兹已经差不多了解了这个世界的平均战斗力，知道了所谓强者的水准。从这一点来考虑，如果出现了死之统治者，想必会引起相当大的骚动。特别是不死者属于不老不死的存在，只要没有人将其打倒，它们就是不灭的，会永远统治出现的地方。

既然没有听说过，就说明这世界上不存在死之统治者吧。这种推测是成立的。

“是这样啊。真是希望冒险者能闯荡未知的世界，去收集这一类的情报啊。如果真的有我的同族，而他们对生命抱有憎恶的情感，那可是很麻烦的。你明白吧？”

艾恩扎克睁大了眼睛，点了点头。

“您说得很对。听到您这番话，我终于从心底明白了冒险者应该做什么。”

“是啊。你可以当我是不死者中的例外。我知道人类等种族的价值，因此不会滥杀无辜，不过其他死之统治者或许与我不同。”

“是这样吗？”

“这我也说不好。不知是只有我例外，还是我的同族全部属于例外之列。不过，我认为行动时，应该设想好最糟糕的情况吧？”

“陛下所言极是。我会铭记在心的。”

安兹点了点头。

如果死之统治者出现过，而且被打倒了——此事说不定与洗脑夏提雅的敌人也有关联。不，死之统治者像夏提雅一样遭到魅惑，成了敌人的仆从，这也是有可能的。

“那么我去约一下见面的事。”

“拜托你了。”

艾恩扎克下了马车。安兹目送他下去，取出面具，戴在脸上。虽然在耶·兰提尔，他已经可以不戴面具走在街上，但是在帝都——特别是在偷渡入境的情况下，他还是隐藏起真实身份为好。

他把平时穿的长袍也换掉了，穿了一件更低调的。

现在这件长袍作为魔法道具的等级要低一级，不过这也是没办法的事。安兹自己只有一件神器级的长袍。同伴们虽然留下了一些，但是同伴们对防具的自定义比武器更甚。它们的大部分数据量，都被同伴用以强化自己的特殊技能了。因此，虽说不是不能穿，但没法发挥其十成的能力。

安兹专用的，就算弱一点，对他来说也比同伴专用的好。

安兹正在更换各种装备，只听马车门被人敲响，艾恩扎克的声音也响了起来。

他下了马车还不到五分钟。

“非常抱歉，陛下。”

“怎么了？”

“非常遗憾，今天对方不方便，希望能改成明天。如果陛下同意，我去通报一声，让他挤出时间，不知陛下意下如何？”

“这就不必了。”

自己正忙的时候，有人硬要来见自己，对这样的人不可能有好感。从跑业务的感觉来说，突然找上门来，没有吃闭门羹，反而约好了会面时间。这样的成果已经称得上万万岁了。

“那就明天再来吧，应该感谢他这么快就有空——怎么了？”

发现艾恩扎克瞪大了眼睛，安兹向他问道。

“没、没什么。我在想陛下真是宽厚……有的贵族就看不起商人……”

“你觉得我会要求马上见他？”

艾恩扎克没有马上回答，这比语言更能说明，他“是这么想的”。

安兹开始思考，是不是那样做更符合统治者的身份。虽然现在再想已经迟了，但安兹·乌尔·恭是一位王者。既然如此，如果是王者应有的态度，即使铃木悟觉得不合适，也应该采取才对。

“我也是第一次做人类的统治者。如果在人类社会中，你所说的做法比较正确，我就按你说的做吧。”

艾恩扎克露出了十分复杂的表情。

“我也说不好，陛下。我毕竟不认识君王，不知道到底是对是错。作为我个人来说，比较喜欢陛下现在的做法。不过，如果是高阶贵族，用自己的权势来说话，或许才是正确的做法。”

“人类社会真是复杂啊。说到底还是不知道怎样才对嘛。”安兹正嘟囔着，看到艾恩扎克露出了颇为亲近的笑容。

“确实如陛下所说，麻烦事真的太多了。”

马车中响起了两人的轻笑声。

安兹在内心握起了右拳。他确信自己与艾恩扎克已经混得颇熟了。

“——那么明日拜访时，我也会同席，这件事告诉他们了吗？”

“没有，这件事我没有说。我想先听听陛下的想法，再决定要不要告诉他们。还有一点，报上陛下的名字，真的没问题吗？”

“如果是一位不爱声张的人，没问题。你与他认识，这方面的事情，还是你来决定吧。”

“遵命。我认为还是先不说为好。”

和安兹商量好具体的时间后，艾恩扎克再次走出了马车。

把工会长使唤得像小厮一样，安兹产生了一点罪恶感。尽管他知道这里不是公司，不看年龄资历。不过，使唤比自己年长的人，还是让曾经是社会人的铃木悟觉得有点不自在。

（很多人不愿意要年长于自己的部下，现在我理解为什么了。）

如果是完全不同社会中的人，就没问题了吧。比如，如果是帝国的人，不管比他年长多少，安兹都能坦然地使唤。对艾恩扎克没法保持同样的心态，正是因为安兹把他当成了自己的部下之一吧。

（应该支付正当的报酬才行。我需要牢记，不邀功请赏的纳萨力克的成员是特例，否则我将变成一个最糟糕的统治者。我可绝对不要成为像黑心工厂老板一样的君王。）

脑海中划过黑洛黑洛的声音，安兹发下了狠誓。

（那么，给艾恩扎克的奖赏……作为君王，给他多少报酬才合适呢？以秘银级冒险者的标准来给可以吗？不，再加上岗位补贴的一成……有点多，百分之五合适吗？有没有人能教教我怎样支付报酬才合适呢？）

按说要商量，应该找雅儿贝德或者迪米乌哥斯，可是二人是否知道合适的报酬也是个疑问。安兹总觉得他们会说，“应该把能为安兹大人效力当成荣幸。”

（看来……还是得找一位人类中的智者啊。弗鲁达对魔法虽然有自信，但是他自己也说了，其他方面的知识他有些偏科……）

纳萨力克虽然无敌，但说到人类社会方面的知识，却有一抹不安。

（看来得请自隗始了啊……同意迪米乌哥斯的提议看来是做对了。应该说只要是他的提议，我都不打算否定才对。）

安兹正想个不停，只听到有人敲响了车门。

“久等了，陛下。”

他其实并没有久等，不过他还是拿出统治者应有的高傲态度，示意艾恩扎克继续说下去。

“按照陛下的意思，约好明日十点会面了。”

“嗯。那么在明天之前……先用传送魔法把你送回耶·兰提尔吧。放松点儿，准备接受魔法。‘高阶传送’。”

艾恩扎克瞬间消失了。

安兹用的是“高阶传送”，艾恩扎克毫无疑问，已经被传送到了耶·兰提尔最外层的城门前。如果目标地点有障碍物，艾恩扎克会被传送到最近的安全地点，因此安兹没有必要再用魔法确认他安全抵达。

“那么，接下来就用‘讯息’和他联络一下吧。”

安兹自言自语道。这件工作他很不想做，因此通过出声来鼓励自己。

“讯息”的对象，是承诺把一切献给安兹的弗鲁达。安兹知道他想要什么，却一直拖着不给他，这是因为安兹没有向那位老人支付报酬的自信。

弗鲁达想要的报酬，是安兹传授的魔法知识。

然而，安兹的魔法力量并非钻研积累得来的。因此，万一弗鲁达下跪求他传授魔法知识，他会相当为难。

如果是在YGGDRASIL中，他可以就魔法大谈特谈。可惜，这个世界的魔法系统似乎和YGGDRASIL不一样。

安兹抱有许多疑问，比如为什么学法不同，魔法却一样？答案无处可寻。安兹根本无法理解的事多如牛毛，搞不好，他得考虑YGGDRASIL中的能力突然失效的可能性才行。

关于这些问题，使用来到这个世界后效果发生变化的超位魔法“向星星许愿”，采取复数降级式发动——一次降低多个等级以实现更强大愿望的方法——或许可以得到答案。

只是，那是非常危险的赌博。

谁也不知道使用后是不是真的能得到答案。白白使用的可能性也很高。最重要的是，安兹没有足够勇气，使用足以当成王牌的魔法。当然，如果有办法大量获取经验值，就是另一码事了，可惜，他现在还没有找到相应的办法。

唉，安兹把气——尽管他没有肺——吐了出去，以说好要给客人搞到商品却还没有搞到，要向客人道歉的业务员的心情，发动了“讯息”。

“弗鲁达·帕拉戴恩，是我，安兹·乌尔·恭。”说到这里之后，他说起了约好的话，“你出身贝尔莫乌斯村，第一次接触魔法——我记得，你说过在你的记忆中——是通过你村里的咒师吧。”

“噢噢！老师啊！恭候多时了！”

安兹能感受到弗鲁达声音中的感激之情。

刚才那段话是暗号。弗鲁达说，“讯息”联络到的人，有可能是装成自己熟人的第三者。因此，安兹和弗鲁达约好，开始“讯息”后，先说出如今早已更名的村子，还有弗鲁达的记忆。

不过，即使做到这个程度，还是没法消除弗鲁达心中对“讯息”的疑念。

安兹觉得他的担心有些病态，但他就是这样，没有办法。

感受到弗鲁达热情过度，仿佛要燃烧起来的态度，安兹有点畏缩地回答。

“耽误了不短的时间，真是抱歉啊。我想差不多该把说好的魔法教给你了。现在，你有时间吗？”

“当然有！只要是为了老师，不管我正在做什么，也会空出时间。”

安兹心想：不，你不用那么拼命。不过对魔法的热情，正是弗鲁达其人的特点。这样一位魔法狂人想要求教，只是个普通人的安兹，却要设法哄他。

安兹觉得自己肩负着对付难缠的投诉者的重任，他开始感到胃痛。

（毫无疑问，在帝都，这个瞬间胃最痛的，就是我了。）

然而，他已经无路可退了。

安兹为了传送到弗鲁达的房间，首先准备情报系魔法，确认他所在的位置。

“好吧。那么接下来，我会使用‘高阶传送’，前往你所在的房间。”

“噢噢！不是‘传送’而是‘高阶传送’吗！敢问这是第几位阶的魔法？!”

“这些事情也等我到了再说吧。‘讯息’并不能永续，因为我没有指挥官系的职业。在效果时间结束之前，我有件事要向你确认。为了对付情报系魔法，你那边施了什么样的魔法？怎样施的？有什么对付传送阻碍的准备？”

“没、没有，我这边没有施放相应的魔法。”

听到弗鲁达一口咬定，安兹并没有的眼眉颤了一下。

“有点过于疏忽了吧？居然什么准备都不做。”

弗鲁达房间中的谈话，或许全部被第三者听去了。

“非常抱歉，可是，我对那一类的魔法并不擅长……”

“既然不擅长，使用魔法道具来代替是最基本的做法吧？我在帝都看到了各种魔法道具，听说都是在你那儿制造的哟。”

安兹想起第一次到帝都来时看到的市场的样子。市场上甚至有近似冰箱的东西，这让安兹颇为吃惊。

“您说得没错。不过，您也知道，想要制造魔法道具，会用近似的魔法很重要。要制造具有火炎属性的武器，就要会用以‘火球’为代表的攻击魔法。而对于情报系魔法的防御，属于很少有人愿意学习的种类……”

安兹心想，原来如此。

YGGDRASIL 中，通过常规手段，每级只能学会三种魔法。二十级的人会用六十种魔法，要在这六十种里加上妨碍侦测的魔法，确实有点强人所难。

对六十种魔法到底意味着什么并不了解的人，或许会觉得这个数字不小。要是让安兹从自己会用的第三位阶内的魔法中，选出六十个来用，他恐怕会想来想去，烦恼上一整天。

首先，要考虑这些魔法今后的用途，今后打不打算变更职业，诸如此类，需要考虑的因素纷繁复杂。

这样想来，为此责备弗鲁达，他确实显得有些可怜。

“没错，是我不好。你说得很对，确实，留下攻击、防御魔法，探测系和情报系的优先级自然就会降低。”

如果是游戏中，可以轻松分工合作：“我学这个，你来学那个”，然而对于他们来说，选择魔法近乎决定自己的人生。选择人气不高的魔法，想必需要相当大的勇气。

而且探测系魔法相当深奥，需要预测对手会用什么样的魔法收集情报。

坦白说，专精探测系魔法的魔法吟唱者，其职业类似于以人生为筹码赌博的赌徒。

“好吧。我把带在身上的妨碍探测的魔法道具给你，今后你就使用它来防备吧。”

“是！”

虽然看不到，但安兹明白弗鲁达在深深低头行礼，搞不好是在跪拜。

“老师慈爱的话语，徒弟感激不尽！”

安兹为自己刚才还在想“不是什么大不了的道具，给他就给他吧”，感到十分不是滋味。

“啊，嗯……那么接下来，我要看看你的房间。”

安兹发动魔法，窥视弗鲁达的房间。

从俯视的视角，他看到了跪拜在地的弗鲁达。

探测魔法灵气后，安兹感到那不愧是弗鲁达，房间中有好几种颜色。不过，其中没有妨碍传送的危险颜色。确认这一点之后，他发动了“高阶传送”。

视野一变，安兹成功传送到了弗鲁达的房间。没有发生延迟，感觉也一切正常，安兹知道自己并没有传送到不友好的地方，不过他还是快速查看了周围。

没有必要如此警惕。然而，传送后不设防的状态下，最容易受到敌人袭击。避免敌人乘虚而入的动作——防范PK的动作已经成了铃木悟的条件反射。

“欢迎您，我的老师啊。”

“抬起头来。”

弗鲁达看到安兹的身影，深深低下了头。安兹见状，命令他抬头。说实话，安兹觉得他不必恭敬到这个地步。

他的忠心——忠心放在他身上，应该称为求知欲带来的服从心理——十分异常。

可以说，他的忠心与纳萨力克成员的忠心非常接近。安兹好不容易习惯了纳萨力克成员的忠心，不过并不熟悉的人表现出绝对的忠心，还是让安兹不禁紧张起来。

“是！”

“我们不要站着说话，我先坐下了。”

“是！我的东西就是老师的，老师请随意使用！”

安兹希望自己能适应他的态度，又觉得不太想适应。怀着复杂的心情，他坐在了沙发上。不过，弗鲁达似乎不打算坐在对面的座位上，他依然跪在地上，只是抬起了头。

“起来吧，坐下。”

“真、真的可以吗？我和老师一样坐着。”

“……我记得你也有徒弟，你就是这样对待他们的吗？”

发现弗鲁达的想法有点像重视上下关系的业务员，安兹有点嫌弃地反问。只见弗鲁达摇了摇头。

“我没有这样对待他们。然而，老师和我有云泥之别，我不敢把老师与自己相提并论——”

“无妨，允许你坐着说话。好了，坐下。”

“是！”

看弗鲁达坐到了座位上，安兹一边想着胃好痛，一边向他问起话来。

“首先，我拜——”安兹把拜托说了一半，换了个词，“命令你去做的那件事怎么样了？我不是让你把帝国搞到的各国情报抄下来吗？”

“回禀老师！关于临近诸国的情报已经抄写完成了，只是——”

“怎么了？有什么问题吗？”

“回禀老师！应该说不愧是皇帝吧。”弗鲁达脸上有得意的神情。那是老师提起优秀学生的神情。“看来他已经察觉到我背叛帝国了。”

员工入职的时候，会签订保密协议，以免其跳槽时泄露公司的秘密，这是理所当然的。从这点来考虑，让弗鲁达做间谍，泄露帝国内部情报，安兹的做法才是令人唾弃的。

然而，安兹现在已经很明白了，他统治的不是公司，而是国家。只要是为了国家的繁荣——让纳萨力克地下大坟墓的成员过得好，做什么都是对的。

安兹对吉克尼夫没有丝毫仇怨。不过，这样的事情比起自己国家的利益，根本不值一提。要是他的不幸能为魔导国带来富庶，那就得请他尽可能不幸一点。

虽说如此，比起正面冲突，安兹还是愿意共存共荣。

布妞萌好像说过，当纳什先生成了囚徒时之类安兹不太明白的话，意思是如果机会无限多，双方互助才能取得更大的利益。

安兹明白两国之间是彼此互相利用，不过他希望能与吉克尼夫建立个人的友好关系。

（我虽然挖走了弗鲁达，但是也让帝国的人免于在卡兹平原受到损失，算是扯平了吧。还有，或许是因为我总是偷看他吧，现在觉得对他有种亲近感。）

“您怎么了，老师？”

“唔，嗯，没什么，我在想事情。”

“是这样啊。我打断老师了，真的非常抱歉！”

“没什么好道歉的。我今天到这里，就是来见你。”

“噢噢！真的非常感谢，老师！”

安兹心想“怎么说什么都马上表示感谢”，继续说起了刚才的话题。

“啊——我们在说挖走了你的事啊。暴露了也没关系，不过有一个问题，就是你自己的安全了。”

“噢噢！老师啊！感谢您记挂着徒弟贱躯的安危！”

这个老人怎么这么喜欢感谢我。如果不是一开始就打算将其作为弃子，注意保障部下最低限度的安全，难道不是上司的职责所在吗？莫非在帝国并非如此？

（真的是后者，那就太可怕了啊……当然，如果谁妨碍到我，我也会杀掉，可是已经认可为自己的部下，再杀掉就有点于心不忍了啊。）

“弗鲁达哟，你不要那么激动。若是附近有人，会受到怀疑的。”

“不要紧的。这一层只属于我，没有其他人。”

安兹来过一次，知道这座塔相当大。他居然能独占整整一层，真不愧是帝国最伟大的魔法吟唱者。

“好了，继续说你的安全吧。既然你背叛的事暴露了，吉克尼夫不会派人来杀你吗？”

“似乎没有这样的迹象。只是，我作为要职的工作被减少了。而且，皇帝以前经常找我商量各种事情，而从老师统治的伟大之地回来之后，他就再也没有叫我去过。”

“原来如此……那么弗鲁达哟，要不要到我那里去？”

“噢噢！荣幸之至！”

（想都不想吗……）

“那么我会在考虑你的职务后——不，在那之前还有一件事要做，就是给你的奖赏。”

“那么——”安兹顿了一顿，把手伸向了空间。后面的一系列对话他已经反复练习过许多次，而且还一边自己吐槽，一边修正。

弗鲁达到底会不会采取自己预期的行动，安兹也不知道，不过，安兹的练习是充分的。

“将吾智慧的碎片赐予汝，弗鲁达哟。收下，并且解读这本书吧。”

安兹把一本名为死者之书的书交给了弗鲁达。

那是一本古旧的书，散发着霉味。然而很是神奇，书本本身完好无损，没有一处蛀洞。

弗鲁达颤抖着双手接过了安兹取出的书。安兹感谢自己是不死者，如果他是人类，紧张感或许会让他拿书的手也颤抖起来。

弗鲁达的愿望是窥探魔法的深渊。然而，安兹对魔法的深渊并不了解。如果是名为YGGDRASIL的游戏中获得的知识，安兹倒是可以传授给他，魔法的深渊就不行了。

然而，什么都不给，相当于辜负弗鲁达的忠诚。应该以德报德，以奖赏慰劳忠勤才对。因此，安兹从自己拥有的书中，选择了似乎对魔法知识记载最为详细的一本，交给了弗鲁达。实际上，书上记载的，在安兹看来，是关于魔法的一些不明所以的内容。

“请恕我失礼。”

弗鲁达接过书，翻了几页。原本充满喜悦的表情，因为失望扭曲了。

“怎么？这不是你想要的吗？”

安兹压抑着不安，冷静地问道。就算弗鲁达说不是自己想要的也没关系，应对方法安兹已经练习过了。

“回、回禀老师，并不是那样，只是我读不懂。”

“啊啊，原来如此。”

安兹从弗鲁达手中接过书，翻了起来，随意选择了一页。

“这一章写的是与死者变质相关的灵魂的——异质化。”

确实，书是以日语写成的，难怪弗鲁达看不懂。不过——

（这本书比起魔幻小说，更像是魔幻世界的资料设定集。什么是异质化啊。上面写着灵魂云云，罗列的都是些难懂的词，看不进去啊。怎么看都觉得只是在读文字……莫非现在，我已经变得能读书却无法理解了吗？）

书上写的都是些近似神秘主义的内容。不对，这大概就是神秘主义。在没有相关知识的铃木悟看来，觉得似乎是谁随便写出来的，不过，或许是从某种神话中搬来的吧。如果翠玉录在，想必能给安兹进行详细的说明。

“噢噢！”

面对以充满欢喜的目光看着自己的弗鲁达，一股罪恶感涌上安兹心头。

“这样吧……我只有这一个，因此不能给你，不过你先用用看。”

安兹把单片眼镜放在书上，递给了弗鲁达。弗鲁达戴上眼镜，赶紧翻开了书。

“这、这是——也就是说，所谓灵魂，是从伟大的世界激流中溅起的，类似飞沫的存在。不管什么样的灵魂，虽然大小不同，但是性质相同。既然如此！！！”

（哇，疯了。）

弗鲁达突然的转变，差点儿让安兹惊得向后仰过去。

他的眼睛瞪得老大，而且布满血丝，呼吸则像野兽一样粗重，仿佛马上就要向猎物扑过去一样。

“如，如何？”

弗鲁达的眼珠一转，正面凝视着安兹。

“太，太伟大了，老师！这正是我想要的知识！！呀哈哈哈哈哈哈！”

看着老人疯狂的样子，安兹的动摇超过了一定限度，他的精神突然镇静了下来。

“是吗——那就把那眼镜还给我吧。”

“什么！可这是……”

“你的修行要从翻译那本书开始。等你解读并且理解那本书的时候，你将可以登上更高的层次。用了那眼镜就没意义了。”

“老师居然如此严格……可以先让我通读一遍吗？”

“读一页没有问题，但是再用眼镜多读，无益于你的成长。”

弗鲁达合上了书，然后闭上了眼睛。

十几秒后，他终于睁开了眼睛，开了口。他的语气已经恢复了平静。

“明白了，我愿意遵从老师的教诲。那么老师啊，如果我有不明之处，可以请老师指点吗？”

“唔，嗯。只要是我懂的，我愿意回答你。”

“是！”

弗鲁达摘下眼镜，还给了安兹。

（很好！这样一来，短期之内，弗鲁达不会再说什么了。啊，这件事得跟他说清楚。那个……怎么说的来着？）

安兹拼命在记忆中搜索，然后他以沉重的——他自己认为符合统治者身份的语调叫起了弗鲁达的名字。

“弗鲁达哟。”

“在！！”

“我信任你，所以把记载着秘法的书借给你，千万不能让它落入第三人手中。当然，你为了解读它写下的笔记也一样。关于此书的一切都不要说出去。”

“是！！”

“我相信，原因就算不说，你也应该明白。这些知识对于人类来说过头了。如果让第三个人知道了这些知识，会生出麻烦事。若是拿到此书的人有与你相当的才能，倒还有救。不过，我可不想十年后还要为你善后。”

“这是自然。我保证，从此书之上获得的知识，绝对不会泄露给任何人！”

“我相信你，弗鲁达。不要让我失望。”

“是！！！”

弗鲁达从椅子上起身，跪倒在地。

安兹心想：不用行这么大的礼。不过他觉得，看来是自己的威胁相当有效，他开始为自己将近十小时的演技和发声练习没有白费感到满足。

“好了好了，既然你已经明白了，那就没什么好嘱咐你的了。来，坐下吧。不过话说回来，在没有辅助的情况下解读未知的语言是非常困难的。你有什么解读的点子吗？”

“回禀老师！虽然效率极低，但是有解读的魔法。我想利用解读魔法来逐步解读。”

“是吗！是吗！那真是太好了。”

这对于安兹来说简直是最好的回答。他可以给予弗鲁达适当的试炼，以争取时间，而且问题也不至于困难到弗鲁达会放弃的地步。

“那么，我把这个给你……不，这样吧，我把保存此书的箱子借给你。我知道你会谨慎使用此书，可是，说不定会有人想要从你那儿把它偷走。”

安兹从空间中取出一个盒子。这个盒子和安兹保存自己的笔记本用的盒子是同等的道具。

“收纳在这里面，就算被偷了，也需要相当长的时间才能打开。要是开箱的暗号也被偷听去了，放在里面也白搭……这一点你要当心。”

“当然，老师！我绝对不会犯那样的错误。”

“那就好。”

安兹把视线从美滋滋地摸着死者之书的弗鲁达移向天花板。他想回忆一下，看有没有什么事情忘了说。

“啊啊，对了。你的背叛已经暴露，我问你要不要到我那边去，这件事还没谈完呢。首先，你什么时候能过来？”

“只要老师愿意，随时可以。我对这个国家没有留恋。”

安兹在心中动了动眉毛。

弗鲁达现在身居负责人的地位，他却轻易表示可以弃之不顾，这样的性格是不是有点问题呢？安兹担心，今后他在自己身边，也会做出类似的事。

安兹在弗鲁达的简历上，用红笔记下了减分项目。

“那么，弗鲁达哟。我打算让你在魔导国，参与魔法开发事业。只是，你所开发的魔法，一概不准外传，将会成为只有你、我，以及我的心腹间使用的魔法。这一点你能受得了吗？你能舍弃对名声的欲望吗？”

“没有丝毫问题。我只要能看到魔法的玄奥之处便满足。除此之外，一无所求。”

听弗鲁达如此断言，安兹认真地观察着他的脸。

安兹没有看透他人本质的能力。弗鲁达已经活过了人类无法企及的漫长岁月，深入参与帝国这个巨大国家的运营，而且是一位天才学者，要以城府而论，他绝对在安兹之上。他如果想骗安兹，安兹没法保证一定看得穿。

不过，做不来和不做是两码事。安兹怀着这样的心情看着弗鲁达，然后只说了一句“那就好”。

“等你来到魔导国之后，我会将整个项目交给你负责。在开发魔法方面，我会尽可能帮助你的。那么……”

这样一来，继巴雷亚雷祖孙之后，安兹又得到了为纳萨力克效力的人类。接下来只要得到迪米乌哥斯和雅儿贝德推荐的女子，纳萨力克的强化就会更进一步。

必须在看不见的敌人露出真面目之前，尽可能增强力量。

对方有世界级道具，纳萨力克必须尽快得到 YGGDRASIL 之外的力量。自己有的能力对方也有，安兹要以此为前提制定战略。

不过，也有一个问题——

怎样才能保住帝国。

迪米乌哥斯的意见是，帝国是潜在的敌人，但安兹并不这样认为。

虽然不知道将来会怎样，但现在就算目的是征服世界，单凭武力东征西讨，并不是聪明的做法。要是魔导国得了顺昌逆亡的名声，就算本来有可能拉拢的国家，恐怕也会与魔导国敌对。

那么在这一点上，如果同为绝对统治者的吉克尼夫与安兹，能深化彼此间的友谊，然后把友谊传播到臣子中，又会如何呢？

（这样一来，迪米乌哥斯他们，应该会把武力征服克制在最低限度吧。真是个好主意。跨越国境的友谊，就相当于跨越公会的友谊……朋友啊。）

安兹的脑海中，浮现出异形种族同伴们的身影。

（可是，就算想交朋友，该怎样交啊？给对方想要的东西，这肯定不是交朋友的正确方式……看来最好的办法，就是保护好吉克尼夫最宝贵的东西，也就是帝国啊。帝国被我的敌人视为眼中钉的可能性很高。)

如果安兹是洗脑了夏提雅的隐藏在暗处的敌人，有一招棋他一定会走，那就是——

(最糟糕的状况，就是敌人在同盟国帝国的首都使用“暗黑丰穰之献礼”。不管下手的是谁，黑锅毫无疑问都得由我来背……随后敌人会把此事传遍全世界。这样做，就能减缓魔导国扩大势力的速度。)

安兹想起了 YGGDRASIL 时代。

与强大的公会正面冲突是愚蠢的，曾经有公会为了削弱对手的势力，煽动其他公会与其进行抗争。现在正可以使用这样的手段，而如果安兹处在相反的立场，毫无疑问会走这步棋。正因为如此，对手也很有可能会这样做。

为了阻止对手用出这一招，安兹本打算让弗鲁达若无其事地散布传言，说安兹的那种魔法无法——当然是假的——再使用。可是弗鲁达已经派不上用场了，安兹必须考虑其他的手段。

(这简直就像要想出禁止人携带手心大小的违禁物的方法……看来还是把相关的事情告诉迪米乌哥斯，让他思考应对的方法为好啊。不过他会不会乱揣测呢？啊——真是的，脑子要炸了。)

要是能把一切全抛给迪米乌哥斯和雅儿贝德就好了。可是这样的做法，无法避免动摇绝对统治者的形象。安兹必须保护好自己的立场，同时设法找出解决问题的办法。

“老师，您怎么了？”

“弗鲁达哟，我想保护帝国一段时间，有没有什么好办法？”

“出于什么样的理由呢？”

“想要征服帝国很容易，不过我不喜欢站在废墟上耀武扬威。我希望能吞并毫发无伤的帝国。因此，我想避免你来魔导国后，造成帝国国力低下的局面。”

弗鲁达的皱纹更多了。

“这个问题不容易马上回答啊。我认为就算我不在了，帝国也不会马上出现某种问题。不过，没有足以填补空缺的人才，这也是事实……如果您认为可以，我还是暂且留在帝国吧。”

“你愿意这样吗？我们会讨论一下，日后再联络你。”

“遵命！”

“对了，最后还有两件事希望你做。其中一件，我想要关于武王的详细情报。另外一件，就是关于死亡骑士了。”

●

马上就要到约好的时间了，安兹首先使用了探测魔法。按说，他应该先发动几种反击魔法，再使用探测魔法，然而消耗大量的卷轴实在浪费。不像在墓地那次，有明确的敌人。安兹直接发动了探测魔法。

不过为了以防万一，他选择了即使受到反击也不会连累别人的场所。

视野中显示出另一幅光景，那是马车内部。安兹操纵着浮现出的视野，看向马车外。

安兹向那里发动了“高阶传送”。

精确地成功传送后，安兹打开了马车的门。坐在马车中的艾恩扎克露出了惊讶的表情。安兹没有理会他的惊讶，直接上了马车，关上门，然后解除了正在生效的不可视魔法。

“果然是陛下啊。我猜到应该是陛下了，不过，能不能请您不要在不可视化的状态下进来呢？”

“如果不发动不可视化，我的样子不就被人看到了吗？”

“您戴着那副面具，我认为应该不要紧。”

“或许吧，可是我用了传送魔法，还是希望尽可能避免招惹麻烦。”

“您说得确实没错……”

“看来你明白了，那么我们出发吧？”

“是，我们出发吧。”

马车穿过敞开的门，来到了门卫指定的位置。这里是能停放许多辆马车的停车场。

“那么，我先下去了。”

安兹跟在艾恩扎克身后下了马车。

一位管家打扮的老人，带着一位女仆，等在马车旁。

此人虽说是管家，但没有塞巴斯那么健壮，只是一位普通的谦和老人。管家看起来似乎是人类，而女仆并不是。

女仆头顶有并不属于人类，而应该属于动物的耳朵。人类应该长耳朵的部位被头发遮住不好断言，不过那里没有人类应有的隆起。她的脸庞长得很可爱，不过并非人类女性的那种可爱——而是动物的。

“恭候多时了。艾恩扎克大人和——您就是魔导王陛下吧。主人正在恭候二位，我来带路，可以请二位跟我来吗？”

“什么？!”

听到管家的提问，艾恩扎克发出了轻微的惊叫声。

昨天说了，不提安兹的真实身份，但对方却猜中了，因此艾恩扎克才惊讶吧。不过在安兹看来，这并不是多么值得惊讶的事。尽管用面具隐藏了面部，安兹的服装没有丝毫改变。只要是有点门路的人，一定早有耳闻。比起被猜中身份，不回答对方的问话就显得失礼多了。

“谢谢，那就请为我们带路吧。”

“是。”

管家低头行礼，一拍之后，女仆也低头行礼。

两人随着管家和女仆走起来后，艾恩扎克小声跟安兹说道：

“陛下，非常感谢。”

艾恩扎克大概是在感谢安兹回答了管家的问话吧。

安兹本想回答“不需要”，最后还是什么都没说，接受了艾恩扎克的感谢。

从铃木悟的角度来看，他这个上司相当于在帮有疏失的部下补漏。艾恩扎克会感谢是理所当然的反应。哪怕是为了部下今后的成长，安兹也不能不接受他的感谢。

安兹再次切身感觉到，做上司还真是不轻松。

安兹漫不经心地想起，最近自己必须扮演统治者的角色，已经很久没有说过“谢谢”了。

（看来得找个机会，向所有守护者、所有NPC表达一下感谢之意，慰劳他们一下啊。）

就在安兹作为以良心企业为目标的纳萨力克地下大坟墓统治者，漫不经心地思考这些的时候，他们的脚步也没有停止，一直跟着管家前进。

“不过没想到这里居然有兔人，真是令人吃惊啊，陛下。”

等人家不在了再议论不行吗？安兹虽然这样想着，不过他对这个话题也很感兴趣，就接着艾恩扎克的话茬说了起来。

“不应该是兔女才对吗？”

“这……确实……不过他们的种族名就是兔人。”

“艾恩扎克，我是开个小玩笑，你这样一本正经地回答，我会有点尴尬的。”

“大概是从比都市国家联盟更偏东的地方来的吧，真是稀奇啊。”

“唔……”

就算听说是都市国家联盟以东，安兹也不知道那到底有多远。安兹的情报网还没有张得那么大。

不过安兹没有在王国见过兔人，在帝国凭目力之所及，除了她之外也没有见过其他兔人。没有同族的地方，就算不受到其他种族的排挤，也不能说是令人心情舒畅的生活环境。

安兹虽然产生了好奇心，想和她聊一聊，但他没法开口。万一这个话题是她的雷区就麻烦了。

不一会儿，两人被带到了一个房间前。

“主人正在恭候，两位请进吧。”

室内陈列着许多武器和防具，都用油擦得锃亮，一尘不染。

仔细看来，大部分武具都有伤或者凹痕，毫无疑问是实战中用过的装备。

这样的陈列不像是武器商人在展示商品，更像是这座宅邸的主人在展示光辉的回忆。

安兹浏览一遍之后，把视线移回了看到的第一把剑。

这是房间内最光鲜的一把剑。

它身上没有丝毫伤痕，考虑到它放在只要走进房间自然就会看到的位置，应该是主人颇为喜爱的一把剑。

“您喜欢这把剑吗？”

“是啊，真是不错的收藏品。”

房间中央的一对沙发前面，站着房间的主人——宅邸的主人。听到他的提问，安兹回答着。主人是一位相当富态的男子，头发理得很短，甚至能看得到头皮。

双方没有彼此招呼，继续着武具的话题。

“您最喜欢哪一件——啊啊，是那件吧。只要进入这房间，不管哪一位都会这样说。”

安兹横穿房间，走到了那把剑面前。

“可以拿起来看看吗？”

“当然，可以。”

安兹道谢之后，拿起了剑。如果想要装备起来，剑将会掉落，只是拿着看的话并没有问题。

安兹观察着剑，发现了刻在剑身上的文字。他似乎在什么地方看到过这种奇妙的文字。安兹拼命在脑海中搜索着，想了一会儿找到了答案。

“这是卢恩文字吗？”

“噢噢！真不愧是魔导王陛下，您知道这种文字吗！”

（怎么？真的是卢恩文字吗？卢恩文字在这个世界上也很常见吗？）

卢恩文字似乎是在铃木悟的世界存在的一种古代文字。如果这个世界上也有卢恩文字，很可能是和铃木悟同一世界的人传播来的。安兹慎重地回答：

“嗯，是啊，只是有相应的知识。我没有刻印卢恩来制作道具的能力。这是何处的能工巧匠制造的？”

“噢噢，您真是问到点子上了。这正是由安杰利西亚山脉中，矮人王国的卢恩工匠制造的剑，应该已经有一百五十年以上的历史了。它的刀身可以召唤雷电的力量。您请看，它的刀柄上刻着记号。”

宅邸的主人来到了安兹身旁。

他站到旁边后，强烈的香水气味刺激着安兹的鼻子。

“它就是在矮人的卢恩工房中，非常有名的石爪工房制造的一把剑。”

(矮人的卢恩工房？看来应该收集一些详细情报啊。)

“呵呵，看来它是一间非常有名的工房，此处还有其他这间工房制造的装备吗？”

看着安兹环视室内一周，男子愉快地笑了。

“哈哈哈哈，这里就没有了。在下把它们收藏在其他地方，不过，魔力如此强大的珍品，只有这一把。”

“原来如此。”

安兹一边发出感叹的声音，一边隐藏起自己的失望。

虽说失望，安兹已经得到了石爪工房的情报。应该调查一下，看那里是不是有玩家存在。

“听说矮人符文工匠制造的武器很少在市场上流通，你还有其他的符文武器吗？”

听到艾恩扎克从旁提问，安兹在心中竖起了大拇指。

“那是当然，艾恩扎克，”男子微微一笑，“毕竟只要在拍卖会上出现，在下是一定会去的。上一次，一个和在下竞标的冒险者十分难缠，在下最后花了预算三倍的钱才拿下。”

看到艾恩扎克好像有点无语一样轻摇着头，安兹感慨良多地点了点头。所谓的收藏家就是如此，是不被周围的人理解的人种。有时就连安兹自己，都不理解过去的自己。

虽说还想仔细查看，但安兹还是把剑放了回去

“都没打招呼，就被你的收藏品吸引住了，别怪我失礼。”

男子露出了满脸的笑容。

“陛下真是太会说话了。那么就先由在下开始——在下名叫奥斯库，是个微不足道的商人。”

“要是你说自己微不足道，想必帝国的其他商人会不高兴。我是安兹·乌尔·恭魔导王。”

“从未有一日不闻陛下大名。您请坐，在下命人准备饮料。”

“感谢你的心意，不过我那一份就免了。”

奥斯库以比起大脸盘就像小豌豆一样的眼睛凝视着安兹。

“陛下，在下尽管在传闻中有所耳闻，不过……不知能否请您取下面具。”

“既然是地主之命，那我也就不得不取下面具了。”

安兹取下面具，露出了本来的面目。

奥斯库的表情中并没有惊讶的神色。他的眼睛实在太小，只要露出笑意，就看不到眼睛中到底是什么感情。

“噢噢，原来如此，原来如此。”点了几次头之后，奥斯库

开了口，“其实，在下一直在担心，不知道能否准备出合声名远扬的魔导王陛下口味的饮品，看来是在下杞人忧天了。”

奥斯库愉快地说完这番话，颤着圆滚滚的肚子笑了起来。

“我说，奥斯库，你怎么想到陛下会和我一起来的？”

“哎呀，这其实并不难吧？刚刚被占领的耶·兰提尔的冒险者工会会长来找在下，还说有比自己地位更高的大人同行，能想到的人物只有一位啊。

“也有可能是魔导王陛下的心腹，不过在下凭直觉认为是魔导王陛下。”奥斯库继续说了下去。

“那么，接下来我也问个问题，可以吗？排列在那边的武器，是你用过的吗？”

听到安兹的提问，奥斯库笑出了声。

“怎么可能！陛下，您看在下这体形！在下虽然握过计算工具，但从来也没有握过剑。收集武器是在下的爱好……在下从儿时起就喜欢强者，也喜欢剑之类的武具。”

“原来如此……”

“您能理解就好。那么，请允许在下也问一个问题吧。听说陛下拥有无边法力，您应该已经活过——这个，说您活过了漫长的岁月没问题吧。”

“相对你们人类的寿命，算是吧。”

安兹说完后想：安兹·乌尔·恭魔导王，到底会在传闻中变成什么样的存在呢？

不，他总不能告诉奥斯库“没有那样的事，你们的年纪比我大”。就算说了，恐怕对方也不会相信。正因如此，他才要在谈话中树立魔导王的角色。看来再不明确自己是个什么样的角色不行了。

（总而言之，作为不死者活过了漫长的岁月，这是确定的了。要是被问起为什么活过漫长的岁月却什么都不知道，就回答自己一直闭关研究魔法。就以此为基础，树立起魔导王这一角色的形象吧。）

“既然是这样，您应该有过去的武具吧？”

奥斯库问得毫不掩饰自己的好奇心。

“有自然是有，不过，我不能把它们给你啊。”

“在下愿意出适当的价格——不，市价的三倍。”

安兹没能马上拒绝，他想起自己囊中颇为羞涩。然而，“好，那这个卖你”这样的话，一位君王说不出口。

“金钱并没有足够的吸引力啊。”

“确实，对一国之王提出这样的建议，是在下失礼了，真的非常抱歉……那么以什么来交换，陛下才愿意把武器让给我呢？”

（要说对魔导国有贡献之后，作为奖励给他吗，嗯？这样的话……）

安兹取出了一把短剑。短剑释放出类似朦胧雾霭般的光效，蓝色而略微透明的刀身使用蓝水晶制成，其中包含的魔力相当不好评价。虽说如此，它作为魔法道具的综合评价依然属于高阶，比起这个世界上流通的魔法道具要强大。

“这、这是——”

声音有两重。

艾恩扎克也瞪大了眼睛，凝视着短剑。安兹低吟了一声“唔”，之后，把短剑放在了艾恩扎克面前。

“送你吧。”

“啥？!”

惊讶的声音也有两重。

“艾恩扎克，这是对你工作的奖励。虽说如此，但这并不是授勋，也不能用来证明你的身份。我只是认为这样的奖励，与我愿景中的国家更相称，所以才给你。如果你更想要钱，把它卖掉也可以。”

从数据量来说，它只是不可能杀死安兹的武器，而且也不是以前的公会成员制造的充满回忆的武器。

“我、我怎么敢收如此贵重的东西……”

“不是什么了不起的东西。不过，既然你不收它，那么回头换一件东西给你吧。给你疗伤用的药水也可以。你怎么选？”

艾恩扎克经过充分的思考，接过了短剑。

“我收下了，非常感谢，陛下！我一定会效忠陛下，不辜负这把神兵利器。”

“恭喜你，艾恩扎克。如果你有什么为难的，希望你能想起还有我这个朋友啊。”

看到奥斯库不停瞥着自己的短剑说出这话，艾恩扎克露出仿佛护着小狗的母狗一样的表情。

“我是不会卖的，绝对不会。”

安兹稍稍改变了语气。

“好了，我们差不多该开始谈事情了。”

看着艾恩扎克用手帕包起匕首，奥斯库这才不情愿地挪开了眼睛，同意了安兹的建议。

“明白了。今天魔导王陛下光临寒舍，不知有何要事？”

“嗯……我不太擅长拐弯抹角，就单刀直入地跟你说好了。希望你能让我与竞技场的武王一战。”

奥斯库稍稍瞪大了眼睛，不过很快恢复了本来的表情。

“我听说武王并不隶属于竞技场，而是你培养起来的一位剑斗士。据艾恩扎克说，只要你允许武王出战，马上就可以安排与他的比赛，因此我才来拜托你。”

“呵哈哈哈哈。您是认真的吗，陛下。武王拥有魔物的肉体和优秀战士的技巧，是竞技场最强的男人哟？他恐怕是历代武王中最强的一位。陛下的手下或许有强者，不过应该没有能战胜他……”

奥斯库得意地摇了摇头。

“他比弗鲁达还要强吗？”

“不，我是说在战士当中，不能与魔法吟唱者比。飞到天上连续发射魔法，那肯定不行。”

听着奥斯库的嘀咕，安兹显得有些困惑。艾恩扎克见状，解释说：“过去，曾经有一支冒险者小队，飞到空中用魔法和弓箭等远距离攻击取得了胜利，搞得观众们十分扫兴。因此，竞技场严禁使用飞行和传送等魔法。”这时，奥斯库终于回过神来，看着安兹说道：

“咳！失礼了，陛下。在下想起了苦涩的记忆……那么，这样的话，陛下，想与武王战斗的，不知道是哪一位呢？请问是人类吗？”

安兹和艾恩扎克对视一下，然后回答道：

“是我。”

“欸？!”

“我，安兹·乌尔·恭来与武王对战。”

经过一段空白的时间，奥斯库慌忙问道：

“可、可是，陛下是一国之君啊？”

“那又如何？”

“欸？不是，不是那又如何的问题……只是……”

“啊啊，我知道你在担心什么。你是怕我受伤，对吧？”

听到奥斯库小声嘟囔“如果只是受伤倒还好”，安兹只当没有听到。

“放心吧，不管结果如何，我都不会兴师问罪。这方面的事情，我会白纸黑字写清楚。”

“可是，真有什么万一，在下的生意就没法做下去了。在下听说帝国和魔导国是同盟。要是让同盟国国王身负重伤，帝国也不会让在下好过的。”

“我可以保证，不会让这方面的事情给你添麻烦。”

“说是这么说……”奥斯库思考了一会儿，再次向安兹问道，“话说出来有些难听，不过，能不能请陛下给在下点东西做抵押？”

“抵押吗？需要什么样的东西？”

“请陛下给在下和艾恩扎克的短剑类似的东西。如果陛下答应有什么万一，此物将归在下所有，那在下就不再多说什么了。”

“如果这样的东西就可以，我可以答应你。不过现在我也没法马上拿出来，我答应明天给你送来。”

“非常感谢，陛下。……在下有个问题，不知能不能问？”

安兹挥了挥手，示意他说下去。

“在下也算是个小小的主办人，因此会收集各种情报，特别是关于能在竞技场出战的强者和魔物的传闻。其中也有关于陛下的内容——陛下真的只用一个魔法，就杀死了几万王国民众吗？”

“咳！”

艾恩扎克故意干咳了一声，用责备的目光看着奥斯库。不过此事想瞒也瞒不住，而且也不是什么难以启齿的羞耻之事。

“你说得没错，我用魔法杀光了王国的士兵，你想责难我吗？”

“岂敢，在下只是想问一下，看陛下有多么强大的魔法力量。要是陛下在竞技场上用了传闻中的魔法，那就非常不妙了。毕竟竞技场在帝都中。”

“不不，我不会用那样的魔法的。”

就算是安兹，也不打算在友好国家的都市中央使用那样的魔法。他又不是恐怖分子。

“当然，在下也是这样认为的。陛下拥有令人不敢相信属于不死者的理性和睿智，肯定不会因为憎恶生命而进行大屠杀。只是，把有些事当作理所当然而疏于确认，往往会带来大问题。”

安兹也同意他的意见。这是组织中加入新人时，非常容易发生的问题之一。其实，铃木悟也因此碰到过麻烦。

“这是理所当然的想法。再说一次，我不会用那样的魔法的。”

“为什么？和星象之类有关吗？”

“与那类事情没有丝毫关系——”这时，安兹头顶亮起了一个灯泡。“这样说吧，那个魔法在我能用的魔法中，算是最强的王牌。因为是艾尔－尼克斯阁下的愿望，我不得已，用了十年才能用一次的大魔法。今后十年，我要重新积累力量，才能再用那个魔法。”

“噢噢！”奥斯库的眼睛中亮起了奇怪的光芒，“这种事情告诉在下不会有问题吗？在下认为，这在某种意义上，或许称得上是陛下的弱点……”

“没关系。就算用不了那么大规模的破坏魔法，要杀死与我敌对的蠢货还是很容易的。毕竟我不是所有的魔法都不能用了。”

“真不愧是魔导王陛下。因此，陛下想说武王也是个容易战胜的对手，对吗？”

看安兹扬扬自得地点了点头，奥斯库在自己的脸上贴上了笑容。不过，以安兹的观察能力，看不出他的笑是真是假。

“原来如此。那么请允许在下问最后一个问题。为什么陛下想与武王战斗呢？”

“我听说竞技场有一位强大的对手……我想知道他比起葛杰夫·史托罗诺夫来，谁更强一点。王国曾经有葛杰夫，我对武王感兴趣的最大原因，或许是想知道帝国有什么样的强者吧。”

当然，安兹不是为了这个才想和武王战斗。这样说是他和艾恩扎克商量好的。

虽然说实话也没有多大关系，不过奥斯库实在不是个足以信赖的人。两人认为，奥斯库是那种优先自身利益的类型。对这样的人坦诚相待，不会给自己带来什么好结果。

“明白了，非常感谢。我会为陛下安排与武王的比赛，只是……”

安兹正打算开口道谢，只见奥斯库伸手示意他等一下。

“希望陛下能遵守竞技场的规则。还有，对于陛下与武王来说，这或许是一场认真的比赛，但对于我们来说只是表演。如果太过一边倒，实在没有意思。因此，希望魔导王陛下能不用魔法，而是用剑——武器与武王进行战斗。窃以为，这样应该能打出一场精彩的比赛。”

“你说什么！”

艾恩扎克从沙发上站了起来。他的脸因为怒气而泛起了红潮。

“那怎么可能！魔导王陛下可是魔法吟唱者！不让陛下用魔法，陛下怎么战斗！”

“呵呵，这倒是啊。就算是魔导王陛下，不能用魔法，看来也没法取胜啊。哎呀，在下的提案真是有失常识了。不过，在下真没想到阁下会说出这样的话，在下以为就算魔导王陛下输了，阁下也不会在乎的。看来我需要改变一下对阁下的看法。”

“你——”

“艾恩扎克，别激动。我可以接受。”

“陛下，您说什么？”

奥斯库和艾恩扎克同时把视线投向自己的画面十分有趣，安兹发出了轻笑声。不过，安兹觉得别人听起来应该不像轻笑声，更像是嗤笑声，他赶忙吸了几下鼻子，想要掩饰。

然而，只有洞的鼻子发不出吸鼻子的声音。

安兹放弃了努力，决定用说话来掩饰。

“看来你没听到啊。我是这样说的：我可以接受。”

奥斯库的表情没有变化，然而安兹十分清楚，他是在拼命开动脑筋。

“魔导王陛下愿意以自己的名字发誓吗？”

“以名字发誓？好吧。我以安兹·乌尔·恭之名发誓，在与武王一战中，我不会使用魔法。”

“等等！陛下！您怎么能在不了解武王实力的情况下应承这样的事！”

确实，艾恩扎克说得很有道理。不过，如果安兹手中关于武王的情报没错，就算不用魔法，应该也没有太大问题。

“没事，总会有办法的。”

“不提前想好怎么能行！”

听到艾恩扎克的吐槽，安兹有些感动。自从他成为纳萨力克地下大坟墓的统治者以来，还没人像这样跟他提意见。扮演飞飞的时候，开始还能听到一些意见，一步登天之后，就再也没人向他提意见了。

“还有你也是，要是别国国王死在了帝国竞技场，你等于惹下了滔天大祸！”

那是当然了，安兹和奥斯库对视了一下。

“确实，阁下说得在理。您怎么看，陛下，您要是接受忠臣的谏言，此事就这么算了也好。”

安兹则耸了耸肩。安兹明白艾恩扎克的担心，不过，提出这个计划的正是他。或许他制订计划的时候，是以安兹会用魔法战斗为前提的。不过话说回来，莫非在他心目中，安兹·乌尔·恭不用魔法，就那么不堪一击吗？

“没有问题。还有，艾恩扎克，你不要再叫了，太丢人了。那么，奥斯库哟，我有一件事不明白。我死了对你有什么好处？”

奥斯库眨了眨眼睛。这样的举止放在一个大叔身上，一点都不可爱。

“看来陛下似乎有误会。对在下不会有丝毫好处。正如工会长阁下所说，恐怕害处会更大。”

看来他的目的不是让安兹进行不利的比赛，真的是出于主办人的考虑，想让比赛更加精彩。

“——是吗，那就好。”

“武王比有名的葛杰夫·史托罗诺夫更强。不知陛下是不是已经有什么良策，可以不用魔法战胜武王？”

“史托罗诺夫啊……他是个强大得令人感到羡慕的男人。”

安兹察觉到，身旁的艾恩扎克露出了惊愕的表情。他什么都没说，回忆着那位战士长。

“既然比他还强，那确实需要警醒。不过，我所谓的强大，指的是史托罗诺夫的心态，绝对不是战斗能力。如果你是说武王的武力比史托罗诺夫更强，那秒杀他很容易。”

“原来如此。对了，刚才陛下问在下的问题，在下想要再补充一些回答。”

奥斯库举起了自己的双臂，那是圆滚滚而且十分松软的双臂。

“在下最喜欢剑与剑、拳与拳的交锋。可惜在下没有丝毫肉搏战的才能，就算努力，也无法取得胜利。因此在下想了另一个办法：训练一位代表在下的战士，让他取胜就行了。”

奥斯库得意地笑了起来。那表情不属于刚才的商人，而是属于名为奥斯库的人类。

安兹虽然是第一次碰上这样的怪人，但他知道所谓的性癖是每个人各有不同的。也就是说，此人拥有异常的性癖啊。安兹在脑中新建了变态一栏，然后把奥斯库的名字拖了进去。

“正因为如此。如果陛下输给了在下训练出的武王，那对在下来说将是非常有快感的一件事。”

“是吗……”

奥斯库和艾恩扎克都以惊讶的表情凝视着安兹。

安兹一边觉得奇怪，一边问道：

“不要露出傻兮兮的表情，有什么想说的就直接说。”

“我、我是想，您的感想仅此而已吗？”

“我完全不理解奥斯库追求的快感是什么……人类真是难以理解。怎么？你说仅此而已，意思是说希望我发表更多的评论吗？嗯，那这样说不知如何呢？战胜不使用魔法的我也会令你高兴吗？”

不知道奥斯库是怎么理解安兹的提问的，他答非所问地回答道：

“欸，啊，那个……在下并不怎么喜欢魔法这种东西……”

“是吗，那就没什么好说的了啊。”

奥斯库和艾恩扎克面面相觑。安兹心想，有话就快说。不过所谓的社会就是这样，没有多少发言权的人，如果坦率地表露自己的情感，很容易遭到嫌弃。

“我们开诚布公地谈了这么久，就不要有所隐瞒，开门见山地说吧。我与武王的一战，如何定日程？如果可能，我希望能办成一场盛大的表演。”

“那么在今天的比赛中，在下宣布出现了武王的挑战者，然后尽快安排一场比赛吧。只是，挑战者是陛下一事，在下希望在比赛开始前能一直保密。”

“为什么呢？站在主办人的角度来看，不利用这一点做广告不是太浪费了吗？”

“按照常识来考虑，同盟国的国君参加剑斗比赛这样的事……咦？在下好像没有听说举行了欢迎仪式，莫非是即将举行吗？”

安兹不禁垂下了眼睛。

糟了。

安兹感谢着自己没有心脏，让自己空空如也的头盖骨中的不死者脑浆运转起来。随后，他风趣地耸了耸肩。

“这次我是微服私访。艾尔－尼克斯阁下大概不知道我到帝国来了吧。”

奥斯库脸上的表情消失了，大概是闻到了危险的气味吧。身为商人对利益一定十分敏感。如果没有利益，只能蒙受损失，他不可能同意。

“明白了。”

（欸？）

“如果公布武王的对战者是陛下，想必各方面都会横加干涉。看来，还是对挑战者的名字保密吧。不过比赛后，发生任何问题，在下都会全盘丢给陛下处理。”

“这是自然。比赛后的事就交给我吧。”

“明白了，那么能给在下一些时间吗？在下来安排一下比赛的日子。”

●

“他走了啊。”

“是，老爷。”

送走魔导王，回来复命的管家，回答着奥斯库的问题。

“是吗？”奥斯库应了一声，把视线投向了候在管家身后的女仆。

“猎首兔。”

他歪了歪头，好像在问“怎么了”。

没错，是“他”，穿着女仆装虽然很好看，但他是男人。

之所以打扮成女仆，据他说有两个好处：一来打扮成女人容易受到轻视，可以造成对手大意，二来胯下不会遭到攻击。据他说，女装并不是他的爱好，不过，平时也能见到他做出刚才那样可爱的举止。认为他之所以女装，包含着爱好的成分，应该说是想多了吗？

对于奥斯库来说，为爱好也好，为工作也罢，都没关系，反正没有给他带来什么不便。

打扮成女仆的他，绰号是“猎首兔”。

对于这位外表可爱的男子来说，这绰号或许与外貌不符。其实，他是身为战士兼暗杀者的佣兵，来自都市国家联盟东部的国度，其绰号广为人知。

奥斯库把他招来，花大把钱和他签订了契约，雇他为自己工作。奥斯库还与几支工作者小队以及一些剑斗士签订了个人护卫契约，不过付给他的佣金比谁都高。

他拥有如此强大的力量——起码和山铜级相当。实际上，自从雇了他之后，奥斯库还没有被卷进过麻烦事中。

“跟我说说你看过魔导王陛下之后的感想吧。”

除了是一流的战士兼暗杀者之外，他还有别的才能。

那就是看穿对手力量的眼力。作为战士和暗杀者闯过无数鬼门关，经验让他学会了看人——看对方是不是强者。

"超级要命。"

他这样评价过的对象，至今为止只有武王。也就是说，出现了第二个他无法战胜的对象。顺带一提，比"超级要命"低一级的，就是他对帝国四骑士的评价："要命"。

"魔导王陛下作为一名战士，也是强者吗？"

"说不好。只听脚步声，感觉并不强大。他走路的方式和受过训练的战士或暗杀者不一样。从走路方式来看，他身旁的大叔作为战士反而更合格。不过——很要命。他站在我身后，我感觉浑身不自在，甚至想要全速逃跑。"

他看了看自己的手。

奥斯库的目光被他的拳头吸引了。

那是圆滚滚的拳头。

仿佛曾经几万、几十万次攥紧拳头打向坚硬的物体上一样，那拳头变了质，像球一样圆滚滚的。那是战斗生物的手。

奥斯库感到一阵冲动，没能克制住自己的兴奋。

"——你看哪儿呢，变态。"

"我在想这是一双非常好看的手。"

奥斯库非常喜欢这双手，可惜猎首兔属于他的兴趣范围之外。

性别的问题倒不大，不过对于奥斯库来说最理想的，是王国的苍蔷薇的战士（格格兰）。猎首兔已经算是不错了，可是比起她来，稍嫌单薄一些。武王则太过厚实。

“明年我不和你续约了。”

“那怎么行！能与你匹敌的佣兵太难找了。也就只有伊加尼娅的女主人了。啊，话题扯远了，那么——”

奥斯库的视线从他圆圆的拳头向上移动。猎首兔依然是一身鸡皮疙瘩。

“到现在还没有消，太恶心了。”

“虽说作为战士不值一提，却是个难缠的对手啊……”

“那简直就是另一个武王。”

这个世界上，存在强大的种族和弱小的种族。

弱小的种族以人类为代表。人类这样的种族，没有穿透黑暗的视力，没有保护身体的坚硬表皮，没有特殊能力，简直就像装肉的口袋。

强大的种族则拥有这一切，比如龙。他们有坚硬的鳞保护自己，拥有敏捷强壮的肉体、削铁如泥的牙和爪子，还有喷出火焰或寒冰等吐息的特殊能力，拥有翱翔天空的翼。

作为种族来说，他们就算不经过战士的训练，也十分强大。

猎首兔的意思是，魔导王很可能也属于这样的种族。

在奥斯库的知识中，不死者在身体条件方面比较弱小，但魔导王似乎并非如此。

“奥斯库大人，您为什么答应安排比赛呢？魔导王陛下恐怕对武王知根知底，而我们却对他的能力一无所知。我认为这场比赛会对武王非常不利。”

“咦？你不明白？”猎首兔露出有点疲惫的表情说道，“如果是我，就不会想那么没意思的事情啊。”

管家将不解的目光投向了奥斯库。奥斯库见状，笑着回答：

“王者怎么能逃避挑战。”

“仅此而已吗？”

“仅此而已，不过，这就是最重要的。如果是单纯的互相厮杀，我肯定不会接受。可是对方把挑战书拍在我面前，要和武王比赛，我就不能不接受了。武王肯定也会这样想的。”

“真是太蠢了啊——”

“或许吧，这就是所谓的男人。不过，我认为魔导王陛下是在比赛形式之外的战斗中，更能发挥实力的类型。一种是比赛规则下的明争，一种是什么手段都可以用的暗斗，你愿意在哪种状态下和魔导王陛下战斗？”

“都不愿意，我会夹着尾巴赶紧逃。”

奥斯库笑了，这是最聪明的做法。

“问完了吧，那现在轮到我了。你对魔导王如何评价。”

这不是向主人问话时该有的语气，不过就连候在身后的管家表情都没有变化。

以前，他还曾经默默露出不满的表情，认为一个佣兵不该这样对雇主说话。不过，不知从什么时候起，他不再觉得不满了。或许是从猎首兔干掉暗杀者的时候开始吧。

“他有领袖魅力。”

“嚯。”猎首兔发出奇怪的声音。

奥斯库观察了艾恩扎克的样子，他的态度不像是受到强迫表现出的。这就是说，魔导王有某种魅力，让占领国的市民，在都市被占领仅数月后，已经愿意为他提供协助。

“你看到他那威风凛凛的举止了吧？他只带了艾恩扎克一人前来，而且答应不使用魔法与武王对决。这些都来自他身为强者的强烈自负。他的头脑也非常机敏，给人感觉非常适应此类的交涉。”

奥斯库说出这番话，自己也觉得不可思议。

魔导王把只是一介商人的自己，当成对等的谈话对象。按说，不光是君王，就连贵族都会明确地夸示上下关系。

正因如此，奥斯库才觉得无法理解。

如果魔导王以前是商人，他倒还想得通，但这不可能。也就是说，他就是有交涉的天赋吧。

“作为综合评价，可以说他有与我们的皇帝陛下匹敌的才能吧。”

当然，奥斯库还没有看到魔导王能力的全貌，但魔导王的气魄给人这样的感觉。

“不，应该假设他至少具有能和鲜血皇帝比肩的才能。”

与被称为历代之最出色的帝国皇帝同等，这还只是最低限度的评估，简直和噩梦一样。

奥斯库摇了摇头，再想下去，也只是自己吓唬自己。他也不想窥探魔导王才能的深渊，现在必须做的事只有一件。

“……把此事告诉武王，让他从现在开始调整，保持最好的状态。”

“他不会不愿意吗？”

“他是战士。只要听说我接受了挑战，一定不会逃避的。”

“嚯，希望他能赢吧——”

## 4

与魔导王的比赛当天，奥斯库依然问了每次都会问的问题。

“感觉状态如何？”

“没有丝毫问题，我处在最好的状态。”

回答奥斯库的，是一只巨大的魔物。

他是被称为巨魔的种族，不过又有与巨魔完全不同的某种特征。

那是经历过无数激战才会有的，战士的气场。

不过，这也是理所当然的。他是适应战斗，以战斗为特长的巨魔。巨魔派生种族中，有一朵流光溢彩的奇葩，就是战斗巨魔。他就来自战斗巨魔这一种族。

他就是武王，竞技场中最强的剑斗士。

奥斯库灼热的视线看向武王的肉体。

确实以战士的等级（水平）进行比较，有许多人胜过武王。

在银级以上冒险者小队中担任前卫的人就在这个范畴内。不过，武王面对这些人，至今未尝败绩，原因十分简单。

因为战斗巨魔的硬件条件远远凌驾于人类之上。

不光力量与体力，还有巨大的身体带来的攻击范围。

而且，作为战斗巨魔种族，他还有各种人类种族没有的特殊能力。

首先是他的皮肤。在厚实的皮肤上穿好铠甲，几乎能弹开一切攻击。不过，关节等可动部位比较脆弱，因此有许多人会专门对这些部位发起攻击。就算这样做，还是有墙壁挡在了众多这类挑战者面前，其中之一就是再生能力。

就算受到了对人类来说必死无疑的攻击，巨魔也不会死。令人惊讶的再生能力会治愈他们的伤口。除非用火或者酸，否则无法阻止巨魔的再生能力生效。

正因为有生物层面上的优势，现任武王是历代武王中最强的。

在奥斯库面前，他引以为傲的最强战士穿上了铠甲。

为了打造这身灌注了魔法的极品铠甲，奥斯库雇用精钢级冒险者，让他们收集材料。为了它，奥斯库恐怕扔进去了当时资产的百分之二十。武王手中用魔法金属制成的棍棒也是如此。

武王戴上魔法戒指、魔法项坠，全副武装。

“——我准备好了。”

这样的说话方式，比起以前的他要显得聪明多了。

每次看到武王威武的样子，奥斯库都会热血沸腾，觉得是自己把他培养成了今天的样子。

“那么，武王，我们走吧。”

奥斯库独自陪着武王，两人一起走到竞技场的入口，这是每次战斗前都要完成的仪式。

走出房间之后，武王就不再开口说话了。

他之所以一言不发，曾经是因为对对战对手的期待和兴奋。曾几何时，这些情感被对对手的失望情绪取代了。那么这次又如何呢？

突然，武王停住了脚步。

在奥斯库的记忆中，从未发生过这样的事。

前所未有的经历让奥斯库慌忙抬头去看武王到底怎么了。只见武王缓缓打开全罩头盔的面罩，露出了脸。

“感谢你……”

那声音仿佛是挤出来的。

奥斯库眨巴了几下眼睛。

除了给他武器、给他铠甲的时候之外，武王只有在与至今为止最棒的对手——前武王“腐狼”库勒伯·帕兰泰宁战斗后向奥斯库道过谢——这是武王第四次向他道谢。

“谢、谢什么啊，武王？”

武王的眼睛坚定地盯着走廊的前方。

“哼，哼。”

随着轻笑声，武王的身体略微颤抖着。

大概是大战在即，兴奋所致吧。

奥斯库这样想着，可是看来并非如此。

“多么……多么强大的挑战者。不，应该说我才是挑战者吧？”

“什、什么？”

“哼，哼……我害怕。奥斯库啊，我是因为害怕才颤抖啊。”

奥斯库怀疑自己听错了。

“这就是，这应该就是所谓生物的直觉吧。腿不听使唤……它告诉我过去就等于送死，哼哼。”

他不是在发出笑声，而是强行呼出紊乱的气息。

“听说这次我的对手是魔导王，他是多么强的对手……看来我至今的傲慢，到了要还债的时候。”

“你在说什么啊，武王，你什么时候傲慢过。”

“我很强。”

听到武王这样断言，奥斯库也打算回答确实如此。不过，还是武王比他先开了口。

“不，我并不强。我的强大来自种族的特性，并不是真正的强大。不过，即使如此，能与我匹敌的对手也屈指可数。特别是把作为战士的技巧练起来之后。因此，我从来不问挑战者的能力和装备。为了制造不利的状况——为了锻炼自己，只能这样做。而现在，你终于为我带来了，直觉告诉我快逃的敌人。

我感谢你。我们刚刚相识的时候，答应我的事，你全做到了。”

“武王啊……豪·金啊。”

奥斯库认识武王，是在将近十年前。

据说帝国边境的一条公路上，有很强的魔物出没。奥斯库听说，这只魔物十分讲理，只要来者扔掉武器，他绝对不杀。奥斯库很感兴趣，连忙离开帝都，赶去见这只奇怪的魔物。之所以着急，是因为奥斯库听闻，帝国最强的武力，弗鲁达·帕拉戴恩即将出马讨伐魔物。

一开始，奥斯库非常害怕。会怕是理所当然的，说不定前面没死的人，只是碰巧运气好捡回一条命。

可是见到后，武王对奥斯库没有丝毫兴趣。只是看了他一眼，就哼了一声，想要离开。

因此，奥斯库忘记了恐惧，他问武王，为什么要做这样的事。

当时武王的回答，当然没有如今这么流畅，不过他的意思是，“为了变强进行武者修行”。

奥斯库这才恍然大悟。

奥斯库有个梦想，他想培养出一名强大的战士。培养一名强大的战士，作为没有战士才能的自己的代理。这时他恍然大悟，自己又不一定非得培养一名人类战士。不，反倒是人类之外的种族，硬件条件更好，可能更容易诞生强大的——最强的战士。

奥斯库并不觉得自己是带了一只魔物返回帝都。他觉得自已是来发掘人才，发掘最强的战士、竞技场的霸主、未来的武王。

奥斯库和武王相识到现在，已经过了将近十年。这还是奥斯库第一次看到武王因为恐惧而颤抖。

“武王——”

有几句话浮现在奥斯库脑海中，第一句就是“要不要放弃这次比赛”。比赛中是有可能丧命的，奥斯库舍不得失去好不容易锻炼起来的武王。

可是，这句话他说不出口。

对于强者来说，担心他就等于看不起他。因此，这句话很可能会击碎奥斯库和武王之间的友情。

现在该说的，只有一句话。

“——你可别输了，武王。”

“哼，你在说什么。我可丝毫不打算输给对方。至今为止，我的挑战者们都是这样。他们都是想着要赢，站到了我的面前。现在只是轮到我了而已。”

“没错！”

奥斯库在武王的身上拍了一下。

“魔导王是魔法吟唱者。不过，用魔法比赛就没意思了。我安排比赛的时候，定下了双方禁止使用魔法的规则。你怎么可能输给不用魔法的魔法吟唱者。”

“禁止魔法……那这位叫魔导王的人，还是同意了与我比赛？”

“没错。听他的语气，是觉得自己绝对不会输的。”

“是吗……”

武王握起了拳头。那拳头令人联想到巨大的铁锤。

“强者必然有骄矜之气。我来告诉他，他的想法是愚蠢的。”

“这就对了！不过，你可千万不要大意哟。魔导王把一把精巧得令人称奇的武器随便赏给了人。恐怕，他拥有众多力量惊人的魔法道具。”

限制他对魔法道具的使用，武王的胜算或许会增加。不过这样一来，让对方做出的让步就大过头了。

“没问题。我现在是挑战者的心态。不会麻痹大意，除非实力不如人，否则不会败。”

武王迈出坚实的步子继续走了起来，奥斯库慌忙跟了上去。

“呐，上次那件事，你认真考虑过了吗？”

武王再次站住脚，露出了非常不乐意的表情。

“上次那件事……是那件吗？”

“没错，是给你找媳妇的事。”

“怎么现在提起……哈哈。”

武王笑了起来。奥斯库则红着脸表情有些尴尬。他希望武王就算察觉到了，也不要表现出来。

“真是的，你就不能想想别的办法来给我打气吗？不要再让我重复了……要是想要媳妇，我会回故乡去找。你说的那个，那不是人类吗？虽然感谢你，但人类还是算了吧。我没有变态嗜好，不如说，愿意和我上床的人类，也太变态了。那是什么样的变态性癖啊。再说，你想要的不就是我的孩子吗？我和人类之间怎么可能生得出孩子。”

人类种族之间可以生得出孩子。亚人种族和人类种族之间生孩子的事，只有在故事中才有。

“好吧，确实如此……那你就带着媳妇回来吧。如果有什么东西需要我准备好，迎接你的凯旋，告诉我就是了。”

“我告诉你，对于我们巨魔来说，人类可是食物。我的媳妇或许会满不在乎地吃人。”

奥斯库心想，没什么用的人给你的媳妇吃也没关系，可是他不会说出来。

“是吗……那你就在孩子还没有尝过人类的味道之前，带到我这里来。从小开始对你的孩子进行英才教育，一定会变得比你更强。”

武王愉快地皱着脸。

“听起来很有意思。好吧，我认真想一想。”

●

“陛下，您真的能赢吗？”

安兹再次拿出说过好几次的答案，回答艾恩扎克的问题。

“没问题。”

发起没有胜算的挑战，不是真正的勇者，就是纯粹的笨蛋。这又不是遭遇战，可以说胜负在准备阶段就确定了。

安兹脑海中回忆起收集到的情报。

如果武王与东方巨人强度相近，那么安兹毫无疑问可以取胜。然而，如果武王作为战士的水平与葛杰夫同等，那么种族等级加上职业等级，就非常难对付了。

不过——

(本来就是一场不公平的战斗啊。毕竟我去拜托了弗鲁达。)

安兹有能力让低阶攻击完全无效化。他觉得就算是武王，也无法打破这层防御。

因此，安兹解除了自身的防御。

他不能让这场比赛变成绝对能赢的战斗。

在那场战争中，安兹用魔法杀死的人类超过十万。在名为YGGDRASIL的游戏中，从对象身上获取的经验值，与双方等级差距有关。经过最严重的等级差距惩罚之后，最低只能得到1点经验值。也就是说，那场战争中，安兹应该获得了十万经验值。从传送到这个世界前攒起来的经验值考虑，他应该升级了才对。然而，安兹并没有感到发生了升级之类的特殊现象。

这就是说，安兹应该是不可能变得更强了。

即使如此——也不能安于现状。

如果一百级是极限，那也是没办法的事。既然这样，就有必要磨炼自己的技术，让自己能彻底发挥一百级的实力。如果一直认为自己和纳萨力克的成员最强，不思进取，或许迟早有一天会被超越。

安兹认为，自己作为魔法职业，有一定的实力。因为YGGDRASIL中锻炼起来的能力，在这个世界依然有效。不过，作为前卫的能力和技术，YGGDRASIL时代安兹也没怎么锻炼过。

（和那女人的一战，让我受益良多啊。）

现在的安兹，只觉得感谢那个女人。是她告诉了安兹，他缺乏作为前卫的战斗能力。

正因为那一战，安兹才产生了提高近战能力的念头。现在不光能力值，技术和战术方面，安兹也自负能与三十三级的专业战士比肩。

他把这次的武王战看作试金石，十分期待。

安兹看向自己的脖子。

这次恐怕没有余力戴那个了。而且对付工作者那次，安兹就感觉并没有获得额外的经验，也没有学会某种技术。说实话，安兹觉得戴了也是白戴。

安兹正想这想那，突然想起了一个重要的问题。

（啊——吉克尼夫好像来观战了啊？他为什么会来呢？我偷看的时候，他一次都没有来过竞技场，我本来还以为不会撞上他呢。不过，只要跟他道个歉请他原谅就是了。要是他一定要较真，我只要问他，来纳萨力克的时候有没有得到王国的允许，他应该也没法再说我什么……还是先去和他打个招呼吧。毕竟连招呼都不打，会给他留下更加不好的印象。）

“魔、魔导王陛下，差不多该进场了。”

竞技场的工作人员走进房间，告知了安兹。

虽然已经见过几面，但此人每次看到安兹没有戴面具的脸，都会紧张得浑身僵硬。

安兹心想，自己是不是戴着面具战斗比较好。不过竞技场答应他，可以在战胜武王之后，对竞技场的观众进行宣传解说。说不定，竞技场里的观众中，会有几人来到魔导国敲响成为冒险者的大门。考虑到这一点，还是不要戴面具为好。

他只能相信自己的选择。

安兹缓步走向前去。

按说，地位比较高的人应该后出场才对。不过，在竞技场里，安兹才是挑战者——地位比较低，因此要先进场。当然，安兹也认为理当如此，什么都没有说。

安兹向显得有些担心的艾恩扎克笑了笑。

比起马上要上战场的自己，艾恩扎克反而显得更紧张。安兹觉得有点好笑。

“——不要让我再重复了，艾恩扎克，我是不会输的。”

和吉克尼夫打完招呼后，安兹回到了竞技场中。

虽然答应不用魔法，不过战斗还没有开始。现在用个小小的魔法，对方总不至于说些什么。

（我是偷渡入境，吉克尼夫却好像并不怎么生气啊。他是不是打算事后算账呢？莫非他以为我是正常入境的？如果是这样，或许会为我举行欢迎仪式。这样想，是不是有些过于自我感觉良好了。我刚才叫他吉克尼夫，他不会生气吧？）

安兹一边笑自己的想法，一边把视线投向对面的入口。

武王还没有现身。

（那么……）

安兹环视了竞技场内的观众一周。

惊讶带来的沉默控制了竞技场。零星的惊呼听起来格外响。

（好吧，这也没办法……不是的，这位观众，这不是面具。）

安兹摸了摸自己光溜溜的脸。现在他很明白，看到这张脸还能处之泰然的，只有胆子非常大的人。

（正因为如此，才能通过取悦观众，一口气获得大量的人气。）

获得人气并不是安兹的目的，不过有总比没有强。而且提高不死者的整体风评，对于提高使役不死者的魔导国的风评也有帮助。

安兹确认了一下法杖的握感。

安兹是纯粹的魔法职业，他能装备的武器相当有限，也就只有法杖和短剑了。这次他选择了物理攻击用的法杖。这是一把他在YGGDRASIL时做出来，可是并没有多少机会使用的武器。它是安兹很久以前做出的东西，因此并不强。现在的安兹，应该能做得出最适合自己的武器。

不过，安兹没有准备最适合自己的武器。

考虑到自己和武王之间水平的差距，安兹决定用现在手头有的武器战斗。

这一决定，在YGGDRASIL玩家铃木悟看来，简直愚蠢至极，属于无法接受的轻敌行为。如果同伴们还在，说不定也会劝诫他“这样怎么行啊”。

不过，安兹从弗鲁达处听说了武王持有的魔法道具的性能，安兹觉得作为训练，稍微为难自己一下也是有必要的。

安兹不想让观众看到一场蹂躏，他想要的是一场适度的完胜。

“各位观众！武王从北面的入口进场了！”

和刚才自己受到的待遇完全不同，竞技场内响起了震耳欲聋的欢呼声。嘈杂之中，安兹听到了刚才开始就从贵宾席探出头来的吉克尼夫，发出仿佛要把喉咙喊破一样的欢呼声。

（他怎么这么兴奋啊。吉克尼夫这么喜欢武王吗？既然是竞技场之王，想必有点类似偶像吧，他会有这样的反应，莫非是理所当然的？毕竟在YGGDRASIL时代PVP的公开比赛中，强大的玩家也很有人气啊。）

安兹一边怀念 YGGDRASIL 时代，一边觉得吉克尼夫有点可怜。

（要是我赢了，他肯定会很失望吧。因为自己支持的球队输了球而心情很不好的客户，我就碰到过啊……）

安兹的心情有点沉重起来，可是他总不能故意输。

一个巨大的影子，出现在对面的入口。

安兹本以为不会再大的欢呼声又大了一级，简直就像爆炸了一样。

说实话，安兹希望这欢呼声能有一点分给自己，不过用实力把它抢过来就是了。

YGGDRASIL 时代，只要挑战者表现好，观众的欢呼声就会慢慢转向。也就是说，只要安兹与武王打出一场漂亮的比赛，声援安兹的观众毫无疑问会慢慢增加。

（而且在现在几乎没有人声援我的状态下，上演逆转，宣传效果应该会更好吧？）

武王慢慢现出了身形。

他穿着全身铠甲，手持巨棍。

看到他那仿佛固若金汤的要塞般的样子，安兹的眼睛——亮在空洞眼窝中的红色火焰变得又利又细。

（唔……外表如传闻中一样。那么——不，为时尚早，还是当心点吧。）

安兹分析过来自弗鲁达·帕拉戴恩的情报，对手的装备中没有致命的东西。

只是，在YGGDRASIL中，有人准备两件外观完全相同，其中数据却完全不同的装备，以此作为一种战术。在以PVP为代表的一对一战斗中，这类小战术会影响到胜率。备用的一件一般会比主要的一件稍弱，即使如此，也能出其不意发挥超过装备数值的效果。

谁也不能保证武王不会这样做。

安兹带着这个念头，继续观察着武王。

虽然早有耳闻，不过亲眼见到，安兹觉得果然名不虚传。所谓百闻不如一见，确实如此。听弗鲁达所描述的武王铠甲下的身形，确实与安兹曾经杀死、化为僵尸的战斗巨魔相似，不过两者给人的感觉完全不同。

就类似家猪和野猪的区别。

“这真是……太有趣了。有趣吗？”

安兹因为自己的兴奋皱起了脸。那时安兹也有这种感觉，自己似乎变得好战了，或者说是变成了战斗狂，总之就是觉得战斗是一件有趣的事。

这可不是什么好的倾向。

两者拉近距离，对方先开了口：

“我是人称武王的战斗巨魔，名叫豪·金。”

“我是——”安兹挺起胸膛，“安兹·乌尔·恭魔导王，属于不死者的最高阶种族，死之统治者。”

“是吗，那我就全力发起挑战吧。”

“咦？”

安兹觉得很奇怪。

他有两个疑问，决定先从较大的一个问起。

“你不嘲笑我的名字吗？”

“为什么？”

“为什么？”

听到武王反问，安兹不解地歪了歪头。那次，战斗巨魔确实嘲笑了他的名字啊。

“我记得，你们应该会看不起长名字吧？”

“原来如此，看来魔导王陛下很熟悉我的种族。确实，我们种族认为，名字越短，越显得强大。不过，我在这个国家已经生活了许多年。在这些年的生活中我明白，人类喜欢取长名字，因此我不会嘲笑的。而且，我觉得魔导王陛下对自己的名字十分自豪。取笑强者的名字，怎么配做一名战士。”

“是这样啊……看来我需要改变对战斗巨魔这一种族的认识了。”

“呵哈哈哈哈。没有那个必要，我只是一个异端分子而已。而且——不管什么种族中，都有想法与众不同的人，仅此而已。”

“哈哈哈哈！你说得没错。我很喜欢你，武王。如果我赢了，你就做我的部下吧。”

安兹缓缓伸出了右手。

那时虽然遭到了拒绝，但是现在的状况与那时完全不同。武王犹豫了一下，回答道：

“好吧。如果我输了，我愿意成为陛下的部下。那么，如果我赢了，又如何呢？”

“真是个难以回答的问题啊。你想要什么？说说你的愿望吧。”

“我要陛下。”

“什么？”

“至今为止，我从来没有碰上过值得杀死、吃掉的对手。不过，如果吃掉强过我自己的陛下，我就能吸收陛下的力量。”

安兹稍稍松了口气。以前，他曾经从公会同伴那里听过对食人文化的讲解。虽说都是吃人，但是动机多种多样：有些人吃人，是为了像武王一样，摄取对方的灵魂力量；有些人吃人，是为了满足性癖好。

（还好不是性癖好，虽然我不可能输，但是被对手用那种眼光看着战斗，实在太恶心了。）

“好吧。不管怎么说，生杀予夺的权力，在胜者手中。因此，要是我杀了你，你可不要拒绝复活哟？”

见安兹向前迈出一步，武王有一瞬间摆出了战斗架势，不过很快又解除了。

安兹站到武王面前，伸出了右手。武王也伸出了巨大的右手作为回应。

比起握手，更像是武王的大手裹住了安兹的手。观众发出了震耳欲聋的欢呼声。

“那么，请让我再问一个问题吧。你为什么要以敬称称呼我？”

武王的态度，不像是竞技场之王在迎接挑战者。

“对强者表现出敬意是理所当然的。”

“原来如此……明白了，我要问的问题都问完了。那么我们开始吧，距离怎么确定？刚才的距离——十米左右如何？如果竞技场有相应的规则，我愿意遵守。”

“没有关于距离的规则。不过，真的没问题吗？十米几乎进入了我的攻击范围。”

“算是让步吧，让步。”

武王没有作声，只是点了点头表示明白了。

虽然看不到脸，但是武王的动作和呼吸都十分沉着。

是武王看穿了安兹只是在挑衅，还是说这样的挑衅不足以让武王不快呢？

安兹在心中发出“啧”的一声。

这是个不好对付的对手。冲动的对手不可怕，而沉着谨慎的对手，就算弱于自己，也不容小觑。武王转过身去，拉开和安兹的距离。

拉开十米左右的距离后，武王转过身来。

"那么，等钟声敲响后，我们就开始吧，魔导王陛下。"

"好啊……呐，武王。我曾经与和你相同种族的对手战斗过，你曾经与和我相同种族的对手战斗过吗？"

"陛下是死之统治者，对吧？不，我没有。这种不死者种族……我没有听说过。"

"是吗……我想也是，如果遇到过和我同一种族的对手，你不可能会站在这里。死之统治者是不死者的最高阶种族……那么，你与其他的不死者战斗过吗？"

"我没有与不死者战斗过。因为我十分清楚，会被带到竞技场里的不死者，根本不可能是我的对手。"

"是这样啊……这样一来，我岂不是没法说，别以为我和你曾经战斗过的不死者一样了吗？我可是比死者大魔法师强上许多倍的……真是遗憾。"

武王好像轻笑了一下。

安兹耸了耸肩，像举大剑一样举起了手中的法杖。虽然艾恩扎克在身后看着，但是他没见过安兹作为飞飞战斗的样子，所以不要紧。

武王也举起了巨大的棍棒。

钟声敲响了。

瞬间，巨大的影子遮住了安兹。

(啧！好快！)

那巨大的影子来自被挥下的棍棒。

用法杖接住——安兹马上放弃了这个想法。除非对对手有一定了解，否则全力的——伤害量会很高的攻击，最好还是躲开。

随后，安兹心想就算失去平衡也要躲，转身一扑，躲避攻击。

他勉强躲开了这一下，棍棒砸在了大地上。地震一样的声音震颤着周遭，掀起的尘土像冲击波一样扑面而来。

安兹担心追击将至，又向后退了几步，拉开了距离。

尘土消散，举起棍棒的武王再次现身。

巨大的欢呼声席卷整个竞技场。

（他是用了某种武技吧？不过……观众好兴奋啊。）

在震耳欲聋的欢呼声中，安兹还是能听到吉克尼夫的声援。他好像小孩子一样，喊着“上啊！往那打”之类起哄的话。

想到吉克尼夫不太符合身份的样子，安兹轻笑起来。从在皇城观察到的吉克尼夫的样子来考虑，实在想不到他会有这样的一面。

（没想到他是个这么有意思的家伙啊。）

吉克尼夫在安兹心中的好感度涨了一大截。安兹本以为他是一个皇帝的标本，完美的男人。不过，看到他现在观战的样子，安兹产生了亲近感，更觉得能和他成为朋友了。

安兹重新把意识集中到武王身上。

武王用棍棒指着安兹，那架势分明是在表示：安兹靠近，他便会迎击，安兹远离，他便会追击。他的架势对于牵制对手的动作来说是最有效的。

这同时是利用武器长度摆出的防御姿势，就像拿着一面盾牌。

说实话，安兹想象不出怎样才能破解武王现在的架势。

（这可真是……发愁了啊。看来面对同等的对手，不用魔法果然十分吃紧。当然了，毕竟我是魔法吟唱者嘛……）

既然如此，只能这样了。

“怎么了？你不进攻吗？缩得像乌龟一样。”

“魔导王陛下，我是不会大意的。就算有不能用魔法的规则，我也不会轻视能躲过刚才那一击的陛下。”

“你是想让我主动进攻吗？那么，能不能请你把那棍棒拿开一点？有它挡在那里，我不知道如何进攻才好。”

武王没有回答。安兹知道，武王护面缝隙中射出的犀利目光，死盯着他全身的动作。

“是吗……那就由我来发起攻击吧。”

安兹用手中的法杖猛击棍棒的前端。棍棒重重砸向了地面，同时武王发出了“唔”的一声呻吟。

传过去的冲击应该对武王的手造成了麻痹，而安兹则没有这类肉体功能。

瞬间，安兹从正面进入了武王的攻击范围之内。

他通过思考向法杖发出命令，令其烧起火焰。说是烧起火焰，其实只是火焰围绕在法杖周围，并非用火焰本身进行攻击。不过，安兹感觉到了，武王的视线从他的身上移动到了法杖上。

（对啊，你有巨魔的再生能力。那么能造成令再生能力无法生效的伤害——火或者酸伤害的武器，会吸引你的注意力也是理所当然的。可惜，这就是你的致命弱点。）

安兹用空着的左手轻触武王的铠甲。瞬间，武王好像被雷击中了一样，身体一抖，挥起了棍棒。

“唔！”

安兹没能躲开这一击，随着咔嚓一声，他的身体被远远打飞。他没有发动高阶物理无效化，这次攻击对“殴打武器脆弱”生效的身体造成了不小的伤害。安兹的身体像球一样飞到空中，弹出去几米，不，十多米。

随后他滚落在地。

仿佛爆炸般的欢呼声响了起来。

安兹听到，吉克尼夫看到他躺在地上，高兴得大声欢呼。安兹感到，他对吉克尼夫刚刚提高的好感度，又掉下去一大截。

（吉克尼夫，我们可是同盟国。同盟国国王摔倒在地，你难道不该担心一下吗？啊？）

虽然承受了伤害，但安兹并不会感到疼痛。他保持趴在地上的姿势，观察着武王。

武王没有发起追击。

欢呼声逐渐变小，甚于兴奋的疑惑笼罩了竞技场。观众们不明白，武王为什么不追击。不，观众更不明白为什么武王屈着身体，他的动作为什么迟缓起来。

安兹轻松地站了起来，掸了掸身上的灰尘。被打飞的他一副不痛不痒的样子，仿佛没有受到任何影响。

相对地，武王的动作则变得迟缓起来。

安兹轻声笑了。

作为表演来说，这一来一往简直太棒了。

在议论声中，安兹回到了刚才的位置。这时，他听到了武王狐疑的声音。

“这、这是怎么回事？我中毒了……应该不是，这到底是怎么回事？”

“我不会做违反规则的事，这可是一场堂堂正正的比赛。不过话说回来，‘中毒’虽然不准确，但也差不多。我的触摸会把负向能量送进对象身体中。不过，负向能量造成的伤害，应该能依靠巨魔的再生能力治愈吧？”

安兹张了张碰过武王的手。

“不过，我这一触，还会有另一种效果。就是对对象的身体能力造成损伤的效果。我对你的力量和敏捷等能力值造成了损伤，这用再生能力就治不好了吧？”

据安兹所知，巨魔的再生能力只对伤害有效，无法治愈弱化。

“也就是说，武王，我碰到你的次数越多，你就会损失越多的身体能力，最后变得像毛毛虫一样，毫无还手之力。”

当然，这是骗人的。

他确实可以给对象以能力值惩罚，不过也有极限。能力值不会降低到零。不过，对方不可能知道他是骗人的。

只是，有些不死者拥有与此相近的能力，安兹也说不好武王到底知道不知道。他虽然说自己没有与不死者战斗过，但没准只是烟幕弹，他也有可能有相关的知识。

正因为如此，安兹才坦率地说出了自己的种族。

通过强调死之统治者是强大的种族，给对方造成自己对这个种族并不了解的强烈印象。这样武王就会认为安兹的能力属于自己不知道的，完全不同的另一种能力。安兹说自己是最高阶种族，也是为了强化武王的不安。

而刚才，明明没有必要，安兹却向武王说明了自己的能力，也是想用假情报造成他的混乱。

（——所谓战斗，从广义上来说，就是一种尔虞我诈。）

安兹冷静地观察着不打算尝试治愈能力值弱化的武王。

他是在观察武王的行动属于烟幕弹的可能性。

说不定，他其实有治愈能力值弱化的能力而不用，以便让安兹露出致命的破绽。除此之外，还可能有天生异能这种安兹无法理解的能力。

只有在双方有绝对实力差距的情况下，才能正面交战并蹂躏对方。

“……我给予的能力弱化，是时间无法治愈的。我会一点一点削弱你的身体能力，然后用法杖给你致命一击。明白了吗？好了，那么我们重新开始吧”

安兹向前迈出一步，武王缓缓摆好了架势。

武王戴着面具，安兹看不到他的表情，不知他脸上是坏笑还是焦躁。

(如果是后者就好了……)

安兹动了一下没有握法杖的左手，武王的身体也随之一动。看来他十分警惕。

武王一定在想，只是警惕左手就足够了吗？

他想得没错。安兹通过实验，发现这种接触攻击用身体的任何部位都能发动。只要他愿意，甚至用头槌也可以发动。

安兹又向前踏出一步，武王则后撤一步拉开了距离。

安兹轻笑起来。

只看刚才的动作，观众大概就明白谁占优势、谁处于劣势了吧。

(知道我和你的差距在哪吗，武王？确实，作为战士或许你更强，不过我与你之间有一项绝对的差距。)

安兹与武王最大的差距，是 HP 的差距。

安兹是一百级，拥有与等级相应的体力。双方就算放弃防御，单纯互相攻击，最后胜出的也会是安兹。

不过，问题在于武技之类安兹知识外的攻击。

“在与你的这一战中，除了禁止使用魔法之外，我还给自己定了另外一条规则，是关于魔法道具的。我们这一战没有对魔法道具——装备的限制。不过，毫无限制对我来说过于有利。”

在 YGGDRASIL 中，安兹获得了大量的魔法道具。其中任何一件，拿到这个世界上，都是举世无双的武具。如果用上那些魔法道具，要战胜武王想必轻而易举。不过，安兹认为，这场比赛中不应该那样取胜。

正因为如此，安兹现在装备着的，都是低阶的魔法道具。

“因此我对自己进行了限制。只用等级与你的魔法道具相当的东西。不过，这对我来说，从另一个意义上来讲，也是使用新获得的武器的机会”

安兹把法杖杵在地上，从挂在腰际的四把短锥中抽出两把，双手各握一把。

“我来试试从飞飞那里借来的武器。”

武王大概不懂安兹这句玩笑话的意思吧。安兹也不打算让武王听懂，他只当自言自语而已。

“那么——我来了。”

那种诡异的——类似蹲踞式起跑的架势，安兹摆不出来。不过，可以通过训练，学会与那相近的奔跑方式。安兹像一支离弦的箭，向着武王直冲了过去。

距离很短。然而，尽管安兹眨眼间已经进入了攻击范围内，武王的棍棒还是横扫着追了过来。虽然力量遭到弱化，武王的动作显得有些迟缓，但那线路是必中无疑的。

安兹没法像那个女人一样漂亮地闪转腾挪。不过，有一件那个女人做不到，而安兹却能做到的事。

随着能力的解放，武王的动作有一瞬停顿了。

趁这个机会，安兹拉近距离，把短锥刺进了武王肩头。这一击速度很快，用上了全身的力气，就像一支箭。

那时的一击，能在安兹以魔法制造的硬于精钢的铠甲上留下伤痕。短锥发出的这一击与那一击不相上下，它贯穿了武王的铠甲，穿透武王的皮肤，刺进了武王的身体中。

——然而，这个瞬间，

"'表皮强化''超表皮强化'。"

武王的武技看来发动了。

他仿佛从身体内部释放出了什么，短锥的前端被顶了回来。

安兹没有想到，自己现在能使出的全力一击，居然只给武王造成了一点——顶多算是擦伤的伤害。只是擦破了一点皮，以巨魔的再生能力，几秒钟就能愈合。

武王毫无疑问地松了一口气。他挥舞起棍棒，想要驱赶安兹，从棍棒的速度上就能看出这一点。安兹全力的一击也只给武王造成了擦伤，这等于保证了武王的胜利。

不过，这是愚蠢的想法。

"——启动。"

"唔！呜哇啊啊啊啊啊！"

魔法施放出来，让弗鲁达灌注其中的"火球"，从短锥刺中的部位，灼烧着武王的身体。同时，安兹把另一把短锥刺向武王另一边的肩头，不过这次没有助跑的力量，短锥被铠甲弹开了。

安兹正打算寻找铠甲的缝隙，察觉到武王的身体动了起来，看也不看就向侧面跑了起来。

扫过身后的烈风，大概是棍棒掀起的吧。

安兹逃出去十多米，转身向后看去。

武王用握着棍棒的手按着肩头，他的另一只手松弛地向下垂着，看上去像是不能动了。安兹心想：弗鲁达的魔法是不是太强了？应该请更弱的魔法吟唱者灌注魔法才对。

观众们察觉到武王处于极其不利的局面，像惨叫一样的助威声席卷竞技场。

安兹环视竞技场一周。

不管看向观众席的什么位置，都不像有人在为安兹助威。

(好奇怪……如果是YGGDRASIL中，差不多应该开始有人为我助威了才对啊……看来在客场果然没那么容易啊。)

"没办法。我还是放弃取悦观众吧。那么……武王，下一招我要杀死你。"

安兹把力量已经释放的短锥收起，取出了另外两把短锥。这两把短锥中，灌注了第三位阶的酸系攻击魔法。准备这两把，是为了防备武王有让火属性攻击完全无效化的对策。

刚才的一击，武王看来受到了火属性攻击的伤害，不过他说不定只是在演戏。拥有再生系能力的魔物，不可能对所有阻碍再生的攻击都具备完全抗性。不过，这只是就YGGDRASIL而言。

或许在这个世界上是可能的。

如果武王真的对火和酸都有完全抗性，在观众眼里——不管在谁眼里，胜负都将明若观火。安兹打算到那时候，发动特殊技能杀死武王。

“如果你认输……我们就到此为止如何？”

“不……魔导王陛下。我还能打。我怎么也是武王，竞技场之王。我会抵抗到死为止。”

“那么你摘下头盔，让我看看你的脸。”

这或许是个奇怪的要求，不过武王还是摘下头盔，露出了他的脸。

他的额头上满是渗出的汗珠。不知是不是忍耐着剧痛，他的表情扭曲得厉害，不过眼神十分坚定。

“有骨气，你让我想起了葛杰夫·史托罗诺夫。”

“非常感谢，能得到陛下这样一位强者的称赞，是我的荣幸。”

“我问你，你有能战胜我的招数吗，能在这种状况下逆转的招数。”

“没有。即使如此我也想继续战斗下去。”

武王说得坦坦荡荡。

安兹觉得使用各种烟幕弹进行战斗的自己有些丢人。还有为了上演一出旗鼓相当的战斗，自己封印了各种能力，这也让他觉得羞耻。

既然对手认真战斗，那么安兹在规则允许的范围内，全力以赴应战，不才是应有的态度吗？

安兹觉得，武王坦坦荡荡全力应战的样子，显得十分耀眼。

“看到我眼前的光芒，不知道守护者们会做何感想呢……”

看到这道光芒，不知他们是不是还会看不起一切纳萨力克之外的存在。如果真是这样——一抹不安和寂寥涌上安兹心头。

安兹拂去心头的不安，慢慢举起了短锥。

武王也用手腕擦了擦汗，重新戴上了头盔。

“放马过来吧，武王。”

“唔噢噢噢噢！！”

伴随着怒吼，巨大的身体向安兹扑了过来。

武王的速度比刚才还要快，应该是发动了武技吧。

惊人的速度和庞大的躯体，两个效果相乘，带给人绝对的压迫感。想必见到这样的气势，有些挑战者会动弹不得。不，普通人肯定会动弹不得，不过这类精神系作用对不死者不会生效。

安兹冷静地盯着武王。

很快——不过也仅此而已。

不知是不是因为短锥刺中的一边肩膀动弹不得，武王的身体并不平衡。

(——比不上那个家伙。)

而最重要的是——

(我限制动作的能力的真面目，你看透了吗？如果没看透，这下就结束了哟？)

安兹发动了和刚才一样的能力。

绝望灵气 · Ⅰ（恐惧）。

这种能力有五项效果。

Ⅰ是恐惧。

Ⅱ是恐慌。

Ⅲ是混乱。

Ⅳ是疯狂。

Ⅴ是即死。

恐惧是一种由胆怯造成的，对各种行动赋予惩罚的异常状态。

恐慌是恐惧的重度状态。身上有恐慌效果的人，会拼命逃离施加恐慌效果的对象——意味着不能对相应的对象采取战斗行为。

混乱就如字面意思，如果不受到恢复治疗，会在一定时间内维持混乱状态。

而疯狂则是非常麻烦的永续性负面状态，不接受第三者通过魔法或者其他手段进行的治疗，将永远无法恢复。

即死不用解释，就是死亡。

绝望灵气的效果会随着等级变化。

安兹使用的，是其中的恐惧。他只发动了一瞬间，然后马上解除。通过在一瞬间，令武王感到脑发出的命令和肉体完成的动作之间的反差，使他产生了肉体不听使唤的异样感觉。

不过，武王应该预料到，自己只要靠近发动进攻，就会发生这种结果了吧。他没有理会大脑与身体的不协调，挥着棍棒发起了进攻。

安兹的接触造成了能力值惩罚，恐惧状态也造成了惩罚。考虑到两种惩罚叠加，躲避武王的攻击应该易如反掌，然而——

"'刚击''神技一闪'。"

安兹眼中，看到一道闪光划过。

瞬间，剧痛——马上，疼痛就被抑制到了安兹可以忍受的程度——传来的同时，漂浮感控制了整个身体。

"'流水加速'。"

随后安兹感到上方传来钝器击打的痛感，下一个瞬间，又一阵痛感蹿遍全身。

有一瞬间，安兹把握不好状况，差点慌了，不过他很快就恢复了镇定。

他应该是遭到了武王的连击。第一击把他击飞到空中，第二击把他砸向大地——也就是下面。

如果是铃木悟，估计已经因为无法把握状况而陷入了混乱。不过这类不良状态不会对安兹·乌尔·恭生效。

他发现自己躺在地面上，而棍棒已经挥到了自己上方。

“啧！”

就在安兹一滚躲开攻击的时候，棍棒砸到了地面上。不知是不是因为武王发动了武技，冲击力沿着大地作用在安兹身体上。

不过这一冲击没有对安兹造成追加伤害。

在安兹跳起来的同时，砸进地面的棍棒也弹了起来。仿佛从下捞起般的一击气势十足，好像武王要以这一击结束战斗一样。

安兹在一瞬间做出了决定，以手中的短锥接住了这一击。他的身体再次飞到了空中。比刚才更大的欢呼声响了起来，但武王却十分不满意地抱怨：“可恶。”他本来是想借这一下乘胜追击，一口气结束战斗的吧。

被打得飞出去几米的安兹在地上滚了几下，敏捷地摆好架势，冷笑着说道：

“没有逆转局势的手段吗？我被骗了啊。差点就要被布妞萌训斥了呢。”

和安兹一样，武王也一直以秘密的面纱藏着刚才那招王牌武技，到了紧要关头才用出来。这说明，武王也是一名一流的战士。

安兹收起了一把短锥，空出了一只手。

想要尽快分出胜负的傲慢，让安兹挨到了一下——不对，是两下。他下定决心不再轻敌，要切实地削弱对手的力量，然后分出胜负。

（好吵啊……）

安兹觉得观众们的欢呼声十分烦人。刚才分明还是惨叫，现在却变成了满场欢呼。特别是——

（吉克尼夫，就是你！什么叫“干他”啊，真是的……）

安兹缓缓动了起来，伤害量并不算大，不过麻痹大意的严重后果他已经领教了。他不会再犯同样的错误了。

（不过话说回来，武技还真是捉摸不透啊。毕竟是YGGDRASIL中不存在的技能……认为是有人为了对付YGGDRASIL玩家而开发了武技，是不是太穿凿附会了……哎呀，跑题了，是不是应该认为，刚才的武技效果是增加一击的速度？他一定还会用同样的武技，那我就舍我之肉……露我之骨？）

安兹进入武王的攻击范围，武王马上挥下了棍棒。安兹没有躲闪。

他继续前进，用自己的身体接下了棍棒的一击。

随着沉重的击打，痛感蹿遍安兹全身。不过，拥有绝对的

HP优势，就可以采取这样的战术，没有问题。而且不死者的身体会在瞬间抑制痛感，就算是生者无法承受的痛感也没问题。

安兹在武王的攻击下，摸到了武王的身体。武王刚刚进行过攻击——而且是在被安兹的灵气施加了恐惧状态的情况下，他实在躲不开了。

安兹紧贴着武王，一边闪向他身后，一边不停地碰触他。当然，安兹在造成能力值惩罚的同时，也让负向能量穿过铠甲进入了武王的身体。

“呜嗷嗷嗷！”

这次打着滚拉开距离的，是武王。

安兹犹豫了一下要不要追击，疑心武王还有牌没出，便暂时没有动。

武王以迟钝的动作举起了武器。他的呼吸又粗又乱，刚见面时的霸气已经荡然无存。

安兹握紧了短锥。

准备工作做好了，接下来只需要给他最后一击。

大概是察觉到安兹给人的感觉变了，武王摘下头盔，扔到了一边。

安兹正觉得奇怪，只见武王脱掉了全身的铠甲。就算武王身上有弱化效果，总不至于觉得铠甲太重，动起来不方便才对。

不过，看到武王横下一条心的表情，安兹明白了他的意图。

（原来如此，有铠甲或许能防御短锥，可是防不住弱化攻击。毕竟我一直在吓唬他嘛。他赌我已经没有多少 HP，打算尽量轻装上阵，坚持攻击。）

这是最后的——而且是风险很大的赌博。

“请告诉我……我很弱吗？”

“什么？”

“打到现在，陛下还没有拿出丝毫真本事。就算被夺走了魔法的双翼，陛下明显依然从容不迫。我难道……就那么弱吗？”

安兹闭上了眼睛，考虑了几秒，然后睁开了眼睛。

“很弱。”

“是这样啊。”

竞技场中鸦雀无声。

观众应该听不到安兹和武王的声音。然而——他们的眼中或许也清楚地看到了这场比赛的结果。

“为了参加这场战斗，我给自己定下了封印众多魔法道具、禁止使用多种能力的规则。”

“陛下如果不这样做，胜负将在瞬间见分晓吗？”

安兹点了点头，肯定了武王所说。

“没错。不过，我了解你的情报。正因为如此——”安兹摇了摇头，这样说并不算是安慰，“没办法，你我实力差距太大。如果你是帝国最强……我恐怕是世界上数一数二的。”

“原来如此……不过……真是愉快啊。知道人外有人，训练起来就更有动力了。”

“对此我也有同感。”

曾几何时，安兹PVP从没赢过几位朋友——比如塔其·米。即使如此，安兹还是一直为了打倒他，思考战术和装备搭配。到如今，这已经是一段令人怀念的往事了。

安兹对武王笑了起来，武王也对安兹笑了起来。

“好了，那么我们开始吧。”

“——魔导王安兹·乌尔·恭陛下，最后请让我见识一下，陛下真正的实力吧，哪怕只是其中的一部分也好。请让我见识一下顶点的高度！！”

武王坚定地举起了武器。

“是吗……好吧。那么……看看巅峰的高度吧。”

安兹解放了特殊技能，向前走去。

他走进了武王的攻击范围。武王挥下了棍棒。

挥下的速度与举起时完全不同，应该是受到了武技的加成。即使如此，比起武王受到能力值惩罚之前的速度，还是显得太慢了。

棍棒重重打在安兹的身体上，然而安兹不为所动。

现在武王已经无法对安兹造成伤害了。

安兹就像一阵微风吹拂到了身上一样，继续向前走着。

连续不断的攻击倾泻到安兹身上，他却看着武王的眼睛，直线向前走着。

就在武王仿佛放弃了一样笑了起来的时候，安兹把短锥刺进了并不打算躲避的武王的胸口，然后释放了灌注在短锥中的攻击魔法。

●

安兹低头看着武王趴倒在地的尸体。

随后，他启动了借来的魔法道具。这是一支单纯的扩音器。

“听着！帝国的国民们！我是安兹·乌尔·恭魔导王！”

寂静中，只有自己的声音嗡嗡回响，这感觉让人有些心神不宁。安兹决定速战速决。

“我打算在魔导国设立国营冒险者培养机构。因为我认为，培养并保护冒险者，送他们去全世界冒险，是对我国有益的事。众多冒险者被迫仅凭自身的资质谋生，可是，有太多冒险者在才能开花结果之前，就遭遇悲剧赍志而殁！”

安兹想起了和他一起短暂旅行过的冒险者小队。

“……正因如此，我要把冒险者工会作为国家机关之一，对其进行援助！可能会有很多人，担心冒险者工会成为国家机关，导致冒险者失去自由，受到限制。我不会说没有丝毫担心的必要，不过就像我刚才证明的一样，魔导国现在已经拥有充足的武力，我不会把冒险者当成战争工具。魔导国想要的，是真正会去冒险的人！如果有谁想要探寻未知、了解世界，怀有成为冒险者的梦想，请来魔导国！会有你们无法想象的强大力量帮助你们，直到你们成为合格的冒险者！现在我就向你们展示一下！”

安兹走到武王身前。

“武王死了！有谁想要确认一下吗？”

没人出声。

“死亡代表结束。然而——如果哪位拥有足够的知识，应该知道。死亡并非不可抗拒！”

安兹取出一把宝杖，抵在武王的胸口。

这下子要是他没有复活，那丑可就出大了。安兹感觉自己没有的心脏怦怦直跳。

安兹启动宝杖，同时，武王口中吐出一口气，随后胸膛鼓动起来。

“本来，只有高阶的神官才能使用复活魔法。不过，对我来说复活魔法并不难！虽说如此，也需要一定费用作为交换！超越死亡的我，将帮助各位成长！想要成为真正的冒险者的人啊，到我的国家来吧！”

在议论声中，安兹发动了“飞行”。

他飞向了吉克尼夫的贵宾室。

安兹看了一眼，发现贵宾室中只有吉克尼夫和两名警卫兵。其他人似乎都已经走了。发现可以省去不少麻烦事，安兹感到很高兴，不过没有在声音中表现出来。

“刚才失礼了，吉克尼夫阁下。咦，你的脸色好多了，真是太好了。”

看来他说自己起身太猛是真的。哎呀——他那么精神地给武王助威，看来只是晕了一瞬间吧。

“让你担心了，真是抱歉，恭阁下。”

“没事没事，不用在意。看到自己的熟人不舒服，会担心是理所当然的。”

“感谢阁下的关心。不过话说回来，真是一场精彩的比赛。不愧是恭阁下，对战帝国最强的战士居然能取得完胜，除了漂亮之外，我实在找不到其他的形容词。”

“哪里，这是一场五五开的比赛。谁获胜都不奇怪，看来幸运眷顾着我。”

吉克尼夫那么拼命地给武王助威，看来一定是他的忠实拥趸。这样想来，夸奖武王绝对不会有害处。

不过更重要的是——

（你这人，一点都没有给我助威啊。我可是都听到了。）

安兹心里想着，不过他说不出口。冷静地想想，双方一个来自自己国家，一个来自别的国家，他会支持自己国家的战士也是理所当然的。

不过，如果他给安兹助威，那么安兹的好感槽——佩罗罗奇诺经常用这个单词——想必会上升的。

“在我这个外行看起来，似乎并非如此。不过，既然恭阁下这样说，那一定是这样了。好了，那么——失礼。这种时候该说些什么才好呢。”

“是啊。”

安兹表示同意，应该说，他不想现在和吉克尼夫长谈。

必须避免被人看穿，安兹·乌尔·恭只是个凡人。

安兹本来以为，吉克尼夫会就偷渡入境和在竞技场宣传魔导国这些事说点什么，不过看样子，吉克尼夫不打算指责。既然这样，接下来应该赶紧逃才对。

“好吧，这次——”安兹刚想说“私访”，又把话咽了回去，说出来绝对是给自己挖坑。“我就先告辞了。我们日后再会吧，吉克尼夫阁下。”

安兹个人很想用传送魔法直接从吉克尼夫面前消失，但他还得接上艾恩扎克。他需要先降落在地面，接上艾恩扎克，然后传送——他正想着，发现吉克尼夫正一脸认真地盯着自己。

他绝对是要说什么奇怪的话。

做过工薪族的安兹很熟悉这种感觉，他也盯着吉克尼夫。

“魔导王陛下，我有一个提议，不知道当不当讲。”

要是能说“不当讲”，那世界该多美好啊。

安兹不再逃避现实，微笑——他的脸不会动——着说：“请讲。”

“那么，我——不，巴哈斯帝国，希望能成为安兹·乌尔·恭魔导国的藩国。”

“欸？”

听到实在意想不到的话，安兹不小心小声叫了一下。

安兹的头脑没有完全理解吉克尼夫这话的意思。

“藩，藩国？”

吉克尼夫的警卫兵们——两名安兹都见过——也睁大眼睛，十分惊讶。

安兹不由得想用手摸摸吉克尼夫的额头。

他为什么突然提出想成为藩国呢？还有，藩国与宗主国到底是什么样的关系呢？这个词安兹倒是听说过，不过他并不了解具体来说是怎样的定义。自治权和其他权力将会如何呢？

不管怎么说，安兹知道，这么重要的事他不该独自做决定。应该与迪米乌哥斯和雅儿贝德商量后，再回复吉克尼夫。

“吉克尼夫阁下，令贵国成为藩国这样的事……”

（那我和他建立友情，两位国君成为朋友的计划就……咦？）

“藩国这样的事”，后面该怎么说呢，说“我没有考虑过”，没问题吗？

可是，迪米乌哥斯他们说不定，有将来把帝国收作藩国的打算。我可不想给自己挖坑，说话时一定不能授人以柄。

现在应该敷衍吉克尼夫，过了这一关再说。

安兹决定了方针，开始思考接下来怎么说。

“这么重要的事情，通过口头交涉来推进太危险了。我没法马上回答，希望吉克尼夫阁下能给我留下文书。”

“那么，只要有文书，恭阁下就愿意应允吗？”

欸？你带来了？——安兹差点问出口，好不容易才把话咽回去。这应该是精神波动遭到抑制的结果吧。确实，刚才的动摇已经感觉不到了，不管怎么感谢这躯体，安兹都觉得不够。

只是，问题没有得到丝毫解决。

我不是那个意思，只是想拖延时间而已。既然没法这样说，安兹只好想些能说服吉克尼夫的话出来。

“好吧。那么，吉克尼夫阁下对作为魔导国藩国的帝国有何设想，请写在草案中送到魔导国给我。我看过之后，再考虑吧。”

“那么，我就按照陛下说的办。我会尽快整理好草案，送到陛下处——我和陛下说话时，会暂时保持对等君主的说话方式，请陛下勿怪。”

精神上的动摇虽已平复，但安兹还是不明白为什么帝国突然这样决定，他点了点头代替回答。

随后，他注意着不让自己的慌张显露出来，使用“飞行”魔法降落在竞技场。

“这到底是怎么回事？这下我回去该怎么跟迪米乌哥斯和雅儿贝德解释……”

就像确信自己回家后，肯定会被家长训斥的孩子一样，安兹丧气地耷拉着肩膀。

●

魔导王离去之后，怅然若失的气氛在贵宾室中蔓延。为了打破压抑的气氛，宁布尔大声喊道：

“陛下！”

吉克尼夫故意板起脸，看向宁布尔。

“喊那么大声做什么，我还没聋呢。”

“失、失礼了。可、可是，您刚才为什么提出那样的要求呢?!”

“你想知道我为什么做出那样的决定，对吧？”

宁布尔连连点头。吉克尼夫转动视线，发现巴杰伍德似乎也抱有同样的疑问。

“原来如此……那么你们说说该怎么办才好？”伴随着干笑，吉克尼夫有些自虐地问道，“那家伙来到了这里，我们的——可恶！与教国的交涉就破产了。神殿势力对我也不会有什么好感。再安排一次交涉需要多少时间？说到底，这是时间能解决的问题吗？”

如果吉克尼夫是教国高层，他又会怎么做呢。如果对方国家说出“上次的事只是被安兹·乌尔·恭看穿了动向，并不是我有意为之”之类无能的借口，他一定会认为对方不值得同盟而将其抛弃。不，或许会把对方国家利用为阴谋诡计的火种。

现在，想与教国结成同盟已经几乎不可能了。

“难道你是说，在无法与教国结盟的状态下，帝国应该孤军奋战吗？哎呀，真不愧是安兹·乌尔·恭魔导王陛下。我只能说太漂亮了，他的手比我想象的还要长。欲擒故纵，趁对手放松警惕时一击毙命。”

尽管是敌人，吉克尼夫也只能赞叹其完美的策略。

对手布下了天罗地网，他除了承认败北之外，还能如何。短期之内不会有国家向帝国伸出援手，魔导国也已经掌握了帝国蠢蠢欲动的证据。接下来只剩瓮中捉鳖了。

不知是不是明白了帝国目前的状况，巴杰伍德摇了摇头。

“哎呀，这真是……不知道该怎么说才好。应该说他向着对手的要害，发出了完美的一击吧。”

“是啊。我已经想不出下一招棋了。我的心已经快凉透了，凉得让我觉得一切都无所谓。”

“陛下……”

吉克尼夫转向发出阴郁声音的宁布尔。

“那家伙与其说是不死者，不如说是恶魔啊。他非常擅长令人心灰意冷。”

“可是即使如此，藩国这样的事……”

吉克尼夫和悦地看着依然无法接受的宁布尔。

他很理解宁布尔的心情。

不过，他更希望宁布尔不是像孩子一样单纯吐露自己的情感，而是能理性地说出对策。虽说如此，吉克尼夫都想不出的对策，宁布尔怎么可能想得出。

“直说吧，已经没有胜算了。要说还有什么可走的棋，我以前也说过，就是策反他的部下。我想不到对付他本人的办法，就像战争中我们所见到的，他作为魔法吟唱者是最强的。”

两位骑士表示同意。

“那么，作为战士又如何呢？用剑能杀死他吗？”吉克尼夫耸了耸肩，“你们也看到了吧？作为战士，他甚至可以战胜武王。还有那是怎么回事？挨了武王的攻击，他为什么毫发无伤？他用了魔法吗？”

“不知道……不过应该有可能。”

“是这样啊。这样说来，那家伙只要用了魔法，不管什么攻击都可以无效化了。看来暗杀的可能性也近乎零。那家伙是不是不死之身？”

“只要有身体，就不可能是不死之身。”

“那他是怎么做到让自己毫发无伤的？”

宁布尔不知道怎样回答，向身边的巴杰伍德求救，巴杰伍德却把嘴抿成一条直线动也不动。

“那么，姑且先这样吧。收集武王使用的武器相关的情报，然后召集魔法吟唱者，向他们询问为什么这把武器无法对那家伙造成伤害。除此之外也没有其他办法。还好那家伙说了得罪冒险者工会的话，想必冒险者工会愿意协助我们。”

“看来应该先把这件事做完，再提藩国的事比较好吧？幸运的是，对方拒绝了。”

吉克尼夫觉得有点不高兴，不过控制着自己没有表现出来。相应地，他面露怜悯的表情看向宁布尔。

“幸运？你真的这样认为吗？我觉得正好相反，应该尽快推进藩国化的进程。”

吉克尼夫看着一脸问号的宁布尔，向他问道：

“你觉得他为什么拒绝帝国成为魔导国的藩国？”

“这、这个……我就不知道了……”

“如果是个无能者，没有自信应付风云突变的状况——之类的可能性也是有的。可我们的对手是那家伙。以他的智谋，在听到我提出藩国化后的短暂沉默中，应该已经算好了后面的棋该怎么走。计算好之后，他却拒绝接受帝国的藩国化，说明此事与他的目的相悖。”

“他有什么目的啊？”

听到巴杰伍德的提问，吉克尼夫露出苦涩的表情。

“不知道。不过嘛，对于我们国家来说，肯定不是什么好事。如果不是这样，帝国成为魔导国的藩国，对他来说没有害处才对。可以设想，他大概是想做什么事情，而这个事情不能在自己国家的领土上做吧。那么——”

吉克尼夫以快要冒烟的速度开动着脑筋。

对手是安兹·乌尔·恭，他一定有某种目的。

如果自己是魔导国国王，自己会想要什么，又不愿意什么事情发生呢？

吉克尼夫拼命思考，想得冷汗都冒出来了。

“——冒险者工会吗？为了对冒险者工会采取某种措施，所以拒绝了帝国的藩国化？”

“您是说他在竞技场的宣言吗？您真的要允许他那样做吗，陛下？搞不好，用不了几年，帝国优秀的人才就都流失到魔导国去了啊？”

“我不太明白他说的那一套，你听过之后，有什么感想？”

“尽管自由度会降低，不过能得到强大的魔导王的支持，吸引力还是很足的。冒险者中，遭遇不测者比取得成就的人要多得多。不过，要是有那样一位强者援助，说不定——对自己没有自信的人应该会这样想的。而且在帝国，因为有骑士抢生意，等级低的冒险者找不到多少工作。”

“人才的流失啊……你刚才也说了，他们只是对自己没有自信，并不代表他们没有才能。”

尽管优秀，但并不自信的人确实有。想去闯荡新世界的人，也不是一开始就对自己有信心。

“这样说来，这就是他不愿意接受藩国化的原因吗？可是……让帝国成为魔导国的藩国，很多事做起来难道不是更方便吗？可以彻底吸收帝国的冒险者工会本身……啊——安兹·乌尔·恭！那家伙的智谋远在我之上！实在是一位鬼才，我看不透他的棋！”

“他会不会什么都没想？”

听到巴杰伍德以打趣的口吻说出这话，吉克尼夫把甚至包含着恨意的目光投向了他。

“那怎么可能啊。我们的动向完全在他意料之中……不行了，我想不出来。也有可能和他不死者的思维方式有关，比如他还想再找一片可以发泄对生者的憎恶的地方，蹂躏一番，这样的感情人类怎么可能想象得到……”

想要猜测不死者的想法，或许这尝试本身就是错的。

或许吉克尼夫的苦恼和猜疑也在他的意料之中。他或许正从容不迫，等着吉克尼夫耐不住性子，匆忙推进帝国的藩国化。

“接下来您有什么打算呢？”

宁布尔询问的，大概是今后帝国的动向吧。

“我打算召集秘书官们起草文章，告知周边国家：帝国顺从于魔导国，成为魔导国的藩国。先公告周边国家，让此事成为既成事实。这样魔导国就不得不承认了。”

“陛下……”

两人都低下了头。吉克尼夫甚至想调笑巴杰伍德，说“你也会露出这样的表情啊”。他收起脸上的苦笑，和善地说道：

“不要露出那么阴沉的表情。藩国也不是都一样的，如果能让魔导国认可帝国的大部分自治权，国民就能过上和现在没有太大变化的生活。不——考虑到魔导国的绝对武力将保护帝国，或许帝国会比现在更安全哟。”

听到了关于未来的一些正面——或许——猜想，两人脸色略微放晴。

“为此，我们需要消除内部的不满情绪。如果魔导国不允许帝国保有自治权，或许会展开分裂帝国的工作。而且也可能会有不满的势力，听说藩国化的事而蠢蠢欲动。”

吉克尼夫开始就帝国内部的势力思考起来。

首先骑士团是一大势力，不过他们应该不会反对藩国化。说不定态度上会表示反对，但他们绝对不会付诸行动。

接下来是贵族，他们的动向不好预料。会对吉克尼夫的决定不服的贵族已经是少数了。不过，这些少数派中，或许会出现野心家，将藩国化当成把鲜血皇帝赶下台的机会，企图成为藩国化后帝国的统治者。

平民是最容易哄的。只要帝国现在的状态得以维持，做不做藩国他们都不会在乎。

“——问题是神官们啊。”

神殿势力一定不会认可帝国的藩国化。最大的问题是，神殿势力可能不仅与魔导国敌对，还会拒绝为帝国进行任何治疗。为了避免发生这样的状况，有必要耐心地与他们进行协商，设法让他们赞同吉克尼夫的想法。

“……陛下的安全不要紧吗？”

“谁知道呢。我打算告诉他们，只要有我在，藩国化会更顺利地推进，并且把结果展示给他们……不过他们怎么打算，谁也不知道。”

吉克尼夫心想，这样的事为什么落到了自己头上。

他从驾崩的父皇手中继承帝国，顺利让帝国越来越强大。这个过程中，他应该没有下错哪一步棋才对。

然而，那只怪物出现之后，一切都乱了。

在与那只怪物的交涉和交易中，吉克尼夫也觉得自己没有犯错。只是，安兹·乌尔·恭的能力超越了人类可以想象的范畴。

仅仅几个月，状况已经发生了天翻地覆的变化。

吉克尼夫叹了口气。

“现在这世界上，最不幸的，应该就是我了吧…………”

仅仅几天后，失意中的吉克尼夫就接到了消息，听说“银丝鸟”把老家从帝都搬到了都市国家联盟。这时他才在惊愕中明白，原来没有最不幸，只有更不幸。

——这是题外话。

# Epilogue

迪米乌哥斯愉快地走在纳萨力克地下大坟墓第九层中。

他觉得自己已经很久没回来了，大概只是错觉。他时常回到这里，应该最多只离开了两周才对。尽管如此还会觉得怀念，大概是因为走在这里，会让他感到愉悦。

目的地越来越近，他的心情也越来越好。

没有搭理科塞特斯安排在门左右的卫兵，迪米乌哥斯正了正领带，整了整装束。当然，迪米乌哥斯平时就很注意形象，不过，他不想让主人看到自己的丝毫瑕疵。

过分确认了自己的装束没问题后，他终于敲响了房门。

一名女仆打开门，探出了头。

迪米乌哥斯想通过门缝寻找主人的身影，可是这样丢人的行为他做不出来。

“安兹大人在房间中吗？”

“非常抱歉，迪米乌哥斯大人。安兹大人现在不在这里。”

迪米乌哥斯的好心情急转直下，不过他不会显露在表情上。

“是吗，那么安兹大人去哪了呢？”

“非常抱歉，这我就不知道了……不过，雅儿贝德大人或许知道些什么。”

她说得没错。

“原来如此，雅儿贝德在哪儿？”

“就在这里。”

迪米乌哥斯知道，雅儿贝德把主人的房间当成办公室使用。

他心里觉得雅儿贝德应该去用分配给她的房间，然而考虑到她的性格，他还是什么都没说。特别是主人都允许了，自己就不应该再说什么。

“她在工作吗？请帮我问问可不可以进去吧。”

“明白了。”

迪米乌哥斯眼前的门关上，过了一会儿之后，又打开了。

“请进，迪米乌哥斯大人。”

向女仆道谢后，迪米乌哥斯走进了房间，看到了坐在主人的办公桌旁的守护者总管。

她抬起眼睛，看到了迪米乌哥斯。

“好久不见了啊，雅儿贝德。”

“是啊，迪米乌哥斯，辛苦你出差了。今天有什么事吗？”

“是的。我现在正在推进的圣王国一事，希望能得到进入最终阶段的许可，因此来见安兹大人。我想要一只二重幻影。安兹大人现在何处？”

“安兹大人现在身在有点远的地方。我觉得应该没法马上回来……”

迪米乌哥斯心想，这样说来，应该是不在耶·兰提尔了。如果不是这样，雅儿贝德不会绕这么大的弯子。

“那可真是发愁了啊。既然如此，那在安兹大人回来之前，我先在第七层为其他工作进行准备吧。”

“要是有急事，可以用‘讯息’联络安兹大人哟。”

迪米乌哥斯略微皱起眉，观察雅儿贝德的表情。

雅儿贝德脸上带着平时的微笑，不过观察能力出众的迪米乌哥斯看得出，她的脸上还略带不同的情感。也就是说，雅儿贝德明知道迪米乌哥斯的想法，还故意这样说。问题是她笑容中的另一点情感是什么。

如果她只是在戏弄自己，倒没有什么问题。

迪米乌哥斯迅速地观察了一番，可还是没看穿另外一点情感是什么。

他觉得有点不甘心，不过他毕竟不是在和雅儿贝德比什么。

而且在纳萨力克之内，以他的观察能力，看不穿的存在也就只有自己的主人与雅儿贝德了。把她当成极少数的例外之一，对他保持内心的安宁也是有好处的。

迪米乌哥斯耸了耸肩。

"也不是那么急的事。还是等安兹大人回来之后，我再当面告诉安兹大人好了。"

"安兹大人没有说会在什么时候回来。说不定很长时间之后才会回来。"

"实在不行，我过去就是了，雅儿贝德。没有必要用'讯息'打扰安兹大人。"

"咦？为什么呢？如果是重要的事，作为一名忠臣，应该尽早告诉安兹大人才对吧？"

雅儿贝德笑容的本质发生了变化。如果刚才是平时的假笑，那现在就是爱欺负人的孩子的笑容。应该认为她笑得更坏了。

看来雅儿贝德无论如何都想让他自己说出口。

迪米乌哥斯一边想着真麻烦，一边说出了自己想要面见安兹大人理由。

“我希望自己做的事能得到安兹大人的夸奖，因此不想用那类手段进行联络。虽然‘讯息’中也一样能得到夸奖，我还是希望能当面听到安兹大人的声音。我认为，只要是纳萨力克的成员，不管是谁，都会有和我一样的想法吧？”

“没错，确实是，迪米乌哥斯。你说得对，大概谁都会有和你一样的想法。”

“那么，安兹大人去了什么地方呢？”

“安兹大人前往了和我们一直没有国交，甚至情报都很少的矮人国家。因此安兹大人多久之后才能回来，我也不知道。”

“随从是谁？”

“夏提雅和亚乌菈。”

从战斗力方面来考虑，没有问题。不过在其他方面，就令人不太放心了。

亚乌菈也在一起，应该不会有问题，希望她不会给安兹大人添麻烦。迪米乌哥斯担心着，想着另一位随从的面孔。

“不过话说回来，安兹大人带着夏提雅前去，是打算毁灭矮人的国家吗？”

迪米乌哥斯说出来后，又想到如果是这样，应该会带马雷和夏提雅一起去。他觉得自己的主人应该是有别的目的，才选择了现在的阵容。

“其他守护者现在在哪儿？”

“科塞特斯负责湖周边的管理。马雷在耶·兰提尔近郊建造地城。塞巴斯驻守在耶·兰提尔。我虽然不清楚安兹大人的想法，但是没有带军队前往，安兹大人应该是打算本着友好的态度行事吧。”

“情报不足啊。安兹大人是为什么去矮人的国家？”

“迪米乌哥斯，安兹大人的想法不是我们能猜得到的。”

雅儿贝德说得没错。

安兹·乌尔·恭，纳萨力克的最高统治者和主人，他盘面的每一招棋中，都包含着无数神机妙算。就算迪米乌哥斯天生——被制造得智谋出众，对自己的主人也望尘莫及。想要看穿主人的意图，这种想法本身就是错误的。

不过，预测主人的想法，提前做好准备，这才是忠臣正确的态度。

迪米乌哥斯正下定决心要更加努力，只见雅儿贝德从桌上拿起一张羊皮纸。

“这是昨天从帝国收到的。我通过‘讯息’得到安兹大人的许可，打开看过了。内容简而言之，就是帝国希望能隶属于魔导国。不过以何种形式成为藩国，他们说希望日后通过商谈来决定。”

迪米乌哥斯吃了一惊，这比他想象中要快太多了。

“为什么？我本来认为帝国会在王国灭亡之后提出藩国化……”

“这就是安兹大人前往帝国带来的成果。”

“太惊人了……真不愧是安兹大人……”

“呐，迪米乌哥斯，你真的认为帝国会在王国灭亡后成为藩国吗？”

“当然。按照我的计划，应该会这样才对。”

“不管用什么样的手段？”

“这话是什么意思？”

“安兹大人时常把你的名字挂在嘴边。意思大概是：‘迪米乌哥斯那边有没有消息？现在这样没有问题吧？’也就是说，安兹大人对你的某些方面——首先肯定对你的计划有点不放心吧。”

“怎么会这样……雅儿贝德，你怎么不早点告诉我，那样的话——”

“那样的话又能如何？”

迪米乌哥斯说不出话了。

“能不能再跟我讲讲？就没有让帝国先于王国成为藩国的手段吗？”

“有的，只是，需要请安兹大人出马，作为部下来说，这样的行为实在让人羞耻。而且，需要先走几步棋——至少也要消耗一个月左右的时间，并且要在一座大都市发生暴动之后才能实现。我本来认为与其费这么大的力气，不如先控制王国，然后再向帝国施压为好……安兹大人大概用了几天？”

“我当时去了王国，同样不清楚详细情况，不过实际上应该只用了三天左右。”

迪米乌哥斯惊得睁大了眼睛。

太快了。

安兹大人是如何展示了令帝国屈服的力量呢？帝国皇帝本来打算与其他国家结盟，安兹大人是如何粉碎了他的意志呢？

迪米乌哥斯已经准备好了皇帝无法应对的完美策略，这说明主人准备了比自己更完美的策略。

“三天啊？这样的事，到底是怎样做到的……”

“顺带一提，没有出现死者哟。”

迪米乌哥斯还没来得及闭上惊得张开的嘴。他只能感到对绝对统治者的敬意涌上心头。主人简直就像死亡本身一样，静静站到皇帝背后，捏碎了他的心脏。

迪米乌哥斯感到一阵电击从脚趾尖蹿到头顶。狂喜、憧憬、畏惧、尊敬，这些感情混在一起，变成难以名状的激情，让迪米乌哥斯的身体颤抖起来。

“真不愧是，真不愧是安兹大人。果然不是区区迪米乌哥斯能企及的。实在是一位深不可测的主人，到底是诸位无上至尊的整合者。我现在觉得，有点羡慕潘多拉·亚克特。”

雅儿贝德扑哧一声笑了，露出充满了莫名优越感的笑容。

大概是受到命令，爱着那么优秀的男人，这个女人才会流露出这样的优越感吧。

“现在，安兹大人命令你和我来决定如何处理帝国的从属事宜。”

“让我们决定吗？为什么？”

“这还用问吗？这次一连串的方案，迪米乌哥斯，大多都是出自你的手笔。然而，安兹大人没有与你商量，直接提前推进了帝国的藩国化，他一定觉得心里不好受。”

这迪米乌哥斯就不明白了。如果主人是因为他的无能而心怀不快，他倒还能理解，不过看来并非如此。

“为什么呢？我不太理解。”

“唉。”雅儿贝德好像很疲惫一样叹了口气。

“当然是因为安兹大人信任你了。也就是说……该怎么说才好呢，我觉得你这么聪明，应该明白才对。大概是这么回事吧：不按照你的作战计划行动，相当于怀疑你的能力。安兹大人因为不想这样做，才等着你的联络。不过，安兹大人又觉得你是在对他客气，因此才自己先做出了行动，意思是告诉你不必客气。我认为应该是这样的。”

这是令人信服的答案。不，除此之外还能是为什么呢。

“我真是……”

迪米乌哥斯因为太羞愧而低下了头，同时了解到自己的主人竟然对自己如此眷顾，他感到欣喜包围了自己。

“迪米乌哥斯，为了回应安兹大人的慈爱，我们必须有所行动。”

“这是自然，雅儿贝德。”

迪米乌哥斯振奋精神。

“我一定不辜负安兹大人的期待，在安兹大人回来之前，制定好能让安兹大人满意的藩国化方案！”

“没错。既然安兹大人亲自前往，一定带着不止一层意图。等安兹大人从矮人国家回来，我们一定会更忙的。”

迪米乌哥斯微微一笑。

“确实啊，雅儿贝德。”

# 角色介绍

42

# 巴杰伍德·佩什梅尔

人类种族

baziwood peshmel

## 雷光

职位——帝国四骑士之一。

住处——帝都一等地。

职业等级－战士——?lv

皇家骑士——?lv

卫士——?lv

生日——上水月19日。

兴趣——没有什么爱好，
硬要说的话就是被老婆们管教。

{ personal character }

出身小巷的平民，发现自己虽然颇有实力，但是如果不奋发，将会毫无价值地死去，于是开始立志成为骑士这样的专业战士。随后崭露头角，得到吉克尼夫的赏识。一开始没有多少忠诚概念，长时间跟在皇帝身边之后，开始从心底尊敬吉克尼夫，现在恐怕已经成了帝国最忠诚的人。他和妓院出身的妻子以及四个情妇住在一起，几位女性之间关系很好。

# 宁布尔·亚克·戴尔·亚诺克

人类种族

nimble arc dale anoch

## 激风

职位——帝国四骑士之一。

住处——帝都一等地。

职业等级－贵族战士——?lv

骑兵——?lv

祭司——?lv

其他

生日——中火月8日。

兴趣——举行茶会。搜寻美味好茶。

{ personal character }

男爵家的次子，哥哥、姐姐、妹妹各有一位，家人之间关系非常好。宁布尔之所以能得到吉克尼夫的赏识，也和他的哥哥为了帮他建立地位四处活动有关（当然，就算没有宁布尔的哥哥，吉克尼夫也不会放跑优秀的人才）。现在，宁布尔凭借优秀的才干，取得了伯爵的地位。他的烦恼是必须得给妹妹找个好人家，再就是经常被姐姐和妹妹催婚。

44

# 雷纳丝·洛克布鲁斯

人类种族

leinas rockbruise

## 重爆

职位——帝国四骑士之一。

住处——帝都一等地。

职业等级 – 贵族战士 ——?lv

神官 ——?lv

诅咒骑士 ——?lv

其他

生日——不明（她好像不愿意说）

兴趣——幻想诅咒解除后去做什么，写复仇日记。

{ personal character }

本是贵族大小姐，以亲自持剑、消灭领地内的魔物为傲。然而，在某次魔物讨伐中，遭到了魔物临死时发出的诅咒。她的右半边脸变得扭曲流脓。诅咒迟迟无法解除，害怕生出丑闻的家里把她驱逐出来，她的未婚夫也解除了婚约。现在，她以解除诅咒为人生的目标，为此不择手段。对本家和未婚夫的复仇，已经在吉克尼夫的帮助下完成了。

Character 45

# 豪·金

亚人类种族

go gin

## 第八代武王

职位——武王。

住处——帝都一等地。

种族等级 – 巨魔 —— ? lv

战斗巨魔 —— ? lv

职业等级 – 冠军 —— ? lv

其他

生日——剑星，星二（巨魔历法与人类不同）

兴趣——战斗训练。

{ personal character }

借此机会列举各代武王的绰号。其中第一代和第二代武王已经死亡。其他武王没有在竞技场中丧命。第一代武王：无。如果非得取个绰号，就是武王。第二代武王：无。如果非得取个绰号，就是第二代武王。第三代武王：剑魔。第四代武王：弱王、泥剑、最强。第五代武王：四雷鞭。第六代武王：白亚蛾眉。第七代武王：腐狼。第八代武王：现在还只是武王，将来或许有可能被称为巨王。

OVERLORD
Characters

# 四十一位无上至尊篇

角色介绍

5/41

# 武人建御雷

异形类种族

bujintakemikazuchi

## 武士

personal character

醉心于塔其·米的强大，
是最早加入“安兹·乌尔·恭”的九人之一。
同伴们都认为他的爱好是制造武器，
实际上他的真正目的是完成能打倒塔其·米的武器。
然而武器还没能完成，巨大而厚重的墙壁就从他的面前消失了，
这是多么令人唏嘘的悲剧啊。失去了目标的究极武器（未完成），
现在被陈列在宝物殿中属于他的一角。

6/41

# 贰式炎雷

异形类种族

nishikienrai

## THE·忍者

personal character

全身穿着忍者装束，其下的肉体包裹在神秘的面纱之中，
见过他真身的人，在安兹·乌尔·恭中也很少。
顺带一提，他属于名为半哥雷姆的异形类种族。
在制作本体的时候没有下多大功夫，肉体有滑溜溜的质感。
从绰号就能看得出，他和武人建御雷十分要好。
因此科塞特斯和娜贝拉尔也十分亲近，两人独处时会聊得十分开心，
甚至会做出与二人形象不甚相符的行动。

# 作者后记

常言道，男人不为自己找借口，因此我不打算说什么。不过，有一句话我一定要说：如果我的记忆没有错，现在应该是二〇一五年冬季的十一月吧！

我还听说过：预定是还没有定下的事，不是已经确定的事。这话真是说得太有道理了！实在充满了浪漫！

……非常抱歉！

我预定，第十一卷不会再像这次一样，让大家等这么久了。而且下一卷是——好吧，读到这里的读者也不需要我再说了。

而且第十一卷会迎来久违的特装版。看过动画版的读者可能有不少都知道，这次将会有“Ple Ple Pleiades（动画版《OVERLORD》中，正篇结束后，时长一两分钟的类似小剧场的环节）”的三十分钟超长新作。太棒了！

那么，读过第十卷的各位读者，如果让大家来决定，大家会怎么做呢？

经营组织——或者说国家，大家会从何入手呢？安兹做事都是走一步看一步。丸山非常感兴趣，如果让大家来做，会从哪里开始入手呢？希望大家能通过各种方式告诉我，自己打算怎样做。

以这样的事为契机，大家能开始进行二次创作，然后打算写自己的小说，那就更好了。

其实，丸山就是这样的。

还有这卷的最后已经有告示了，我们要进行人气投票。请把大家喜欢的角色告诉我。这次投票和普通的投票不一样，第一名已经定下，是一次前无古人后无来者的投票活动。

就算有排名比预想中要高的角色，也不会增加出场的机会，不过我很想知道大家喜欢什么样的角色。

那么，接下来是致谢。

打乱了您的日程，非常抱歉。so-bin 大人，这次还是非常感谢。

负责校对的大迫大人、负责设计的 chord design studio 的诸位大人、编辑 F 田大人，非常感谢。还有从学生时代开始的朋友 honey，感谢你每次的帮助。

最值得感谢的是本书的各位读者，这次依然感谢大家。这一卷与 WEB 版完全不同，如果大家能喜欢那就太好了。

二〇一五年十一月　丸山黄金

Postscript by So-bin

多亏了各位读者，第十卷发行了。
我一边听动画版的音乐集一边看，
棒极了

So-bin

OVERLORD　Vol.10 BORYAKU NO TOUCHISHA



著作版权合同登记号：01–2019–0351

图书在版编目（CIP）数据

OVERLORD. 5，足智多谋的统治者 /（日）丸山黄金著 ；刘晨译.
北京 ：新星出版社，2019.6（2025.11重印）
ISBN 978-7-5133-3538-6

Ⅰ. ①O… Ⅱ. ①丸… ②刘… Ⅲ. ①长篇小说－日本－现代 Ⅳ. ①I313.45

中国版本图书馆 CIP 数据核字(2019)第 054789 号

# 破军的魔法吟唱者·足智多谋的统治者（OVERLORD.5）

[日] 丸山黄金 著　刘晨 译

责任编辑：汪　欣
责任印制：李珊珊

次元书馆

出版统筹：贾　骥　宋　凯
出版监制：张泰亚
特约编辑：王　凯
美术编辑：张恺珈
装帧绘图：so−bin

出版发行：新星出版社
出 版 人：马汝军
社　　址：北京市西城区车公庄大街丙3号楼　100044
网　　址：www.newstarpress.com
电　　话：010-88310888
传　　真：010-65270449
法律顾问：北京市岳成律师事务所

读者服务：010-88310811　service@newstarpress.com
邮购地址：北京市西城区车公庄大街丙 3 号楼　100044

印　　刷：北京美图印务有限公司
开　　本：780mm × 1092mm　1/32
印　　张：27.375
字　　数：504千字
版　　次：2019年6月第一版　2025年11月第十一次印刷
书　　号：ISBN 978-7-5133-3538-6
定　　价：99.00元（全二册）

# 第11部

Volume Eleven

继续扩张的
魔导国势力
是
的新火种
等待安兹
国。在此

好像在哪见过这预告对吧。
第十一卷真的会写矮人的故事！
——丸山黄金

# OVERLORD 11
## 矮人工匠

OVERLORD Kugane Maruyama | illustration by so-bin

丸山黄金——著

illustration◎so-bin

安兹带着夏提雅与亚乌菈，来到了位于安杰利西亚山脉的矮人王